NOITE É
O DIA
TODO

PREETA SAMARASAN

NOITE É O DIA TODO

Tradução
Léa Viveiros de Castro

Título original
EVENING IS THE WHOLE DAY

Copyright © 2008 *by* Preeta Samarasan
Todos os direitos reservados.
Primeira publicação pela Houghton Mifflin Company.

Agradecimentos da autora pela autorização de citar:
"Sparrow", de Paul Simon. *Copyright* © 1963 Paul Simon.
"Cecilia", de Paul Simon. *Copyright* © 1969 Paul Simon.
Usadas por autorização de Paul Simon Music.
"The Sun is Burning". Letra e música de Ian Campbell.
Copyright © 1964 (Renovado), 1965 (Renovado) TRO Essex Music Ltd., Londres, Inglaterra. TRO-Essex Music, responsável por todos os direitos de publicação nos EUA e Canadá. Usada por autorização.
"Mera Juta Hai Japani", de Shailendra Singh. *Copyright* © 1955 *by* Saregama India Ltd. Todos os direitos reservados.
Usada por autorização "Darling Darling Darling" de Ilaiyaraja.
Usada por autorização de Indian Records Mfg. Co. Ltd.

Direitos para a língua portuguesa reservados
com exclusividade para o Brasil à
EDITORA ROCCO LTDA.
Av. Presidente Wilson, 231 – 8º andar
20030-021 – Rio de Janeiro – RJ
Tel.: (21) 3525-2000 – Fax: (21) 3525-2001
rocco@rocco.com.br
www.rocco.com.br

Printed in Brazil/Impresso no Brasil

CIP-Brasil. Catalogação na fonte.
Sindicato Nacional dos Editores de Livros, RJ.

S179n	Samarasan, Preeta
	Noite é o dia todo / Preeta Samarasan; tradução de Léa Viveiros de Castro. – Rio de Janeiro: Rocco, 2010.
	Tradução de: Evening is the whole day
	ISBN 978-85-325-2563-5
	1. Indianos – Malásia – Ficção. 2. Imigrantes – Malásia – Ficção. 3. Famílias de classe alta – Ficção. 4. Romance norte-americano. I. Castro, Léa Viveiros de. II. Título.
10-1890	CDD-813
	CDU-821.111(73)-3

Para mamãe, papai e meus irmãos,
que me ensinaram que as palavras são importantes

A história só começa no ponto em que as coisas dão errado; a história só nasce a partir de problemas, de perplexidades, de arrependimentos. Portanto, logo atrás da expressão Por Que vem a manhosa e melancólica palavra Se. Se não fosse por... Se ao menos... E Se... Esses Ses inúteis da história. E, constantemente atrapalhando, desviando, distraindo as pesquisas retroativas da pergunta por que, existe esta outra forma de retroceder: Se ao menos pudéssemos voltar. Um Novo Começo. Se ao menos pudéssemos voltar...

– de *Waterland* de Graham Swift

O sol se põe e o céu fica vermelho, a dor se torna aguda,
a luz definha. Então é noite
quando os jasmins se abrem em flor, dizem os iludidos.
Mas a noite é o fantástico brilho da aurora
quando galos cantam por toda a cidade
e a noite é o dia todo
para aqueles que estão longe dos seus amantes.

– Kurontokai 234, traduzido por George L. Hart

SUMÁRIO

1 A partida desonrosa de Empregada Chellam Filha de Muniandy *11*
2 As origens da Casa Grande *29*
3 O sacrifício necessário da incômoda relíquia *43*
4 Uma corte à moda antiga *60*
5 O retorno secreto de Paati a Insatisfeita *87*
6 Após grandes expectativas *114*
7 Lutas de poder *136*
8 O que Aasha viu *166*
9 O fútil incidente do pingente de safira *210*
10 O deus da intriga conquista o templo *237*
11 A última visita do Tio de Pés Ligeiros *265*
12 A triste revelação de Chellam Empregadanova *294*
13 O que Tio Salão de Baile viu *322*
14 A brilhante queda de Chellam, a servidora de Succor *367*
15 A gloriosa ascensão de Uma a mais velha *384*
   Agradecimentos 399

1

A PARTIDA DESONROSA DE EMPREGADA CHELLAM FILHA DE MUNIANDY

6 de setembro de 1980

Existe, erguendo-se delicada como a cabeça de um pássaro do pescoço fino do Kra Isthmus, uma terra que compõe a metade do país chamado Malásia. Onde ele mergulha seu bico no Mar da China, Cingapura paira como uma bolha que escapou de sua garganta. Esta cabeça de pássaro é uma terra sem primavera sem verão sem outono sem inverno. Um dia pode ser um pouquinho mais úmido ou um bocadinho mais seco do que o anterior, mas quase todos são quentes, úmidos, claros, vibrantes de vida tropical, levando a intermináveis intervalos para o chá, engarrafamentos barulhentos na volta para casa antes do aguaceiro da tarde. Estas são as chuvas mais comuns, os violentos temporais que inundam os parques e obrigam os empregados dos escritórios a caminhar até os pontos de ônibus com os sapatos encharcados. Exagerados e melodramáticos, os aguaceiros da tarde provocam engarrafamentos de trânsito ao mesmo tempo terríveis – cheios da fumaça preta sufocante dos caminhões e de freadas de ônibus escolares – e belos: iluminados pelos faróis amarelos de intermináveis filas de automóveis, com as luzes azuis dos postes refletindo nas poças, a melancolia fluorescente de barracas vazias ao longo das ruas. Todo dia parece começar com uma labareda e terminar com este dilúvio, de modo que passado, presente e futuro correm juntos num rio infinito e fumegante.

Mas, na verdade, há dias que não queimam e em que a chuva é menos violenta. Sob uma garoa matinal, a terra respira lenta e profundamente. Uma névoa se ergue das copas das árvores nas colinas ao redor da cidade de Ipoh. Névoa cinzenta, colinas verdes: em tais manhãs, torna-se óbvio o quanto certas partes desta terra devem ter lembrado os velhos governantes britânicos de seu país distante.

Ao norte de Ipoh, na fronteira mais distante dos arredores não tão extensos da cidade, fica Kingfisher Lane, uma linha comprida, estreita, que vai da rua "principal" (uma loja de esquina, um ponto de ônibus, um ou outro caminhão) até as colinas de pedra calcária (antigas, impenetráveis, cheias de cavernas e habitantes ilegais de cavernas). Aqui, o lânguido burburinho da cidade parece distante mesmo nas tardes quentes; em manhãs de garoa como esta, ele se torna absurdo, improvável. A fumaça das fábricas de cimento e os cheiros fortes da caminhonete que transporta carne de porco e do vendedor de peixes se espalham antes que possam depositar-se, mas o ar úmido aprisiona sons e cheiros nativos: as melodias cheias de estática que vêm do rádio de um vizinho, o cheiro forte dos temperos de um ensopado de carneiro de outro vizinho. O vale parece isolado e protegido. Uma calma benevolência embala a manhã.

Em 1980, a era de venda na planta e desenvolvimento imobiliário estava em franca expansão, mas as casas de Kingfisher Lane não combinam umas com as outras. Algumas são amplas e arejadas, com varandas ao velho estilo malaio. Algumas evocam vagamente o esplendor das mansões dos senhores chineses em Penang, com dragões ladeando os portões e ornamentos em vermelho e dourado. A maioria fica perto da rua, mas uma ou duas ficam mais atrás, no final de um caminho de cascalho. Mais ou menos na metade da rua, protegida por portões negros e uma vegetação abundante, está a Casa Grande, número 79, uma esplêndida construção azul que dominava Kingfisher Lane desde que esta era uma trilha de terra ladeada apenas por grandes olhos-de-dragão. Embora se vá descobrir, dentro de poucas semanas, que o cupim vem devorando secretamente suas fundações há anos (e operários vão ser chamados para uma urgente missão de resgate), a Casa Grande ergue-se orgulhosa. Ela presidiu o lançamento das fundações de todas as outras casas. Testemunhou seu lento envelhecimento, suas reformas e pinturas. Partidas, mortes, chegadas.

Esta manhã, depois de ter morado apenas um ano na Casa Grande, Chellam, a empregada que não é mais nova, está indo embora. Quatro pessoas se esforçam para acreditar que o tempo fresco anuncia não só um encerramento, mas um novo começo. Telhas limpas e consciências ainda mais limpas. Com certeza, nada que for realizado hoje terá um final infeliz; com certeza, vai tudo bem com o mundo.

Chellam tem dezoito anos, a mesma idade que Uma, a filha mais velha da casa. Apenas uma semana atrás, Uma tomou um avião da Companhia Aérea da Malásia para ir a Nova York, Estados Unidos da América, onde agora é outono. Também conhecido na América como *fall*. Ela deixou para trás os pais, o irmão de onze anos, Suresh, e a pequena Aasha, de apenas seis anos, que ficou com o coração partido e chorou em protesto. Hoje, os quatro bebem sedentos a umidade cinzenta da manhã para acalmar suas dúvidas em relação ao futuro.

O avião que levou Uma embora era enorme e branco, com uma pipa na cauda, enquanto que Chellam está partindo a pé (e depois de ônibus).

Ela difere de Uma de várias outras maneiras, igualmente óbvias. Seu crescimento prejudicado por só comer arroz branco cozido, salpicado – nos dias bons – com sal, deixou-a uma cabeça mais baixa do que Uma; suas pernas são finas como asas de frango e a pele é marcada por doenças infantis que sua falecida mãe tratava com pastas de ervas e urina ainda quente recolhida furtivamente num balde de lata ao sair da vaca do vizinho. Uma miopia severa provocou em seu rosto uma careta permanente e seus ombros são tão estreitos quanto o triângulo agudo do seu mundo: numa extremidade, a loja de bebidas de onde ela arrastava o pai bêbado toda noite quando era criança; na outra, o beco escuro e miserável onde ela ficava com outras meninas, os olhos pintados de kajal, as unhas brilhando de Cutex, esperando para serem apanhadas por um motorista de caminhão ou um frequentador de bar para ganhar seus dois ringgit. Na terceira e última ponta, fica Ipoh, a cidade para a qual ela foi trazida por alguma matrona santarrona da sociedade Hindu Sangam, ansiosa por atrair bom carma tirando-a da prostituição e vendendo-a para uma escravidão bem menos branca; Ipoh, onde, após dois ou três anos (ninguém sabia exatamente) trabalhando para amigos dos pais de Uma, Chellam foi mandada para a Casa Grande. – Nós fizemos uso dela – Suresh tinha dito com um sorriso afetado (desviando-se do tapa de sua Amma, que tinha sido desnecessário, já que Chellam não estava lá para ficar ofendida).

E hoje a estão mandando de volta. Não para os Dwivedis, mas de volta para casa. O Appa de Uma ordenou ao Appa de Chellam que a buscasse hoje; nenhum deles poderia ter previsto a chuva inconveniente. De pai para pai, de homem (rico) para homem (pobre), eles concordaram que Chellam deveria estar pronta a tal hora para ser apanhada por seu Appa e levada da Casa Grande por toda a extensão da Kingfisher Lane, uma rua de pedra e barro, até o ponto de ônibus da rua principal, e ali tomar o ônibus para Gopeng, e, da estação de ônibus de Gopeng, atravessar mais ruas e mais estradas até ela chegar de volta à raiz quadrada de menos um, o casebre de um cômodo na aldeia de solo vermelho de onde saiu alguns anos atrás.

Daqui a um ano, Chellam estará morta. Seu pai vai dizer que ela cometeu suicídio depois de uma desilusão amorosa. Os aldeões vão dizer que ele a matou de pancada por trazer vergonha para a família. A própria Chellam não vai dizer nada. Ela já terá chorado tanto nessa altura que as crianças a terão apelidado de Rosto Sujo por causa das permanentes manchas de lágrimas. Nem todas as mulheres da aldeia, juntas, serão capazes de tirar essas manchas do rosto dela, e, quando a cremarem, o ar ficará com um cheiro salgado de tantas lágrimas derramadas.

Às vinte para as dez da manhã deste sábado de setembro, ela começa a arrastar sua mala vazia pela escada, do quartinho de despejo onde a mala tinha ficado desde a sua chegada, um ano atrás. – Faz quanto tempo que seu Appa disse a ela para começar a fazer a mala? – Amma resmunga. – Não demos a ela um mês de aviso prévio? Ela teve tanto tempo, e só agora está descendo com a mala para começar a arrumar!

Mas a mala de Chellam, ao contrário da de Uma, não levaria um mês para ser arrumada. Uma teve que encontrar espaço para tudo isto: suéteres de cashmere novinhos em folha, calcinhas ainda com etiquetas de preço, blazers para ocasiões formais, autênticos suvenires malaios para futuros amigos, sarongues de batik e livros para por na mesinha e demonstrar sua cultura, retratos da família tirados no melhor estúdio de Ipoh, rolos extras de filme para uma câmera de último tipo. Chellam possui, não incluindo o que ela está usando hoje, um único sári de chiffon, três camisetas (uma de brinde da Horlicks; uma de brinde da Milo; uma herdada do Sr. Dwivedi, seu antigo patrão), quatro camisas de homem de mangas compridas (todas herdadas de Appa), três saias de algodão com a bainha rasgada, uma blusa de sair e uma saia de poliéster inadequada para o trabalho doméstico porque gruda em sua coxa quando ela transpira. Ela tem também quatro pôsteres que vieram de brinde com exemplares da revista *Movieland*, mas ela não tem nem força nem vontade de tirá-los da parede. Aonde ela está indo, não haverá lugar para colocá-los. No total, ela vai levar três minutos para fazer a mala, mas, mesmo esta mala quase vazia será um peso para seus braços fracos, mais enfraquecidos ainda por sua falta de apetite nos últimos meses.

Amma não irá oferecer um refresco, chá ou café a Chellam antes de ela partir, embora ela, Suresh e Aasha tenham acabado de sentar para o chá das dez horas, e embora uma caneca de chá esteja esfriando sobre a mesa de fórmica vermelha enquanto Appa está no portão, debaixo do seu enorme guarda-chuva preto, falando com o pai de Chellam. Não haveria mesmo tempo para Chellam tomar qualquer coisa. Só há um ônibus à tarde que vai de Gopeng até o ponto de ônibus que fica a meia milha da aldeia deles, e, se o pai dela perder o ônibus das onze horas para Gopeng, eles perderão o ônibus que faz a conexão e terão que andar até a aldeia, puxando a mala atrás deles sobre suas três rodinhas que ainda funcionam. Chellam irá, provavelmente, puxar a mala, além de segurar o pai pelo cotovelo, porque ele está bêbado como sempre.

Tum, tum, tum, lá vai a mala pela escada, a roda quebrada dobrada sob ela como a pata quebrada de um passarinho. A mala não fez nada a não ser ficar guardada, vazia, no depósito, o ano inteiro, mas suas tiras e fechos estragaram, e agora parece que ela só vai ficar fechada se for amarrada com longas tiras de ráfia cor-de-rosa para evitar que entrem baratas e lagartixas. No hall sem tapete, a extremidade da roda quebrada arranha o chão. Amma estremece.

– Vejam, vejam – ela cochicha para Suresh e Aasha, sem tirar os olhos de Chellam. – Ela está fazendo isso de propósito. Parece que *ela* está se vingando de *nós*. Por mandá-la para casa. Como se depois do que ela fez, nós tivéssemos que mantê-la aqui e alimentá-la.

Suresh e Aasha, de olhos arregalados, não dizem nada.

Nas últimas duas semanas, as muitas cargas que eles têm que dividir, mas nunca discutem, se multiplicaram, e dentre elas está uma Amma subitamente falante e efusiva que cochicha e cutuca, que seduz e ameaça, que se inclina para eles com o rosto contorcido como o de um vilão num velho filme tamil, desesperada por uma reação. Como se os acontecimentos das duas últimas semanas tivessem destruído o restinho de controle que ela ainda tinha. Esta é a vitória final que ela estava buscando reservadamente durante aqueles longos dias de silêncio, deixando o chá esfriar, embora precisamente que vitória é essa nem Suresh nem Aasha saibam ao certo. Eles só sabem que, seja o que for, o preço foi muito alto.

Um tanto desencorajada pela falta de reação dos filhos, Amma dá um gole no seu chá.

– Chii! Pus açúcar demais – ela diz. – Até onde sabemos – continua ela, reanimada, talvez, pelo chá doce demais, ou pela apatia dos ouvidos e expressões dos filhos, ou pela hesitação de Chellam e sua mala vazia, cada uma num degrau –, ela está grávida.

A palavra, tão crua que eles quase podem sentir seu cheiro, contorce a boca de Amma, oferecendo às crianças uma rara visão de seus dentes. Isso faz Suresh baixar os olhos e se concentrar nos desenhos complicados que ele passou sua jovem vida procurando no tampo de fórmica da mesa. Homens com peles de urso. Árvores com rostos. Monges de narizes aduncos.

– Ainda por cima, ela apanhou toda a ráfia do depósito sem sequer pedir – Amma diz com um suspiro e um gole longo e barulhento de chá. Até isso é estranho: Amma normalmente bebe seu chá em goles pequenos e silenciosos, os lábios mal se abrindo na beirada da caneca.

Para sua viagem de volta para casa, Chellam vestiu uma camisa listrada de homem com um colarinho duro e uma saia de nylon marrom com fecho atrás. A camisa é herdada de Appa. A saia não.

– Olhem para ela – Amma diz de novo com a boca cheia de biscoito Maria, desta vez para ninguém em especial. – Olhem só para ela. Ela tem coragem de usar a camisa que eu dei para ela depois de toda a confusão que causou. Vekkum illai essa gente. Não têm vergonha. Todo mês eu dava a ela camisas do seu Appa. Camisas de usar no tribunal, da marca Arrow, de algodão macio, todas novas. Em que outra casa as empregadas usam roupa dessa qualidade?

Em nenhuma outra casa, pensa Suresh. Não existem outras casas, pelo menos em Kingfisher Lane, que tenham empregadas esqueléticas usando camisas cem por cento algodão grandes demais para elas. Se tivessem guardado as gravatas de Appa, eles poderiam tê-la obrigado a usá-las também. E um chapéu-coco e luvas. Aí ela poderia ter atendido a porta como um mordomo.

– Rrm – Amma resmunga para dentro da xícara de chá –, eu aqui tentando ajudá-la, dando roupas a ela e dizendo-lhe que economizasse o dinheiro para coisas mais úteis.

Aconselhamento financeiro e camisas grátis: um pacote especial da Casa Grande. Isso tinha dado a Amma uma sensação de propósito e importância, e tinha, de fato, levado Chellam a tentar economizar seu dinheiro para Coisas Mais Importantes. Isto é, até ela descobrir que o pai ia aparecer todo mês para pegar seu salário no dia de pagamento na Casa Grande, e que, portanto, ela estava economizando seu dinheiro para os drinques diários dele. Para a cachaça que dava a ele ânimo e vigor para bater na mulher e nos filhos em casa, e para o vinho de arroz que o dono do bar fazia numa bacia no banheiro. Mesmo assim, se você perguntasse ao pai de Chellam (ou ao dono do bar), estas eram todas Coisas Úteis.

– No fim, vejam o que ela fez com minha caridade e meus conselhos – Amma diz, terminando a história com um aceno de cabeça na direção da escada. – Ela atirou tudo de volta na minha cara. Esperem só, um por um, os outros vão fazer a mesma coisa. Por que não? Depois de verem o exemplo dela, todos vão ficar igualmente audaciosos. Vellumma é capaz de me matar, Letchumi pode matar Appa, Mat Din pode queimar a casa e Lourdesmaria pode se levantar e bater palmas. Felizes para sempre.

Aasha e Suresh notaram que tinham sido deixados de fora desta profecia macabra. Se as palavras de Amma fossem levadas ao pé da letra, os longos dedos do destino tentariam pegar Suresh e Aasha mas não conseguiriam; provavelmente eles deviam sentir-se felizes por isso.

Mas não se sentiram.

Suresh só é grato pelo fato de Chellam entender pouco inglês e ser um pouco surda (por causa dos socos no ouvido que levou do pai, cheio de cachaça, durante a infância). Ele percebe que, por algum motivo, ela deixou a mala encostada no corrimão e subiu correndo. *Ele* não vai chamar a atenção de Amma para isso.

Aasha se balança para frente e para trás na cadeira, e seus dedos dos pés roçam nos joelhos de Suresh por baixo da mesa. Sente-se melhor por ele ter joelhos, mesmo que Uma tenha desaparecido para sempre e Amma tenha sofrido uma estranha mudança. Ele tem joelhos. E mais uma vez ele tem joelhos. Todas as vezes ele tem joelhos.

Atrás de Amma, algo agita as cortinas. Não é vento, não é esse tipo de movimento – não é um suave inflar, não é o ar entrando e saindo, mas um puxão súbito, como se alguém estivesse escondido atrás delas, e, dito e feito, quando Aasha olha, ela vê os pés transparentes do fantasma da avó aparecendo por baixo das cortinas, os dedões largos que ela conhece tão bem virando-se para cima no chão frio de mármore. Então Paati está de volta, duas semanas depois de sua morte, e pela primeira vez desde que sua cadeira de vime foi queimada no pátio. Ela não se deixa espantar tão facilmente, não é? Enquanto todo mundo está preocupado com outra coisa, a mão de Paati sai de trás das cortinas, pega uma migalha de biscoito Maria que está sobre a mesa, ao lado do prato de Suresh, e volta para seu esconderijo. E como os outros explicariam *isso*? Pensa Aasha com indignação. O que eles diriam, os cegos sem fé, que resistiram teimosamente à ideia da presença contínua de Paati, e que reviravam os olhos para Aasha sempre que ela tentava convencê-los das necessidades e temores da filha do Sr. McDougall, o fantasma original da Casa Grande e aquele que tinha estado do lado de Aasha em todas as suas perdas e tristezas? Não existem fantasmas, eles diziam (todos exceto Chellam, mas outros defeitos a desacreditam). Agora Aasha se agarra a este momento e diz alvoroçada para si mesma, o que foi que eu disse.

Parados um em frente ao outro de cada lado do portão, Appa e o pai de Chellam estão refletidos no painel de vidro da porta da frente. Morador e intruso, famoso advogado e operário pé de chinelo, cheio de dentes e desdentado. A camisa branca suja do pai de Chellam está salpicada de chuva; Appa mantém seu guarda-chuva perfeitamente ereto sobre seu cabelo impecavelmente penteado para trás.

– *Tsk* – Amma diz, inclinando-se para frente para espiar o painel de vidro –, o chá do seu pai vai estar gelado quando ele entrar. Aquele homem é um estorvo. Uma pessoa normal saberia, não é, tudo bem, minha filha causou problemas demais, é melhor eu calar a boca e dar o fora calmamente. Mas ele não. Não tem vergonha. – Ela pega um biscoito na travessa. – É claro – ela acrescenta, tirando os olhos do painel de vidro e olhando para os filhos, de um para o outro, erguendo as sobrancelhas para mostrar a eles toda a extensão do seu conhecimento –, se você for falar de homens desavergonhados...

Suresh puxa a travessa de biscoitos, arrastando-a ruidosamente no tampo da mesa.

– Só biscoito Maria? – queixa-se. – Não tem mais wafers de chocolate?

Amma para com o biscoito a meio caminho da boca. Ela abre um sorriso significativo, inclina a cabeça para trás, bufa, mas Suresh, ó bravo soldado salvador da irmã, Suresh não cede. Ele enfrenta o olhar dela e, em silêncio, eles guerreiam. Por cinco terríveis segundos, ela varre o rosto de Suresh com seus olhos de farol.

– Não – diz Amma finalmente –, não tem mais wafers de chocolate. – Os olhos dela ainda estão inquietos. – Vou ter que mandar Mat Din à loja.

– E Nutella – Suresh diz depressa, aproveitando a chance. – Biscoito Maria fica muito melhor com Nutella.

– Vamos ter que fazer uma lista – diz Amma. – A Nutella também acabou.

Aasha larga a beirada da cadeira e enfia as mãos sob seu traseiro no assento. Debaixo da cadeira, ela balança as pernas. Eles vão fazer uma lista. Amanhã ou na semana que vem, Amma vai entregá-la a Mat Din, o motorista, junto com dez ringgit para gasolina. Ele vai levar a lista a uma loja na cidade e voltar com o carro cheio de mantimentos: wafers de chocolate, Nutella, arroz, sementes de mostarda, anis para fazer ensopado de carneiro, latas de milho e ervilhas para acompanhar o frango. Lourdesmaria, a cozinheira, vai guardar tudo, resmungando por causa das sementes de papaia escondidas no meio dos grãos de pimenta e da velhice do anis. E a vida vai continuar igual, como era antes de Chellam chegar, ou até melhor, só que haverá novos fantasmas na casa: o fantasma de Paati, ficando mais moça e mais velha e mais moça de novo, as rugas se transformando em covinhas e as covinhas em buracos, ora um bebê, ora uma noiva, ora uma velha com as costas tão curvadas quanto uma casca de coco; o fantasma Passado de Uma, suspensa no tempo e eternamente com dezoito anos; e muito mais terrível que todos os outros, embora Aasha não saiba disso ainda, será o fantasma Futuro de Chellam, seus olhos desvairados enquanto ela grita para eles de sua pira funerária, as pontas de seus cabelos já em chamas, com planetas orbitando no fundo da garganta escancarada.

As duas vozes no portão continuam sem parar. A lisonja dança tristemente ao redor da voz cansada, ora se agarrando a ela, ora golpeando-a, ora amarrando-a amorosamente enquanto ela vai se tornando cada vez mais baixa, tão baixa que eles têm que se esforçar para escutá-la sob o suave gotejar da chuva na cobertura de metal, o zunido do ventilador de teto, e o zumbido de uma mosca que acabou de entrar na sala de jantar. No painel de vidro da porta da frente, Amma vê o pai de Chellam sacudir a cabeça e torcer as mãos como uma mulher. Em seguida, ele enxuga as faces com as costas das mãos, uma depois da outra. Ele chora e geme, e sua voz trêmula fraqueja e borbulha de bebida e catarro. Appa observa sem dizer nada. Pela postura de seus ombros sob o guarda-chuva, Suresh sabe que ele está esperando que o pai de Chellam lhe peça alguma coisa. Na melhor das hipóteses, mais chá ou um pedaço de pão. Na pior, cinquenta ringgit. Ou vinte. Ou mesmo dois – só o suficiente, ele gostava de dizer (num glorioso golpe destinado a mexer com a consciência antes de receber os cinquenta ringgit que sabia que receberia todas as vezes), para um punhado de folhas de amaranto da árvore do seu vizinho para misturar no arroz dos seus filhos. Mas desta vez o pai de Chellam não pede nada disso; ele se humilha no lugar da filha, que não se curva à sua vergonha. Garota inútil, saar, ele diz. Eu devia tê-la afogado quando ela nasceu. Os ombros de Appa continuam duros, duas polegadas abaixo de suas orelhas.

Chellam está bufando de novo, arrastando a mala pelos corredores intermináveis da casa.

– Ei! O que é isso? – Amma cochicha, baixinho, nervosa, os olhos percorrendo a sala como se a confirmação de suas suspeitas pudesse estar espreitando atrás de um quadro ou dentro de uma urna. – Por que ela levou tanto tempo para descer a escada? Quando estava no meio do caminho, ela deve ter voltado! E o que foi que ela ficou fazendo lá esse tempo todo? Muito engraçado. Muito estranho.

De noite, Amma vai descobrir que estão faltando dois ringgit na tigela de vidro onde ela guarda dinheiro trocado para o churrasqueiro e o jornaleiro, e Chellam será acusada de um último crime em sua ausência, menos grave do que aquele pelo qual ela foi mandada embora da Casa Grande, embora mais vergonhoso por tudo o que transpirou. Do insulto à injúria, sal numa ferida aberta, outro centímetro tirado do metro de compaixão que já concederam a ela. Ela vai permanecer acusada, até que uma noite Appa mencione que o Volvo está com uma bela aparência desde que ele deu a Mat Din dois ringgit da tigela de vidro para lavá-lo e encerá-lo. (De fato, Chellam subiu de novo numa tentativa vã de arrumar o depósito que tinha ficado uma bagunça pela retirada apressada de sua mala de baixo de uma pilha de jornais.)

Ao longe, a mala de Chellam desliza e arranha o chão de mármore, e a própria Chellam espirra e funga por causa do frio que parece nunca abandoná-la. Ela atravessa com dificuldade a sala de jantar e entra no seu quarto debaixo da escada, onde suas roupas estão empilhadas sobre a cama desfeita. Das paredes, Kamal Hassan, Jayasudha, Sridevi e Rajnikanth olham esgazeados para ela: Chellam, Chellam, eles ralham com ela, todos os meses que você olhou para nós enquanto tentava adormecer, para nossos topetes e argolas de nariz e narinas abertas, e hoje você nos ignora desse jeito? Mas a mente de Chellam está em outro lugar esta manhã, e além disso, agachada sobre a mala, ela está distante demais de seus rostos de artistas de cinema para ver mais do que o borrão de suas peles uniformemente granuladas. O fecho da mala range quando ela o prende e depois o pressiona para tornar a amarrar a ráfia. Ela gira a mala várias vezes, puxando a ráfia com tanta força que as fibras deixam marcas vermelhas em suas palmas. Ela arrasta a mala pelos poucos metros restantes até a porta da frente, esfregando o nariz com o indicador.

– Chii! – Amma diz, a sílaba explodindo dentro da sua caneca de chá. – Nem se dá ao trabalho de procurar um lenço de papel! Se ela tivesse ouvido o seu Appa e tivesse começado a fazer a mala um mês atrás, não estaria tão atrapalhada agora, correndo de um lado para o outro e fungando pela casa, não é?

Os espirros, a fungação, os rangidos vão ficando cada vez mais fracos.

Já vai tarde, Paati diz de trás da cortina. Aasha consegue ler os lábios dela através do pano, graças a um esforço sobre-humano de concentração.

Pela janela do outro lado da sala de jantar, Chellam finalmente aparece no jardim. Aasha e Suresh podem vê-la, mas Amma não. De tanto arrastar a mala, o zíper de sua saia correu para o lado esquerdo do quadril. Sua gola está torta, e um botão na cintura está desabotoado. Um pedacinho do seu estômago aparece pela abertura, marrom claro, mais claro do que o resto dela, talvez grávida, talvez não. Sem saber que está sendo observada, ela encosta a mala no balanço para puxar o zíper para as costas outra vez. Ela abotoa o botão desabotoado, endireita a gola e alisa o cabelo. Depois, com grande dificuldade, arrasta a mala até o portão, erguendo-a e chutando-a cada vez que uma pedrinha fica presa em suas rodas.

– Vamos, Appa? – ela diz para o pai em tamil. Ela não olha para o Appa de Aasha e Suresh.

Ele também não olha para ela. Com sua comprida língua, ele tira uma fibra de coco que está presa entre seus molares desde a hora do almoço. Olha para o chão e coça o tornozelo esquerdo com o dedão do chinelo direito, ainda segurando o guarda-chuva perfeitamente ereto.

O pai de Chellam dá um tapa do lado da cabeça dela.

– Levou dez anos para sair com sua mala – ele resmunga para Appa. – Deus sabe o que ela ficou fazendo tanto tempo lá dentro. Filha inútil essa que eu tenho, advogado saar – ele continua, esquentando os motores –, só o senhor sabe a vergonha que ela trouxe para mim, só o senhor sabe o peso que uma filha pode ser. – Ele olha da filha para Appa e de Appa para a filha. Puxa o catarro e cospe na vala, e seu cuspe escorre vermelho com suco de bétele, manchando os lados do bueiro. – Como, advogado saar, como o senhor poderá perdoar...

– Não se preocupe com isso – Appa diz. – Não se preocupe com isso de perdoar, Muniandy. Pegue sua filha e vá. Vá embora e nos deixe em paz.

– Bem, já chega – Amma diz dentro de casa. – Para que tanto drama? Eles estão esperando por música de violinos ou o quê? Por que ele não dá o fora?

A tranca do portão é baixada e Chellam e o pai vão embora, ela puxando a mala, o pai, embriagado, cambaleando atrás dela. Até o fim de seus dias contados, o verde dos canteiros por onde ela passa em sua retirada vergonhosa ficará gravado nas retinas de Chellam; ela ouvirá os cochichos dos vizinhos em seus ouvidos no silêncio das manhãs; sempre que chover, ela sentirá o cheiro do barro molhado e sentirá os pés afundarem a cada passo e o ombro doer com o peso da mala quebrada.

Appa fica parado com um pé apoiado na trave do portão, vendo-os ir. Por toda a rua, há rostos por trás das cortinas das janelas como se fossem lâmpadas fracas.

– Não há dúvida – a Sra. Malhotra, que mora do outro lado da rua, diz para si mesma –, eles estão mandando a moça para casa. Hoje em dia não se pode confiar nos empregados. – Ela se vira e olha para o velho pai, que está se balançando na cadeira e reclamando baixinho como uma criança que precisa urinar. – Arre, Bapuji! Você tem sorte por não o termos deixado por conta de uma empregada, é sim, senão você já estaria morto a esta hora!

O filho retardado dos Wong, Carequinha, aponta para eles quando eles passam pela casa ao lado, onde os pais de Amma costumavam morar até morrerem, três anos atrás. Carequinha cacareja através dos galhos da mangueira onde ele está empoleirado na chuva, mas ninguém presta atenção nele. Seu pai está no trabalho. Sua mãe está descascando cebolas na cozinha. Os vizinhos estão acostumados com ele.

– Não diga *retardado* – Amma ralhou da primeira vez que Appa usou esta palavra para se referir a Carequinha. – Ele só é um pouco lento, mais nada.

– Retardar é tornar lento – Appa disse. – *Ecce signum*: o inestimável *OED*. – Ele tirou o dicionário da estante da sala e colocou sua capa preta, cheia de poeira, em cima do prato de Amma.

– Okay, chega – Amma tinha dito, empurrando sua cadeira para trás com tanta força para sair da mesa que o chá derramou no pires. Mas Uma e Appa tinham trocado um olhar triunfante, e até Suresh e Aasha entenderam a piada.

Não há nenhuma cortina balançando na janela dos Manickam, três casas adiante: a antiga Sra. Manickam está deitada na cama em Kampong Kepayang comendo lichias descascadas e descaroçadas da mão do novo marido, que sai cedo do escritório todo dia só para isso, e o Sr. Manickam está no escritório, embora seja sábado, enterrando a tristeza no trabalho, como sempre.

– Vejavejaveja – diz a Sra. Balakrishnan mais adiante na rua, puxando a manga do marido que está sentado lendo o jornal. – Veja só, homem, eles mandaram embora a moça da Casa Grande. Para que todo esse drama? Agora eles vão sentar e chorar. Como se isso fosse trazer de volta a velha senhora. Quando ela ficava o tempo todo sentada no seu canto, eles reclamavam. Parece que não conseguem controlá-la. Na certa, vão arranjar outra empregada. São importantes demais para cuidarem de si mesmos. É isso que dá ter dinheiro demais. Só problemas e lágrimas.

Com um pé, Appa afasta algumas folhas mortas e pedrinhas soltas debaixo do portão. Depois ele se vira e volta para casa, arrastando as sandálias japonesas no cascalho. Por alguns segundos, ele fica parado, olhando para as copas das árvores como se fosse uma visita admirando a folhagem exuberante, com o guarda-chuva, parecendo uma sombrinha de uma dama vitoriana, sobre o ombro. *Wah, wah, Sr. Raju, muito bonito, homem, o seu jardim! Que tipo de fertilizante o senhor usa?*

– Tio Casa-Grande! – grita Carequinha do alto da árvore na casa ao lado. – Tio, Tio, Tio Casa-Grande! Tio ah! Tio onde? Tio por quê?

Appa olha diretamente para Carequinha, mas não diz nada. Então, como se tivesse se lembrado de repente de alguma coisa importante, ele começa a caminhar rapidamente e entra em casa.

– O que vocês dois estão fazendo aí sentados, perdendo tempo? – ele pergunta a Suresh e Aasha quando entra na sala de jantar. – Como se toda a família tivesse que se despedir da maldita garota como se ela fosse a rainha da Inglaterra em visita oficial. Vão fazer o dever de casa ou ler um livro ou fazer algo útil, pelo amor de Deus.

As crianças olharam para Amma e ficaram sentadas prendendo o fôlego e mordendo os lábios, esperando pela permissão dela. Para ir fazer o dever de casa (embora Aasha não tivesse nenhum dever). Para ler um livro. Para fazer coisas úteis. Para escapar dali e viver vida de criança (ou para descobrir que isso tinha se tornado impossível para eles, mesmo depois da promessa da manhã de um novo começo) e deixar Amma sozinha na mesa cheia de migalhas, sem plateia.

– O que foi? Por que vocês estão olhando para mim? – diz Amma. – Como se eu quisesse que vocês ficassem aí sentados. Os dois aí com os traseiros grudados na cadeira como se esta encrenca fosse um desenho animado de sábado de manhã, e agora olhando para mim como se eu não quisesse deixar vocês irem.

Um pouquinho de ar escapa das narinas de Aasha. Uma risada, um fragmento de surpresa, uma lufada de medo. *Meu Deus*, Appa pensa, é verdade: ela os manteve aqui para testemunharem sua fúria contra Chellam a Ingrata. E não só para a testemunharem – para compartilhá-la, para agarrar essa massa de ódio que não tem para onde ir e guardá-la para usar no futuro. Lição número um: como algumas pessoas se viram contra você mesmo Depois de Tudo o que você fez por elas.

Ele abre o mapa de duas cores da esposa em sua cabeça e acrescenta outra marquinha, um pontinho branco perto da fronteira. Chame isso de Audácia. Chame de Não Parar Diante de Nada, um bom nome para uma cidadezinha inglesa. Do fundo do estômago, sua própria audácia ameaça subir em borbotões até o peito, esperando para acusá-lo de chamar o roto de esfarrapado, esperando que ele reconheça que as crianças foram apanhadas entre sua velha audácia e a nova audácia dela. Ele engole em seco, e pensa na pausa das crianças esperando permissão. Foi isso que o abalou, não aquela súbita mudança na esposa. Foi isso que fez o ar sair de suas narinas formando dois pontos de exclamação. *Ela os manteve aqui,* ele pensa, *e eles sabem disso.* Por algum motivo que ele não consegue definir exatamente, isso o assusta. Ele fica um pouco tonto, como se tivesse acabado de acordar de um sonho onde galinhas falavam e sóis se transformavam em luas.

Appa sacode a cabeça e vai acalmar os nervos com um banho frio num banheiro ocupado pelo fantasma de sua mãe morta, antes de fechar a cortina e entrar num universo alternativo no qual ele possa esquecer as verdades intransigentes deste aqui.

Na cozinha, Amma põe os pratos na pia, e diz, sem se virar:

– Da próxima vez, por que vocês não saem com seu pai nos dias de folga de Lourdesmaria? Vocês querem que eu planeje cada jantar de sábado com uma semana de antecedência ou o quê? Querem que eu escreva um cardápio completo com uma caneta tinteiro? Querem que eu use luvas para servi-los em bandejas de prata? – Então ela vai para seu quarto e fica lá até Suresh ter preparado e comido um jantar feito com Rações de Emergência: Cream Crackers com melado, leite em pó diretamente da lata, macarrão Maggi cru, partido em pedaços e salpicado com seu tempero cinzento (sabor frango). Às oito horas, Amma desce para jantar ouvindo o rádio da cozinha no escuro. O rádio ainda está sintonizado na estação tamil que Chellam costumava ouvir enquanto penteava o cabelo de Paati de manhã. O tema musical do programa de músicas de filme das dez horas sempre tocava no momento em que ela enrolava o cabelo de Paati formando um coque branco e sedoso que ela prendia com dois grampos. Agora, entretanto, só tem um homem com uma voz grave, de alguém com um bigode preto, entrevistando uma jovem médica sobre os benefícios das amêndoas.

Suresh arruma metodicamente seus livros e lápis, depois tira seu lápis HB e sua régua do estojo de metal e começa o dever de matemática.

– Por favor, posso pegar... – Aasha começa, e Suresh tira uma folha de papel do seu bloco e dá a ela um pincel Pilot azul de ponta grossa. Naquele pedaço de papel, Aasha desenha um retrato indecifrável para todo mundo menos para ela, um retrato de Chellam a ex-empregada, antes amada (mas odiada) e odiada (mas amada) por Suresh e Aasha, agora no exílio em sua longínqua aldeia de terra vermelha e telhados de zinco.

Exílio é uma ilha para pessoas que não são o que costumavam ser. Naquela ilha solitária do desenho de Aasha, Chellam vagueia, tropeçando em pedras pontudas em vales desertos, escalando montanhas íngremes varridas pelo vento, de gatinhas, perturbando vacas famintas que fuçam montes de lixo como se fossem trevos. Limpando sem parar nuvens de poeira e sujeira e baldes de banheiro sujos de sangue com uma vassoura esfarrapada. Dentro da cabeça dela, uma dúzia de cobras estão enroladas umas nas outras formando uma massa compacta. Dentro de sua barriga há uma figura pequenina, uma versão menor dela mesma, empurrando as paredes redondas de sua morada com as mãos pequeninas.

Esta representação em forma de palito de fósforo de Chellam é fiel pelo menos num aspecto: existe realmente uma terrível espiral de lembranças más e perguntas angustiantes dentro da cabeça de Chellam que irão morrer com ela, sem resposta. Aasha faz o contorno das cobras outra vez e depois as colore até a tinta se espalhar pelas enormes orelhas de Chellam.

– *Tsk,* Aasha – Suresh resmunga –, desperdiçando minha caneta boa. Para fazer uma bobagem dessas, você não pode usar um lápis?

Aasha tampa a caneta e a empurra na direção de Suresh com um beicinho. Ela desce da cadeira e sobe para se sentar no quarto vazio de Uma. Em volta dela, a noite vibra com o canto de grilos e cigarras, com o rangido dos ventiladores de teto e com os temas musicais de todos os programas de televisão que estão sendo assistidos em Kingfisher Lane. *Havaí Cinco Zero. B.J. e o Urso. A casinha na campina.* Os ouvidos sensíveis de Aasha escutam cada som, separando-os como fios de linha num tear, mas no andar de baixo ela só ouve silêncio. O silêncio também pode ser desfiado como linha: o silêncio de Amma olhando pela janela da cozinha para a escuridão. O silêncio do escritório vazio de Appa, de onde não vem o rugido de papéis nem melodias assobiadas. O silêncio de Suresh fazendo seu dever de casa, sozinho, sentindo-se culpado por ter reclamado da caneta. O silêncio de Paati, cujo corpo leve e transparente bate sem fazer ruído nos móveis e paredes, procurando pela cadeira de vime onde ela costumava se sentar o dia inteiro no seu canto cheio de mosquitos. Chamas piedosas libertaram o espírito da cadeira assim como a cremação de Paati libertou o dela, mas a cadeira não reapareceu, transparente, no seu canto, e Paati está inconsolável. Suas juntas estalam silenciosamente quando ela senta no chão, no lugar onde a cadeira costumava estar.

Uma vozinha do lado de fora da janela diz: – É assim que Paati sabe que está morta. Sua cadeira não está mais lá. – Aasha se vira para ver sua mais antiga (mas muito jovem) amiga fantasma empoleirada no parapeito da janela, com a cabeça inclinada de lado como ela costuma fazer às vezes. Se Aasha tivesse altura suficiente e fosse forte o bastante para abrir a janela sozinha, ela o faria, embora a filha do Sr. McDougall não esteja pedindo para entrar desta vez.

– Você se lembra como *eu* soube que estava morta, não é? – Ela não olha para Aasha quando faz a pergunta, e sim para longe, para ocultar sua ansiedade pela resposta certa.

– Sim – responde Aasha –, é claro que sim. Mas me conte outra vez.

– Quando eu não consegui ver a luz do sol e os pássaros. Antes disso eu estava viva, o tempo todo, minha mãe e eu estávamos afundando no lago, não havia nenhum peixe nele, só silêncio e escuridão, como se fosse uma igreja grande e vazia, mas eu podia ver a luz lá longe na superfície, por cima da água. Quando não consegui mais vê-la, foi quando morri.

Aasha deita a cabeça no travesseiro de Uma, com os cachos levantados, e fecha os olhos para meditar mais uma vez sobre esta confidência familiar.

Na tarde seguinte, Amma encontra o desenho que Aasha fez de Chellam debaixo da mesa da sala de jantar. Ela examina brevemente o desenho e então, achando que devia ser um personagem de um dos livros de histórias de Aasha, faz uma lista de compras para Mat Din no verso da folha de papel. Wafers de chocolate, Nutella, anis para o ensopado de carneiro, latas de milho e ervilhas para acompanhar o frango.

2

AS ORIGENS DA CASA GRANDE

Em 1899, o avô de Appa atravessou a baía de Bengala para tentar a sorte numa terra estranha, deixando para trás uma aldeia esmeralda na costa leste da Índia. Mal ele tinha saído do barco junto com o resto daquele vasto grupo em Penang, quando um sujeito lhe ofereceu um emprego nas docas, e lá ele trabalhou duro, dormindo quatro ou cinco horas por noite num dormitório miserável, mandando quase todo o salário para casa, não querendo nada para si a não ser um dia poder pagar sua passagem de volta.

O que mudou os sonhos dele em vinte anos? Só o que o pai de Appa, Tata, sabia era que quando ele tinha idade suficiente para se postar diante do pai, com suas calças cáqui na altura dos joelhos, para a inspeção matinal antes da escola, seu pai dizia: "Estude bastante. Estude bastante e você não vai ter que ser um peão como eu." Toda manhã ele dizia isso, com o bigode sujo de espuma de leite. Estude bastante e o mundo será seu. Você pode ser um homem rico. Com uma casa e criados.

Então Tata estudou bastante e conseguiu um emprego como assistente administrativo na Cowan & Maugham Steamship Company quando terminou a escola aos dezesseis anos, e no meio de tanta esperança e estudo e preparação, uma outra coisa mudou: a Índia deixou de ser o seu lar. Às vezes, ela brilhava, verde e dourada, nas histórias do pai de Tata sobre brincadeiras na beira do rio e casamentos que duravam dez dias e laços inquebrantáveis de sangue. Outras vezes, ela era uma ameaça, um pesadelo, um lamaçal no qual aqueles que não tinham tido a sorte de escapar ainda chafurdavam. Mas Tata não tinha imagens para anexar à palavra que o pai usava para a Índia: *Ur,* o país. Este lugar próspero, complexo, poliglota para onde eles foram quase que por acaso, este era seu país agora. Malaios, chineses, indianos, eles podiam ser compatriotas misturados, mas eram compatriotas assim mesmo, para o bem ou para o mal. O que estava por vir, viria para todos. Seria algo para todos compartilharem.

Foi isso que Tata, com os olhos brilhando no escuro, contou à sua bela esposa. *Este país é nosso, não do homem branco.* E quando ela disse, *Mas eles foram bons para nós,* ele insistiu: *Você não sabe. Você não conhece seus corações sujos. Mas você vai ver o que este país pode se tornar sem eles. Você vai ver.*

Para seus cinco filhos – Raju, o que era bom em tudo, Balu, o que não prestava para nada, e suas três irmãs insignificantes – Tata dizia constantemente: *Temos sorte em viver aqui. Este é o melhor lugar da Terra, não tem os problemas da Índia. Paz e tranquilidade e um clima perfeito. Trabalhem bastante e o mundo pode ser de vocês aqui.* Então ele despenteava o cabelo do atento Raju e dava um tapa na orelha do distraído Balu.

Quando Tata se aposentou, em 1956, ele possuía uma companhia de navegação que se rivalizava com a do seu antigo patrão. Um sol inclemente estava se pondo vingativamente sobre o Império Britânico. Tata resolveu comprar uma casa que mostrasse a posição da sua família no novo país. Uma casa imponente, uma casa grandiosa, uma moradia dinástica. Ele ia sair de Penang e procurar uma casa assim em Ipoh, bem longe das docas, num lugar verdejante, no meio das montanhas, o lugar perfeito para ele se aposentar.

A casa dos sonhos de Tata pertencia a um Sr. McDougall, um escocês dispéptico que tinha sido dono das minas que surgiram em Ipoh e ao redor dela nos anos 1850 para explorar as ricas jazidas de estanho do Vale do Kinta. Ele já tinha vendido as minas para um chinês; agora ele só precisava se livrar da casa.

O Sr. McDougall tinha três filhos adolescentes que tinham nascido e se criado no meio dos filhos dos mineiros chineses em Ipoh, correndo por ali de sandálias japonesas e comendo char siu pau no café da manhã. Ele tinha também uma amante e uma filha ilegítima que mantinha com certa opulência num bangalô em Tambun. A vida do Sr. McDougall transcorrera agradavelmente ao longo dos anos – manhãs visitando as minas, tardes com a amante, noites no clube – quando ele resolveu deixar o país, por dois motivos. O primeiro foi que o governo de Sua Majestade estava se preparando para se retirar. O segundo foi que sua amante, sentindo no ar o cheiro da fuga do Sr. McDougall, começara a exigir uma casa maior, um carro com motorista e uma aliança de casamento. *Se você não largar sua família,* ela dizia, *eu vou arrancar você de lá pessoalmente. Vou arrastar você com minhas mãos e meus dentes, e sua esposa pode assistir.*

Em resposta, o Sr. McDougall tinha mandado a esposa – Elizabeth McDougall, Fitzwilliam de solteira, filha de um coronel e, no seu tempo, uma beldade cujas atenções todos os solteiros britânicos da Malásia tinham desejado – e os três filhos para um lar que eles não conheciam nas Highlands da Escócia. E a amante? Para chamar atenção, por vingança, ou simplesmente por desespero, ela se afogou junto com a filha de seis anos num poço da mina. Se o Sr. McDougall soube de sua morte, nunca deu nenhum sinal disso.

– Não sei se os filhos legítimos tiveram melhor sorte – Appa dizia sempre que contava esta história em casa. – Fico imaginando o que aconteceu com eles. O pai simplesmente os arrancou daqui e os despachou de volta inteirinhos.

Inteirinhos, três homens estão mergulhados numa banheira.
Um deles disse vire para lá e o outro disse esfregue.

Foi Suresh quem escreveu estas inspiradas linhas na parte interna da capa do seu livro de ciências. Ele tinha nove anos na época, e pensou em recitar o verso para Appa, que, com certeza, iria rolar de rir e bater em seu ombro (se ele estivesse em pé) ou em seu joelho (se ele estivesse sentado), do jeito que ele ria e batia em Uma sempre que ela demonstrava uma sagacidade digna dos seus genes. Mas quando Suresh compôs o versinho, Appa mal parava em casa, e, quando estava em casa, seu humor era tão variável que, após esperar três semanas, Suresh riscou as linhas com um marcador para evitar problemas com os inspetores escolares.

– Indo para casa, ao que parece – Appa dizia com desdém, recordando as últimas palavras do Sr. McDougall para Tata. – Foi isso que o Sr. McDougall disse a eles. Que bobagem! A casa *dele*, talvez, não dos filhos. A pele deles podia ser branca, mas eles eram perfeitos *chinks*, ouçam o que estou dizendo. – *Chink* tinha um som curto, áspero, que fazia Amma chupar os dentes e sacudir a cabeça, mas isto só encoraja Appa. – Provavelmente vagando pelas charnecas, procurando sopa de miúdos de porco – ele continuava. – Limpando os traseiros com as páginas de economia do *Nanyang Siang Pau*. Despachado de navio especialmente para eles.

Então Uma ria, e Suresh, observando-a, ria com igual intensidade, um número de risadinhas empiricamente garantido a adular Appa sem o risco de um tapa na boca ou de um beliscão na coxa, por parte de Amma. Só Aasha nunca ria junto, porque por mais divertidos que ela achasse os perfis dos filhos de McDougall, seu coração estava do lado da garotinha afogada, que usava marias-chiquinhas; que tinha olhos como caroços de lichia e bochechas cor de lichia; que às vezes, em noites sem lua, implorava para entrar pela janela da sala de jantar. *Por favor*, ela dizia sem emitir som para Aasha, *não posso me sentar à mesa da casa do meu pai?*

Não diga bobagens, Appa e Amma e Uma e Suresh disseram quando Aasha contou a eles. E uma vez, quando ela abriu aquela janela, levou um tapa na mão por ter deixado entrar uma cigarra.

Quando o Sr. McDougall foi embora para as Highlands escocesas, fazia nove anos que o rei George VI tinha perdido a joia mais preciosa da sua coroa. Para ser mais precisa: ele a largara como se ela fosse uma batata quente nas mãos estendidas de um homenzinho moreno usando um tapa-sexo e óculos de vovozinha; de um cara mais alto, de nariz adunco, usando um paletó ainda não batizado; e de trezentos e cinquenta milhões de nativos anônimos que tinham ficado teimosamente acordados e que, de madrugada, estavam lacrimejando, delirando de exaustão e dispostos a ver qualquer coisa como sendo um presente precioso de Sua Majestade. Esta joia da coroa tinha caído, caído, caído, esta batata quente, este ovo não chocado, sem que nenhum deles soubesse o que iria emergir dele, mas todos certos – ah, abençoada certeza! – de que isso era exatamente o que eles queriam. Infelizmente, o resto também é história: em sua alegria delirante, eles deixaram o ovo cair e ele se partiu ao meio, e das duas metades saiu não a galinha de ouro que eles esperavam, mas mil monstros sedentos de sangue, multiplicando-se diante de seus olhos, e por mais que eles tentassem solucionar aquele caos, era tarde demais, tarde demais até para eles fazerem uma omelete com o ovo quebrado.

Agora, em 1956, uma tripa de nação logo do outro lado da água se preparava para descer a Union Jack para sempre, convencida (e correta, de certa forma) de que aqui as coisas iriam ser diferentes. Esta terra acordou, sacudiu os cabelos e se preparou para uma década de retirar e colocar nomes como se eles fossem trajes festivos. A Federação dos Estados Malaios. Malaia. Malásia. Antes que outra multidão de nativos excitados, de olhos brilhantes, outro Pai de outra Nação limpasse a garganta. Tunku Abdul Rahman, educado em Oxbridge, como tantos novos Pais. Apreciador do seu Yorkshire pudding e da sua *steak and kidney pie* [torta de carne e rim] cheia de gordura. Mas ele, corajosamente, afastou tudo isso da mente (ou tentou), trocou o paletó esporte por um baju melayu cujos fios de ouro arranhavam sua pele, e se ergueu, ajustando o tengkolok na cabeça, para conduzir seu povo dos campos de arroz, das plantações de suas famílias, e de suas choupanas-escola de um só cômodo para uma era de glória. Eles nunca tinham comido Yorkshire pudding nem steak and kidney pie, mas confiavam nele: em suas veias corria o bom sangue malaio, e este, eles acreditavam, nenhuma comida inglesa ruim podia estragar.

O Sr. McDougall conhecia muito bem o povo malaio; ele tinha ajudado a criá-lo, afinal de contas, ele e seus companheiros colonizadores. Eles tinham trazido os chineses e os indianos para cá em embarcações precárias por seus cérebros e seus músculos, para trabalharem como escravos sob o sol do meio-dia extraindo o precioso estanho. Como Deus, o Sr. McDougall e seus compatriotas tinham visto sua palavra se materializar milagrosamente, com os malaios e chineses e indianos assumindo, sem questionar, os papéis inventados para eles. O camponês malaio trabalhando desanimadamente algumas horas, durante a manhã, nas plantações de arroz, contentes em passar o resto do dia agachados na sombra, debaixo de suas cabanas de pau a pique. O peão chinês se dedicando com afinco ao estanho e ao ópio. O aprendiz indiano, tão embriagado de suco de bétele que podia cavar valas por doze horas, alegre como um búfalo na lama, queimando sua pele marrom ao sol até ela ficar preta e voltando à noite para casa para beber uma cachaça ordinária e surrar a mulher. Durante setenta anos, eles todos viveram em harmonia junto com os homens brancos que governavam o país, exceto por uns poucos incidentes isolados: um governador esfaqueado no banho, um protesto mambembe. De forma geral, as coisas tinham corrido conforme o planejado.

O Sr. McDougall não podia dizer com nenhuma certeza quando tudo tinha começado a mudar, mas ele tinha notado quando os Poucos Escolhidos começaram a se achar muito importantes. Era assim que ele e seus amigos do clube dos mineiros chamavam os rapazes que o governo de Sua Majestade estava preparando para o Serviço Administrativo da Malásia e sabe Deus para que mais. Aquelas fuinhas engomadas, formadas no Malay College ou na Victoria Institution ou na Penang Free School e despachadas para Oxford e Cambridge para manter os nativos contentes. Por algum tempo, um tapinha na cabeça aqui e uma promoção ali foram suficientes para agradá-los quando eles voltavam para casa, mas mesmo então ele tinha farejado problemas ao vê-los retornar com suas becas e perucas. Esse Tunku era o pior de todos. Antes que o Sr. McDougall tivesse tempo de dizer bem que eu disse, os rapazes do Malay College tinham começado a insuflar o povo. Eles de um lado e os malditos comunistas chineses do outro, vira-casacas desgraçados: as armas que os ingleses tinham dado a eles para lutar contra os japoneses agora estavam sendo usadas para assassinar tanto ingleses quanto nativos.

O rei George tinha morrido. Sua filha agora usava a coroa: pousada sobre seu sólido rosto inglês, com um rolo de cabelo do tamanho de um ovo de galinha sobre a testa, um par de rolos menores à esquerda, e à direita uma fileira de esmeraldas e rubis, moles como os dentes de leite de uma criança de sete anos esperando para serem arrancados.

Foi exatamente pelo fato de conhecer tão bem o povo de Tunku que o Sr. McDougall viu o que ia sair deste mais recente ovo-joia: o mesmo tipo de problema que tinha deixado na lama Índia, Burma e Sudão. Impacientes, com os olhos faiscando como olhos de lobo no escuro, os chineses e os indianos já estavam esperando perto da linha. Quer dizer, aqueles que ainda não tinham se juntado aos comunistas, cuja "insurreição" – o Sr. McDougall ria amargamente toda vez que ouvia esta palavra idiota – eles teriam sorte de sufocar antes de partir. Ah, sim, não havia a menor dúvida, isto ia ser um circo, um zoológico e uma pantomima de Natal, tudo misturado.

Com sua amante furiosa atrás dele, ameaçando levar a loucura do mundo exterior para dentro de sua casa, o Sr. McDougall não quis perder tempo. No dia quinze de dezembro de 1956, ele mandou seu advogado preparar o contrato de venda da casa e terrenos adjacentes, coqueiros e tudo; no dia dezoito, ele se mandou para a Escócia, resignado a passar o Natal vomitando em alto-mar. Vendera a casa com prejuízo, mas não se importou, nem mesmo quando viu o brilho satisfeito nos olhos do oriental que a comprou. Este homem era um sintoma ambulante do enfraquecimento do Império. Quando um peão das docas tinha condições de mandar o filho para Oxford, o Sr. McDougall pensou ao assinar sua metade do contrato mal datilografado e mal redigido, estava na hora de reduzir seus prejuízos e dar o fora. *A ascensão da maldita classe média. Era só o que precisávamos.*

– Então! – ele disse para o sujeito, olhando-o dos pés à cabeça. Ele estava todo embonecado, este cara, usando uma camisa imaculadamente branca e uma gravata-borboleta só para ir assinar um contrato na sala dos fundos do clube dos mineradores. – Fez um bom negócio, hein?

– Sim, sim – disse Tata. – Muito obrigado, e boa sorte na sua volta à Escócia, Sr. McDougall. – Ele estendeu a mão e o Sr. McDougall apertou-a desgostoso, sem conseguir livrar-se da sensação de que o cara estava rindo por último.

Ele tinha razão, é claro, ao achar que Tata estava satisfeito consigo mesmo por ter levado a melhor com um vellakaran (estrangeiro em tamil), por ter conseguido uma pechincha dessas sem fazer esforço.

– Isto – ele disse, mostrando o contrato para Paati, que estava descascando cebolas para o frango do dia –, isto é o começo de uma nova era. Para nós e para a Malaia.

Paati, com o cabelo ainda preto, as mãos ainda macias, balançou a cabeça, meio na dúvida.

– Talvez – ela disse –, talvez. Mas quando os britânicos tiverem ido embora para sempre, vamos sentir falta deles. – E com o pretexto de estar descascando cebolas, lágrimas de verdade, grossas e sentidas, escorreram pelo seu rosto. Ela chorava pelos ingleses que seriam expulsos sem cerimônia pelos supostos pecados dos seus pais, pecados que ela ignorava, porque ela só tinha tido alegrias na sua infância. Chorava pelos velhos tempos, por suas professoras missionárias e seu Royal Readers de capa vermelha, pelo "God Save the Queen" e pela Mensagem de Natal do rei no rádio. Ela chorava pelo velho Sr. Maxwell, o supervisor da Cowan & Maugham Steamship Company; pelo Sr. Scotts-Hornby, o falecido gerente cujo posto Tata tinha ocupado; pelo tenente-coronel Phillips e sua esposa, que tinham alugado o bangalô atrás da casa para onde Tata a levara quando eles eram recém-casados. E ela chorava por um inglês em particular, cujo nome ela não dizia nem para si mesma.

– *Tsk* – disse Tata. – Quantas vezes eu já disse para você descascar as cebolas debaixo d'água e usar seus óculos enquanto estivesse fazendo isso? Aadiyappa, como vocês, mulheres, deixam a vaidade comandar suas vidas!

Obedientemente, Paati jogou cada cebola com um *plop* dentro de uma vasilha de prata cheia d'água, e não se falou mais nada sobre os ingleses naquele dia.

Quando o Sr. McDougall se desfez dos seus leques de folha de coqueiro e das suas galochas para sempre, Ipoh, que nunca fora o centro cultural da Malaia britânica, tinha começado a perder sua fina pele colonial e uma nova cidade começava a surgir sob ela, suas calçadas molhadas de escarro. Movimentados *kopitiams* [cafeterias] surgiram ao redor de uisquerias decadentes como cogumelos ao redor de madeira podre. Dentro delas, grupos de chineses velhos se agachavam diante de mesas de tampo de mármore, molhando o pão no café, tomando seu bak kut teh ao meio-dia.

O Cold Storage, com seu balcão brilhante e seus bancos cromados, fechou definitivamente numa tranquila tarde de sábado. Em seu lugar, surgiu um estabelecimento que era uma mistura de supermercado e mercado de rua, cheio de moscas, sujo de sangue de peixe e de aves. A University Bookstore fechou, e por toda a cidade surgiram bancas de livros, de aparência duvidosa, com nomes chineses e revistas de cinema indianas. As farras dos negociantes chineses e médicos indianos expulsaram dos salões ricamente forrados de madeira do Ipoh Club os últimos vestígios das noites calmas, regadas a uísque e charutos, dos ingleses.

Depois de escolherem um dia auspicioso para a mudança no seu calendário tamil, Tata e Paati desfizeram sua casa em Butterworth e foram para Ipoh, com o baú de madeira no banco de trás e a velha bicicleta dele amarrada no teto do Bentley marrom. A calça cáqui de Tata estava recheada de bens e dívidas: um polpudo saldo no Lloyd's Bank, investimentos variados nas indústrias da incipiente nação (de modo que quando ele morreu, o responsável pelo obituário no *Straits Times* listou para seus leitores o pacote inteiro de empresas com nomes atraentes, de duplo sentido, que Tata tinha acumulado: Barão da Borracha, Rei do Cimento, Duque de Durians, Magnata da Tapioca, Importação-Exportação Padrinho), uma esposa ainda jovem e cheia de covinhas aos cinquenta e oito anos, e três filhas solteiras. Seus dois filhos estavam fora: Raju tinha arranjado um emprego numa firma de advocacia em Cingapura depois de voltar de Oxford, e Balu, recém-casado, estava vencendo concursos de dança de salão por toda a Europa.

– Imbecil inútil – Appa iria resmungar anos depois, mostrando Tio Salão de Baile para Uma, Suresh e Aasha nos velhos álbuns de família feitos com folhas de cartolina. E, apontando com o dedo para as fotos da festa de casamento do Tio Salão de Baile, disse: – Dançou para a penúria ao som do tango e do foxtrot. Dançando o foxtrot, ele encontrou sua raposa. Pena que trotasse mais rápido do que ele. Ele saltitava para um lado e ela para outro. O maldito idiota foi passado para trás por sua própria raposa. Hah!

– E provavelmente comendo bife de garfo e faca – Suresh cochichava para Aasha quando estavam fora do alcance dos ouvidos dele –, e dormindo sem camisa. Como o próprio J. R. Ewing.

Mas em 1956, Tata não era perturbado por visões do futuro do seu filho libertino. Enquanto o país nascia e avançava em sua juventude impetuosa, ele vivia seus anos de crepúsculo com um suspiro de gratidão e a sensação de estar acomodado. Contratando criados apenas para cozinhar e limpar, ele se ocupava de suas roseiras e da sua horta. Colhia pimentas e prendia tomateiros ao redor de estacas de madeira. Ele tosava, catava ervas daninhas, aparava a grama duas vezes por semana. Plantava árvores: goiaba, manga, tamarindo. Ele construía muros e treliças e entrava para tomar chá às quatro e dez, suado mas radiante, sorrindo pela cozinha da justiça, da correção daquilo tudo.

Num barracão erguido apressadamente no jardim, Tata espalhava instruções recebidas pelo correio numa bancada de trabalho e construía e envernizava estranhas peças de mobília que só tinha visto antes em livros: escrivaninhas, cabideiros, porta-bengalas.

Encomendou um lustre da França e, quando a peça chegou, passou seis dias diante do caixote aberto, revirando cada uma das partes em suas mãos. No sétimo dia, com um fogo súbito rugindo na barriga, ele ficou acordado até bem depois da sua hora habitual para montar o lustre à luz de um lampião de querosene, lendo com dificuldade as instruções mal traduzidas, tentando, tentando, mastigando o lábio, rangendo os dentes, decifrando os diagramas, até que, finalmente, faltando um minuto para a meia-noite, ele tirou Paati da cama, com um ar triunfal. Ambos ergueram os rostos para o lustre numa expectativa sobrenatural. Tata encostou o dedo indicador da mão direita no interruptor, respirou fundo e acendeu. Exatamente à meia-noite do dia trinta e um de agosto de 1957, fez-se Luz...

... neste exato instante, a duzentas milhas de distância, Tunku Abdul Rahman ergueu bem alto o braço direito num campo de críquete e saudou a nova liberdade do país, sob gritos delirantes de "Merdeka!" – Liberdade! – e uma coreografia executada pelos rapazes encarregados das bandeiras: em perfeita sincronia, a Union Jack foi baixada e a nova bandeira foi erguida. Lá, também, se fez a Luz. A Luz ofuscante de duzentas lâmpadas fluorescentes, a Luz barulhenta de uma centena de câmeras fotográficas, a (metafórica mas não menos real) Luz interior de orgulho e ambição que brilhou em um milhão de corações patrióticos assim como tinha brilhado em outros corações em outras meias-noites.

Convencido de que a Casa Grande devia crescer, brilhar e celebrar em solidariedade, Tata consultou uma firma de arquitetos sobre diversas possibilidades de expansão. Um outro quarto de hóspedes. Dois banheiros extras (um deles com uma banheira com pés em forma de garras). Uma estufa de orquídeas. Uma sala de música e fumódromo (embora só houvesse um único gramofone e ninguém fumasse). Uma cozinha inglesa equipada com um fogão Aga novinho na qual a cozinheira se recusava a pisar, preferindo sua cozinha indiana ao ar livre com sua bica barulhenta e seu esgoto aberto, pronto para receber tripas de peixe, cascas de legumes e restos de comida. E, finalmente, um quarto de empregada debaixo da escada dos fundos, embora nem Tata nem Paati tenham chegado a contratar uma empregada para ocupá-lo. Sem dar bola para o gosto conservador do Sr. McDougall, Tata mandou construir as novas alas em estilo local: sólidas ripas de madeira sobre uma base de concreto, remendadas ao acaso na simetria austera da estrutura original de pedra cinzenta, de modo que em menos de dois anos a casa se transformou em algo saído de uma história de Enid Blyton. Corredores desnecessários juntavam-se uns aos outros em ângulos oblíquos. Extensões, repartições e varandas cobertas pareciam surgir do nada diante dos olhos. Telas verdes contra mosquitos olhavam com desprezo para as cortinas de renda da sala. Suor, vapor e fumaça de carvão vinham da cozinha indiana e invadiam a cozinha inglesa imaculada, manchando suas superfícies. E, acima de tudo, as feições atrevidas da casa – o rápido piscar de olhos das persianas, o nariz empinado das cumeeiras, tão diferentes dos telhados planos ao seu redor – estremeciam com um rancor escocês. *Esses malditos nativos. É isso que acontece quando você deixa um grosseirão de um nativo escrever as próprias regras.*

A última iniciativa de Tata para melhorar a casa antes de morrer foi pintar o exterior de azul-pavão, como que para estampar no prédio sua posse, a liberdade da nação e sua própria liberdade. Era uma cor que os vizinhos de Tata só estavam acostumados a ver em sáris de casamento e em pinturas Mughal. Agora a casa praticamente brilhava no escuro. A Casa Grande. Kingfisher

Lane 79. É impossível deixar de vê-la, as pessoas passaram a dizer quando davam informações. Não se parece nada com as outras. A única concessão de Appa ao sentimentalismo ridículo do filho de indiano, até onde seus filhos foram capazes de dizer, foi escolher a mesma cor ofuscante de cinco em cinco anos quando mandava refazer a pintura da casa.

– Qualquer outra cor não teria o mesmo efeito – ele dizia, sacudindo a cabeça. – Tenho que honrar a magnífica sensibilidade estética do meu pai, de jasmim e cravo, papa de arroz e picles, Madras-massala.

Quando Tata caiu em sua horta numa luminosa manhã de maio em 1958, Paati ordenou às filhas que chamassem seu irmão mais velho. Depois instalou-se na varanda que dava para o sul (infelizmente sem cobertura) para esperar, examinando o horizonte como se pudesse ver a corcova de Cingapura erguendo-se como o casco de uma tartaruga na água azul, a trezentas milhas de distância, e montado nessa corcova, como o Colosso de Rodes, seu destemido filho mais velho, pronto para atravessar o Estreito Tebrau de um pulo só para vir caminhando por terra até este jardim sem homem, com o diploma de advogado numa das mãos e uma enxada na outra. Quando escureceu, suas filhas imploraram que ela entrasse: às oito horas, perdendo as esperanças, elas trouxeram espirais contra mosquitos e um travesseiro para ela apoiar as costas. Paati, porém, lançou perguntas sem olhar para elas. A que horas o telegrama fora enviado? Já tinha chegado uma resposta? A que horas Raju ia sair de Cingapura? De manhã, ela ainda estava lá na sua cadeira de vime, coberta de picadas vermelhas do tamanho de uvas, a voz rouca da fumaça das inúteis espirais contra mosquitos. Coçando-se furiosamente, levantou-se para receber Appa quando seu Morris Minor verde entrou pelo portão.

– Larguei tudo e vim direto para casa, *foof!* – diria ele aos filhos anos depois. – Tive que me demitir de uma hora para outra. Em um piscar de olhos, eu estava aqui consolando a velha senhora e me encarregando de tudo.

Em um piscar de olhos e num estalar de dedos. Tão mágica tinha sido sua pressa, tão incrível a velocidade do seu Morris Minor pelas estradinhas do campo.

– Imaginem só – dizia Appa –, tentem imaginar, se puderem. Vir para casa ventando, de uma hora para outra. – E, obedientemente, as crianças sentiam o vento nos rostos, e viam a imagem unânime que cada uma tinha criado sem ouvir nada do que as outras estavam pensando: um jovem Appa voando pelo ar com um dos braços estendido na frente dele como um super-herói subnutrido, com peito de pombo.

Depois do funeral de Tata, Appa conseguiu uma invejável sociedade na venerável firma de advocacia da Rackham Fields & Company. Embora seus patrões fossem todos britânicos, eles estavam largando os empregos e partindo, um por um, e quem eles escolheriam para tomar seu lugar se não um sujeito vindo de Oxford com uma excelente classificação? Investigações precedentes e atuais sugeriam que tal emprego forneceria o contraponto perfeito para a meteórica carreira política que Appa desejava para si mesmo. Ele tinha herdado – ah, o mais precioso dos legados! – a ambição intransigente do pai. Com um pouco de trabalho, tudo seria seu: uma Mercedes na porta, um título de cavalheiro no aniversário de rei, o próprio país. O país inteiro para ele conquistar, para sua geração conquistar. Que herança! Eles não iam desperdiçá-lo. Eles iam fazer do país a inveja de toda a Ásia, até mesmo dos malditos britânicos.

Como parte do acordo de que se encarregaria do bem-estar das irmãs, Appa também herdara uma herança tripartite subsidiária: 1) a Casa Grande, aquela propriedade enorme, deformada, dos últimos anos do pai; 2) metade da companhia de navegação; 3) a parte do leão dos sólidos investimentos de Tata.

A casa recebeu seu novo dono de portas abertas e com uma guirlanda de folhas de mangueira avermelhadas presas no alto do portal da frente. Mas a companhia de navegação, dirigida nos últimos dois anos por um leal secretário, não podia mais ser mantida.

– Eu sou advogado, não uma droga de um barqueiro – declarava Appa para quem quisesse ouvir. – E meu irmão é um tolo. Amador e profissional. Você acha que dançar samba e rumba vai manter os barcos flutuando, ou o quê?

Então a companhia foi vendida, os investimentos em borracha, cimento, durião e tapioca divididos, e a parte de Tio Salão de Baile enviada para ele, de má vontade, na Europa, de acordo com suas instruções. Appa deu ao rapaz cinco meses (no fim, foram sete) para gastar tudo e começar a pedir mais. Ah, bem. O mais feliz dos homens tem espinhos em seu caminho e, ao contrário de alguns, ele, pelo menos, não tinha que se preocupar com um irmão mais moço que embarcasse num mau casamento com uma troglodita ignorante, tivesse seis filhos e se enfiasse com a família num quarto vago no andar de cima, de onde todos desceriam numa cavalgada para comer de graça na hora das refeições. Não, ele não teria que carregar este fardo: na estante da sala de jantar estava o mais recente troféu conquistado pelo irmão de Campeão de Dança de Salão e uma fotografia dele e de sua partner num salão obscenamente dourado em Viena, exatamente na mesma pose do casal sem rosto do troféu. Livre do peso do mais velho, Appa investiu com o dobro da sabedoria e cautela a sua metade das economias e refletiu sobre seu lugar na nação recém-nascida.

3

O SACRIFÍCIO NECESSÁRIO DA INCÔMODA RELÍQUIA

26 de agosto de 1980

Certa noite, uma semana depois da morte de Paati, Aasha desce a escada atrás de Uma e vai até a porta dos fundos da Casa Grande, com o coração batendo como um tambor, palavras queimando na língua como gotas de óleo fervendo: *O quê? Uma? O quê?* Mas sua boca não cuspiu essas palavras e suas pernas se recusaram a encurtar sua costumeira distância de três metros. O que há com Uma esta noite que a está deixando assustada? Seu passo decidido, o brilho resoluto em seus olhos, os braços cruzados, bem apertados, sobre o estômago? Ou é algo maior do que a soma desses sinais, que, no entanto, não tem nome? Com certeza não pode ser nenhuma ameaça ou sugestão que Uma tenha feito: ela não pronunciou nenhuma palavra, nem fez nada de diferente o dia todo. Ficou trancada no quarto; ela ignorou Aasha como a vinha ignorando havia tanto tempo que dava para supor, erroneamente, que esta fria e silenciosa. Uma tinha obliterado a memória daquela outra Uma, a Uma risonha, brincalhona, empurradora de bicicleta que herdara as covinhas de Paati e que cheirava (de perto) a sabonete Pear.

Mas quando Aasha segue a nova Uma pela casa, a velha caminha atrás delas, pisando macio, cantarolando baixinho. Quando Aasha dá meia-volta, tentando apanhá-la, ela desaparece. O que mais Aasha pode fazer a não ser seguir a nova Uma, desejando, esperando que seus pensamentos voem através dos três metros que as separam e pousem, com asas de pombo, no coração impenetrável de Uma? Da porta dos fundos, ela vê Uma caminhar pelo jardim.

É hora do crepúsculo, aquele crepúsculo doído, violeta, que parece ser o estado permanente de todo este ano. No momento que Uma chega no barracão do jardim, os postes de luz da rua se acendem e nuvens de mariposas e besouros aparecem não se sabe de onde, como se tivessem esperado o dia todo por este momento. Eles se dividem em bandos iguais, mesmo ao redor do poste que pisca a noite inteira mas que se recusa a apagar.

Na frente do barracão, Uma para e olha para a velha cadeira de vime de Paati, onde a velha senhora se sentava todos os dias das oito da manhã às nove da noite (exceto durante sua febre este ano, quando ela ficou semanas de cama). Desde que Aasha consegue lembrar, esta cadeira sempre pertenceu a Paati, embora no início ela só se sentasse nela para relaxar depois do almoço. Então, um dia, ela anunciou oficialmente que estava Velha e Cansada. Com isso, todo o ar pareceu escapar-lhe numa velocidade alarmante. Seus descansos depois do almoço se tornaram mais longos; depois foram precedidos de um cochilo antes do almoço. E, finalmente, de sonecas depois do café, até que Paati simplesmente passou a não sair da cadeira o dia inteiro. Durante todo esse tempo, a cadeira nunca deixou seu lugar original, ao lado do armário de bugigangas no final do corredor comprido que ia dar na cozinha inglesa, num canto escuro e sossegado onde sombras passam e se instalam como plumas, e onde os mosquitos voam em câmera lenta e zumbem uma oitava abaixo do que em qualquer outro lugar da Casa Grande.

Nunca deixou até que Amma a jogou fora. Desde a tarde em que Paati morreu, Amma foi obrigada a repetir regularmente durante cinco dias: "Aasha, por favor, pare de olhar para essa cadeira. Saia daí. Não fique triste, foi melhor para Paati assim, você não sabe disso? Ela já estava velha demais. Pelo menos ela foi embora depressa." A primeira vez que ouviu essas palavras, Suresh subiu correndo as escadas para se deitar na sua cama e pensar: *Depressadepressadepressa. Depressa é piedoso e piedoso é depressa e é verdade não importa como que tudo é melhor assim e eu não sei de nada e não me lembro de nada.* Depois de se certificar de que nunca mais estaria na sala para ouvir Amma tentar afastar

Aasha da cadeira, o que foi bem fácil, porque um garoto de onze anos vai a reuniões de escoteiro, corre até a loja da esquina com vinte centavos e um plano na mão, se esconde no quarto para ler revistas em quadrinho de *Dandy* e *Beano* e ninguém acha nada demais nisso. Meninos dessa idade. Sabe como eles são.

Mas Aasha, presa em casa, enchia a paciência, tagarelava e vomitava os frutos da sua mente torturada nos pés de Amma.

– Veja como Paati se enroscou na cadeira – ela gritou certa manhã, depois que Paati tinha morrido. – Veja, ela ergueu os pés também, veja como está toda enroscada parecendo um gato! Depois ela vai reclamar que está com dor nos joelhos, com dor nas pernas, com dor nas juntas. A boba da Paati!

– Shh, vem tomar seu Milo, Aasha. Paati se foi. Paati não está ali.

Mas o que ia embora era a água preta do balde dos banhos da tarde, borbulhando pelo ralo do banheiro, levando um monte de cabelos e um pedaço de sabão junto com ela.

Não era assim que Paati tinha ido. Sua partida fora mais confusa – ah, muito mais do que água pelo ralo do banheiro! – e mais dramática (incorporando todos os elementos de um filme de suspense: exclamações de espanto, passos de um lado para outro, impulsões e compulsões). E também muito menos definitiva, porque Paati ainda não partira de todo. Ela estava transparente agora, e a cada dia, desde que morrera, faltava outro pedacinho dela: primeiro, um dos lóbulos distendidos da orelha, depois um dedão do pé, depois um dedinho da mão. Mas as partes importantes – a cabeça feroz, o peito ofegante, a barriga em chamas – faziam sentir sua presença de mijo e vinagre.

Mais tarde naquela manhã, Aasha voltou ao canto escuro de Paati, cheio de mosquitos, e segurou sua cadeira de vime pelos braços.

– Ei, Paati, Paati, não empurre a cadeira desse jeito, não grite tanto, sua garganta vai doer! Chellam não pode vir pentear seu cabelo. Chellam só faz dormir agora. Espere que eu vou pedir a Amma para vir, não grite!

Amma arrastou Aasha dali pela alça do seu macacão de Buster Brown.

– Venha – ela disse. – Venha ler um livro, ou desenhar, ou algo assim. Vou pedir a Suresh para lhe emprestar os lápis de cor dele.

Você quer um suco de laranja? Quer um refresco de gengibre? Vou mandar Mat Din comprar para você.

Durante cinco tardes, Aasha foi até a cadeira na hora do chá, com um jelebi ou dois bondas, ou um punhado de omapoddi na mão suada.

– Tome aqui, Paati – ela murmurava, depositando suas oferendas clandestinas na cadeira. – Amma já jogou fora a sua tigela, o que eu posso fazer? Coma bem depressa, não conte a ninguém. – Ela ficava olhando. Os mosquitos pousavam nos seus braços e pernas, dez quinze vinte ao mesmo tempo como se fossem pequenos aviões, e ela dava tapas neles e se coçava, mas não saía dali.

– Está bom ou não, Paati? – ela perguntava, inclinando-se para frente, com as mãos para trás. – Bondas, bem quentinhos. Não precisa comer arroz seco dos nossos pratos. Está bom ou não? Cuidado, não vá queimar a boca, o que foi, Paati, está com fome, hein? Tanto tempo sem comer, é isso?

Essas demonstrações não eram novidade; a família inteira estava acostumada com outras bobagens a respeito da filha morta do Sr. McDougall.

– Talvez – Chellam costumava sussurrar para Suresh – sua irmã possa ver fantasmas. Talvez tenha recebido um dom especial de Deus.

A família tinha buscado explicações menos metafísicas.

– Vocês – dizia Amma –, vocês contam histórias esquisitas para ela, quem é que conta esse tipo de história para uma criança desta idade? É claro que ela vai inventar essa bobagem toda. Está tentando parecer interessante, só isso.

– Bem, não está funcionando, está? – comentava Suresh.

Entretanto, por motivos que só eles conheciam – e cada um deles tinha motivos diferentes –, eles não conseguiam ignorar as visões que Aasha tinha de Paati com tanta facilidade.

– Isto está ficando um pouco demais – dizia Amma. – Falar com um personagem de história de fantasma é uma coisa. Falar com a própria avó morta é outra. As pessoas vão achar que ela é uma criança perturbada.

– O que eu quero saber – dizia Appa – é desde quando ela e a velha se tornaram tão amigas? – Uma pergunta justa, porque Aasha mal falava com Paati quando a avó estava viva. Ela nascera muito tarde para conhecer a Paati que cantava para Uma dormir, que catava as ervilhas do seu arroz frito, e, de qualquer forma, Uma sempre fora a favorita de Paati; não tinha tido muito espaço para Suresh e Aasha naquele coração.

No dia em que Amma encontrou uma pilha de bondas desmanchados, de jelebis duros como pedra, de omapoddi empoeirados e montinhos de ensopado na cadeira de vime, ela pegou a cadeira pelo braço e a levou para fora.

– Chhi! – Amma disse para Aasha quando estava indo para a porta da frente com a cadeira. – Só porque estamos com pena de você, você resolveu exagerar. Está se aproveitando da compaixão das pessoas.

Desafiando esta última afirmação, Aasha se atirou no chão de mármore e começou a soltar gritos cada vez mais altos que flutuaram como lenços coloridos – roxo, fúcsia, marrom – na direção do teto, para serem soprados para a rua pelo ventilador enquanto Amma punha a cadeira na lata de lixo e sacudia a cabeça.

– Aquela menina está tendo um ataque – disse a Sra. Balakrishnan para Kooky Rooky, sua inquilina. – Eu não estou surpresa. Que coisa terrível que ela viu, sem brincadeira.

– Aieee! Aieee! Aieee! – gritou Carequinha Wong. – Eu também posso gritar! Eu posso gritar mais alto! AIEEEEEEE!

O cachorro em forma de barril da Sra. Malhotra começou a uivar.

– Chhi! – disse Amma, batendo com a porta. – O mundo todo está enlouquecendo. Aasha, você quer levar um tapa? Hã?

Aasha engoliu sua saliva salgada e viscosa e ficou sentada no chão, soluçando, por uma hora, até cair dormindo. Na hora do jantar, Suresh veio e a cutucou nas costelas com o pé e depois foi comer seu arroz com rasam.

– Por que você jogou fora a cadeira de Paati, Amma? – ele perguntou. Ele sabia a resposta; a pergunta dele nada mais era do que uma acusação mal disfarçada. Ele teve que juntar toda a sua coragem para perguntar, e isso tinha deixado suas orelhas ainda mais esticadas para fora do que nunca. Debaixo da mesa, seus joelhos estavam frios. *Você a jogou fora*, ele pensou, *porque não suportava mais olhar para ela, não foi? Talvez você esteja com medo de que Paati esteja mesmo sentada na cadeira e você não consiga vê-la.*

Amma respondeu despreocupadamente:

— Ah, por que vamos ser egoístas e guardar coisas que não usamos? Os lixeiros, certamente, vão querer a cadeira. Ainda está usável, afinal de contas. Algumas famílias seriam capazes de matar por uma cadeira daquelas.

Suresh pensou a respeito. Algumas famílias matavam por motivos mais insignificantes, mas famílias pobres sem cadeiras, que precisavam da caridade de famílias ricas, eram levadas à violência apenas por seu desespero. O pensamento foi terrível e maravilhoso: homens esqueléticos com camisas abertas no peito e bandanas vermelhas em volta da cabeça, brigando por uma velha cadeira de vime enquanto as mulheres e as crianças gritavam ao fundo. Então um deles puxava uma faca. Ele levantava a cadeira num braço e sua namorada, com um sinal de nascença e peitos de melão, no outro; ele pendurava a cadeira nas costas, enfiava a faca debaixo do cinto e num piscar de olhos estava saltando sobre os telhados iluminados pelo luar, deixando os outros gemendo sobre poças de sangue.

Na segunda-feira de manhã, quando os lixeiros vieram recolher o lixo, eles pegaram a cadeira e, brincando, atiraram um para o outro.

— Esta é para você, Ayappan — um deles disse. — Pode sentar nela e comer seu thairdham e coçar o sovaco.

— Ei, maddayan! — Ayappan respondeu, enquanto o outro demonstrava a parte de coçar o sovaco. — A família me disse pessoalmente que era para você, um presente especial, para você sentar na varanda e pentear seus lindos cachos. — Depois de esgotarem todas as possibilidades da cadeira, eles a largaram, despejaram o lixo no caminhão e foram embora. Ela ficou jogada na orla do gramado perto do bueiro, onde Aasha podia ouvir sua respiração ofegante. De noite, Amma a arrastou para dentro do quintal e a deixou perto do barracão.

— Oo wah, esses lixeiros de hoje em dia só querem coisas elegantes — ela disse. — Antigamente costumavam pegar qualquer coisa que deixássemos para eles. Brigavam até por coisas quebradas. Agora até nós perderíamos para eles em gosto e classe, lah!

– ela resmungou, como se tivesse pago pelo tipo antigo de lixeiro e recebido o tipo novo pelo correio.

E a cadeira permanecera ali ao lado do barracão desde a noite anterior, de cabeça para baixo, com as marcas úmidas das numerosas tentativas frustradas de Paati de chegar a tempo no banheiro visíveis até na parte de baixo do assento. Uma das marcas parecia um coelho de uma orelha só, outra parecia um sapo gordo, uma terceira parecia uma borboleta. Três fios do cabelo branco de Paati, relíquias de escovadelas particularmente fortes de Chellam, estão presos entre dois pedaços soltos de junco nas costas da cadeira. Suas pernas tortas estão viradas para cima como as pernas de um rato morto esperando pelos exércitos de formigas.

Enquanto Aasha observa da porta dos fundos, Uma arrasta a cadeira para a elevação que fica ao lado do muro do jardim e a coloca na posição correta. Depois ela volta para o barracão, abre a porta e entra.

Enquanto ela está lá dentro, o fantasma de Paati sai de trás do pé de tamarindo e toma seu lugar na cadeira, altiva e desdenhosa como uma rainha. Era ali que ela estava escondida esse tempo todo, atrás do pé de tamarindo, desde que Amma pôs a cadeira lá fora para os lixeiros? Ninguém sabe, e, antes que Aasha tenha a chance de perguntar, Uma volta. Ela está carregando uma lata grande com as duas mãos, os ombros curvados de tal forma que Aasha pode ver que a lata é pesada.

Então Aasha compreende, chocada, que se trata de uma lata de querosene. Ela já vira Mat Din, o jardineiro, derramar querosene em suas pilhas de galhos e ervas antes de acender as fogueiras, enormes, rugindo, torres de chamas e fumaça que escurecem o céu e fazem os pássaros desaparecerem por muitas horas.

Uma põe a lata no chão e torna a cruzar os braços. Ela tem olheiras permanentes sob os olhos porque faz uma semana que não dorme. Ah, ela tira um cochilo aqui, uma soneca ali, mas os cochilos e as sonecas são cuidadosamente racionados, alguns minutos com os olhos fechados, e as sonecas não são como as indulgências aconchegantes de um bichinho de estimação, e sim o sono vigilante de um olho só e de ouvido atento. Na semana anterior, a trama frouxa dos seus cochilos ocasionais deixou passar diversos objetos indesejáveis: velhas promessas feitas e recebidas;

o inexplicável perfume de talco Yardley English Lavender; um longo suspiro que provou, quando ela abriu os olhos, ter sido apenas um pedaço de papel que o ventilador do teto soprou da mesa para o chão.

As crianças chamam esta elevação no jardim de lugar de cerimônias, porque foi aqui que Amma queimou seu sári de casamento, de seda Kanchipuram, bordado a mão, numa manhã distante, depois de Appa ter passado a noite fora. Uma tinha assistido da porta dos fundos, e Paati lhe dissera mais uma vez o quanto ela era mais inteligente, mais esperta, mais resistente e mais elegante do que sua Amma, porque ela possuía o sangue do pai nas veias e, portanto, jamais faria uma coisa tão estúpida quanto dar um ataque no quintal para todos os vizinhos assistirem.

Dois anos depois da queima do sári, Uma, Suresh e Aasha enterraram Sassy, o gato, ao lado da elevação, depois que o Sr. Balakrishnan, morador do outro lado da rua, atropelou o bicho no meio da noite. Se você não tomar cuidado, Suresh dizia a Aasha desde então, se pisar acidentalmente nesta elevação ou mesmo roçar nela por acaso, a pata de Sassy – feita apenas de ossos brancos, sem carne – vai agarrar seu pé.

Antigamente, antes de Uma deixar de falar, ela e Suresh costumavam revezar-se empurrando Aasha em volta da elevação no seu velocípede, cantando:

> *Montinho de Sassy*
> *Cantinho do gato morto*
> *Montinho fedorento e podre!*

Uma vez Aasha voou de cabeça do velocípede em cima das margaridas africanas, roçando com o pé no montinho. Seu berro tinha feito Lourdesmaria correr para o quintal como uma abelha atirada de um canhão. – Uma macaca do seu tamanho, empurrando sua irmã até ela cair! – ela ralhou com Uma. – Você devia ter mais juízo.

Certamente, certamente, Aasha pensa agora, observando Uma da porta dos fundos, Uma devia ter mais juízo e não fazer aquela coisa horrível que ia fazer.

Só que Uma não acha que o que vai fazer é horrível; de fato, ela considera necessário. Nunca se deve esquecer que tudo passa: esperanças, gatos, cadeiras, a própria vida, cada coisa dessas um vidro na mão de um macaco. Num piscar de olhos tudo pode mudar, e não existe volta. Você não pode trazer de volta à vida um gato morto. Você não pode ressuscitar um sári ou um casamento a partir de duas franjas carbonizadas. Você não pode, com toda a certeza, consertar o crânio quebrado de uma avó briguenta, imaginando-a de volta em sua cadeira de vime.

Só Aasha vê os fantasmas chegando de toda parte, unidos por sua fascinação doentia pela tragédia, com assuntos não terminados e um descontentamento sem remédio. Todos os pontianaks sedentos de sangue sobre os quais Chellam tinha alertado as crianças; todos os toyols de olhos vermelhos e pés chatos; todos os polongs e pelesits; e dentre eles, quase despercebida (a não ser pelos olhos super atentos de Aasha), a filha bonita como uma pétala de flor do Sr. McDougall, um pouco assustada, um pouco insegura, mas mesmo assim curiosa. E embora seu coração de bolha pule uma batida ao ver Uma – aqueles olhos escuros e fixos, aqueles movimentos impetuosos, tudo isso lembra os dias mais perigosos de sua mãe –, ela está decidida a prestar seu costumeiro apoio moral a Aasha em tempos solitários e inquietos.

Os fantasmas chegam no quintal como corvos, arrastando longas tranças, os olhos vermelhos brilhando. Eles olham para Paati em sua cadeira e cochicham entre si. Eles se instalam em galhos de árvores e na beira de vasos de flores. Eles não têm nada contra Aasha, mas ela sabe que não estariam aqui se não estivesse para acontecer algum espetáculo medonho. Ela também sabe que ninguém – nem ela nem a filha do Sr. McDougall, nem os outros fantasmas com seu hálito quente e suas bocas portentosas – pode atingir Uma agora. Uma se colocou atrás de uma porta invisível de vidro e a trancou; Aasha reconhece os sinais.

No muro do jardim, balançando as pernas finas, está sentado Suresh. Ele inclina a cabeça para trás e despeja na boca uma caixa inteira de Chicletes que achou no ônibus do colégio esta tarde, enquanto mantém um olho vigilante em Uma. (Nunca se sabe quando alguém vai apanhá-lo e confiscar os Chicletes que você estava guardando com tanto cuidado – e aí onde você fica? É melhor aproveitar a vida enquanto pode.) Em sua boca, os Chicletes formam uma bola gorda, com gosto de hortelã, lisa em alguns lugares e surpreendentemente granulosa em outros. Ele mastiga e arrebenta uma bolha escondida. Ele vê Uma encharcar a cadeira de Paati com querosene e tirar uma caixa de fósforos debaixo da faixa da cintura, como se fosse uma espada para enfrentar qualquer pessoa que quisesse a cadeira. Ele apoia o queixo nas mãos e sabe que não vai se envolver. De jeito nenhum, nem que a polícia venha. Nada disso é problema dele. Nem mesmo se Uma estiver quebrando uma regra que ela mesma fez há muito tempo, no funeral do felino: nada de fogueiras no quintal, ela disse quando ele sugeriu que cremassem Sassy. Bem, olhe para ela agora. As regras também eram frágeis.

Aasha sai para o quintal e caminha prendendo a respiração, apertando os punhos, no meio dos fantasmas. No pé de tamarindo, bem em frente de Uma, ela para e se ajoelha. O chão ali está coberto de vagens duras e marrons de tamarindo, e como as mãos inúteis de Aasha estão loucas para fazer alguma coisa, ela as junta e começa a abri-las para catar as sementes. Ela enche os bolsos com elas, como se fossem uma garantia contra uma futura catástrofe.

– Você não gostaria que pudéssemos fazer alguma coisa? – a filha do Sr. McDougall sussurra para ela. Ela veio se ajoelhar ao lado de Aasha. – Mas talvez não tenhamos escolha. Ninguém liga para o que queremos. Minha mãe – ela começa, mas desta vez Aasha não quer ouvir sua história, *agora não*, ela pensa, *agora não, eu tenho que manter os olhos e os ouvidos em Uma* –, sabe que minha mãe não quis soltar minha mão aquele dia? Ela segurava com tanta força! Ninguém jamais segurou minha mão assim antes, então eu fiquei um pouco contente. Um pouco contente e um pouco assustada. Tudo muito confuso. Quando minha mãe pulou, a princípio não percebi que tínhamos pulado, de tão confusa que eu estava.

– Espere um minuto – diz Aasha, porque Uma está riscando um fósforo. Mas a filha do Sr. McDougall, presa como sempre estava na rede de sua última lembrança, continua:

– O tempo todo em que caímos no ar, minha mãe segurou minha mão. Eu podia sentir seus dedos de olhos fechados, e podia ouvir sua respiração, e podia sentir seu cabelo comprido no meu pescoço. O ar não estava mais quente enquanto nós caíamos. Mas agora eu sei que ela só segurou minha mão para se consolar. E para ter certeza de que eu não ia escapar.

Uma atira o fósforo na cadeira e dá um passo para trás.

– Foi uma longa distância até a água – a filha do Sr. McDougall recorda –, um tempo longo entre pular e engolir água. Eu contei até vinte, nem estava contando depressa. Nem quando batemos na água minha mãe soltou minha mão. E o tempo todo em que estávamos afundando, ela não a soltou.

Surgem chamas quando o querosene queima. Paati agarra os braços da cadeira e encolhe os pés no assento.

A filha do Sr. McDougall vira o rosto aterrorizado, iluminado pelo fogo, para Aasha. Durante um longo momento elas olham uma para a outra, duas velhas amigas abandonadas na ilha incerta dos caprichos dos adultos. Pelo menos elas têm uma à outra. Nos olhos cinzentos da filha do Sr. McDougall, o fogo brilha vermelho.

Inflexível, cruel, Uma lambe os lábios secos e espera. Aasha deixa cair um punhado de sementes de tamarindo. Clique, claque, clique, eles deslizam entre seus dedos e caem sobre outras sementes debaixo da árvore. Ela se levanta. Dá um passo para frente, nada mais. Ela pensa em Uma em *As três irmãs*, em julho, expressando emoções no palco de um modo que nunca faz em casa; em Uma recitando um longo poema num inglês engraçado diante do espelho do quarto; em Uma de pé no tapete do lado de fora do banheiro, enrolada numa toalha e secando o cabelo com a outra, sorrindo, cantando, baixinho, canções de Simon e Garfunkel. Aquela é a Uma verdadeira; esta é uma Uma diferente, cega, impiedosa, que muda de forma perigosamente.

No muro, Suresh torna a estalar sua goma de mascar. De novo. *Plec!* O som bate como um chicote no rosto de Aasha. Ela se encolhe e funga. Esfrega o nariz com o dedo indicador. O ar está cheio de fumaça e cheirando a porco frito da cozinha dos Wongs. Ela espera, equilibrando-se nos calcanhares.

A cadeira de Paati se prepara para uma difícil batalha. Ela endurece os braços e verga para a frente, enquanto no assento, tensa e pequena como um pangolim enroscado, Paati se assusta.

Ah, Uma devia ter mais juízo, devia sim. Uma macaca grande como ela, tentando por fogo numa cadeira que tinha ficado do lado de fora na umidade. O que restou das chamas chamusca os três fios de cabelo prateado, queima as pernas grossas da cadeira pelo lado de fora e começa a apagar. Então Uma põe mais querosene. Depois ela cruza os braços e abraça o próprio corpo como se estivesse com frio, como se o clima fosse diferente onde ela estava.

Vagarosa, alegre, sensualmente, as chamas finalmente começam a subir pelas pernas da cadeira de Paati. Paati treme e cobre o rosto. O calor do fogo estende suas asas douradas sobre o rosto de Aasha, e uma gota de suor desce pelo vidro embaçado da porta invisível de Uma. Da televisão de alguém, ergue-se no ar o som do chamado muçulmano para orar como a veste branca de um homem enchendo-se de ar e voando de um telhado.

Allah-u akhbar! Allaaaaah-u akbar! As mangas do homem enchem-se como velas. Lá está ele, sem subir nem descer, olhando para cima e para baixo, para a esquerda e para a direita em busca de pensamentos para pensar.

O homem se transforma numa pomba.

A cadeira tomba e quebra, chorando, juntando sua saia de chamas em volta dela.

É só uma cadeira velha com um fantasma velho sobre ela, um fantasma pele e ossos cujos pés não tocam o chão. Que indignidade insuportável que Paati tenha que reunir suas últimas migalhas de coragem para vencer estas novas chamas que reproduzem as chamas do funeral da semana passada. É perfeitamente possível que desta vez, enfraquecida por aquelas chamas anteriores, privada do omapoddi e dos bolinhos do lanche, Paati não consiga.

Aasha abre a boca para gritar. Suresh estala o chiclete, três vezes seguidas, cada vez mais alto, porque é só isso que ele pode fazer sem arriscar o pescoço. Mas é tarde demais. O grito rola da boca de Aasha, como uma bolha escapando de um balão submerso, e sobe até a copa do pé de tamarindo. No caminho, ele estoura num galho afiado e derrama suas palavras na terra escura de chuva.

– Uma, Uma, por favor, não queime Paati, *por favor*! Tire-a daí! Tire-a daí! *Por favoooor!* – O último *por favor* treme, se transforma em líquido e escorre para dentro do solo úmido, encharcando as raízes do pé de tamarindo com seu desespero. Na semana que vem, Lourdesmaria vai reclamar que seu fruto está se tornando menos suculento, secando e ficando fibroso demais.

 A transparente Paati jaz no meio das chamas, mole como uma sacola vazia de plástico, os olhos ligeiramente surpresos, a cabeça, o peito e a barriga diminuindo à medida que vão derretendo. Atônitos e tristes, os outros fantasmas partem em pequenos grupos, como parentes voltando para casa depois do enterro de uma criança pequena. Sem saber que expressão usar no rosto e como portar a cabeça.

 No último minuto possível, quando o fogo começou a lamber seu queixo, Paati se livra das chamas com um derradeiro esforço do seu vigor póstumo. Ela pôs tudo o que tinha nesse último esforço, e agora seu corpo sobe em espiral para o céu numa nuvem de fumaça, um geniozinho decrépito sem desejos para realizar. Sua cabeça, seu peito e sua barriga esvaziados tornam a encher-se como balões. Aasha prende a respiração e torce para Uma não notar; ela tem vontade de fechar os olhos, mas aí não vai poder ter certeza de que Uma não deu um pulo e agarrou Paati pelo pé e a puxou de volta para as chamas. Mas os olhos chamejantes de Uma estão grudados na cadeira. Paati está a salvo, afinal; ela só perdeu as pontas do cabelo para o fogo. Mesmo assim, ela levou um grande susto. Agora flutua na direção da casa dos Wongs, e após alguns instantes Aasha ouve Carequinha começar a choramingar à toa no balanço da varanda.

 Depois que a fogueira apaga, Uma entra para acabar de fazer a mala. Aasha sobe a escada atrás dela, um miserável brinquedo de puxar num barbante invisível. Com rodas silenciosas em vez de rodas que rangem, e com rachaduras em lugares escondidos.

 Uma luz amarela se derrama pela porta aberta do quarto de Uma, fazendo brilhar a madeira escura do chão. Quase como se estivesse convidando Aasha para entrar, Uma deixa sua porta aberta esta noite. Mas no corredor, Aasha para, insegura. Ela estuda a foto de casamento de Paati, uma velha fotografia em preto e branco com contornos imprecisos, linhas finas marcando os rostos, narizes se desmanchando em bocas. Homens sérios, com bigodes revirados, usando suspensórios e gravatas-borboletas.

Mulheres com olhos acusadores, pescoços e pulsos carregados de ouro. E, sentada de pernas cruzadas no chão, uma menininha de cabelo cacheado, com um vestido branco e botas escuras e pesadas, ridículas naquele calor. Ninguém parece saber o nome dela, embora Aasha uma vez tivesse sugerido diversos a Paati. Meenakshi? Malathi? Madavi? Radhika? Se eles soubessem na época, os homens de bigode suando sob os colarinhos ou suas esposas com os pescoços doloridos, ninguém sabe agora. Provavelmente, a menininha cresceu e se tornou uma tia solteirona, mandando latas de murukku e thattai para as sobrinhas e sobrinhos por todo Deepavali. Provavelmente ela morreu no seu banheiro e só foi achada uma semana depois. Aasha se senta numa cadeira e espera, com o queixo nas mãos, por nada em especial.

É óbvio, mesmo vendo a foto do casamento de Paati, que ela não vai ter o mesmo destino infeliz imaginário da menininha de cachos. Com dezoito anos de idade, nem um mês mais, Paati está na primeira fila, ao lado do noivo de vinte e cinco anos, ereta, séria, com os pés e as mãos vermelhos de henna. Você pode ver nos olhos dela, apesar de embaçados, as mil pessoas que foram convidadas para a celebração de um mês de duração, os cinco toldos erguidos na terra do seu pai, o fotógrafo que veio especialmente de Cingapura. (*Olhem o passarinho, Senhor e Senhora*, ele repetirá várias vezes, sorrindo e piscando o olho, *olhem o passarinho, mais tarde vocês podem olhar um para o outro, Senhor e Senhora*, embora eles não estivessem olhando um para o outro, não ali, nem por muitos dias depois.)

Futuro, presente e passado brigam bravamente nos olhos pintados de kajal da noiva, e o fotógrafo se recusa a revelar o que Paati vai ganhar.

Estas são as batalhas de Paati por supremacia, em ordem cronológica invertida:

6) A matriarca de nariz de águia, viúva de Thambusamy o Barão da Borracha, Rei do Cimento, Duque do Durião etc. etc., decidida a reinar na casa do filho como fazia na casa do marido;

5) A bela cafetina, toda pintada, que sente os olhares dos homens brancos seguindo-a pela cidade;

4) A boa esposa indiana acostumada a desaparecer, em público, atrás do marido;

3) a jovem mãe de um importante advogado recém-nascido, toda feliz por ter conseguido um menino em sua primeira tentativa;

2) A recém-casada de sorriso tímido (com pés e mãos ainda ligeiramente vermelhos, mas com a tinta sumindo), errando na medida do açúcar no chá do marido e chorando de saudades da vida a que estava acostumada na casa do pai;

1) A garotinha mimada que só precisa estender a mão para mais kolukattai e jelebi, confiante por saber que os pais, tendo perdido três bebês antes dela, fazem tudo o que quer.

Ou não irá vencer nenhuma delas? No fim, 7) o saco de ossos doloridos na cadeira de vime foi o que permaneceu no território fértil das lembranças das pessoas? Ou será – não é permitido voltar agora, porque agora que viemos até aqui, nós fincamos o pé, por mais hesitantes, no chão inseguro diante de nós – 8) uma encarnação ainda mais tardia que ficará com os descendentes de Paati? Um montinho marrom de ossos esfriando enquanto a morte chacoalha e gargareja em sua garganta?

Um montinho marrom. Ele escorre por ralos e solos escuros de floresta, até os lençóis brancos do leito de morte, até a cabeça de Aasha. Ela sacode a cabeça como um cachorro molhado. Vai embora, montinho marrom; vão embora, gotas de sangue; vão embora, mãos que se agitam e dedos dos pés curvados para dentro. Mas novas águas jorram e enchem a cabeça de Aasha, trazendo seus próprios destroços e cargas, porque uma vez, sim, Paati teve a idade de Amma, e, antes disso, ela teve a idade de Uma (e de Chellam), e, antes disso, teve a idade de Aasha. Foi até mais moça do que ela. Uma garotinha. Um bebê, frágil e enfaixado. Não pela primeira vez, enquanto a mente de Aasha se esforça para acomodar esta incrível, desconfortável verdade, alguma coisa em seu peito afunda e se deposita como lodo num rio lento. Ela engole em seco e respira fundo; depois, com passos pesados, ela sobe os últimos cinco degraus até o quarto de Uma. A porta ainda está aberta, mas Uma está na janela e não se vira quando ela entra. Não que ela espere que Uma a console; já está grata o bastante pelo terno presente que sabe que a porta aberta representa. E a luz amarela da qual ela ficou afastada por tantos anos, e a vista da janela de Uma, e o cheiro de limpeza do seu travesseiro. Tudo isso é a maneira de Uma dizer *Desculpe por tudo*.

Para responder *Tudo bem, está desculpada*, ela sobe na cama de Uma e encolhe as pernas finas sob sua saia de xadrez. Uma se afasta da janela e volta a arrumar a mala, tirando de sacolas debaixo da cama roupas estalando de novas, com as etiquetas girando como móbiles sob o ventilador: um suéter de algodão de capuz que não vai ser suficientemente quente nem no avião; uma embalagem de práticas calcinhas cor da pele que vão até a cintura, especialmente escolhidas por Amma; um blazer branco que logo irá revelar-se comicamente fora de moda em Nova York. Ela estende estas coisas por cima das roupas já guardadas na mala vermelha e as alisa com as mãos. A mala cheira a lanolina por fora, a naftalina por dentro, e em toda parte, por dentro e por fora, a movimentação fria e estéril de aeroportos estrangeiros, a borracha de esteiras rolantes, ao suspense e recompensas das viagens de Appa ao estrangeiro quando as cortes da jovem Malásia levavam seus apelos à sua ex-rainha. Uma vez houve um vestido bordado a mão para Uma no fundo daquela mala, uma vez um modelo de aeroplano para Suresh. Agora, há restos de naftalina grudados nas costuras do seu forro cinzento. Os olhos de Uma estão brilhantes demais, suas mãos rápidas demais, suas unhas brancas e roídas.

– Uma – sussurra Aasha.

Uma ergue os olhos, e só então é que Aasha percebe uma lágrima escorrendo do seu queixo, redonda e pesada como mercúrio. Quanto mais Aasha olha para ela, mais demora a cair. Imagens se movem dentro dela, girando, dissolvendo-se umas nas outras como melado misturado em leite de coco.

O sol da tarde nos ladrilhos do banheiro.

Um copo de aço inoxidável.

Uma cadeira enegrecida envolta em chamas.

Agora há um pequeno corpo (marrom, com um quadril quebrado e um crânio mais quebrado ainda) nas chamas em vez de uma cadeira.

Depois só restam as chamas.

– Uma! – Aasha diz num soluço, e sua respiração faz a lágrima cair. Uma estende a mão e toca de leve no rosto de Aasha com o dedo frio, e por baixo da ponta daquele dedo o sangue flui, quente, para o rosto de Aasha. Pode ser, pode ser mesmo, que esteja tudo perdoado? Que a expiação de Aasha pelos pecados do passado tenha sido notada e aceita? Porque Aasha é tomada de surpresa e entusiasmo ao ser finalmente notada, porque fica admirada com o fato de estar aqui e agora, com o calor sólido do seu rosto sob o dedo de Uma, com a alegria vulcânica de não ser Aasha-sozinha-e-invisível, e sim Aasha-com-Uma, tomando espaço na cama de Uma e em sua vida, e demonstra toda a sua esperança numa frase dita de uma vez só:

– Prometa que irá me escrever, Uma – ela diz. – Prometa que irá me mandar selos e mapas. E adesivos no meu aniversário.

Uma pisca os olhos, lenta como uma vaca. Então ela diz:

– Prometa que você nunca mais vai pedir para alguém fazer uma promessa, nem vai fazer uma promessa a ninguém.

E como esta é uma charada impossível – como ela pode prometer se não pode mais fazer promessas? –, Aasha não pode fazer mais nada a não ser ver Uma tornar a se virar para a mala e nela enfiar seis pares de calçados que guardou em doze sacos plásticos, cada sapato num saco para que a sola de um não arranhe a parte de cima do seu par. Enroscada na cama de Uma pela última vez, Aasha reflete sobre fazer malas, sobre o que as pessoas levam e o que deixam para trás, sobre o espaço que há numa mala, e como você pode levar tudo o que quer com você para onde for, sua vida embalada, sem paradas e sem promessas. Ela encosta os joelhos no peito e fica perfeitamente imóvel, um montinho de substância inflamável, ardente, esperando, pronta.

4

UMA CORTE À MODA ANTIGA

Em 1959, quando seu pai já estava morto havia um ano, Appa resolveu procurar uma noiva. Casamento fazia parte do seu planejamento para os próximos cinco anos, o qual era tão decidido, objetivo e específico quanto o da própria nação. Casamento, filhos, dois carros, empregados, um emprego promissor, fama conquistada aos quarenta anos: estas iam ser as etapas da sua ascensão ao verdadeiro poder, da sua conquista de uma bela fatia do bolo da nação. A subida em si começara enquanto ele ainda estava em Cingapura, onde tinha se filiado ao Partido, o único partido que importava, o partido que tinha acreditado numa Malásia para todos os malaios. Chineses, indianos, eurasianos inclusive, não importavam os castelos chauvinistas contrários que os malaios estavam construindo no ar. Para a Malásia, o Partido ia trazer prosperidade e paz, e para Appa, grande glória, tanto pública quanto privada.

Appa não tinha vontade de casar e procriar com nenhuma das mulheres com quem convivia. Lily Rozells, de pernas compridas e língua afiada, cheirava a conhaque e tinha um faro incrível para cavalos vencedores; Claudine Koh tinha estudado inglês em Cambridge, e Adorno e Benjamin em seu tempo livre; Nalini Dorai acalentava sonhos de produzir peças políticas *avant-garde* em Kuala Lumpur. Estas mulheres eram suas iguais, e sabiam disso. Elas o olhavam no olho. Pediam que ele lhes contasse seus sonhos: Como, Raju? Como você vai convencer o Partido de que é o melhor homem para o trabalho? Qual vai ser sua plataforma?

Por que o Ah Chong e o Ramasamy médios votariam em você? Elas flertavam com ele, olhavam-no com curiosidade, ternura e, sim, era preciso dizer, com indulgência. *Ah, esse Raju. Um doce. Tantos sonhos grandiosos para o nosso país desmazelado. Ah, mas o que seria de nós se não fossem homens como ele, que têm esperanças, hein? Toda nação precisa deles.* Appa sabia muito bem o que elas diziam dele por trás; não era o que ele queria que sua esposa dissesse. Sua esposa teria que admirá-lo, respeitá-lo, adorá-lo, porém, mais do que isso – o que ele imaginava? Qual era a qualidade que, obviamente, faltava a Lily e Claudine e Nalini que, mesmo criticando, admiravam a ele e à sua visão grandiosa? Appa não sabia exatamente, mas sabia que a reconheceria quando a encontrasse.

AO LADO DA Casa Grande, no bangalô que um dia seria ocupado por Carequinha Wong e seus atormentados pais, moravam Amma, seus seis irmãos, seu pai e sua mãe. A casa mal era visível da rua, porque ficava no fundo de um jardim estreito, cheio de mangueiras e trepadeiras. Os pais de Appa nunca tinham entrado naquela casa ou em qualquer outra da vizinhança, nem tinham sequer convidado nenhum vizinho para a Casa Grande; eles jamais tinham nem conversado sobre a possibilidade desses contatos sociais. A Casa Grande ficava isolada dos vizinhos no tempo do Sr. McDougall, e Tata e Paati nunca tinham encontrado motivos para mudar a ordem estabelecida na rua. Entre os outros vizinhos, o pai de Amma era conhecido como um homem discreto, que vivia com sua família uma vida de recato e princípios elevados. Tinha sido guarda-livros numa fábrica de cimento; quando o negócio afundou e seus patrões britânicos falaram em diminuir o número de funcionários, ele tinha pedido uma aposentadoria precoce para permitir que um jovem colega conservasse o emprego. Esta notícia se espalhou. Ele era um homem decente, um homem bom, um homem que era vegetariano duas vezes por semana e que não permitia que as filhas usassem saias acima dos joelhos. Passava os dias ouvindo o rádio que comprara quando se aposentou e olhando os peixes que mantinha num pequeno tanque. Uma vez por mês, ele se permitia o prazer solitário de assistir ao mais recente filme tamil no Grand Theatre em Jubilee

Park (escolhendo entre dois masalvadai ou uma garrafa de Fanta Uva para tomar no intervalo).

Por trás das inocentes portas cinzentas da casa, ele costumava bater nas filhas, recatadamente vestidas, com seu cinto de couro, e uma vez encostara um cutelo de carne no pescoço da mulher quando ela foi à cidade para colocar uma carta no correio sem que ele soubesse. Nenhum dos vizinhos jamais descobriu suas táticas de cinto e cutelo, o que foi uma pena, até porque diversos deles teriam admirado esta demonstração extrema de domínio por parte de um homem que eles consideravam um fleumático, abstêmio criador de peixes.

No ano que Appa voltou de Cingapura, Amma tinha vinte anos e ainda cabia no seu avental pregueado do Convento do Sagrado Jesus. Ninguém, muito menos a própria Amma, jamais notara sua beleza em forma bruta: o corpo esguio que Uma herdaria dela; os dentes perfeitos em seu raro sorriso; a pele brilhante que nem toda a sua negligência seria capaz de manchar; o indício de inteligência e de concentração nos olhos. Para os irmãos e colegas de colégio, ela era um triste exemplo de todas as piores características da raça tamil: magra, pernas finas, pele quase preta, cabelo crespo. Para o pai, seus olhos não mostravam nada além de atrevimento, teimosia e um espírito secretamente rebelde. Ela era a mais velha, já cheia de preocupações, meio curvada para disfarçar sua altura. Sua voz tinha um quê de rouquidão. Tentara mas nunca conseguira se destacar na escola, frequentara religiosamente as práticas esportivas, mas nunca fora boa nos esportes. Amma tinha frustrado os sonhos do pai de um filho mais velho de costas retas e sapatos bem engraxados, que seria o capitão do time de hóquei e estudaria medicina na Inglaterra. Ela tinha visto, sem nada poder fazer, a mãe, Ammachi, recolher-se a uma austera vida espiritual quando achou que os filhos já tinham idade para cuidar de si mesmos.

– Eu cumpri meu dever de esposa e mãe – Ammachi declarou no dia em que seu último filho fez seis anos. – Vasanthi já está com quinze anos; ela pode dirigir a casa tão bem quanto eu. Está na hora de eu entrar no terceiro estágio da vida.

– Ohoho – o marido declarou para os parentes e vizinhos, incomodados, que pela primeira vez tinham sido convidados para uma festa na casa deles –, vejam só isso, minha esposa com oito anos de escolaridade de repente se transformou numa grande intelectual hindu, ao que parece! O que significa esse terceiro estágio, posso saber? Vagar nua de templo em templo? Mendigar comida com uma tigela de madeira?

– Illaiyai – Ammachi murmurara baixinho, franzindo a testa, como se as perguntas do marido tivessem se originado de uma honesta curiosidade. – Não, tudo isso pertence ao quarto estágio, yaar – ela disse, colocando fatias de bolo nos pratos e entregando-as a Amma para passar em volta da mesa. – Só o quarto estágio é sannyasa, completa e total renúncia. O terceiro estágio é o estágio de moradia na floresta – ela acrescentou enigmaticamente, lambendo um pouco de cobertura do dedo. – Vanaprastya.

Fazia décadas, porém, que as últimas florestas ao redor de Ipoh tinham dado lugar a moradias e fábricas de cimento, então Ammachi imaginou seu próprio vanaprastya, que compreendia diversos elementos inegociáveis: jejuar três vezes por semana, ler os Upanishads sozinha no seu quarto de cortinas brancas sem ventilador, não comer carne e dormir numa tábua de madeira. Em poucos meses, ela passou a ignorar todas as batalhas domésticas que aconteciam do lado de fora de sua porta. Ficava deitada em sua tábua, entoando mantras intermináveis, murmurando bhajans, cega para a solidão de uma sonhadora filha mais velha que estava sendo levada lentamente a uma vida terrível, pelo bando de irmãos carentes e brigões.

Depois de um ano, tendo concluído que as coisas mundanas aderiam como poeira à sua pele suada sempre que cruzava o portal do seu quarto, ela parou de sair do quarto (com uma única e infeliz exceção). Quando as refeições lhe eram trazidas, ela só comia o arroz ou chapattis e bebia toda a água; o resto da comida, dhals, curries e bhajis, ela empurrava para a beirada do prato e arrumava em montinhos com a colher. Depois de fazer isso por uma semana, ela deixou um bilhete para Amma debaixo do copo na bandeja: "Por favor: só arroz ou chapattis uma vez por dia", dizia o bilhete, e depois disso, quando Amma levava a bandeja e tentava convencê-la a comer duas colheres de dhal ou três vagens, ela sacudia a cabeça, erguia o dedo indicador e interrompia o mantra que estava entoando para repetir apenas a primeira palavra, *por favor*, num tom agudo como se ela fosse um recurso mnemônico destinado a provocar, nos recessos da memória fraca de Amma, uma profusão de palavras.

O resultado mais grosseiro do recolhimento da mãe foi, sem dúvida, o urinol, que não era, de fato, um urinol, mas uma panela de cerâmica que Ammachi tinha carregado da cozinha numa de suas últimas saídas do quarto. Tinha uma tampa de cerâmica e ficava coberta debaixo de sua cama sem colchão, mas quando Amma levava sua refeição toda tarde, o fedor brigava com os odores do jantar da família cozinhando no fogão da cozinha, de tal forma que, quando Amma entrava naquele quarto frio, sua visão periférica percebia o conteúdo das panelas no fogão e aqueles da panela debaixo da cama como sendo o mesmo. Merda fervendo no fogo, dhal podre, cocôs cozinhando, era tudo igual para ela. Era impressionante que excrementos compostos apenas de arroz ou pão – e isso só uma vez por dia – pudessem feder tanto. Amma ficava tonta como se tivesse perdido um litro de sangue, e assim que saía do quarto, todas as tardes, tinha ânsias de vômito, desmaiava, deitava-se no divã com as costas da mão na testa e sonhava sonhos feios, malcheirosos. Era verdade que Ammachi não deixava ninguém tocar no urinol; fazia parte do seu acordo humilde com o universo que ela não rejeitasse nenhuma tarefa como sendo indigna dela, que ela aceitasse a mais baixa, mais odiosa das cargas como uma oportunidade de sufocar o id. Toda noite, Ammachi esperava a família dormir e então, descalça e tentando enxergar no escuro, ela ia até uma casinha abandonada, que ninguém tinha usado desde a ocupação japonesa, para esvaziar o urinol no buraco estreito. Mas sua humildade, no que dizia respeito a Amma, não servia de nada; a imaginação de Amma, alimentada pelos abundantes eflúvios da mãe e florescendo tão depressa quanto o resto dela estava murchando, só precisava ouvir o clique da porta do quarto da mãe e os passos arrastados pelo corredor para provocar perguntas irrespondíveis – por que ela precisava usar a casinha? Por que não esvaziar o urinol no banheiro, onde não havia o risco de ela tropeçar numa pedra, de errar o buraco no escuro da noite, de sujar o próprio sári com os excrementos? – e imagens insuportáveis.

Com o passar das semanas, Amma foi comendo cada vez menos, foi emagrecendo e começou a amarrar um lenço de homem sobre o nariz e a boca para não sentir cheiro de comida quando cozinhava para a família. Seu maior medo naqueles últimos anos, antes de deixar a casa da família pela casa ao lado, era que uma de suas poucas amigas da escola pudesse surgir de repente com uma pergunta sobre o dever de casa, ou sobre um novo disco ou pôster de estrela de cinema, ou um convite para sair, e então ouvisse a cantoria, sentisse o cheiro do urinol e contasse para todo mundo. Concentrava seus esforços em evitar tais encontros, repelindo quaisquer avanços de outras garotas, tendo o cuidado de mencionar que nunca ouvia música nem ia ao cinema (duas verdades), e indo apressadamente de casa para a escola e da escola para casa com os olhos baixos e os ombros curvados sobre um lugar vulnerável no peito que ela sabia que as pessoas estavam esperando para cutucar com espetos.

Sem mãe, minguando, de joelhos fracos, Amma desbravava o caminho através das obrigações que tinha herdado, cozinhando e limpando, passando a ferro as camisas do pai e os aventais pregueados das irmãs, dando o laço nas gravatas listradas dos uniformes dos irmãos, embrulhando o almoço deles e trazendo para casa, no final de cada mês, boletins escolares cheios de Cs. No dia de chegada dos boletins, o pai mandava as crianças fazerem uma fila diante dele, em ordem decrescente, os mais moços na frente, Amma atrás. Um depois do outro, eles se sentavam no banquinho defronte da poltrona dele e estendiam os boletins para ele examinar. Alguns cheios de orgulho. Outros tremendo e quase chorando. Outros indiferentes a tudo, esperando aquilo acabar para poderem voltar ao jogo de bola de gude, amarelinha ou cinco pedras que tinham largado para o ritual. Amma tinha a infelicidade de vir logo depois do irmão Shankar, capitão do time de hóquei, melhor orador do grupo de debate, monitor-chefe, aluno que só tirava A, queridinho dos professores. O pai dava uma olhada no boletim de Shankar, dava uma risadinha e o mandava embora com um "Nada mau, nada mau" e um tapinha de admiração no ombro direito. Depois ele olhava para Amma e passava a língua nos lábios como um lobo antes de uma matança.

– E que presente especial *você* nos trouxe desta vez, Vasanthi? – ele dizia. – Sem dúvida você é o gênio da família, não é? – Amma se sentava no banquinho de cabeça baixa, limpando as unhas com um grampo, sonhando em fugir. Ao longo dos anos, ela aprendeu a se concentrar no mundo lá fora e suportar as palavras cruéis do pai como um cão amarrado na chuva. Faminto. Vigilante. Pronto para agarrar seu quinhão quando ele aparecesse. – E então? – o pai insistia. – Hã? De repente esta manicure ficou tão urgente, foi? Uma garota com zero de cérebro e zero de perspectivas tem que ter unhas perfeitas, é claro, para todas essas fantásticas entrevistas de emprego e festas, não é? – Então, quando ela estava começando a desabar sob o olhar dele, quando as primeiras lágrimas começavam a fazer seus olhos arderem, ele tirava a caneta do bolso, assinava o boletim e o atirava na cara dela. – Certo, pode ir. Vá sentar na frente dos livros e durma.

E ela dormia mesmo, embora mal, sem conforto e sem alegria, exatamente como fazia todo o resto: exausta de cozinhar e passar, de tentar ajudar os irmãos com problemas de trigonometria que ela mesma nunca tinha entendido, de remar contra a corrente do isolamento da mãe, ela dormia, um braço dobrado debaixo do rosto, sobre livros de geografia, sobre fichas de história, sobre réguas, transferidores e compassos.

– Pah, pah, mal posso esperar pelo resultado *desse* exame – seu pai disse no ano em que ela finalmente se submeteu ao Senior Cambridge Certificate. Ele esfregou a barriga por baixo da camiseta de algodão, como um camponês sentando na mesa para almoçar dosais e sambar.

– Que alegria isso vai ser para todos nós. Na mesma hora vão contratar você como Limpadora Chefe de Esgoto. Sem perguntas. Ou talvez seja melhor eu começar a comprar vacas para o seu dote, hã? – Então ele dava um tapa na cabeça dela, resmungava e dizia: – Cinquenta, sessenta vacas não vão convencer ninguém a tirar essa imbecil das minhas mãos, isso eu posso garantir.

Suas apreensões eram justificadas. Amma tirou Cs em todas as provas, exceto geografia, em que foi reprovada por causa de um ataque de pânico no último minuto.

– Syabas, Vasanthi! – o pai exclamou depois de olhar para o pedaço de papel que ela lhe estendera sem dizer nada. – Pa-rabéns. Você se superou desta vez. Superou até as minhas expectativas, cara! – Ele lhe deu um tapa no ombro direito, com toda a animação, depois foi embora assobiando. – Comece a traçar os planos da sua carreira agora, ele disse por cima do ombro. – Secretária-Geral da ONU ou editora do *Times* de Londres? O que você prefere?

Durante alguns meses, ela procurou emprego nos classificados. Secretária, caixa, recepcionista. Ela os circulava com uma caneta vermelha, dava telefonemas, marcava entrevistas. Para toda entrevista, Amma vestia a mesma saia azul-marinho, blusa branca e sapatos de couro que comprara com o dinheiro que os parentes lhe deram por ter passado no exame de Cambridge. Entre uma entrevista e outra, ela lavava, passava e engomava a saia e a blusa. Tomava o ônibus para a cidade para cada entrevista, excitada, mas apavorada por estar sozinha, convencida de que tudo aquilo era inútil. Eles iam morrer de rir assim que ela entrasse. Iam sacudir a cabeça ao ver sua nota insuficiente em geografia, e mandá-la para casa. Entretanto, nunca lhe pediram os resultados. Um após outro, eles davam uma olhada em suas mãos trêmulas, ouviam-na responder, gaguejando, as perguntas mais simples, e a mandavam para casa com a promessa de ligar para ela. Amma se mantinha ocupada enquanto esperava, esfregando a pia três vezes por dia, raspando entre os ladrilhos do banheiro, encerando o linóleo de quatro no chão, seu feio roupão de algodão amarrado com um nó em volta dos joelhos. No fundo de sua mente, uma sementinha negra começou a germinar: o pensamento assustador de que o resto da sua vida ia ser assim. Esperando e esfregando. Encerando e sonhando. Seus raminhos terríveis ameaçavam sufocá-la, entupir suas veias, se ela permitisse. Então ela entupiu a cabeça de imagens resistentes, prontas, que não deixavam espaço para sua semente de dúvida. Ela a matou com sensuais cenas de amor de filmes indianos que tinha visto em passeios com a família na infância. Com sáris de casamento ricamente bordados e uma mão amorosa dando-lhe doces diante de um sacerdote de peito cabeludo. Com homens bonitos, imprecisos, usando chapéus e ternos italianos. Fumando charutos importados. Intercalando o tamil com declarações de amor e desacato em inglês.

Esse foi o ano em que Appa voltou de Cingapura no seu Morris Minor cor de ervilha com assentos de couro bege. Amma estava limpando as venezianas do quarto do pai quando ele entrou pelo portão da casa ao lado numa tarde de domingo. Se ela estivesse ali dois dias antes, teria visto o pai de Appa cair em seu lindo jardim. Agora, com um trapo na mão, ela espiou pelas venezianas e viu Appa tirar do carro três malas de couro, uma pasta preta e um pequeno baú. O sol entrava pelas frestas da veneziana e se abria em leque sobre o chão imaculadamente limpo do quarto.

– Vasanthi! – o pai chamou do pé da escada. – O que é isso, vai levar três dias só para limpar a veneziana? Se você não tem cérebro, pode pelo menos ser mais ligeira com as mãos?

Quando ela e o pai foram prestar os últimos respeitos a Tata, ela se sentou com sua saia azul-marinho de entrevista cuidadosamente puxada sobre os joelhos e olhou curiosamente para Appa pelo canto do olho. Então era assim alguém que tinha se formado em direito na Inglaterra. Era assim que uma pessoa que tinha um jogo de malas com monograma se movia e falava. Com um ar de calma autoridade. Ela o viu andar pela sala escurecida, cheia de vasos de palmeiras e mulheres tristes. Quando se aproximou do pai de Amma, ele apertou a mão dele sem dizer nada.

– Sinto muito, minha esposa não pôde vir – o pai de Amma mentiu, balançando tristemente a cabeça. – Não estava se sentindo bem. Nós estamos ficando velhos, o que se pode fazer? – Amma pensou na mãe, ereta e com os lábios brancos aquela manhã quando o pai foi pedir a ela para ir na casa vizinha por umas poucas horas. – Pelo amor de Deus – ele tinha dito –, pare com essa maluquice por um dia. Todos os vizinhos estão imaginando que eu a matei e escondi o corpo. Venha pelo menos por alguns minutos para prestar os últimos respeitos ao velho.

– Deixe que os mortos enterrem seus mortos – Ammachi dissera, passando momentaneamente do Bhagavad-Gita para a Bíblia. Amma, que tinha doze anos de estudo das Escrituras no colégio de freiras, notou a impropriedade da citação vinda de uma mulher que tinha renunciado ao mundo e se recusava a sair do quarto. – Por que ficar de luto? – sua mãe tinha continuado a filosofar cada vez mais teimosamente diante do olhar de desprezo do marido. – O velho está mais próximo de escapar das correntes do renascimento. De fato, nós deveríamos estar felizes por ele. Por que toda essa agitação? Por que duzentas, trezentas pessoas devem lotar a casa dele? Todos vêm só para comer de graça. Uma vergonha. Por que não deixar a família recordá-lo em silêncio e celebrar sua morte?

No fim, eles tinham ido sem ela. Agora, cara a cara com o filho mais velho do morto, o pai de Amma apressou-se em compensar a ausência desrespeitosa da esposa gesticulando com um excesso de ansiedade na direção de Amma.

– Minha filha mais velha – ele disse, baixando os olhos, como se estivesse inteiramente consciente de que a substituição era inadequada. – Vasanthi. – Appa olhou para a moça magra e morena, diversos centímetros mais alta do que ele, tímida demais para encará-lo quando murmurou prazer em conhecê-lo, e viu, com considerável surpresa, que ela era linda. Extremamente desajeitada, sim, e muito escura, mas a primeira coisa acentuava estranhamente sua beleza e a segunda era uma questão de gosto do qual ele se orgulhava. Ele gostava de obscuros escritores continentais, de caça e de mulheres escuras; entre os amigos, ele tinha a reputação de ser um homem de apetites delicados. Então ele a guardou para uso futuro, esta moça cuja beleza não podia ser apagada pelas tranças oleosas e fora de moda ou pelas pernas provavelmente não depiladas debaixo da saia deselegante que ia até o tornozelo; por ora, ele tinha outros assuntos a tratar. Um pai para cremar, três irmãs para casar.

Um ano inteiro se passou antes que Amma tornasse a encontrar seu vizinho. Pelas frestas das venezianas, ela o via chegar e sair no seu Morris Minor cor de ervilha todo dia, saltando do carro para abrir e fechar os altos portões de ferro da Casa Grande. Ela sabia em que bolso ele guardava as chaves de casa (esquerdo), para que lado ele puxava a corrente ao redor do portão (sempre no sentido horário) antes de fechar o cadeado, e quantos pares de sapato ele tinha (três, dois pretos e um marrom). Ela aprendeu a identificar os dias em que ele ia para o tribunal por causa do paletó preto que ele carregava num cabide. Ela notou quando ele voltou para casa com um novo par de óculos, com uma elegante armação de tartaruga. Um sábado à tarde ela o viu sair pelo portão para pagar o jornaleiro usando uma camiseta e um sarongue xadrez, ainda sugando dos dentes restos do almoço. Ela sorriu para si mesma, e a luz suave do seu sorriso escorreu pelas frestas da veneziana e formou um círculo paciente, aguado, no topo da cabeça cheia de Brylcreme de Appa.

Quando as irmãs dele se casaram, uma depois da outra, Amma assistiu das janelas de cima os homens erguerem toldos no jardim e pendurarem lâmpadas coloridas nos beirais. O cheiro dos doces fritando na manteiga chegou até ela, e de vez em quando uma voz se destacava das outras: uma velha gorda ralhando com alguém com uma voz fanhosa, um choro de criança, a risada de um homem. Seu pai foi sozinho aos três casamentos, o envelope com dinheiro para os recém-casados no bolso da frente da camisa de batik que ela passara a ferro. Na manhã seguinte a todos esses casamentos, ela encontrava um laddoo esfarelado num guardanapo em cima da mesa da sala de jantar para o primeiro de seus irmãos que acordasse naquele dia.

Depois que o terceiro casamento foi realizado e sua irmã mais moça partiu para viver com o marido médico no interior, em Padang Rengas, Appa foi fazer uma visita ao bangalô verde-claro vizinho à sua casa. Sentou-se na sala de visitas e conversou com o pai de Amma, de homem para homem; Ammachi ficou em seu quarto lendo o Gita, e se Appa já tinha sabido dos seus hábitos estranhos ou simplesmente achou natural que ela os deixasse a sós, ele não perguntou sobre a dona da casa naquele dia.

– Vasanthi! – o pai de Amma gritou depois que Appa foi recebido e convidado a sentar. – Não está vendo que temos visita? Nosso vizinho está aqui e você está levando uma hora para trazer uma xícara de chá e uns biscoitinhos, o que é isso? – Amma fez o chá e arrumou meia dúzia de biscoitos de gengibre e um prato de murukku numa bandeja de bambu. Ela olhou no espelho que ficava sobre a pia da cozinha, molhou as mãos e ajeitou o cabelo. Depois passou pela cortina de contas e levou a bandeja de chá para a sala. Atrás dela, a cortina balançou silenciosamente de volta. – Que garota idiota! – o pai resmungou para a visita depois que ela saiu da sala. – É a primeira vez que o senhor vem aqui e ela põe o murukku num prato lascado. Uma garota idiota e inútil, fique sabendo.

– Está tudo bem, tio – ela ouviu Appa dizer com a boca cheia –, o murukku vai continuar gostoso assim mesmo. – Nessa visita, Appa pediu a permissão do pai de Amma para construir um muro de tijolos entre as duas casas. – Sem querer ofender, tio – ele disse. – A sebe é um ninho de mosquitos, só isso. Sem ela, eu vou ter menos uma coisa para o jardineiro fazer. – Quando isso ficou acertado, ele pediu a permissão do pai de Amma para sair com ela.

Todo sábado, durante um ano depois daquela visita, enquanto subia as ladeiras íngremes da sua carreira, Appa saiu com Amma tendo apenas seus dois irmãos mais moços como acompanhantes.

Escovando o cabelo, borrifando água-de-colônia nos pulsos, passando a ferro suas saias de algodão antes desses passeios, o que Amma imaginava que havia no final Technicolor desta corte?

Com certeza, não a concha branca em ruínas que seus pais chamavam de casamento.

Nem haveria nada de desagradável em sua felicidade conjugal. Ela não teria nada em comum com as cambalhotas vulgares dos casais dos filmes tamil nem com o olhar malicioso do jardineiro toda vez que a anágua de uma moça aparecia por baixo da saia. Não, a felicidade deles ia ser pura, bonita e elevada. Nos fins de semana ela faria bolos; quando ela tivesse um bebê, eles tirariam retratos da família num estúdio.

Aos olhos de Appa, a falta de experiência a tornava mais atraente. Ele a apresentaria às maravilhas de eros; ela desabrocharia sob sua orientação. Ele já se alegrava com esta possibilidade.

– Aquela garota? – Paati disse quando descobriu quem estava ocupando suas tardes de sábado. – A filha daquele auxiliar de escritório? Depois de toda a sua educação no estrangeiro? Por que não procurar uma moça do seu nível social? – Este, no que dizia respeito a Paati, fora o objetivo de todo o esforço do marido: que os filhos pudessem escolher a melhor donzela indiana. – E ela nem é bonita – Paati argumentou. – É tão sem forma quanto um coqueiro, e tão preta quanto.

– Ah, deixe disso – disse Appa. – Como se eu fosse casar com a moça amanhã. É só uma maneira de passar o fim de semana, só isso.

Ela acreditou nele; ele não fora sempre o filho bom, o que tinha seguido os conselhos do pai, escolhido uma carreira sensata, escrito para casa toda semana? *É verdade,* ela pensou, *ele não está levando essa garota a sério. Bem, vamos deixar que se divirta. Ele é jovem. Já carrega um excesso de responsabilidades, pobrezinho.*

O que ela não poderia ter adivinhado: bastava temperar a satisfação que seus gostos pouco comuns já lhe proporcionavam com uma pitada de proibido e um bocadinho de censura pública, e Appa estaria fisgado. Depois de ele ter passado tantos anos fora, ela já não o conhecia mais. Ele tinha partido um menino e voltado um homem meio estrangeiro, e cada detalhe desta transformação a espantava. O cheiro de colônia no banheiro de manhã; o sotaque que não conseguia disfarçar nem para ela nem para os empregados; o modo masculino, arrogante com que ele se esparramava e tomava uísque depois do jantar, com um braço estendido sobre as costas da cadeira ao lado, as mangas arregaçadas, a gravata afrouxada.

Então a mentira de Appa sobre o teor do seu relacionamento com Amma desceu suavemente pela garganta de Paati enquanto, longe de Kingfisher Lane, mas ainda sob os olhos de águia dos irmãos de Amma, ele encurralava suavemente sua presa.

– Ah, eu fico esperando por isto a semana inteira – ele dizia a ela todo sábado quando ia buscá-la e aos irmãos para a matinê no Teatro Lido. – A ideia de que no sábado eu vou levar a moça mais bonita da cidade ao cinema me dá alento de segunda à sexta. – E quando ela desviava os olhos em resposta e prendia o cabelo atrás das orelhas, ele falava: – Sei que uma moça como você já deve estar acostumada a ouvir todos esses elogios, hein? – Ele sabia que não era verdade; sabia que ninguém tinha feito um único elogio a esta moça em toda a sua vida triste e miserável.

Um sábado, quando ela entrou na sala onde Appa esperava por ela, seu pai esticou a cabeça por trás do jornal, grunhiu com um ar de divertimento, e disse:

– Quem você está tentando enganar, Vasanthi? Eu acho que Raju aqui ainda enxerga. Toda semana fazendo um penteado novo como se isso fizesse alguma diferença à sua cara de mula. – Ele olhou para Appa com um "Hah!" que foi mais uma ordem do que um convite para rir. Mas Appa não obedeceu. Ele se levantou, abriu a porta para Amma, e disse, sem tirar os olhos dela:

– Eu enxergo muito bem, tio, e é com seus olhos que estou preocupado. Ou o senhor é cego ou vem de uma terra de mulas incrivelmente bonitas.

– Hah! – o pai de Amma repetiu. Mas sua derrota era evidente; ele não tinha entendido suficientemente a réplica de Appa para tentar uma das dele. Pelo canto do olho, Appa percebeu seu olhar incomodado quando ele recolheu o rosto atrás do jornal, mas bem na sua frente ele viu os olhos luminosos, famintos de Amma encontrarem os dele, e reconheceu neles o que havia desejado por tanto tempo, o que faltava nas atenções de Lily, Claudine e Nalini: gratidão. Esta moça era grata a ele, tinha sido grata a ele desde a primeira vez que ele a resgatara da casa do pai por quatro horas, e, se ele fizesse seu jogo direitinho, lhe seria eternamente grata. Appa engoliu em seco, e o fato de saber disto o aqueceu como uma dose de uísque. Do lado de fora, a rua toda, janelas e folhas, bicicletas, os sorrisos de sábado dos dois irmãos de Amma, brilhou ao sol.

Todo sábado à noite, quando voltava para casa, o pai a fazia ficar parada diante dele e contar o filme que tinha visto.

– Fique em pé direito – ele dizia –, fique reta e fale direito. – Quando ela se encolhia, ele esticava uma perna equina e enroscava o pé em volta do seu tornozelo para puxá-la mais para perto. – O que foi? Depois de passear pela cidade com tanta elegância, você ainda se comporta como uma cabra. – Mas agora ela sabia que ele só estava fazendo isso para humilhá-la, porque sabia que ela estava vencendo, escapando de suas garras; ele estava com pressa de esmagá-la antes que ela fosse embora. Ela ia mostrar a ele. *Diabo velho. Syaitan. Acha que vai poder me maltratar assim quando eu for a dona da Casa Grande?*

Ela estava deliciosamente consciente do aumento de sua estima no mundo, porque toda semana algum pequeno incidente a lembrava disso. Certa tarde, eles estavam sentados no FMS Bar & Restaurante, seu local habitual de lanche, quando Amma travou uma amizade efervescente, sem palavras, com uma criança que estava na mesa ao lado. Ela atraíra o olhar da criança e tinha sorrido para ela, querendo que Appa visse e conseguiu, porque assim que a criança começou a brincar com ela pelas barras da cadeira, Appa disse:

– Estou vendo que você tem jeito com crianças, depois de passar tantos anos cuidando dos seus irmãos e irmãs.

Seu irmão Nitya fez um muxoxo alto ao ouvir isto, e seus ombros se sacudiram de rir sobre seu refresco de laranja.

– Pfft! – seu irmão Krishen debochou.

– Nitya, Krishen – disse Appa, dando um tapa na cabeça de cada um –, mostrem um pouco de respeito por sua akka, por favor. Depois de tudo o que ela fez por vocês! Criando vocês sozinha por causa da saúde fraca da sua pobre mãe.

Ela olhou para Appa. Os olhos dele estavam invisíveis por trás do brilho dos óculos, mas ela se sentiu *vista*, mais do que nunca, seus sacrifícios notados, apreciados e colocados em palavras; seus sofrimentos compreendidos; suas diversas fraquezas – os Cs no boletim, a reprovação em geografia, a tigela lascada de murukku – perdoadas.

– Vocês querem comprar revistas em quadrinho na volta ou não querem? – Appa falou para os meninos, que estavam com um ar ressabiado. – Hanh?

– Sim – respondeu Nitya.

– Sim, Raju Anneh – concordou Krishen.

– Então peçam desculpas à sua akka e vamos.

– Desculpe – disse Nitya.

– Desculpe, Akka – disse Krishen.

Foi a primeira vez que alguém pediu desculpas a ela por alguma coisa. Nunca mais Nitya e Krishen foram grosseiros com ela, nem na presença de Appa nem na ausência dele.

Um sábado, onze meses depois de Appa ter apanhado Amma pela primeira vez para uma matinê, eles estavam terminando de tomar chá no FMS Bar quando ele anunciou sua intenção de levar comida para o jantar da família dela.

– Mee goreng e char kuay teow – ele disse. – Meio a meio. Assim vai ter alguma coisa para todos.

– Eu não acho que... – ela começou a dizer. – Na verdade, tem bastante comida na casa. Eu... nós... cozinhamos a semana toda, então sobrou muita coisa.

– Ah, sim, é claro – ele disse depressa –, eu entendo. Não é que vocês não tenham comida. Eu sei que eles não estão lá sentados passando fome, esperando por minhas duas tigelas de

macarrão. Mas só para variar, não? Vai ser um presente para seus irmãos e irmãs. Por que só Nitya e Krishen é que se divertem?
— Ele bateu afetuosamente com os nós dos dedos na cabeça de Nitya. — O que você acha, garoto?
— Pode ser — disse Nitya. Quanto mais ele olhava para a irmã, mais o medo invadia o seu apetite. Quando ela o apanhasse sozinho, ele provavelmente ia levar uns safanões. Beliscões nas coxas, tapas na boca, tapas no ouvido. Guloseimas picantes e variadas. Mas mee goreng era mee goreng e, no cômputo geral, ia valer a pena apanhar um pouco por isso.

No carro, havia duas enormes travessas de aço inoxidável que Appa tinha levado para o mee goreng e para o char kuay teow. Ele estacionou na Anderson Road e atravessou sozinho a rua movimentada, entregando primeiro uma travessa, depois a outra, para um vendedor ambulante enquanto Amma e os irmãos observavam do carro. Krishen lambendo os lábios. Nitya batendo na barriga e torcendo para pegar pelo menos seis camarões antes que os irmãos se servissem. Amma preparando-se para sentir o gosto amargo da derrota. Se Appa fosse jantar na casa do seu pai, ela sabia que seu frágil conto de fadas ia desmoronar. O quarto de sua mãe ficava a três passos da sala de jantar. Ele não ia ficar sentado na mesa por duas horas sem descobrir — pela ausência da mãe, pelo odor que vinha do quarto, pelos comentários e piadas dos seus irmãos — a surpreendente verdade da doença da mãe dela. Pois era como Amma pensava naquilo: uma doença, uma manifestação triste e irreparável de insanidade, algo para ser comentado apenas no seio da família.

Depois desta noite, nada consertaria sua fachada, nenhuma insinuação sobre seu potencial como mãe, nenhuma música romântica de filme americano compartilhada em silêncio nos assentos vermelhos e aveludados no escuro do cinema, enquanto rolavam os créditos. Seus cinco sentidos foram se fechando um por um, e todas as coisas foram se esvaindo: o ranger dos triciclos lotados, os cheiros de comida e fumaça de carro da rua, as batidas dos pés dos homens dos riquixás, a buzina dos carros e as campainhas das bicicletas do lado de fora da janela aberta do carro, até ela ter a impressão de estar olhando como que através de um túnel para a terrível cena que se desenrolava em sua cabeça:

Appa entrando na casa do seu pai, carregando suas travessas de aço inoxidável como um garçom de hotel. Dedão do pé esquerdo contra calcanhar direito, dedão do pé direito contra calcanhar esquerdo, sapatos de couro brilhando, deslizando suavemente pela porta, sem precisar das mãos. Homem e travessas entrando na sala de jantar, homem usando elegantes meias pretas, assobiando "Bengawan Solo", as travessas cheias de macarrão cheiroso. Então a ladainha que não podia mais ser ignorada, o sorrisinho surpreso com o qual ela já estava tão acostumada. E, finalmente, o mais terrível de tudo, o aroma depredatório do urinol (cheio até a borda, como sempre estava a essa hora da noite), saindo pelo buraco da fechadura e pela fresta debaixo da porta. A refeição dolorosamente educada, os olhos de Appa ficando vermelhos enquanto ele tentava valentemente prender a respiração por uma hora. E, no final, a retirada: não, não, tudo bem, podem ficar com as tigelas, não se preocupem, vejo vocês na semana que vem. Só que, evidentemente, não haveria semana que vem. Ela ficaria parada na porta, vendo o Morris Minor sair cuidadosamente de marcha a ré do portão. O próximo sábado chegaria e passaria, e ela voltaria a observar um estranho – sapatos chaves paletó preto para usar no tribunal – pela veneziana da janela de cima.

Mas, em primeiro lugar, não se ouvia nenhuma ladainha quando eles saltaram do Morris Minor. Na sala, o pai de Amma estava sentado em sua poltrona, observando seus peixes, batendo no vidro do aquário com a unha. Ele ergueu os olhos quando Amma e os garotos entraram.

– E então? – ele resmungou. – Qual foi o filme fantástico que vocês viram hoje? Hein?

– Eu trouxe... – disse Amma.

– Raju Anneh veio para casa conosco – disse Krishen. – E trouxe jantar. Mee goreng. Char kuay teow.

– Ohoho – disse seu pai. – Ohoho, entendo. Muito gentil. Muito gentil. Nem sempre temos companhia nesta casa. Diga aos seus irmãos e irmãs para lavarem as mãos e descerem para dizer alô. – Ele se levantou e fechou a lata de comida de peixe com um clique.

Agora que todas as células do nariz de Amma estavam sintonizadas na estação urinol, ela teve que admitir para si mesma que o buraco da fechadura e a fresta da porta não eram tão facilmente vencidas por suas emanações nocivas como ela havia pensado. Talvez tivesse confundido seus sonhos pestilentos com esta realidade mais branda; talvez seu julgamento tenha sido prejudicado por anos de vergonha e ressentimento em relação a tudo o que o urinol representava, porque aquele pequeno objeto de cerâmica, insignificante e com o fundo chamuscado, que mal dava para cozinhar um dia de dhal quando ele ainda era uma panela, e o tinha sido por muitos anos. A devoção egoísta de uma mãe que achava que se sentava e cagava à mão direita de Deus. A vida miserável, encarcerada que ela infligira à filha abandonada. Os cliques odiosos da maçaneta da porta durante a noite, em suas idas desnecessárias à casinha do jardim. A ladainha interminável e o canto bhajan que proporcionavam um pano de fundo ridículo para as surras e a choradeira dos filhos.

Amma se colocou à distância de tudo isso e refletiu a respeito. Estas coisas agora eram invisíveis; a humilhação não tinha cheiro, e o som das surras desta tarde, até onde ela podia ver, tinham se dissipado no ar cinzento e parado. Se ela continuasse tendo sorte – só desta vez –, Appa jamais precisaria saber sobre suas vidas secretas.

Sem dizer nada, com um zumbido de ansiedade nos ouvidos, Amma passou pela cortina de contas e entrou na sala de jantar. Na extremidade oposta da sala havia um armário de portas de vidro com páginas do *Straits Times* de junho de 1950 e cheio de restos do casamento senescente de seus pais. Uma adaga, um enfeite em forma de meia-lua de estanho manchado, ainda na caixa em que tinham chegado como presentes de casamento. Cestas desfiadas e uma placa de metal com o desenho do Dutch Fort, da lua de mel deles em Málaca. Fotografias formais, desbotadas, dos filhos em diversas idades, em molduras de couro rachadas. Miniaturas do Taj Mahal, da Torre Eiffel, do Empire State Building e do Palácio de Buckingham, enfileiradas, uma cortesia dos seus parentes viajados, um pacote selecionado para o turista apressado. As duas prateleiras de baixo do armário estavam ocupadas por um aparelho de jantar e um conjunto de copos que não tinham sido usados desde a festa de aniversário na qual Ammachi anunciara sua retirada do mundo.

Amma se ajoelhou e tirou tudo isso do armário, notando, ao fazê-lo, os corpos em deterioração de moscas e besouros nas ranhuras das portas de correr. Com um pano úmido, ela limpou os pratos, um a um. Jogou gelo nos copos azuis-claros e viu Appa deslizar para o início da cena que ela criara na mente. Foi como observar um mergulhador experimentado: num minuto ele estava do lado de fora, parado no sol daquele final de tarde, no minuto seguinte tinha deslizado, afiado como uma faca, para dentro da obscuridade da sala, um ímã gigantesco com um campo de força poderoso demais para esta pequena casa. Seus gestos amplos e enérgicos já pareciam dominá-la. Ele tirou os sapatos com habilidade, exatamente como ela imaginara, e quando entrou com as vasilhas de aço inoxidável, arrogante e dominador, um estremecimento acanhado e pudico pareceu sacudir as paredes.

– Ah, que bom – ele disse quando viu Amma com uma garrafa de gelo. – Coloque pratos para todo mundo. Nitya, Krishen, chamem seus irmãos e irmãs. – Sua voz trovejante ricocheteou em todas as superfícies empoeiradas. O velho aparador de mogno chacoalhou os talheres quando Amma abriu a gaveta de cima. A mesa de jantar balançou sob sua cobertura de oleado. Os peixes com seus olhos esbugalhados nadaram de uma ponta a outra do aquário manchado de marcas de dedos. Sob o olhar calmo e autoritário de Appa, Nitya e Krishen disfarçaram um risinho abafado.

– O que foi? – disse Appa. – Qual é o problema? Querem comer, mas não querem ajudar, é isso?

Eles se viraram e subiram a escada de fininho.

Appa depositou suas vasilhas nos dois tripés de madeira que Amma tinha posto sobre a mesa e foi para a cozinha lavar as mãos engorduradas.

Amma pôs a mesa com os pratos que acabara de limpar e com os garfos e facas que achara na gaveta do aparador. Aço inoxidável oxidado; ela nunca imaginou que isso fosse possível. Para compensar, ela procurou em outra gaveta e achou um pacote fechado de guardanapos de uma bela cor cereja, que também tinha sobrado daquela malfadada festa de aniversário sete anos atrás. Tirou nove guardanapos e começou a dobrá-los meticulosamente em forma de leque, passando a unha sobre cada dobra.

– Oo wah – disse Appa, voltando da cozinha com as mãos nos bolsos –, muita elegância para duas vasilhas de macarrão de rua, não acha?

Ela sorriu mas não disse nada, e ele a ficou observando com as mãos na cintura.

Seu pai entrou pela cortina de contas.

– Bem, bem, bem – ele disse. – Nada mau, nada mau. – Mas ele não deu um tapa afetuoso no ombro de Amma. Puxou a cadeira da cabeceira e se sentou, tamborilando com os dedos na mesa. Um por um, os outros filhos desceram a escada, com os cabelos úmidos da higiene feita às pressas na pia do banheiro. Os olhos de uma irmã ainda estavam vermelhos de uma tarde de surra ou castigo que Amma não tinha assistido. Mais uma vez, ela pensou que, se continuasse tendo sorte, tudo o que acontecia nesta casa violenta, mesmo que continuasse acontecendo bem ali ao lado, para ela seria como se acontecesse em alguma terrível ditadura distante da qual tinha notícia apenas pelos jornais.

As crianças se sentaram em seus lugares, arrastando os pés, mordendo os lábios, fungando, cada uma vagamente consciente do significado daquele momento e da sua importância para a irmã trêmula, que dobrava os guardanapos.

– Wah – disse Valli, a mais velha das meninas depois de Amma e sua irmã favorita –, obrigada por trazer tudo isto, Raju Anneh. É muita gentileza sua. – Mas ela evitou os olhos de Appa, e sorriu para as vasilhas de aço inoxidável.

– Sentem-se, sentem-se – disse Appa. – Vamos comer antes que esfrie. E sua mãe? Não vai jantar conosco?

– Ah, ela não gosta de comida chinesa – Amma disse com naturalidade. – E ela só almoça, não janta. – Ela tirou outro guardanapo da pilha e começou a dobrá-lo.

– Quem sabe ela não quer vir tomar uma xícara de chá conosco?

– Ela está descansando – disse Amma. – Ela se recolhe muito cedo.

– Entendo. Entendo. Então está bem, deixe-a descansar, minha mãe é igual. Ela diz que não tem apetite. Está ficando velha, o que pode fazer, ela diz.

Ninguém disse nada. Os meninos não deram risinhos debochados. Seu pai não resmungou. Amma ergueu os olhos e viu que o pai estava olhando para as próprias mãos, com os lábios apertados, as narinas abertas. Como uma rajada de frio em seu rosto, veio a compreensão de que não só ele estava participando do jogo como estava, pela primeira vez, do lado dela, babando-se com a perspectiva de muitas vantagens: o genro rico, a filha imbecil fora de suas mãos para sempre, a reputação consolidada de uma boa e conservadora família indiana. Habilmente, ela ia pondo cada guardanapo dobrado ao lado dos outros. Havia seis deles na fileira, destacando-se na madeira escura da mesa.

– Vamos, tio – disse Appa, batendo palmas –, por que o senhor não faz as honras?

Mas o pai de Amma, sem entender o que isso significava, serviu apenas a si mesmo, e, com um grunhido, começou a enfiar na boca a montanha de macarrão que havia em seu prato.

– O que vocês estão esperando? – perguntou aos filhos, de boca cheia. – Vocês ouviram o que Raju Anneh disse. Sirvam-se e comam antes que esfrie. Não precisam esperar sua irmã terminar seu trabalho artesanal. Quando ela tiver terminado, a comida já vai estar mofada.

– Ah, não não não, não se preocupe, tio – disse Appa –, está tudo pronto. – Ele pegou os leques com as duas mãos e, com um floreio, depositou um ao lado de cada prato. – Sente-se – ele falou para Amma, apontando para a cadeira ao seu lado. Pegando os pratos, um a um, ele os encheu de comida.

O relógio da sala soava alto. A bomba do aquário de peixes zumbia baixinho. De cada lado do pai, Nitya e Krishen disputavam silenciosamente os camarões e mariscos. Appa estava sentado em frente ao pai de Amma, e, à sua direita, estava Amma, com a cabeça abaixada sobre o prato, morrendo de vergonha dos modos do pai, da sua própria falta de jeito com macarrão e garfo, com os olhos de Appa nela. Depois de cada garfada, ela limpava os lábios e o queixo com o guardanapo. Mas Appa, observando-a, não via falta de jeito e, sim, simplicidade: os modos nervosos à mesa, a delicadeza bem ao estilo de escola missionária. Uma pontada de nostalgia por sua própria infância o percorreu; o que ele estava fazendo com mulheres que fumavam e citavam

Marx e Engels? Elas rotulariam esta moça de burguesa, é claro, mas não importava; era para isso que ele tinha voltado para casa. Elas revirariam os olhos por trás dele, o acusariam de se fingir de revolucionário enquanto, em casa, tinha uma esposa que batia as pestanas e deixava todo o raciocínio para ele. Entretanto – Appa compreendia agora, vendo o pai de Amma raspar o garfo contra o prato, arrotar e se servir de novo – não era esse tipo de gente que o verdadeiro socialismo iria defender? Em alguma parte do caminho, eles não tinham confundido idealismo com elitismo ao escolher só se casarem com intelectuais iguais a eles? Elas que acreditassem que ele tinha sido covarde ao escolher uma mulher que não fora contaminada por aspirações inconvenientes; de fato, ele ia ser o mais corajoso de todos ao assumir o verdadeiro trabalho de construção da nação.

Se Appa não estivesse cego por dois traços igualmente poderosos de romantismo, talvez tivesse notado que o pai de Amma demonstrava pouca tendência em compartilhar do seu otimismo. Que o homem só parecia respirar quando bebia, por trás do escudo do seu copo d'água. O rosto dele estava tenso; seus lábios crispados. Os olhos lançavam raios em volta da mesa, acusando todos os filhos de terem vendido suas almas. Ah, ele não estava isentando a si mesmo: ele podia estar sentado na cabeceira da mesa, mas, com este prato de char kuay teow, tinha deixado de ser o chefe da família, e sabia disso. Dois malditos pratos de macarrão e ele tinha amarrado seus culhões com uma fita vermelha e os tinha oferecido a esse almofadinha engravatado. Ele tornou a arrotar, mais alto do que antes, e engoliu o resto da água.

– Bem, bem – ele disse. – Obrigado, cara. Esta comida é de primeira classe. Estou certo de que você sabe que nós só comemos comida simples, feita em casa. Como eu poderia sustentar tanta sofisticação?

– Heh-heh – disse Appa, limpando a boca com seu guardanapo-leque –, sem problema, tio, isso aqui não é muita coisa.

Mas, antes que ele pudesse depreciar a si mesmo num estilo magnânimo, a porta do quarto de Ammachi foi aberta com um rangido, e Ammachi apareceu, primeiro seus pés ossudos, depois o resto dela, seca, amassada, o coque achatado da tábua sobre a qual dormia. Ela se aproximou da mesa arrastando os pés, o fedor do seu alojamento abafado saindo do sári branco em ondas quando se movia. Em volta da mesa, todo mundo prendeu a respiração com tanta força que, por três segundos a casa se tornou um vácuo, estagnado e voraz, e um pardal que voava em frente a uma janela aberta foi sugado contra a tela de proteção e ficou preso ali por três longos segundos. Então todo mundo soltou o ar, o pardal voou assustado e o pai de Amma largou o garfo ruidosamente sobre o prato. Resmungando, ele afastou o prato para longe, fazendo-o colidir com uma das vasilhas de aço inoxidável quase vazias de Appa. Em volta da mesa todos ficaram tensos, com uma única exceção.

– Ah, olá olá olá, tia – disse Appa –, que prazer vê-la. Desculpe por ter interrompido seu descanso. Acho que fizemos muito barulho, a culpa é minha...

– Foof! – disse Shankar, o filho favorito, tapando o nariz com as mãos. Pela porta aberta do quarto de Ammachi, os odores do urinol, tão fortes quanto Amma imaginara, saíram em mil caudas pretas de dragão. Nitya pegou seu copo d'água e o apertou contra o rosto, embaçando o fundo com sua respiração ofegante. Krishen teve um acesso de tosse, com a ponta da língua saindo da boca engordurada. Até a doce e compassiva Valli pegou o guardanapo e tapou o nariz com ele.

– Por favor, junte-se a nós, tia – Appa disse, imperturbável –, ainda tem muita comida sobrando.

– Ah, não – Ammachi disse calmamente, puxando o pallu do seu sári sobre a cabeça. Por baixo do capuz, ela olhou para cada um deles, passando lentamente os olhos ao redor da mesa. – Não, obrigada. Eu não gosto de comida chinesa. – Ela olhou intencionalmente para a gordura dourada da carne de porco no prato do marido. – Só saí para ver quem estava aqui. Já faz muitos anos que não recebemos visitas.

Por baixo da mesa, os joelhos de Amma tremeram. Ela entortou os dedos e apertou os calcanhares contra o chão frio de cimento.

– Oho, sim sim – disse Appa –, sinto muito por me intrometer, mas achei que...

– Sem problema – disse Ammachi –, não é nenhuma intromissão. Eu não tenho mais nada a ver com isso. Quem entra, quem saí, que come o que, eu fiz um voto de me retirar deste mundo, sabe? De todas as obrigações mundanas. Só que hoje eu saí porque pela primeira vez em tanto tempo havia alguém na casa, talvez houvesse algo errado.

– Na verdade – disse Appa –, não é a primeira vez. Eu moro aqui ao lado, sabe? Primeiro, eu vim aqui para pedir permissão ao tio para construir um muro novo. E agora eu passo aqui todo sábado para apanhar Vasanthi, Nitya e Krishen para irem ao cinema.

Amma manteve os olhos baixos, evitando o olhar inescrutável da mãe. Entretanto, ela sentiu aquele olhar varrer seu rosto, e compreendeu os pensamentos que estavam por trás dele: *Então foi isso que minha filha se tornou. Uma acompanhante benquista. Saindo com homens em troca de uma refeição grátis. Cedendo a todos os seus instintos primitivos ao mesmo tempo.*

Mas Ammachi disse apenas:

– Ah. Entendo. Bem, nada disso é problema meu. Continuem. Por favor, continuem. Já está na hora do meu puja noturno. – Então ela se virou e voltou para o quarto. Uma nova lufada de ar fedendo a excremento saiu das dobras do seu sári e envolveu Amma como o tentáculo de um polvo. A porta de Ammachi se fechou com outro rangido. Amma olhou para o prato, sua língua subitamente grossa e salgada, a garganta fechada com lágrimas viscosas. Sentiu-se suspensa no tempo como uma onda prestes a se quebrar contra uma praia rochosa.

– É melhor eu ligar o ventilador! – exclamou Valli, sempre a mais expediente. – Acho que a vala séptica de alguém deve ter quebrado de novo. Desculpe, Raju Anneh, aquela família malaia do outro lado da rua está sempre tendo este problema, e isso sempre acontece na hora do jantar. – Ela se levantou e ligou o ventilador do teto na velocidade máxima. – Vou abrir as janelas também. Que fedor horrível, não?

– Fedor? – disse Appa, com o garfo a um centímetro da boca. – Que fedor? Talvez eu esteja sentado na melhor cadeira desta casa porque não sinto cheiro de nada.

Foi a primeira vez que Amma soube que ele não tinha olfato. Ela ergueu os olhos, sem conseguir acreditar, e então sentiu o sangue fugir do rosto ao vê-lo mastigando placidamente um marisco. No céu, um coro de anjos com pregadores em seus narizes etéreos começou a cantar, os sons anasalados de sua alegria enchendo os céus no momento em que a prece de Ammachi se erguia em concorrência:

> *Om Trayambakam*
> *Yajaamahe*
> *Sugandhim Pushtivardhanam...*

Três semanas após este milagre, numa daquelas suaves tardes malaias em que a luz fica leitosa antes de morrer, Appa pediu a Nitya e Krishen para esperar no Morris Minor enquanto ele e Amma atravessavam a rua para comprar o jantar habitual.
– Eu preciso de um pouco de ajuda hoje – disse. Ele entregou a ela uma terceira vasilha e se virou para os meninos no banco de trás. – Que tal alguma coisa especial hoje para depois da comida? – Ele piscou o olho. – Ice kacang? Ou vocês preferem cendol?
Eles preferiram ice kacang (com bolas de sorvete de baunilha para os meninos), e, enquanto Amma e Appa estavam parados na frente da barraca de char kuay teow na luz leitosa do crepúsculo, os meninos abriram o vidro e se inclinaram para fora como dois cães agitados, se cutucando e rindo, assobiando baixinho para que Appa e a irmã deles não ouvisse, e desfrutando do ar carregado de fumaça de automóvel e gordura em seus rostos.
Do outro lado da rua, Appa se inclinou para Amma e segurou seu cotovelo como se fosse guiá-la pelo caminho certo. Em direção à respeitabilidade e ao conforto, chás de madames e móveis robustos, dinheiro na poupança e roupas novas para os filhos. As chamas sob a panela de ferro do vendedor ambulante provocavam um reflexo azul nos óculos de aro de tartaruga de Appa. Rodelas de suor formavam uma mancha escura debaixo dos braços de sua camisa listrada, e seu início de calvície brilhava como uma lua. Como joias de uma dançarina, gotas perfeitamente redondas de suor cobriam o espaço entre o nariz e o lábio de Amma.
– Eu quero me casar com você – ele disse – nem que *eu* tenha que pagar ao *seu* pai um dote. Não posso mais esperar. Sei que farei você feliz. Você sabe que vai ter uma vida de primeira clas-

se. Nada de cozinhar ou lavar. As joias que desejar. Carro com motorista.

– *Tsk*. O que é isso, falando de coisas particulares aqui na calçada.

Mas ela sorriu e sacudiu os ombros, como se estivesse lendo um script. Como se já tivesse lido a peça e escolhido um personagem. Do outro lado da rua, dois pequenos figurantes num Morris Minor davam risinhos abafados e faziam movimentos com a mão imitando a mecânica da copulação. Uma avó chinesa empurrando um carrinho de bebê pela calçada os viu, desviou os olhos, indignada, e murmurou imprecações sobre meninos indianos mal-educados para o neto sonolento.

– O que foi? – Appa disse um pouco indignado ao ver o tímido sacudir de ombros de Amma. Consigo mesmo, ele observou que o cabelo em sua nuca era macio e quase liso, diferente da cabeleira crespa que ela trazia enrolada num coque folgado hoje. – Não precisa ficar envergonhada – ele insistiu. – O maldito chinês não entende uma palavra.

Ele estendeu a mão para o prato de macarrão sujo de gordura da bancada do vendedor.

Depois ela nunca soube ao certo o que a tinha conquistado: se a eloquência simples do seu pedido ou a promessa de prosperidade naquele prato de aço inoxidável.

Quando ela deu a notícia ao pai, ele sorriu seu sorriso azedo por um tempo antes de dizer:

– Nada mal, Vasanthi. Para uma idiota, você não se deu nada mal. Syabas!

Ao lado, na Casa Grande, Paati segurou o filho pelos ombros e o sacudiu.

– Você está louco – ela disse. – Você vai se arrepender desta decisão a vida inteira. Essa gente não é como nós. Como você pode trazer para esta casa uma moça como aquela?

– Amma – ele disse, soltando-se de suas mãos –, pare com isso. Chega dessa mentalidade século XIX. Eles não são como nós? Bem, da última vez que olhei para eles, todos tinham dois olhos, um nariz e uma boca, exatamente como nós. São ideias como as suas que estão atrasando este país.

Paati recuou, cruzou os braços e estreitou os olhos para ele.

– Agora eu entendo – ela disse. – Estou vendo o que aquela moça fez. Uma cavadora de ouro sem-vergonha que empurrou alguma história para você e você caiu. Ótimo. Faça o que quiser e aguente as consequências. Mas não venha chorar no meu ombro e não espere que eu a trate como uma rainha na minha própria casa.

– Na realidade, esta é a minha casa – disse Appa –, e você irá tratá-la com o mesmo respeito que deve a qualquer ser humano.

5

O RETORNO SECRETO DE PAATI A INSATISFEITA

21 de agosto de 1980

Na tarde da cremação de Paati, Uma prepara uma omelete de queijo e presunto para oferecer aos membros da família que não irão ao funeral – a saber, ela mesma, Suresh, Aasha e Chellam.

Esta omelete para quatro pessoas, Aasha raciocina, significa que Uma não os *odeia*. As pontas estão um pouco queimadas; tem tanto queijo que gruda na garganta de Suresh, e ele faz um espalhafato para mostrar que está sufocado, revirando os olhos, batendo freneticamente no peito:

– Morte por queijo – ele diz entre acessos de tosse. – Um assassinato artesanal. A manchete de amanhã: Garoto de St. Michael asfixiado por omelete com excesso de recheio. – Aasha gostaria de imaginar que Uma sorri ao ouvir isto, só uma sombra de sorriso antes de virar a página do seu livro, mas isso simplesmente não é verdade. Uma nem levanta os olhos; ela simplesmente vira a página e espeta um pedaço de presunto com o garfo.

Entretanto, e não obstante suas óbvias imperfeições, a omelete é uma prova de que Uma sente um novo lampejo de afeto por eles, talvez especialmente por Aasha, porque ela a serviu primeiro, e deixou Suresh se servir sozinho. Embora Aasha possa contar nos dedos de uma das mãos as vezes que Uma falou com ela no ano anterior, é óbvio que Uma voltou a amá-la, em algum lugar secreto. Esta noite Uma talvez os convide para ir ao jardim para esperar o homem do churrasco junto com ela; depois, talvez ela deixe Aasha se sentar na cama dela para ouvir Simon e Garfunkel. Amanhã, talvez ela diga a Appa e Amma que não quer ir para Nova York. Devolvam a passagem aérea, ela vai dizer. Guardem o conjunto marrom de viagem no armário. Vou colocar a mala de volta no depósito.

Este pensamento – a frágil possibilidade, tão rarefeita quanto o ar no alto de uma montanha – esfria o ar nas narinas de Aasha e deixa sua garganta e seu peito gelados.

Sua goondu, Suresh diria se tomasse conhecimento das deduções de Aasha. Sua idiota. Uma preparou a omelete porque Amma mandou, e Amma mandou porque Chellam não ia preparar. Simples assim. Fácil de ver.

É verdade, Chellam não teria feito a omelete, embora Amma nem tenha lhe pedido; desde que Paati morreu, dois dias atrás, Chellam está se revirando e ardendo naquela cama, onde já teve dois acessos de febre desde que veio para a Casa Grande. Estendida na cama, em posição fetal, de bruços, em todas essas posições e outras mais, ela espera a última visita do pai, quando ele virá buscar sua filha indesejada em vez do dinheiro que o manteve lambendo os beiços e esfregando as mãos todo mês durante um ano. Quando chegar, ele vai cuspir nos pés dela e bater na sua cabeça com os nós dos dedos. No ônibus de volta para casa, ele não vai olhar para ela. Ela acabou com sua conta no bar, com sua popularidade entre os homens da aldeia, com suas tardes preguiçosas, com toda a sua alegre embriaguês. Cada vez que pensa nessa viagem iminente de volta para casa, Chellam enterra o rosto no travesseiro para ver quanto tempo consegue ficar sem respirar.

– Uma – Amma disse antes de sair para o funeral –, você vai ter que fazer alguma coisa para o almoço. Tem pão, tem ovos, tem sobras de ontem. Depois do que Chellam fez, eu não quero mais que ela prepare a nossa comida.

Amma sacudiu a cabeça ao dizer isso, como se tivesse tomado uma decisão difícil, mas firme, como se Chellam estivesse implorando para fazer o almoço. Mas Suresh não se deixou enganar pela testa franzida e pelo abanar de cabeça de Amma; sabia que ela simplesmente não tinha coragem de pedir a Chellam para sair da cama. Ele viu o medo em suas mãos trêmulas; ele imaginou o que ela achava que Chellam diria se lhe pedissem para fazer uma omelete. E o que Chellam *diria*? Eles agora estavam todos com um medo horrível dela, porque ela conhecia seus segredos, porque era um fera ferida, acuada – mas às vezes uma fera ferida apenas lambe suas feridas e vai embora. Não, Suresh não consegue imaginar Chellam se levantando da cama feito uma fúria, apontando o dedo magro para Amma e dizendo: *Você! Como você ousa me pedir para alimentar seus filhos mentirosos! Vocês podem fazer tanta maldade, mas não são capazes de quebrar seus malditos ovos, não é?*

É quase engraçado imaginar isso: a diminuta Chellam se transformando de repente num fantasma pontianak saído de um filme de terror indonésio. Chellam, que durante meses mal conseguia olhar no rosto de Amma para dizer que era telefone para ela, que parece não querer mais nada a não ser desaparecer para que eles todos possam fingir que ela nunca existiu, cujos próprios peidos e descargas de privada, atualmente, são amedrontados, envergonhados, danificados.

A fita de Simon e Garfunkel que Uma ouviu em seu toca-fitas a manhã inteira chegou mais uma vez ao fim; o chiado enche os ouvidos deles. Uma larga o livro e o garfo, se levanta e vira a fita.

Uma torna a se sentar, e o ventilador de teto lança suas sombras sobre o rosto mergulhado na leitura por cima do prato de omelete. E enquanto Paul Simon avisa à sua plateia de tolos que o silêncio cresce como um câncer, Suresh conta os segundos entre as sombras do ventilador sobre o rosto de Uma, e Aasha enfia garfadas de omelete na boca sem engolir, até engasgar também. O engasgo dela não é um engasgo fingido para aliviar a atmosfera, então Suresh suga os dentes, dá um chute nela por baixo da mesa, e diz:

– Você é nojenta. Não consegue comer pedaços menores, é isso? Se você quer ser nojenta, eu também posso ser. – Então ele dá um longo arroto, de boca aberta, que ecoa no silêncio antes da canção seguinte no cassete de Uma.

Qual deles está certo sobre a pergunta crucial de Por que Uma preparou a omelete? Aasha, em seu estado apavorado de infinita e ilógica esperança, ou Suresh, em seu realismo brutal?

Ambos, na verdade. É verdade que Uma fez a omelete, antes de mais nada, porque o processo consumiu muito menos tempo, esforço e raciocínio do que resistir a Amma. Ela poderia ter dito, Eles que façam sua própria omelete. Ou, Deixe que eles passem fome por uma tarde. Mas então teria havido mais palavras, mais drama, mais perguntas e acusações, e Uma já está farta disso pelo resto da vida. Ela queria paz e sossego, sem nenhum outro ruído a não ser Simon e Garfunkel e o zumbido do ventilador de teto, e o caminho mais fácil para isso era fazer a maldita omelete.

E no entanto.

Ela não vai devolver a passagem de avião nem guardar a mala de volta no depósito, mas, enquanto olha para o livro, está perfeitamente consciente dos olhos de Aasha sobre ela. Hoje – ao contrário de todos os outros dias em que esta cena foi encenada – esta consciência provoca nela uma enorme vontade de chorar. Ela engole em seco para reprimir as lágrimas.

Pequena Aasha. Uma gostaria de poder largar o livro e olhar para Aasha, olhar direito para ela e colocá-la em seu colo. Neste impossível mundo alternativo, Uma encontraria uma forma de expressar todos os pensamentos dolorosos para os quais *desculpe* e *obrigada* eram inadequados. Então ambas chorariam, em grande parte pelas mesmas razões.

Ela não vai fazer isso. Não pode fazer. É muito tarde e muito perigoso. Uma é uma garota do tipo tudo ou nada, e precisa ser o que escolheu ser até o fim. Até entrar naquele avião daqui a cinco dias. Se ela fizer uma exceção – mesmo uma pequena exceção, mesmo agora, *especialmente* agora –, as paredes vão desmoronar em volta deles. Caos. Perguntas. Drama. Tudo o que ela não deseja, e nada disso fará bem a ninguém.

A alternativa, assim como no caso da omelete, é mais fácil e melhor para todos os envolvidos, mesmo que alguns não consigam aceitar isso.

Em breve, o fantasma de Paati fará sua primeira aparição na Casa Grande. Isto é uma certeza no mundo de dúvidas e interrogações e dilemas morais de Aasha: nada pode impedir os mortos de cruzar a tênue linha que os separa dos vivos, se eles quiserem cruzá-la. E Paati vai querer. Ela não tinha desistido da vida; ela vai voltar para exigir mais guloseimas no lanche, mais respeito, mais atenção, mais de tudo o que sua artrite impediu, confinando-a a uma cadeira de vime num corredor escuro. Neste exato minuto, ela provavelmente está se afastando, mancando, das chamas, reclamando das cinzas no nariz e da fumaça nos pulmões, ralhando com Appa por estar sabe Deus onde quando ela se deparou com seu indigno fim no banheiro.

Às vezes o coração de Aasha fica acelerado quando ela pensa na volta de Paati. Será que ela vai punir todos eles por seus inúmeros pecados contra ela? Será que vai chupar sangue, quebrar vidros, virar os móveis, como os pontianaks e os hantu kumkums a respeito dos quais Chellam uma vez os alertou?

Mas, outras vezes, Aasha se sente em paz. Ela sabe, de alguma forma, que Paati os perdoou; livre dos seus velhos ossos, ela viu e ouviu tudo ao mesmo tempo, toda a verdade, passada presente futura, e compreendeu tudo. Por que eles fizeram o que fizeram. Por que tiveram que fazer. O quanto estavam arrependidos, mesmo que jamais confessassem isso em voz alta, por seus erros e suas fraquezas. Por saltar antes de olhar. Por serem covardes. Agora que não sente mais dores, que não tem mais cataratas, Paati se transformou numa espécie de anjo ou fada madrinha. Ela flutua sobre eles como uma pipa. Ela os perdoa novamente a cada dia.

Quando voltar para a Casa Grande, ela vai poder andar sozinha por aqui (o que é uma coisa boa, já que Chellam está de cama com seu sarongue-cobertor cobrindo a cabeça). *SH-sh-SH-sh*, suas solas sedosas vão deslizar pelo chão de mármore do andar de baixo, assim como faziam quinze ou vinte vezes por dia quando Chellam a levava e trazia do banheiro. Ela era um pacote denso de ossos e calos contendo uma bexiga sempre cheia: Chellam tem um braço musculoso como o de Popeye o Marinheiro e um braço fino de empregada, depois de tantos anos dessas idas e vindas diárias.

Na sala de jantar, Uma, Suresh e Aasha podem ouvir Chellam fungando e fazendo ranger as molas da cama toda vez que se vira, o que é frequente. Uma tenta ignorar esses ruídos. *Ela estaria na mesma situação não importa o que tivesse acontecido,* Uma diz para si mesma. *Seu trabalho terminou com a morte de Paati.* Suresh gostaria que Chellam simplesmente dormisse. Mesmo que para isso tivesse que tomar uma garrafa inteira de uísque. Que tivesse que comer um cabrito inteiro. Qualquer coisa.

Aasha fica imaginando se Chellam também aguarda a volta de Paati. Se ela a teme ou a deseja, ou simplesmente não está ligando. Será que acha que Paati vai voltar para ajudá-la?

Mas você era má para Paati o tempo todo, Aasha pensa. *Quando ela voltar, vai ficar do nosso lado. Porque nós somos a família dela.*

Sobre a janela sem cortinas do seu quarto debaixo da escada, Chellam pendurou um fino sári de algodão quando chegou na Casa Grande, um sári que ela deve ter trazido para trabalhar no quintal, ou para dormir, ou precisamente para isto – servir de cortina ou pano de limpeza ou fonte de absorventes sanitários – porque ele é tão fino, tão cheio de buracos que certamente não poderia ser usado para qualquer outra coisa. Ele mal filtra o sol da tarde hoje: Chellam vê um vermelho por trás das pálpebras cerradas, um vermelho sólido, brilhante. Uma espuma verde de bile enche o fundo de sua garganta. Ela enfia a mão debaixo do travesseiro para pegar seu estoque cada vez menor de gengibre chinês (comprado na loja da esquina com as generosas gorjetas de Tio Salão de Baile por diversos favores) e enfia um na boca ressecada. Ela não consegue pensar direito desde que ficou de cama. Sua cabeça é uma mistura de fragmentos, cheiros, cores enjoativas e medos que fazem seu corpo tremer. Ela foi reduzida a um estado pré-consciente, de modo que alguns dos que param à sua porta para terem certeza de que ainda está viva sentem uma pontada de pena, ou uma certa ternura, ou uma curiosidade anódina, mas nada mais, porque lá está ela, revirando-se na cama, com a respiração irregular, em seu quarto fedorento, e o que se pode fazer além de sacudir os ombros e dar meia-volta? O que se pode fazer além de deixar uma bandeja com Cream Crackers e macarrão instantâneo Maggi e correr de volta para o mundo real, onde tudo que é desagradável pode ser escondido atrás de palavras?

Hoje, Uma partiu uma fatia de omelete para o almoço de Chellam.

– Não importa o que nossos empregados façam conosco – Amma disse antes de sair para o crematório –, nós não os deixamos passar fome. Nós não somos esse tipo de gente. – E então, embora Uma não tivesse dito nada para contradizê-la, ela acrescentara: – Deixe que os pecados dela fiquem só em sua cabeça.

Tudo isso é entre ela e Deus. Nós não precisamos descer ao nível dela e fazê-la passar fome.

Uma sabia que Chellam não comeria sua porção de omelete. Appa, que estava se preparando para colocar o caixão no carro fúnebre com a ajuda de três velhos, também sabia disso. A própria Amma sabia disso, Suresh sabia disso, Aasha sabia disso, e, no entanto, Uma partiu aquela fatia e Suresh a carregou para cima na bandeja, então ela agora está, fria como gelatina, na mesa do lado de fora do quarto de Chellam. Uma mariposa perdida está se afogando no copo ao lado da omelete, suas asas abertas sobre a superfície da água.

Às cinco horas, Appa e Amma voltam para casa, parando na pia do quintal para se livrarem dos vapores insalubres do crematório. Eles enfiam as mãos na água, eles gargarejam, eles esfregam água fria nos braços. Ainda não há nenhum sinal de Paati, que, até onde Aasha pode ver da janela da sala, não está empoleirada no teto do carro, nem deitada no capô, nem agachada no banco de trás. (E, no entanto, ela não está longe, isso é certo: Aasha ainda tem tanta certeza disso que fica um minuto olhando pela janela sem piscar, até seus olhos ficarem secos.)

– Maldição! – Appa diz na sala de jantar. – Está um forno aqui. – Ele tira os óculos e passa as palmas das mãos sobre o rosto. As pontas do seu cabelo ainda estão úmidas de suas abluções pós-funeral. Os círculos sob os olhos estão mais escuros do que nunca; ele tem ficado acordado até tarde há várias semanas, trabalhando em seu caso mais recente, o famoso julgamento de assassinato de Angela Lim. As noites ultimamente têm sido silenciosas e abafadas, como se alguém acendesse o fogo sob a terra toda noite e esquecesse de levantar a tampa. Naquele silêncio de panela de pressão, Appa se debruça sobre a escrivaninha, estudando os fatos relativos ao caso, que são:

Angela Lim, de dez anos de idade, estuprada, morta e achada enfiada num buraco perto da Tarcisian Convent School.

Shamsuddin bin Yusof, um office boy acusado do estupro, do assassinato e da ocultação do corpo.

Na primeira página do jornal de Appa (que agora está no chão aos pés dele, suas páginas se agitando com o vento do ventilador como as asas de um pássaro ferido), o Ministro da Segurança Interna pede ao público para não transformar o caso numa questão racial. (Mas na seção de cartas ao editor, esse público continua a desafiar esta ordem, conseguindo passar suas observações sutis pelos olhos atentos dos censores: em comparações explícitas com outros julgamentos de assassinato, em reflexões filosóficas sobre natureza versus criação, em discussões sobre demografia urbana.)

Esta noite, como em tantas outras noites, os olhos arregalados de Aasha ficam cravados como duas manchas brilhantes de luz no teto sobre sua cama. Além dos fatos relativos ao caso, que têm estado na TV e no rádio e nos lábios das damas nos chás de Amma, Aasha sabe uma porção de coisas sem saber como sabe: o número de partes em que Angela Lim estava dividida quando foi retirada do buraco; as cores dos hematomas em suas coxas; a sensação do pedaço de pau com que Shamsuddin (um trava-língua, aquele nome: não Shamshuddin, não Samsuddin, mas Shamsuddin, um exercício para aqueles que aspiram a o-peito-do-pé-de-Pedro-é-preto) bateu nela antes de apertar uma corda em volta do seu pescoço por precaução; o sapato de lona branca (salpicado de lama de um jogo recente de bola) que Angela estava usando quando Shamsuddin a atraiu para o seu Datsun vermelho. Mas não é o que Aasha sabe que a mantém acordada à noite; é o que ela *não* sabe. O significado exato de *estupro*, uma palavra que lembra escuro, esturro, espurco, coisas ruins, desagradáveis. O timing que permitiu que um homem pudesse enfiar uma menina dividida em cinco partes num buraco numa rua em que as pessoas passavam de carro e de bicicleta e a pé, dia e noite. Que *tipo* de homem é esse Shamsuddin, porque a questão do *tipo* surge em toda conversa, e, no entanto, depois que surge, ela fica logo abaixo da superfície, recusando-se a aparecer, escorregando das suas mãos quando você tenta segurá-la. *Você sabe, aquele tipo de gente. A única razão de eles rezarem cinco vezes por dia é para encobrir a destruição que provocam. Hah! Cinco vezes por dia não é suficiente para eles. Estupro, incesto, drogas, seja o que for, esse tipo de gente é responsável por 95% de tudo isso.*

Até onde Aasha pode ver, Shamsuddin é um tipo magro de homem usando uma jaqueta ordinária. Seu cabelo já está rareando. Ele parece ter dentes estragados, mas ela não pode ter certeza porque ele não está sorrindo em nenhuma das fotografias de jornal.

– Tarado, filho da puta – Appa tem dito todo dia desde que assumiu o caso. – Fazer uma coisa dessas com uma criança daquela idade.

– Suresh, traga-me um copo d'água – Appa diz agora, recém-chegado da cremação de Paati, embora Suresh esteja no meio do dever de matemática, seu rosto uma máscara de concentração sobre as páginas quadriculadas do seu caderno, enquanto Uma está lendo o que é tecnicamente (por mais que ela também precise se concentrar para entender o sentido dele) um livro de histórias. Embora Uma não tenha dever de casa, nem terá nos cinco dias que lhe restam na Casa Grande, porque agora ela está de volta, tendo realizado seu principal objetivo, faculdade na América, apenas esperando a hora de partir, sentada em louros que deixam marcas na sua bunda e a fazem se remexer constantemente na cadeira. Mesmo assim. Appa não olha para Uma; Suresh vai buscar a água gelada dele. *Tum-tum-tum*, ela cai pesadamente da garrafa já suada de Johnny Walker para dentro do copo d'água, e Suresh pensa se deveria assobiar, só para emitir um som, qualquer som sem nenhum significado, qualquer coisa que não seja Appa respirando ruidosamente na cadeira e Chellam se revirando e fungando atrás da sua porta fina demais, e as canções sucessivas de Paul Simon sobre suicídios. Ainda pensando, ele torna a encher a garrafa de Johnny Walker na pia da cozinha, tampa e a coloca de volta em seu lugar, na porta da geladeira.

Depois de pensar muito, ele decidiu não assobiar, sorte dele, porque Amma aperta o botão de stop no toca-fitas e diz:

– Pelo amor de Deus, Uma, até hoje você tem que ouvir essa música esquisita? Pelo menos hoje mostre algum respeito. Hoje é o funeral da sua avó. Pobre mulher, que morte horrível. Ai, ai – ela se senta em frente a Appa e esfrega as têmporas com as pontas dos dedos –, mas de que adianta falar nisso agora? É melhor esquecer e seguir em frente. O que passou, passou. – Nenhuma resposta de Uma. Uma trinca melancólica de odores, cânfora, fumaça de madeira, sândalo, sai do cabelo de Amma e das dobras do seu sári. Com o copo embaçado na mão, Suresh observa a parte de trás da cabeça dela: cachos desfeitos, três gotas de suor na nuca. O que passou, *passou*, ele pensa, e talvez não importe muito quem fez aquilo acontecer. É melhor esquecer e seguir em frente, ou só *seguir*, mas de repente ele não consegue; ele segura o copo com mais força, até sentir que está quase quebrando em seus dedos. Uma gota de condensação desce pelo lado do copo exatamente, *exatamente,* é o que parece a Suresh, na mesma velocidade que uma das gotas de suor de Amma desce por suas costas. Ele se pergunta por que ela não parece senti-la.

– Suresh – diz Appa –, o que é isso? Você ficou catatônico? Está fingindo ser um robô quebrado? Quando você me trouxer a água, já vai estar quente o suficiente para fazer um chá.

Suresh tira os olhos da nuca de Amma, mas, ao atravessar a sala, ele vê, com o canto do olho, um líquido vermelho, brilhante, escorrendo pelo rosto de Amma, saindo de algum lugar no seu couro cabeludo, descendo pela testa, e ele estremece, não um estremecimento perceptível para os outros – existe muita coisa a respeito de Suresh que ninguém vê – mas um único tremor dentro do seu peito, em algum lugar entre suas costelas e seu estômago.

– Suresh – Appa repete –, o que há com você? Derramando água por toda parte... Será que eu preciso lhe dizer para segurar o copo com as duas mãos, como se você tivesse dois anos de idade?

É claro. O riacho vermelho no rosto de Amma é só o vermelhão que ela esfregou na repartição do cabelo antes do funeral, é claro, é claro, é claro – Suresh nunca viu Amma suar assim, mas é claro que é isso, os desastrosos resultados do calor do funeral. Suor avermelhado, nada a ver com crânios em geral e como eles quebram e sangram. Isto não é nenhuma vingança sobrenatural, só um truque do calor e de seus olhos assustados. A pobre Paati nunca terá chance de se vingar, quer mereça vingar-se ou não. Suresh põe o copo na frente de Appa e clareia a mente com uma lufada forçada de alívio.

Mas Aasha, cuja crença em fantasmas nunca foi abalada, está atônita. Appa e Amma estão de volta do funeral; onde está Paati? Por que está demorando tanto a chegar? De onde está sentada, Aasha pode ver que a cadeira dela permanece vazia. Mas, também, por que ela iria sentar-se calmamente naquela cadeira ao voltar? Não seria uma boa maneira de comemorar sua liberdade. Ela passou um tempo mais do que suficiente naquela cadeira, e um tempo nada feliz; naquela cadeira, ela ganhou tapas e cascudos e beliscões, todos rápidos, alguns merecidos. Porque é verdade que algumas vezes Paati era Demais, quando suas perguntas e sua implicância e sua aflição iam Longe Demais, quando ela queria arrumar encrenca com alguém. Isto é, com Amma e Chellam.

Com Amma, porque ela era um brinquedo de corda que alguém tinha dado corda até o fim e deixado de lado; ela não conseguia se controlar. Ela se sentava para tomar chá na mesa de fórmica e convidava amigas para o chá, e dava cascudos e beliscões em Paati porque estas eram as únicas coisas que sabia fazer.

E com Chellam, porque ela era esse *tipo* de gente. Qualquer que fosse o *tipo* de Shamsuddin, Chellam era quase tão ruim quanto. Ela era o tipo de pessoa que fazia maldades quando ninguém estava olhando. Uma pessoa muito má. Uma pessoa terrível que merecia tudo o que ia receber. Uma vez ela os tinha enganado; uma vez eles a tinham amado. Agora eles sabiam que tinham se enganado.

– Vocês todos almoçaram? – Amma está perguntando da sala de jantar. – Levaram uma bandeja para Chellam?

Uma vira a página e Suresh diz, sim, sim, nós almoçamos.

– Ovos? – Amma pergunta. – Para Chellam também?

– Não estava muito bom – Suresh diz. – Uma pôs queijo demais. – Esperto Suresh, sábio Suresh, rápido no gatilho Suresh, sempre capaz de desviar conversas.

– Aah – diz Appa, estalando os lábios depois de tomar um longo gole de água gelada –, isso é porque a cabeça de Uma já está na América. Sim ou não? Seu corpo está aqui, mas sua mente está na Universidade de Colúmbia, dentro daqueles muros cobertos de hera, não nas suas omeletes, meu garoto, ah, sim, sem dúvida, a escolha dela já é Joyce, um tema difícil demais para nós, sim ou não?

Uma ergue os olhos do livro e pisca diversas vezes na direção de Appa, como se estivesse pensando em outra coisa e desejasse que ele saísse da frente.

Appa dá três risadinhas, com a boca retesada num sorriso que não alcança seus olhos. Ele não vai embora; seu rosto não se livra do sorriso. Suresh vê um cansaço passar dos músculos doloridos para os olhos de Appa, e fica apavorado quando Appa percebe que seu rosto está preso naquela expressão. Então, quando Suresh para de respirar, o rosto de Appa se solta. Ele fecha os olhos e faz pressão com força nos cantos dos olhos com os polegares.

– Mais um, por favor – ele diz ao abri-los, estendendo o copo vazio para Suresh, e Suresh repete os passos com pequenas modificações: caminha rapidamente até a geladeira, abre a porta, pega a *segunda* garrafa de Johnny Walker (porque a primeira, tão recentemente completada, ainda não está gelada), enche o copo com um *tum-tum-tum* e um pensamento *será que devo assobiar?*. Desta vez, ele nota, parado ao lado da geladeira, que Aasha foi sorrateiramente (parando aqui e ali para farejar e ouvir e retomar a caminhada, como a formiga perdida que ela tem sido nos últimos dias) até a velha cadeira de vime de Paati.

– *Psst!* – ele chama. – Oi! Qual é a estupidez que você está fazendo agora? – Não que ele não possa ver: Aasha está passando as mãos (ainda engorduradas da manteiga da omelete) pelos braços finos da cadeira de Paati, dando um tapinha no assento, puxando cada fiapo solto de vime, e até, e é quando ele percebe que ela enlouqueceu de vez, encostando o nariz no encosto da cadeira e respirando profundamente, como se a cadeira fosse um buquê de jasmins.

– Nada – Aasha responde, e quando ela se vira para olhar para ele, seus olhos estão arregalados como os de Sassy a gata na tarde em que Amma a pegou com um peixe inteiro na boca. – Também não estou fazendo nada.

– Imbeciiiil – Suresh diz amavelmente, e volta para a sala com o copo de água gelada de Appa.

– Obrigado, meu filho, de coração – diz Appa. – Acho melhor levar isto para o escritório. Tenho um monte de trabalho para fazer. Este caso está me dando pesadelos e me deixando careca. – Ele arrasta a cadeira no chão de mármore e vai para o escritório com um copo suado na mão e a cabeça cheia de fatos perturbadores.

Tem uma mossa do tamanho da bunda de Paati no assento da cadeira, e ela tem um cheiro engraçado, diferente do cheiro do encosto. O mijo de mil acidentes se infiltrou em cada fibra do assento, e nunca saiu completamente, nem com todo o Dettol e Clorox do mundo, e Deus sabe que Chellam tentou, porque Amma a obrigou. Com grande dificuldade, Aasha sobe na cadeira e chega o traseiro para trás, uma nádega de cada vez. No torpor da tarde, ela começa a cabecear, como Paati costumava fazer, e seu queixo, como o de Paati, encosta no peito, e finalmente ela se rende ao grande cobertor cinzento do sono, encosta a cabeça no braço da cadeira e cochila, exatamente como Paati costumava fazer...

... até que Amma – que subiu, tomou banho e trocou de roupa, pôs seu sári do funeral de molho num balde ao lado da porta da cozinha, e tentou diminuir a dor de cabeça causada pela cremação cheirando repetidamente um lenço molhado com Óleo Canforado Axe Brand – chega vestindo um caftã, passa pela cadeira de vime, vê Aasha e a acorda com um tapa no joelho.

– Aasha! Vá dormir na sua cama, por favor! – ela diz. – Dormindo como um cachorro na cozinha! Quando seu pescoço estiver doendo, para quem você vai se queixar?

Para quem, realmente? Para quem Aasha vai se queixar com o pescoço torto? Não para Amma, certamente. Não para Appa, que ou estará trancado no escritório com o fantasma em cinco partes de Angela Lim ou fora de casa (na cidade, no clube, ou em outra aventura qualquer). Não para Suresh, que vai rir e chamá-la de imbeciiil por ter adormecido numa cadeira desconfortável. Não para Chellam, que talvez tivesse tido pena dela antes, mas que agora tem suas próprias preocupações. E não para Uma, que também, antes – muito tempo atrás – teria tido pena dela, mas isso foi há tanto tempo que Aasha tinha que se esforçar para recordar.

A lógica do argumento de Amma era, portanto, incontestável, e Aasha sobe e vai dormir em sua cama, com seus lençóis cor-de-rosa e seus adesivos dos Sete Anões.

Pela janela, Aasha vê um ônibus de turismo estacionado do outro lado da rua, em frente ao portão dos Balakrishnan. Ela conhece bem este ônibus: pertence ao (suposto) marido de Kooky Rooky, que aluga um quarto na casa dos Balakrishnan. As letras verdes e brilhantes na lateral do ônibus cantam numa voz lírica: *Sri Puspajaya Tours*. E numa voz mais suave, mais sussurrante, as palavras menores cantam a melodia conhecida dos anúncios de televisão: *Conhecer* (conhecer, conhecer) *a Malásia é se apaixonar* (apaixonar, apaixonar) *pela Malásia*. Está começando a escurecer; as luzes da rua se acendem (mesmo a que pisca a noite inteira); lá embaixo, nem Amma nem Appa nem Uma dizem nada a respeito do jantar, então Suresh abre a geladeira e pega dois pedaços pequenos do ensopado de frango de ontem, com a gordura grudada neles como cuspe crivado de folhas de coentro. Ele os leva para cima – Aasha ouve os passos dele na escada, os passos mais firmes e leves da casa, leves e firmes passando por sua porta, leves e firmes pelo corredor, leves e firmes entrando em seu quarto sem nenhum ruído da porta – e os come sentado na cama, no escuro, recolhendo os ossos na mão fechada.

Lá embaixo, em seu escritório, Appa analisa as provas contra Shamsuddin bin Yusof: sua carteira de identidade foi encontrada, junto com uma corda e um pedaço de pau e um saco plástico sujo de sangue da Kwong Fatt Textiles, enfiada num bueiro perto do buraco que continha os pedaços de Angela Lim; uma testemunha ocular viu Angela (ou, pelo menos, uma estudante chinesa de rabo de cavalo) sendo levada por um homem magro, malaio, perto do portão da Tarcisian Convent School; mais tarde naquele mesmo dia, o dono de um minimercado na região notou que uma menina pequena, de pele clara (sim, sim, provavelmente chinesa, o homem do minimercado concordou quando pediram para ele esclarecer), parecendo ansiosa, entrou na loja com um rapaz malaio usando uma jaqueta para comprar um pacote de chocolates Kandos. Shamsuddin, é claro, diz que é inocente, diz que a verdade vai aparecer para livrá-lo, diz que estava em casa jantando com a esposa grávida de sete meses. E ela confirma, e anuncia o cardápio daquela noite (é um cardápio curto, porque Shamsuddin e a esposa não são ricos: arroz, molho de soja, peixe frito), e lança maldições contra aqueles que armaram contra seu marido, e chora no tribunal e enxuga as lágrimas com as pontas do lenço de cabeça.

Lágrimas de crocodilo, os espectadores dizem, sacudindo a cabeça. Ela sabe que foi ele. Ela o está acobertando.

E, no entanto, paradoxalmente e obedientemente, eles imaginam aqueles que armaram para ele: homens gordos, homens ricos, homens usando óculos escuros nos bancos traseiros de Mercedes Benzes, com cabelo crespo nos braços. Filhos de sultões, irmãos de ministros, industriais com gordos contratos governamentais. Eles conhecem os tipos. Na escola, o bom povo da Malásia aprendeu: *As alturas alcançadas e mantidas pelos grandes homens / Não eram atingidas por um voo súbito...* Essa parte, pelo menos, é verdade. Não por um voo súbito, mas contratando bandidos para cortar a garganta dos filhos de seus rivais, estrangulando prostitutas que ameaçam falar e pagando generais para explodir seus corpos na selva, subornando a polícia para ignorar as bebedeiras e delitos dos seus filhos.

Appa não pode permitir que os armadores passeiem pela sua cabeça à vontade, rindo e dando tapas nas costas uns dos outros. Ele os tira firmemente da cabeça e se concentra no homenzinho que precisa condenar; o nariz chato, os dentes tortos, o queixo fraco, tudo imaginado com tanta clareza como se Shamsuddin estivesse sentado diante dele neste escritório silencioso.

Tarado filho da puta, Appa repete para si mesmo. Fazer uma coisa dessas com uma menina – de que idade? – de dez anos. Dez! Dez é uma *criança*! Dez não tem peitos nem quadris, nada. Sua tarefa é acreditar na culpa onde a culpa é determinada. Ele clica cinco vezes, numa sucessão rápida, a ponta da sua caneta esferográfica. Está quente no escritório, está fervendo; mais uma vez, o calor abafado do dia não melhora com o cair da noite. Appa se levanta e liga o ventilador de teto na velocidade cinco, de modo que ele gira perigosamente, *hwoop, hwoop, hwoop,* suas juntas rangendo como se a qualquer momento ele fosse se soltar do teto, atravessar a tela de mosquito e se projetar na noite, girando como um disco voador, como o chakra de um avatar demente de Krishna, cortando as cabeças de pardais e outros seres inocentes, porque este Krishna moderno está mais interessado em diversão do que em justiça. Este foi um dia estonteante – o calor esbranquiçado do sol, a grande pantomima dos últimos ritos de Paati, a ladainha canto choro gemidos, o calor negro do ataúde, o calor vermelho do incinerador. Appa se sente um pouco mal e pensa se deveria ir até a cozinha para buscar algo mais nutritivo do que um copo d'água, mas desiste. A casa se expande com um hálito feminino acusador.

Suresh joga os ossos de galinha na cesta de lixo e lava as mãos no banheiro de cima. Ele estuda seu rosto no espelho sem acender a luz, depois espreme a pele do nariz com força para extrair a gordura, do jeito que Chellam ensinou a ele. Os brancos dos seus olhos são muito brancos no escuro, e o preto do seu cabelo untado com Brylcreme é muito preto. Ele assobia, finalmente, todos os assobios que vinha prendendo desde a tarde, libertados num único sopro de ar. Ele assobia um trecho de Boney M e um fragmento de uma canção de escoteiro, uma frase musical de Barry Manilow e cinco notas de *Uma noite em Bald Mountain*.

No escuro, depois que Amma e Uma foram se deitar, depois que Suresh desceu e subiu mais duas vezes para pegar mais pedaços ossudos de galinha, depois que a agitação de Chellam diminuiu um pouco, depois que Appa adormeceu sobre o rosto de lua de Angela Lim na poltrona de couro do escritório (para quem *ele* irá se queixar do mau jeito no pescoço? Amma não pergunta, porque ela conhece a resposta), o marido de Kooky Rooky liga o motor do seu ônibus de turismo com um ruído ensurdecedor e parte em alta velocidade, com um Tupperware de bhajia e chutney no assento ao seu lado.

É claro que ele é apenas um Suposto-Marido. Um marido de mentira. Ele e Kooky Rooky não são casados de verdade. Ele tem que falar como marido e agir como marido quando eles estão brincando de casinha, o que é melhor do que ser um bebê de mentira, mas provavelmente se cansou disso. Foi só uma questão de tempo e ele foi embora desse jeito, no escuro, em alta velocidade. Agora, talvez o faz de conta termine e parem de chamá-lo de marido dela em sua presença. Ou não?

– O ÔNIBUS DE TURISMO desapareceu – Amma diz de manhã. – Saiu no meio da noite com muita pressa. Eu achei que Kooky Rooky tinha dito que estava de folga por uma semana. Então por que ele foi embora tão depressa?

Eles estão tomando café na sala de jantar, Appa (tentando ignorar o mau jeito no pescoço), Amma, Uma, Suresh e Aasha. Ninguém tenta responder as perguntas de Amma, embora Aasha se lembre nitidamente do sonho que teve nas poucas horas de sono desta noite: uma figura escura no volante do ônibus de turismo, enlouquecida, com os dentes arreganhados, as veias intumescidas, caindo num precipício. Mas quando foram dar a terrível notícia a Kooky Rooky, encontraram o marido dela lá em cima, em seu quarto alugado, comendo uvas e vendo TV. E foi então que perceberam que era Kooky Rooky quem estava no ônibus, era Kooky Rooky quem tinha caído no precipício de olhos fechados.

O que despertou Aasha do seu sonho: dedos dos pés fazendo cócegas em sua testa. Ela abriu os olhos e viu a filha do Sr. McDougall empoleirada na cabeceira da sua cama. A filha do Sr. McDougall sorriu para ela, um sorriso de não fique assustada, pequeno, carinhoso e mudo.

– Alguma coisa deve ter acontecido entre ele e Kooky Rooky – Amma continua, na mesa do café. – Ou então, de repente, ele foi tomado de amor pela primeira esposa. Não conseguiu ficar mais nem um minuto sem vê-la.

– Kooky Rooky morreu – Aasha diz com uma voz inexpressiva. Ela nota que até Uma levanta os olhos por um momento antes de voltar a ler as histórias em quadrinho do jornal. Era bom que eles soubessem que Aasha tinha suas próprias fontes. E daí que eles escondessem seus segredos dela com palavras e vozes destinadas a mantê-la fora do mundo adulto? Ela sabe coisas que eles não sabem, mesmo que ainda não entenda que tipo de homem é Shamsuddin bin Yusof.

Mas Appa apenas ri ao ouvir sua revelação.

– Quem dera – ele diz. – Isso facilitaria muito as coisas para aquele infeliz. E para a nobre causa da verdade neste mundo desonesto. Sem Kooky Rooky, haveria menos quinhentas mentiras contadas por dia no mundo. Suresh, quer me passar a manteiga?

– *Tsk*, não transforme tudo numa piada – diz Amma. – Sua filha fala uma bobagem, como sempre, e você transforma isso numa grande comédia. Viver e morrer não são uma piada, Aasha. Kooky Rooky pode estar em casa chorando, mas ela não está *morta*. Por favor.

Aasha sabe muito bem que viver e morrer não são uma piada; ela fica furiosa ao ouvir isso. Fecha a cara e fica calada.

Suresh olha para Amma e pensa: *Logo você, dizendo a ela que morrer não é uma piada!* Em voz alta, ele diz:

– Pode me passar a manteiga de volta, Appa?

Esta manhã, Suresh substituiu a bandeja com a omelete por outra na mesa do lado de fora do quarto de Chellam: nesta, há um prato de plástico com duas fatias de pão Sunshine com manteiga e geleia e um copo de Milo que já adquiriu uma película superficial. Amma fez mingau de aveia Quaker para os outros, mas – Não não não, não para Chellam – ela disse quando Suresh se aproximou da panela com a tigela de Chellam –, dê a ela pão com geleia – mingau de aveia é nojento demais quando esfria. – Então até Amma compreende a futilidade destas bandejas; até ela admite que esta aparente gentileza é uma mera formalidade. Chellam não se mexe quando Suresh deixa a bandeja sobre a mesa, mas agora, enquanto eles estão todos sentados na sala de jantar comendo seu mingau de aveia, ela se levanta e cambaleia, *de olhos ainda fechados* – Suresh quase pode jurar, embora ele só a veja muito rapidamente – pelo corredor que percorria quinze ou vinte vezes por dia levando Paati até dois dias atrás, e entra no banheiro do andar de baixo onde ela, supostamente, pôs um fim nos dias de perambulação de Paati.

E ali naquele banheiro, enquanto Appa, Amma, Uma, Suresh e Aasha tentam valentemente comer seu mingau, Chellam tem um ataque violento, vulcânico, de diarreia, feito de explosões rápidas, grunhidos e descargas líquidas, tudo ao som de uma orquestra de apitos, assobios e explosões, um ataque tão explosivo e tão inoportuno que, apesar das tentativas de Amma de disfarçá-lo soprando com energia cada colherada de mingau (porque, sim, o que nunca mudou em Amma depois de tantos anos foi seu sofrimento em relação a comer, cagar, suar, foder e a qualquer indício de participação de alguém nessas atividades), ele continua a comandar a atenção deles, de tal modo que, por fim, Suresh ri disfarçadamente e Aasha sorri apesar de suas preocupações secretas, e Uma concede um meio-sorriso etéreo.

– Minha nossa – diz Appa –, como ela pode ter tanto o que cagar quando já faz mais de uma semana que não come? – Esta nova pergunta substitui todos os monólogos interiores sobre vida e morte, verdade e mentira.

– Quem sabe? – Amma diz, ainda com o lábio franzido. – Talvez ela esteja mesmo grávida. Isso pode causar muitos problemas à digestão de uma pessoa.

Eles largam suas colheres e refletem sobre a pergunta de Appa e a hipótese de Amma, porque mingau de aveia é uma coisa muito difícil de comer ouvindo um ataque de diarreia: cinco tigelas de mingau ficam esfriando até virarem uma massa bege que é jogada fora, mais tarde, no lixo da cozinha, por uma Amma ainda revoltada.

Esta manhã, Appa e um pequeno grupo de entusiastas de funeral vão voltar ao crematório para recolher as cinzas de Paati e os ossos não carbonizados, e tudo isso vai ser atirado no mar em Lumut. Depois do café, Appa veste um par de calças impróprias para o tribunal (porque ele vai ter que entrar no mar para esta última despedida) e sai, balançando as chaves do carro, batendo com a grade de tal forma que uma chuva de flocos de tinta cai nos degraus da frente. Amma fica para tirar a mesa e lavar a louça do café, uma coisa que não faz desde que se reinventou como sendo uma importante esposa de advogado que oferece chá às amigas. Mas ela tem que tirar a mesa, porque Lourdesmaria, Letchumi e Vellamma receberam dois dias de folga, e Chellam caiu na cama depois de despejar o resto do conteúdo dos seus intestinos. E não só ela tem que tirar a mesa, mas tem que fazer isso sozinha, porque:

1) Uma saiu rapidamente e foi se sentar na cama para ler e pensar sobre o que vai por na velha mala vermelha que um dia foi um presente de entrada na universidade, novo em folha, da avó para o pai.

2) Suresh também subiu depressa, porque, ao acordar de manhã, tinha notado uma trilha preta que ia até sua cesta de lixo, e na cesta um cobertor preto aveludado sobre os seis ossos de galinha que ele jogou fora tão descuidadamente na noite anterior. Aproximando-se, esfregando os olhos sonolentos, ele confirmou que o cobertor era mesmo um pequeno enxame de formigas pretas, um cobertor estático, faminto. Então ele volta depois do seu não café para realizar uma rápida missão de recuperação: bate com os pés descalços na trilha de formigas, deixando cadáveres pretos grudados nas solas dos pés e no chão (e umas poucas pernas de formiga ainda se mexendo, frágil e inutilmente, no ar); ele joga o conteúdo da cesta em três folhas de jornal disfarçadamente roubado do depósito; ele amassa o jornal e desce a escada com

passos leves e firmes, sai pela porta dos fundos e joga o jornal na lata de lixo.

3) Aasha se instalou em seu lugar favorito da casa: atrás do biombo de PVC verde no final do corredor que vai dar no banheiro de baixo. Ela espera, com fé inabalável, embora tenha se passado um dia desde o funeral e Appa esteja recolhendo as cinzas de Paati e seus ossos não carbonizados em dois potes de barro; Aasha desconfia que Paati vá aparecer, primeiro, ou na sua cadeira, onde ela passava a maior parte dos seus dias, ou no banheiro, onde sua vida terminou.

No crematório, sob os olhos de falcão de três velhos que têm, sem dúvida, algum parentesco com ele, Appa borrifa água e leite sobre as cinzas de Paati e escolhe cuidadosamente sete ossos não carbonizados: osso do dedão, um pedaço da rótula, um pedacinho de cada lado do quadril, da quarta costela, pontinhas da clavícula.

Ao sair de casa com seu próprio pacote de ossos, Suresh quase dá um encontrão em Kooky Rooky, que atravessou a rua descalça, correndo, com tudo nela se soltando: coque, sarongue, rosto, botões da blusa. Aasha também a vê, do patamar de cima. Uma Kooky Rooky nada espectral. Tremendo, repleta de lágrimas esperando para sair, mas não morta ainda. Aasha não se abala por ter interpretado seu sonho de forma ligeiramente errada, como sendo passado em vez de previsão do futuro. *Cuidado, Kooky Rooky*, ela pensa. *É melhor você tomar cuidado.*

Kooky Rooky olha para o pacote na mão esquerda de Suresh como se contivesse algo que ela desejou a vida toda, e ele tem vontade de dizer, Toma, leva, pode levar e vá embora e nos deixe em paz, e não venha para cá chorando e gemendo porque já tivemos demais disso recentemente.

Mas, antes que ele possa falar, ela olha para a cara fechada de Suresh e diz:

– Onde está sua Amma?

– Ela está lá dentro.

Uma brevíssima conversa; ele segue em frente e ela caminha, sem muita firmeza, na direção da porta dos fundos e entra na cozinha, onde encontra Amma esfregando a panela de mingau com a mão firme e os dentes trincados.

Numa tentativa de arrancar uma crosta teimosa do fundo da panela, Amma quebra uma unha, resmunga "Chhi!" baixinho, fecha a torneira e sente que tem alguém atrás dela. Ela ouve Kooky Rooky respirar antes de falar, ou percebe um movimento desesperado – de pássaro que caiu numa armadilha – com o canto do olho, ou sente o cheiro da noite insone de devastação que sai da pele de Kooky Rooky? Seja o que for, ela se vira bem a tempo de ouvi-la dizer:

–Vasanthi Akka!

Amma olha uma vez para Kooky Rooky e vê que ela não veio apenas para mais uma demonstração de idiotice. Ela não está aqui para contar a Amma sobre a vez que foi à Inglaterra e encontrou a rainha num supermercado, nem sobre os dois apartamentos do pai em Hollywood, nem sobre os dezessete tipos de pullao servidos no seu casamento, não, ela quer uma coisa grande e impossível. As costas e os ombros de Amma estão doendo de tanto ela esfregar a panela, e sua cabeça ainda lateja um pouco por causa das emanações do funeral que permanecem presas no fundo da sua garganta. O que quer que Kooky Rooky queira, é pesado demais para Amma carregar sozinha, e ela sente uma vontade súbita de se sentar e deitar a cabeça no braço e fingir que está dormindo, como as crianças às vezes cochilam na creche. Mas ela apenas enxuga as mãos no seu caftã e diz:

– O que foi, Rukumani? Venha, sente-se aqui – Amma puxa uma cadeira, toda agitada –, você quer uma bebida fria ou quente? – Em vez de esperar a resposta, ela enche a chaleira, com muito mais água do que precisa para duas canecas de chá ou café ou Milo.

– Akka – Kooky Rooky diz, ainda parada na porta –, ele foi embora. Não vai mais voltar.

– Que bobagem, por que ele não voltaria? – Amma acende o fogo sob a chaleira. – Ele tem que fazer suas viagens, não tem, para pagar as contas? Ele vai fazer a viagem e voltar para casa, como sempre, não se preocupe. Na semana que vem, vai voltar para casa trazendo cinco ou seis pacotes de noz moscada de Penang ou de dodol de Kelantan ou seja o que for, você sabe como ele é, não sabe?

– Não, Akka, desta vez ele não vai voltar.

Amma põe as mãos nas cadeiras e fica pensativa.
— Por quê? — ela diz. — O que foi que aconteceu desta vez?
— Ele me disse, Akka, ele simplesmente me disse. Ele disse que chega disso, que ele não tem dinheiro para ter duas famílias. — Kooky Rooky diz isso com naturalidade, como se a família verdadeira do marido nunca tivesse sido um segredo, como se ela sempre tivesse discutido o assunto abertamente com quem quisesse ouvir. Por um breve instante, Amma pensa em manter seu lado das aparências, pensa em dizer, Que duas famílias, Rukumani, do que é que você está falando? Mas é tomada de novo pela exaustão, um peso de chumbo na cabeça e no peito. Ela não consegue arranjar forças para falar, muito menos para desempenhar seu papel numa farsa que parece ter terminado.
— Eu estava sempre perguntando a ele — Kooky Rooky está dizendo — quando nós nos mudaríamos para nossa própria casa, porque estou cansada de morar na casa dos outros, Akka, aquela Sra. Balakrishnan anota tudo, quanta água eu uso no banheiro, quanto tempo eu levo para tomar banho, quanta eletricidade eu uso à noite, tudo...
— Isso você tem que entender — diz Amma. — O Sr. Balakrishnan bebe todo o dinheiro que ganha, então ela tem que ser cuidadosa. Isso você não deve...
— É claro, sim, eu sei, Akka, mas de um lado eu tenho que entender o problema da Sra. Balakrishnan, de outro eu tenho que entender o problema do meu marido, e no fim quem vai entender o meu problema? Eu não tenho para onde ir. Eu entendo, sim, meu marido tem outra família, uma porção de filhos pequenos e tudo o mais, ele não tem escolha, sim, eu sei, mas e eu? — A voz de Kooky Rooky falseia e ela finalmente se senta na cadeira que Amma puxou assim que ela apareceu. Ela cruza as mãos finas no colo e abaixa a cabeça.
Amma coloca colheradas de Milo nas duas canecas, depois açúcar, e então, enquanto se vira para tirar o leite condensado da geladeira, ela chupa os dentes e diz:
— Rukumani, você precisa aprender a não esperar demais dos homens. Afinal, você sabia o tipo de homem que ele era desde o início, não sabia? Se ele pode fazer isso com a esposa, é porque não é muito confiável.

Kooky Rooky olha para Amma com olhos arregalados e úmidos.
– Confiável? – ela repete. – Confiável?
– Quer dizer – Amma diz, despejando água quente nas duas canecas e mexendo com tanta força que a colher soa na casa como um alarme –, se ele foi capaz de enganá-la, por que não enganaria também a você? – Ela vira a lata de leite condensado sobre a primeira caneca e observa o fio amarelo de leite cair numa linha fina, viscosa.
– Sim – Kooky Rooky diz devagar. – Sim, também tem isso. Eu apenas não imaginei...
E talvez por estar ainda cansada das atividades do funeral da véspera, cansada e esgotada como algo que foi defumado em fogo lento, ou talvez porque nunca tivesse gostado muito de Kooky Rooky, alguma coisa dispara dentro da cabeça de Amma – com um estalo e um flash como uma câmera antiga – e ela se vê tendo pensamentos tão claros que parecem passar em letras finas sobre uma tela branca atrás dos seus olhos. Pensamentos penetrantes. Pensamentos cortantes. Pensamentos azedos como manga verde: eles fizeram seus olhos se estreitarem e sua boca franzir. *Por que eu, logo eu, deveria sentir pena de você? Você merece o que está passando, Rukumani. Aqui se faz e aqui se paga.*
Ela põe a lata de leite condensado sobre a bancada e se vira para olhar para Kooky Rooky.
– É claro que você não imaginou – ela diz. – É claro que, desde que tudo esteja correndo bem na nossa vida, nós não imaginamos o que está acontecendo na vida dos outros. Mas agora está na hora de entender. Você ainda pode viver com ele e chamá-lo de seu marido, mas a verdade é que aquela ainda é a verdadeira esposa dele, não é? A primeira obrigação dele é para com ela. Aqueles são os filhos dele, e aquela é a esposa dele, e não você.
Kooky Rooky balança a cabeça como uma criança castigada a quem perguntam se aprendeu a lição. Como se cada movimento doesse, mas ela sabe que a vão deixar em paz se ela conseguir balançar a cabeça só mais algumas vezes. Ela funga, esfrega o nariz com o dedo. Quando Amma põe as duas canecas sobre a mesa, Kooky Rooky dá um único soluço, se levanta e sai depressa, meio andando, meio correndo.

Amma a vê ir embora da janela da cozinha. Ela atravessa o jardim, descalça, aparentemente sem se importar com bicho de pé, e atravessa a rua. A tela atrás dos olhos de Amma pisca, fica preta, e ela fica sozinha com duas canecas de Milo, sem querer tomar nenhuma, porque, para dizer a verdade, ainda está um pouco enjoada do café interrompido pela diarreia. Ela joga na pia o Milo ainda quente, uma caneca depois da outra, e pensa. *A culpa não é minha. A culpa não é minha. Eu já tenho problemas demais.* Ela está cansada, tão cansada que sente que poderia ir para a cama e dormir dias seguidos, igualzinho a Chellam. Ela está cansada de vida e morte e verdades e mentiras, de traições e lealdades, de juventude e velhice. De culpa e inocência e do longo e sinuoso caminho entre uma e outra; daquelas próprias palavras, tão frágeis: *A culpa não é minha.*

O ESPÍRITO DE PAATI só irá ressuscitar depois que Appa arrumar os sete ossos não carbonizados, em sua configuração original, sobre uma camada de arroz cru na praia em Lumut. Appa ignora deliberadamente seu papel nesta transação metafísica; ele baniu todos os pensamentos macabros de sua cabeça, concentrando-se na anatomia destes sete ossos. Sua tarefa é puramente física, resolver um quebra-cabeça, fazer uma prova de biologia. No alto, as pontas da clavícula que deixam clara a ausência de pescoço e cabeça; abaixo delas, a costela, como a grade de uma gaiola desmontada; mais embaixo – aqui Appa faz uma pausa, mas os três velhos não oferecem nenhuma assistência neste caso. Eles esperam, silenciosos, enquanto Appa observa os pelos de seus braços se agitarem com a brisa do mar. Finalmente, ele põe um pedacinho à esquerda e outro à direita, e cerca de trinta centímetros abaixo deles, o pedaço de rótula, curva como o fragmento de uma tigela de arroz. E por último, lá no fim, o osso do dedão, perfeitamente chato sobre o arroz. Appa tem um vago desejo de poder fazê-lo pairar no ar que é o seu lugar, ou pelo menos ficar em pé.

Mas ele não precisa se preocupar com a ideia de que este miserável quebra-cabeças com peças insuficientes seja uma zombaria do espírito de sua mãe, porque assim que ele coloca o osso do dedão no lugar, Paati se levanta dos seus despojos. É claro que nem Appa nem seus três decrépitos assistentes a reconhecem, mas ela se levanta, uma fumacinha diminuta, tocando as pontas do cabelo de um velho, levantando o dhoti de outro.

– Está muito ventoso hoje – um deles diz, abaixando seu dhoti, acanhado. – Acho que vai chover.

Appa esfrega os braços.

Na Casa Grande, Uma está fazendo a mala. Aasha está agachada na porta, assistindo, quando duas penas de origem misteriosa – um buraco no colchão de Uma? Um pombo no telhado? Uma galinha ilegal do vizinho? – caem bem na frente dela, quase roçando seus cílios.

As penas pousam, ignoradas, no fundo da mala de Uma.

Uma nuvem de talco Yardley English Lavender faz cócegas no nariz de Aasha, mas ela percebe, no centésimo de segundo antes de espirrar – um espirro estrondoso que sacode a vidraça e balança a cama de Uma – que Uma não sentiu o cheiro.

Então Paati voltou. Aasha vai até o corredor para procurá-la, e lá está ela: deve ter passado por entre as grades da entrada. Adquiriu um jeito estranho de andar, um arrastar de pés sem gravidade, um deslizar geriátrico de astronauta. No pé da escada, ela vê a comida intacta de Chellam em sua bandeja do lado de fora da porta.

Hoje é arroz e sambar, com pacchadi dedos-de-moça para acompanhar. A comida virou um bolo duro; parece comida de plástico.

Se vocês deixarem seus pratos esfriar desse jeito, Chellam disse um dia a Suresh e Aasha, fantasmas famintos virão comer sua comida. E, dito e feito, bem diante dos olhos de Aasha, a transparente Paati agarra a ponta da mesa com seus dedos permanentemente manchados de açafrão, desenrola a língua como um lagarto na direção de um bocado particularmente tentador na beira do prato de Chellam. Suas mandíbulas se abrem sobre o tampo de fórmica da mesa. Os pelos brancos sobre seu lábio superior tremem. Um impulso e uma lambida daquela língua habilidosa e o bocado apetitoso desce pela garganta transparente até a vasilha de vidro da barriga. O resto, ela come com as mãos, como sempre, formando bolas de arroz ressecado, enfiando-as na boca. Ela só suja as pontas dos dedos; Paati sempre comeu com asseio, nunca foi de lamber as palmas das mãos, nunca deixou o molho escorrer pelo queixo. Quando ficou satisfeita – ela mal tinha feito uma mossa na magra porção de Chellam, mas fantasmas têm estômagos pequenos – ela arrota, um som pequeno e translúcido como vapor subindo num cano. Então ela avança pela casa, na direção da sua cadeira de vime. A leve brisa do seu sári transparente percorrendo o espaço flutua até o rosto de Aasha no alto da escada. Cheira levemente a mofo, talvez por estar um pouco úmida de água do mar, mas de modo geral é um cheiro confortante. Aasha ouve quando ela se instala, leve como uma pluma, na cadeira, para esperar a hora do lanche. *Não se preocupe, Paati,* ela pensa. *Vou levar um punhado de omapoddi e dois murukkus para você. Agora eu posso tomar conta de você. Agora que você é um fantasma, eu posso me certificar de que ninguém a maltrate de novo.*

Aasha volta para o quarto de Uma, e desta vez ela entra. Pega uma revista *Mad* do chão e a folheia, e uma pilha de adesivos onde está escrito *Alfred E. Neuman para Presidente* (grátis para uma assinatura de um ano) cai lá de dentro. As brotoejas na parte de dentro do seu cotovelo estão vermelhas e coçando.

– Veja, Uma! – ela diz, as palavras uma simples manifestação de carência. – Você pode colar estes adesivos grátis na sua mala. Assim não irá perdê-la no aeroporto. – Ela estende os adesivos para Uma, o braço tão esticado que o cotovelo vira para o lado errado. Seus dedos seguram a pilha de adesivos com força; seus olhos estão brilhantes como globos de discoteca. *Eu vou tomar conta de você também, Uma,* ela tem vontade de dizer. *Eu vou tomar conta de você e tudo vai dar certo.*

Ela torce para que os adesivos transmitam pelo menos parte da mensagem.

Uma os pega com um sorriso suave em direção ao chão. Fecha a tampa da mala e começa e colar os adesivos: primeiro, dos lados, em fileiras retas, e depois ao acaso, sobre a tampa, suas mãos trabalhando como se a tarefa fosse urgente. Aasha conta os adesivos, catorze quinze dezesseis só na tampa, e imagina Uma abrindo a mala num quarto com tapete em Nova York, cantarolando, tirando seus suéteres que espetam, três a três. No fundo da mala, por baixo de todos aqueles suéteres, estarão aquelas duas penas (de ganso? de pombo? de galinha?), descansadas depois de seu longo sono através do oceano. Quando Uma tirar os últimos três suéteres, elas sairão flutuando e farão cócegas no seu nariz, e ela dará um espirro tão forte que elas voarão pelo quarto e entrarão atrás de uma estante, onde permanecerão para sempre, um elo secreto com a Casa Grande e com Paati, e com Aasha, que está quase chorando neste momento por conta de seu fracasso em impedir a partida de Uma.

Todas as estratégias de Aasha foram imperfeitas. Uma vai partir para nunca mais voltar; Chellam está fungando e soluçando na cama. Quanto a Paati, bem, nem paus nem pedras (nem tapas nem cascudos) nem palavras irão atingi-la agora, mas ela é um espírito solitário, inquieto e faminto. Tudo o que Aasha pode fazer é suprir suas necessidades.

6

APÓS GRANDES EXPECTATIVAS

A decepção floresceu em toda parte nos primeiros dias após o casamento de Appa e Amma. Brotou sob os pés de Amma, de um amarelo doentio, quando ela entrou na Casa Grande depois da sua festa de casamento no Ipoh Club. Ela comera um número excessivo de pastéis de caranguejo e bebera álcool pela primeira vez na vida. Como um passageiro recém-saído do navio num país estrangeiro, ficou parada na sala, contemplando os quadros a óleo e passando os dedos sobre o estofado do divã onde ela só tinha se sentado três vezes antes. Três vezes antes do casamento Appa a convidara para lanchar. A primeira vez, a mãe dele tinha olhado Amma de cima a baixo, dissera olá com um sorriso que fez Amma imaginar se sua blusa estava manchada ou sem botão, e depois tinha se retirado para as profundezas da casa. A segunda vez, Paati tinha se sentado com eles por dois minutos, durante os quais ela fez perguntas a Amma sobre a educação e a carreira do seu pai e escutou as respostas com um rosto imóvel, sem balançar a cabeça, sem sorrir, sem dar qualquer sinal de ter recebido a informação que buscava. E a terceira vez, ela cumprimentara Amma na porta da frente com uma curvatura nos lábios que Amma quase interpretara como sendo um sorriso, talvez ela tivesse passado no teste da velha senhora, quem sabe?, até que ela disse: – Minha nossa, vermelho não combina nada com uma moça da sua cor, Vasanthi.

Um medo súbito tira o fôlego de Amma como uma corrente de ar frio. O que foi que ela fez? Sob aquela luz fraca, a Casa

Grande parecia vasta e hostil. A casa do seu pai ficava ali ao lado, mas ela não podia correr até lá em busca de abrigo. Se ela só tinha saltado do fogo cultivado amorosamente pelo pai para a frigideira da sogra, eles jamais iriam saber. Ela ia, *ia* construir uma vida nova ali, quaisquer que fossem as dificuldades. Ela ia apagar a miserável casa verde mantendo fechadas as cortinas daquele lado da Casa Grande, nunca mais falando nela, não dando mais espaço para ela em sua mente, nem ar, nem interesse.

Appa, sem saber, interrompeu sua visão do futuro:

– O que você acha? Eu arrumei um pouco a casa. Pintura nova, cortinas novas para a sala de estar e a sala de jantar. Nada mau, eh?

É claro que ele não sentia o cheiro da pintura nova, nem da amônia com que a empregada limpara o chão enquanto eles tomavam champanhe no clube.

– Sim – Amma disse sem muito entusiasmo. – Está bonito.

Esta aprovação morna estava muito longe do elogio que Appa tinha esperado – sem dúvida, ela podia ao menos ter ficado impressionada com a escolha do tecido da cortina –, tão longe que parecia vir de uma moça diferente daquela que ficara maravilhada com a gentileza de uma pipoca no cinema.

– Bem – disse Appa –, eu achei que esse tecido cor de narciso combinava bem com os estofados azuis. – Então ele pegou a mala de Amma e com ela subiu a imponente escadaria.

Naquela mesma manhã, no quarto principal da Casa Grande, uma das prestativas tias de Appa, com seus quadris grandes apertados num espalhafatoso sarongue, tinha andado ao redor da cama de casal, esticando os lençóis brancos, dobrando o fino cobertor de lã azul, colocando-o discretamente aos pés da cama. Appa passara pelo corredor enquanto ela estava fazendo a cama, e ela o tinha visto; ele a evitara durante o resto do dia, até no casamento, mais em consideração à sensibilidade dela do que por qualquer vergonha de sua parte. Agora ele se sentou na cama, com todo o cuidado, como se não quisesse ocupar muito lugar ali ou estragar o mínimo possível sua perfeição com a marca do seu traseiro. Tirou os sapatos e depois o paletó esporte preto, já molhado de suor, na parte de dentro do colarinho, da meia hora desde que ele saíra do salão refrigerado do Ipoh Club. Ele tirou a gravata-borboleta, desabotoou a camisa e ficou olhando para Amma, com os cotovelos nos joelhos, tão natural quanto um homem num anúncio de cigarro, louco para convencer a si mesmo de que era natural que sua camiseta estivesse aparecendo diante de uma moça que, provavelmente, só tinha sabido naquela manhã – se, queira Deus, alguma tia estoica tivesse cumprido a obrigação que era da mãe dela – o que aconteceria esta noite naquela cama.

De dentro da mala, Amma tirou delicadamente uma camisola branca de algodão.

Quando Appa ouviu a porta do banheiro ser trancada, o barulho da torneira, ele pensou numa garota que conhecera em Cingapura que tinha tirado a calcinha e urinado na frente dele enquanto ele conversava com ela da porta do banheiro minúsculo. Depois, na cama dela, eles tinham comido um frango assado com as mãos. Persianas de madeira, do tipo normalmente usado em lojas chinesas, cobriam as janelas. Um ventilador de teto cinzento de pó sacudia as teias de duas aranhas num canto do quarto. O frango assado estava engordurado e salgado, e, quando estava pela metade, a garota – como era o nome dela? Mei Ying? Mei Yin? Su Yin? – tinha descido correndo e saído para a rua usando apenas um roupão sobre o corpo nu para comprar dois sucos de cana, doces e melados, e suava por fora quando os trouxe para o quarto.

Mas ele decidira deixar tudo isso para trás: as mulheres que comiam macarrão seminuas, as mulheres que fumavam cigarrilhas e diziam palavrões, as mulheres que o comparavam a antigos amantes ou especulavam sobre amantes futuros. Escolhera esta, não pela novidade, não apenas para desafiar a mãe e os colegas, embora isso lhe causasse uma secreta satisfação. Ele escolhera esta – *esta vida começa hoje*, pensou, e seu coração regado a uísque ficou enlevado – porque acreditava em bondade e simplicidade, no valor de um olhar puro, em sua capacidade de exaltar e educar.

O caminho desconhecido estendia-se diante dele. Dúvida, arrependimento, uma súbita relutância em fazer os sacrifícios que prometera – tudo isso era normal, ele disse a si mesmo. Tudo isso ia passar. Esta noite ele precisava alcançar o mais modesto dos objetivos: tentar não aumentar o desconforto de Vasanthi.

Então, Appa, que uma vez (e bem recentemente) tinha caminhado nu em pelo, com o pênis balançando, com as bolas oscilando como dois mangostões numa rede, ao redor do quarto daquela garota de Cingapura, e ao redor do quarto de outras garotas em outras casas, e, além disso, ao redor de quartos e apartamentos e casas mais elegantes de outras garotas e mulheres, agora aproveitou esses minutos dos preparativos de Amma para se despir rapidamente e enfiar seu pijama de seda. Depois ele estendeu o cobertor de lã e se deitou sob ele numa atitude paciente e despreocupada.

A torneira do banheiro foi fechada; a porta foi destrancada. Bem baixinho, leve como o roçar de uma unha num sonho, a porta se abriu. Por um momento, Amma ficou parada na porta do banheiro, suas pernas finas aparecendo sob a camisola na luz. Depois ela apagou a luz e caminhou em silêncio, exceto por sua respiração, em direção à cama. Sob a luz do luar, ele a viu estender a mão e tocar o travesseiro como que para se certificar de que estava lá, depois ela se deitou e estendeu as pernas por cima do cobertor e não por baixo dele.

– Boa janela, bem grande – ela disse, olhando para a janela.

– Você deve estar cansada. Deve ter acordado muito cedo para se arrumar. – Ele esperou, com uma certa esperança de que ela se agarrasse a este pretexto, confirmasse que estava exausta, virasse para o outro lado. Botões de jasmim continuavam agarrados no seu cabelo, lembrando as flores que tinham sido trançadas nele para o cheiro casto que não fez nenhum efeito nele. Ele tirou um botão de flor do cabelo dela; depois, sem saber o que fazer com ele, deixou-o cair no chão.

– Ah, não foi tão cedo assim – ela disse. Se ela notou que ele tocou no seu cabelo, não demonstrou. – Seis e meia ou sete horas. Eu estou bem.

Ele devia convidá-la a se enfiar debaixo do cobertor? Se tentasse puxá-lo de baixo dela e cobri-la com ele, o gesto ficaria mais grosseiro do que cavalheiresco? Devia simplesmente sair de baixo dele? Por fim, ele escolheu a terceira opção, para evitar qualquer mal-estar verbal ou mecânico.

Naquele cobertor importado da Inglaterra que Tata comprara para a casa durante sua aposentadoria enfaticamente doméstica, Appa e Amma fizeram sexo, pungente e doloroso, pela primeira vez. Ele não sabia o que dizer, então não disse mais nada – ele, um homem de palavras mais do que tudo, um competente inventor de galanteios nas quatro principais línguas malásias, um homem que cochichava sugestões picantes nos ouvidos de garçonetes risonhas. O luar entrava pela cortina de renda, e ele desejou que ela apagasse esta luz assim como tinha apagado todas as outras.

Ele desejou diversas outras coisas também: que Amma fechasse os olhos ou pelo menos virasse a cabeça para ele não ver sua expressão um tanto espantada; que seus sentidos, exceto seu impotente nariz, não se mostrassem tão incomodamente sensíveis (porque cada rangido da cama ecoava em seus ouvidos, e cada uma das leves contorções de Amma abalavam sua consciência); que ele tivesse insistido com ela para adiar o ato até amanhã. Amanhã, menos nervosa com o estresse do casamento, ela não estaria tremendo diante da mítica dificuldade da Noite de Núpcias. *Vamos dormir um pouco*, ele devia ter dito. Delicadamente, depois de fazer algum elogio a ela. *Estamos ambos exaustos.*

Ele tentou recorrer às suas fantasias, mas o momento – os rangidos, as contorções, os joelhos batendo em batatas da perna, os cotovelos cutucando costelas, os olhos grandes e incandescentes de Amma sob o luar – não permitia nenhuma. Ele se perguntou por que seu pênis nunca tinha se sentido tanto como um bate-estacas embora uma ou duas de suas namoradas tivessem sido virgens.

Talvez seja melhor acabar logo com isto esta noite, ele disse a si mesmo. *Talvez, assim, amanhã seja melhor.*

No fim, não tinha havido necessidade da sutileza do cobertor, já que Amma não fez menção em momento algum de tirar sua camisola cada vez menos virginal, e Appa, quando pensou nisso, foi impedido por uma vaga noção de que isto seria um tanto cruel, como forçar um gato a passar por dentro de uma poça d'água.

Amma também raciocinou consigo mesma: *Toda mulher casada tem que passar por isto, não é? Ninguém gosta disto. Mas não vai ser toda noite. Ele está sempre tão ocupado e tão preocupado com o trabalho! Depois de ficar até tarde no escritório, ele vai estar cansado. Tudo bem, tudo bem, olhe para a lua lá fora, como ela está baixa, parece que está pendurada na goiabeira!* Durante dez minutos, ela se concentrou com todas as forças naquela enorme lua amarela; quando esta distração se tornou insuficiente para ignorar o que estava acontecendo Lá Embaixo, ela fechou os olhos e os ouvidos como janelas e deslizou para fora do corpo para pairar logo abaixo do teto. Fascinada, incrédula, ela observou os corpos na cama até aquela visão deixá-la envergonhada. Ela prendeu a respiração até não poder mais, depois desapareceu num sopro de fumaça.

Na rua, um caminhão de cimento derrapou, os freios guinchando para não atropelar um cachorro em sua caçada noturna. Uma cigarra se calou, exausta pelas horas passadas cantando enlevadamente.

Quando ela se viu mais uma vez naquela cama larga, Appa estava deitado ao lado dela de olhos fechados, com os botões do pijama abotoados e a calça amarrada na cintura. Ela deslizou as pernas para fora da cama e tornou a ir até o banheiro, fechando e trancando a porta atrás dela antes de acender a luz.

Antes de Appa adormecer, ele viu os pés dela na réstia de luz por baixo da porta do banheiro, imóveis, provavelmente pregados no chão em frente ao espelho, provavelmente frios. Ela ficou assim por vários minutos antes de se afastar na direção do vaso.

APPA NÃO ADMITIA facilmente derrota ou erro de julgamento: quando a Noite do Dia Seguinte não foi melhor, ele pôs sua fé na noite seguinte, e na próxima, e na outra, até que, um mês e meio depois do casamento, ele se viu mais uma vez – e desta vez com muita saudade – pensando na garota com quem tinha dividido um frango assado na cama. Ele ainda não conseguia lembrar o nome dela, mas desta vez a visão dela enfiando o roupão e os tamancos abriu uma torneira dentro dele, tão de leve que ela apenas pingou a princípio: uma noite ele se viu olhando para a marca da calcinha de Lily Rozell por baixo da calça comprida de seda, na noite seguinte, ele notou como Nalini Dorai ria até de suas piadas mais sem graça, e cerca de duas semanas depois, ele percebeu, surpreso, que o ângulo engraçado das sobrancelhas de Claudine Koh sempre que ela olhava para ele era um convite irônico. Ele não fez nada para confirmar ou aceitar o convite, mas a torneira continuou a pingar, e então a gotejar mais, e finalmente a correr, minando sua esperança de que suas noites e dias com Amma iriam melhorar. Dois meses depois do casamento, Amma ainda se sentava tensa à mesa do jantar, com os joelhos juntos, limpando nervosamente a boca entre uma garfada e outra, estivesse Paati presente ou não. Gotas de suor ainda surgiam em sua testa sempre que um dos dois tinha que usar o banheiro enquanto o outro estivesse no quarto; quando, uma vez, ele deixou a porta entreaberta enquanto estava urinando, ao sair, encontrou-a praticamente tremendo em frente à penteadeira, o cabelo úmido nas têmporas, enrolados de vergonha como parafusos. Seu terror era tão inconveniente quanto o medo de uma criança da própria sombra, porque era impossível para ela livrar-se do que fazia seu cabelo ficar arrepiado: o corpo humano, seus fluidos viscosos, suas absorções graduais e expulsões súbitas, todos os ruídos indisfarçáveis de seu funcionamento.

Isso não teria tido importância, Appa iria refletir mais tarde. *Nada disso teria tido importância se ela não fosse tão burra.* Ele estava mentindo para si mesmo, é claro. Se ela fosse um gênio, ainda o teria levado a um desespero sexual. Esse desespero apenas chegou mais depressa porque não havia nada atrás da inocência dela, nenhuma sabedoria proletária para ele extrair e esculpir. Quando ele a levava a reuniões oficiais e sociais – porque agora, que era sua esposa, não havia como escondê-la de gente como Lily e Nalini e Claudine –, ela ficava parada, segurando sua bebida com as duas mãos, recompensando a feroz curiosidade de todos com respostas monossilábicas. Era verdade que estas mulheres de minissaia, que fumavam cigarros, e todos os seus namorados de costeletas exuberantes eram assustadores a princípio; Appa fez o possível para proteger Amma de suas garras, respondendo por ela, mantendo o braço ao redor do seu ombro, conduzindo-a, sempre que podia, para junto de pessoas menos perigosas. Ela acabaria se acostumando com seus amigos, ele pensou. Mesmo que não conseguisse adaptar-se às ideias deles, ela encontraria o que perguntar a eles. Mas quando, depois de meia dúzia de reuniões, ela ainda não tinha pensado em nada para perguntar a eles, a simpatia dele se voltou aos poucos para seus amigos. Ele nunca tinha imaginado que pudesse ter *pena* deles, mas via agora como devia ser difícil para eles ter esta moça pudica, ignorante, plantada no meio deles.

Appa tentou reviver seu antigo entusiasmo com o fato de mostrar o mundo a ela: ela parecia um gatinho que saía de casa pela primeira vez, passando a mão nos assentos de veludo do Lido Theatre, comendo sua pipoca um grão de cada vez. Quando ele pedia sua opinião sobre os filmes que viam juntos, ela prendia fiapos soltos de cabelo atrás das orelhas, alisava a saia e dizia frases soltas, ao acaso: "Eles têm nomes engraçados, não? Toothpick e Spats e coisas assim... Ah, não é agradável ver homens vestidos de mulher... Deve ser um lugar assustador a América, você não acha?"

Na época, ele achara sua ingenuidade atraente; agora, sem ter ouvido um pensamento completo, interessante, da parte dela durante meses, sentia-se virando pó toda vez que olhava para ela por cima da mesa de jantar. Nada, nenhuma piada que ele contasse, nenhum mimo que lhe oferecesse despertava nela o velho entusiasmo. Ele trazia para ela ice kacang, cendol, char kuay teow da mesma barraca diante da qual ele a pedira em casamento. Ela comia dois ou três pedacinhos, rolando a comida na boca com se fosse uma iguaria estranha. "Eles abusam tanto do leite de coco hoje em dia", ela dizia a respeito do cendol. E, empurrando o prato de char kuay teow: "Eu posso contar os camarões nos dedos de uma mão. Você foi roubado."

Appa concluiu que suas afeições profundas não eram um engano da sua memória; lembrava-se muito bem da antiga Vasanthi, e ainda sentia um afeto feroz por aquela criatura desaparecida. Mas aquela moça não era a que se sentava todo dia em frente a ele na mesa de jantar. Alguma magia negra tinha deixado esta esposa azeda no lugar da moça cuja mão tépida ele tinha segurado no Lido, aquela mulher-criança cheia de alegria e gratidão. Ele não admitia a possibilidade de que tivesse feito alguma coisa para merecer aquele mau humor, ou ele poderia ter examinado com mais atenção o registro dos seus dias e ter adivinhado o que ela estava pensando: *Agora você fica aí sentado tentando ser gentil comigo, mas no clube é só: "Deixe-me pegar uma bebida para você, Lily, ah Claudine você é demais", enquanto eu fico parada no canto como um coqueiro. Você acha que ainda pode me comprar com um prato de char kuay teow? Bem, aqueles dias terminaram. Na rua, você oferece ostras e costeletas de carneiro e sabe Deus o que mais você come, e aí você vem para casa com um pacote de char kuay teow para mim.*

Ele começou a deixá-la vagar sozinha nas festas e noitadas no clube, para pensar por si mesma e fazer seus próprios amigos. A primeira vez que ele viu quem seriam estes amigos, seu uísque de puro malte ficou amargo em sua boca. Ele estava segurando um hors d'ouevre sofisticado num palito; quando viu suas tentativas desajeitadas do outro lado da sala, o ato de comê-lo pareceu repentinamente impossível. Pôs o hors d'ouevre no copo vazio e, ainda olhando para Amma, largou disfarçadamente o copo em cima do piano. Eles estavam na mansão Tambun do Dr. Cirurgião Jeganathan, e Amma estava perguntando à sua esposa chinesa, Daisy, quanto ela pagava à sua costureira. "Eu preciso perguntar a Daisy quem é a costureira dela", ela dissera a ele na semana anterior. "O marido dela é um médico famoso, não é?" E agora, ao observá-las, Appa viu os pensamentos de Daisy flutuarem sobre sua cabeça, uma coroa de borboletas coloridas: *Sim, acho que esta moça pode pagar minha costureira, o marido é advogado importante, afinal de contas.* "Tão razoável!", Amma exclamou. "Nada mau, cara! Quer dizer, eu posso pagar *bem* mais por um trabalho tão bem-feito assim, sabe?" Daisy Jeganathan olhou para Amma com um olhar entre apreciativo e desdenhoso. "Muito razoável", Amma insistiu. "Estou encantada em saber."

Aposto que ela só tomou ice cream soda, Appa disse a si mesmo, observando Amma completar a frase com uma série de acenos entusiasmados. *Ela está bêbada de outra coisa. Então é só assim que ela quer melhorar, eh? Aprendendo com as esposas igualmente estúpidas dos meus igualmente infelizes colegas. Imagine só. Então ela é capaz de aprender quando quer.* Porque no meio das esposas ricas de Ipoh, o rosto de Amma assumia uma expressão alerta, felina; ele podia ver as engrenagens do seu cérebro girando para absorver todas as regras e rituais daquelas mulheres. As marcas preferidas de maquiagem, os cabeleireiros favoritos, as cores da moda para os sáris. Será que ela percebia que elas não eram sequer amigas entre si? Será que entendia a dinâmica reptiliana que estava em jogo naquela interação? E finalmente – e o mais importante de tudo – será que estava mesmo tão encantada quanto parecia por participar daquela não conversa, daquele ha-ha-hi-hi-eu-paguei-quatrocentos-por-este-sári-mesmo-na-liquidação, pelos elogios falsos e testes não declarados?

Appa fez alguns esforços derradeiros para se encarregar do seu desenvolvimento intelectual em casa. Amma, por certo, só queria se tornar uma daquelas mulheres porque tinha pouca fé em qualquer outra coisa. Mas ele estava acostumado com mulheres cínicas; sabia como despertar nelas outras paixões. Talvez se ele conseguisse fazê-la compreender como o destino da nação iria afetá-la, sendo esposa do Advogado Rajasekharan, mesmo ficando em casa sem fazer nada, mesmo passeando pela cidade comendo bolinhos de curry, mesmo assim, sem sombra de dúvida...

– O problema da política racial deles – ele começou – é que...

– Ayio, eu não entendo nada de política – ela disse. – Eles podem fazer o que quiserem desde que nos deixem em paz, não é?

– Nos deixar em paz? *Nos deixar em paz?* Você chama isso de nos deixar em paz? O maldito Artigo 153 e seu *ketuanan Melayu*, sim sim, eu sei que você vai dizer que não entende uma palavra de malaio, então deixe-me explicar, deixe-me dizer o que significa: significa que os malaios são os donos desta terra, está entendendo? Nossos *patrões*! Com este tipo de linguagem...

– *Tsk*, afinal, este é o país deles, então por que não devem ser os patrões? Só porque você não pode ficar quieto em casa não significa que...

– Mas este país é tão nosso quanto dos malditos malaios! Você não vê que algumas de nossas famílias estão aqui há mais tempo que as deles? Pergunte aos chineses...

– *Tsk*, todas essas ideias grandiosas...

Ideias grandiosas. O pecado do qual ele sempre foi acusado por Lily e Nalini e Claudine, por outras antes e depois delas. A diferença era que as ideias de Amma paravam ali. Seus pensamentos terminavam no vazio, e não apenas suas frases.

Appa tentou esconder seu desencanto da mãe, mas os olhos ansiosos de Paati viram os sinais.

– O que você esperava? – ela perguntava a ele todo dia, praticamente à vista de Amma. E uma tarde: – Agora eu e você estamos amarrados a ela para sempre. Satisfeito?

– Pelo amor de Deus – disse Appa, tentando se indignar. – Amarrados a ela para sempre! Você fala de seres humanos como se fossem móveis. Eu sabia o tipo de mulher com que estava me casando, fique sabendo. – Todos três podiam ouvir o desespero em sua voz, entretanto ele continuou: – Se eu quisesse uma esposa como Marie Curie, teria procurado uma. Por favor, guarde sua mentalidade estreita com você. Só porque ela não é como *você* não quer dizer que... – ele parou, como que atônito com sua própria frase.

Após uma pausa, Paati disse:

– Lourdesmaria trouxe uns ótimos pisang raja para fritar para o lanche.

Mas Amma não pôde esquecer o hábil *eu e você* de Paati. Assim que ela disse aquelas palavras, a carne cobriu seu esqueleto branco, o sangue correu por suas veias e seu coração bateu o dia inteiro na cabeça de Amma. Ele e ela, ela e ele, mãe e filho: eram eles contra ela. Ela ainda era a intrometida, a droga da filha do caixeiro da casa ao lado.

Tudo o que Amma podia fazer contra a ordem intransigente do universo era se concentrar em se transformar na esposa de um homem rico, o que ela tinha começado a fazer assim que pôs os pés na Casa Grande. Apenas uma semana depois do casamento – antes mesmo de ter exemplos para seguir –, seu pai a tinha visto surgir com os olhos pintados de kajal, usando roupas coloridas de seda, do seu casulo dourado. Ela havia entrado no Morris Minor, dera instruções ao motorista e voltara uma hora depois com o cabelo cortado.

Agora que tinha estocado copiosas informações das noites passadas na presença das esposas ricas de Ipoh, ela ficava na cama até as dez e meia, todas as manhãs, lendo *Woman's Own* e comendo pêssegos cristalizados numa tigela de cristal. *Pelo menos eu não tenho que me levantar,* ela dizia a si mesma. *Não tenho que descer e olhar para aquela bruxa. Posso ficar na cama o dia inteiro, se quiser, porque temos empregadas para fazer todo o trabalho.* Entretanto, ela se levantava ao meio-dia e saía para comprar sáris, depois ia fazer as mãos ou os pés, ou limpeza de pele num salão de beleza. Qualquer coisa para fugir da sombra arrogante de Paati.

Paati não era uma daquelas sogras horríveis dos filmes tamil e das reportagens de jornal, cujas noras vindas de famílias sem recursos para fornecer um bom dote morriam em incêndios misteriosos ou desapareciam subitamente. Ela não tinha nenhum problema em relação à vida ociosa da nora: convinha a ela que Amma dormisse até tarde e deixasse o prato na mesa depois do almoço, pois estes eram símbolos do status de Appa. Amma não podia ser acusada de cozinhar mal; nem Paati nem Amma precisavam pisar na cozinha. Não, Paati reservava sua censura para verdades imutáveis: para a origem de Amma e não para onde ela ia, para quem ela era e não para o que fazia.

– Você parece gostar dessas cores exuberantes – Paati disse uma tarde, olhando para o sári de seda amarelo dourado que Amma usava para um garden party no clube. – Acho que estou um pouco atrasada no que diz respeito à moda. Na minha época, essas eram as cores que as camponesas usavam no Deepavali, sabe? Então, na minha cabeça antiquada, eu ainda penso nelas como sendo cores de plantação de borracha.

E outra vez, pegando o número mais recente de *Woman's Own* que Amma tinha deixado na mesinha da sala:

– Então é nisso que você enterra o nariz o dia todo? Parece bem divertido. Um monte de fotos coloridas. E histórias românticas também. É bom que você possa encontrar material de leitura para o seu nível. Afinal de contas, Raju tem seus amigos para conversar sobre filosofia e política.

A única resposta de Amma a esses comentários foi adicionar à sua agenda duas visitas por semana a Ladies' Coffee Mornings, bem como um lanche solitário no FMS Bar e Restaurante. Enfrentando os olhares furtivos dos homens, ela se dirigia sempre à mesma mesa e passava exatamente sessenta segundos estudando o cardápio – virando as páginas com tanta precisão que parecia estar usando um metrônomo – antes de pedir dois bolinhos de curry e um bule de chá. Aquela não é a esposa do Advogado Rajasekharan? Algum homem sempre cochichava. Sim, é ela mesma, outro respondia. Não sei por que ela vem aqui todo dia para nos ver tomar nossa cerveja.

Ela respondia silenciosamente: *Se não sabe, eu vou dizer: eu venho aqui porque não tenho outro lugar para ir.* O que você acha *disso? A esposa do Advogado Rajasekharan tem que se refugiar no FMS Bar.* Mas ela nunca disse isso a eles. Cobria a boca para que não a vissem mastigar seu bolinho de curry, e em algum momento durante a tarde, apesar das manhãs na cama, dos pêssegos cristalizados e das empregadas, ela se via pensando: *Eu estou pior do que antes. Pelo menos, na casa do meu pai ninguém me vigiava assim.*

Eles estavam esperando que ela mostrasse suas raízes inferiores; ela não ia fazer isso. Adquiriu uma voz de falar com empregada, um tom ao mesmo tempo ríspido e lânguido, ao mesmo tempo alto e abafado. Aprendeu a chamar Mat Din de *Motorista* em vez de chamá-lo pelo nome. Desde que conseguisse evitar os olhos de Paati, até ela estava convencida da sua metamorfose.

Seis meses depois do casamento, ela ofereceu o primeiro chá para as damas. Sabia que elas viriam porque seus maridos queriam agradar a Appa. Com seus cílios postiços, seu entusiasmo por cada almofada da casa, por cada porta-retrato, por cada sanduíche servido, ela viu o quanto elas estavam estressadas. "Nossos maridos", elas disseram naquela primeira tarde, "nossos maridos têm certeza de que Raju vai ser ministro um dia." Elas falavam desse jeito – cada frase dita naquela jovial primeira pessoa do plural por uma porta-voz que parecia ter sido escolhida com antecedência, ou com quem todas concordavam misteriosamente, sem discussão – para marcar a separação entre elas e Amma, porque todas a desprezavam, mas cada uma queria ser a sua preferida. Amma foi perseverante: cobriu-se de joias, comprou um tapete persa verdadeiro para a sala e encomendou obras de arte para o hall de entrada. *Por que não?* Ela pensou. *Ele não me dá seu talão de cheques para me distrair de tudo o que não pode me dar? Eu só estou fazendo o que ele quer. Assim ele não precisa se sentir culpado de nada.* Nas festas que ela dava e naquelas para as quais era – de má vontade, a princípio – convidada, ela se referia de passagem aos jogos de golfe de Appa com membros do partido e a noitadas no clube com ministros. Ela recebia todos os elogios com um sorriso sereno e não retribuía.

É fato que o tom ácido da admiração das mulheres desapareceu em poucos meses, deixando apenas uma inveja aveludada. Ela se tornara o padrão pelo qual mediam suas próprias vidas. *Eu enganei todo mundo,* ela pensava. *Até melhor do que enganei a mim mesma. Com que facilidade elas esqueceram de onde eu vim! Nós só fingimos que o passado conta; no fim, só o que importa é o dinheiro.*

Só o que importava no mundo em geral, pelo menos. Não era o que importava em casa; ela não podia esperar que Appa e sua mãe se impressionassem com sua exibição da riqueza deles mesmos. Toda noite, na mesa de jantar, uma imensa melancolia a sufocava; ela mal conseguia engolir os deliciosos peritals e kurmas de Lourdesmaria sem engasgar. Quando olhava para frente, via a impaciência cada vez maior de Appa, seus olhos inquietos e seus imensos bocejos. Quando olhava para a direita, lá estava Paati, mastigando com a dignidade e a precisão de uma égua puro-sangue, com os olhos cheios de desprezo. Então ela aprendeu a fixar os olhos no retrato de Tata à esquerda. *Velho,* ela pensava, *se você não tivesse batido as botas também estaria sentado aqui me olhando com desprezo, sim ou não?*

Na hora de dormir, Appa bocejava ainda mais e dizia que estava exausto. Ela desejara esta trégua desde o começo, mas agora estava dividida entre alívio e ansiedade. Quando Appa começou a ficar na rua até duas, três, quatro horas da manhã, até a velha bênção da sua ausência de olfato se tornou uma maldição. Ele subia na cama sem tentar ocultar os cheiros de uísque e de perfume de mulher na pele, e Amma, mantendo os olhos fechados e a respiração regular para fingir que estava dormindo, virava de leve a cabeça para enterrar o rosto no travesseiro.

Não faz mal, ela tentava tranquilizar a si mesma. *Isso não importa mais. Tenho coisas melhores a fazer. Eu não passo o dia inteiro sentada esperando por ele. Sou uma pessoa diferente agora.* Mas quanto mais completa era a transformação de Amma – pois, depois de um tempo, só faltavam alguns ajustes, a substituição de uma marca de chá por outra em suas festas, a escolha de alguns bolos em vez de outros –, mais crescia o sofrimento pelos poucos detalhes que não podia mudar. Cada uma das visitas do pai dela na hora do lanche – uma vez por semana enquanto Appa estava no trabalho – era uma provação, eram alfinetadas em pontos fracos que ela esquecera que possuía.

Assim que o pai dela entrava pela porta da frente, Paati mandava Lourdesmaria com uma bandeja. Eventualmente, ela o presenteava com um cumprimento vago antes de se retirar para seu quarto. Mas o pai de Amma não parecia notar estas demonstrações de desprezo; ele quebrava nozes com os dentes e iniciava a conversa, toda semana, com a mesma pergunta: "Então, Vasanthi, diga-me como é ser uma dama rica?" Amma, confusa com todos os sentimentos estranhos que brigavam em seu peito – vergonha, pena deste velho que esperava a semana inteira por estas visitas porque era humilde demais para comprar suas próprias nozes, ódio de Paati por fazê-la sentir pena do pai, e, misturada a tudo isso, uma saudade ilógica da infância –, sempre precisava tirar um cochilo depois que ele ia embora. "Bem, Vasanthi, como vão seus pais?" Paati perguntava docemente toda semana, assim que a grade do portão se fechava atrás do pai dela, mas Amma já estava subindo a escada, murmurando "Bem, obrigada", por cima do ombro antes de se deitar na cama e se cobrir com o cobertor azul até o queixo.

Com um pouco de esforço e uma honestidade sem precedentes, Amma poderia ter respondido à pergunta favorita do pai. Ela poderia ter-lhe dito que, mesmo na privacidade de sua própria casa, meses depois da sua promoção a Dama Rica, ela se sentia como a protagonista, pela primeira vez, de uma peça da escola primária, sua pele queimando por baixo da graxa, as luzes brilhantes ferindo-lhe os olhos. Que escondida na cama até o meio-dia ou sentada sozinha no FMS Bar e Restaurante, ela sentia saudades de casa, onde pelo menos tinha utilidade; aqui ela passava os dias construindo castelos de brinquedo, com blocos grandes demais para suas mãos.

Minha sogra, ela podia ter dito a ele, não me bate de cinto nem me dá cascudos na cabeça. Mas isso é porque ela é uma senhora grã-fina: a barriga dela produz tanto escárnio quanto a sua, mas a língua dela é mil vezes mais sutil.

No vácuo escuro de seus dias, que milagre a concepção de Uma pareceu a Appa e Amma! Para Appa, foi uma suspensão das leis da lógica: quase um nascimento virginal. Uma vida criada a partir da junção de duas pedras frias, que eram seus corpos. Uma planta brotando do deserto, num corpo que se encolhia como um caramujo salpicado de sal quando era tocado.

Um fio de esperança animou Amma: *Pelo menos agora eu não vou estar sozinha. Posso me ocupar com o bebê. E vou ter uma pessoa do meu lado nesta casa. Uma pessoa que não vai me achar uma inutilidade.*

E a chegada espetacular de Uma alimentou o orgulho de Appa e os sonhos de Amma. Às quatro da manhã, quando os galos do zelador do hospital acordaram, esticaram os pescoços e anunciaram o amanhecer, Uma saltou para a luz forte, fluorescente. Nos braços de Amma, ela se contorceu e choramingou, gorda, de olhos abertos, alerta como uma criança de sete anos. Seu rosto de recém-nascido se abriu num quase sorriso.

— Fuf! — exclamou o Sr. Sharma depois de realizar a série costumeira de testes. — Peso acima de noventa por cento, comprimento e tempo de reação beirando noventa e oito, um verdadeiro superbebê que vocês ganharam! — Numa demonstração de humor pouco característica, ele segurou Uma com os braços esticados e imitou um trompete: — *Ta-ra-ra-RA!* Lá vem o Super-Bebê! — As enfermeiras riram e cobriram as bocas com as mãos, todas exceto a enfermeira-chefe, que se aproximou, ligeira, para pegar Uma.

— *Tsk, tsk, tsk!* Cuidado, cuidado, Doutor! O que deu no senhor? Está cansado, não é? Trabalhando demais, não é? É melhor ir descansar, vá! — E era verdade: esta jovialidade sem precedente foi um mau agouro, porque Uma foi o último bebê que o Dr. Sharma trouxe ao mundo. Dois dias depois, ele estava numa das camas do seu próprio hospital tomando canja de galinha com uma colher de plástico, paralisado do pescoço para baixo por um derrame violento.

— Aquele Dr. Sharma, com todos os seus anos de experiência, não conseguiu lidar com o choque de ver um bebê tão incrível como você. — Appa costumava dizer a Uma quando ela era pequena. — Sua beleza fez o coração dele disparar como o Lone Ranger, *pa-ra-rum, pa-ra-rum, pa-ra-rum-tum-tum*, e seu cérebro sofreu um curto-circuito, *phut-phut-phut*, o que fazer?

— O quê, Appa? Diz de novo o que o coração e o cérebro dele fizeram? — Uma pedia, rindo, puxando a calça dele.

— Chhi-chhi — Amma ralhava —, não façam brincadeiras com o pobre homem. Ele está vegetando, isso não tem graça. Uma, não preste atenção no seu Appa.

– *Phut-phut-phut!* – Appa repetiu, revirando os olhos e batendo com os braços. – *Phut-phut-phut!* – E Amma, excluída da brincadeira, voltava ao seu *Woman's Day* e ao seu esmalte de unha.

Será que Amma devia ter prestado atenção, devia ter visto que Uma era e sempre seria a filha do seu pai, resignando-se a ser para sempre uma estranha na casa do marido? Ela devia ter lutado por Uma usando seus próprios truques? Talvez. Mas naqueles primeiros anos da sua infância, a inteligência brilhante de Uma prendia a atenção de todos. Eles davam Emulsão de Scott para ela pela manhã e cevada antes de dormir. Compravam brinquedos Fisher-Price para ela e roupas Ladybird. Eles a viam crescer como se ela fosse uma heroína infantil numa lenda popular; eles não conseguiam tirar os olhos dela.

Aos dois anos, Uma conseguia pilotar seu velocípede vermelho até o portão de ferro e voltar em dois minutos cravados.

– Dá para acreditar nisso? – a Sra. Balakrishnan dizia, maravilhada, da sua janela, uma faca numa das mãos e uma batata semidescascada na outra. – Ela devia ir para as Olimpíadas. Nessa idade, os nossos filhos ainda nem andavam direito, puxa vida! Não sei qual é a magia negra que fazem naquela casa.

Aos três anos, Uma se pendurava nos galhos da mangueira, cantando canções de filmes em hindi, aos berros e totalmente afinada:

> *Mera juta hai japani*
> *Ye pat lun inglishtani*
> *Sar pe lal topo rusi*
> *Phir bhi dil hai Hindustani.*

> (Meus sapatos são japoneses
> Estas calças são inglesas
> O chapéu vermelho em minha cabeça é russo
> Mas meu coração é indiano.)

Quando fez quatro anos, ela já lia o *New Straits Times* da primeira página à página de esportes, e as damas que Amma convidava para o chá ficavam espantadas, maravilhadas, quando ela lia as manchetes em voz alta para elas: "Malásia privilegia nativos, Primeiro Ministro diz à nação"; "Primeiro-Ministro alerta oposição contra política racial"; "Polícia diz que gangues chinesas são responsáveis por recente onda de violência."

Unidos pelo orgulho que sentiam por Uma, distraídos de suas lições ou estratégias, Appa e Amma pensaram na possibilidade de serem uma família normal. Para comemorar o quinto aniversário de Uma, eles decidiram celebrá-lo quase com a mesma pompa com que a nação, que completara dez anos, tinha festejado seu progresso marcante desde a independência em 1957. Eles não podiam soltar fogos de artifício no gramado ou realizar uma parada militar, mas Amma empregou todos os seus conhecimentos como anfitriã: mandou imprimir cento e cinquenta convites numa gráfica local, preparou cardápios para Lourdesmaria com semanas de antecedência, e ensinou Letchumi a dobrar guardanapos em forma de cisnes e nenúfares.

Durante anos, Amma, Appa e Uma se lembrariam deste período de esperança de felicidade como se ele existisse para sempre numa pequena bolha. Na véspera da festa, depois que Appa e Uma tinham apanhado o bolo cor-de-rosa de Cinderela na loja de bolos, todos três tinham ficado parados em volta da mesa contemplando-o. Appa tinha tirado fotos dele; Uma tinha se encostado no pai para sentir o cheiro do tecido fino de sua calça. Quando ela estendeu a mão e tirou o lenço bem passado do seu bolso, ele riu e chamou-a de Artful Dodger (o habilidoso batedor de carteiras em Oliver Twist). E Amma – se eles estavam imaginando isto, todos imaginaram a mesma coisa – até Amma tinha dado uma risada em vez do habitual sorriso sem alegria.

– Ouvimos dizer que sua filha é um gênio – os convidados da festa disseram a Appa. – No ano passado ela já lia os jornais, ao que parece, agora deve estar lendo o quê? *Guerra e paz? Moby Dick?* Venha menina, mostre para nós!

Então Uma mostrou. No centro de um círculo de pessoas que devoravam canapés, ela declamou Tennyson e Shakespeare, recitou tabuadas e terminou a apresentação com uma lista das capitais africanas em ordem alfabética.

A festa foi um sucesso estrondoso (na opinião de todos, exceto de Lourdesmaria, que na manhã seguinte teve que lavar seis vasilhas de cristal de ponche e uma grande quantidade de porcelana fina, esfregar o tapete persa para tirar cobertura de bolo, e levar para o lixo trinta garrafas vazias de champanhe), mas seu brilho remanescente, como o da nação, durou pouco. Uma estava crescendo; toda semana ela ria um pouco menos das piadas de Appa e bocejava um pouco mais com as brincadeiras que Amma propunha. Mas eu não quero fazer bonecas de papel, ela dizia. Estou cansada de brincar de masak-masak e de salão de beleza. Por que temos que brincar dessas bobagens só porque somos meninas? Por que não podemos inventar histórias mais interessantes?

– Ela pode se parecer fisicamente com você, Vasanthi – Paati disse um dia, depois que Uma tinha recitado o Discurso de Gettysburg na mesa do chá –, mas aqui em cima – ela bateu com o dedo na têmpora –, aqui em cima ela é igualzinha a Raju, não é? Coitadas de nós, pobres ignorantes. Ela já nos deixou no chinelo.

Assim exposta, a verdade surgiu diante dos olhos de Amma. Sua filha, de apenas cinco anos, a intimidava. Ela já não conseguia responder as perguntas de Uma: ela não sabia o que era um mero estilete (monólogo de *Hamlet* de Shakespeare), nem conseguia achar as Seychelles no globo de Appa.

– Amma! – Uma exclamou frustrada um dia, ao pegá-la lendo o horóscopo enquanto Uma recitava "A dança da lagosta", de *Alice no País das Maravilhas*, para ela –, você não se importa com *nada*. Você não sabe nada e não lê nenhum livro interessante.

Por algum tempo, Amma ficou fazendo desenhos na poeira em que foi deixada. Depois, limpando a poeira dos olhos, ela seguiu em frente. Ainda tinha os garden parties e os brunchs. As liquidações e os chás.

E se sáris de seda e joias exclusivas não podiam assegurar gratidão verdadeira, Appa agora não se importava em fornecê-los. Ele mal parava em casa. O Partido, debatendo-se como um tigre ferido depois do afastamento de Cingapura em 1965, devorava tudo o que via pela frente. Eles tinham que organizar seus recursos; tinham que continuar lutando. Malásia para todos os malaios: o Partido não descansaria enquanto não pudesse fazer pela Malásia o que Lee Kuan Yew faria por aquela única pérola que tinha arrancado do colar.

Sozinhas em casa (sem contar os empregados – mas naquela época quem contava os empregados?), Paati e Uma se distraíam juntas. Paati ensinava provérbios ingleses e poemas tamil para Uma; Uma enfiava as agulhas de Paati para ela. Paati lavava o cabelo de Uma; Uma massageava as pernas pré-artríticas de Paati. Uma inventava história para Paati; Paati relatava fatos para Uma.

– Por que Appa não teve tempo para comer? – Uma perguntou certa noite quando Appa, de banho tomado e roupa trocada, passou rapidamente pela mesa do jantar e saiu.

– Seu pai tem um grande cérebro e um grande coração – Paati disse –, e pessoas assim sempre têm grandes sonhos. Seu Appa quer fazer do mundo um lugar melhor para todo mundo, mas ele esquece de pensar em si mesmo. O que se pode fazer?

– Amma também esquece de pensar em si mesma?

– Não – disse Paati –, sua Amma está jantando no clube, depois da hora dos coquetéis.

– O que é a hora dos coquetéis?

– É uma coisa para as pessoas fazerem quando estão entediadas.

– Mas por que Amma está entediada? Nós não estamos entediadas. Nós lemos livros e costuramos bonecas e fazemos penteados engraçados e...

– Sabe – Paati disse –, pessoas chatas ficam entediadas com muita facilidade. Elas não têm nada para ver e nada para pensar dentro de suas cabeças. Elas não conseguem inventar brincadeiras e histórias, então têm que ir para clubes para ouvir as histórias de outras pessoas.

Uma noite, Appa não voltou para casa. No escuro, antes do amanhecer, os olhos de Uma se abriram de repente. A luz azul clara do poste entrava pela janela aberta, junto com o perfume da dama-da-noite e os cantos dos grilos. Mas não foi nada disso que a despertou. Havia outra coisa – uma voz, vozes – sim, eram vozes. Vozes no quarto de Amma e Appa: palavras curtas resvalando nas paredes como gotas de água numa grelha quente, frases longas que cobriam aquela fúria como peles de raposa, exibidas e arrogantes. Então algo mais pesado do que uma palavra bateu na parede e caiu com ruído de metal.

Uma se levantou, atravessou o corredor nas pontas dos pés até o quarto de Paati e abriu a porta sem bater.

– Paati! – ela sussurrou.

– Venha, venha dormir na cama de Paati esta noite.

– Paati, por que Appa e Amma estão gritando?
– Não se preocupe com isso. Eu vou tomar conta de você.
– Mas por que eles estão tão zangados?
– *Tsk*, sua Amma não entende nada, só isso. Mas a culpa também é do seu Appa.
– Por quê?
– Ele tem culpa por ter se casado com a mulher errada. É isso que acontece quando as pessoas se casam com alguém abaixo do seu nível.
– O que você quer dizer com abaixo do seu nível?
– Eu quero dizer, quando elas se casam com pessoas que não são tão inteligentes quanto elas, nem tão educadas, nem tão elegantes, nem tão cultas.
– Cultas como?
– Aiyo, Uma, Uma, você está me fazendo todas essas perguntas às quatro da manhã. Olhe para o pai e a mãe da sua Amma e você vai ver logo que eles não são pessoas como nós. Sim ou não? Um é vulgar e mal-educado como um balconista de botequim, a outra enlouqueceu de tanto rezar. É de lá que vem sua Amma, então o que seu Appa esperava quando se casou com ela? Ele cometeu um erro, só isso.
– Mas o que vamos fazer agora se Appa cometeu um erro? O que vai acontecer comigo?
– Não vai acontecer nada com você, Uma. Paati está aqui para cuidar de você. Prometa que vai dormir quietinha até de manhã, e amanhã eu peço a Lourdesmaria para fazer laddoos para o chá.

Então Uma fechou os olhos com força, enterrou o rosto em Paati e tentou não pensar no insolúvel problema do pobre Appa, ou da quase tão pobre Amma, que não tinha brincadeiras e histórias para se ocupar quando Appa precisava trabalhar a noite inteira. No escuro, Paati era um pacote macio de cheiros: talco Yardley English Lavender, algodão engomado, Tiger Balm. Mesmo que Appa e Amma quebrassem tudo em seu quarto e gritassem até de manhã, ela estaria segura ao lado de Paati e amanhã haveria laddoos para o chá.

– Okay, eu prometo – ela disse. Mas menos de dez segundos depois ela fez outra pergunta. – Paati?

– O quê, Uma?

– Você vai sempre, sempre tomar conta de mim? Promete ou não?

– Prometo, prometo. E você também promete que vai cuidar de mim?

Os risinhos de Uma com esta brincadeira – agora *ela* era Paati, e Paati era o bebê! – foram abafados pelo algodão engomado da camisola de Paati, mas sua resposta ainda assim foi audível:

– Okay, eu prometo, Paati.

Aquela noite, Uma sonhou que estava comendo laddoos sob um ventilador de teto, num ninho que ela construíra com lençóis lavados com anil e travesseiros de fibra de algodão.

7

LUTAS DE PODER

Numa manhã de maio de 1969, Amma, grávida de oito meses, os pés inchados como pães de forma, anunciou sua intenção de visitar a irmã Valli em Kuala Lumpur.
— Mas você mal ia visitar Valli quando ela morava aqui ao lado — disse Appa. — Eu não sabia que vocês eram tão amigas.
— Isso não é da sua conta — disse Amma. — Ela me pediu para ir ajudá-la. Está tendo dificuldade em cuidar do bebê. Afinal, é seu primeiro filho.
— Mas, no seu estado...
— Ah, pelo amor de Deus. De repente você está preocupado com meu estado, é? Então onde você esteve nos últimos oito meses? O Partido isto, o Partido aquilo...
— Vasanthi, vai haver eleições na semana que vem. Eleições gerais. Você não percebe o que estas eleições significam para o país? Esta pode ser a última chance que temos de desafiar os malditos partidários da supremacia. Você quer que nossos filhos cresçam numa Malásia só para malaios? É isso?
As narinas de Amma tremeram e ela tomou três goles rápidos de chá antes de responder:
— Bem, se é assim, você não prefere ser deixado em paz para trabalhar nessas eleições tão importantes? Você pode comer, tomar banho e dormir na sede do Partido, sem precisar se preocupar com nada. Eu vou levar Uma comigo.
— Não seja ridícula. Grávida de oito meses e vai tomar conta de você, da sua irmã *e* de Uma?

– Eu faço o que eu quiser – disse Amma. – Você faz o que quer, por que não posso fazer o que eu quero também?

Quando Paati soube do plano de Amma, ela riu e sacudiu a cabeça.

– É claro – ela disse. – Isso não me surpreende nem um pouco. Ela fará qualquer estupidez para aborrecer você. E o timing é ótimo. Ela espera o período mais atribulado para você e então, de repente, a irmã dela precisa de ajuda. Bem, diga a ela que não pode levar Uma. De jeito nenhum. Se ela quiser fazer coisas estúpidas, tudo bem, mas não vai usar a minha neta para chamar atenção para si mesma.

Uma iria ou não? O conflito sugou todo o ar da Casa Grande e ficou pairando, quente e abafado, sobre o vácuo que criara. Appa alisou o cabelo para trás, amarrou a gravata e foi para a sede do Partido deixando que as mulheres resolvessem este assunto.

– Bem – disse Paati, sorrindo pacientemente para Amma –, por que você não pergunta a Uma se ela quer ir?

Então Uma foi chamada, e as maravilhas que ela encontraria nesta aventura foram descritas para ela.

– Você vai comigo de trem – Amma disse. – Você nunca andou de trem. E vai poder ver K. L. Uma cidade grande e movimentada, diferente de Ipoh. Nós podemos fazer compras em lojas com ar-condicionado e almoçar no A&W. Refrigerante, hambúrguer, tudo isso. E sua Valli Chinnamma vai ficar tão contente em vê-la, sabe disso?

– Appa também vai? – Uma perguntou.

– Não – disse Amma. – Appa tem que ficar e fazer política.

– E Paati? Paati vai?

– Não, Uma – respondeu Paati –, acho que não consigo passar tanto tempo sentada num trem com a minha artrite.

Uma olhou para Paati, para Amma, depois novamente para Paati. Ela pensou nos trens que vira em livros, no ar-condicionado, nos refrigerantes, nos sapatos e vestidos novos. Depois pensou em fazer tudo isso com Amma, e, quanto mais pensava no assunto, mais solitária se sentia. Solitária, vazia e cansada. Cansada, mal e deslocada. Dentro de sua cabeça, ela mal podia esperar a hora de voltar para casa, antes mesmo de ter partido. E esse tempo todo, enquanto ela tomava refrigerantes e comia pedaços de frango com Amma no restaurante, Paati estaria sozinha, mal conseguindo enfiar a linha na agulha, massageando as próprias pernas.

– Eu não quero ir – Uma decidiu. – Quero ficar em casa com Paati.

Mas Amma, surpreendendo a si mesma – pois não estava ligando, realmente. Ela não era dessas mães que viviam para os filhos mimados, e, afinal, um dos motivos da viagem não era se afastar daquilo tudo, inclusive de Uma? –, se transformou numa trapaceira, numa mentirosa. Ela concordara que Uma teria a última palavra, mas agora ela disse:

– Não. Paati pode cuidar de si mesma. Você vai comigo.

– Para mim não é problema tomar conta de Uma – Paati retrucou. – Ela não é do tipo que precisa de atenção constante. Eu sempre disse que ela se parece com o pai. Ela adora ficar lendo um livro. Ela gosta de brincar sozinha. E me ajuda muito, não é, Uma? Você não me ajuda?

Mordendo o lábio, Uma assentiu de leve com a cabeça, pois, embora entendesse as palavras da pergunta de Paati, tinha quase certeza de que grande parte dela estava acima da sua compreensão. Ela amava Paati, a coisa que ela mais queria era ficar a seu lado, defendê-la nesta obscura batalha. Mas quais eram as regras? O que o vencedor ganharia? Por mais que desejasse a vitória de Paati, parecia cruel ficar contra Amma, que não era tão inteligente quanto Appa, que não sabia inventar brincadeiras e histórias, que, apesar de suas roupas bonitas e colares caros, chorava à noite como uma criança quando achava que ninguém estava ouvindo.

Amma notou esta semente de dúvida, agarrou-a e a ergueu em triunfo.

– Ela só está dizendo o que você quer que ela diga – ela disse a Paati. – É claro que ela quer ir para K. L. Vou comprar uma mala só para você, Uma. Vamos escolhê-la hoje.

Quando Paati exerceu seu direito materno de apelar para Appa, ele sacudiu a cabeça várias vezes como um cachorro molhado e disse:

– Vocês, mulheres, podem resolver isto. Eu não tenho tido tempo nem de comer ou de dormir ou de ir ao banheiro nas últimas duas semanas. Se quer saber, o mais fácil é deixar Vasanthi fazer o que quiser. Ela não está levando Uma para a selva. – Então Paati se rendeu, embora só internamente. Para todo mundo, ela fingiu que estava fazendo uma concessão a uma subalterna.

– Então, está bem – ela disse. – Se uma coisinha dessas é tão importante para Vasanthi... Se esta é a única maneira de ela se sentir importante... – Se Paati sentiu seu pé escorregando na ladeira da hierarquia doméstica, se ela se viu deteriorando-se, anos depois, num canto afastado sob o reinado da ineficiente nora, nada disse a ninguém.

Numa manhã de sábado, Mat Din levou Amma e Uma para a estação de trem e depositou a bagagem delas na calçada. Elas estavam uma hora adiantadas para o trem, embora Amma tivesse ralhado com Uma e torcido sua orelha por custar a tomar o café.

– Não faça isso – Paati tinha resmungado, sacudindo um dedo. – Não maltrate a criança só porque você está zangada por Outras Coisas. – Uma tinha ficado preocupada, mais uma vez, com as diversas injustiças que Amma poderia fazer nesta viagem, longe do olhar atento de Paati.

Mas agora que deixara a Casa Grande para trás, o humor de Amma tinha melhorado um pouco.

– Venha – ela disse, segurando a mão de Uma –, vamos tomar um refrigerante.

Um ascensorista de paletó vermelho fechou a grade do elevador atrás delas. No bolso de cima, logo abaixo de uma plaquinha onde estava escrito "Lim", estavam bordadas em dourado as palavras *Historic Station Hotel*.

– Vai viajar, Madame? – ele perguntou a Amma. Ele sorriu olhando para as malas.

– Sim, vou viajar – Amma respondeu, endireitando o sári no ombro, indo mais para o fundo do elevador. Quando saltaram, ela disse baixinho, sem se virar para Uma: – Tentando ser engraçado, esse rapaz chinês. Como se ele não pudesse ver logo que nós vamos viajar. Ou ele pensa que estamos trazendo duas ou três malas só para ta-pau nosso almoço?

No restaurante do Station Hotel elas se sentaram em cadeiras de vime na varanda, no meio dos restos elegantes do império: um chão de tacos arranhados e manchados, persianas de bambu rangendo suavemente com o vento, uma samambaia murchando lentamente na beirada da mesa. Uma fina camada de poeira cobria o parapeito sob a persiana. Uma, com um vestido elegante e meias compridas, mil pregadores prendendo o cabelo num penteado bufante, estendeu um dedo e – como a poeira era escura mas prateada, como ela era macia e convidativa e tinha aquele cheiro calmo, sábio, de pó – passou o dedo pelo parapeito da varanda, para cima e para baixo, para cima na direção de Amma, sobre protuberâncias e rachaduras, deixando uma trilha sem poeira. Quando não alcançou mais, ela ergueu o dedo e examinou, de perto, suas impressões digitais realçadas pela camada de poeira.

– Só Uma Rajasekharan tem estas impressões digitais – Paati lhe dissera uma vez quando ela passou os dedos por um parapeito de janela empoeirado no andar de cima da Casa Grande. E beijando um por um seus dedos sujos. – Só Uma, Uma e mais ninguém. Até seu irmãoouirmã vai ter impressões digitais diferentes.

Mas Amma não demonstrou nenhum entusiasmo por esta prova de uma inviolável Uma e mais ninguém.

– Chhi! – ela exclamou. – Você tinha que passar a mão aí, não é? Não consegue ficar quieta, eh? – Ela cruzou os braços e as pernas. – Que lugar imponente este Station Hotel costumava ser na época dos ingleses, sabia disso? – ela continuou. – Desde que eles assumiram, ficou tudo igual à cara deles. Poeira por toda parte. Duas horas para tomar o pedido de um cliente.

Agora que Amma estava esperando um irmãoouirmã, tudo a aborrecia ainda mais do que antes. Seu lábio inferior estava permanentemente virado, para cores, cheiros, calor, ventiladores lentos e jingles de rádio.

IrmãoOUirmã, irmãoOUirmã.

Esse era o ruído que ecoava nas orelhinhas vermelhas do bebê enquanto ele nadava na barriga de Amma, com os dedos dos pés e das mãos abertos como os de um sapo.

Três gotas de suor brilhavam no lábio superior de Amma sempre que Uma olhava para ela. Manchas vermelhas apareciam e desapareciam em sua pele sob o olhar de Uma, e ela cheirava a ensopado de peixe de manhã.

Embaixo da varanda da estação de trem, carros entravam e saíam. Pessoas se aglomeravam na barraca de kacang puteh do outro lado da rua, comprando guloseimas para levar na viagem. Um homem mais atrás na multidão cuspiu num canteiro próximo.

– Chhi! – Amma tornou a dizer e suas narinas tremeram. – Não estou mais com vontade de comer.

Entretanto, quando um garçom com um bigode ralo e nariz entupido se aproximou e parou ao lado da mesa, Amma abriu o cardápio e examinou as colunas. Torradas com queijo, pedaços de frango, costeletas de carneiro. O paletó do garçom já tinha visto dias mais brancos; seus punhos estavam, literalmente, cinzentos. Havia suspeitas de manchas ao redor dos bolsos e debaixo dos braços, embora não se pudesse ter certeza. Talvez fossem sombras ou truques da luz. E uma marca do Império tinha sido permanente: a curva serviçal dos ombros do homem, uma semicorcunda que fazia seu pescoço balançar como o de uma tartaruga.

– Sim? – ele disse. – A senhora está pronta para pedir, Madame?

Amma estava: uma inche kabin, duas laranjadas, a primeira para ser posta de lado depois de uma única dentada por estar gordurosa demais, a segunda para ser rejeitada (fechando os olhos e apertando os lábios) por estar azeda demais, depois de um único gole.

– Não sei que tipo de frango eles usam hoje em dia – Amma disse quando se recobrou do gole de laranjada. – Só pele e gordura. Para mim, chega. Você também não beba muito dessa laranjada horrível, Uma, senão vai pedir para ir ao banheiro a cada três minutos. Por favor.

Um por favor de Amma era o oposto de um por favor de Paati. Um por favor de Amma não significava que Uma estava sendo uma grande ajuda.

Amma pagou a conta no valor exato, contando as moedas que tirou do porta-moedas bordado que tinha em sua bolsa creme. Ela fechou a bolsa. Depois se levantou e tornou a dar a mão a Uma.

Lá embaixo na plataforma o calor as atingiu, junto com todos os cheiros de comida, a fumaça, os odores humanos. Bananas fritas da barraca de goreng pisang. Graxa preta e tinta fresca. O peido de alguém. Pôsteres de propaganda eleitoral cobriam as paredes e colunas, com rostos confiantes e letras de forma brilhando ao sol. VOTE NA ALIANÇA NACIONAL PARA UNIDADE E SEGURANÇA. PARTIDO DEMOCRÁTICO, PROTEGENDO SEUS

INTERESSES. UMDILAH GERAKAN MALÁSIA! Na parte de trás de um banco alguém tinha colado um pôster por cima de outro, e uma terceira pessoa tinha coberto ambos com um pôster do DAP, depois tinha colado mais um de cada lado para se garantir. Sob a ponta rasgada, as primeiras duas camadas ainda estavam visíveis.

Amma contemplou os pôsteres e deu um sorriso azedo. Abriu a bolsa e tirou um lencinho que tinha molhado com Óleo Canforado Axe Brand.

– Oo wah – ela disse, apertando o lenço de encontro ao nariz e as têmporas suadas –, os amigos do seu Appa estão por toda a estação, cara! Para onde quer que você se vire, só vê as caras deles.

O trem chegou, estremecendo ao som do próprio apito. As pessoas taparam os ouvidos.

– Só vinte minutos atrasado – Amma disse. – Quase nada. Nosso país está ficando muito eficiente, exatamente como nos prometeram. Entrando na modernidade.

O interior do trem era todo verde. Cortinas verdes, assentos verdes, portas verdes dando para outros vagões. Em cada assento havia uma capa protetora bordada com as seguintes palavras, *Keretapi Tanah Melayu*.

– O que quer dizer isso, Amma? – Uma perguntou. – Carry-tuppy Tanah Me-lay-oo?

– Uma, não comece – Amma ralhou. – Você sabe que eu não sei tudo isso. Eu não estudei a maravilhosa língua malaia na escola. Acho que tem a ver só com o trem. Nada de muito importante.

Mas alguém discordou, alguém que quis pelo menos qualificar este veredicto de *só com o trem* e *nada de muito importante*, e no máximo... bem, o que aquela pessoa queria no máximo, no melhor possível dos mundos, ainda não é relevante. Ainda não. Por ora, ele, um malaio sentado do outro lado do corredor e atrás de Uma e Amma, concentrou-se em corrigir certos erros.

– Eh thanggachi! – disse baixinho, inclinando-se de lado no assento, seus dentes amarelos sob o veludo preto do seu songkok. – Thanggachi!

Thanggachi significava irmãzinha em tamil, mas Uma, que tinha seis anos, estava usando meias compridas e um vestido pregueado com cinto, sabia duas coisas sem precisar pensar nelas: 1) o homem malaio não falava tamil; e 2) ela não era a irmãzinha de ninguém.

– Eu não sou thanggachi – ela disse, e, para ser franca mas simpática: – Eu sou Uma Rajasekharan. – Deixando apenas subentendido, mas bem claro para todo mundo: E quem é *você*, seu metido, de dentes amarelos e usando um songkok?

– *Tsk* – disse Amma, dando um tapa no joelho de Uma –, não seja grosseira. – Ela fechou os olhos para evitar a luz verde que entrava pelas cortinas, e descansou a cabeça na almofada do assento.

– Oh oh, desculpe lah thanggachi – disse o homem malaio –, mas vou dizer uma coisa para você, okay?

Uma olhou para o homem. Logo acima da sua sobrancelha esquerda, o veludo do seu songkok estava gasto, deixando uma mancha pálida e asquerosa.

– Você está perguntando tanta coisa à sua pobre mãe, eu posso responder por ela?

Um vendedor estava avançando pelo trem, sua voz mal audível ao longe.

– Naaas'lemak naaas'lemak naaas'lemak kariPAP! Nasi lemak nasi lemak nasi lemak kariPAP!

– Keretapi Tanah Melayu significa estação lah thanggachi – o homem continuou. – Significa Estação da Terra Malaia. Terra Malaia significa Malásia lah, thanggachi, você também não sabia disso, hein? Olhando para mim com olhos tão grandes, seu próprio país e você não sabe o nome dele? Aiyo-yo thanggachi, sua própria língua nacional também tak tahu ke? Você não tem vergonha de morar na Terra Malaia e não saber falar malaio? Sua mãe e seu pai não têm vergonha também, ah, de morar na Terra Malaia e não ensinar os filhos a falar malaio?

Terra Malaia! Mas isto era mágico e impossível, uma terra montanhosa para gigantes e monstros e corajosos heróis vestidos de sarongue. A Terra Malaia era como a Disneylândia ou a Terra do Nunca, não um lugar onde as pessoas cuspiam em canteiros e peidavam em estações de trem movimentadas e serviam inche kabin gorduroso demais. Ouvir falar na Terra Malaia, uma terra obviamente escondida dos olhos dos não iniciados, até poderia justificar perdoar o portador de songkok por dizer thanggachi, por se apropriar de palavras às quais ele não tinha direito de herança e que, além do mais, eram inexatas. Talvez até por sua audaciosa censura, que fez Uma franzir a testa e a deixou ruborizada. *Meu Appa*, ela teve vontade de informar ao homem de dentes amarelos, *é muito mais inteligente do que você, e ele sabe falar inglês direito, ao contrário de você.* Mas não se dizia isso a adultos desconhecidos.

– Naaas'lemak naaas'lemak naaas'lemak kariPAP! – insistia o vendedor ambulante, sua voz cada vez mais perto.

– Uma – disse Amma –, por favor, pare de incomodar os outros passageiros.

– Mas, Amma...

– Uma. Você ouviu o que eu disse.

Uma se encostou no assento e estudou a capa protetora em frente a ela. Do outro lado do corredor, o homem malaio calou-se com uma risadinha, como se alguém tivesse dito uma piada engraçada. O vendedor entrou pela porta atrás deles e percorreu o vagão, arrastando uma cauda diáfana de cheiros atrás de si. Arroz de coco e sambal ikan bilis apimentados. Bolinhos de curry feitos com farinha apenas suficiente para ligar a massa e fritos em óleo de dendê.

O homem do outro lado do corredor comprou um pacote de nasi lemak e dois bolinhos de curry, falando com o vendedor em malaio. Para Uma, que não falava a Língua Na-cio-nal, a conversa deles foi incompreensível, mas depois que o vendedor saiu da frente, ela espiou para ver o que o homem tinha comprado. Sedap dimakan. Bom de comer. Esta era uma das duas expressões na Língua Na-cio-nal que ela aprendera de um anúncio de macarrão instantâneo na TV. A outra tinha sido cepat dimasak, rápido de cozinhar, menos aplicável aos petiscos do homem que usava songkok. Sedap dimakan. Se dapdi makan. Sedapdima kan. Uma continuou implacavelmente, dividindo e juntando sílabas, esperando para ver se as palavras saíam de sua boca, mas elas não saíram e ela não pediu a Amma que lhe comprasse nada. O vendedor atravessou o corredor e saiu pela porta verde que ia dar no vagão seguinte.

– Naaas'lemak naaas'lemak naaas'lemak kariPAP!
Amma desembrulhou um sanduíche de pepino e entregou a Uma.
– Tome – ela disse baixinho –, pare de olhar para a comida dos outros. – Mas o pepino tinha deixado o pão encharcado, e o sanduíche não estava nem salgado nem amanteigado o suficiente. Uma adormeceu com ele na mão, e após alguns minutos Amma o tirou da mão dela e jogou no saco de papel que tinha levado para recolher o lixo, tomando cuidado para não tocar o C que Uma tinha mordido no sanduíche.

A IRMÃ DE AMMA, VALLI, nunca desligava o rádio da cozinha. De manhã à noite, ele berrava suas canções de filmes tamil, interrompidas apenas pelas notícias em inglês três vezes por dia. Às vezes deixava o rádio ligado quando ia para a cama, e ele crepitava como uma fogueira apagando até o amanhecer, depois que as últimas notícias já tinham sido lidas e os últimos acordes do hino nacional já tinham soado pela casa. Durante o dia, o bebê de Valli chorava alguns decibéis abaixo e acima da voz solene do apresentador de notícias, dos jingles da fábrica Teijin Tetron, da voz de mosquito da Lata Mangeshkar. Lágrimas escorriam pelo seu rosto vermelho. Gases, cansaço e assaduras enchiam sua testinha de suor e faziam tremer seus lábios. O lenço canforado de Amma não tinha saído de sua mão desde que ela e Uma entraram na cozinha de Valli.
Valli não tinha uma empregada para limpar a cozinha: uma fina camada de gordura cobria o chão, de modo que as sandálias japonesas de Amma escorregavam perigosamente nos ladrilhos. O papel laminado que Valli prendera em cima e em volta do fogão a gás estava preto de fuligem. Em cada folha de papel laminado as mensagens secretas de mil camadas de curry amarelo-açafrão e vermelho-tomate eram claras como o dia:
Os tempos estão mudando.
O bebê não tem cólicas, ele simplesmente vê o futuro.
O marido de Valli tem saudade da comida da mãe.
Em outras cozinhas, as pessoas em breve estarão afiando suas facas, e não porque terão que fatiar galinhas.

Valli gosta de Amma um pouco menos do que gostava quando sentia pena dela.

– Chhi, o que é isto, Valli! – Amma exclamou no segundo dia de visita, irritada com o calor do fogão e com o incessante barulho do rádio. – Pelo menos passe um pano molhado uma vez por semana, pelo amor de Deus. Meus pés estão escorregando por toda parte. – Assim que ela disse isso, soube qual seria a resposta.

– Desculpe, lah Akka – Valli disse, fazendo beicinho de brincadeira. – O que eu posso fazer? Meu marido é só um empregado subalterno, não é um importante advogado. Se eu tivesse três, quatro empregados, minha cozinha também seria impecavelmente limpa.

No silêncio que seguiu, Lata Mangeshkar soltou sua nota mais aguda.

Do lado de fora, no sol quente, por todo o país, o povo estava votando hoje. Appa fora para o escritório do Partido dirigindo seu carro depois de duas horas de sono, dando o dia de folga a Mat Din, o motorista, para ele votar. Mat Din tinha pedalado sua bicicleta para votar, o único entre os empregados da Casa Grande. Lourdesmaria, a cozinheira, Vellamma a lavadeira, e Letchumi a arrumadeira não iam votar. Lourdesmaria não achava que nenhum gomen ia tirar sua família do barraco em que morava para uma casa, e Vellamma e Letchumi tinham nascido na Índia e não podiam votar.

– CI vermelho, saar – elas disseram em uníssono quando Appa se ofereceu para dar-lhes uma carona até a seção eleitoral. Letchumi tinha tirado de sua sacola de papel a carteira de identidade vermelha e enfiado debaixo do nariz de Appa.

– Chari, paruvalai – Appa disse –, da próxima vez tudo isso terá mudado. Vocês votam no meu partido, novos gomen virão, novos gomen vão mudar sua carteira de identidade. Então, na próxima eleição, vocês vão poder votar.

– Aaaaaman – Vellamma disse para Letchumi quando Appa saiu para ligar o carro. – Como se isso fosse acontecer. Gomen distribuindo carteiras de identidade azuis a torto e a direito. Advogado-saar está sonhando alto.

– Até os indianos nascidos e criados no país eles ainda chamam de estrangeiros, imigrantes, intrusos – Letchumi acrescentou. – Quer dizer que um novo governo vai nos tornar cidadãos num passe de mágica?

Amma e Valli ainda não tinham sequer conversado sobre a eleição. Tinham descido esta manhã e ouvido o apresentador de notícias falando sem parar sobre a eleição, em seu tom monótono e seco. Os últimos resultados da apuração. Os candidatos mais favorecidos. Número estimado de eleitores por município. Amma deitou o bebê na mesa de jantar e começou a despi-lo para sua massagem matinal de óleo, seus braços esticados para alcançá-lo na frente da barriga de oito meses de gravidez. Se ela pudesse se abaixar ou sentar ou se agachar ou se ajoelhar, ela o teria colocado num tapete no chão; como ela só podia ficar em pé, ele tinha que receber sua massagem e seu banho sobre a mesa, como um frango sendo temperado para assar.

– Pelo amor de Deus, Valli – Amma disse –, você pode desligar essa coisa de vez em quando? Eu não consigo ouvir nem meus pensamentos. – Sobre o forro de vinil da mesa, o bebê gritava, esperneava e sacudia os punhos no ar.

Valli desligou o rádio.

Em sua cabine eleitoral em Ipoh, Appa marcou com confiança uma coluna de quadrados, inclusive o que estava ao lado do seu nome. Advogado-saar ainda jovem e cheio de esperanças no seu jovem país. Advogado-saar sonhando, segundo Vellamma e Letchumi, sonhos ambiciosos e inúteis.

Em outra cabine eleitoral, a cinco milhas de distância da de Appa, Mat Din desenhou cuidadosamente suas marcas em quadrados diferentes.

Em salas invisíveis por todo o país, homens estavam sentados em longas mesas computando votos de cédulas retiradas de urnas cheias. Estas salas estavam silenciosas, exceto por alguns ruídos leves: ventiladores de teto estalando, papéis roçando uns nos outros, dedos secos arranhando papel, línguas lambendo polegares. Foi nestas salas que Boato iniciou seus arranhões? Seus cutucões, suas mordidas sorrateiras nos corações esperançosos dos homens, em seus sonhos de paz e negociação? Ou foi do lado de fora, nas ruas engarrafadas, onde seus *psst-pssts* e seus grunhidos inoportunos eram a princípio indistinguíveis do rangido das correntes das bicicletas de Mat Din e de milhares de outros iguais a ele? Será que Boato infiltrou-se descaradamente nos mercados e nos cafés para se encontrar clandestinamente com Fato? Será que Appa, celebrando com seus famintos e barbados companheiros de sonhos à medida que os resultados eram anunciados, os viu passando lado a lado pelas janelas sujas dos escritórios do Partido? No dia seguinte à eleição, será que Boato e Fato assistiram juntos, disfarçados, aos comícios não oficiais, em comemoração à vitória? Eles ajudaram a erguer Appa nos ombros dos seus eleitores exultantes e depois saíram para lamentar a derrota com os gomen perdedores?

Impossível dizer, mas três dias depois da eleição, Boato e Fato apareceram no calor do meio-dia em Kuala Lumpur, Boato de vestido vermelho, Fato de casaca, e juntos eles iniciaram um tango lascivo pelas ruas. Seus cabelos estavam descabelados, suas pálpebras pesadas, a pele úmida de suor. As pessoas apontavam e cochichavam. Estudantes se debruçavam boquiabertos para fora das janelas dos ônibus. Bons muçulmanos desviavam os olhos e imaginavam o que seria do país se este escândalo público fosse perdoado. Mas a dança era hipnotizante, e logo multidões – até os bons muçulmanos – começaram a se juntar sem querer. Então Boato e Fato aumentaram a velocidade da dança, como se em algum lugar uma orquestra tocasse apenas para eles. Eles giraram cada vez mais rápido, Boato de vestido vermelho, Fato de casaca, até que seus pés se tornaram tão indistintos que nem o mais atento dos espectadores conseguia saber a quem pertenciam aqueles pés, e as pessoas prenderam a respiração enquanto o par passava agitando o ar como um carro de corrida.

As histórias que Boato e Fato inventaram juntos derramaram-se como lava pela cidade: catorze membros não malaios da oposição tinham sido eleitos só no estado de Selangor; estes vitoriosos do Gerakan e do Partido Democrático iam destituir os malaios de suas bolsas de estudo e empréstimos habitacionais e cotas de emprego, derrubando o Artigo 153, desfazendo o contrato social, exatamente como tinham ameaçado fazer; Selangor ia cair na mão dos chineses, como tinha acontecido com Cingapura e Penang; os chineses iam tomar Selangor, assim como tinham tomado Cingapura, como se já não estivessem com os bolsos recheados; os chineses iam enfiar o comunismo maoísta goela abaixo de todo mundo; os gomen amedrontados tinham atirado num ativista no Partido Trabalhista Chinês sem motivo algum. E os indianos? Eles tinham encenado uma demonstração noturna de gente embriagada, uma desculpa para uma briga, na verdade, o que era típico daqueles malditos operários alcoólatras. Chineses e indianos, indianos e chineses: seus rostos amarelos e marrons assumiam proporções gigantescas na eletrificada imaginação dos malaios, suas gargalhadas de triunfo, seus gritos arrepiantes de vitória, seus olhos de fogo servindo de combustível para os políticos malaios desesperados por bodes expiatórios e histórias mal contadas. E todo homem, chinês, indiano, malaio, esqueceu seu desprezo pelos ingleses e saboreou o gosto dos estereótipos dos seus antigos senhores. *Coolie*, eles diziam com ódio, *Camponês idiota que se alimenta de sambal petai. Comedor de porco sem vergonha.* Eles tinham recebido um vocabulário, e agora, como todo bom aluno, eles o estavam colocando em uso, se apoiando nas velhas e conhecidas combinações, dando tapinhas nas costas uns dos outros para aplaudir a própria iniciativa, encorajando as fileiras de trás da classe a aceitar o desafio.

Foi Boato ou Fato que disse que multidões de indianos e chineses tinham percorrido povoações malaias com promessas e sugestões? *Sua vez de lamber nossas botas! Falando em ketuanan Melayu, agora vamos ver quem é tuan de quem! Kuala Lumpur pertence aos chineses! Balek Kampong!* Voltem para suas aldeias atrasadas. Voltem para casa. Voltem para o lugar de onde vieram. Uma Pandora de sarongue com uma flor de hibisco atrás da orelha abriu sua caixa: estas palavras saíram flutuando e em pouco tempo deixou de importar se elas tinham mesmo sido ditas ou não. Elas eram reais e tinham vindo para ficar. Elas pegaram fogo; elas queimaram à vista de todos e provocaram lágrimas em olhos desprotegidos. Qualquer um podia dizer aquelas palavras agora. A podia cuspir em B, B em C, e C podia se virar e cuspir de volta em A. Porque na realidade, neste país, aquele grito de *volte para casa* podia ser dirigido – delicadamente ou não tão delicadamente – a praticamente qualquer pessoa. As pessoas que (supostamente) tinham dito isso eram as que tinham um caminho mais longo a percorrer para voltar para o lugar de onde tinham vindo.

Enquanto os desordeiros destruíam a bela capital, Appa e seus amigos sonhadores sacudiam as cabeças e cobriam os rostos com as mãos.

– Isso é harmonia racial para você – Lily, Claudine e Nalini disseram debochando. Elas tinham vindo à Casa Grande para condoer-se de Appa, mas, diante da sua desilusão infantil, elas não conseguiram condoer-se. – Nossa nação milagrosa se suplantou desta vez. Dá para ver, não dá? Até o cão mais bem treinado ataca outro por um pedaço maior de carne. Natureza humana. Não há nada que se possa fazer. – E Appa, que antes teria citado Lee Kuan Yew para elas, apenas sacudiu a cabeça. – Suponho que não vamos vê-lo no clube – Lily disse.

Elas não iam vê-lo, e aquela noite sossegada no deserto Bengal Room ia ser a última durante uma semana, porque até Lily, Claudine e Nalini não teriam coragem de desobedecer o toque de recolher que seria imposto.

Dois dias depois da eleição, Amma notou a data no calendário de parede Swami Vivekananda de Valli e imaginou o que teria acontecido com a visão dourada de Appa, se suas mulheres estariam esvoaçando ao redor dele no clube para comemorar alguma vitória insignificante que não mudaria nada, ou o ajudando a afogar suas mágoas. Mas o rádio da cozinha não fora ligado desde a reclamação de Amma no Dia da Eleição. *Quem sabe?* Ela pensou. *Quem está ligando?* Então ela continuou a desempenhar pesadamente suas tarefas, arrastando as sandálias japonesas pelo chão engordurado, suspirando e resmungando enquanto Valli cuidava, mal-humorada, do bebê, que chorava sem parar.

Lá em cima, no quarto que dividia com Amma, Uma estava lendo. Ela já lera duas vezes todos os livros que Amma tinha posto em sua mala, e agora os estava lendo pela terceira vez.

Apresentem seu veredicto, o rei disse para o júri.
Ainda não, ainda não! O Coelho interrompeu rapidamente. Ainda há muito o que tratar antes disso!
Chamem a primeira testemunha, disse o rei; e o Coelho Branco soprou três vezes a corneta e gritou, Primeira testemunha!

Uma tirou a casca de uma mordida de mosquito do joelho e virou a página.

Às seis horas, o marido de Valli, Subru, entrou de olhos arregalados na cozinha, sem parar para tirar os sapatos, ofegando mais alto do que o choro do bebê. Amma ergueu os olhos assustada, quase deixando o bebê cair. Valli, que estava mexendo o dosai batter do jantar num canto, parou e abriu a boca para dizer alguma coisa. Duas lagartixas, absorvendo a tensão no ar, se atacaram e começaram a brigar no teto.

– Está havendo confusão – Subru disse antes que ela pudesse falar. – E vai ficar pior, ao que parece.

– Ennathu? – Valli disse, irritada. – Entrando assim como um louco e falando desse jeito, como se nós soubéssemos do que se trata? Que confusão? Os cachorros de Heng Kiat tornaram a entrar no quintal de Ranggama, é isso?

– Cachorros! – Subru disse. – Você acha que estou falando de cachorros, gatos e burros? Ligue o rádio, cara, e você vai saber das coisas horríveis que estão acontecendo. Aqui sentadas, uma olhando para a cara da outra, como vocês vão saber o que está acontecendo no seu próprio quintal?

– Não precisa gritar comigo – disse Valli. – Akka está com dor de cabeça, foi por isso que eu desliguei o rádio. E daí?

E foi só então, depois que o marido de Valli ligou o rádio, que a voz seca e tensa do novo locutor anunciou a turbulência que estava havendo lá fora, embora ainda não estivesse na hora do noticiário: *Em resposta às demonstrações de ontem por causa da vitória, cerca de trezentos partidários da Organização Nacional dos Malaios Unidos se reuniram diante da residência oficial do Primeiro-Ministro Selangor para encorajá-lo a organizar uma contrademonstração...*

Mas elas não estavam ligando para demonstrações e contrademonstrações de gente desocupada.

– Ithu ennathu – Valli resmungou –, você se acha um inglês, é? Andando pela casa com esses sapatos imundos, para me obrigar a esfregar e...

– Chumma irru! – O marido se inclinou para a frente sobre os cotovelos, encostando o ouvido no rádio. – Para você, o mundo se resume a sapatos e sandálias. Cale a boca e escute.

Os líderes malaios, o novo locutor prosseguiu, *expressaram preocupação acerca do tom e do conteúdo das manifestações do Gerakan e do DAP mais cedo, hoje. Segundo um funcionário da UMNO...*

Como se só ele compartilhasse da preocupação do pai, o bebê respirou fundo, ficando vermelho enquanto seus pulmões se enchiam de ar, e berrou com toda a força. Sob aquela torrente de berros, a voz do locutor continuou: *Ameaças... vizinhança de Kampong Baru... Gerakan... demonstrações...*. Amma puxou uma cadeira e se sentou, balançando o bebê com tanta força que o grito dele vibrou na garganta.

Uma desceu silenciosamente a escada e se sentou no patamar. Pelas grades do corrimão, ela viu o coque do cabelo de Amma balançar junto com o bebê no seu colo.

– Chega! – Valli disse. – Você acha o quê, que eu fico sentada balançando as pernas o dia inteiro como minha irmã milionária? Você me deu quinze, dezesseis empregados para eu me deitar na cama e ouvir notícias no rádio o dia inteiro? Ler dois jornais diferentes e me manter informada? *Hanh?*

No momento, anunciou o rádio, *parece que Dato Harun deu permissão para uma demonstração pacífica.*

– Vocês precisam brigar por qualquer coisinha? Acho melhor deixar vocês aqui e ir lá para cima para ver...

– Qualquer coisinha! – Valli atirou a cabeça para trás e, rindo como um carro que não quer pegar, apoiou a vasilha de dosai batter sobre a pia. – Ah, para você é uma coisinha, você com sua cozinheira, motorista, lavadeira, porteiro, mordomo, que problemas!

– Por favor, pelo amor de Deus – o marido de Valli disse. – Vocês duas, por favor. Já vai ter muita briga lá fora, nós não precisamos começar uma briga aqui dentro. Estou avisando. Eu ouvi os caras malaios conversando no escritório. Está acabado para os chineses neste país. Acabado. Os filhos da mãe estão afiando silenciosamente suas facas. Tranquem o portão e não saiam de casa amanhã. Estou falando sério. Não cheguem nem no quintal.

– Hã? – disse Amma, apertando o bebê aos berros contra o peito. Por cima dos gritos abafados, ela deu uma risada aguda, maravilhada, como a de uma criança assistindo a um truque de mágica. – O que vai acontecer de tão terrível lá fora – ela perguntou após alguns momentos – que não podemos nem sair para comprar legumes no caminhão?

– Acho que o homem dos legumes não vai passar amanhã – disse o marido de Valli. – Se ele tiver alguma coisa aqui em cima – ele continuou, batendo com o dedo na têmpora –, vai ficar quietinho em casa.

Dato Harun, disse o locutor, sem se perturbar com aquela discussão – afinal de contas os *dosais* dele estavam fritando direitinho na frigideira da esposa em casa – *assegurou à multidão que não há perigo de que o estado caia nas mãos do DAP, apesar das afirmações em contrário da oposição. Ele prometeu revelar...*

Na cozinha, tendo jogado fora o dhal que colocara de molho para o *sambhar* da noite, Valli desligou o rádio e tirou o bebê soluçante do colo de Amma.

– Eu posso cuidar dele – ela disse empertigada. – Se vocês quiserem jantar, podem comprar alguma coisa nas barracas chinesas.

Mas quando o marido voltou para baixo, de banho tomado e com aquele ar de "preparem-se", ele descartou a ideia de irem até as barracas de comida.

– Você ainda por cima está surda? – ele disse para Valli. – Não consegue entender o que eu disse? Ou você acha que estou brincando? Isso não é brincadeira. Nós não vamos sair de casa esta noite.

Então eles jantaram fatias de pão branco torradas na chama do fogão de Valli sujo de fuligem, cobertas de kaya. Depois tomaram café (os adultos) e Milo (Uma) e subiram. A barriga de Amma lançava um sombra enorme, escura, na parede ao lado da cama dela. IrmãoOuirmã, irmãoOuirmã, aquela sombra murmurava. Um deles chegaria logo, com os olhos fechados em concentração, os punhos cerrados, prontos para a luta. O irmãoOuirmã ia ser redondo e vermelho, desdentado e de nariz chato, mais barulhento e soluçante do que o bebê de Valli. Disto Uma tinha certeza.

O MARIDO DE VALLI tinha razão: na manhã seguinte, três dias depois da eleição, o homem dos legumes não apareceu. Havia um estranho silêncio, interrompido apenas pelo gorjeio dos pardais.

O grito forte do vendedor de carne de porco, o rangido do seu cutelo cortando osso, o barulho da buzina do homem dos legumes, os pacotes do jornaleiro batendo no chão de cimento das entradas (quase atingindo cachorros gatos luzes avôs cochilando em cadeiras de vime): era como se algum guia celestial, com a mão erguida, mantivesse tudo isso à distância.

O marido de Valli estava sentado, com a barba por fazer, na mesa da cozinha, comendo mais torrada com kaya. Ninguém guardara o pão na noite passada, depois do jantar: ele endurecera na bancada da cozinha e agora tinha gosto de serragem.

O bebê estava tirando seu cochilo matinal, fungando e gemendo de vez em quando para evitar que a mãe e a tia relaxassem e fossem cuidar de outros assuntos menos importantes.

Valli estava sentada à mesa com o queixo nas mãos e os olhos fechados.

Amma estava na janela da cozinha com os braços cruzados, olhando para o nada.

Uma estava lá em cima lendo, deitada na cama, de barriga para baixo, os pés para o ar, os cotovelos doendo com o peso da cabeça, os ouvidos alertas porque alguma coisa, em algum lugar, estava errada, e não era só a ausência do homem dos legumes, do vendedor de carne de porco e do jornaleiro.

O que o marido de Valli suspeitava, Valli não estava ligando, Amma temia, e Uma e o bebê sentiam nos ossos: a civilização que eles conheciam estava desmoronando.

Em Ipoh, Appa e seus companheiros ex-sonhadores tinham trancado os escritórios do Partido e ido para casa. Appa se fechara no escritório com duas garrafas de uísque. Quando Lily, Claudine e Nalini chegaram, foi Paati – ao mesmo tempo furiosa com a indignidade, desejosa de agradar as elegantes amigas do filho e sentindo desprezo por suas armas pouco sutis – quem abriu o portão para elas. *As mulheres hoje em dia,* ela pensou enquanto cumprimentava sorrindo cada uma delas. *Tanta maquiagem, saias que praticamente deixam as calcinhas de fora, e não conseguem marido. Atirando-se em cima de Raju desse jeito, será que elas não percebem que ele tem coisas mais importantes a fazer?* Em voz alta, ela disse:

– Entrem, entrem, Raju está no escritório. Querem beber alguma coisa? – Os empregados não tinham vindo para a Casa Grande hoje. Vellamma, Letchumi e Lourdesmaria tinham ouvido o aviso geral para ficar em casa e trancar todas as portas (até mesmo aquelas meramente metafóricas da caverna de Lourdesmaria) para o caso de a confusão se espalhar de Kuala Lumpur para Ipoh; Mat Din estava torcendo para isso acontecer, para ele poder entrar na luta com seus compatriotas. Ele, Mat Din bin Mat Ghani, responderia alegremente ao primeiro chamado para lutar. Ele lutaria pela honra da Malásia e para a expulsão dos opressores; nunca mais teria que aceitar um emprego subalterno, trabalhando para um estrangeiro que falava como se fosse dono do país.

Em assentamentos ao redor de Kuala Lumpur, outros Mat Dins estavam se preparando para a marcha da noite, com faixas e latas de querosene, com facas e facões. Tinham dado permissão para uma demonstração pacífica, mas ninguém tinha proibido expressamente um pouco de melodrama aqui e uma pitada de simbolismo ali. Então os manifestantes prenderam faixas brancas de luto ao redor dos braços e dos songkoks, acessórios atraentes que ao mesmo tempo expressavam os sentimentos dos seus portadores pelos resultados da eleição e disfarçavam manchas de sujeira em seus songkoks. Assim como eles e seus vizinhos tinham começado a usar os velhos epítetos ingleses entre si, agora eles ressuscitavam um símbolo que usavam pela primeira vez contra o homem branco. Luto branco com múltiplos propósitos. Pode ser usado sempre que o usuário sinta que seu lugar foi usurpado por intrusos e seu país invadido por forasteiros.

Às quatro horas a cidade começou a fechar. Chineses proprietários de lojas puxavam as grades de ferro da entrada das lojas com varas compridas, um suor nervoso cobrindo seus braços nus. Funcionários do governo abreviavam seu último intervalo do dia para o chá e corriam para casa. Nos subúrbios e periferias, esposas esperavam os maridos no portão.

Às cinco horas, Amma, inquieta e nervosa, começou a andar pela cozinha com os pés inchados. Valli pensou em mandá-la parar, mas desistiu.

Às seis e meia, a marcha pacífica tinha feito suas primeiras vítimas, dois chineses de motocicleta. Ninguém sabia o que tinha realmente acontecido, ou como, ou, pelo menos, por quê. Boato e Fato fornicavam abertamente nas ruas vazias. A marcha tomara um caminho inexplicavelmente cênico pelos bairros chineses da cidade. Houve discussão, depois briga, depois sangue, muito sangue, e tochas de fogo para garantir. Alguém tinha aparecido com elas Deus sabe de onde. Incrível o que as pessoas eram capazes de fazer quando queriam improvisar.

Gananciosos adoradores de ancestrais! Limpadores de bunda com papel!

A notícia da guerra se espalhou. Grupos juntavam-se em círculos mágicos ao redor de carros e motocicletas de chineses, onde quer que invisíveis gotas de sangue vindas do outro lado da cidade caíssem nas calçadas.

Os chineses mais espertos pediram reforços: tios que pertenciam a gangues (para os sortudos que tinham esses tios), primos com armas ilegais, cunhados que adquiriram uma experiência valiosa durante o levante comunista. Agora eles invadiam as ruas num bloco compacto, gritando slogans criativos de sua autoria.

Balek kampong! Voltem para suas aldeias e plantações de arroz! Vamos acabar com todos os malaios?! Eles empunhavam vassouras – um símbolo fácil, à mão, pois qual a casa que não tinha uma vassoura? – para mostrar que iam varrer os malaios para fora da cidade.

Na cozinha de Valli, Amma tentou, inutilmente, alongar as costas e relaxar.

Boato ergueu delicadamente o vestido vermelho, segurou os sapatos numa das mãos, e atravessou os rios de sangue. A marcha atravessou Batu Road numa massa compacta, como as partes de um arrogante leão chinês do Ano-Novo. Aqui estava a cabeça, aqui a cintura delgada, aqui a cauda, e o bicho todo, por meio de uma enorme força de vontade e coordenação, tinha que seguir dançando e se contorcendo na direção certa, devorando crianças, cuspindo-as de volta, arrotando na cara dos seus pais. Matando, queimando e urrando a fúria que tinha guardado desde que homens e mulheres da geração de Paati mostraram ser apenas bajuladores dos ingleses, engordando sob o imundo sistema colonial e secretamente (ou não tão secretamente) torcendo para que os governantes ficassem para sempre.

Ninguém exceto Boato parou para reparar na beleza exagerada da cena, no reflexo das cores sangrentas do pôr do sol no balé sangrento das ruas, a luz dourada se refletindo em facões e cutelos e iluminando poças de sangue. Nenhum artista teria imaginado uma junção mais abundante de movimento e sentimento, som e cheiro; em cada esquina havia algo para congelar os sentidos. O leão urrava e sacudia sua cabeça horrenda de um lado para outro. Ódio e sede de sangue marcavam cada ferida. Gemidos e soluços enchiam os intervalos entre os gritos de guerra. O cheiro de fumaça da terra se misturava ao cheiro salgado do sangue derramado.

O irmãoOuirmã esmurrou a barriga de Amma com seus pequenos punhos, tomou fôlego e mergulhou de cabeça em direção à liberdade.

– Aaaah! – Amma gritou. Valli abriu os olhos, assustada. O bebê parou de choramingar para ouvir.

– Sente-se, sente-se – Subru disse, sem saber o que fazer, seu coração encolhendo até ficar do tamanho de um fígado de galinha. Água escorria pelas pernas de Amma.

– Não me diga! – exclamou Valli.

Amma não precisou dizer. Ela se dobrou ao meio, agarrou o parapeito da janela, engasgou e ficou vermelha. Através de uma névoa azul de dor, ela viu Uma parada na porta, puxando a bainha do seu avental de Buster Brown. Ela ouviu o coração de Uma se agitar no peito, *ptrr-ptrr-ptrr*, uma agitação que aumentava a cada respiração de Uma, que se transformou numa batida forte, depois numa martelada, depois num gongo que abafou todos os outros sons do mundo e obrigou todo mundo a se movimentar no seu ritmo.

– Vá, vá – disse Valli, puxando o marido estupidificado da cadeira –, vá procurar um táxi, homem.

O bebê de Valli se valeu de uma super força que jamais seria reproduzida e se sentou no berço por três segundos antes de cair de costas. (Depois deste feito milagroso, infelizmente despercebido, ele iria se atrasar para sempre em relação aos marcos de desenvolvimento listados no livreto gratuito que sua mãe recebera no hospital no dia do seu nascimento.)

Amma se agarrou no parapeito com tanta força que suas juntas ficaram esbranquiçadas, e combinou sua respiração curta e ofegante com a de Uma.

– Aiyo! – ela gritou. – Aiyo, o que vamos fazer?

Subru enfiou uma camisa, tirou a tranca da porta dos fundos e os três cadeados da grade e saiu correndo pelo portão lateral, ainda com migalhas de pão grudadas na barba.

– Não se preocupe – Valli disse para Uma –, nós vamos levar sua Amma para o hospital e vai ficar tudo bem.

Mas vai ficar tudo bem foi, como normalmente é, um veredicto prematuro, um desejo, pois, no cair da noite, Subry correu de portão trancado em portão trancado, espiou para dentro de janelas escuras, provocando latidos de cães nervosos. Um motorista de táxi chinês que morava três casas adiante – seu táxi estava parado na entrada de cimento da sua casa, exibindo sua pintura brilhante sob a luz do poste –, mas ninguém atendeu aos chamados do marido de Valli no portão.

– Temos que voltar para casa em Ipoh – Uma declarou, solene e inabalável, na cozinha de Valli. – Temos que voltar para casa *agora*, no trem da Malay Land.

– Não, não, não seja boba – Amma disse ofegante –, não não não nós não podemos.

Valli, o pânico deixando-a irracional o suficiente para tentar argumentar com uma criança de seis anos, explicou:

– Não há tempo para isso, Uma, você sabe quanto tempo o trem leva, não sabe? Chittappa foi procurar um táxi.

Finalmente, quando Amma caiu de quatro no chão engordurado da cozinha que tanto a tinha enojado, Subru voltou correndo pela porta dos fundos que ele (com uma distração pouco característica dele) tinha deixado aberta, arrastando um indiano idoso, de pernas tortas, com uma barba de dois dias no rosto. Era Ratnam, um antigo motorista de táxi que ainda tinha seu carro e o dirigia pela vizinhança nos fins de semana, levando as donas de casa mais bonitas ao mercado por uma quantia razoável e recusando distâncias mais longas. Ratnam preferia passar o tempo tomando cerveja Anchor e quebrando nozes com seus dentes estragados em sua sala empoeirada, com o rádio ligado bem alto para competir com as reclamações da mulher. Veja os chineses, ela dizia todo dia. Veja aquele motorista de táxi chinês a duas ruas daqui. Veja como eles dão duro, veja como enriquecem, e você fica aí sentado, homem, gastando um dinheiro que não tem em cerveja Anchor e em nozes. É por isso que nós indianos estamos neste estado.

Hoje, excepcionalmente, a esposa de Ratnam estava quieta. Estava instalada como um camundongo em sua poltrona favorita, costurando um pijama para o neto e refletindo secretamente que nunca imaginara que chegaria o dia em que ficaria contente por não ser chinesa, quando Subru pulou o portão e bateu na porta.

– Por favor – ele dissera, ofegante. – A irmã da minha mulher está tendo um bebê sozinha. – Ele invocara a Regra Número Um do manual de sobrevivência do Paraíso Multiétnico que era a Malásia: nós temos que ajudar a nossa gente, cara. Nós, indianos, temos que ajudar uns aos outros, senão vamos todos afundar juntos.

A Regra Número Dois era que qualquer um que dissesse não a um pedido desses era oficialmente um egoísta filho da mãe e traidor do sangue que corria em suas veias. Ratnam tinha estalado a língua e repetido expressões relevantes que tanto Boato quanto Fato murmuraram em seus ouvidos cheios de cera durante a noite. Ele dera sua abalizada opinião de que eles nunca chegariam ao hospital. Agora o táxi estava parado no portão de Valli, tossindo e engasgando, lançando nuvens de fumaça preta no céu já enfumaçado. Valli ajudou Amma a se levantar, Subru e Ratnam esticaram os braços sob ela e, juntos, os dois homens fizeram uma cadeirinha para conduzi-la, as pernas tortas de Ratnam ficando ainda mais tortas, cedendo como cera quente sob o peso de Amma, curvando-se irremediavelmente em dois Cs, de modo que Uma, grudada nos calcanhares deles, sentiu vontade de gritar "Tio Táxi, não deixe minha Amma cair, cuidado Tio cuidado!".

Eles puseram Amma no banco detrás do táxi; Valli foi na frente.

– Não tem lugar para mais ninguém, não se preocupe, Uma, você fica aqui com Chittappa e o bebê – cada um deles disse, Amma, Valli, Subru, Ratnam o motorista de táxi.

– Vai ficar tudo bem.

Nada está bem, Uma respondeu em sua cabeça. *Vocês estão todos mentindo, como sempre fazem. Eu devia ter ficado com Paati.*
Ratnam chupou os dentes e partiu com o carro. No sinal, ele abriu o porta-luvas.

– O que é isso, Tio – Valli disse nervosa –, o sinal já abriu e você está sentado aí procurando não sei o quê? – E retirou calmamente uma caixa de palitos. Ele enfiou um entre os dois incisivos inferiores antes de prosseguir.

– Quer saber, madame – ele disse, virando-se para olhar para Valli, o palito balançando enquanto falava –, o problema vai ser chegar na cidade.

Eles já tinham entrado na rua principal quando ficou claro que as previsões de Ratnam tinham sido corretas. Diante deles, uma loja chinesa estava pegando fogo. Gritos voaram pelo ar e atingiram o para-brisa do táxi. Um garotinho coberto de sangue de um corte na cabeça atravessou a rua correndo. Um sangue mais escuro e mais grosso, brilhando sob as chamas, estava coagulando no asfalto.

– É melhor fechar o vidro do seu lado, madame – Ratnam disse.

Amma começou a gemer. Valli começou a rezar.

– Abra os olhos e me ajude – Amma resmungou –, quem você pensa que é, nossa maldita mãe ou o quê? Vai ficar aí rezando enquanto o mundo se acaba?

– Tio Táxi – disse Valli, controlando-se –, você não pode pegar outro caminho?

– Outro caminho ellam illai, madame – Ratnam explicou pacificamente, recostando-se no assento. – Todas as ruas por aqui vão estar assim.

– Então, siga, Tio, siga e talvez eles nos deixem passar.

– Não se preocupe, Tio sabe guiar – ele engrenou a marcha, sacudindo a cabeça –, mas se ficarmos presos aí vamos ter um grande problema.

E o grande problema, invocado com tanta fé, aconteceu. Quando Ratnam avançou, a multidão cercou o táxi; pessoas saíam de prédios em chamas; rostos grandes e brilhantes do lado de fora do para-brisa e dos vidros, contorcidos, cheios de dentes e olhos. Uma coisa pequena e dura raspou o teto do táxi.

Um rosto de homem encostou no vidro de Ratnam, faixa branca na cabeça, cabelo grisalho, uma verruga entre o nariz e o lado esquerdo do rosto, suor molhando o vidro quando o homem bateu ali com força.

– Tio! – Valli gritou, mas era tarde demais, Ratnam estava abrindo o vidro, seu palito apontado insolentemente para o rosto do homem, sua mão direita tremendo na alavanca de mudança. O ar pesado, enfumaçado entrou, os gemidos, gritos e soluços, o calor de uma dúzia de incêndios provocados pelo ódio.

– Aiyo, aiyo! – Amma gritou. – Não consigo nem respirar!

Embora Ratnam tivesse o cuidado de tirar o palito da boca antes de falar, seu malaio de mercado, já tiranizado por sua língua tamil, agora tropeçou em seu pânico, resvalou, parou e começou, buscou palavras que não encontrou, perdeu-se num labirinto de prefixos e honoríficos e tempos verbais inúteis, inventados.

– Desculpe lah, Encik – ele repetiu várias vezes. – Esta mulher, está vendo esta mulher? Bebê chegando. Desculpe, Encik, desculpe, desculpe. – E o que ele realmente queria dizer não era apenas Desculpe por passar por suas ruas nesta hora turbulenta, Desculpe por parecer não ligar para a sua causa tão importante, mas também: Desculpe por ser um forasteiro, por não conseguir dominar sua língua com todas as suas sutilezas e sua esplêndida tradição de poesia pastoral, Desculpe por ter a pele escura demais, Desculpe por ser um reles adorador de ídolos de madeira e pedra, Desculpe, principalmente, por ter votado naqueles que iriam tirar o controle desta fecunda Terra Malaia de suas mãos merecedoras. Mas como Ratnam não seria capaz de ter articulado estes sentimentos nem em tamil, ele não conseguiu, nas circunstâncias extremas daquela noite, chegar nem perto de dizê-los em malaio.

Se o homem da verruga entendeu aquelas desculpas variadas a partir dos *Desculpe Enciks* de Ratnam, ninguém, e muito menos Ratnam e o próprio homem, poderia dizer com certeza, mas depois de noventa segundos de balbucios de Ratnam, o homem endireitou o corpo, berrou "Orang Keling!" para as forças reunidas, e, virando-se para Ratnam, apontou para a direção de onde eles vieram.

– Vá para casa, chame uma parteira – ele disse. – Você está louco, tentando ir para o hospital numa noite como esta? O hospital – ele acrescentou sombriamente – tem mais o que fazer esta noite. – Keling Bodoh. Keling mabuk todi. Duduk Malásia, tak tahu cakap Bahasa Melayu. Palavras, palavras, apenas palavras, o que eram elas comparadas aos paus e pedras (e facões, enxadas, tochas e facas) lá fora? Uma onda de gratidão encheu os ouvidos cheios de cera de Ratnam, o rosto quente de Valli, o ventre torturado de Amma. Ratnam engrenou e começou a fazer a volta pra rua com dificuldade, seu coração batendo de alívio na boca porque, graças a todos os seus deuses inferiores, eles eram Orang Keling, meros indianos e nada mais, merecendo apenas os adjetivos inócuos que o homem da verruga tinha atirado sobre suas cabeças inocentes: indianos estúpidos, indianos bêbados que não servem para nada, indianos que moravam na Malásia mas não sabiam falar a Língua Na-cio-nal, mas ainda assim apenas indianos, ó sim sim, graças a todos os deuses, porque vejam os chineses. Vejam os chineses esta noite.

Mas Ratnam não teve nem tempo nem coragem de olhar com muita atenção. O alívio imperou na sua viagem de volta, e que viagem diferente foi aquela: urgente, em alta velocidade, sem palito na boca, cheia de segurança e de sibilantes não ciciadas.

– Sh-sh-sh, vamos para casa, crianças – ele disse para Valli e Amma –, e minha esposa conhece uma senhora ali perto, uma senhora idosa, uma senhora bondosa, ela faz o parto dos netos às dúzias todo ano como se estivesse fazendo idlis, de tão fácil que é para ela, eles saltam para fora, perfeitos e saudáveis. Sh-sh, não se preocupem.

Foi assim, naquela noite de derramamento de sangue e confusão, de sonhos destruídos pelo fogo e ideais abandonados em becos sujos, que Suresh nasceu no quarto dos fundos de Ratnam o taxista, onde Salachi, a parteira que morava três casas adiante, improvisara uma cama e a esposa de Ratnam enchera a bacia de metal, normalmente usada para lavar verduras, com água fervendo. Suresh surgiu, molhado com o sangue corajoso de vida e esperança, enquanto tão perto, e no entanto tão longe, os heróis da Terra Malaia subiam em direção ao céu, encharcados de um sangue mais desagradável. Esta noite foi uma dessas raras noites terríveis o suficiente para tirar estes heróis de sua hibernação, e, quando eles surgiram, usando sarongues, em régios tengkoloks, em songkoks sem nenhuma mancha de sujeira, seus adversários chineses piscaram os olhos de susto e se prepararam para o pior. Balas não atravessavam o coração desses heróis; facas não furavam sua pele. Eles entravam em casas em chamas e saíam ilesos. Eles entravam em casas trancadas pelo buraco da fechadura e pela fresta debaixo da porta, e apareciam, inteiros e gloriosos, diante de pessoas escondidas atrás de sacos de arroz em depósitos escuros.

Sua invencibilidade, suas estratégias de sobrevivência, sua pele grossa: Suresh respirou tudo isso quando nasceu, e quando ele deslizou como um peixe para as mãos nodosas de Salachi, tudo isso estava entrando em sua corrente sanguínea (junto com partículas de fuligem, moléculas de carne queimada, suspiros de moribundos e o início de resfriado de Amma).

Nunca mais haveria uma noite como esta na Terra Malaia. Sim, haveria sempre rachaduras na pele, avisos sussurrados, pontos fracos. Porém, mãos seriam estapeadas e atos promulgados. Depois que o estado de emergência fosse retirado e o parlamento retomado, depois que o sangue fosse limpo das ruas e só uma névoa muito fina pairasse no céu – quase inodora, indistinguível, na verdade, da névoa do fogo dos vendedores ambulantes e da fumaça dos caminhões – os gomen introduziriam a Nova Política Econômica. Objetivo declarado: a erradicação da pobreza, não importa a raça. Mas vamos ser honestos (disseram os gomen, subitamente camaradas, com braços ao redor de ombros, prontos para oferecer a todo mundo uma rodada de teh tarik): falar em pobreza sem falar em raça, mana boleh, neste país? Não é possível. Uma pequena redistribuição de renda, ala sikit-sikit aje, e umas poucas garantias, vocês chineses são tão ricos que não vão sequer notar a diferença, e os indianos, não se preocupem com os indianos, eles não sabem reclamar. Trinta por cento da riqueza nacional para os malaios, isso deve deixar todo mundo feliz, não?

Não? Não significa cale a boca e vá embora. Volte para o lugar de onde veio, ou então sente aqui e fique quieto, porque questionar isto, ou o Artigo 153, nosso status de chefe – o que faz de vocês o quê? Se nós somos os chefes, vocês são os... Vão e encham as lacunas sozinhos no canto, ali, porque temos novidades para vocês: questionar qualquer dessas coisas é motim. Chega de pontificar, chega de campanhas de Malásia para os malaios, chega de falar em raça (a menos que você tenha feito as leis, neste caso você está livre para mencionar a palavra R quando necessário).

Desta forma os heróis e os Homens Comuns da Terra Malaia seriam induzidos a uma felicidade açucarada, com o bolo abundante, amanteigado, mágico destas políticas de encher o bolso (coma quanto quiser, o bolo não diminui! Cada fatia tirada torna a aparecer no lugar!), com os severos avisos para Chongs recém-chegados, e com a cobertura habilmente passada: o malaio seria santificado como a única Língua Na-cio-nal, de modo que de agora em diante todos os thanggachis e ah mois teriam que aprendê-la na escola, falar, ler e escrever a língua para chegar a algum lugar na vida, e nunca, nunca ter que perguntar aos seus ignorantes e atrasados pais o que uma coisa simples como Keretapi Tanah Malayu significava.

E os incitadores, os sonhadores e batalhadores, os heróis do outro lado? Eles iam aprender a sentar em cima das mãos para não se mexerem enquanto Fato olhava com reprovação para eles com seus olhos sérios e Boato piscava provocadoramente, porque desastres causados pelo homem, nesta terra magnífica onde todo mundo devia conviver em harmonia, seriam estritamente contra a lei.

Se Appa fosse outro tipo de homem – mais corajoso ou mais covarde, com mais ou menos princípios, mais relaxado – ele poderia ter escolhido entre diversas opções disponíveis para ele. Poderia ter se arriscado a ser preso ou emigrado para a Austrália. Ele poderia ter trocado de partido e continuado na política com o pragmatismo de alguns de seus antigos companheiros. Poderia ter atirado seus sonhos pela janela, lavado as mãos e se voltado para os objetivos mais fáceis de seus pares não sonhadores: ganhar o máximo possível de dinheiro sem quebrar (abertamente) as regras. Encontrar caminhos espertos, tortuosos para contornar as novas limitações impostas à riqueza dos não malaios.

Mas do seu desconfortável lugar intermediário, Appa via todas essas possibilidades com desagrado. A prisão o assustava; a riqueza o entediava. Ele já era rico, e a ideia de dedicar suas energias à aquisição de mais riqueza o mantinha na cama de manhã, olhando para o teto, imaginando se sua vida teria terminado. A vida que tinha planejado, sonhado e amado, pelo menos. Quando um emprego importante surgiu no escritório do promotor público, Appa sacrificou o último dos seus ideais à glória pessoal, candidatou-se a ele, e foi, para sua grande surpresa, contratado. Eles não sabiam quem ele era e pelo que tinha lutado num passado recente? Ou contratá-lo era o último empurrão, um gesto de vitória calculado para mostrar ao público quem estava à mercê de quem agora? *Vejam como o seu herói veio rastejando até nós para um tapinha na cabeça.* Mas o que importava isso? O que havia de tão errado com um pouco de vaidade quando tinha sobrado tão pouco para ele? Talvez uma ilusão de poder fosse melhor do que nada. O grande fingimento, as fotos sorridentes na página 2 de que as pessoas debochariam entre as manchetes e a página esportiva. E, sim, no aniversário do Rei, talvez, algum dia, se ele se comportasse direito, um Datukship. *Você devia ter ficado bem longe do maldito navio que o trouxe para cá,* ele disse silenciosamente para o avô. *Na Índia, eu teria tido uma chance de verdade.*

8

O QUE AASHA VIU

19 de agosto de 1980

No dia da morte de Paati, uma borboleta preta entra na Casa Grande. É a maior borboleta que Aasha já viu: cada asa é do tamanho da palma da sua mão, com caudas no formato de lágrimas. Ao redor das bordas das asas há pequenas manchas de azul cobalto difíceis de perceber porque a borboleta se movimenta aleatoriamente, pousando por meio segundo numa prateleira da estante e por dois segundos na mesinha, mas mesmo assim Aasha nota o azul e pensa num certo pingente de safira que pertencia a Amma, e que também girava e rodava e refletia a luz da manhã. Enquanto ela recorda isso, o medo da borboleta cai em gotas pretas das caudas em forma de lágrimas dentro dos seus olhos arregalados e da sua boca aberta, de modo que, de repente, o espetáculo de Suresh tentando enxotar a borboleta pela janela aberta com um dos leques de Paati faz seu coração disparar. Ela respira tão depressa e com tanta força que cada respiração passa pela casa como um furacão, agitando as cortinas, fazendo as páginas do *New Straits Times* voarem da mesinha para o chão da sala de jantar e da cozinha e do quintal, fazendo girar as pás dos ventiladores de teto.

– *Tsk*, Aasha – diz Suresh, abrindo outra janela –, por que você está se comportando como se tivesse um tigre na casa? É só uma borboleta, pelo amor de Deus. Acalme-se.

Mas quanto mais Aasha olha para a borboleta, mais seus olhos procuram aqueles fugidios clarões azuis, e mais o pânico cobre seu rosto, orelhas, pescoço, ombros, até ela ter a impressão de que mãos febris a estão tocando em toda parte, e tudo o que ela consegue pensar, embora as palavras não façam nenhum sentido para ela na hora, *é tarde demais tarde demais tarde demais*. É tarde demais para alguém salvar Aasha ou é tarde demais para ela comparecer a algum compromisso vital? Ela não sabe, não consegue saber, e não saber é a pior parte – como ela vai fazer alguma coisa para remediar a situação? Quando está prestes a cair em prantos sob o peso terrível deste fato, a borboleta parece despencar na direção do seu rosto em fogo, e fica voando logo acima do seu nariz, do tamanho de um morcego de um corvo de uma coruja, só que agora ela é toda azul, embora ainda lance uma sombra negra em seu rosto, uma sombra negra no formato de uma coruja, e as lágrimas prestes a se derramar se transformam num grito desesperado em sua garganta.

– Aasha! Ish! Vá, vá embora. Vá ler um livro – diz Suresh, enxotando a borboleta que voa perto do rosto da irmã.

Mas os pés de Aasha estão paralisados; ela cai sentada num banquinho e continua a olhar. Quando um dos golpes de leque de Suresh joga a borboleta para fora da janela, suas costelas estão doendo com a força das batidas do seu coração, e seus olhos estão tão secos que ela não consegue piscar. Ela vai para o sofá, se deita de bruços e dorme quase até o meio-dia.

Quando Aasha acorda, ela ouve Chellam pondo açúcar no café de antes do banho de Paati.

– Chho! – Ela ouve Paati ralhar; ela sabe, pelo tom e pelo timbre de voz de Paati, que Paati acha que ninguém está ouvindo. Esta é sua voz abafada, quase um murmúrio, que ela usa para reclamar consigo mesma. – Todo dia – ela continua –, *todo dia* eu tenho que lembrar a ela sobre o café. Se eu não falar com toda a delicadeza, ela finge que esquece, só para se livrar do trabalho. Quando se trata de receber o dinheiro do meu filho todo mês, ela não se esquece; mas se esquece do trabalho para o qual está sendo paga. Quantas vezes ela tem que ser lembrada de que se eu não tomar uma bebida quente antes do banho eu vou ficar doente de novo? Atchim atchim atchim o dia todo, eu espirro até minha cabeça doer. Eu não estive doente há pouco tempo? Ela não aprendeu nada com isso? Ela acha que eu tenho dezesseis anos, que posso tomar banho sem uma bebida quente antes.

Chellam ainda está mexendo a caneca de aço inoxidável de café, embora o açúcar já deva ter se dissolvido há muito tempo, mexendo mexendo mexendo, cada vez com mais força, a colher parecendo um despertador tocando.

Aasha boceja, se espreguiça, e – finalmente pronta para aceitar o conselho de Suresh – sobe para procurar um livro. Ela escolhe o livro que pegou na biblioteca pública na única vez que foi até lá com Uma, em junho.

– Venha calçar os sapatos – Uma tinha dito. – Não posso ficar esperando a manhã inteira. – Aasha tinha calçado os sapatos e elas tinham saído. Simples assim. Porque assim é que são os milagres, às vezes: calmos, inesperados, atraentes apenas para o beneficiário.

Uma já devolveu há muito tempo o livro que pegou para si mesma aquele dia, mas Aasha, que não foi convidada para as idas subsequentes à biblioteca, conservou *The Wind in the Willows*, que já passou muito do prazo de devolução. Ela só mergulhava nele enquanto esperava e vigiava, torcendo por coisas mais importantes. Um olho em Uma ou em Chellam, um olho no livro. Usando este método, ela já tinha chegado na página 98, um feito que teria sido reconhecido como excepcional se a novidade da genialidade não tivesse sido gasta, na família, com a época de ouro da infância de Uma. Appa e Amma e Uma e Suresh mal notam o que Aasha lê.

Com o livro na mão, Aasha volta para baixo e toma seu lugar atrás do divã verde do corredor, de onde ela acompanha as idas e vindas de Paati, ajudada por Chellam, do banheiro.

Dois anos atrás, Paati sofreu um grande declínio. Quase da noite para o dia, como se algum espírito maligno tivesse roubado seu antigo corpo, suas cataratas aumentaram. A artrite que mordiscava seus joelhos havia anos tinha enfiado suas garras neles. Logo depois, ela transformou suas mãos em couves-flores e depois curvou suas costas no formato de casca de coco. Agora ela passa o dia inteiro sentada em sua cadeira de vime, contando nos dedos semanas e meses, dinheiro e ressentimentos. Ela só se levanta para ser conduzida ao banheiro ou à cama por Chellam, que foi contratada precisamente para realizar estas tarefas (e mais algumas). Por trás de suas imprecações contra os alvos mais óbvios – Chellam, Amma – fervem queixas não articuladas contra aqueles que um dia mereceram a sua confiança.

A artrite e a catarata são males menores comparados à devastação de sua bexiga e intestinos. Logo sua bexiga e seus intestinos – ah, que vergonha. Ela tenta em vão dominá-los por pura força de vontade. Tem havido cada vez mais acidentes nos últimos meses. Ela poderia esperar outra coisa da nora do que os tapas e cascudos que tem recebido? Antigamente, os filhos limpavam a sujeira dos pais idosos e mantinham silêncio a respeito; eles compreendiam que a vergonha já era castigo suficiente. Hoje não, e certamente não uma mulher da classe de Vasanthi. A mesquinhez, a falta de escrúpulos, a espera de vinte anos para se vingar – está tudo em seu sangue, afinal de contas. Pessoas assim podem pintar o rosto e arrumar o cabelo, mas suas cores verdadeiras sempre aparecem. A única maneira de se sentirem altas é pisando na cabeça dos outros. Não, nenhuma surpresa aí. Mas a empregada, a garota que Raju pagava para atender as necessidades dela – de uma mera empregada, ela jamais esperara tanto desrespeito. Isso só serve para mostrar o que aconteceu com a sociedade depois que os ingleses foram embora. A ordem e a decência da velha Malásia, cada homem grato por seu lugar na vida, todo mundo limpo e escovado e pronto para trabalhar, tudo isso tinha sido jogado às traças.

Tem um buraco no estofado atrás do sofá verde. Aasha o encontra sem precisar procurá-lo, enfia o dedo lá dentro, encontra uma partícula de consolo no recheio e na mola sob ele.

Logo Paati e Chellam estarão vindo pelo corredor. Tem água fresca enchendo o tanque: Chellam abriu-a em preparação para o banho de Paati. A porta do banheiro está aberta; o sol que entra pela janela alta na parede do fundo marca o chão de ladrilhos em frente ao tanque com manchas fluidas e brilhantes como escamas de peixe.

Ninguém sabe que Aasha está atrás do sofá, embora apenas Suresh, que está montando um Transportador de Tanques Airfix Scammel no seu quarto, esteja imaginando vagamente onde ela está.

Uma está na sala, olhando as fotos da peça em que participou no mês passado, *Três irmãs* de Chekhov. Uma fez o papel de Masha, a irmã do meio. Quando elas vieram agradecer na frente da cortina, um rapaz de St. Michael que ela nunca tinha visto, chamado Gerald Capel, veio até a beirada do palco para dar a ela um buquê de rosas, e é esta foto, de Gerald oferecendo-lhe timidamente o buquê, que ela está examinando agora: quando se inclina no seu vestido ajustado com alfinetes, cheirando a naftalina, do século XIX, o decote deixa tentadoramente à mostra a fenda entre seus seios, mas o cavalheiro Gerald parece estar com os olhos fixos em seu rosto.

Ela cantarola junto com Simon e Garfunkel enquanto vira as páginas plastificadas do álbum-de-cortesia-com-suas-provas: *Quem amará um pardalzinho/E quem dirá uma palavra gentil?*

Amma está na cozinha, folheando um livro de culinária do *Ladies' Home Journal,* para escolher três receitas garantidas para impressionar no próximo chá das damas. Vai ser mousse de salmão ou gelatina de camarões? Lagosta Newburg ou canapés de caranguejo? Bomba Alasca ou suflê de limão?

Appa está no escritório, preparando-se para ir ao tribunal para o terceiro dia do caso Angela Lim, onde olhará para Shamsuddin bem nos olhos, fixará o pensamento no corpo destroçado de Angela e deixará todo mundo maravilhado com sua inteligência.

Chellam está no canto escuro, cheio de mosquitos, de Paati, tirando os nós do cabelo da velha senhora com a escova, porque hoje, terça-feira, é dia de Paati lavar a cabeça, o que ela faz uma vez por semana.

– Ei – Paati diz, e depois mais alto. – *Ei!* Você está puxando o meu cabelo. – Em tamil, e não apenas porque o inglês de Chellam é como o de uma criança ou de um palhaço, mas porque a língua é outra camada que está se desprendendo de Paati com o tempo. Por baixo dela estão as velhas palavras, não só as palavras para pensamentos grandes demais ou sombrios demais ou pequenos demais para inglês, mas também para os conteúdos básicos de uma vida passada numa cadeira de vime: doces, legumes, cores, dias da semana, exigências da natureza, partes da galinha, partes públicas e privadas do corpo humano, tipos de peixe, denominações da moeda, bebidas de café da manhã, bálsamos e unguentos. – Você está puxando o meu cabelo. Está machucando a minha cabeça.

Chellam segura a língua. Seu silêncio passa gelado pelos ouvidos de Amma e de Aasha, puxando as orelhas de Uma na sala.

O sol está de fora hoje, mas é um sol pálido, fraco! Ele deixa a pele de Aasha bem desperta com sua sugestão de novidade tímida, de início de alguma coisa.

O Rato [ela lê no livro] deixa sua colher-ovo cair sobre a toalha da mesa e fica sentado de boca aberta.
– "Chegou a hora!" – diz o Texugo finalmente, com grande solenidade.
– "Que hora?" – perguntou o Rato inquietamente, olhando para o relógio da lareira.

Inesperadamente, apesar da sensação fresca, esperançosa do dia, aquela borboleta em forma de lágrima esvoaça nervosamente e cai na cabeça de Aasha: *Tarde demais!*

Chellam terminou de escovar o cabelo de Paati, e elas estão se dirigindo ao banheiro para o banho e lavagem de cabeça de Paati. Aasha escuta o *slap-slap-slap* das sandálias japonesas de Chellam no chão de mármore, e o *sh-sh-sh-sh* das solas dos pés descalços de Paati. *Sh-SH, sh-SH, sh-SH*. Paati pisa com mais força com a perna esquerda, que é tão curvada no joelho quanto a perna direita, mas que é, de algum modo, mais confiável. *Sh-SH, sh-SH, sh-SH*.

Elas aparecem, um par incompatível em tudo exceto na amargura, e começam sua penosa jornada pelo corredor. A de Paati um pouco mais lenta, um pouco mais vacilante nos joelhos do que poucos meses atrás: ela acabou de se recuperar de uma gripe forte causada pela negligência de Chellam (segundo ela) ou pela exposição à febre anterior de Chellam.

A própria Chellam está novinha em folha, pelo que Aasha pode ver, embora nova nunca tenha sido tão boa assim. Sua pele está tão amarelada quanto antes, flácida nos braços que parecem asas de galinha, esticada e brilhante na testa, gasta nos joelhos e cotovelos. Mas pelo menos seu cabelo está untado de óleo e recém-trançado, e o cheiro azedo que não a abandonou durante a doença foi retirado no banho. Tem aquela saliência dura no canto do seu queixo, azeda como uma semente de licuri. Aasha procura por ela o tempo todo, e toda vez a encontra.

Depois de atravessar um quarto do corredor, Chellam solta as palavras que estava guardando na barriga.

– O que é isso? – ela diz. – Você está tentando andar o mais devagar possível de propósito para eu ter que limpar sua sujeira? Por que você não tenta fazer no banheiro só desta vez? Por quê?

Paati é a única pessoa para quem atualmente Chellam diz mais do que poucas palavras de cada vez, e só quando ela pensa que ninguém mais está ouvindo. Durante estes paroxismos, Paati se encolhe ou funga ou encolhe a cabeça como uma tartaruga assustada. Aasha guarda cada palavra pronunciada, mas nunca repete uma única palavra para ninguém.

Paati retesa os ombros e não responde ao *por quê* de Chellam; é óbvio para todos os presentes que Chellam não está esperando uma resposta.

– Só desta vez! – Chellam repete. Pondo em prática sua própria recomendação, ela anda mais depressa, seu braço magro arrastando o braço flácido de Paati, e o *sh-SH-sh-SH-sh-SH* das solas dos pés de Paati fica convulsivo, indo mais depressa mais depressa mais depressa e depois parando, começando e parando, parando e começando, de modo que a pele do braço de Paati bate como uma vela ao vento. Aasha pode ver o rosto de Paati, mas não precisa vê-lo: ela já o viu antes, aquele rosto amedrontado, mas teimoso, acovardado diante das ameaças veladas, mas preparado para morder.

A menos de um metro da porta do banheiro, Paati para, e seus quadris e coxas começam a tremer visivelmente sob o fino sári de algodão, e se ouve um som abafado, borbulhento que ela e Chellam (e Aasha) conhecem muito bem: o som de intestinos derrotados.

– Não me diga! – Chellam resmunga baixinho. A saliência em seu queixo ganha vida, treme como a garganta de um lagarto. – Você é uma corda em volta do meu pescoço! Vir para esta casa deve ter sido meu castigo por todos os pecados que cometi em vidas passadas!

Um rio marrom escorre no chão de mármore entre os tornozelos largos, ossudos, de Paati.

Aasha conta os tapas que Chellam dá nos ombros de Paati: um dois três quatro em sequência. São tapinhas fracos, mas Paati está tremendo de raiva, e não apenas do esforço da sua batalha com os intestinos. Ela faz uma careta e funga indignada. Logo ela vai enxugar o nariz na manga da blusa do sári com um som encatarrado parecido com o que seu traseiro continua fazendo, mas embora isso seja realmente nojento, Aasha tem certeza de que é Chellam quem estaria enrascada, caso fosse apanhada. É porque Chellam é paga (ou não paga, mas a lógica de Aasha é pão pão queijo queijo demais para estas sutilezas) para desempenhar suas funções com um sorriso que ela disfarça esses tapas, esses beliscões rápidos como um raio, essas ameaças e xingamentos apenas sussurrados. *Quem você pensa que é, Chellam?*, Aasha pergunta silenciosamente. *Quem você pensa que é?* Então, como Chellam não vai responder a pergunta, Aasha responde por ela: *Você é astuta e fingida, Chellam. Você é preguiçosa e inútil, Chellam, e não quer fazer o que você é paga para fazer. Você é má e covarde, Chellam, porque bate e belisca a única pessoa da casa que é mais indefesa do que você.*

E agora o cúmulo da ofensa: Chellam ignora Suresh e Aasha, age como se eles nunca tivessem sido amigos, como se ela nunca tivesse ensinado uma centena de lições que eles precisavam aprender. Todas as coisas que mais ninguém se deu o trabalho de ensinar a eles: os hábitos dos fantasmas, os truques vergonhosos dos corpos humanos e animais, os nomes e as características das dez atrizes mais populares do cinema tamil (esta aqui tinha um topete encaracolado, aquela tinha uma verruga no queixo, a terceira tinha olhos assustadoramente claros). Por que, agora, ela se recusava até a olhar para eles? Eles não tinham feito nenhum mal a ela; eles eram os mesmos de sempre. O resto do mundo é que estava mudando em volta deles, de tal modo que uma pessoa era sua amiga antes do lanche e não era mais depois do lanche. Estes eram tempos realmente estranhos, e Aasha não sabia quando eles tinham começado, mas a mudança em Chellam, ela sabia exatamente quando havia ocorrido: foi depois que leram a sorte de Chellam.

– Simplesmente a ignorem – Amma tinha dito quando Chellam ficou de cama e parou de comer e de falar. – Ela só está querendo chamar atenção. Todo esse drama, como se não fosse suficiente Uma fazer teatro, agora temos outra estrela de cinema na casa.

Então eles a tinham ignorado, mas ela os tinha ignorado de volta. Ela não tinha esse direito. Era apenas uma garota do interior que passava óleo de coco no cabelo. Quem ela achava que era?

Quem, quem, quem você pensa que é, Chellam?

– Intha veeduku vanthu maaraddikirain – Chellam está dizendo agora, erguendo-se lentamente depois de se ajoelhar para limpar com um pano partes do acidente de Paati (outras partes ela não viu porque para sua visão fraca as manchas marrons de Paati se confundem com o mármore marrom do chão). Ao se levantar, com os joelhos ainda dobrados, ela dá uma parada para beliscar a parte mais carnuda do quadril de Paati (que não é tão carnudo assim). Intha veeduku vanthu maaraddikirain: Aqui nesta casa eu sou... eu sou... Aasha não sabe o que aquelas últimas palavras significam, mas ela decora os sons. Ela valoriza cada palavra nova em tamil que aprende de Chellam enquanto a espiona; ela guarda todas elas nos bolsos de suas saias, como pequenas joias malvadas, como melecas guardadas, e quando está sozinha, ela as tira do bolso para admirá-las e imaginar o que vai fazer com elas.

Agora Chellam e Paati estão no banheiro grande. Tem uma mancha marrom no mármore que Chellam vai ter que limpar no seu segundo round de procurar e esfregar, antes que alguém pise nela e a espalhe por toda a casa na sola dos pés, antes que Amma a veja e ameace diminuir o salário de Chellam (ameaça essa que faria o pai dela gemer e gritar xingamentos e pragas da próxima vez que viesse buscar este salário). Mas, primeiro, antes de limpar o cocô de Paati, Chellam tira a roupa dela: ela desenrola o sári azul, os seis metros dele, e o pendura, dobrado, no porta-toalha; ela abre as quatro presilhas que prendem a parte da frente da blusa do sári; ela solta os cadarços da anágua que cai em volta dos pés de Paati. E durante esse tempo todo, Paati fica olhando firme para a frente, imóvel e digna mesmo quando, finalmente liberada da blusa e da anágua, ela fica completamente nua. Seus pés estão plantados exatamente num intervalo de dois ladrilhos. Ela é um monumento à dignidade – não, mais do que isso, uma guerreira, pronta para lutar com unhas e dentes pelo que o tempo está roubando e arrancando dela. Certamente seu corpo de frango pelado tem pouco pelo que lutar; ele só tem pelancas penduradas em toda parte. Em cada pelanca da bunda tem lugar para pelo menos três cocos. Seu cabelo cai pelos ombros em mechas secas e tão finas que o couro cabeludo aparece entre elas. Não, sua dignidade vem de outro lugar, mais profundo: uma glândula do tamanho de uma noz no centro do seu cérebro, uma quinta câmara no coração, duas polegadas a mais da sua língua afiada. Seja qual for a anomalia, ela irá escapar aos olhos do Dr. Kurian, e nenhuma autópsia irá mostrá-la à ciência.

O banheiro onde Paati espera para tomar banho não mudou muito desde que a casa foi construída em 1932. Na febre de reformar a casa, Tata mandou ladrilhá-lo, passou uma mão de tinta na parede acima dos ladrilhos e colocou um novo armário de remédios, mas, fora isso, deixou-o no estilo que o Sr. McDougall tinha preferido: um tanque de água num canto, um buraco de esgoto no chão para a água dos banhos de balde e dos banhos de asseio. Na opinião de Tata, o Sr. McDougall tinha se tornado nativo demais, uma tendência imprópria para expatriados ingleses, que deveriam – segundo Tata – ter preservado sua dignidade com banheiras, toaletes e, o mais importante, papel higiênico. O próprio Tata tinha instalado uma banheira de pés em forma de garra no banheiro de cima, mas se ele tinha conservado o banheiro de baixo em seu estado original puramente por nostalgia, ou como um testemunho dos efeitos nocivos do calor nos gostos de homens brancos respeitáveis, ou simplesmente porque morreu antes de ter a chance de reformá-lo, aqui estava ele em 1980, repintado quatro vezes na sua cor original, verde claro, duas vezes ladrilhado de novo na mesma cor. A dois ladrilhos do cano principal, tem um ladrilho lascado, o único em todo o banheiro, porque Aasha examinou detalhadamente diversas vezes – sempre com a sensação de estar realizando uma tarefa crucial – e nunca encontrou outro. Só o vaso sanitário é de uma cor diferente agora do que era no tempo de Tata: um azul delicado que parece um erro grosseiro porque é muito parecido com o verde claro do resto do banheiro, mas não é igual.

Uma teia de aranha se estende do cano principal até a parede atrás dele. Isto também reflete o sol, embora Aasha não possa vê-la de onde está e Paati seja cega demais para vê-la mesmo a meio metro de distância, e Chellam não está olhando. Dentro de poucos minutos, Chellam irá jogar água na teia e destruí-la, e a aranha subirá correndo pela parede para curtir sua decepção num canto do teto. O espaço entre o cano de água e a parede está cheio de teias de aranha, mas essas são apenas fios e emaranhados de poeira; só esta teia prestes a ser destruída traz a marca da genialidade instintiva e da persistência cega.

Chellam fecha a torneira e, por alguns momentos, enquanto a água se aquieta, o sol dança em sua superfície como contas repentinamente espalhadas.

– Aah-pah! Mmm, mmm, mmm, aah-mah! – Paati exclama a cada balde de água que recebe.

A metade do terceiro balde derrama a caminho do tanque para a cabeça de Paati: este é o fim da teia de aranha, e lá se vai a infeliz aranha.

Os joelhos tortos de Paati ainda tremem, mas agora de prazer.

Então Chellam larga o balde e pendura uma toalha no ombro.

– Fique aqui – ela diz. – Segure-se na beirada do tanque e espere. Eu tenho que limpar o resto da sua sujeira.

Ela sai do banheiro, mas Paati não ouviu o que ela disse; assim que ela vira as costas, Paati pisca os olhos três vezes e diz:

– Enna? – O quê? O que você está dizendo? Como Chellam não responde, Paati pergunta um pouco mais alto: – Eh, Enna? – Em seguida mais alto: – Engga porei? – Para onde você foi? E então, como a interrupção do banho é muita grosseira, e também porque sua memória seletiva permitiu que esquecesse que tinha estado encrencada recentemente, ela começa a falar sem parar: – Aonde você foi sem me dizer? Por que me deixou aqui no meio do meu banho? Você não sabe que eu acabei de ficar boa? Agora vou me resfriar de novo, vou ficar pior do que antes, atchim atchim atchim vou espirrar o dia inteiro até ficar com dor de cabeça, vou pegar uma pneumonia como a que o pai daquela mulher Malhotra teve no ano passado. – Ela faz uma pausa, inclina a cabeça como um passarinho para ver se o seu discurso teve algum efeito. Não teve. – Eh! – ela chama, com veneno saindo de sua voz agora. – Eh, eh, onde está todo mundo? Onde estão vocês, seus burros inúteis e egoístas? – Ninguém responde: Chellam foi até a cozinha buscar um balde com água e sabão.

Por um momento, Aasha pensa em ir dizer a Paati que ela não está sozinha, que ela, Aasha, está ali, que Chellam vai voltar depois que limpar o chão. Mas alguma coisa a impede: o comprimento do corredor? Seu desejo incansável de não ser vista nem ouvida? Os dias de Aasha são uma interminável brincadeira de esconde-esconde em que ela é ao mesmo tempo quem procura e quem se esconde: escondendo-se para ver o que pode ver, mas procurando apenas Uma e Chellam, que se recusam a ser procuradas, que fingem não ter sido achadas mesmo quando são, que nunca, não importa quantas vezes Aasha as encontre, erguem os olhos e riem e dizem: "Você venceu!" Embora mais ninguém esteja brincando agora – ninguém sabe ou se importa (ainda) que ela esteja escondida –, ela não quer revelar sua presença, como se a brincadeira fosse real e houvesse um prêmio para o vencedor. E que prêmio ela escolheria? Um pacote de Cheezels? Uma boneca que anda e fala? Uma caixa de lápis de trinta e seis cores com tons que ela não sabe pronunciar? Não, nada disso; o prêmio de Aasha, embora ela nunca tenha dito isso nem para si mesma, é sua irmã. Uma como ela costumava ser, Uma que anda e fala, Uma que ri, Uma que desenhava seus mapas e lhe ensinava os nomes das capitais africanas e de doenças esquisitas. Escorbuto. Kwashiorkor. Beribéri. E se não pode ter Uma, então Chellam como ela costumava ser. Prêmio de consolação Chellam.

Paz e sombra reinam no espaço acima do medo de Paati e da raiva de Chellam. Aasha descansa o queixo no encosto do divã verde e pendura os braços. O tecido é frio contra sua pele.

– Vejam! – Paati grita. – Vejam isso! Vejam como todos me abandonaram! O que meu filho diria se soubesse como eles me tratam por trás dele! Todo mundo fica com o dinheiro dele; esposa, empregada, todo mundo, mas quando se trata de cuidar da mãe dele, elas fingem que não é com elas! Onde elas estariam se não fosse por mim? Onde?

Aasha ouve passos vindo do lado da cozinha, e ela sabe que não são de Chellam. São rápidos demais, determinados demais, não é aquele arrastar de pés de Chellam. Amma aparece no corredor e fica parada na porta do banheiro com as mãos na cintura.

– O que foi? – ela pergunta. – Por que tanto barulho?
– Quem está aí? – Paati pergunta.

– Sou eu, Vasanthi. O que foi?

– Ah, você. – Um silêncio de cinco segundos, durante o qual Amma e Paati refletem, como têm feito dez vezes por dia nos últimos dois anos ou mais, sobre o desleixo com que o tempo está tentando mudar seus papéis na casa. Antes, Amma era a intrusa, desajeitada e deselegante, lutando para reinventar-se com spray de cabelo e caftãs de seda. *O pessoal da sua mãe,* Paati costumava dizer para Uma, *não é como nós,* diagnóstico devastador que incluía sua moral estreita, sua escolha de pasta de dente e de marca de óleo de cabelo, e certos boatos sobre um urinol debaixo da cama. Como Amma se sentia pequena e fria e nua então, ouvindo essas palavras, e agora que vingança o tempo parecia ter escolhido para ela: parada na porta do banheiro, ela podia (se quisesse) contar as verrugas nas costas velhas de Paati e acompanhar o curso do cocô por sua coxa direita. É Paati quem não é como eles agora, é Paati que parece um membro seco saindo do torso robusto da família, esperando para cair.

Mas há mais neste realinhamento das estrelas do que se pode ver a olho nu: cara a cara (e até cara com costas), Paati e Amma têm muita história em comum para aceitar suas novas posições sem alguns temores (da parte de Amma) e muito desprezo (da parte de Paati). *Vinte anos atrás ela estava vestida como uma matuta e limpando os dentes com as unhas quando achava que ninguém estava olhando,* pensa Paati, *e agora ela tenta agir como se fosse dona desta casa. Ela pode enganar a todo mundo, menos a mim. Ah, não.* E Amma tem mais o que fazer do que contar verrugas: *O que esta velha está tramando agora? Já não é bastante ter virado minha própria filha contra mim, e ainda está inventando coisas nessa cabeça calva. Eu posso ver seu cérebro malvado trabalhando. Ela se faz de coitada e desamparada, mas não me engana.*

Em voz alta, Amma diz:

– Chellam está vindo. Não precisa gritar tanto. – Sem esperar a resposta, ela segue pelo corredor, as mangas do seu caftã enchendo-se com uma importância forçada, como se fosse a capa de um mágico. De volta ao seu livro de receitas do *Ladies' Home Journal* e à sua lista de compras para Mat Din. (Até agora a lista contém: um quilo de camarões do Cold Storage, vinte e quatro ovos, doze limões, açúcar de confeiteiro. Amma parece estar inclinada a fazer gelatina de camarões e suflê de limão.)

No corredor, ela passa por Chellam, que está voltando com um balde cheio numa das mãos e dois panos de chão na outra. Aasha ouve o ruído dos passos de ambas cessar, quando elas se cruzam.

– Você está maluca? – Amma diz. – Que história é essa de deixar Paati molhada no banheiro enquanto limpa a casa?

Chellam pisca e funga.

– Hmm? – Amma diz. Ela espera respostas para suas perguntas irrespondíveis. – Responda! Não fique aí parada olhando para mim como uma cabra.

Chellam continua calada.

– Se você precisa fazer tudo isso – Amma continua –, não pode fazer antes de despi-la e despejar água em sua cabeça? Se ela pegar um resfriado vai dar mais trabalho para todo mundo, especialmente para você! Você é alguma criança que não sabe raciocinar? Vá logo, não fique aí parada como uma idiota. Quanto mais eu olho para você, mais zangada eu fico.

Os passos prosseguem: passos rápidos desaparecendo, passos arrastados se aproximando. Ao longe, Aasha ouve Amma resmungar alguma coisa, mas não consegue ouvir o que ela diz (Chellam consegue: "Tenho vontade de bater nela").

No banheiro, Paati está imóvel como um tigre velho e faminto. Esperando nas sombras, preparando alguma coisa. Assim que ela ouve um barulho no corredor (o balde sendo posto no chão, e Chellam arrastando os pés calçados com sandálias japonesas):

– Chellam? É você? Que história é essa de me deixar aqui tremendo de frio? Não tem graça. Espera só o Patrão saber. Espera só. Ninguém nesta casa liga para mim exceto ele, mas eu tenho tido pena de vocês e não tenho me queixado. Basta eu dizer a ele o que está realmente acontecendo e...

Chellam se levanta do chão, ainda com o pano de chão na mão, e vai até a porta do banheiro. Ela se encosta no batente e, quando fala, sua voz está rouca:

– O que é agora? Recitando a mesma ladainha? Eu tenho que limpar isto aqui, já esqueceu? Vamos ver se você pode ficar de boca fechada por dois minutos. Em dois minutos, eu limpo sua sujeira, esvazio o balde e volto para cuidar de você. Okay? Satisfeita?

Calma outra vez. Silêncio. Só os joelhos de Paati se movem: um movimento ligeiro, eles não cedem propriamente, apenas se curvam mais um pouco. Ela deve estar ficando cansada de ficar ali em pé, reclamando, ou talvez esteja mesmo com frio. Afinal de contas, ela tem oitenta e um anos. Ela fraqueja e se segura na beirada do tanque.

Aasha olha para o ponteiro do relógio vermelho e creme da parede. Quando aquele ponteiro der duas voltas, terão se passado dois minutos, e Chellam terá mentido sobre o tempo que ia levar para limpar o chão.

Chellam, mentirosa, fingida, contando mentiras para uma velha com frio só para ela calar a boca.

O ponteiro volta a passar pelo sete, onde estava quando Aasha olhou para ele, pela primeira vez.

E pela segunda vez.

Ele já está no dois quando Chellam se levanta e pega o balde. Já é muito mais do que dois minutos. Chellam deve saber disso, porque ela torna a parar na porta do banheiro antes de voltar para a cozinha.

– Espere mais um pouco – ela diz –, eu tenho que ir lá fora esvaziar este balde, não posso deixar esta água suja aqui. Volto logo.

E vai. Escorre a água das pontas dos cabelos de Paati que desce pela fenda larga entre suas nádegas caídas, mas Paati não tenta torcer o cabelo ou tirar a água da pele com uma das mãos. Ela não larga o tanque; talvez perceba o que está por vir.

– Raju – ela resmunga –, por que você me deixou aqui com elas? Você não sabe o que acontece aqui enquanto você está no seu escritório? Raju, Raju, meu filho, minha vida, olhe para elas! Olhe para a sua família imprestável! – Ela faz uma pausa, como se estivesse tentando pensar no que dizer em seguida, qual a súplica que poderia alcançar mais depressa os ouvidos de Appa e trazê-lo correndo para a Casa Grande no seu Volvo prateado, mas de fato esta ladainha é bem conhecida e ela não devia precisar fazer uma pausa para se lembrar do que vem depois, porque Aasha se lembra. Aasha disse as palavras três vezes em sua cabeça antes de Paati se juntar a ela, as duas falando ao mesmo tempo, Paati em voz alta e Aasha sem som:

– Rajuuuu, Rajuuuu! Minha garganta vai ficar seca de tanto chamar e ninguém me acode! Depois de tudo o que fiz pelos meus filhos, depois de tanto trabalho, e agora, veja, eu estou congelando aqui, *chhi*, não sei por que você está pagando esta moça, Raju, ela está enganando você, ela e aquele pai bêbado dela!

Desta vez Paati fala tão alto que Aasha não ouve os passos de Amma quando, de repente, ela aparece no corredor. Desta vez ela não para na porta do banheiro. Ela entra direto, seus pés descalços rangendo no chão molhado. (Rangidos! Mais rangidos! Eles estão em toda parte esta manhã, e eu não consigo mais tolerá-los. Aasha aperta um ouvido contra o encosto do divã verde e depois o outro. Ela sabe que deve tapar os ouvidos com as mãos, seria mais fácil e mais eficaz, mas não consegue, não consegue mexer com as mãos, suas mãos não se mexem, só seu pescoço vira para proteger um ouvido de cada vez.)

Há um outro som, uma barulho molhado, um tapa, mas como o ouvido esquerdo de Aasha está apertado contra o encosto, ela não percebe a fonte deste som, e só seu ouvido direito o escuta. Mas ela sabe o que é, porque já assistiu sua criação antes: uma mão batendo nas costas de outra pessoa. Pleft, ai. Paati resmunga mais um pouco, e rosna um pouco, como um tigre, mas como ela é um tigre velho, cheio de dores e caroços, seus rosnados não são apenas piores do que sua mordida, são tudo o que ela tem. Nada de mordida literal: seus dentes foram substituídos por uma dentadura anos atrás, ela não a está usando agora. Nem de mordida metafórica: como seu corpo pequeno e frágil poderia enfrentar qualquer uma delas? Até Aasha consegue derrubá-la com uma das mãos. Seu corpo é sua parte menos assustadora, a única parte que Amma tem coragem de atacar.

– Cala a boca! – Amma diz, bem baixinho, depois que sua mão fez o trabalho sujo da mente.

Bem baixinho é pior do que bem alto. Amma cruza rapidamente os braços, como que para negar para si mesma que aquela mão, segundos atrás, atravessou o ar na direção de um ombro artrítico. Ainda bem baixinho, de modo que suas palavras chegam quase inaudíveis aos ouvidos de Aasha, ela continua:

– Cala a boca já! Chega. Nós não precisamos ouvir sobre seu maravilhoso filho, okay? Ele não está aqui agora. Ele fez o favor de sair, deixando você nas nossas costas. Então não adianta chamar por ele. Está entendendo?

Um breve silêncio. Paati levanta os ombros até as orelhas e franze a testa, olhando para o tanque de água. Então ela diz, quase sussurrando:

– Chhi! Não se pode nem pedir uma coisinha nesta casa que todo mundo vira uma fera.

– O quê? Que coisinha é essa que você quer? – Amma pergunta.

– Pode deixar. Não importa. Tenho certeza que vocês têm coisas mais importantes a fazer. Não precisam se incomodar comigo.

– O que você precisa? – Amma torna a perguntar.

Então Paati tenta pensar numa necessidade plausível e, limpando a garganta, anuncia:

– Aquela moça serviu gentilmente o meu café antes do banho, acho que para me manter aquecida, mas agora tenho que ficar duas horas aqui parada, sem um pano em volta do corpo, enquanto ela faz não sei o quê. Mas parece que um copinho de água quente é muito trabalho.

Amma volta para o corredor.

– Chellam! – ela chama. – Chellam! Por favor, traga um copo de água quente para Paati! Agora mesmo, por favor!

Mas Chellam está esvaziando o balde e pondo os panos de chão de molho na cozinha do quintal, longe demais para ouvir. Por cima do barulho da torneira, ela acha que ouviu seu nome, trazido pelo vento como uma canção tocando no rádio do vizinho. Ela para, ergue os olhos, depois sacode a cabeça e continua a esfregar os panos. Ela vai acabar o que está fazendo em trinta segundos (quarenta e cinco para ser mais precisa, mas Aasha não está aqui para contar), depois vai entrar para ver se alguém está precisando de alguma coisa urgente. Deve ser só Paati, berrando suas frustrações para os deuses, como sempre.

No corredor, Amma está ficando impaciente.
– Onde está essa maldita garota? – ela diz para si mesma. Ela vai até o meio do corredor, olha em volta, só vê o divã vazio, atrás do qual Aasha está agachada, com o livro aberto no colo.

– Esta manhã mesmo – prosseguiu o Texugo, sentando-se numa poltrona –, como soube de fonte confiável ontem à noite, outro novo e excepcionalmente potente automóvel vai chegar a Toad Hall para aprovação ou devolução.

Amma está agora na sala de jantar vazia, depois vai até a sala de estar.
– Uma – ela diz, e sua voz é como uma pedra atirada certeiramente no lago azul do delicado convite de Paul Simon:

Desça a escada correndo, bela Peggy-o
Desça a escada correndo, bela Peggy-o...

Uma ergue os olhos, o polegar e o indicador ainda segurando uma das páginas plastificadas do álbum (é a foto de Gerald Capel com seu buquê de novo; ela voltou a esta página quando chegou no final do álbum). Ela não diz nada.
– Uma – Amma torna a dizer –, o que você está fazendo aqui?
– Vendo fotografias.
– Que fotografias?
– Da peça.
– Aha! Da peça! Muito bonito. Sua avó está gritando até sufocar e você não é capaz de ir ver o que ela quer, está ocupada demais vendo fotografias, não é? Revivendo o momento em que recebeu flores daquele rapaz como uma prostituta barata? Você pode fazer o favor de se levantar e buscar um copo de água quente para a sua avó, por favor?

Por favor uma vez já é ruim. Por favor duas vezes, na mesma frase, é aterrador.
– Tudo bem – Uma diz –, vou pegar um copo d'água para ela. – A cadeira cai no chão quando ela se levanta, mas, antes que Amma possa dizer alguma coisa, ela passa por Amma e entra na sala de

jantar. Seus calcanhares batem no chão de mármore com tanta força que Aasha pode sentir as vibrações do outro lado do corredor.

Neste momento, Chellam toma duas decisões que irá lamentar ter tomado pelo resto da vida: ela vai pendurar os panos de chão na corda, no sol, em vez de pendurá-los rapidamente no muro do quintal. Isto toma um minuto a mais, então quando ela volta para dentro de casa, Uma já saiu da cozinha, com o copo d'água na mão. *É melhor eu pôr no fogo a chaleira para o Milo de depois do banho da velha senhora,* Chellam pensa. *Ela vai dizer que está morrendo congelada; ela vai querer tomar sua bebida antes mesmo de sentar na cadeira. Só o que ela sabe fazer é encher a bexiga o dia inteiro para me dar mais trabalho. Café Milo chá água, café Milo chá água...* Ela pega a chaleira e vai até a pia para enchê-la.

– Hã! – Amma diz com uma risada seca na sala vazia. Só Simon e Garfunkel estão ouvindo; entusiasticamente, Simon sugere que ela vá dizer isso na montanha, mas ela não segue este conselho. – Estou cansada disto, cara! – ela acrescenta dando as costas para o toca-fitas. – Chega! Todo mundo só sabe reclamar e fazer cara feia, como se só a vida deles fosse um inferno. Hã! – Então ela sobe a escada, o mais depressa que Aasha já viu, praticamente correndo.

Talvez os ouvidos surdos de Paati tenham percebido o som da partida de Amma, ou talvez sua frágil memória de curto prazo tenha falhado de novo: ela recomeça a ladainha, primeiro um murmúrio baixo em sua garganta, um grito de sapo – Rajuuuu, Rajuuuu –, cada *uuuu* subindo um pouco como se estivesse querendo se transformar num uivo – Rajuuu, ah, esta sua família irresponsável, você não sabe, você não sabe o que acontece quando você não está aqui – e então cada vez mais alto, até que, quando Uma chega com o copo d'água, seus gritos estão abafando qualquer outro som: o assobio da chaleira na cozinha, a cantoria animada de dois rapazes de Nova York, o toque do relógio de parede na sala (um toque: a meia hora, doze e meia).

De repente – porque sua língua secara sem a necessária lubrificação do copo d'água – Paati recolhe a rede de suas lamentações e começar a sussurrar:

– Raju, Raju, você é um menino tão bom, um filho tão bom, se ao menos pudesse ver com que tipo de sangue você se casou. Imprestável! Imprestável! Nenhum deles merece você!

O que é que faz Uma ficar imóvel meio metro atrás de Paati, à distância de um braço dela? Estendendo o copo de água quente para as costas de Paati, como se ela e Paati estivessem brincando de A-E-I-O-U e Paati pudesse se virar a qualquer momento? É a súbita redução de volume na voz de Paati (porque Paati não parece estar brincando da mesma coisa: ela continua murmurando sem parar, sacudindo a cabeça, balançando-se para frente e para trás como quem está rezando), de forma que Uma tem que ficar imóvel para ouvir o que ela está dizendo? É o sol nos olhos de Uma, vindo daquela janela alta (porque Uma é alta, afinal, mais alta do que todos que entraram naquele banheiro hoje)? A visão surpreendente da nudez de Paati, que Uma – ao contrário de Aasha – não contemplava havia anos? A marca vermelha de uma mão aberta nas costas de Paati (que, em breve, irá ficar azul em alguns lugares e roxa em outros quando o sangue de Paati engrossar e desacelerar)?

Sim, tudo isso, mas também um cansaço familiar cozinhando nela. Cada palavra de Paati é uma última gota, bem quente, nas costas jovens e retas de Uma, cada uma um golpe em seus tímpanos. Uma vai sentindo cada vez mais calor a cada palavra, calor de suar sobre o lábio, calor de suar na testa, calor de suar no pescoço, entretanto ela fica ali parada, imóvel, com o copo na mão esquerda. O que Aasha não pode ver: as forças que se enfrentam no semblante sombrio de Uma. Antigas lealdades brigando com recentes decepções. O vapor da traição, a névoa pegajosa da vingança. O lábio inferior de Uma treme. Seus molares rangem; uma tristeza repentina enche seus olhos de lágrimas. *Você pode enganar todo mundo*, ela pensa, *mas não pode me enganar*. Seus pensamentos saem como dardos e apenas ricocheteiam na pele de elefante das costas de Paati, mas ela insiste: *você ficou cega e surda de propósito para não ter que saber de nada. E eles acham que eu sou a atriz. Agora você diz que eu sou imprestável, que somos todos imprestáveis, exceto o seu precioso filho. Você só quis tirar proveito de mim, você me usou para seus joguinhos, como todo mundo, como cada um deles, cada um, todos vocês, todos vocês, todos vocês...*

O que se segue é uma confusão, uma tempestade vista e ouvida detrás de uma vidraça: o copo d'água se espatifando no chão, braços para todo lado – o braço marrom de Uma nervoso e desajeitado como um pássaro que voou para dentro pela janela e não consegue sair, batendo nas coisas, se assustando, e os braços curtos, cheios de pelancas de Paati batendo – e arquejos (mas quem arquejou primeiro? Paati ou Uma? Ou Aasha apenas ouviu seu próprio arquejo?), e Paati oscilando para lá e para cá como um edifício desabando, tentando agarrar inutilmente a beirada do tanque – e então, ah graças a Deus graças a Deus, agarrando o cano d'água com as duas mãos ao cair para frente. Bem na hora! Está salva!

Então Uma diz alguma coisa, mas suas palavras estão tão embargadas que Aasha ainda está tentando entendê-las quando ela se vira e sai correndo do banheiro, agarrando a saia, os lábios crispados. O canto de sua boca treme quando ela desaparece na direção da escada.

Peça ao seu filho para trazer água para você então, se ele é tão maravilhoso. Foi isso que Uma disse. Aasha ouve agora, como se Uma tivesse atirado as palavras para ela ao passar.

Assim que a porta do quarto de Uma se fecha com um estrondo lá em cima, os pés de Paati escorregam. Talvez ela estivesse tonta de susto por quase ter caído, ou talvez tenha achado que podia voltar para a beira do tanque e tenha calculado mal a distância. A opinião refletida (mas horrorizada) de Aasha é que um fantasma malévolo se aproveitou daquele momento de fraqueza de Paati e chutou os joelhos dela.

– Ah! Aaaah! – Paati exclama, assustadoramente calma. Pendurada no cano naqueles últimos instantes, ela parece um Tarzan enrugado tentando lembrar como se pendurar no cipó.

O som da cabeça dela batendo no cano sobe até o teto, onde uma aranha já traumatizada resolve se esconder num buraquinho do reboco. Tem sangue no cano, e no chão, escorrendo pelos ladrilhos até o ralo. Os dedos tortos dos pés de Paati ficam retos. Seu cabelo de alga marinha se espalha pelos ladrilhos, tão feios e deslocados como qualquer mecha de cabelo em qualquer chão molhado de banheiro, precisando urgentemente ser lavado com uma mangueira para dentro do ralo, só que no meio daquelas mechas existe uma cabeça. Aasha não pode ver o rosto de Paati, **mas, pelo gargarejo sufocado que sai de sua boca durante dez** segundos, ela sabe como está o rosto. As pálpebras abertas, os olhos, cobertos por cataratas, arregalados, os lábios frouxos, o túnel vermelho da garganta.

Do lado de fora, as nuvens de chuva se formam rapidamente. Uma sombra repentina, típica desta hora da tarde, invade o banheiro, mas hoje parece que nada é típico: as contas de sol na água do tanque, os pontinhos dourados nos ladrilhos do chão, os raios que dançam pelas paredes, tudo parece ter sido engolido de uma vez só por algo monstruoso e cruel.

A pilha de ossos de Paati no chão não está se mexendo.

Um passo, dois passos, três passos, e Aasha está parada ao lado daquela pilha. Os olhos de Paati estão tão arregalados quanto Aasha tinha imaginado, mas a boca não. Ela está bem fechada, os lábios e o rosto tortos como um Tupperware com a tampa errada. Suas pelancas estão caídas. O lado esquerdo do seu rosto está tão achatado no chão que parece que não possui ossos. Uma mecha de cabelo logo acima da testa está manchada de marrom, e lá está o sangue escorrendo de sua testa para os ladrilhos, um fio não tão fino quanto parecia do corredor, um riozinho escuro caindo silenciosamente no ralo. Tem sangue no cano, três grandes gotas. Tem uma única mancha em forma de flor na parede, já engrossando. E, lá no alto, sobre a cabeça de Aasha, está o buraco no reboco onde aquela aranha espera, tão aterrorizada quanto ela.

Sorte de Uma por ter escapado a tempo. Ela não vai ter que contemplar este quadro, ou sonhar com ele mais tarde.

Aasha recua, sai pela porta e vai até a parede, e, da mesma forma que atravessou o corredor, ela escorrega de volta, com as costas grudadas na parede. Como um lagarto entrando como um relâmpago numa fresta, ela torna a se esconder atrás do divã verde, e lá, na privacidade do seu esconderijo, ela fecha os olhos e torna a abri-los, fecha e abre várias vezes para fazer esse sonho horrível terminar. A qualquer momento ela vai abrir os olhos e ver Suresh parado ao lado da sua cama, sacudindo-a, resmungando, "Ei, acorda, estúpida!". Mas os segundos passam e não tem nenhum Suresh, só as costas empoeiradas do divã verde. Entre este sonhar acordada e o mundo real para o qual Aasha quer retornar, tem uma brecha que vai se alargando cada vez mais. Primeiro, uma pequena rachadura, depois uma brecha de trinta centímetros, depois uma brecha do tamanho do cano de escoamento de chuva do lado de fora da Casa Grande. Do outro lado da brecha, Uma está parada atrás de Paati no banheiro banhado de sol, esperando para bater no ombro de Paati e dar a ela um copo d'água. Mas deste lado tem uma pequena pilha marrom no chão do banheiro, sombras de teias de aranha tapando o sol.

O som da colher de chá soa pela casa de novo antes dos passos de Chellam se aproximarem. Lá vem ela, sua saia pingando da inesperada sessão de lavagem de roupa, seus pés se arrastando mais do que nunca com o peso de toda aquela água. Lá vem ela pelo corredor. Entrando no banheiro.

Há um som longo de alguém inspirando profundamente, quando Chellam se recusa a acreditar no que seus olhos estão vendo. Seus olhos mentem para ela o tempo todo, afinal de contas, e isto pode ser apenas – pode haver outra explicação para isto – ela tem que olhar mais de perto, não deve entrar em pânico – e então Chellam grita. É o som mais alto que Chellam já fez, e, por uns minutos, Aasha não consegue acreditar que ele tenha vindo dela. *É Paati,* ela pensa. *Paati acordou e agora está gritando de susto!* Então ela vê Chellam se agachar e encostar a cabeça na parede do tanque.

Passos na escada, Amma, seu caftã voando como chamas atrás dela, entra correndo no banheiro.

– Chellam! Ah, meu Deus, O Sami O Gavinda O Rama Rama Rama, Chellam! Eu disse para você, não foi, para não deixá-la tanto tempo sozinha? Eu não disse? Agora veja o que aconteceu! Ela deve ter ficado tão cansada que desmaiou e bateu com a cabeça, ah meu Deus, meu Deus. Você queria mais este pecado na sua consciência?

Chellam, como de hábito, não diz nada.

À UMA E MEIA, o Dr. Kurian é chamado pela última vez para vir à Casa Grande em Kingfisher Lane. Paati foi enxugada com uma toalha, deitada numa cama que Appa trouxe do quarto de despejo lá de cima, instalada em frente ao divã verde e coberta com um lençol limpo. De paletó, barbicha, gravata-borboleta, língua presa, sete cabelos brancos saindo da sua careca, Dr. Kurian mur-

mura suas perguntas que não são bem perguntas no ar opressivo da tarde:
– Muitas marcas nas pernas dela, hmm.
– Talvez ela tenha caído antes...
– Tantas manchas roxas em toda parte...
– Ela tem uma marca vermelha bem grande nas costas, não... Parece recente. Ela pode ter batido com as costas também ao cair, e não só com a cabeça. Sim. Sim?

A família está toda em volta dele. Appa usando sua melhor calça de ir ao tribunal (ele devia estar tratando do assassinato da pequena Angela Lim de apenas dez anos; em vez disso, ele está aqui, chamado durante um intervalo no tribunal para testemunhar as consequências de uma morte bem menos sensacional). Amma num caftã cuja bainha ainda está molhada do chão sujo de sangue do banheiro. Chellam meio metro atrás de Amma. Suresh e Aasha encostados na parede ao lado dos pés de Paati. Só Uma não veio: ela está lá em cima, sentada na ponta da cama, dura e imóvel. *Morta!*, ela pensa. *Será que ela desmaiou com o susto? Um ataque cardíaco? Não importa. O problema não é meu.* Ela fecha os olhos, passa a mão no rosto quente, vê a si mesma parada no banheiro. Copo na mão, as costas velhas de Paati diante dela, sim, lá está ela, e então o momento de – como chamar isso? Loucura? *Mas quando eu a deixei ela estava bem. Ela já estava se preparando para gritar mais bobagens.*

Aasha deduz por meio de uma observação cuidadosa dos cinco outros rostos lá embaixo que ninguém mais está imaginando onde estará Uma. Dr. Kurian, evitando todos os olhos, ficaria mais satisfeito com uma plateia menor ainda; Appa está sacudindo a cabeça para Paati por seu péssimo timing; Chellam está fitando os pés e esfregando o nariz com o dedo indicador; Suresh está estudando o algodão nas narinas de Paati.

Não foi culpa de Uma, Aasha pensa. *Se Uma não estivesse tão triste e zangada...*

E por que Uma estava tão triste e zangada? Quem era culpado por *isso*?

A resposta faz o peito de Aasha doer como se ela tivesse engolido muita água gelada de uma vez: *a culpa é minha*. Ela conta os seus erros do princípio ao fim. O fim foi mês passado. O fim foi o incidente do pingente de safira. Todos estes erros, culpa dela; portanto, cabia a ela consertar as coisas.

Amma está franzindo a testa e se inclinando na direção do Dr. Kurian como se fosse agarrar o braço dele e contar-lhe um segredo. Ela lança respostas que ele não parece desejar, e os olhos aguados dele ficam mais saltados à medida que ele engole cada conjunto de palavras:

– Sim, doutor, pode ser isso. O senhor sabe como são os velhos, estão sempre dando encontrões em toda parte. Sim, sim, ela caiu no meio do banho, estava sem roupa, se ela bateu com as costas então deve ter ficado com essa marca na pele.

Amma nunca fala tanto assim com ninguém, todas aquelas palavras obsequiosas, um por favor por favor obrigada obrigada tão descarado atrás de cada uma. Aasha gostaria que ela calasse a boca.

Com dois dedos gordos, o Sr. Kurian esfrega o pescoço logo acima da gravata.

– Mas – ele diz, depois faz uma pausa para limpar a garganta antes de recomeçar –, mas do jeito que ela caiu... Se ela simplesmente ficou cansada e desmaiou... Quer dizer, cair tão longe para a frente, para bater com a cabeça naquele cano, não é, sabe... é um ângulo muito estranho... E a marca em suas costas...

Ocorre a vários membros da família reunida que o Dr. Kurian vai continuar assim, resmungando coisas que ninguém, muito menos ele, quer ouvir, recusando-se a poupar a si mesmo de qualquer embaraço ou inconveniência, insistindo e cavucando até que alguém esteja terrível e irremediavelmente machucado ou que alguma coisa se quebre sem possibilidade de conserto. O que eles podem fazer? Como podem fazê-lo calar a boca e ir embora? O problema faz piruetas em cada uma das cabeças, exibindo suas saias, e Appa abre a boca e se prepara para dizer alguma coisa – mas o quê? Até ele passa a língua nos lábios, ele não sabe.

Se o Dr. Kurian descobrir a verdade, o que acontecerá com Uma?

Provavelmente ela não poderá ir para a América. Ela ficará tão encrencada que terá que ficar aqui, sem bolsa, sem universidade, sem Nova York. Para sempre, até ficar velha, ela vai desejar ter ido para muito longe. Desejar não é o mesmo que fazer? Se Uma quer ir embora e nunca mais voltar, isso não quer dizer que ela já foi?

O oposto também é verdadeiro: se Aasha guardar o segredo de Uma para ela poder ir para a América, Uma ficará eternamente agradecida. Ela jamais esquecerá, e quem sabe, quem sabe, poderá ficar imensamente agradecida...

Empolgada com estas possibilidades, Aasha fita o Dr. Kurian com seus olhos implacáveis, ergue o queixo e dá um passo à frente para anunciar:

– EmpregadaChellam *empurrou* Paati.

Ela não se vira para olhar para Chellam quando rola o *r* de *empregada*, nem depois, no silêncio que se segue. Nem precisa; ela não precisa de nenhuma validação externa deste momento de triunfo, no qual, com três palavras de aço, ela (1) puniu Chellam (por nos enganar, por fingir que nos amava como irmãos na expectativa de um *salário* e depois desfazendo o fingimento quando não fomos capazes de pagar seu preço), e (2) salvou Uma. Uma! Uma sozinha lá em cima, Ó queridíssima Uma, você ouviu sua irmã através do teto e do assoalho? Você viu como ela é corajosa, como finalmente se redimiu – ou acredita ter se redimido – de todos os pecados anteriores, por querer muito e dar pouco, por invenções fantasiosas e planos malsucedidos? Diga, diga: agora você não irá embora para a América embora esteja livre para isso, porque finalmente você vê o quanto é amada, porque sua irmã se arriscou tanto para salvá-la e conseguiu. Não de modo justo e verdadeiro, mas em seu benefício. Tudo vai ficar bem agora. Você e ela irão revelar seus pecados uma para a outra, tem muito tempo para isso, todo o tempo do mundo. Um final feliz se estende diante de vocês duas. Ela se esforça para ouvir você pensando nisso...

... mas o Dr. Kurion, importuno como sempre, atrapalha seus pensamentos com mais perguntas:

– Sim, meu bem? Você a viu empurrar a sua Paati?
– Sim. Eu vi.
– Conte-me, meu bem. Conte-me o que você viu.

Aasha engole em seco e revê a cena em sua cabeça. Está perfeitamente clara agora, não é mais um borrão, mas uma história detalhada que alguém inventou para meter medo, como as muitas histórias inventadas por Aasha em que ela vê Uma representar papéis bem ensaiados num palco de cortina vermelha. Quando a cena chega ao fim – a queda que termina com todas as quedas, o tombo o sangue o adeus estou indo – Aasha recomeça do início, fazendo as mudanças necessárias com precisão cirúrgica, sem tristeza, sem remorsos por enquanto:

– Paati estava em pé no banheiro, gritando e gritando, porque Chellam a tinha deixado sozinha. Quando Chellam voltou... quando ela voltou Paati gritou mais um pouco com ela, e de repente Chellam ficou zangada e fez assim. – Aasha levanta o braço e empurra o ar na frente dela, fazendo uma cara zangada como que para um inimigo imaginário. Em volta dela, as pessoas se mexem e fungam, Amma fazendo *tsk-tsk*, Appa sacudindo a cabeça, Chellam num silêncio ensurdecedor, mas Aasha é obrigada a continuar: – Só para mostrar que estava zangada. Ela não fez isso para Paati cair. Ela se segurou no cano. E então – agora que tinha começado, Aasha sentia uma certa obrigação de contar os detalhes –, e então ela falou, eu acho que ela disse, "Agora grite para você ver, grite mais um pouco!", alguma coisa assim. E então, no último minuto, foi como, de repente Paati simplesmente caiu e bateu com a cabeça, embora Chellam não a tenha empurrado de novo. Como se, quer dizer, ela simplesmente caiu. E ela gritou e começou a chorar. Quer dizer, *EmpregadaChellam* gritou. E começou a chorar.

Quando termina, ela se vira para Suresh, sem saber por quê. Seu enfático e final *EmpregadaChellam* pende entre eles como uma lâmpada que ela ficou na ponta dos pés para acender sozinha. A regra sempre foi só chamar Chellam por aquele nome escondido da mãe (e só quando ela merecia), pois nenhum dos dois jamais teve nenhuma dúvida, compartilhada ou secreta, sobre o que aconteceria se Amma descobrisse: tapas na boca, beliscões na coxa, sermões para agradar a plateia. Mas hoje o rosto abalado, sedado, de Amma – um bloco de mármore preto, o rosto dela, um bloco de nada –, indica que Aasha vai se safar sem um tapa na boca. Que Chellam merece a difamação não há qualquer dúvida, em nenhuma daquelas mentes.

Suresh fica impressionado e gratificado com esta pequena vingança que Aasha conseguiu, sim, mas ele também está – o quê? O que é que Aasha lê naquela testa franzida? Um alerta? Uma nota de medo toldando o respeito? Não: uma promessa de solidariedade. Suresh sabe que ela está mentindo. Mas como?

Não faz mal. Não é importante. A única coisa que importa é a promessa dele de não contar. *Obrigada, Suresh, obrigada obrigada por guardar nosso segredo.*

Não há de quê, diz Suresh, sua resposta muda tão clara para Aasha quanto o boa-noite de um apresentador de notícias.

Eles não têm tempo para mais nada a não ser isto agora, porque Chellam já se virou e saiu da sala, e o Dr. Kurian está dando um tapinha na cabeça de Aasha, suspirando, assegurando-lhe de que ela é uma boa menina por dizer a verdade. Mal estas palavras saíram de sua boca e ele se vira para assinar o atestado de óbito, sobre a mesinha de cabeceira de Paati, com a mão que treme no mesmo ritmo dos traços da sua caligrafia. Ele torna a suspirar e fecha os olhos por alguns instantes.

– Vou escrever morte acidental por queda – ele diz quando torna a abri-los. Ele é velho, quase tão velho quanto a mulher cuja morte veio atestar; ele está cansado; naquela idade, ele deveria (ele raciocina consigo mesmo) ter direito a uma mentira piedosa de omissão. – Afinal, isto não está muito distante da verdade – ele acrescenta em benefício da plateia. – Tenho certeza de que a moça não teve a intenção de matá-la. Estas empregadas, às vezes elas perdem o controle, sabe? E gente velha, vocês sabem como são frágeis.

Ninguém corrobora nem contradiz sua hipótese a respeito do que Chellam teve ou não teve a intenção de fazer.

– Estou escrevendo morte acidental – ele torna a dizer. – Vocês podem fazer o que quiserem a partir daqui.

Às duas e cinco, o Dr. Kurian sai da Casa Grande com seus sapatos engraxados para desaparecer para sempre no seu mundo em que costeletas e calças listradas ainda estão na moda, onde homens decentes dançam em volta de perguntas difíceis e crianças arrastam nuvens de glória e inocência.

Depois que Appa fecha a porta atrás do Dr. Kurian, ele manda Suresh chamar Chellam em seu quarto.

– Agora ela é problema do pai dela – Appa diz para os pés de Amma enquanto eles esperam. – Ele pode decidir o que fazer com ela. Vou entrar em contato com o safado e dizer a ele para vir tirá-la da nossa casa imediatamente. Está ouvindo? – Ele olha em volta desafiadoramente, como se algum deles pudesse discordar secretamente desta decisão.

A única pessoa que expressa sua objeção acha que ele está sendo leniente demais.

– O pai dela? – Amma diz. – Nós devíamos chamar a polícia! Ela devia ser algemada e levada para a prisão!

– Sim – diz Appa –, seria bom, e, no melhor dos mundos, era isso que aconteceria. Mas nossa única testemunha é uma menina de seis anos. Se tentarmos montar um processo com base nisso, Aasha passará semanas sendo questionada no tribunal. E, mesmo assim, talvez não tenhamos o resultado que queremos. É melhor deixar a família lidar com ela. Desconfio que o castigo do pai vai ser tão severo quanto uma prisão.

Então, como Appa é um advogado famoso e deve saber o que está dizendo, e também porque Amma está inclinada a concordar com sua avaliação do castigo que aguarda Chellam em sua aldeia, Aasha é poupada da terrível possibilidade de ter que repetir sua mentira diante de uma plateia.

– Vou mandar um dos meus mensageiros buscar o safado na aldeia dele – Appa diz. – Ele pode usar o dinheiro do mês passado para vir buscá-la, porque, depois do que ela fez, eu não vou dar nem um centavo a eles para a passagem de ônibus.

Após um ou dois minutos – porque Aasha tem que bater na porta do quarto de Chellam e abrir caminho sem enxergar nada pela grossa cortina de silêncio que está do outro lado dela –, Chellam entra na sala de jantar arrastando os pés, com um ofegante Suresh atrás dela. Iluminada pelo fogo dos olhos de Suresh, Chellam olha em volta por baixo de suas pálpebras vermelhas e inchadas, o cabelo crespo formando um halo preto em volta do rosto. Então ela vai até o centro da sala, onde ela e Appa se encaram como dois lutadores que não combinam no meio de um ringue: ela, magra e assustada, ele, forte, de aço, as pernas firmemente plantadas no chão, a mão direita na cintura.

– Então – Appa diz calmamente –, o que foi que você fez, Chellam? Está orgulhosa de si mesma? Nada do que fizer agora vai consertar o que está feito, sabe disso? Você sabe que nos deixou sem escolha?

Ao fazer estas perguntas, ele começa a perceber o que quer com este interrogatório: vê-la desesperar-se e chorar, implorar perdão, pelo menos tremer um pouco.

Ele está cansado e com sede, e agora tem dois cadáveres não vingados, mutilados, para considerar, um tenro como um cordeiro, outro velho. Por que, por que ele tem que se envolver com este sórdido melodrama? Ele tem vontade de estrangular o mundo e forçá-lo a obedecer-lhe. Ele quer bater tanto em Amma quanto em Chellam pelos jogos estúpidos e confusões em que o arrastaram. Está fervendo de raiva de Chellam há meses, por razões que não permite a si mesmo revisitar; agora a vergonha sopra seu hálito fétido na cara dele e o deixa enjoado. Que coisa monstruosa esta cadela de olhos duros ter este poder sobre ele! Ela o reduziu a um vilão de cinema hindi, um nazista suando diante de suas vítimas serenas, uma criatura mesquinha, vingativa, lamentável. Porque em resposta à sua bateria de perguntas, ela simplesmente contempla os pés. As mãos dele coçam para agarrar o braço dela e torcê-lo atrás das costas, ou cuspir nos olhos dela, ou puxar seu cabelo. Ele range os dentes. Ele respira fundo.

Mas o calor em seu peito não diminui; é muito mais forte do que ele, e o estranho é que, naquele momento em que se sente mais fraco, sua boca se abra. De dentro dela, jorram os sons mais poderosos, uma montanha desmoronando, um urro de leão. Um barulho que não pode estar saindo de nenhuma boca humana, muito menos da sua, porque ele não é – nunca foi – um homem que grita, e no entanto ali está, aquele barulho. Ele pensaria que se tratava de outra pessoa, se não pudesse senti-lo dentro da cabeça, fazendo vibrar cada ossinho do seu ouvido, ecoando em todos os corredores escuros atrás do seu rosto.

Ele se vê apontar com a mão esquerda na direção de um horizonte distante, além da sala, além da porta da frente, além do universo cuja ordem precária esta criatura estúpida, sem força de vontade, perturbou. Ele vê sua família olhando para ele – não, só para sua boca, como se eles, também, estivessem tentando entender aquele som amorfo que cai sobre eles. Ele quer parar, quer apagar esta chama terrível em sua garganta e voltar para o escritório, mas não consegue.

Ao ouvi-lo, Uma abre a janela e engole sedenta o ar úmido que entra. *Chellam? Ela poderia mesmo ter* – Talvez – ela diz alto, dirigindo sua conclusão para um pardal que está pousado num galho alto da mangueira. Chellam tinha suas próprias cruzes para carregar, não tinha? Não, Appa podia berrar e bancar o santo, mas Uma não ia culpar Chellam por se deixar dominar por suas frustrações, não quando ela mesma, minutos antes... Ela ri sem alegria e sacode a cabeça para o pardal. Entrando e saindo daquele banheiro a tarde toda, uma verdadeira procissão de mulheres amargas, eh? A pobre Paati tinha sido um bom alvo para todas as maçãs podres delas. Quem mais tinha testado a pontaria? *E por que eu teria pena de Paati? Por que eu teria pena dela se ela nunca teve pena de mim?*

Lá embaixo, a tempestade continua, Appa só consegue entender algumas palavras aqui e ali, deturpadas, com a inflexão toda errada: – Prostituta! Assassina! – A língua dele tropeça nas mesmas sílabas, sem parar, como se ele ainda estivesse aprendendo tamil e só tivesse conseguido decorar um punhado de palavras de cenas de filmes vagabundos.

Mas Amma e Chellam, e até Suresh e Aasha – cujo tamil se resume a um vocabulário de legumes e demônios e partes íntimas que Chellam ensinou a eles, ou xingamentos e reclamações que eles a ouviam dizer quando não podia vê-los – estavam entendendo muito bem.

– Prostituta sem vergonha, não pense que não sabemos tudo a seu respeito! Como você ousa vir para nossa casa e fazer tudo isso sob nosso teto! Uma coisa atrás da outra, esquivando-se, espionando, abrindo as pernas para qualquer homem que entra na casa, mas isto, isto, nem eu pensei que você fosse capaz de *matar*! Durante um ano nós lhe demos casa e comida – ninguém, exceto o próprio Appa, nota a omissão de *pagamos você* – e você faz uma coisa dessas! Como teve coragem! Como pode matar uma velha indefesa, como teve coragem? O que foi que ela fez a você? Hã? O quê?

No súbito silêncio que se segue a esta pergunta, a casa balança no ritmo frenético do coração de Appa, fazendo chacoalhar a louça no armário.

O chão vibra. Um camundongo dentro de um armário da cozinha deixa cair a noz que estava roendo e se esconde no meio das lentilhas, esperando o dilúvio.

Do lado de fora, os pardais e os mainás voam correndo para seus ninhos.

Uma reflete sobre a pergunta de Appa. O que foi que ela fez a você, Uma? O quê? *Eu tenho sorte simplesmente,* ela pensa, embora não possa saber o quanto teve sorte, ou, mais precisamente, que sua salvação exigiu muito mais do que sorte. Devoção altruísta, coragem kamikaze, uma história muito bem contada: destas contribuições ela não sabe nada. *Poderia ter sido eu a matá-la,* ela pensa. E por quê? *O que foi que ela me fez?*

É o que ela não fez, ela responde. *É o que podia ter feito por mim e não fez.* Ela sabe que sua alegação não se sustentaria num tribunal; ela mal passa em sua própria avaliação.

Eles ainda estão esperando lá embaixo que Chellam responda, ou chore, ou se mexa, ou que Appa continue. Mas o rompante de Appa termina tão repentinamente como começou. Agora ele está em pé, olhando pela janela, para os galhos da mangueira que balançam com o vento que precede o temporal, de braços cruzados, o rosto virado para longe de todos. *Meu Deus, quaisquer que fossem os erros da velha, ela merecia este fim horrível?* A pele enrugada do rosto coberta de sangue e marcada com o desenho dos ladrilhos. A limpeza apressada da cama tirada do quarto de despejo para que seu corpo molhado, enrijecido, pudesse ser posto lá. O médico examinando aquelas marcas, todas aquelas marcas misteriosas, *Meu Deus, o que está acontecendo nesta casa, com a velha, com todos nós?*

– Segunda-feira de manhã – ele diz, estranhamente calmo –, vou mandar seu pai vir buscá-la. Está entendendo, Chellam?

Como ela não responde, ele não insiste.

Uma das crianças funga. As primeiras gotas de chuva da tarde começam a martelar no telhado. Chellam pisca os olhos, olhando para cada uma deles: Appa, Amma, Suresh, Aasha. Seus braços voam para seu peito, como se ela tivesse percebido de repente que está nua. Então ela se vira e, ainda piscando em todas as direções como um animal procurando um lugar para se esconder, vai para o quarto arrastando os pés.

Por um longo tempo ninguém diz nada.

Pela porta, Aasha vê um par de pernas penduradas por entre as grades do corrimão, balançando no ritmo de uma música que ela não consegue ouvir. A pobre filha do Sr. McDougall, sempre sentindo calor por causa das meias que a mãe insistiu que ela usasse para lembrar a ela (e ao resto do mundo) que era meio branca. Ela está esperando o mais pacientemente possível, mas não é fácil quando se está usando meias que pinicam as pernas. Onde está Paati? A filha do Sr. McDougall está toda arrumada e pronta para recebê-la formalmente no mundo dos fantasmas, mas não há sinal dela. Não, nenhum sinal dela. Aasha prende a respiração e espera junto com a filha do Sr. McDougall e, ao que parece, com todo mundo, até que, finalmente, Amma fala.

– O quê? – ela diz. Uma rápida explosão de palavras que dá um susto em todos, principalmente na filha do Sr. McDougall, que se levanta e sobe a escada correndo. – Vamos ficar todos aqui parados até a cortina fechar?

Mas histórias da vida real não são abençoadas por uma cortina: há sempre epílogos, códices, consequências, novas histórias brotando de velhas sementes.

Naquela mesma noite, Amma descobre oito balas guardadas na lata de Danish Butter Cookies de Paati, na prateleira ao lado da sua cadeira de vime. Nenhum dos presentes (Amma, Suresh, Aasha) sabe por que Paati as estava guardando, já que havia anos que ela não distribuía balas nem as oferecia como recompensa.

– Aqui, toma, toma – Amma diz –, vou dizer a Letchumi para limpar este canto amanhã. Cada um de vocês pegue duas e deem uma para Uma. – *É claro*, pensa Suresh, *é claro que você quer ver este canto limpo amanhã cedo. É claro que quer ver a lata vazia e jogada no lixo agora mesmo.* Ele recorda os dedos grossos e as unhas duras de Paati tentando tirar a tampa da lata, tentando, tentando, até que um dia não conseguiu mais e teve que pedir ajuda.

– Primeiro, eu ajudei você a enfiar a agulha – ele tinha dito na época –, e depois ajudei a abrir a lata, então eu não ganho duas balas por dois favores? – A velha tinha rido e dito que ele era um garoto astuto, mas lhe dera duas balas. Até o impenetrável Suresh, recordando aquela velha negociação, de repente não sabe mais se quer uma bala; quando Amma abre a lata, todas as cores parecem enjoativas para ele, e ele sente o gosto delas na boca, meladas e com gosto de xarope. Mas a razão prevalece: ele diz a si mesmo que pode mudar de ideia depois e se arrepender de não ter apanhado nenhuma. O mais importante: não pegar nenhuma bala não vai adiantar nada agora. É tarde demais.

Amma contou errado: duas para cada um e uma para Uma deixa duas extras. Por sugestão de Suresh, ele e Aasha pegam três balas cada um. Agora ainda tem o problema de dar as duas restantes para Uma, que não saiu mais do quarto aquela tarde.

– É melhor levarmos para ela – diz Aasha, inclinando-se para Suresh com uma olhar triste e significativo. – Como ela pode sair do quarto? – Se Amma vir o rosto de Uma, é o que ela quer dizer, se *alguém* vir o rosto de Uma (ela imagina o rosto dela congelado na angústia que tomou conta dele quando seus olhos se encontraram no banheiro), será que não vão adivinhar...

Em vez da estratégia bem planejada que ela espera dele, Suresh olha para ela sem entender.

– Como assim? Por que Uma tem que receber um serviço especial? Se você quiser, vá até lá e dê a ela.

Aasha olha de volta para ele, brincando nervosamente com o papel de bala. *Por que Uma tem que receber um serviço especial? Porque sim, Suresh, porque sim. Você só está perguntando por perguntar, não é? Você sabe a resposta.*

– Ohhhh – Suresh diz de repente. Ele tapa a boca como um garotinho que acabou de descobrir de onde vêm os bebês, um gesto de inocência tão atípico dele que Aasha se espanta. – Ohhhh. Você quer dizer... – A voz dele se transforma num sussurro.

– Eu quero dizer o quê?

– Você quer dizer que Uma também viu Amma? E agora ela está com medo de olhar para Amma?

– O quê, oh, yah – Aasha diz sem graça. A verdade a atinge como um raio: Suresh acha que *Amma* empurrou Paati, não Uma, e antes que ela consiga assimilar essa ideia, ele continua:

– Não faz mal. Se ela viu é porque viu, e daí? Se nós podemos encarar Amma, por que ela não pode? Ela é maior, então não devia ser mais corajosa?

– Não sei. Eu não sei de nada. Eu vou levar as balas para ela agora.

Aasha sobe rapidamente a escada, as mãos quentes derretendo as balas por cima do papel. Então ela está sozinha; Suresh não entende nada. Tudo isso faz sentido: ele achou que era Amma que ela estava protegendo, Amma, cujas repreensões, tapas e cascudos em Paati eles tinham fingido não ver nem ouvir durante anos; Amma, cuja voz Suresh provavelmente ouviu ecoando naquele banheiro grande e ventoso minutos antes de Chellam gritar; Amma, cuja respiração treme na garganta como um pássaro numa rede sempre que ela recorda o passado malvado de Paati. "Sua avó", Amma disse na semana passada mesmo, "age como uma velha desamparada agora, mas, quando eu vim para esta casa, ela era um demônio. Com um coração de carvão e uma língua de fogo. Só quando ela morrer eu vou ter um pouco de paz."

E hoje, Suresh acredita, Amma ficou impaciente e voraz, e colheu esta paz antes que ela estivesse madura.

Deixe Suresh pensar o que quiser; Aasha *jamais* irá lhe contar a verdade, por mais que este segredo a torne solitária. Porque se ele ainda não sabe, quem pode dizer como ele reagiria à verdade?

Do lado de fora do quarto de Uma, Aasha não tem coragem de bater à porta. Ela fica ali parada, enrosca o pé esquerdo no tornozelo direito, o pé direito no tornozelo esquerdo, prepara-se para enfiar as duas balas por baixo da porta de Uma e sair correndo quando – ah, a sensação que ela sentiu, como descer por um escorrega muito alto, o estômago se transformando em água gelada – a porta do quarto de Uma se abre.

Lá está ela, a bela Uma, com o cabelo solto até as costas.

– Toma – diz Aasha, estendendo as balas. Não há mais nada a dizer.

Uma pega as balas.

– Obrigada. – Ela sorri, um sorriso delicado, enevoado, não para Aasha, mas para as balas em sua própria mão. Um sorriso tão leve, e a cabeça de Aasha ainda está tonta por causa da porta se abrindo, sua visão embaçada do choque, mas ela não tem nenhuma dúvida de que Uma sorriu. E disse obrigada. Um obrigada acompanhado de um suspiro. Um obrigada que não foi só pelas balas.

Aasha não consegue ficar ali olhando para Uma. Ela está tonta. Sua boca está seca. Ela dá meia-volta e desce a escada correndo.

Aquela noite, as balas – uma vermelha, uma amarela – estão em cima da mesinha de cabeceira de Uma enquanto ela fica deitada na cama olhando pela janela, para a luz trêmula do poste. Restos de balas de Paati. Aasha não disse isso, mas Uma as reconhece. Aquela lata de Danish Butter Cookies. O modo como eles negociavam três balas por um favor que só merecia duas. E a encenação de relutância obrigatória de Paati antes de ceder, toda vez, com um sorriso e uma piscadela.

Às duas da manhã, Uma sai da cama e atira as balas, uma por uma (primeiro a amarela, depois a vermelha) pela janela (para serem encontradas de manhã por Mat Din no meio das pimenteiras, e comidas dias depois por suas cabras). Então ela volta para a cama e fecha os olhos. Seu corpo faz uma suave depressão no lago azul-claro do seu sono; seu cabelo forma um leque ao redor do rosto. Ela sonha que ainda é uma garotinha, encostada nas costas de Paati para haver espaço para as duas na cama. Mas a cama quebra com o peso delas, e Paati fica pendurada na ponta de uma tábua. Uma tem que usar toda a sua força e os dois braços para evitar que Paati caia de cabeça no chão. *Desculpe, desculpe*, ela murmura, nem acordada nem dormindo, mas num espaço escuro entre uma coisa e outra. E então: *Eu não vou soltar. Vou manter você segura. Amanhã vamos comer laddoos no lanche, okay?*

Ela se levanta às sete e começa a separar as roupas no armário: uma pilha para guardar na mala, uma pilha para a empregada que Amma escolher.

– *Tsk*. Não sei o que estou pensando – Amma diz na mesa do café, passando a mão no rosto úmido. – Depois que *todo mundo* me avisou como é difícil encontrar empregadas de confiança hoje em dia.

– Eu disse que você devia ter se livrado dessa maldita garota depois daquele primeiro incidente – Appa responde. – Depois daquela confusão com aquele grande herói do meu irmão.

– Você não acha que devemos informar a polícia? – Amma pergunta mais uma vez. – Essa louca vai fazer a mesma coisa com outra pessoa, se a deixarmos livre.

Mas a indignação de Appa arrefeceu, e nunca mais será recuperada em relação a esse assunto. Quanto mais sua raiva apoplética ecoa seus ouvidos (ecoou a noite inteira, sua cabeça deitada no travesseiro, os olhos fechados, e agora de manhã ela continua a ecoar), mais ele tem a impressão de que, de alguma forma – embora não se possa negar o crime brutal de Chellam – ele fez papel de palhaço. Que devia ter sido mais altivo, ter controlado a raiva, ter pago calmamente um mês de salário de aviso prévio para Chellam para que ela pudesse arranjar outro emprego. É claro que ela jamais conseguiria um emprego na casa de ninguém depois disso; toda maldita família indiana do país já devia saber o que ela fez. A bruxa da casa em frente se encarregaria disso. Mas ela podia procurar emprego numa fábrica, ou como faxineira em algum prédio de escritórios. Alguma coisa para contentar o pai, porque vamos ser honestos, o homem só está preocupado com o dinheiro no fim do mês para comprar bebida, não com a moral duvidosa da filha. Se ela pudesse ser transferida desta casa para outro emprego, ela estaria a salvo – de quê?

O que vai ser dela na casa do pai?

Esse problema não é meu, Appa tenta dizer a si mesmo. *Não posso carregar todo o sofrimento do mundo nos meus ombros.*

Maldita voz enervante e contraditória que responde: *Ohoho, você não ia consertar as injustiças do mundo? O que aconteceu com seus sonhos mirabolantes, Raju? Que tipo de socialista contrata a filha de um camponês bêbado e não paga nada a ela?*

Ele tenta se defender: *Mas eu estava pagando, só que o dinheiro ia todo para o pai, que precisava tanto dele quanto ela, talvez mais, com aqueles seis sete oito filhos esperando em casa. Eu só escolhi tratar do problema na fonte, você não vê, se o chefe da família tem um pouco mais de dinheiro, isso não beneficia todo mundo em vez de beneficiar apenas...*

Aah, cala a boca, seu filho da puta, diz a outra voz. É bem grosseira essa voz, uma voz de chofer de caminhão, de dono de boteco com a camisa aberta no peito e uma corrente de ouro. Não tem nada do refinamento da voz de Appa. *Quem você pensa que está enganando? Você pagou o pai dela porque é um maldito pondan. Um covarde. Amedrontado demais para defender uma garota de dezoito anos. Grande revolucionário você daria.*

Então, mais uma vez, ele dissuade Amma de sua aparente sede de justiça (que todo mundo, exceto Amma, sabe ser, na realidade, sede de vingança).

– Não seja tola – ele diz. – Você chama a polícia e isto se torna imediatamente um escândalo de primeira página. Você quer ver seu rosto e os rostos das crianças no jornal, para todo mundo ver?

Amma começa a soluçar baixinho, escondendo o nariz no pallu do seu sári.

Talvez ela esteja mesmo chorando.

Na segunda-feira, Appa manda um dos seus office boys à aldeia de Chellam, como planejado.

– Procure Muniandy – ele diz ao rapaz. – Um cara baixo, negro, de cabelo crespo, sem dentes. Você provavelmente o encontrará no botequim. Diga a ele que temos que mandar a filha dele embora, então ele tem que vir buscá-la na minha casa. Assim que puder. – Ele não ergue os olhos dos papéis em sua mesa.

No tribunal, aquele dia, Appa fita os olhos pretos de Shamsuddin bin Yusof e permite que uma coisa fria deslize do alto da sua cabeça até o final da sua espinha. Sim. Um arrepio de repulsa: é assim que ele deve começar. Ele vai fazer seu trabalho, vai se deleitar na glória resultante e se esquecer do resto. Os repórteres e as multidões irão agarrar qualquer farrapo de prova que ele atirar para eles; o júri e o juiz estão na folha secreta de pagamento de alguém. Eles já concordaram que Shamsuddin é culpado antes do dia de hoje, antes de o julgamento começar, antes de Shamsuddin ser pendurado pelos pés diante deles, um coelho tirado de uma cartola invisível. Appa pode perfeitamente deleitar-se na inteligência da própria língua. Seus prazeres não são tão diferentes dos de Uma: ambos podem se dedicar a um papel, ódio secreto e abundante por vilões fictícios, desprezo por pretensos tolos. Ele limpa a garganta e toma fôlego.

O office boy, depois de uma busca infrutífera de duas horas por Muniandy, deixa um recado no botequim antes de voltar para Ipoh.

– Que diabo! – Amma diz em casa. – Se ele não pode vir buscá-la, vamos colocá-la no ônibus. Foi assim que ela veio, não foi? Se o pai não precisou trazê-la, por que precisa vir buscá-la?

— Hmm — Appa resmungou detrás do jornal. — Sim. Tecnicamente, você está certa. Mas não queremos fazer as coisas apressadamente. Não queremos ser acusados de outro crime que possa cometer depois deste. É melhor entregá-la nas mãos do pai, assim ninguém pode nos acusar de nada.

Amma reflete silenciosamente sobre os tipos de crime que Chellam poderá cometer, caso seja solta na selva sozinha: pular no rio Kinta? Voltar à prostituição, de forma que vizinhos e estranhos apontem e digam: "Veja o que aconteceu com aquela moça depois que o advogado Rajasekharan a expulsou." Sim, talvez Appa tenha razão. Talvez esta seja a única maneira de eles preservarem sua condição de inocentes. O que quer que aconteça, eles poderão dizer: "O próprio pai veio buscá-la e a levou para casa."

Nem por um segundo Appa acredita no que a voz de mulher do outro lado da linha diz depois, naquela mesma tarde: "Meu marido — meu marido está doente, saar, muito doente, ainda não pode ir a Ipoh, o senhor pode esperar um pouco mais, por favor, aiyo, por favor, saar, estou pedindo, implorando, tenha um pouco de piedade? Talvez uma semana — ou — ou duas — duas semanas?" Ele imagina quanto a mãe de Chellam teve que andar para chegar na cabine telefônica onde está agora, gaguejando; quanto tempo levou para juntar as moedas necessárias (será que ficou um dia e meio procurando, pedindo emprestado, mendigando, com tanta dificuldade que vai levar mais duas semanas para conseguir o dinheiro da passagem de ônibus para o marido e mais meia passagem para a filha?); se está chovendo tanto lá quanto aqui em Ipoh (que está chovendo não há dúvida: ele pode ouvir o som abafado por trás da mentira dela).

Ele poderia perguntar: Oho, é mesmo? Seu marido apareceu sem falta o ano todo para receber o pagamento aqui na Casa Grande, e agora, de repente, ele está tão doente no primeiro sábado do mês? Ele quebrou o pescoço ou a cabeça, diga-me, qual dos dois? Em vez disso, ele diz:

— Entendo. Entendo. Duas semanas então. Mas ele tem que vir sem falta no segundo sábado do mês. Senão vou ter que jogar sua filha na rua. Está entendendo?

— Duas semanas! — Amma grita aquela noite. — Vamos ter que alimentá-la e mantê-la sob nosso teto por duas semanas!

Amma não precisa se preocupar, porque Chellam não comeu quase nada desde a morte de Paati. Quanto à presença dela sob o teto deles, talvez até isso seja discutível. Com certeza o corpo dela pode ser avistado em rápidas idas ao toalete, mas é um corpo quase desabitado, que encolhe sem parar, um pé já no mundo dos fantasmas. Assim começa o segundo (e último) isolamento autoimposto de Chellam desde sua chegada à Casa Grande: nas duas semanas seguintes as pessoas irão falar com ela, irão falar dela, mas ela própria não irá falar. Como já faz meses que ela não fala com ninguém a não ser Paati, quase ninguém irá notar a diferença, e aqueles que notarem irão apenas imaginar se este é o mesmo velho silêncio ou se é um novo silêncio com um novo objetivo. É difícil dizer. Talvez haja uma nova desesperança em seus olhos. Ou medo. Ou aversão. Mas talvez seja apenas a velha desesperança. Desesperanças são tão difíceis de diferenciar hoje em dia, especialmente quando ninguém tem nenhuma ajuda a dar aos desamparados.

De qualquer maneira, não há necessidade de Chellam falar, nem há espaço para ela tentar dizer alguma coisa, caso desejasse isso, pois a previsão de Appa provou ser conservadora. Graças em grande parte à Sra. Balakrishnan do outro lado da rua, todas as famílias indianas de Ipoh e todos os seus parentes e amigos – não só em toda a Malásia, mas também em Cingapura, na Austrália e na Nova Zelândia, na Inglaterra, na América e no Canadá – souberam da terrível notícia dias depois da morte de Paati: Chellam empurrou Paati, que ela estava sendo paga para cuidar, com quem ela fora grosseira e impaciente desde o começo. Chellam assassinou a sangue-frio uma velha indefesa que confiava nela.

– Ela concordou em ir sem criar caso? – a Sra. Balakrishnan pergunta quando Amma conta a ela sobre a partida iminente de Chellam. – Sorte a sua. Com esse tipo de gente nunca se sabe. Às vezes criam problemas.

– E por que ela criaria problemas? – Amma responde. – Ela sabe que agiu mal. Uma criança de seis anos é testemunha. A verdade vem da boca das crianças, como dizem.

E dizem mesmo. A própria Amma não se lembra direito da citação, e ela não significava nada para a ainda mais inculta Sra. Balakrishnan, que ajeita o coque, estala a língua e diz:

– Não não não, Vasanthi, por favor não se ofenda, não tem nada com a criança, só estou comentando. Não é ruim ela concordar em ir sem criar caso.

– É – diz Amma, empurrando a xícara e se levantando abruptamente –, quietinha, sem criar caso, mas essas são as piores. Cuidando da vida delas, quietinhas, fingindo serem boas moças, e depois enfiando uma faca nas suas costas quando você está distraída.

A Sra. Balakrishnan, que não se deparou o suficiente com a metáfora para ser beneficiada pela sua violência, cala a boca.

Ao telefone, as pessoas sacodem a cabeça para amigos e parentes que não podem vê-las, e comentam que o incidente irá marcar Aasha para sempre. Ela provavelmente irá ter pesadelos durante anos, elas dizem umas às outras. E talvez pior. Quem sabe o que acontece com pessoas que assistem àquele tipo de violência em tão tenra idade.

Uma também ouviu os detalhes da acusação contra Chellam. Não de uma vez só; ninguém chegou para ela e contou tudo, porque ela não demonstrou muito interesse. A história chegou aos seus ouvidos aos poucos, e sempre – fosse nas conversas de quintal de Vellamma e Latchumi ou nos cochichos trocados pelas donas de casa nos pontos de ônibus – Aasha está no centro dela, brilhante de coragem, envolta em piedade. E se Aasha só tivesse denunciado Chellam para se sentir uma heroína? Ela só tem seis anos, Uma raciocina. Crianças são egoístas. Ela, por exemplo, já sabia disso. Se você deixar, elas a comem viva. Enquanto você está dormindo. Até sem querer. *Pelo menos Chellam só vai ficar na casa mais duas semanas; então estará tudo acabado. Embora se minha mão tivesse sido a infeliz e Aasha estivesse me espionando, nunca estaria acabado, nunca.*

Os vizinhos e todos os seus amigos e parentes internacionais observam o quanto Appa é generoso por não denunciá-la, já que seria tão fácil para ele colocar Chellam na cadeia, um advogado importante como ele, com relações na Corte Suprema, juízes comendo em sua mão. Hoje em dia, todo mundo concorda, não se pode confiar nas empregadas. Você paga a elas, dá comida e casa e, no fim, elas matam seus velhos pais ou raptam seu bebê ou roubam suas joias e fogem com os namorados. Não têm vergonha. Fazer uma coisa dessas na frente de uma patchai kozhundai, uma garotinha, imatura, inocente. Deus sabe o que mais ela fez na frente das crianças. Como foi aquela história a respeito dela e do irmão de Raju? Eles desenterraram a história, à luz desta nova prova da depravação de Chellam.

– Quer dizer, você teria que mandar embora a empregada de qualquer maneira, não é? – a Sra. Anthony do número 57 diz para Amma. – Se ela estiver grávida, você não iria querer...

– Sim – Amma se apressa em concordar –, sim, mais cedo ou mais tarde nós íamos ter que nos livrar dela.

No espelho do banheiro ao lado do tanque de água onde Paati bateu com a cabeça, Aasha analisa seu rosto. Quando pessoas dizem as palavras, junta cuspe nos cantos de suas bocas: patchai kozhundai. Um bebê imaturo. Um bebê verde. Um bebê inocente. Ela não é tudo isso? Um pobre bebê, trêmulo, nu como uma banana descascada, sem ninguém para lhe cantar cantigas de ninar e afastar seus pesadelos? Mas por mais que tente ver esta criatura no espelho, Aasha não se sente como um bebê de jeito nenhum. Ela é uma adulta; ela tem um segredo que jamais irá revelar, e só tem a si mesma para responder por isso. Não foi certo ela fazer o que fez? Ela não precisava compensar todos os problemas que causou a Uma? Mesmo que ela tenha contado uma mentira para proteger Uma, foi apenas uma mentira – nem uma mentira inteira, de fato, porque Chellam já empurrou e bateu e beliscou Paati antes, e puxou seu cabelo.

– Mas Aasha – diz uma voz branda –, eu lhe contei a minha história, então você tem que me contar a sua. É uma questão de justiça. Você não pode guardar seu segredo só para você. – A filha do Sr. McDougall está sentada no vaso balançando as pernas. Só seu penteado de coqueiro, amarrado com um laço cor-de-rosa, é visível no espelho.

– Não foi nada – Aasha diz para o laço cor-de-rosa. Secretamente, ela está satisfeita, embora não esteja surpresa, pelo fato de a filha do Sr. MacDougall estar de volta, embora Aasha tenha praticamente ignorado sua última aparição. E por que não? É justo que Aasha, que carrega todas as necessidades e desejos no mundo visível, receba ajuda do outro mundo. Que de vez em quando ela possa respirar tranquilamente e relaxar os ombros e deixar outra pessoa queimar as mãos puxando uma corda esfiapada.

– Não foi culpa de Uma – ela continua. Equilibrada, aparentemente confiante. – Uma estava zangada com... com todo mundo, eu acho. Ou principalmente com Paati. Ela jogou o copo numa demonstração de raiva. Não é uma coisa muito boa, demonstrar sua raiva, é?

A filha do Sr. McDougall sacode os ombros.

– Mesmo assim, não teria tido importância, só que, bem, em primeiro lugar, a mão de Uma escorregou. Eu acho que sim. Quer dizer, ela atirou o copo e a mão dela escorregou. Ou se movimentou daquele jeito, mas não foi Uma quem a movimentou. Ela voou como um pássaro e empurrou Paati. Só a mão, não Uma. E foi só um pequeno empurrão como, como quando, de repente, você se sente zangada demais e diz *ish!* e empurra o que estiver na sua frente. Você entende o que eu estou dizendo, não é? – O laço cor-de-rosa não se mexe, então Aasha continua: – Como quando Suresh me empurra ou eu empurro ele. Só um empurrãozinho, e Paati não caiu, então nada teria acontecido. Foi só *depois disso* que Paati caiu. Foi um fantasma. Eu não pude vê-lo, não sei por que não pude vê-lo, mas havia sem dúvida um fantasma lá. Um toyol, talvez. Ele agarrou os joelhos dela porque foi só o que conseguiu alcançar. Mas o Dr. Kurian não teria compreendido tudo isso. Se eu tentasse explicar isso para eles, todos ririam de mim.

– Yah – diz a filha do Sr. McDougall, finalmente convencida. Aasha dá um suspiro de alívio que embaça o espelho e obscurece momentaneamente sua visão do laço cor-de-rosa, enquanto a menina prossegue: – Quando você é pequena, ninguém se importa mesmo com o que pensa. Você tem que encontrar um jeito de fazer com que as coisas aconteçam. Sorte a sua ter pensado isso a tempo. – Há apenas um vestígio de melancolia em sua voz, que soa, principalmente, paciente, delicadamente generosa com sua sabedoria, e orgulhosa, como sempre, do leve sotaque que é a única herança que tem do pai.

– É o que eu acho também – diz Aasha. – É o que venho dizendo para mim mesma.

Entretanto, a certeza azul-anil das conclusões de Aasha se torna cinzenta em uma semana, apesar das palavras de apoio da filha do Sr. MacDougall. Lá embaixo, Chellam se revira e funga na cama. A cada dia que passa, aventura-se menos a sair do quarto, como se até sua bexiga e seus intestinos estivessem fechando. Lá em cima, Uma cantarola "Mrs. Robinson" e "The Boxer" e "The Sound of Silence" e continua a arrumar a mala como se nada tivesse acontecido, como se Aasha continuasse não existindo. Talvez não houvesse reparação para velhos pecados, afinal de contas. Talvez já fosse tarde demais.

9

O FÚTIL INCIDENTE DO PINGENTE DE SAFIRA

6 de julho de 1980

Seis semanas antes da morte de Paati, Amma recebe seu círculo de amigas para o chá semanal. Ela faz isso contra seus instintos, porque a casa está uma bagunça. Chellam ainda abriga os sedimentos da febre causada pelas profecias perturbadoras do sobrinho dos Balakrishnan, sedimentos esses que ela dividiu generosamente com Paati; odores de urina de velha e das poções misteriosas do Dr. Kurian flutuam pela casa com a brisa. Mas Amma não vai viver à mercê das doenças psicossomáticas de lunáticos. Ela vai receber as damas porque é a vez dela de fazer isso e o show deve continuar; porque ela não tem nada, nenhum consolo, apenas aparências, e deve, portanto, lutar com unhas e dentes para preservá-las.

Então ela manda Vellamma, a lavadeira, tirar as cortinas e lavá-las com água quente; ela manda Letchumi, a arrumadeira, passar xampu nos tapetes e desinfetar o chão com Dettol para eliminar o cheiro da febre que Paati pegou de Chellam. Ela encomenda um bolo Floresta Negra na Ipoh Garden Cake Shop e manda Lourdesmaria executar uma versão barroca do cardápio habitual do chá: quatro tipos de massa, dois tipos de arroz frito, três gelatinas (vermelha, laranja, azul), pirâmides de sanduíches (pepino, manteiga e agrião, sardinha norueguesa) e tenros popiah, rolinhos de porco, pudim, pãezinhos, docinhos de rum, rumaki. E salada de frutas com xerez, arrumada de cada lado de um enorme centro de mesa feito pela Flower Power Florists.

Uma firme determinação contamina todos os envolvidos nesses preparativos; a cozinha, nunca uma colmeia satisfeita sob as ordens de Lourdesmaria, está fria e silenciosa enquanto ela fatia, amassa e enrola. Suresh passa o fim de semana andando para cima e para baixo na Kingfisher Lane, sozinho na sua bicicleta Raleigh, fazendo viagens ocasionais à loja da esquina para comer algum coisa. Aasha caminha na ponta dos pés pelos corredores e escadas da Casa Grande, com os lábios secos e a pele arrepiada. Eles compreendem, em variados níveis de consciência, que esta parte vai ser mais do que uma afirmação de ordem sobre o caos que tomou conta deles nos últimos meses, mais até do que a afirmação habitual do lugar que Amma ocupa no mundo. Vai ser um tapa de luva de pelica em todos aqueles que vêm corroendo esta casa, cega ou maliciosamente ou por puro tédio: os empregados bisbilhoteiros, os que debocham por trás.

Existe outra pessoa diante da qual Amma deseja exibir sua falsa tranquilidade, e essa pessoa não pode, por mais que deseje, ignorar o brilho da retidão de Amma ou o ruído do seu sabre sob o sári de seda. O que Uma pode ou não ignorar é um grande mistério até para os olhos sempre atentos de Aasha, porque Uma, ao contrário de Aasha, é mestre em disfarce e dissimulação.

Ora, apenas um mês atrás, eles a viram numa performance tão convincente que ficaram todos assustados – sim, o próprio Appa se mexeu inquieto em seu assento. Todos eles se perguntaram se era Uma que estava chorando naquele palco tão iluminado, e não Masha, a segunda das três irmãs, cujo nome Uma tomara emprestado por três noites. Só Aasha foi corajosa o suficiente para perguntar em voz alta: "Uma está chorando? Uma está chorando mesmo, não está fingindo?" Por causa disso, Amma deu um beliscão em sua coxa e Suresh revirou os olhos. E, depois disso, Aasha soube o que outros preferiram ignorar: que Uma tomara emprestado o nome de Masha para poder chorar na frente de todo mundo.

A peça em si é a causa do descontentamento mais recente de Amma em relação a Uma, o fruto que vem alimentando sua indiferença, como um verme, por um mês. Porque no final da última noite, quando Uma e o resto do elenco se inclinaram para agradecer os aplausos, um rapaz de camisa azul e gravata mais azul ainda foi até o palco com um enorme buquê de rosas cor-de-rosa nos braços, e Uma, naquele corpete justo, vitoriano, mais ajustado ainda para realçar (um tanto pateticamente, na opinião de Appa) o pouco que ela tinha de seios, foi até a beirada do palco para receber aquelas flores.

Então alguém na plateia assoviou, um assovio alto e agudo que confirmou os pensamentos lamentáveis que todo mundo dividiu com Amma.

Pensamentos esses que ela expressou em voz alta no carro a caminho de casa, e depois, durante vários dias.

– Todo mundo sabe – ela disse, tentando encontrar os olhos de Uma pelo espelho retrovisor – que o único motivo por você estar tão entusiasmada por esta idiotice de representar é porque você adora chamar atenção. E não uma atenção qualquer. Você quer a atenção dos *homens*.

Esta foi a jogada inicial de Amma num jogo do qual Uma se recusou a participar. Mais precisamente, este foi, como ocorre na maioria das jogadas iniciais, meramente o gesto mais recente numa guerra que já vinha ocorrendo havia muito tempo: foi na época distante das visitas regulares de Tio Salão de Baile à Casa Grande que o suposto desejo insaciável de Uma por atenção masculina foi rancorosamente observado. Sempre que Amma notava certas roupas ou expressões de Uma atualmente, a ideia de sua concupiscência ressurgia com vigor renovado, colocando palavras na boca de Amma e imagens insuportáveis – cenas das quais ela só podia sentir vergonha – em seus olhos. Uma mãe imaginar a filha fazendo esse tipo de coisas! Mas ela não conseguia se controlar. Agora, a recente lembrança de um rapaz de cabelo alisado, vestido de azul, a provocou. Por que ela não podia simplesmente ignorar a moça, fingir não notar quem lhe dava flores, deixar que continuasse mergulhada naqueles sonhos tolos? Segundo todas as outras mães que ela conhecia (com as quais nunca discutiu explicitamente o problema), essa era a cura mais eficaz para o que elas chamavam de Drama de Adolescente. A melhor maneira de terminar com aquilo era ignorar completamente.

Mas a corda que une Amma a Uma, queimando as mãos de ambas, tem um nó mais complicado do que os de outras cordas. Amma não sente apenas inveja da juventude de Uma, nem da sabedoria inata que permite que as jovens modernas não se deixem tocar pelos erros da geração dela. É claro que a visão de Uma confronta sua mãe com lembranças de sua própria perigosa ingenuidade cem vezes por dia: se não fosse pelas roupas mais bonitas e pelas mãos que atestam uma casa servida por muitas empregadas, Uma poderia ser Amma vinte anos atrás. Coloque-a em pé na frente da janela, remova o efeito dos anos de aulas de teatro, a confiança em seus ombros, a postura orgulhosa do queixo, e lá está Amma mais jovem, olhando pela janela e vendo o Morris Minor verde de Appa entrando na Casa Grande pela primeira vez.

Entretanto, o que realmente atormenta Amma é o tênue sorriso com que Uma brinda os homens (qualquer homem: seu próprio tio, motoristas de ônibus, Mat Din, o homem que vende churrasco toda tarde); aquela inclinação do corpo para receber as rosas que Gerald Capel estendeu para ela; o modo como ela diz oi – nunca alô – com uma voz que vem do fundo da garganta quando atende os telefonemas de rapazes que ligam com o pretexto de confirmar horários de ensaios ou rotas de ônibus. Em tudo isso existe algo que não chega a ser um convite, mas que é mais substancial do que um sonho. O fato de Uma, que sabe tão pouco a respeito do objetivo final dos seus flertes, estar mesmo assim tão ansiosamente voltada para este objetivo – o fato de ela ser conduzida tão cegamente por estes instintos – é algo insuportável para sua mãe. Insuportavelmente idiota, insuportavelmente repugnante: observar Uma enche sua boca de um gosto ruim, frio e mole como a carne de um marisco estragado.

Só raramente isto é também insuportavelmente triste. Qual foi a última vez que ela se sentiu protetora em relação a Uma? Quando Uma precisava dela. Quando Uma era pequena, antes de começar a ler livros grossos, recitar poesia e exibir sua inteligência. "Eu sou mais inteligente do que a minha Amma", ela anunciara para as damas um dia, e, embora Amma soubesse que Paati lhe dera essa ideia venenosa, isso não tinha feito diferença; Uma ficou viciada para sempre neste doce sabor. Como você pode se sentir protetora em relação a uma criança que boceja de tédio em sua companhia, que revira os olhos para vocês aos seis anos de idade e debocha do seu estilo de vida aos dez? Seus chás e suas liquidações, ela dizia, e, embora ela tivesse o colorido e a estrutura óssea de Amma, como ela se parecia com o pai nesses momentos! Suas obras de caridade.

Se você é tão mais inteligente do que eu, Amma não pode deixar de pensar agora, *vamos ver o que o destino lhe reserva. Vamos ver que vida de conto de fadas está esperando por você e seus homens.* A parte dela que quer ver Uma lentamente destruída por uma interminável série de decepções não é, na realidade, tão pequena assim. *Por que eu deveria ter pena dela se ela não tem pena de mim?* Esta pergunta poderia ser o lema familiar, algo para ser bordado num brasão, só que nenhum deles notou quantas vezes os outros fazem esta pergunta.

É claro que esta aversão por parte de Amma teve alguns breves períodos de reversão. Dois anos atrás, quando a antiga Uma começou a desaparecer, deixando em seu lugar a Uma distraída, de olhos baixos, roendo as unhas, Amma sentiu uma pontada de inquietação. *O que aconteceu, Uma? Qual é o problema?* Mas ela não conseguiu fazer estas perguntas em voz alta – não, ela e Uma jamais conversariam assim, isto era inconcebível – e logo elas foram substituídas por perguntas retóricas. *Eu achei que você fosse forte e feliz, eu achei que você só precisasse da sua avó e do seu pai, o que foi que aconteceu?*

A pior inquietação de todas, uma agonia que Amma ainda luta para sufocar, veio antes da transformação de Uma. Para reprimir a culpa que afina sua saliva como lágrimas quando ela se recorda disso, Amma, ainda hoje, tem que se deitar e fechar os olhos, e mesmo assim uma certa peça encenada numa tarde de sábado em 1978 não a deixa em paz. A peça tinha vindo após um longo período – duas semanas? três semanas? – durante o qual Appa só viera em casa umas duas vezes, e, ainda assim, à noite, sem ser visto, saindo de manhã sem dizer uma palavra a ninguém.

– Quer calar a boca? – Amma dissera um dia em que Suresh tinha feito uma brincadeira na mesa do lanche depois que ela e os filhos haviam ficado em silêncio, as crianças soprando suas bebidas quentes, mastigando seus biscoitos, brincando com as migalhas; ela olhando para a parede atrás da cabeça de Uma, por vinte minutos. Suresh! O único que tinha certeza suficiente do seu lugar no mundo para dizer alguma coisa naquelas longas tardes, e foi isso que ela disse para ele. – Estou cansada da sua voz – ela dissera com ódio para dentro da xícara de chá. – Por que você não conta suas piadas para o seu Appa? – Mas quando ela ergueu os olhos, foi o olhar de Uma que viu, e não o de Suresh.

Uma semana depois, as crianças encenaram sua peça na sala. Elas tinham ensaiado a semana inteira; tinham feito os programas, os tíquetes, tudo, tudo sob a supervisão de Uma, pois ela já era a estrela do clube de teatro.

– Vocês têm que se arrumar para vir – Aasha tinha informado a eles. – Para ir ao teatro, as pessoas têm que vestir roupas bonitas, não é? – Eles tinham obedecido de má vontade. Appa tinha lido o jornal lá embaixo enquanto Amma se vestia, e quando ela desceu, ele subiu para vestir uma camisa de manga comprida e uma gravata. Ela sabia que ele tinha feito isso para ser decente, para livrá-los do embaraço de conversar animadamente sobre os filhos como pais normais, porque já fazia algumas semanas que Appa não passava uma noite em casa, e meses que eles não jantavam juntos em família. Teria sido odioso para eles ter que fingir; já era suficientemente desagradável terem que sentar um ao lado do outro no sofá estampado da sala, em lugares especialmente reservados que Uma tinha enfeitado com faixas de papel fino.

O objetivo da peça se tornou dolorosamente claro à medida que ela se desenrolava. Seu título era *Clara procura uma família*; ela contava a história simples (embora um tanto absurda) da Pequena Órfã Clara em busca de pais que servissem para ela. Depois de colocar um anúncio nos classificados de um jornal local, Clara sentou-se sob uma árvore em frente à prefeitura, entrevistando candidatos potenciais, todos baseados em personagens dos livros favoritos de Uma. Aasha fez o papel de Clara por sua própria insistência, embora muitas das falas fossem tão longas para ela que Suresh tinha que soprá-las detrás das cortinas (uma área chamada de Bastidores durante aquela tarde). A primeira candidata foi a Duquesa de *Alice no País das Maravilhas* (acompanhada por um Duque encolhido, inventado por Uma), rejeitada por sua predileção por castigos corporais; depois veio o avô de Little Nell (inaceitável por sua história de decisões financeiras equivocadas); depois veio o infeliz Prefeito de Casterbridge ("Só porque você vendeu sua própria família", Clara diz a ele, "não significa que possa ficar comigo"). Os candidatos seguintes estavam mais próximos de casa. Um casal de aristocratas ingleses, distintamente wodehousianos em sua dicção, foram prontamente informados, "O senhor só quer saber do seu clube, e a senhora, madame, só liga para seus chás e belos chapéus". A mãe do Pequeno Lorde Fauntleroy se deu melhor – Clara gostou imediatamente dos seus olhos afetuosos –, mas no último instante Clara sacudiu tristemente a cabeça e disse: "Não, a senhora está sempre tão triste que nunca vai prestar atenção em mim."

Empertigada em sua cadeira, sentindo Appa mexer-se ao seu lado e cruzar e tornar a cruzar as pernas, Amma odiou Uma intensamente naquele momento, aquela sua filha inteligente demais que não sabia ou não estava ligando para os sofrimentos que estava causando – e então, num segundo, como se uma substância química tivesse sido acrescentada no tubo de ensaio causando uma precipitação, uma tristeza terrível encobriu aquele ódio. Ela não podia assistir àquela peça, não podia, mas tinha que assistir, ou eles iriam saber o que ela estava sentindo, ela tinha que assistir...

E assistiu. Houve mais um par de candidatos, um fazendeiro e sua esposa. Eles não tinham título de nobreza nem propriedades nem grandes ambições, mas eram simples, gentis e bons. Eles só tinham a oferecer a Clara um colchão de palha, uma história toda noite na hora de dormir e um vestido remendado que pertencera à esposa do fazendeiro. "Sim", Clara disse – e esta fala Aasha não esqueceu nem misturou –, "sim, é claro que eu vou com vocês."

A peça terminou sob aplausos estonteantes e uma ovação de pé (se é que uma plateia de dois pode constituir uma ovação). Houve tapas no ombro para Suresh e puxões carinhosos nas tranças de Uma; depois todos se sentaram para saborear o lanche que Lourdesmaria fora encarregada de preparar para o evento. Mas depois que todas as perguntas tinham sido feitas duas vezes – Quanto tempo você levou para pensar em tudo isso, Uma? Suresh, quanto tempo você levou preparando estes programas? Aasha, onde foi que você aprendeu a representar assim? – eles sossegaram para tomar chá e Milo, para refletir.

Pobrezinhos, Amma pensou então, *pobrezinhos!*

Ela estava inteiramente correta: as crianças escreveram e representaram aquela peça com o único objetivo de melhorar o comportamento dos pais. Eles concluíram, depois de toda a violência que ela demonstrara na mesa do chá, que cabia a eles tentar consertar tudo o que havia de errado no mundo; um pouco de iniciativa poderia fazer milagres.

– De todo modo – disse Suresh, sempre o mais realista –, mesmo que eles não percebam do que se trata, ainda vão ter que sentar um ao lado do outro e assistir. Então nós vamos dizer, Vejam, nós fizemos Appa sentar e ouvir nossas piadas! E depois disso, vamos lanchar todos juntos. Eles vão se lembrar disso por algum tempo. Appa vai se sentir mal por termos nos esforçado tanto, e vai voltar para casa direitinho durante uns dois dias, e isso vai deixar Amma contente, não é?

Realmente, Appa ficou em casa na noite seguinte à peça, mas foi para o escritório e fechou a porta. E como todos tinham comido bolinhos de curry e bolos no lanche, ninguém jantou.

Uma se lembra desta tarde quase tão bem quanto Amma. Em suas noites de estreia e de despedida no palco, ela vê seus pais em seus assentos só para família e VIPs na primeira fila, e é imediatamente assaltada pela imagem deles, todos embonecados, na sala. Porque naquele dia, Uma, Aasha e Suresh assistiram a uma peça inteiramente diferente, e não apenas *Clara procura uma família* de um ângulo diferente. Esta peça fora da peça foi estrelada por Amma e Appa, e exigiu tanta atenção de Aasha que a pobre criança esqueceu quase todas as falas que tinha se esforçado tanto para decorar. As crianças a assistiram com o canto do olho, e, sempre que tinham que afastar o olhar, ficavam tão ansiosas que novos olhos se abriam em seus pescoços e costas, implorando, *Por favor, gostem disto, por favor. É o melhor que podemos fazer. Depois disto, não podemos fazer mais nada.* Mas Appa e Amma não conseguiram investir tanto em *Clara procura uma família* quanto as crianças naquela outra peça: cada hohoho, cada gargalhada, cada arquejo ou meio segundo de desconforto lembrava a elas dos riscos de sua aventura. Appa e Amma poderiam deixar de entender a mensagem deles, ou, pior ainda, poderiam, secretamente, odiar tanto a mensagem quanto os mensageiros.

– Eles riram? – Suresh perguntou aquela noite depois que Appa e Amma tinham ido para a cama.
– Eles choraram? – Aasha perguntou. – Ficaram tristes?
– Ish, eu não sei – Uma disse, fingindo impaciência. – Todo mundo se divertiu e agora terminou. Eu não sei quem riu, quem chorou e quem viu o quê.

Mas ela sabia, e agora tem muitas oportunidades de rever a visão de canto de olho que teve dos sentimentos de Amma naquela tarde. Primeiro, a raiva – o modo com que Amma tinha se inclinado quase imperceptivelmente para frente, depois se recostado no assento, tão imóvel e reta como um poste telefônico – e, depois, a tristeza tinha se espalhado pelo seu rosto. O queixo tremendo, a boca caída nos cantos. *Você se arrependeu naquela hora*, Uma pensa. *Você se arrependeu por ter sido tão má para nós. Já se esqueceu? Ou você decidiu que tinha que ser pior ainda porque nós fizemos você se sentir mal?*

Não há respostas exceto as intermináveis provocações de Amma, pronunciadas com os lábios crispados e as narinas abertas, dez vezes mais ácidas desde a última apresentação de *As três irmãs*:

– Sabe o que você estava parecendo quando aceitou as flores do rapaz? Você acha que estava parecendo uma dama, não é? É por isso que está sempre olhando para a fotografia? Você parecia uma dançarina ordinária. Uma... não vou dizer porque não quero que seu irmão e sua irmã ouçam essa palavra. Eu sei e você sabe, isso é o bastante. Qualquer homem serve, não é? Qualquer homem olha para você e você se sente no céu. Você era assim com seu próprio tio. Nós todos pudemos ver o que estava para acontecer. Agora um estudante qualquer olha para você com olhos sonhadores e pronto, você se acha uma Sofia Loren.

Suresh deseja que Amma cale a boca e não se meta. Aasha deseja a mesma coisa, com palavras menos veementes. Porque embora Uma raramente pareça escutar o que Amma diz – e quando escuta ela apenas sorri de leve e continua a cantarolar para si mesma –, nem Suresh nem Aasha conseguem se livrar do medo.

Não, não, Suresh raciocina, *nós só estamos nervosos porque têm acontecido coisas ruins, então parece que mais coisas ruins vão acontecer. Isso não é verdade.* Uma tem uma casca tão grossa que ninguém consegue quebrar, tão espessa e brilhante que ninguém consegue ver nada nela a não ser o próprio reflexo. Ela faz a petulância infantil de Amma se refletir de volta sobre ela e a faz sentir-se tão tola que logo, com certeza, ela vai desistir.

Então, um dia, Uma ergue a cabeça do seu álbum de fotos do dia de encerramento da peça (Gerald Capel oferecendo-lhe flores como se ela fosse uma deusa, os seios de Uma brilhando como a terra prometida acima das luzes do palco). Ela olha diretamente para Amma, que acabou de dizer:

– Se este tipo de atenção é a única coisa que a faz se sentir bem, então por que não?

– Pelo menos – Uma diz –, eu tenho uma maneira de me fazer me sentir bem.

Esse foi o dia em que Amma anunciou sua intenção de ser anfitriã do próximo chá.

Todo dia, desde então, o chá infernal se aproxima mais.

Sexta-feira.

Sábado.

Domingo.

Vellamma estende a toalha de mesa de linho irlandês, e uma escuridão cai sobre a casa como um cobertor de fumaça. Eles mal conseguem respirar.

Amma está em seu quarto fazendo a maquiagem quando Chellam chama por ela do pé da escada:

– Madame! Madame! Paati está chamando!

Amma vai até a porta do quarto e fica lá, as escadas formando pregas em sua sombra comprida. Inclinando-se no corrimão, Chellam repete o recado:

– Paati está chamando, Madame. – Sua voz está embargada de lágrimas. A pele de suas panturrilhas magras está seca e descascada.

– Peça a ela para tomar o remédio. Ponha um pouco de Tiger Balm num lenço e dê a ela.

Mas Chellam diz que já fez isso. Remédio, Tiger Balm, café quente. Paati quer Madame, só isso.

– Vasanthi! Vasanthi! – Amma agora pode ouvir os gritos de Paati. A voz dela sobe e racha a cada chamado, como o grito de guerra de um galo geriátrico.

Uma Amma semimaquiada desce a escada, sua sombra deslizando à sua frente, moldando-se a cada degrau. Ela atravessa a sala de estar, a sala de jantar, o longo corredor, com as mangas do seu caftã enchendo-se como as velas de um antigo navio mercante numa viagem condenada. Eles todos a sentem passar: Aasha, que está bem atrás de Chellam; Suresh, que está lendo uma revista em quadrinhos de *Archie* na sala de jantar; Uma, que está na cozinha juntando provisões para não ter que sair do quarto durante o chá.

– Estou aqui – Amma fala suavemente para Paati. Para Chellam, ela diz: – Tudo bem, pode ir. Vá. – E Chellam sai, contente por ter sido liberada, com visões agradáveis de Paati sufocando com o café que fazem com que o caroço no seu queixo vibre como um tambor de guerra. No quintal, ela pega uma vassoura e começa a varrer o chão de cimento. Aasha sobe a escada e se senta no patamar.

– O que é agora? – Amma pergunta a Paati. – O que você quer?
– Aquela garota estúpida – Paati diz. – Eu só queria... Aiyo! Amma! Enna? O que foi que eu fiz? – Um gemido alto subiu do canto de Paati e entrou nos ouvidos das crianças. Um estrondo de metal soa como um trovão no meio daquele som angustiado.

Chellam deixa a vassoura cair no chão.

Aasha ergue os ombros para tapar os ouvidos e encolhe o pescoço como uma tartaruga. Com o rosto crispado, ela começa a contar os antepassados na última fileira do retrato de casamento de Paati. Alguns são difíceis, porque estão ocultos pelas pessoas na fileira que fica na frente deles. Eles devem ser contados como metades ou como quartos?

Na sua cadeira de vime, Paati chora como uma garotinha perdida na multidão.

Uma fecha três armários de cozinha um depois do outro e volta para o quarto, carregando uma tigela de pasta de sardinha, uma lata de Cream Crackers, duas caixinhas de chá de crisântemo, e (nos dentes) um pacote de queijo. Com o canto do olho, Aasha vê as pernas de Uma fazerem uma pausa no patamar da escada. Vagarosamente, os olhos de Aasha sobem por aquelas pernas, mas quando alcançam o rosto de Uma, este se fecha como uma das velhas portas de correr de Tata. Uma grande lufada de ar quando ele se fecha, um estrondo que faz Aasha pular de susto. A porta é trancada e Uma desaparece atrás daquele rosto.

No canto de Paati, seu kovalai de aço inoxidável está no chão numa poça de café. Paati está enxugando as lágrimas com as duas mãos ao mesmo tempo, as palmas raspando a pele do rosto como lixas. Encrencada agora. Que vergonha.

– Chellam! – Amma chama. – Por favor, venha limpar esta sujeira. Paati derramou café no chão. Eu tenho que subir para me vestir.

Chellam vem correndo para limpar a sujeira que elas fizeram, suas sandálias japonesas deixando pegadas no chão do quintal.

Amma sobe a escada e entra no quarto.

Suresh sai sorrateiramente em direção à loja da esquina.

Aasha sobe os degraus restantes bem devagar, relutante, pisando com os dois pés em cada degrau antes de passar para o seguinte.

A porta de Uma está trancada, é claro.

Mas a de Amma está aberta.

Diante do seu espelho de corpo inteiro, Amma tirou o caftã e vestiu sua combinação de seda. Agora ela prende os ganchos da sua blusa bordada a ouro de baixo para cima: ladrão, mendigo, homem pobre, homem rico. Sempre homem rico: todas as suas blusas de sári têm quatro ganchos. Ela contempla seu reflexo no espelho e passa os dedos nos dentes do seu pente. O sol bate no espelho e se reflete em seus olhos, cegando-a. Ela aperta os olhos, pisca, olha para o pente em suas mãos.

Seu sári azul está estendido na cama; seus acessórios estão sobre a penteadeira. O broche de ouro e madrepérola para o ombro. Os brincos e a pulseira de diamantes Rangoon. E em sua longa corrente, mil facetas no seu corpo em forma de lágrima, o pingente de safira de Burma.

O pingente pertenceu à mãe de Amma, na época em que ela ia a casamentos e outras festas mundanas e se esforçava para não parecer uma qualquer. Pouco antes do casamento de Amma, sua mãe não aproveitou a ocasião, como faziam outras mães, para presenteá-la com as joias que seriam dela até que ela as passasse para a filha mais velha. Foi o pai de Amma que abriu o cofre, não porque estivesse ansioso para entregar os tesouros da família, mas porque as pessoas iriam falar se sua filha fosse para a casa do marido sem nada.

– Você não vai dar nenhuma de suas joias para a sua filha? – perguntou à esposa, sem elevar a voz no final da pergunta.

– Pegue o que quiser – respondeu Ammachi. – Nada disso vale nada para mim.

Amma só pegou o pingente de safira porque precisava pegar alguma coisa; seu pai estava esperando. Apenas uma coisa: isto iria acalmá-lo, porque tudo o que ele queria era que ela tivesse um dote nominal. Se ela pegasse muito, ele ficaria agitado. E então suas duas irmãs teriam que brigar pelo que tinha sobrado. Ela escolheu o pingente porque uma vez, muito tempo antes, quando cores brilhantes eram suficientes para encantá-la durante horas – quando uma garrafa verde escuro ou um copo de suco cor de rubi significavam tanto quanto este objeto caro que ela agora tinha nas mãos –, ela o tinha amado. Ela não sabia mais gostar das coisas desse jeito.

Aasha gosta do pingente de safira com o mesmo desejo puro, como uma seda, embora Amma não saiba disso; Aasha nunca demonstrou este amor. O pingente é como o interior de um globo de neve, contém um mundo dentro dele; segurá-lo é como voar, ou nadar, ou se afogar sem medo. Um afogamento mágico, um mergulho desejado em direção ao leito do oceano cheio de castelos de sereias. Um dia, Uma, a sortuda Uma, vai usar este pingente no pescoço diante de um espelho oval de duas faces na América. Às vezes Aasha deseja que o pingente fosse destinado ao seu próprio enxoval de casamento. *Se ao menos* – mas ela sempre para nesse ponto, porque na verdade, no fundo do coração, ela quer que Uma fique com ele.

Aasha se inclina sobre a cama de Amma e toca no pingente com as pontas de quatro dedos, embora saiba que não deveria fazer isso. No espelho, ela vê que Amma ainda está olhando para os dentes do pente. Ela pega o pingente e vê um raio de sol iluminá-lo. Lâminas azuis brilhantes se projetam pelo quarto; borboletas azuis esvoaçam nas paredes e sobem pelas cortinas brancas. Uma única borboleta azul pousa no rosto de Aasha, suas asas azuis cobrindo sua face. Amma leva um susto e se vira.

Por um momento, ela morde a língua. Uma onda gelada cobre seu rosto e suas mãos. *Não*, ela pensa. *Veja o rosto dela.* Aasha, amedrontada mas esperançosa com este breve silêncio, enfrenta seu olhar.

Amma sabe os jogos que deveria jogar; ela já viu outras mães jogarem esses jogos; ela mesma os jogava às vezes quando Uma era bem pequena. Mas agora quando se lembra de tudo isso – de referir-se a si mesma na terceira pessoa – *Amma vai dar comida a Uma agora, certo? Amma está vindo, Amma está subindo* –, das rimas infantis e das bonecas de papel, do peso suado de crianças pequenas em seus braços – ela sente como se tivesse nadado debaixo d'água por tempo demais, seus pulmões quase transparentes de tão esticados, os vasos sanguíneos distorcidos como imagens em balões de aniversário com excesso de ar. Uma respiração e ela vai se afogar. Ela se lembra, também, da manhã em que acordou e retomou a si mesma: *Eu estou cansada*, ela disse para si mesma, ao ouvir Aasha chorando para sair do berço. *Eu, eu, eu. Não Amma; Vasanthi*. Ela reaprendeu os contornos do próprio nome, tocando suas paredes e vigas e portais, maravilhada, mas como esta libertação fora insuficiente, no fim! Pois aqui está esta criança agarrando sua vida com seus dedos grudentos, uma criança que saiu dela apenas seis anos antes, passando de parasita interno para parasita externo depois de oito horas difíceis de trabalho de parto. Essa avidez inocente no rosto, essa é sempre a pior parte.

Amma vira o rosto para a janela aberta e quase sufoca com o cheiro forte de flores. Mat Din deve estar mexendo nas roseiras. *Eu estou cansada*, ela torna a pensar, e o mundo começa a girar sozinho, como as palavras fazem às vezes entre o cérebro e a língua, como se fossem um ciclone, uma armadilha quente, embaçada, empoeirada. Se ao menos ela pudesse fugir, mas, em vez disso, ela fecha os olhos com força e diz:

– Vá embora e me deixe sozinha, Aasha. Estou cansada de você. Estou cansada de todos vocês. Me deixa em paz.

Aasha larga o pingente sobre o colchão, dá meia-volta e sai. Simples assim.

DURANTE DEZENOVE ANOS, as damas circularam em torno de Amma, gratas por terem sido escolhidas para participar do círculo mais exclusivo de esposas ricas de Ipoh. A lista sofrera poucas alterações desde sua elaboração original; as damas eram todas casadas com advogados ou médicos importantes, todas se penteavam com o mesmo cabeleireiro, todas (exceto Amma) se dedicavam a ikebana, decoração de bolos e trabalho voluntário no Lar para Crianças com Paralisia Cerebral. Elas nunca chamaram atenção para a falta de hobbies de Amma, nunca perguntaram o que ela fazia a semana toda entre um chá e outro, porque, embora não saibam dizer ao certo em que se ocupa, suspeitam de que ela seja infeliz em casa.

Diversas vezes, no decorrer das tardes de domingo, Amma fica tentada a informá-las. Inesperadamente, no meio das palavras de alguém ou durante um intervalo na conversa, ela vê os músculos da sua boca se mexendo contra sua vontade, formando um *Oh* ou um *Ah* ou um *Eh*, esperando para exclamar um "por falar nisso" escondido dela, mas percebe o truque todas as vezes e toma um gole de chá ou enfia na boca, apressadamente, qualquer frase que possa tirar do ar para acompanhar a sílaba fujona. Oh – como vai indo a sua reforma, Daisy? Ah – Jasbir, que gentileza a sua trazer essas geleias da sua viagem à Inglaterra. É sempre por pouco, e a confissão não dita fica soando em seu ouvido pelo resto da tarde: *Por falar nisso, Leela, Daisy, Jasbir, Dhanwati, Latifah, Rosie, Padmini, Hema, Shirley, por falar nisso, querem saber o que eu fiz esta semana? Fiquei sentada na sala de jantar esperando o carro do meu marido aparecer na rua, durante oito horas na segunda, seis horas na terça, mais oito na quarta, nove na quinta – o quê? O que foi que você disse? Não, não, definitivamente não é nada agradável. Eu não tenho nenhum hobby, vocês sabem. Mas meu marido tem. E são suas atividades extracurriculares que alimentam minha imaginação quando eu fico sentada naquela mesa todo dia...*

Já faz vários anos que as damas vêm ouvindo certos boatos a respeito de Appa. De fato, uma pequena facção do círculo do chá se reúne Fora, como elas dizem (o que significa apenas que uma ou outra se reúne numa sala de visitas durante a semana, além das reuniões normais de domingo do grupo todo), para discutir estes boatos. Elas não admitiam nem a natureza clandestina destes encontros nem seu objetivo, em voz alta para si mesmas, mas cada uma delas sabe perfeitamente qual é sua natureza e seu objetivo.

    A pena secreta que têm de Amma é uma iguaria deliciosa; para ocultar seu desconforto diante de Amma, elas a adulam mais do que nunca. Elogiam suas roupas e seu corpo, sua mobília, sua porcelana, as habilidades da sua cozinheira. Acima de tudo, elas elogiam o que acreditam ser seu maior consolo e fonte de orgulho: a inteligência dos seus filhos, que elas vêm avaliando há anos. Elas conhecem cada marco e cada feito irreal: que Uma tinha lido toda a obra de Dickens antes de sair da escola primária; que Suresh tinha vencido crianças com o dobro da idade dele para ganhar a medalha de ouro numa competição de arte internacional aos oito anos; que a pequena Aasha tinha decorado todos os monólogos de Uma no palco só de ouvir da porta do seu quarto. (A descoberta desta última façanha deve ser creditada às próprias damas: a caminho do banheiro para empoar o nariz um domingo, a Sra. Cirurgião Daisy Jeganathan ouviu Aasha recitando baixinho a fala de Ofélia, "Ó, que mente nobre teve aqui seu fim!", na beira da escada.) Nos últimos meses elas precisaram mais do que nunca dos sucessos das crianças, porque o humor de Amma tinha piorado diante dos olhos dela. Ah, ela oferece chás com a mesma regularidade de sempre e faz tudo o que é preciso, se arruma, supervisiona a cozinheira. Mas seu véu está rasgado e ela fornece algumas pistas: um olhar de desprezo quando alguém pergunta por seu marido, uma impaciência ao ouvir os suspiros de comiseração da Sra. Dwivedi (*Ah, esses advogados importantes são tão ocupados, Vasanthi, trabalham tanto, eu sei*).

    Que bênção para as damas que esteja se aproximando a hora de Uma partir para uma universidade de renome! Elas quase que só falam sobre isso agora: tudo, desde uma observação sobre o tempo (*Imagine como vai estar mais frio em Nova York!*) até as iguarias servidas no chá (*Uma não vai ter nada disso em Nova York, pobrezinha*), leva a uma referência à bolsa de estudos de Uma na Universidade de Colúmbia.

    Hoje as damas notam um frio incomum quando passam pelas portas amplas da sala de visitas de Vasanthi. Lá fora, faz um calor infernal; a Sra. Rangaswamy, que teve que dirigir o próprio carro porque seu motorista está doente, queimou as mãos no volante, e a bolsa bordada de contas da Sra. Cirurgião Daisy Jeganathan está tão quente quanto um carvão em brasa por ter ficado no sol durante seu trajeto até Kingfisher Lane. Então o que cada uma delas sente não pode ser frio. É um som, talvez, um zumbido, uma pá solta nos ventiladores de teto? É um cheiro, um cheiro frio e pungente de desinfetante? Tem alguma coisa errada na Casa Grande que afetou até Vasanthi: quando ela as cumprimenta com seu sorriso agridoce de sempre, cada uma nota um brilho febril em seus olhos. Ela passou batom às pressas, e ficou com uma boca vermelha, maior do que a dela, como se mãos trêmulas tornassem impossível colorir dentro das linhas. Os elogios habituais das damas, que já estavam na ponta das línguas, tornam a descer por suas gargantas na mesma hora. Mas enquanto elas estão ali paradas, puxando nervosamente as franjas dos sáris, a chegada da Sra. Dwivedi salva o dia e o jogo começa.

– Tive que deixar meu Rajesh na aula de matemática – a Sra. Dwivedi diz, ofegante, enxugando o suor da testa com um lenço bordado que tirou de dentro dos seios fartos. Sua barriga se derrama entre o sári cor de pêssego e a blusa como uma rosquinha de creme que uma criança impaciente espetou com um garfo. – Ele demorou tanto para se arrumar, o que se pode fazer com essas crianças hoje em dia? Até para uma aula elas têm que se arrumar todas. Não sei se ele vai estudar ou encontrar as garotas. – Este discurso deu tempo suficiente a ela para encher o prato de iguarias; agora as outras damas a acompanham.

– Sim – Datin Latifah diz –, nosso Hisham também tem nos dado muito trabalho. Acho que vamos ter que cancelar nossa viagem anual para Paris no ano que vem, ano de exame para ele, sabem? E ele, eu digo a vocês, passa o tempo todo jogando futebol, jogando hóquei, só não liga para a escola, hai.

– Nós, pais, não temos descanso – a Sra. Jeyraj acrescenta, suspirando. – É sempre a mesma coisa, toda mãe que eu encontro faz as mesmas queixas, exceto você, é claro, Vasanthi.

Amma está com a boca cheia. Ela mastiga e olha ao redor, mas ninguém consegue decifrar sua expressão.

– Faça com que ela leve roupas quentes – a Sra. Rangaswamy sugere. – Mesmo em setembro Nova York é gelada.

— E é melhor você encher a mala dela de Cream Crackers, sopas Maggi e coisas do gênero — diz a Sra. Chua — e um ou dois pacotes de caldo de galinha. Ela vai estudar medicina, não é? Quando vai ter tempo de cozinhar? Caldo de galinha é muito bom, basta abrir e tomar, é muito nutritivo.

— Medicina, é mesmo! Eu tinha esquecido. Parece um conto de fadas. Medicina na América, numa das melhores universidades, como nossos filhos podem...

— Na realidade — diz Amma, depositando o prato sobre os joelhos —, minha maravilhosa filha acha que quer ser atriz.

As damas riem, a Sra. Cirurgião Daisy Jeganathan atira a cabeça para trás e dá sua gargalhada de noitada de bridge, a gargalhada que normalmente guarda para as histórias que os amigos do marido contam quando estão um pouco embriagados.

Lá em cima, alguém fecha a porta com força — não bate com a porta, isso não. Apenas fecha com determinação. Passos, firmes mas não especialmente apressados, soam no corredor acima da cabeça das damas. E então um segundo conjunto de passos, menos firmes e mais apressados.

— Ah, vocês não sabiam? — Amma diz numa voz que venceria um concurso de elocução. Ressoante como um gongo, cada sílaba dura como um diamante, uma voz que deixaria os professores de teatro de Uma orgulhosos. — Vocês não sabiam que essa farsa de medicina é só para nos tranquilizar? Não sabiam dos planos mirabolantes da minha filha?

Lá em cima, Uma entra no banheiro, mas deixa a porta entreaberta. Nem uma vez, desde que guardou sua voz, ela fez isso; ela sempre fechou a porta, mesmo que fosse apenas lavar o rosto ou escovar os dentes. De onde está, Aasha mal consegue enxergá-la escutando diante do espelho.

— Minha filha — Amma continua na sala — acha que Hollywood está esperando por ela de braços abertos. Porque hoje em dia só há uma coisa que interesse às moças. Tenho certeza de que vocês sabem o que é, não? Bem, minha maravilhosa Uma não é diferente. Ela vai estar perseguindo o diploma mais competitivo de todos. O M.R.S. Seu principal objetivo é conhecer homens, minhas caras. Ela já começou aqui mesmo; e o que mais vai fazer na América? Comprar roupas quentes para ela é uma coisa,

Padmini. Quanto a isso vocês não precisam se preocupar, o pai vai comprar tudo o que ela precisar. Mas conseguir que ela fique vestida é outra coisa.

As damas ajeitam os cabelos e olham para os relógios. Datin Latifah parte um bolinho e come um pedaço.

– Para com isso, Vasanthi – a Sra. Dwivedi está dizendo, mas Amma não se deixa intimidar; ela contempla as damas com seus olhos assustados em seus rostos de gueixa e percebe com mais clareza ainda o quanto está cansada delas e de si mesma na companhia delas. Deixa-se levar pelo cansaço, este a faz falar com mais clareza, enchendo-a de uma confiança que ela não sentia havia anos.

– O que é isso? Vocês querem me dizer que conhecem a minha própria filha melhor do que eu? Não, *você* pare com isso, Dhanwati. Eu mal consigo controlar a garota. Um rapaz do St. Michael praticamente fez amor com ela no palco no dia de encerramento da peça. Quando ela estiver a milhares de milhas de distância, o que eu vou poder fazer? Mas está tudo bem, senhoras, está tudo bem. Não pensem que precisam me consolar. Francamente, eu não poderia estar ligando menos para isso. Quando eles não estiverem mais debaixo do meu teto, o que fizerem é problema deles. O pai pode cuidar de qualquer coisa que eles façam para manchar o nome da família.

Como são só quatro e meia, cedo demais para as damas partirem sem parecerem mal-educadas – e porque, além disso, ainda há muita comida para ser consumida, inclusive o bolo Floresta Negra da Confeitaria Ipoh Garden –, elas tentam mudar de assunto. Amma as perturbou, as deixou atônitas, até chocadas, mas o bolo e o xerez na salada de frutas as ajudam a fingir que não. Elas vão ter que encontrar outros unguentos para as feridas de Amma; vão ter que rever a estratégia atual. E estes exames e investigações vão ser particularmente delicados, porque jamais deverão ser mencionados ou abordados explicitamente; sem abordar o assunto na próxima reunião extraordinária, elas precisam, quando tornarem a se encontrar na casa da Sra. Cirurgião Daisy Jeganathan no próximo domingo, ter planejado uma nova estratégia. Por ora, servem-se de bolo e docinhos de rum, encantam-se com a toalha de linho irlandês e lembram umas às outras a respeito do Curso de Culinária Chinesa da Srta. Chan Sow na semana seguinte no clube.

Os dois pares de passos no andar de cima, entretanto, não podem ser tão facilmente esquecidos quanto o que foi dito no andar de baixo. Silenciosamente, mas com firmeza, Uma fecha a porta do banheiro e continua a estudar seu rosto no espelho sobre a pia. A quanta introspecção este espelho terá que assistir nos próximos meses; quantos corações batendo furiosamente irão confrontar Fato e Boato em sua superfície! O rosto de Uma está quente; suas mãos estão frias. Uma fileira de espinhas está começando a se formar logo abaixo da linha do cabelo. *É só o calor*, Paati teria dito antigamente. *Tome água de cevada e todas as suas espinhas irão desaparecer na mesma hora. E mesmo com espinhas você é bonita, Uma querida, minha kannu.*

Mas agora Paati está coberta por sua sedosa teia de tristezas, como todos eles. Sua cegueira, primeiro voluntária, agora literal, a protege. Ela abandonou Uma à mercê de todos aqueles que querem que ela fique triste nesta casa abafada. Ela nem sabe quais são os sonhos de Uma, e isso é o mais difícil de entender para Uma; que Paati, que antes prometeu que ela poderia ser o que quisesse, *médica advogada cantora pintora o que quiser, é só dizer*, agora não notaria se ela se casasse amanhã com um gordo fazendeiro de Mysore. Não que Appa e Amma jamais fossem fazer isso; eles não usam os métodos dos pobres para prender as filhas. Eles precisam manter uma fachada; eles precisam poder se gabar (no caso de Appa) ou mostrar indiferença pelos elogios (no caso de Amma) pelo fato de a filha ter sido aceita numa universidade de ponta. Eles precisam esconder a estreiteza de suas mentes. E há outras razões, também, para Appa ignorar as histórias fantásticas que Amma tece para feri-lo e ocupar a si mesma. Uma não sabe nada a respeito de Gerald Capel, que lhe deu flores, a não ser seu nome; ela nunca o tinha visto antes da última apresentação de *As três irmãs*, e nunca mais o viu desde então, e não está particularmente interessada nele. Ah, ele tem belos olhos e um queixo forte, mas ela vai partir dentro de dois meses, fugindo desta cidade-aquário para um lugar melhor. Rapazes como Gerald Capel são para as moças que vão ficar e estudar coisas práticas nas universidades locais e alugar casas de dois andares e parede e meia em Kuala Lumpur e voltar para Ipoh para visitar os pais de quinze em quinze dias. Mas se Uma, para satisfazer um capricho passageiro ou para implicar com Amma, fosse vista andando de mãos dadas pela cidade com Gerald Capel esta semana e com outro rapaz na semana seguinte e outro ainda na próxima, o que Appa faria? O que ele *poderia* fazer? Ele resmungaria alguma coisa, com o rosto tenso como se cada palavra fosse uma ferida em sua língua. Ele evitaria os olhos dela e sairia correndo para buscar abrigo longe da esposa difícil e da filha atrevida.

Covardes, todos uns covardes. Que são estes bailes de máscara que sua mãe oferece na sua sala de visitas de mármore a não ser uma demonstração de covardia? Cada mulher pior do que a outra, e sua mãe a pior de todas: ela nem mesmo gosta das damas.

Uma sopra na direção do seu reflexo, abre a torneira e joga água fria no rosto. Lá fora, no corredor, sua irmã espera. Uma pode ouvir o leve arrastar de pés de Aasha, que funga e cantarola baixinho. Ela está tentando cantarolar "El Condor Pasa", mas a escala é ampla demais para ela, e ela desafina e para no refrão.

Por um momento, Uma pensa em ficar no banheiro só para ver quanto tempo Aasha vai ficar esperando. Ela poderia experimentar diversos penteados. Poderia tirar uma soneca na banheira. Quando pensa em Aasha lá fora, sente uma exaustão tremenda, uma fraqueza semelhante à sede. Em algum lugar, por baixo desta exaustão, corre o velho rio de ternura, quase esquecido. Mas não completamente: *Pobre Aasha*, Uma pensa, enxugando o rosto. *Pobrezinha*. Mas ela não vai se deixar vencer pela pena. Que coisa assustadora o egoísmo de Aasha, uma criatura que não precisa de nenhum apoio externo: durante dois anos, Aasha vive em torno de Uma como uma cobra enroscada nela, faminta e maquinando coisas.

No corredor, Aasha canta e para, canta e para. A teimosia familiar enruga sua testa: ela *vai* fazer Uma olhar para ela, talvez até falar com ela, ela *vai* conseguir. É possível, afinal – Uma não falou com ela no dia em que foram à biblioteca juntas, antes das orações anuais no templo de Balakrishnan? Não apenas falou com ela – Uma segurou a mão dela e caminhou ao seu lado, quase que como nos velhos tempos. Aquela manhã provou que Uma às vezes a enxerga. E ela tem que enxergá-la hoje; Aasha precisa ter certeza de que Uma a veja e ouça, sim. Mais do que a teimosia habitual motiva a missão de hoje. A casa prende a respiração; aquela odiada Coisa Ruim pela qual ela e Suresh estavam esperando, que vinha se aproximando há meses, está prestes a explodir sobre eles, e sua iminência está intimamente, embora abstratamente, ligada à expressão do rosto de Uma. Aasha pode tapar o rosto com as mãos e torcer para a Coisa Ruim ir embora, ou ela pode enfrentá-la de frente. Ela já fez sua escolha. Ela cantarola sua canção até a parte mais aguda: *Embora, eu queria ia embora, como...* Para e torna a tentar.

No banheiro, Uma solta o cabelo e tornar a prendê-lo, num coque na nuca. *Pequena Aasha. Você me usaria como todo mundo se eu permitisse, e então você cresceria e se tornaria igual a eles. Em parte, foi para o seu próprio bem que eu desisti de você.* Ela abre a porta do banheiro e finge não notar que Aasha a está seguindo, silenciosamente como um gato. Mas hoje Aasha está mais ousada: ela entra pela porta do quarto de Uma antes que esta tenha chance de fechá-la. Mas Uma continua sem olhar para ela. Ela se senta na cama impecavelmente arrumada; pega *Finnegans Wake*.

Agora as mãos de Aasha estão sobre a cama, com as palmas viradas para baixo. Ela está puxando o ar para falar.

– Uma – ela diz, e Uma estremece ao ouvir a urgência em sua voz. – Uma, não dê atenção a Amma. Ela é estúpida. Não sabe nada. Você vai ser uma atriz famosa, e quando seu retrato aparecer no jornal, ela...

Uma se vira para ela, marcando com o polegar a página de *Finnegans Wake* que está lendo, com uma expressão estranha. A princípio, parece estar procurando as palavras certas; depois, sacudindo a cabeça, ela diz: – Você não pode me deixar em paz, Aasha? Vá procurar alguma coisa para fazer, pelo amor de Deus. Vá cuidar da sua vida.

Como se estivesse esperando mais, esperando tudo o que Uma quer dizer e tudo o que ela pode aguentar ouvir, Aasha fica parada, atenta, com o rosto cada vez mais pendurado, o lábio inferior cada vez mais caído, até ir andando para trás, bem devagar, até sair pela porta aberta.

Uma torna a se virar para o livro, mas seus olhos ficam muito tempo na mesma linha. *Agindo como se fosse meu anjo da guar-*

da, ela pensa. *Quanto altruísmo. Como se eu não soubesse que você quer é que eu fique aqui para ser sua mãe substituta. Sentir pena de você nunca me levou a lugar nenhum.*

Depois, na comoção que se segue à descoberta de Amma do desaparecimento do pingente, ninguém consegue confirmar os movimentos de Aasha naquela tarde. Ela foi procurar Suresh na loja da esquina ou no campo de futebol de Hornbill Lane? Ela adormeceu na velha poltrona de veludo do escritório de Appa, ou no chão atrás do divã verde? Ela saiu para catar sementes de tamarindo? É porque ninguém sabe que Appa a interroga e sua história confusa desmorona.

– Sim – ela diz a princípio –, eu vi o pingente de safira na cama de Amma depois que as damas foram embora e Amma trocou de roupa e voltou para baixo. Eu... eu o apanhei e olhei para ele, mas depois tornei a colocá-lo na cama. – Em seguida: – N-não, eu o levei para baixo. Só por alguns minutos. Eu ia colocar de volta na cama de Amma, mas então o Dr. Kurian chegou e todo mundo estava correndo de um lado para outro e eu esqueci. Não sei o que aconteceu com ele. Eu o deixei em cima da mesinha.

– Quer mentir, mas não sabe mentir direito – Suresh diz, zangado.

E Appa quase sente pena dela, aquela coisinha frágil sentada na frente dele com o lábio inferior tremendo.

– É claro que ela o pegou – ele diz para Amma mais tarde. – Ela deve tê-lo deixado em algum lugar ou deixado cair. Vai aparecer em algum lugar, não precisa ficar histérica, pelo amor de Deus. Ela já está tão assustada que não consegue confirmar o que disse antes. Hã! Se quer saber, nós devíamos apreciar esse tipo de inocência enquanto durar.

Mas, para acalmar Amma, ele castiga Aasha, aquela péssima mentirosa. Ajoelhada no chão de mármore, com os cotovelos apoiados na mesinha, ela tem que copiar vinte vezes a frase de Appa: *Eu não vou pegar coisas sem pedir.*

O pingente de safira não aparece nunca. Eles não podem culpar as empregadas: nenhuma delas estava em casa naquela tarde, exceto Chellam, e Chellam, bem, Chellam tem o álibi perfeito.

Amma a encontrou caída, inconsciente, no quintal, depois que as damas foram embora. Agachando-se ao lado dela, murmurando os únicos versos que sabia de uma canção folclórica malaia, estava Carequinha Wong, da casa ao lado.

— EmpregadaChellam está morta — ele disse para Amma, limpando o nariz nos joelhos. — EmpregadaChellam sudah mati.

Chellam não estava morta, é claro. Tinha simplesmente desmaiado. Tinha ido até o quintal para esvaziar a lata de leite condensado que Paati estava usando como escarradeira durante a gripe. Talvez ela tenha tido alguma visão aterradora provocada pela macabra profecia do sobrinho de Balakrishnan. Ela andava vendo sombras e ouvindo vozes desde as orações no templo, saltando de suas sandálias japonesas ao ouvir o menor ruído. Ou talvez tenha simplesmente desmaiado do esforço de manter Paati quieta a tarde toda, logo depois de sua própria gripe. ("Eu não quero Paati tossindo e fungando enquanto as damas estiverem aqui", Amma tinha avisado a ela. "Por favor." E *por favor*, Chellam sabia tão bem quanto as crianças, era uma ordem.)

Então o Dr. Kurian teve que ser chamado, "não para a velha senhora, mas para a empregada desta vez", Suresh informou a recepcionista no telefone, e naquela confusão, cheia de portas batendo e ordens sendo gritadas e a tosse e as reclamações da velha, indignada por ter sido abandonada, Aasha pegou o pingente de safira.

OS POSTES DE LUZ brilhavam palidamente no crepúsculo quando Aasha foi para junto do valão de escoamento de chuva naquela tarde, com o pingente no bolso do short.

Uma garrafa de Kickapoo passou por ela boiando. A poucos centímetros de distância, um pacote vazio de Twisties foi sugado num buraco.

Se as luzes pararem de piscar por cinco segundos, ela disse a si mesma, *eu não faço isso.* Era verdade, às vezes as lâmpadas paravam de piscar por alguns instantes, e isso não provava — ela diria para si mesma mais tarde — que ela desejara dar mais uma chance a Uma?

E nem só mais uma chance, inclusive, porque quando a luz do poste tornou a piscar, mais espasmodicamente do que nunca, ela anunciou para um gato que estava andando pela beirada do valão: "Se você chegar no bueiro sem parar, eu não faço isto."

Mas o gato, sem se importar com ultimatos, parou para lavar o rosto a dois metros do bueiro.

Aasha tirou o pingente do bolso. Sua luz azul iluminou o caminho até a rua principal, descendo até Kingfisher Lane, chegando às colinas e além.

O gato parou de se lamber e olhou para ela, com a pata erguida.

Ela não devia fazer isso, não podia fazer, mas – *deixe-me em paz*, Uma tinha dito, igualzinho a Amma. Ela não era melhor do que Amma. E tinha dito algo ainda pior: *Vá cuidar da sua vida*. Ela já fora um bebê, um bebê babão, seguindo as pessoas, querendo voltar aos dias de antigamente. Os dias de antigamente estavam *terminados*. Uma não se importaria se ela morresse. Se um homem mau passasse por Kingfisher Lane com sua motocicleta rugindo e a raptasse, e fizesse com ela o que Shamsuddin bin Yusof tinha feito com Angela Lim, Uma iria sorrir para si mesma e continuar a ler seu livro. E então, em setembro, ela iria embora para a América e se tornaria famosa, e uma dia ela se casaria com um homem de olhos azuis e uma covinha no queixo e Amma daria a ela o pingente de safira. Ninguém se lembraria de Aasha nem diria uma palavra sobre ela. Uma não se importaria em ser a culpada por Aasha ter saído sozinha para se sentar perto do valão no cair da tarde; ela sairia livre, com seu pingente de safira e seu bolo branco de casamento.

Elas eram iguais, Uma e Amma, dois dragões, uma deste lado, a outra daquele lado, rosnando e avançando para Aasha. Elas tinham se juntado contra ela; agora elas a odiavam mais do que odiavam uma à outra. Elas estavam – como era a palavra? – *mancomunadas*.

Num segundo, Aasha foi para dentro do bueiro e atirou o pingente no cano. Ele engoliu o que restava do dia ao cair, ficando mais azul e mais brilhante à medida que o céu escurecia. Depois ele desapareceu na água escura.

Bem feito, Uma, Aasha se obrigou a pensar. Mas o esforço fez arder seus olhos, e nem o gato ficou convencido. Ele piscou os olhos para ela, devagar, avaliando-a. Ela se agachou e contemplou a água. O que tinha feito? Agora não podia mais recuperar o pingente. Ele estava a caminho de Parit Buntar, Bagan Serai, Taiping,

Shangai, Canadá, quem saberia dizer? Quem saberia dizer para onde ia o cano? Ela não podia consertar o que tinha feito. Agora não havia mais esperança de Uma voltar a falar com ela.

A princípio, no entanto, Uma mal pareceu notar a perda do pingente, e assistiu ao pandemônio que se seguiu com um certo distanciamento, lançando olhares intrigados para Amma e Appa, enquanto uma berrava e o outro pensava. Olhando para Uma, dava para pensar que eles eram maus atores numa peça para a qual ela fora arrastada, ou selvagens cujos rituais ela não aprovava. Ela ficou parada na porta da cozinha, comendo Cream Crackers enquanto os observava. Então Amma parou no meio do seu ataque, como se tivesse esgotado as palavras e as lágrimas e até os ruídos animalescos, ou como se tivesse percebido, como pessoas que têm ataques histéricos às vezes percebem, que ninguém podia lhe dar o que queria. Ela ergueu os olhos e viu Uma.

– Bom para você – ela disse a Appa. – Você pode ter muito orgulho dos seus filhos. Sua caçula vai ser uma ótima ladra, e sua mais velha vai ser uma *call-girl* de classe. Que exemplo maravilhoso você deu a eles com seus atos.

– Pare com isso – disse Appa. – Chega.

– Por que, você tem medo da verdade? Sua filha mais velha está parada aí na sua frente, por que você não pergunta a ela o que...

Mas Uma não estava mais parada na frente deles; tinha largado o prato na pia da cozinha (e o tinha lascado; no dia seguinte Lourdesmaria o levaria para casa, agradecendo profusamente a Amma pelo presente) e subido a escada. Quatro pares de orelhas a ouviram fechar a porta; um par a ouviu subir na cama e respirar dentro do travesseiro enquanto Appa e Amma voltavam a brigar. Tarde da noite, depois que todo mundo tinha subido, Uma se levantou e abriu a janela. Do outro lado da parede, Aasha sabia o que ela estava fazendo com tanta certeza como se estivesse sentada na cama de Uma, olhando para ela. Podia ouvir isto na respiração de Uma e sentir na parede que dividiam: Uma estava olhando para a luz que piscava no poste. Contando os dias que faltavam para ela partir e nunca mais voltar.

No escuro do seu quarto, Aasha tentava manter o rosto acima da água escura do valão. Ela estava presa, uma das mangas agarrada numa fenda como aquele pacote de Twisties. Ela engasgou e engoliu, cuspiu e engasgou; era uma batalha perdida, porque sabia que ia se afogar.

– Desculpe, Uma – ela disse baixinho, dentro das mãos em concha. – Desculpe. Eu faço qualquer coisa. Mas por favor, não vá embora para sempre, não se esqueça de mim.

Mas só o que ela conseguiu fazer no dia seguinte foi seguir Uma a uma distância segura, como vinha fazendo todo dia, por tanto tempo. Os olhos dela estavam vermelhos da noite insone. Atrás da parede fina do seu peito, seu coração estava pálido, cansado e quase parado. Ela não cantarolou. Nos corredores, ela não fungou nem se coçou. Seu passo arrastado era rápido, mas estranhamente forçado, como se ela tivesse uma bolha na sola de um dos pés.

Algum dia ela seria capaz de reparar o que tinha feito a Uma?

10

O DEUS DA INTRIGA
CONQUISTA O TEMPLO

4 de maio de 1980

Este ano, como sempre, os Balakrishnan começam os preparativos para suas preces anuais, marcando uma data que só determinam depois que suas cuidadosas consultas ao calendário tamil culminam numa reunião com um sacerdote suado, barrigudo, coberto de cinzas, tinta vermelha e sândalo, que lambe os lábios e passa o polegar por um gráfico desbotado, que resmunga e suspira com eloquência, que puxa distraidamente os pelos grisalhos do peito. No fim da meia hora que o Sr. Balakrishnan pagou, o sacerdote lhe oferece a escolha entre três datas igualmente auspiciosas para a vinda do sobrinho da Sra. Balakrishnan, Anand, de ônibus para a cidade, e para a celebração do transe anual de Anand.

Anand é um tolo sagrado, um *savant* visionário que não sabe contar até vinte, embora tenha uns vinte e cinco anos, talvez trinta. Ninguém sabe disso nem se importa. Aos doze anos, ele abandonou a escola na sua cidadezinha da costa leste, depois de passar seis anos escrevendo sem parar o próprio nome com letras estranhamente retorcidas em todas as folhas de prova de papel pautado que lhe eram entregues. Ele foi trabalhar na fábrica de condimentos do pai, voltando para casa coberto de açafrão e garam masala, espirrando um catarro condimentado na cozinha da mãe. Uma manhã, na fábrica, ele deixou cair uma balança no pé, caiu no chão e ficou se debatendo na poeira de condimentos, com a cabeça virada para trás e apenas o branco dos olhos aparecendo. Balbuciou o nome da irmã morta, Amuda; ele pediu perdão em nome da família por fingir que ela não existia mais; prometeu a ela argolas de ouro para suas orelhas, um conjunto de pulseiras e uma fita vermelha para seu cabelo.

Os médicos chamaram isto de ataque epilético; a família chamou de transe.

Anand chupou o Polar Mint que tinham dado a ele e não fez comentários acerca do incidente.

– Você sentiu alguma dor? – a mãe perguntou, batendo de leve em suas bochechas para ele olhar para ela. – Nenhuma dor, não foi? Nenhuma dor, nada. É isso que estou dizendo ao médico. Isto não é doença, é um presente dos deuses. – Naquela tarde, Anand já estava agachado no chão da fábrica como se o ataque nunca tivesse acontecido, coçando as costas e desenhando na poeira dourada de condimentos com um pauzinho.

Todos os anos a partir daí, o espírito de Amuda volta para ele. Ela espuma em sua boca. Ela dança nua em sua cabeça, e ele, incapaz de resistir às suas ordens, tira toda a roupa e imita seus movimentos pélvicos. Ela exige presentes e doces, e, transcorridos os primeiros três anos, passou, em troca, a fazer profecias ao mesmo tempo gloriosas e terríveis. Ela prende sua garganta, sua língua e seus testículos com as mãos, e ele fala com a voz dela, de cinco anos de idade.

A fama de Anand logo se espalhou pela numerosa família. Tios e tias, primos e cunhados faziam a longa viagem de ônibus para a costa leste para fazer-lhe oferendas e, em troca, ouvir suas profecias. Amuda, no entanto, não entrava no corpo de Anand sob encomenda, então estes parentes normalmente voltavam desapontados, uma dúzia de pulseiras ou um pacote gigante de Sugus mais pobres, e sem ter recebido nada em troca.

Foi o tio rico de Anand, de Ipoh, o Sr. Balakrishnan, que resolveu que, com a ajuda de Deus, Amuda poderia ser convencida a fazer aparições mais previsíveis. Após uma longa discussão com o sacerdote barrigudo, o Sr. Balakrishnan construiu o templo, sem poupar despesas, um teatro azulejado de azul para Anand. Um auditório auspicioso. O altar tem um brilho dourado como o dia no meio da noite, confundindo pássaros e insetos; diante dele há uma caixa de madeira encerada para coleta, para as pessoas deixarem suas oferendas monetárias. Numa gruta enfeitada com a flor do dia, uma divindade preta ergue sua espada acima da cabeça numa eterna meia-lua. Trata-se de Mathurai Veeran, que se alimenta de limões (segundo a sabedoria ancestral) e do sangue de camundongos do campo (segundo Suresh e Aasha, que podem ter perguntado a Chellam), que uiva para a lua e cospe estrelas amarelas, que arranca a própria pele com as unhas e agarra as almas das crianças pequenas quando elas passam.

Depois que o templo ficou pronto, o Sr. Balakrishnan recebeu (como o sacerdote barrigudo tinha garantido) o raro privilégio de transes sob encomenda (e por procuração, já que não é o Sr. B. quem uiva em troca de doces e faz uma imitação ruim de Elvis uma vez por ano numa data escolhida com antecedência, e sim o sobrinho de sua esposa). Anand vem para Ipoh em alto estilo, num ônibus com ar-condicionado, seguido de uma corrida no Volkswagen azul-bebê do Sr. Balakrishnan até Kingfisher Lane. Os tios e tias e primos e cunhados se reúnem na casa de Kingfisher Lane por vários dias antes da performance de Anand, todos os anos, e continuam lá depois; eles dormem na sala, no chão da cozinha, nos corredores, em colchões sujos e tapetes. O Sr. e a Sra. Balakrishnan oferecem refeições a todos no terreno, em mesas de armar cobertas com toalhas de jornal e pratos de folha de bananeira. Casa, comida e previsões pelo preço módico de cinquenta ringgit por família.

Appa e Amma sempre assistiram às orações como VIPs, de graça. Em particular, Appa diverte os filhos com seus relatórios sobre as festividades.

– Um dos primos do interior dos Balakrishnan está incitando as massas – ele informou certa vez. – Encorajando-as a perguntar por que só recebem pelos seus cinquenta ringgit os vendikai e kathrikai que o homem cultiva em sua horta. Eu ouvi a Sra. Balakrishnan explicar que não é auspicioso servir carne. Que isso deixa os espíritos maus um tanto agressivos. Ou algo no gênero.

– Eu tenho minhas suspeitas a respeito das suspeitas deles – Uma anunciara, rápida e ansiosamente. Tinha catorze anos, na época, e se orgulhava do seu jogo de palavras. Era bem filha do seu pai. E Appa tinha mesmo rido e dado um tapa no joelho dela.

– Nada mau, nada mau – ele tinha dito, embora Amma tivesse resmungado:

– *Tsk*, não se deve debochar das pessoas. Elas acreditam em todas aquelas orações e espíritos e tudo o mais, e daí? Isso as deixa felizes. – Mas Appa e Uma tinham olhado para ela com desprezo, e Suresh tinha ficado com ciúmes, como costumava acontecer antigamente.

Uma semana antes das orações, os parentes dos Balakrishnan começam a chegar em táxis desconjuntados e vans caindo aos pedaços, e alguns até em carros japoneses e um deles num Volvo. (Os donos do Volvo não estão entre os que dormem no chão da cozinha ou do corredor, é claro; eles ficam na casa de amigos igualmente ricos em Ipoh Garden.) Na entrada da casa dos Balakrishnan, eles desembarcam: avós vindas de Kedah, jovens esposas elegantes de Kuala Lumpur, um solteiro careca, mas ainda aproveitável, de Johore Baryu (que veio principalmente para avaliar as oferendas da família no departamento de esposas em potencial, embora ele não tenha confessado isso para ninguém), parentes esperançosos, parentes carregados de fofocas e ávidos por novidades, parentes animados com a euforia da reunião, parentes já invejosos do carro novo deste primo ou das notas altas do filho daquele outro, pulseiras balançando, línguas estalando, cabelos cheirando a jasmim e óleo de coco e tônicos capilares ayurvédicos, parentes chegando de todo o país e de além-mar; parentes que imigraram para a Austrália nos anos sessenta, mas que estão no país este ano, parentes que se casaram com brancos em países distantes e estão em casa numa rara visita aos pais idosos e desapontados.

– Um elenco estelar, como sempre – Appa comenta, esfregando as mãos com satisfação. – Eu tenho minhas suspeitas a respeito das suspeitas deles, ah tenho sim. – Ele não lembra que esta frase era originalmente de Uma, e ninguém diz isso a ele.

Um dia antes das orações, a Sra. Balakrishnan vem até a Casa Grande para fazer o convite formal, acompanhada de Kooky Rooky. Fica claro que Kooky Rooky não está pronta para ir embora na mesma hora que a Sra. Balakrishnan; ela pega outro biscoito no prato que Amma arrumou e dá uma mordida nele com os dentes da frente, virando-o lentamente com as duas mãos, como um hamster. Ela lança um olhar comprido para Amma.

— Tudo bem, então — a Sra. Balakrishnan diz. — Você pode ficar o quanto quiser, Rukumani, mas eu tenho o que fazer. Vejo você no domingo, Vasanthi.

Depois que a Sra. Balakrishnan vai embora, Kooky Rooky limpa as migalhas da boca e diz:

— É uma bênção para nós ter Anand em casa. Ele tem um dom raro, sabe?

— Suponho que sim, Rukumani, por que não, sim — Amma diz, sem muita certeza. Ela sabe que Kooky Rooky não ficou para trás para elogiar as virtudes de Anand.

— Na minha família — Kooky Rooky continua —, nós também temos um primo com o mesmo tipo de dom. Meu Appa construiu um liiindo templo para ele na nossa cidade, sabe, tia? Entalhes dourados, chão de mármore, tudo. Até turistas visitam nosso templo, sabia, tia? Vellakaran da Inglaterra, Austrália, Alemanha, de toda parte.

Em outras ocasiões, Kooky Rooky contou histórias a Amma de sua infância cruel num orfanato metodista em Taiping, disse ter dividido um cortiço cheio de vermes, com chão de terra, com seus quinze irmãos e seus pais humildes, que trabalhavam como carregadores em Perlis, disse ser a única filha de um pai católico praticante, zelador de St. Anne Church em Bukit Mertajam. Foram essas inconsistências que deram a ela o apelido evocativo, cortesia de Suresh, que está sentado educadamente na mesa comendo um biscoito, com uma cara de pau que não deixa transparecer o ronco de deboche que está esperando para sair do seu nariz. E são estas mesmas inconsistências que irão limitar a simpatia das pessoas por ela meses mais tarde. "Ela inventava histórias o tempo todo", elas irão dizer. "Por que contar mentiras à toa? Agora ela sabe, não é? Deus está sempre olhando lá de cima. Hoje você rouba de um mendigo, amanhã um homem rico rouba de você. Hoje você conta mentiras, amanhã o seu marido conta mentiras para você." Na privacidade de suas casas, elas irão repetir essas regras universais, elementares, para si mesmas, como consolo e lembrete.

Mas esta manhã os ventos do futuro não agitam as penas de Kooky Rooky. Foi o passado que ela veio investigar, e depois das formalidades e das mentiras, ela dirige sua atenção para seu principal prazer.

– Eh tia – ela diz, e seu nariz de roedor treme e franze e brilha quando sua boca se abre para pronunciar as vogais –, eh tia, é verdade o que ouvimos dizer sobre sua empregada?

Amma se remexe na cadeira, dividida entre sua relutância em satisfazer a curiosidade de Kooky Rooky – a quem ela acusou no passado de ser uma fofoqueira, de adorar um escândalo, de se divertir com a desgraça alheia – e seu desagrado crescente de Chellam, que continua a adquirir camadas de cores e densidades variadas, como uma formação rochosa: na base, uma raiva dura como diamante em relação a Chellam, por esta ter descoberto segredos que não tinha o direito de descobrir; no meio, seu desagrado pelo suposto namorico da moça com Tio Salão de Baile; no topo, a superfície macia dos aborrecimentos do dia a dia. Seria um direito de Amma, como dona da casa, reclamar com os vizinhos a respeito destes últimos: a preguiça de Chellam, o jeito relaxado de ela fazer as coisas, seu esquecimento aparentemente proposital do café quente pré-banho de Paati. Em contraste, a camada do fundo, apesar de resistente, deve ficar escondida, porque Amma sabe que ela não é razoável e é moralmente suspeita: na verdade, ela não devia culpar Chellam por suas descobertas acidentais (embora ela a culpe, e como, e o que pode fazer a respeito? Como qualquer mulher seria capaz de suportar um tal tapa na cara por parte de sua própria empregada?). A camada do meio é porosa, sedenta, preocupante: por mais desagradável que Amma ache a ideia de Chellam erguendo a saia para o Tio Salão de Baile, ela também sente uma curiosidade insaciável a respeito dessa relação, e está louca para ouvir as especulações dos outros.

Na verdade, ela não devia encorajar Kooky Rooky – veja só ela ali sentada, predadora, praticamente babando –, mas por quanto tempo Amma seria capaz de ocultar a verdade? Mais cedo ou mais tarde, as pessoas vão descobrir, quer ela conte ou não a Kooky Rooky hoje, porque com certeza algo de indecente aconteceu entre Chellam e aquele sem-vergonha do irmão do marido dela. Realmente, por que um homem solteiro – um homem com coceira em todos os lugares errados e sujeito à tentação diária de uma empregada de dezoito anos à sua disposição – iria desaparecer no meio da noite sem deixar endereço depois de ter ficado lá durante meses?

– Nosso vigoroso tio ganhou mais uma vez o primeiro prêmio na sua categoria favorita – Appa disse quando a fuga de Tio Salão de Baile foi descoberta. – A Valsa Wham-Bam-Obrigado-Madame. – Na verdade, fazia anos que o Tio Salão de Baile não dançava nenhuma valsa, e muito menos ganhava troféus. Ninguém sabe, embora muita gente vá dar palpites não solicitados a respeito, como o Tio Salão de Baile recompensou Chellam por seus serviços especiais de lavar a passar, de sanduíches no meio da noite quando o Tio Salão de Baile entrava aos tropeções, faminto, pela porta dos fundos, e quem sabe o que mais naquele quarto debaixo da escada. Dois ringgit aqui, cinco ringgit ali, ele tinha pago a ela, mas talvez a tivesse deixado com algo mais difícil de se livrar, também. Ela está meio inchada e gorda (pelo menos na opinião de Amma); ela vem chupando ameixas azedas e gengibre seco que deve ter comprado com as gorjetas do Tio Salão de Baile (que são também o único dinheiro que o pai dela desconhece e não pega para ele durante suas visitas).

Amma suspira. Kooky Rooky se inclina para frente. Suresh puxa o prato de biscoitos para perto dele, e tão visível quanto o movimento do prato é a inclinação da balança em favor das necessidades de Kooky Rooky.

– Ah, quem sabe – Amma diz. – Pode ser verdade, quem sabe. Qualquer coisa pode ser verdade, não é, Rukumani?

– Sim – responde Kooky Rooky. – Hoje em dia, quem sabe. Hoje em dia as pessoas fazem todo tipo de coisa esquisita. Até gente de boa família pode se relacionar com empregadas. É verdade.

– Hoje em dia tudo pode acontecer – afirma Amma.

– Você acha, mas se ela estiver, então o que vai acontecer, tia?

– Isso eu não sei. Isso é problema dela. Se ela não contar, nós não podemos fazer nada, não é? Ela fez a própria cama, pode deitar-se nela.

– Mas não foi assim que ela se meteu nesta confusão? – Suresh diz, e bem depressa, porque Amma já está arregalando os olhos. – Deitando-se na cama e convidando outras pessoas para se deitarem nela também?

– Suresh! – Amma o repreende. – Sentado aí ouvindo conversa de mulher como um maricas! Que tipo de homem fica tomando chá e fofocando com mulheres, hã? Levante-se e vá fazer seu trabalho! Você não é mais um garotinho.

Se ele fosse um garotinho – e de que idade? dez? oito? da idade de Aasha? – então ele poderia ficar e discutir o que Chellam estava fazendo em sua cama (desarrumada, ele gostaria de enfatizar)? Suresh gostaria de conhecer a resposta para esta pergunta, mas decide que isso não vale a ira de Amma.

Depois que ele sai, Kooky Rooky suspira, se inclina pra trás e puxa o prato de biscoitos em sua direção. Enquanto mordisca seu quarto biscoito, ela ergue vagarosamente as sobrancelhas.

– Sabe de uma coisa, tia – ela diz finalmente. – Eu acho que será bom levar Chellam também para rezar no templo. Às vezes esse tipo de homem sagrado como Anand consegue deixar uma pessoa limpa e pura de novo com sua bênção. Ele vai rezar uma prece sobre a cabeça dela e ela não vai mais fazer esse tipo de coisa. Concorda ou não, tia?

Amma sabe o que motiva este conselho: nenhum desejo benevolente de ver Chellam curada de sua suposta concupiscência para o bem de todos os envolvidos, mas o desejo de ver a culpada mais de perto, de ver a meretriz, de analisar o rosto, as mãos, a voz e o seu andar, para ter provas de sua aventura ilícita. *Bem*, Amma diz para si mesma, *se eles querem olhar para ela, é melhor que olhem em público em vez de vir sentar na minha cozinha na esperança de avistá-la.* Para Kooky Rooky, ela diz:

– Talvez, talvez. Vou perguntar a ela e ver se ela quer ir. Quem sabe Anand pode ajudar, mas não custa tentar, é verdade.

Foi assim que Kooky Rooky levou um bom carregamento de fofocas de volta para os Balakrishnan. Hoje ela nem teve tempo de comer os cinco biscoitos que normalmente come. Curvada sob o peso das novidades, ela atravessa a rua depressa. Chuta fora as sandálias na porta dos fundos e corre para junto da Sra. Balakrishnan, que está amassando cebolas numa pedra.

– Tia – Kooky Rooky diz –, parece que a empregada da Casa Grande e o irmão do Tio Advogado estavam mesmo fazendo alguma sacanagem. Ela estava comendo no prato dele, ele estava massageando as pernas dela. Não surpreende que ele tenha fugido no meio da noite daquele jeito. Acho que deve ter acontecido alguma coisa, não é?

A Sra. Balakrishnan para com o pilão erguido no ar. Ela limpa uma gota do sumo de cebola da ponta do nariz com as costas da mão e diz:

– *Tsk*, Rukumani, será que você não pode cuidar da sua vida? O que as pessoas da Casa Grande fazem não é da nossa conta. Elas podem fazer qualquer coisa impunemente. Hoje engravidam cinco empregadas, amanhã tudo vai ser abafado. Esse tipo de gente rica consegue encobrir qualquer coisa. Você vai se meter em encrencas se ficar bisbilhotando a vida deles.

Kooky Rooky, envergonhada, sobe para procurar uma plateia mais simpática à sua descoberta, embora seus ouvidos atentos tenham captado a palavra *grávida* e se aferrado a ela. Talvez ela consiga interessar uma das quinze donas de casa entediadas de Penang e Kuantan e Cingapura atualmente reunidas em volta da TV, quebrando nozes com os dentes e se abanando com leques de folhas de palmeira (se tiverem vindo preparadas) e com páginas dobradas do *New Straits Times* e do *Tamil Nesan* (se não tiverem).

No final daquela semana, todas as donas de casa, todos os maridos e a maioria dos seus filhos conhecem os detalhes (e possíveis resultados) do envolvimento de Chellam com o ridículo dançarino de salão, irmão do Advogado Rajasekharan, que mora do outro lado da rua. Cada uma por trás das costas da outra, a Sra. B. e Kooky Rooky têm aumentado a história (que pode ser resumida agora como: Hoje em dia tudo pode acontecer). Na frente uma da outra, elas ficavam preparando guirlandas de jasmins, calêndulas e folhas de limão para os ídolos do templo; elas mexiam leite e manteiga em tonéis sobre carvão em brasa para fazer balas para trezentos convidados; elas formavam filas intermináveis de pratos de folha de bananeira no chão – da cozinha até a sala, da sala até a varanda – para alimentar as crianças em turnos a cada refeição enquanto os adultos comiam nas mesas de armar do lado de fora.

Pouco depois de Anand desembarcar do Volkswagen e ser imediatamente enfeitado de guirlandas por cinco mulheres diferentes (duas guirlandas de calêndulas, duas de jasmim, uma mista), ele, também, ouve a história escabrosa que aconteceu entre a empregada magrinha do outro lado da rua e o sem-vergonha do irmão do Tio Advogado do outro lado da rua. Ele não demora muito a identificar, antes de por os olhos nela, a estrela das fofocas que pairam ao redor de seus ouvidos e dos fragmentos que caem a seus pés. O que ele constrói com eles não é uma colcha, nem uma colagem, mas um retrato preciso com uma legenda igualmente precisa. Chellam é uma prostituta, uma moça suja, uma mulher sarnenta. Chellam pode estar carregando uma criança ilegítima na barriga. Ele tem certeza de que não vai gostar dela quando a vir.

Ele pode ter cerca de um metro e oitenta, o mais alto dos seus numerosos primos; ele pode ter cabelo no peito e até um único fio branco na cabeça que ninguém descobriu ainda, mas Anand tem uma mente ávida por heróis e vilões de histórias em quadrinhos. Sem suas distinções claras, ele não seria capaz de funcionar; se alguém chegasse para ele agora (uma alma necessariamente hipotética, porque não existe ninguém que possa ver ou dizer isso com tanta clareza) e dissesse, "Olha, essa empregada, ela não é tão má assim; ela foi bondosa com aquelas crianças solitárias quando elas precisaram dela; ela as tomou pelas mãos que a irmã mais velha tinha largado e lhes ensinou coisas úteis que elas jamais esquecerão. E, ouça, no início ela tentou fazer um bom trabalho com a velha, mas quem continuaria fazendo um bom trabalho quando todo o seu salário era desviado para pagar as contas do pai no botequim e quem não...". Bem, se alguém tivesse dito tudo isso a Anand, ele teria enfiado os dedos nos ouvidos e recitado o alfabeto tamil aos berros, ou enterrado o rosto num dos travesseiros fofos da cama king size que fora reservada para ele na casa dos Balakrishnan e coberto a cabeça com o outro, porque ele não quer estas complicações no seu universo, e sua saúde delicada não se presta a isso.

Durante três dias, enquanto a Sra. Balakrishnan o alimenta com extradoces neyyi urundai e jelebi e appams de leite de coco com ovo batido para fazer uma crosta bem crocante, Anand alimenta seu ódio pela empregada que nunca viu com as fofocas extradoces que seus ouvidos detectam. *Uma reles campônia,* ele pensa, orgulhando-se enormemente desta formulação altiva, porque ela não só é um insulto batido (visite qualquer playground de colégio, Anand; ouça como as moças ricas chamam as moças pobres no ônibus; peça a qualquer pessoa para colocar título num retrato de uma jovem com tranças untadas de óleo de coco e roupas de poliéster fora de moda), como já foi dirigido a Chellam antes, por mentes mais jovens do que a dele logo do outro lado da rua. *Filha de seringueiro*, Anand acrescenta com certa satisfação. *Fazendo brincadeiras obscenas com velhos.* Porque Anand, embora solteiro por definição (quem se casaria com um semianalfabeto que espuma pela boca e fica nu em público uma vez por ano num dia pré-agendado?), uma vez viu um pedacinho de um filme pornô pirata a que o pai estava assistindo enquanto a mãe visitava parentes, e aquela imagem tremida, fugaz, de nádegas e órgãos sexuais, continua a informar sua percepção de Coisas que Mulheres Más Fazem com Homens Maus.

O ÚNICO MILAGRE VERDADEIRO que acontece no dia das orações dos Balakrishnan passa despercebido pela plateia cativa de Anand. De fato, começa antes da performance dele, às dez da manhã, quando Appa está lendo o jornal na mesa do café, Aasha está lendo a seção de quadrinhos na sala e Amma acabou de informar a Chellam que foi convidada para o espetáculo do outro lado da rua.

– É mesmo, Madame? – Chellam está dizendo. – Eu posso mesmo ir? – E seus olhos brilham, porque a semana toda ela sentiu cheiro dos doces sendo preparados na casa dos Balakrishnan, e esta manhã ela viu moças usando pavadais coloridos passando com bandejas de flores e bananas, cocos e folhas de betel. Parecia uma festa de casamento, e já faz muitos anos que Chellam foi a algo parecido com um casamento. Além da promessa de doces e diversão sob uma tenda no jardim, existe a atração dos dons de Anand. Talvez ele possa prever o futuro dela, se houver tempo, se as filas não forem compridas demais e se a multidão não for muito violenta, se deixarem que ela se aproxime dele...

– Obrigada, Madame, obrigada. Vou tomar banho e vestir meu sári para ir.

Mal ela pronunciara estas palavras e Uma desce a escada, com o cabelo preso para cima, a bolsa da escola pendurada no ombro.

Na porta da cozinha, ela passa por Amma e Chellam para pegar um copo d'água.

– O que você está fazendo, Uma? – Amma sorri de um modo quase encorajador, como se estivesse fazendo a pergunta a uma criança cujo desenho ela não consegue interpretar.

Uma bebe a água primeiro, o copo todo de um gole só, depois põe o copo na pia.

– Eu vou sair – ela diz. Cruza os braços e olha para Amma.

– Sair? Mas Chellam vai comigo ao templo, e Suresh foi pescar com o cirurgião Jeganathan e o filho dele. Aasha e Paati não podem ficar sozinhas em casa o dia inteiro.

– Vocês vão estar do outro lado da rua – diz Uma. – Vão ver se a casa estiver pegando fogo.

Na sala, Aasha faz uma careta para as travessuras de Alley Oop. *Se a casa estiver pegando fogo.* Uma diz isso sem mover um músculo, como se estivesse falando de algo que viu no noticiário da noite. Será que ela está imaginando isto enquanto fica ali parada com aquele seu meio-sorriso? Ela está imaginando Aasha presa no prédio em chamas, pequena e assustada numa das janelas do andar de cima? Será que está pensando: *Já vai tarde?*

– Não é uma questão de incêndios, terremotos e inundações – Amma diz. – Chellam pode vir para atender Paati a cada meia hora, para levá-la ao banheiro, sem problema. Paati dorme o dia inteiro mesmo. Mas não se deixa uma criança de seis anos sozinha em casa. E se...

– Então – Uma diz –, diga a Aasha para ir comigo. Eu preciso ir à biblioteca. Meus livros já estão vencidos. Ela tem idade suficiente para me acompanhar, caminhando, até o ponto de ônibus.

Ao ouvir isto, Amma olha para Appa, que não sai de trás do jornal. Ela olha para Uma, que espera, ainda de braços cruzados, e para Chellam, que se ocupou descascando cebolas para a upma do almoço de Paati pois, assim fazendo, ficava de fora desta delicada negociação. Ninguém vai reconhecer o milagre que acabou de acontecer, ninguém exceto Aasha, que o reconhece silenciosa mas intensamente, em comunhão com Alley Oop, Dagwood Bumstead e Brenda Starr. *Quantas vezes,* Aasha pergunta a eles, *Uma disse o nome de Aasha desde – desde que deixou de ser minha amiga?*

Brenda Starr, repórter, tem a resposta honesta, simplificada: *Provavelmente menos de três.*
E quantas vezes ela me levou a algum lugar com ela de ônibus? Alley Oop, por ser um homem das cavernas, é rude, impiedoso e rápido: *Nenhuma. Zero, garota.*
Na porta da cozinha, Amma, um tanto ofegante, diz:
– Bem, eu acho que...
– Eu não posso ficar esperando a manhã inteira – Uma diz. – Aasha! Venha, então. Calce os sapatos.
E é assim que o grande milagre do ano acontece, horas antes de Amuda, a não apaziguada, apossar-se, com data marcada, do corpo subutilizado do irmão. Nenhuma lei da natureza ou da história pode explicar a calma com que Uma dá a mão a Aasha quando elas caminham até o portão, nem por que isso parece tão natural para Uma, e no entanto causa arrepios no pescoço e nos braços de Aasha (aquelas brotoejas teimosas que nunca desaparecem completamente!), a faz apertar os lábios numa expressão solene, e faz seu coração bater tão depressa que ele vai andando na frente dela por Kingfisher Lane, uma coisinha vermelha rolando meio metro à frente delas, tropeçando em pedras e folhas, cada uma de suas batidas implorando *Por favor, não pisem em mim por favor por favor tenham cuidado.* E aqui está uma prova adicional das forças sobrenaturais que governam o universo nesta generosa manhã: embora Uma não ouça nem veja o coração de Aasha, seus pés não tocam nele, por pouco.
Tão espetacular é esta cena que ela até atrai a filha do Sr. McDougall de volta à Casa Grande, onde ela não vai há meses. Ela sobe no pé de tamarindo para assistir com indisfarçável enleio ao progresso das irmãs. *Olá,* diz a língua de Aasha – disfarçadamente, agitada como uma minhoca por trás dos seus dentes na boca fechada –, *seja bem-vinda de volta!* Aasha não vai pôr em risco o milagre da manhã dizendo estas palavras em voz alta, por mais que ela tivesse desejado a volta da filha do Sr. McDougall; ela não vai deixar que Uma veja seus lábios se moverem. Pare com isso, Uma diria, pare com essa bobagem, e então o dia estaria arruinado. Se ela tiver que escolher entre as boas graças da irmã e a afeição de sua amiga fantasma, Aasha escolhe a primei-

ra. A filha do Sr. McDougall irá com certeza voltar; ela precisa de Aasha. Para tornar a contar sua história. Para se ver nela. Para receber suas migalhas.

Mesmo agora, apesar de ter sido um tanto ignorada por Aasha, sua boca cor-de-rosa murmura, com inveja: *Aasha tem sorte. A única vez que alguém me deu a mão assim foi no lago, e só para...*

Mas Aasha para de escutar. Ela gosta da história da filha do Sr. McDougall por ser triste, pelo drama, pelo realismo e pelas lições, mas não esta manhã. Ela não vai permitir nenhuma comparação entre este passeio milagroso e aquele passeio maldito, e não quer que pensamentos sombrios toldem esta manhã perfeita.

Desculpe, Aasha murmura dentro da boca. Ela sabe que já foi perdoada.

Elas descem Kingfisher Lane, Uma e Aasha, de mãos dadas. Entram na rua principal e passam pela loja da esquina, com seu estoque de latas de Nestum e Horlicks, seus potes de plástico transparente de chocolates Kandos e ameixas secas chinesas. O calor sobe da rua em ondas, como num sonho na TV. Uma não diz nada, nada para distraí-las da trilha sonora do dia: gorjeios de pardais, canções de amor cantonesas que vêm de um rádio sintonizado na Rediffusion, o ronco de caminhões e ônibus escolares e ônibus de fábricas. Mas entre a palma macia e seca da mão de Uma e a palma pequena e suada da mão de Aasha há um ovo de vidro que vai ficando cada vez mais pesado com as coisas que elas não dizem. *Lembra quando...? E você me deixava... E nós nos sentávamos no balanço e... Era isso que você cantava. E eu achava que as palavras eram estas. O que fazia você rir. E então nós entramos e você preparou sanduíches de sardinha para nós com pão Sunshine e desenhou para mim um coelho cor-de-rosa com olhos de desenho animado e uma gravata-borboleta. Por que você...? Eu queria não ter que...* É assim que Aasha sabe que o ovo de vidro é tão precioso para Uma quanto o é para ela: com medo que ele caia e se quebre na calçada quente, ela segura a mão de Aasha cada vez com mais força, e não a solta nem quando chegam no ponto de ônibus e se sentam no banco de azulejos azuis para absorver todas as confidências ali deixadas (só na parede: *Azmi e Yuhanis para sempre! Jeya ADORA meu pau.*

Sireen Sexpot tem peitos ENORMES) e todas as promessas de seus anúncios descascados.

Mesmo quando o ônibus número 22 atravessa a cidade aos solavancos, soltando fumaça preta que causa perigosos acessos de tosse nos motociclistas; mesmo quando Aasha observa uma solitária baratinha, ainda branca, correr de uma ponta a outra do parapeito da janela; mesmo quando elas saltam defronte da biblioteca para se verem engolidas por uma multidão de operárias de fábrica (todas cochichando e rindo e cheirando a óleo de coco, todas magras, todas indianas, porque, como Appa já explicou tantas vezes para todos que quisessem ouvir, os malaios ficam com todos os empregos públicos, os chineses têm seus próprios negócios, e os estúpidos indianos ficam de mãos vazias e têm que se matar de trabalhar nas fábricas e canais e plantações de borracha), Uma continua segurando com força a mão de Aasha.

Em Kingfisher Lane, o transe de Anand está no auge quando Uma e Aasha chegam na seção de Ficção Infantil, Uma tirando da estante *The Wind in the Willows*, entregando-o a Aasha, dizendo, "Tome, leve este", com um bater de pálpebras que alguns poderiam interpretar como impaciência ou distração ou poeira nos olhos, mas que Aasha interpreta como uma ternura reprimida, talvez acanhada.

O templo do jardim está zumbindo de excitação. O ar está carregado de fumaça perfumada; atrás do altar, as cinco velas diferentes de cânfora estalam e chiam. Esta tarde o calor parece ter ultrapassado todos os limites. "Não tem nem uma brisa", as velhas resmungam, abanando-se com lenços de algodão e olhando furiosas para o céu, desafiando-o a produzir um fiapo de nuvem ou uma mancha escura no horizonte. Barrigas nuas murcham e caem como pneus velhos. Jasmins e calêndulas pendem de cabelos gordurosos. Mas a performance de Anand mais do que anula os efeitos depressivos do calor no espírito da sua plateia. Depois da introdução costumeira – joelhos bambos, olhos revirados em sua cabeça de coco – ele começa a distribuir conselhos da irmã de cinco anos para todo lado, não apenas para os que tinham pedido. "Eh Govindamma", ele diz para uma tia idosa, "nada de bater no seu pobre marido com a vassoura! Quando ele morrer no ano que vem, você vai se arrepender." E para um primo muito orgulhoso de ter voltado do estrangeiro: "Ayio yo Kanagaratnam! Tem um belo ataque cardíaco chegando para você daqui a cinco anos! Aí você vai se orgulhar do diploma e dos trinta quilos que trouxe de volta da Am-ay-rica USA?" E embora ninguém na multidão seja imune ao tom cômico dessas profecias não solicitadas, uma expectativa solene ainda perpassa o ar enfumaçado. Obviamente, o espírito da pequena Amuda está impossível hoje. Será que vai haver algum incidente, uma briga, um desmaio?

Uma fila se forma na frente de Anand enquanto a Sra. Balakrishnan enfia laddoos e jelebis em sua boca para mantê-lo contente. Mães e avós, tios preocupados, responsáveis pelos filhos de irmãos mortos, pais de filhas em idade de casar, todos se empurrando sutilmente. Mas embora desejem ouvir as previsões de Amuda – todo ano eles passam a noite seguinte ao transe comparando invejosamente o tamanho e a complexidade das recomendações dela para cada um deles –, eles também estão um pouco nervosos. Qual deles ela vai escolher para ridicularizar? Para quem ela vai dar más notícias acerca das quais não há nada a fazer?

Anand esfrega os olhos distraidamente enquanto responde as perguntas deles, choramingando um pouco como se precisasse de uma soneca, e suas sugestões são próprias para brincadeiras de médico ou uma festa de bonecas:

– Ferva sementes de durião durante oito horas enquanto estiver dormindo. Quando acordar, suas feridas terão desaparecido.

– Triture gengibre com nellikai e espalhe a pasta debaixo dos braços de sua sobrinha. Ela nunca mais ficará doente.

– Faça seu filho juntar a própria urina durante duas semanas, temperá-la com açafrão e banhar-se nela de manhã antes de fazer seu próximo exame de admissão.

Finalmente, só restam três pessoas na fila: uma velha aleijada pela artrite, Kooky Rooky e Chellam, que está um pouco afastada para não ofender ninguém com seu atrevimento. Afinal, ela não faz parte da família, e nem é uma convidada de verdade. Talvez ela possa fazer sua pergunta. Mas enquanto Anand examina a velha dos pés à cabeça e diz a ela para colocar vinte nozes debaixo do travesseiro, Chellam toma coragem e pensa: E se...

O que seu futuro pode reservar? Certo dia ela pensou: mais Casas Grandes depois desta, mais velhas doentes com bexigas e intestinos fracos, mais problemas e menos dinheiro. Quando ela mesma ficasse velha, iria para um asilo do governo para comer mingau de arroz e evacuar em valas até morrer.

Mas então o Tio Salão de Baile tinha aparecido, e, junto com seus cinco-ringgit-dez-ringgit, tinha trazido também esperança. Talvez pudesse economizar para comprar aqueles óculos, afinal, se fosse esperta e escondesse esse dinheiro do pai, se ela tivesse os olhos examinados no hospital do governo e escolhesse a armação mais barata da loja. E quando o Tio Salão de Baile foi embora, pattapattapatta no meio da noite, de repente, e o falatório começou, e os olhares, aquela sementinha de esperança tinha germinado dentro dela da maneira mais ilógica possível. Porque, mesmo no melhor dos mundos, o que um par de óculos baratos poderia provocar? Mesmo assim, e embora ela não tivesse tocado no assunto do exame de vista com Amma, eles se tornaram um símbolo de coisas maiores. E se? Empregadas às vezes não se casavam? Mesmo aquelas cujos pais eram bêbados demais para combinar seus casamentos com operários de fábricas ou de estradas? Ela não podia conhecer alguém ao fazer compras num domingo, na loja da esquina ou no mercado, na barraca de appam ou na de roti canai? Ela é jovem; sabe cozinhar e limpar e costurar e ter bebês. Deve haver algum homem, pobre ou feio ou que foi casado, que queira ter uma esposa como ela. Que a princípio meramente se orgulhe de tê-la salvado e depois, talvez, passe a gostar dela.

Ela espera pacientemente, já limpando a garganta, preparando a pergunta mentalmente. Eles provavelmente não deixarão que ela faça mais de uma pergunta. Ela sabe o que eles têm dito a respeito dela; ela notou a forma como as mulheres se afastam dela, ficam alvoroçadas como galinhas na chuva ao vê-la, e apertam seus pallus em volta dos ombros para que nenhuma parte deles roce acidentalmente nela. As crianças também se afastam dela, embora não consigam deixar de olhar para ela. E agora, para piorar as coisas, as pessoas estão ficando com fome, seus olhos se desviando para as longas mesas cobertas de jornal e pratos de folha de bananeira, os narizes erguidos para sentir, como cachorros, o cheiro de doce. Ela é uma inconveniência – não, pior, ela é uma maldição, porque eles devem estar preocupados, achando que sua presença manchará aquele dia auspicioso. Talvez não devesse tomar o tempo deles; talvez ela não tenha esse direito. Estas pessoas não precisam de mais um motivo para odiá-la – mas não, não importa. Ela tem que fazer sua pergunta, ela *precisa* fazer. De repente, ela tem tanta certeza do que os deuses estão aguardando como se eles tivessem falado com ela: uma pequena demonstração de coragem, uma tentativa de defender seus direitos, e eles se juntarão ao seu redor. Ganesha com sua tromba protetora, puxando o jovem Murugan, Mathurai Veeran com sua espada erguida para silenciar os que reclamam e falam mal dela. Eles irão colorir seu futuro de laranja e dourado; eles irão anunciá-lo pela boca de Anand.

Kooky Rooky vai primeiro, porque alguém que paga aluguel está um nível acima de uma empregada. Kooky Rooky se inclina para Anand. Prende uma mecha de cabelo atrás da orelha direita e faz duas perguntas de uma só vez:

– Diga-me, minha mãe vai ter boa saúde no ano que vem? E quando eu vou ter um filho?

Anand ri e puxa o lóbulo da orelha.

– Filhos, o seu suposto marido já tem de sobra em sua outra casa – ele diz. – Não acho que queira mais nenhum. Peça a ele que divida um ou dois com você. E sua mãe está morta, não minta para mim, sua cabra. Você mesma acendeu sua pira cinco anos atrás.

Uma mulher gorda e clara, parada perto de Kooky Rooky, cobre a boca com o pallu do seu sári, chocada. Um riso contido se ergue da multidão.

– Certo, certo – murmura a Sra. Balakrishnan –, não se preocupe, não se preocupe. – Mas antes que possa dizer mais alguma coisa, Kooky Rooky sai correndo, atravessa o jardim e entra na casa (sobe e, depois de chorar um pouco com a cara enterrada no travesseiro, ela liga para o marido no seu hotel em Penang e descobre que ele não está lá).

No templo do jardim, o Sr. Balakrishnan bate palmas e diz:

– O almoço será... – Então Chellam avança, com os dedos descalços encolhidos no cimento quente. Numa das mãos trêmulas ela segura uma moeda de vinte sen para a caixa de coleta. Ela examina o rosto de Anand. Ele lambe os lábios sedentos e faz uma careta. *Eu não gosto de você,* ele pensa. *Todo mundo pode*

ver que você é uma prostituta suja do campo. E seu sári é feio.
Então, sem aviso, tão rápido que a Sra. Balakrishnan leva um susto ao ver, ele agarra o pulso de Chellam, abre seus dedos e pega a moeda. Ele a examina e respira sobre ela de tão perto, tão perto que ela sente o cheiro do arroz-doce e de todos os laddoos e jelebis e neyyi urundais que ele comeu de manhã, fermentando em seu hálito, e tudo o que ela quer fazer debaixo daqueles olhos fixos e faiscantes é dar meia-volta e ir embora, voltar para a Casa Grande, para limpar o chão depois do último acidente de Paati e resignar-se a um futuro imutável de manchas marrons em algodão branco, de veias que formam nós de tanta esfregação em água fria demais, de refeições que consistem em sobras dos outros, pescoços de frango, espinhas, traseiros de aves, crostas de arroz e caules fibrosos, em camas estreitas em quartos empoeirados quando você tem sorte, e tapetes de fibra de coco sobre chãos frios quando você não tem, em tarefas inesperadas em dias de folga, em madames que acham que não fazer nada vai fazê-las felizes, de patrões que, portanto (e com grande alívio), acham que você é responsável pelo bem-estar dos filhos que concordam em ser seus amigos desde que ninguém esteja vendo e você saiba qual é o seu lugar e até a hora que não precisem mais de você. Ou, em resumo, eterna servidão. As portas atrás dela estão abertas; tudo o que ela precisa fazer é recuar cautelosamente e passar por elas até chegar nos corredores familiares do outro lado.

Mas os deuses, que só ajudam a quem ajuda a si mesmo, estão esperando para ver do que ela é feita. Ela permanece onde está. Ela abaixa as pálpebras e murmura sua pergunta tão baixinho que Anand mal consegue ouvir:

– Quando eu vou me casar?

Durante três longos segundos Anand apenas respira, calma, vagarosa e profundamente, como se não tivesse ouvido a pergunta de Chellam e ainda estivesse esperando. Ao longe, Chellam pode ouvir o *slap-slish, slap-slish, slap-slish* do serviço de bufê limpando cada prato de folha de bananeira com um pano molhado. O tilintar de sinos de vento e tornozeleiras. Um refrão de P. Ramlee da casa malaia mais adiante na rua, cujos moradores fecharam a cortina para não ver aquela demonstração de superstição pagã.

O O jangan tinggal daku
O dewi O manisku

(Ó Ó por favor não me deixe
Ó deusa, Ó minha querida)

Ela abaixa os ombros, ergue o corpo, prepara-se para repetir a pergunta.

Então Anand tapa o rosto e ri. Ele balança para frente e para trás, rindo cada vez mais. Ele atira a cabeça para trás e gargalha, uma gargalhada vulgar, própria de vilões insanos e tortas na cara. Então ele começa sua dança mais vulgar até agora: ele geme e roda e atira sua pelve na direção de Chellam como uma dançarina num filme tamil. Mas onde estão as exuberantes plantações de arroz? Os coqueiros? A heroína gorda com os olhos pintados demais e um sinal no queixo? Não estão à vista. Só Chellam está lá, mordendo o lábio inferior, contendo as lágrimas e aguardando a resposta da pequena Amuda.

Será que a pequena Amuda também ouviu os boatos a seu respeito? Será que os deuses também têm se deliciado com os boatos por trás de suas costas? Porque Anand está apontando um dedo torto para ela, e puxa o próprio cabelo e berra:

– Você! Sua prostituta suja, sua pária, *casar*, isso era só o que faltava! Que tipo de mulher fica grávida primeiro e depois olha em volta atrás de um trouxa para se casar com ela? Não, seu único noivo vai ser uma prancha de madeira e uma fogueira! Para você as chamas vão ser da altura da minha cabeça, não, mais altas, como uma árvore ou uma torre, como uma montanha! Sim, sim, ele vai chegar logo, o seu noivo de fogo, você não vai esperar muito tempo! Você é uma prostituta assanhada, não é? Está impaciente pelos abraços dele na noite de núpcias. Eles virão, você vai ver! Mas é melhor dizer ao seu pai que não gaste muito com o sári de casamento! – Ele pega uma pedra e a atira de leve em suas canelas. Ele cospe violentamente em seu rosto.

Calada, com os lábios crispados, a multidão aguarda mais confirmação de suas suspeitas. Ou (melhor ainda) revelações, ou (pelo menos) uma solução satisfatória. Chellam vai cuspir de volta? Ela vai chorar ou berrar ou se atirar no chão e vai ter que ser retirada dali?

Não, é Anand que é retirado: antes que ele possa respingar mais suor de suas partes nos espectadores das fileiras da frente, a Sra. Balakrishnan agarra seu cotovelo, o arrasta pelo jardim e entra em casa com ele, falando baixinho. Ela vai dar um banho nele e vai fazê-lo tomar água com cevada para acalmar-se. Depois vai ajeitá-lo na cama e esperar que durma olhando para o ventilador de teto. A Sra. Balakrishnan, que não teve filhos em vinte e seis anos de casamento, adora cuidar de uma criança de cinco anos uma vez por ano.

Quando Uma e Aasha entram pela porta da Casa Grande, Chellam foi se deitar.

– Pah, pah – Paati está resmungando quando elas entram – eu estou morta de sede, está muito calor hoje! Digam à garota para me trazer um copo d'água, eu sei que ela voltou, chamem ela, chamem ela!

– Chega – diz Amma. – Fique quieta por um minuto. Eu vou ver se Chellam...

Então, como se o milagre ainda cintilante do passeio de mãos dadas à biblioteca não fosse suficiente, Uma fala:

– Eu levo água para Paati. – Amma olha espantada para ela e de repente se sente um pouco tonta. O doce calor de infinitas possibilidades toma conta dos pés e mãos de Aasha, e ah, como é fantástica a ideia de que Uma, a velha Uma, possa estar voltando – cautelosamente, aos pouquinhos, mas mesmo assim voltando – para ficar. Nem o fantasma da sua partida para a América tem tempo para diminuir este entusiasmo, porque Uma já está enchendo o copo de Paati na cozinha, e agora está atravessando o longo corredor, murmurando, no tom monótono que as mães usam com crianças doentes: – Tome, Paati. Beba.

Chellam não sai da cama por três dias, a não ser para rápidas idas ao banheiro (durante as quais Amma faz questão de andar de um lado para o outro diante da porta fechada, com os ouvidos atentos, prendendo a respiração, já temendo a bagunça e o escândalo e o telefonema para o médico, mas ela nunca ouve nada, nem um gemido de dor, e admite para si mesma que essas visitas

ao banheiro são curtas demais para as medidas de emergência que ela imagina). Por ora, é tudo novo para eles: Chellam fungando incessantemente na cama, o ranger das molas do colchão, os pequenos ruídos animais que saem do quarto dela e atravessam as tábuas da escada à noite. As bandejas intactas de comida, a respiração febril, o cheiro de manteiga rançosa que sai de baixo da porta do quarto dela.
– Que coisa maravilhosa – Amma diz. – Eu contrato uma garota para cuidar de Paati e agora tenho que me ocupar das duas. Correr de uma para a outra, levar bandejas para Chellam e chá para Paati. Uma com duzentos anos de idade e a outra grávida ou quem sabe o quê, ambas tornando a minha vida infeliz.
E Suresh dá um sorriso forçado e cochicha para Aasha:
– A imbecil da Chellam. Às vezes age como se fosse tão esperta, como se soubesse tudo. Agora olhe só para ela. Um doido tenta assustá-la e ela se tranca no quarto se cagando de medo. Essas matutas são assim, fique sabendo. Acreditam em qualquer coisa.
Por um dia ou dois, Aasha está feliz demais com suas lembranças e esperanças para ligar para o recolhimento de Chellam. Quando Uma se senta na mesa de fórmica lendo o livro que pegou na biblioteca, Aasha se senta em frente lendo o dela, que é cheio de pequenas maravilhas: a gravata do sapo do Salão dos Sapos, os olhos de brasa do Sr. Toupeira, a Barqueira Irlandesa que tem uma vara para não tocar nas coisas. Embora Uma fique sentada de cara amarrada, virando as páginas sem levantar os olhos, este livro é uma linha dourada unindo-a a Aasha. Elas compartilham este prazer sem falar: na privacidade de sua cabeça, Uma também deve estar pensando que o Sapo é uma graça mesmo quando é pomposo, e que a testa do Sr. Toupeira deve ser macia de se tocar.
Pelo menos é isso que Aasha pensa durante dois dias. Sua subida na estima de Uma é uma subida física, tão real quanto uma viagem de balão. A cada minuto, a cada hora, aquele balão se expande e sobe até que, na hora do lanche no segundo dia, Aasha está pairando acima do resto da casa. Depois de passar quinze minutos caçando alegremente as bolhas roxas na superfície do seu Ribena – que brincadeira deliciosa, pois cada vez que sua língua se enrosca ao redor da bolha perseguida, esta vai para o

outro lado do copo! Ah, que dia agradável, como a vida é boa! O otimismo exagerado de Aasha tenta atrair Uma para outra brincadeira, antiga mas não esquecida.

– Uma – ela diz –, do que você gosta mais, de chá ou de Ribena?

Este é um jogo que Uma inventou há muito tempo, antes de Aasha saber falar. Talvez ela o tenha inventado para Suresh. Ou talvez Paati o tenha inventado para Uma. Seja por quem ou para qual criança ele tenha sido inventado, o jogo permaneceu o mesmo até Uma parar de jogar com Aasha. Ele só tem uma regra: o jogador que está tomando chá tem que fingir que gosta mais de Ribena. E um só objetivo (não declarado): amenizar a sensação de incapacidade experimentada pelo jogador que tem que tomar Ribena porque não tem idade para tomar chá. Neste dia excepcional, Aasha está perfeitamente contente em tomar Ribena, está convencida de que esta é a melhor bebida do mundo, mas está disposta a fingir por causa do jogo, e tem certeza de que Uma também estará.

Antigamente, a pergunta que Aasha tinha acabado de fazer era a dica para Uma começar a implorar pela bebida. Por favor, ela dizia, só um golinho. Eu gosto mais de Ribena, mas o que posso fazer? Gente grande tem que tomar chá. Por favoooor? Ela espremia lágrimas dos olhos; ela se jogava no chão; ela usava diferentes táticas para distrair Aasha e roubar um gole da sua Ribena.

Mas hoje Uma não ouviu.

– Uma – Aasha diz de novo –, você gosta mais de chá ou de Ribena?

Uma toma um gole de chá. Seus olhos vacilam, mas fitam apenas o relógio atrás de Aasha.

Suresh tira uma fatia de bolo do prato e começa a esfarelá-lo e formar uma pirâmide amarela no seu guardanapo. Não é uma tarefa difícil, porque Lourdesmaria preferiu a saída mais fácil esta manhã: este é o bolo do churrasqueiro. Esses malditos Thulkans, Appa já disse muitas vezes, eles vendem bolos velhos como suas avós com a cara mais lavada do mundo. Ele diz isso com certa admiração, como se desejasse que seus antepassados tivessem se convertido ao islamismo e assim adquirissem a famosa frugalidade e tino comercial dos muçulmanos tamil. Suresh herdou esta admiração: enquanto tira um cabelo comprido e oleoso do centro do seu pedaço de bolo, ele pensa, *Estes Thulkans. Em vez de manteiga eles põem cabelo no bolo. Aproveitam o mesmo óleo de coco para ambos.* Mas ele vai poder continuar ignorando a delicada negociação que está ocorrendo diante dele? Aasha já está tentando ficar de joelhos na cadeira, debruçando-se sobre a mesa, repetindo (com um traço de choro na voz):

– Uma, me diga. O que é melhor, Ribena ou chá? Chá ou Ribena?

Suresh olha para Aasha agora, seus olhos brilhando, grandes e escuros, tomando todo o espaço da sala de jantar, ameaçando engoli-la. Ao fitar aqueles olhos, Aasha sente como se estivesse na ponta dos pés, esticando o pescoço para ver o que tem do outro lado da beirada. Pode ser apenas o céu escuro. Mas pode ser uma volta a um passado que brilha em sua lembrança. Para os Velhos Tempos. Aasha fecha os olhos e salta.

– Uma! – ela grita. – Uma, você gosta mais de CHÁ ou de RIBENA? – O sangue corre para o seu cérebro e ela mergulha, e todo aquele ar no rosto a deixa sem fôlego e com os pelos dos braços arrepiados. Ela mergulha sobre a sala de jantar, abrindo os dedos das mãos e dos pés para desacelerar, encolhendo o rosto contra o sol, quase batendo nas pás do ventilador de teto. Passando pelo rosto aborrecido de Suresh e pela expressão impassível de Uma, aterrissando de volta em sua cadeira a tempo de ouvir Uma dizer, bem baixinho:

– Aasha, por favor, me deixe em paz.

Está frio e escuro na sala de jantar, e as bolhas de Ribena afundam no copo como peixe roxo envenenado. Suresh enfia um punhado de migalhas de bolo na boca, toma um gole do seu Milo, bochecha com a mistura resultante e a chupa através dos dentes, engolindo-a.

Então Uma voltou para onde estava antes do passeio à biblioteca. O que quer que tenha dado nela naquele dia – uma possessão tão aparente para observadores interessados quando a do corpo de Anand por Amuda – já passou.

Pelo menos, sempre resta Chellam. Será? Por quase oito meses, Chellam tem substituído Uma, mas não inteiramente: fazendo brincadeiras semelhantes num inglês pior, contando histórias sobre duendes e não sobre Ofélia, introduzindo-os no cinema tamil melhor e com mais animação. Ela não cheira tão bem quanto Uma – na verdade, Suresh e Aasha acham que sua higiene pessoal deixa muito a desejar –, mas ela serve.

Só que agora ela também se foi. Ela está no quarto, mas se foi. Na tarde seguinte ao malfadado jogo de Ribena, Aasha abre uma frestinha da porta do quarto de Chellam e a vê enroscada na cama, como um gato morto na beira da estrada. – Chellam! – ela diz baixinho. – Chellam, tem música tamil no rádio. – O corpo não se mexe, nem nessa hora nem no resto do dia. Aasha teria ouvido se ela tivesse se mexido, porque ficou esperando no divã verde por um som ou um sinal até Amma mandá-la para a cama.

No quarto dia depois das orações, quando Chellam se levanta, se veste e vai cumprir suas obrigações, ela não é a mesma Chellam. Ela se transformou num eco de Uma. Uma versão diluída, com uma pele mais embotada, os ombros mais caídos e um rosto marcado. Mesmo assim, o fato permanece: oito meses atrás, elas não tinham nada em comum além da idade, e agora são iguais. Seu silêncio destruidor enche os cômodos e corredores labirínticos da Casa Grande; com seus passos silenciosos, os olhos opacos, elas desaparecem como fantasmas toda vez que alguém se vira para olhar para elas. Sem esperança de tornar a ouvir a voz delas, Aasha segue uma ou outra pela casa durante horas de cada vez.

– *Tsk*, deixa isso pra lá, Aasha – Suresh pede a ela. – Se Uma e Chellam não querem falar conosco, por que devemos ligar? Venha, eu levo você até a loja da esquina e compro o que você quiser. Eu tenho vinte sen sobrando. Tudo bem, se você não quer ia até a loja, vamos assistir *CHiPs*. Seu programa favorito, certo? Oo wah, o liiindo Erik Estrada vai aparecer hoje na sua motocicleta. Não? Venha, eu desenho para você um retrato colorido da Miss Malásia para a parede do seu quarto. Eu desenho um mapa. Rússia, China, Brasil, o que você quiser.

Nada disso consegue convencer Aasha. Subindo e descendo, indo para a cozinha, para o quintal ou para o jardim, ela segue Chellam e Uma, se revezando entre as duas. Às vezes, quando espera bastante, ela vê as sombras de Uma e de Chellam fugirem de seus corpos e dançarem juntas nas paredes: uma sombra de árvore alta e jovem, com dedos longos e unhas roídas, e uma pequena, murcha como uma folha seca, com mãos maltratadas por anos de palha de aço e sabão de limpeza. Quando Aasha tenta se juntar a elas, entretanto, elas se afastam dela e se agitam como mariposas, subindo pela parede até o teto, dançando cada vez mais depressa em volta dos lustres e ventiladores, enquanto ela fica deitada no chão olhando para elas. A linha entre o teto e a parede às vezes dobra suas canelas ao meio quando elas giram muito perto dela. Isto faz Aasha se encolher e fechar os olhos. O que ela não sabe é que é sempre Uma ou Chellam quem a encontra de manhã, a levanta nos braços silenciosamente e a deita no sofá mais próximo. Ou, em raras ocasiões, na sua cama, se seu sono for profundo o bastante para não ser perturbado pela subida da escada. Porque elas têm mais medo de Aasha quando ela está acordada; quando ela está dormindo, elas às vezes se permitem ver – nos punhos fechados que se recusam a abrir, nos movimentos preocupados do seu rosto adormecido e nas lágrimas secas em seus cílios – a dor da sua carência.

Suresh não tem tempo para essas coisas; ele quer castigar alguém – qualquer um, na verdade – por esta situação insustentável. Uma está fora do alcance dele; Amma lhe daria um tapa na boca se ele tentasse ser atrevido com ela; Appa nunca está em casa; e Suresh ainda tem um restinho de pena de Aasha, que já foi castigada demais sem razão. Então, uma manhã ele forma uma bola com sua irritação e espera num canto por Chellam.

– Chellam, Chellam, você quer uma previsão do futuro, venha aqui que *eu* faço essa previsão – ele diz quando ela passa. Ela não parece ouvir o que ele diz, mas ele agarra a mão dela e a examina. – Wah wah! Aquele imbecil do Anand não sabia o que estava dizendo, cara! Aqui diz que você vai ser uma carregadora de penico, mas a melhor carregadora de penico do país. Aí você vai ficar rica e abrir um negócio internacional de carregamento de penico. – O cuspe grosso da vingança borbulha nos cantos de sua boca. – Satisfeita? – ele acrescenta. Mas Chellam não acha graça, nem faz cara feia, e nos dias que se seguem ela não reage a nenhuma de suas tentativas de provocá-la, nem mesmo ao velho *EmpregadaChellam!*.

Duas semanas depois das orações dos Balakrishnan, surge uma pequena distração – não, para ser exata, é uma distração para alguns, para outros uma rapsódia sobre um tema assustador, e para Appa uma oportunidade para uma rigorosa análise. Num apartamento barato perto do rio Kinta, um Shamsuddin bin Yusof é preso pelo assassinato de Angela Lim, uma estudante chinesa da quarta série, e Appa recebe um telefonema sobre a prisão. Apenas algumas inconsistências, dizem a ele – um intrometido qualquer diz ter visto Shamsuddin numa outra parte da cidade na noite do assassinato –, mas fora isso está tudo certo. A polícia encontrou a carteira de identidade do cara na cena do crime. (Ela é azul, é claro, porque Shamsuddin é tão cidadão quanto qualquer pessoa, um malaio, um Bumiputera, um príncipe nascido da terra fértil da Malásia, sobre a qual ele derramaria de bom grado o sangue que o hino nacional exige dele, embora ainda não tenha tido esta chance, e pareça – para compensar? – ter derramado o sangue de uma criança com muito menos razão de se sentir patriótica.)

– Tarado filho da mãe – Appa diz aquela noite. Ele veio jantar em casa esta noite, pela primeira vez em muitas semanas. Eles estão comendo um delicioso bawal kuzhambu, cortesia de Lourdesmaria. Appa sacode a cabeça e continua: – A menina tinha dez anos. – E até Amma, que por tanto tempo não responde nem com um aceno de cabeça às tentativas de conversa de Appa, estremece expressivamente ao colocar uma espinha de peixe no canto do prato. Chellam, que está lavando o prato de Paati na cozinha inglesa, mal consegue juntar os pedaços do resumo que Appa faz dos fatos: o corpo de Angela Lim encontrado na obra, coisas terríveis feitas a ela antes, marcas de dentadas, marcas de queimaduras, um pedaço afiado de madeira em sua...

– Por favor – Amma diz então –, Suresh e Aasha estão sentados bem na sua frente.

Suresh e Aasha soltam o ar, um com rapidez, o outro devagar, mas Chellam não. Morte, morte em toda parte: desde que ela não tenha o mesmo destino de Angela Lim, talvez possa se considerar sortuda em morrer de acidente, ou de parada cardíaca, ou de alguma substância química não identificada em sua comida. Até ela, aprisionada e vendada por seus próprios terrores, se lembra do rosto de Angela Lim na TV, quando a menina desapareceu uma semana atrás. Ela preferia morrer como os dois meninos que morreram depois de comer pêssegos secos três semanas antes disso.

Ela se prepara diariamente, ao acordar e antes de dormir, para a Morte, seja qual for a forma que preferir adotar ao vir buscá-la.

O tempo está correndo para todo mundo: mais três páginas do calendário do Perak Turf Club e Uma terá ido embora. À noite, antes de adormecer (no chão, ou no divã verde, ou até, ocasionalmente, em sua cama), Aasha censura a si mesma por ter feito a pergunta errada aquela tarde, duas semanas atrás. *Quem liga para chá e Ribena? Estúpida estúpida estúpida. Eu devia ter feito uma pergunta de verdade para ela. Mas talvez eu ainda possa perguntar. É só uma pergunta. Talvez se eu perguntar delicada e educadamente quando ela estiver livre – quando não estiver lendo ou fazendo alguma coisa importante – ela responda direito. Aí ela não vai ficar zangada. Tenho certeza de que ela vai responder. Tenho certeza.*

Esta é a pergunta que Aasha quer fazer: Uma, você é minha amiga ou não?

Mas quando ela acorda (no divã verde ou na cama, mas nunca no chão) e vê que a noite abençoada terminou e que o dia implacável está entrando pela janela, ela nunca faz a pergunta.

11

A ÚLTIMA VISITA DO TIO
DE PÉS LIGEIROS

17 de janeiro a 25 de março de 1980

Ninguém, muito menos o próprio Tio Salão de Baile, esperava que ele aparecesse na Casa Grande de novo, depois de sua expulsão dois anos antes. Sem dúvida o relacionamento de Appa com seu irmão fora sempre algo precário, que dependia da liberdade de Appa de chamar o Tio Salão de Baile de inútil na cara dele – e também de filho da mãe, de maricas, de vagabundo, de parasita e de go-go boy – e da boa vontade de Tio Salão de Baile em engolir esses xingamentos com um sorriso bem-humorado e até uma risadinha.

A esposa do Tio Salão de Baile o tinha abandonado em 1970, depois de ficarem casados por cinco anos, e, segundo Appa, a culpa era toda de Tio Salão de Baile.

– Que mulher em perfeita sanidade ia querer ficar com um imbecil desses? – Appa dizia amavelmente na mesa do chá, passando a travessa de biscoitos para Tio Salão de Baile. – Dançando a dança da lagosta e o charleston para ganhar a vida, como um maldito veado. – Mas esses xingamentos fraternais nunca tinham levado a uma guerra declarada, primeiro, porque Tio Salão de Baile era por natureza um homem amante da paz, segundo, porque ele era sensível o bastante para perceber a afeição, uma afeição arrogante, agressiva, mas afeição assim mesmo, por trás dos insultos de Appa, e terceiro, porque ele estava disposto a suportar uma certa quantidade de difamação em troca de casa e comida de graça sempre que os tempos estivessem difíceis para ele. O que ele fazia com certa regularidade, desembarcando no portão da Casa Grande, pelo menos uma vez por ano, de um táxi cuja corrida ele não podia pagar. Appa se resignava com a situação; Amma só reclamava por trás dele; as crianças aguardavam com ansiedade aquelas suas visitas, porque ele olhava para elas nos olhos, ria de suas brincadeiras, contava histórias, e levava para elas os diversos resquícios de sua última mudança apressada, coisas que a maioria dos adultos jamais daria a uma criança: latas vazias de tabaco, cartazes contra a guerra do Vietnã de bem depois da queda de Saigon, formas de sapato, estátuas de dançarinos que tinham caído dos pedestais dos seus troféus. E então, dois anos atrás, Tio Salão de Baile Ultrapassara um Limite e cambaleado (as crianças o tinham imaginado na ponta dos pés, usando uma malha de balé) na direção de uma Ladeira Escorregadia, e Appa, sentindo a situação precária de seus filhos impressionáveis e o mundo miserável que os aguardava no fundo daquela Ladeira, o expulsara de casa.

Foi assim e pronto, na cabeça das crianças. Nada mais de histórias de San Francisco, Nova York e Viena na hora do chá, nada mais de latas enferrujadas de tabaco e formas de sapatos.

Mas numa tarde nublada de sábado, em março, Tio Salão de Baile toma um táxi com ar-condicionado, cuja corrida ele não será capaz de pagar, e manda que o motorista vá para Kingfisher Lane 79.

– A Casa Grande – ele diz. – A casa do Advogado Rajasekharan. Sabe onde é?

O motorista sabe muito bem.

Desta vez, num desvio marcante do seu procedimento padrão antes da briga com Appa, Tio Salão de Baile não informou antecipadamente à família dos seus planos. Appa não está em casa, e, embora Amma tenha algumas suspeitas – graças ao péssimo *timing* e à língua maior do que a boca de Chellam – de onde ele possa estar, ela está sentada na mesa de fórmica, com os olhos grudados no reflexo de Kingfisher Lane no painel de vidro da porta da frente que está aberta. Não há nada acontecendo na rua até o táxi de Tio Salão de Baile aparecer; nunca acontece nada a esta hora. No período que antecede o temporal, toda dona de casa cansada, marido aposentado, pai ou mãe idosa, empregada, gato e galinha ilegal no quintal se recolhem para tirar uma soneca. Deitam-se onde podem, às vezes onde estão: sobre lençóis de algodão quentes e suados, sobre tapetes de fibra de coco, sobre o cimento frio, sobre a grama que já está crescendo depois do longínquo dilúvio. Sobre suas varandas, os hibiscos e as roseiras se inclinam; até samambaias e plantas caras que ficam dentro de casa adquirem um ar murcho que só vai melhorar com a aproximação da chuva.

Uma está num ensaio de *As três irmãs*; Suresh numa reunião de escoteiros. Dentro da Casa Grande, Paati dorme em sua cadeira, Chellam no chão a seus pés e Aasha no divã verde. Lourdesmaria, Vellamma e Letchumi, com as tarefas da manhã terminadas e as barrigas cheias de arroz e sambhar que comeram nos seus pratos especiais de empregadas, estão descansando por dez minutos, cochilando sentadas em três lugares de sombra no quintal. Mat Din está cochilando numa cadeira perto do barracão do jardim. Só Amma não dorme durante essas horas mortas.

O que a mantém desperta? Será que sua visão, afiada por anos espiando pela vidraça, é tão poderosa que ela consegue avistar as infatigáveis formigas nos hibiscos abandonados da Sra. Manickam? Será que a visão daqueles arbustos descontrolados a faz mergulhar na inveja que sentiu da Sra. Manickam quando, dois anos atrás, aquela dama cheia de cachinhos fugiu com o amante, tornando-se, assim, a única mulher que Amma conhecia a colocar a própria felicidade acima das convenções? Ou Amma está simplesmente hipnotizada pelos movimentos do gato sonhando na varanda da frente da Sra. Malhotra, ou perversamente fascinada pelos movimentos subconscientes da mão direita de Carequinha dentro das calças enquanto ele dorme, bem à vista de quem quiser olhar, numa cadeira de plástico sob o pé de nim na beira do gramado? Seja o que for, Amma leva um susto quando o táxi do Tio Salão de Baile para no portão e entra em seu campo de visão, como se alguém tivesse posto a mão diante dos seus olhos. Ela fica em pé de um salto, derrubando a cadeira, e dentro de casa três pares de olhos se abrem de repente. Paati dá seus gritos costumeiros de quem, o que e onde; Chellam boceja e se espreguiça; Aasha ergue o corpo e esfrega os olhos no divã verde.

– Não sei, não sei – Chellam diz a Paati. – É só alguém no portão. Não precisa gritar até ficar com a garganta seca.

Tio Salão de Baile já está na porta aberta quando Amma chega.
— Ah, é você — diz ela. Eles ficam cara a cara, separados apenas pelas espirais e argolas da grade de ferro batido. — Raju sabia que você ia chegar?
— Hã, bem, não — responde Tio Salão de Baile. — Eu... eu não tive oportunidade de avisá-lo desta vez, heh-heh. Foi, bem, foi uma decisão mais repentina do que habitualmente. Mas...
— Mas ele...
— Mas — insiste Tio Salão de Baile, ignorando uma possível objeção de Amma — eu lhe asseguro que não vou atrapalhar vocês. Vocês mal irão me ver. Eu tenho negócios na cidade que irão ocupar todo o meu tempo. Vou tomar cuidado para não incomodar ninguém.
Amma sacode os ombros, abre a grade com um suspiro, faz sinal para Tio Salão de Baile entrar.
— Bem, se Raju...
— Imagino que Raju esteja em casa agora, não?
— Não, ele não está.
— Se você preferir, eu posso falar com ele no escritório.
— Ele não está no escritório.
— Ah. Bem...
— Você pode por suas malas lá em cima no quarto de hóspedes enquanto espera. Seu irmão... — tendo se controlado para não se referir a Appa como *seu formidável irmão*, Amma faz uma pausa e umedece os lábios para marcar o esforço — não vai chegar tão cedo, isso eu posso dizer. Quando vier para casa, você pode se explicar com ele.
Então o Tio Salão de Baile é admitido no castelo de chão de mármore e cortinas de renda do irmão, que, momentos depois de sua chegada, ele acha estranhamente mudado. É verdade, a pequena Aasha, que está parada no vão da porta olhando para ele com uma expressão reservada, cresceu um bocado, uma mudança que Tio Salão de Baile se sente obrigado a comentar, já que é tio dela e tudo mais. Mas é o jeito dela e não seu tamanho que chama mais sua atenção; uma vigilância muda, um rio subterrâneo de desconfiança. Mesmo que ele estivesse inclinado a atribuir isto ao fato de ela estar dois anos mais velha e nada mais, outras mudanças o impedem. Um tom mais agressivo na voz da

cunhada, uma expressão sardônica em seu rosto que colore de ironia tudo o que ela diz, e uma tensão constante no ar. A casa está silenciosa demais? Inexplicavelmente fria neste clima tropical? Limpa demais? Ele não consegue explicar, mas sente aquele mal-estar como o zumbido de um gerador ao longe.

E quando ele vai cumprimentar a mãe, aquele quadro lhe parece surreal: em dois anos ela se transformou numa velhinha presa numa cadeira de vime, trêmula, balbuciante, com catarata, incontinente, tudo a que tem direito. A princípio, quando ele se ajoelha diante dela e ela segura a mão dele, ele sente apenas remorso. *Seu tolo, Balu! Você acha que o tempo ia ficar parado à sua espera?* Mas então ela olha para ele com o mais claro dos seus olhos leitosos e balança a cabeça, como se algo no fato de ele ter aparecido tivesse confirmado uma suspeita ou a deixado satisfeita, e ele percebe que, apesar de suas cataratas, ela ainda é a mesma águia que sempre foi. A cadeira de vime, a bexiga solta, os joelhos trêmulos, tudo isso podia ser real e imutável na percepção objetiva das coisas, mas além delas existe uma verdade que poucos podem ver. Sua mãe tinha se transformado numa velhinha de propósito – mas por quê? Bem, provavelmente isto é conveniente para ela neste estágio da vida, e ela sempre fez o que lhe era mais conveniente. Ela estava cansada, entediada e pronta para ser cuidada, então passou a viver naquela cadeira de vime. Aparentemente, ela exerce mais poder sobre a família daquele trono do que exercia caminhando pela casa nos próprios pés. Ele já vê provas do seu reinado: – Vasanthi! Lourdesmaria! – ela está gritando. – Raju já foi informado? Digam a ele para vir jantar em casa esta noite, digam a ele para não comer aquele lixo chinês que sempre tem que comer na rua. Lourdesmaria! Vá ao mercado e compre uma galinha kampung viva. Compre três carpas. Carpa ainda é o seu peixe favorito, Balu? O que mais você quer comer?

Assim como é um trono, a cadeira de vime também é um isolamento. Tio Salão de Baile se lembra de sua visita anterior, das noitadas de vinte e um e buraco no escritório de Raju, sua mãe sempre ganhando depois de fingir que o conhaque a tinha deixado tonta. E então, aquela última noite chuvosa, o rosto de quem não sabe de nada de sua mãe, a triste realização de que qualquer posição que ele tomasse teria que tomar sozinho... *Ah,*

Mãe, sempre tão esperta, tão egoísta, tão fraca. Então foi assim que você se livrou de toda a responsabilidade, eh? Bem, talvez ela esteja feliz assim. Esta cegueira voluntária deve lhe trazer alguma paz de espírito. Desempenhando o mesmo papel há tanto tempo talvez ela tenha convencido a si mesma de que não passa de um saco de ossos. Alguma coisa no súbito e excessivo lacrimejar dos seus olhos diz a ele que sua chegada desalojou lembranças parecidas dos lugares secretos para onde ela as tinha mandado dois anos atrás. Mas, antes que aquelas gotas embaçadas pudessem escorrer pelas ravinas e fendas do seu rosto, Paati se controla, franze a testa e berra:

– Chellam! Pelo amor de Deus, traga um suco de laranja ou algo parecido para nós! Um dia tão quente, você não tem um pingo de juízo na cabeça? Tem que ser lembrada o tempo todo? – Protegendo-se com esta pequena irritação, sacudindo-a entre os dentes como um cachorro, Paati afasta assim suas preocupações mais graves e mais antigas: Tio Salão de Baile vê que ela recuperou completamente sua compostura gritando com a tal de Chellam, seja ela quem for. Os múltiplos benefícios de bancar a velha caduca se empilham diante dos seus olhos quando Chellam aparece com dois copos de suco de laranja numa bandeja.

– Nossa nova garota – diz Amma. – Cuida apenas de mamãe; 100% dedicada a ela. Trabalha aqui em tempo integral. – Entretanto, 100% de dedicação não é o que o Tio Salão de Baile vê nos olhos velados daquela moça magra de pele ruim: se existe alguma dedicação, está diluída em alguma outra coisa, e quando ela entrega o copo a Paati, ela não é nem delicada nem respeitosa. – Inthanggai – ela fala mal-humorada. Tome. Pegue. O que ela não diz, mas teria dito se estivesse sozinha com Paati: *Pode parar de reclamar agora, sua velha caduca.* Mas ele ouve as palavras tão claramente quanto se ela as tivesse dito alto, e o que cresce dentro dele não é indignação nem vontade de por no lugar aquela garota com uma sandália japonesa grande demais para ela, mas satisfação, e mais, se ele tivesse coragem de confessar, uma certa simpatia por ela. Pobre criança, que idade ela tem, aliás? Parece exausta e malnutrida, e ele não consegue imaginar a vida dela na família problemática do irmão, nem a tensão de cuidar de uma velha encarquilhada tão completamente dedicada a seu papel de matrona perversa.

Não, ele diz a si mesmo. Não desta vez. Ele pode ser um homem íntegro, mas desta vez, para variar, está decidido a não ser aquele que enxerga demais. Ele também pode fingir inocência e memória curta, pode lavar as mãos a respeito de problemas alheios e cuidar da própria vida. Ele disfarça o cheiro forte de algo de podre em Kingfisher Lane passando Tiger Balm nas têmporas.

– Uma enxaqueca horrível – ele comenta, se desculpando. – Deve ter sido a viagem. – E ele volta à leitura atenta do *New Straits Times*, aos vencedores do concurso de criação de slogan patrocinado pelo Chartered Bank na página 3, à cobertura completa do campeonato de badminton na seção de esportes, à receita de Sopa de Cogumelos na coluna desta semana de "Cozinhando com ervas chinesas".

Pouco antes do jantar, Appa chega em casa, como que por instinto; normalmente não teria voltado num sábado à noite.

– Desculpe, irmão – Tio Salão de Baile diz, levantando-se para cumprimentá-lo na porta. – Eu gostaria de ter avisado que estava a caminho, mas... de qualquer maneira, desta vez não vou atrapalhar. – E então ele repete, quase palavra por palavra, as promessas que tinha feito a Amma aquela tarde: – Você mal vai me ver. Vou estar ocupado o tempo todo na cidade. Vou tomar cuidado para não incomodar ninguém.

Homem importante que é, Appa não pode ser visto como tendo negado um teto ao irmão por causa de uma discussão antiga. Ele dá um sorriso forçado.

– Tudo bem, tudo bem – ele diz, estendendo a mão para Tio Salão de Baile. – Sem problema. Seja bem-vindo de volta à Casa Grande. Hah-hah!

No jantar, Appa é o perfeito anfitrião, jovial, atencioso, expansivo.

– Já ouviu aquela sobre os três advogados, Balu, um malaio, um chinês e um indiano?

Ele está chegando no final da piada quando Uma desce a escada e toma seu lugar à mesa. Tio Salão de Baile diz olá para ela com um sorriso de tio, enquanto Appa continua, sem olhar para nenhum dos dois:

– Espere, espere, não me diga, você voltou por causa do Visite a Malásia Ano 1980, não foi, Balu? Você deve ter visto os anúncios em Nova York, Londres, Paris, de onde quer que você tenha vindo? É a única vez que você vai ver caras indianas na TV. Cor local, certo? As dançarinas de Bharatanatyam e os vendedores de teh tarik e as multidões de Thaipusam. O resto do tempo nós temos que esconder a cara.

O que você acha deste frango kampung, Balu? Não é aquele lixo que você compra no supermercado, eh? Deixe-me servir mais vinho para você. Um colega me trouxe esse vinho diretamente da França. É o único vinho que combina com os ensopados de Lourdesmaria.

Mas, apesar dos esforços de Appa, a nuvem sombria permanece sobre a mesa de jantar. Tio Salão de Baile consegue dar um ou dois sorrisos, mas estes desaparecem rapidamente diante dos outros companheiros de mesa: Vasanthi dura e seca como uma vassoura, a fisionomia abatida de Aasha, Uma com os olhos grudados no prato. Até Suresh está apenas se esforçando bravamente para terminar sua coxa de frango e poder ser liberado o mais depressa possível.

Tio Salão de Baile torna a olhar para Uma e se sente incapaz de engolir a galinha que tem na boca. Uma também cresceu, mas só alguns centímetros, e seu cabelo está exatamente igual a dois anos atrás, comprido e revolto, seco nas pontas. Entretanto, ela mudou tanto que Tio Salão de Baile teria que ter olhado duas vezes para ela para reconhecê-la num ponto de ônibus ou numa fila; a moça diante dele simplesmente não é a mesma que o bajulava para ensiná-la a dançar dois anos antes, e que ganhava da avó no jogo de cartas, e ria por tudo. Aquela risada fácil, aquele flerte inocente com pai e tio e motorista e avó – sim, até avó, pois Uma era uma sedutora na época, exuberante, generosa com suas afeições, amante dos refletores, brincalhona, sempre com as covinhas à mostra –, tudo isso tinha desaparecido assim de repente?

Tio Salão de Baile toma um gole de água e respira fundo.

– Já soube da grande novidade de Uma? – Appa diz. – Ela vai para os Estados Unidos em setembro. Para a Universidade de Colúmbia.

Sim, o desaparecimento da voz de Uma será coroado em breve pelo seu desaparecimento físico. Toda noite, Aasha sabe, Uma fica sentada na cama folheando as cartas gordas que caíram na caixa do correio uma depois da outra, amassadas e sujas depois de terem atravessado metade do mundo. Ela apanhou cada uma antes que os lagartos da caixa do correio tivessem tempo de subir nelas e sujá-las de cocô, e agora põe a pilha toda sobre o travesseiro ao seu lado e as examina antes de dormir. Ao tocar cada carta, uma parte sua desaparece temporariamente até ela passar para a seguinte: a carta de Princeton faz desaparecer seu polegar direito, a de Cornell rouba seu pé esquerdo debaixo do cobertor, a de Colúmbia deixa suas órbitas vazias.

– Maravilhoso maravilhoso – diz Tio Salão de Baile. – Meus sinceros parabéns.

– Ela vai estudar medicina. Bem, pré-medicina, para ser exato. Biologia.

– E teatro – diz Uma. – Estas foram as primeiras palavras que ela pronunciou desde que eles se sentaram à mesa. Seus olhos não estão olhando para Appa nem para Tio Salão de Baile, mas para a janela atrás da cabeça dele, através da qual ela pode ver o vasto jardim banhado pela luz azul dos postes.

– É claro! Teatro! – Appa diz. – Eu me esqueci disso. Uma vai ser uma cirurgiã cardíaca e atriz dramática, eu me esqueci.

– Francamente – Amma diz. – Eu acho que a prioridade número um de Uma é sair desta casa amaldiçoada. – Ela não consegue resistir; suas oportunidades de agredir Appa são poucas e espaçadas. Mesmo nas raras ocasiões em que ele está em casa, ele tem algodão nos ouvidos, mas ele tirou o algodão esta noite, não foi, para impressionar o irmão? *Ele fala como se nós fôssemos uma família feliz. Como se ele fosse o único responsável pelos sucessos de Uma. Como se eles tivessem preenchido juntos os formulários de admissão. Medicina pré-medicina, oo wah! Qual é o problema, está com medo de admitir para o seu irmão que até a sua preciosa filha mais velha odeia você atualmente?* Com medo de não ter sido clara da primeira vez, ela explica melhor: – O que Uma quer é fugir daqui e nunca mais voltar. Quer tenha que vender a alma para Hollywood ou para Harley Street ou fugir com o circo é imaterial. Estou certa ou não, Uma?

– Hmm? – diz Uma, sorrindo de leve, imperturbável.

Mas Aasha, esse pequeno barômetro, esse canarinho de mina de carvão lutando por ar, empurra o prato e diz:

– Eu não consigo mais comer.

– Nada mau, Suresh – Appa diz, ignorando todos eles. (*Será que ele guarda o algodão no bolso?*, Amma pensa. *Será que o colocou de volta quando não estávamos olhando?*) – Você devorou isso depressa. Quer outro pedaço? Uma asa? Outra coxa?

– Qualquer coisa – Suresh responde.

– Eu não estou me sentindo bem – Aasha diz mais alto. – Eu não quero mais.

– Você não comeu nada – Appa diz. – Coma pelo menos um pouquinho. Não desperdice a comida.

Aasha toma meio copo d'água, prende a respiração e olha para Uma.

Tio Salão de Baile observa o modo como ela observa Uma. Ela sempre foi a queridinha de Uma, uma gatinha que Uma mimava, enfeitava e exibia, e ele percebe pelos olhos de Aasha e pelos cantos caídos de sua boca que ela não se esqueceu de tudo isso. Ela se tornou um fantasma, é verdade, vivendo no e para o passado, mais doente de saudade do que ele jamais pensou que uma menina de seis anos pudesse ficar. Sem perceber que ele estava olhando para ela, ela passa o indicador pelo meio do monte de arroz no seu prato, formando duas minimontanhas. Ela vai fingir que come, os pais vão fingir não notar, e pronto, ela pensa.

Infelizmente, seu pai não está disposto a isso esta noite.

– Aasha – Appa diz –, não se faça de boba, coma a sua comida. Lourdesmaria gastou meu dinheiro suado nesta galinha. Galinha kampung verdadeira. Você não sabe o quanto está sendo mimada. Galinhas criadas soltas, alimentadas com grãos adequados...

– Ah, sim – Amma diz antes que Aasha possa dizer alguma coisa (mas ela teria dito alguma coisa? Seu lábio inferior está perigosamente virado para fora; por baixo da mesa, Suresh chuta o joelho dela para ela não chorar). – Galinhas criadas soltas. Já que você está tão exibido, por que não se gaba para o seu irmão do quanto você também é solto? – Ela tem certeza de uma coisa: se estiver em seu poder deixar Appa envergonhado, isso só poderá ser feito na frente do irmão dele. Ela batuca com os dedos manchados

de açafrão no prato como se estivesse entediada, e continua: – Solto para andar por aí dia e noite, livre para aparecer de vez em quando para implicar com os filhos, livre para mostrar a todos nós que você é o patrão, na frente das visitas, não é?
– Ah, pelo amor de Deus, será que temos que submeter nosso hóspede à sua histeria? Temos que...

O discurso de Appa é interrompido por um acesso de vômito, verde, espumoso, saindo da boca de Aasha sobre suas colinas gêmeas de arroz (enquanto Suresh suspira alto, profundamente), respingando em seus cabelos, seu vestido e suas mãos, e quando ela tenta, apavorada, limpar o rosto com a mão esquerda, acaba espalhando o vômito pelas bochechas e pelo queixo, e ele pinga em gotas viscosas de toda parte. Por cima da mesa, Suresh suspira ainda mais alto; por baixo da mesa ele torna a chutá-la.

Amma se levanta e a segura por um braço.

– Chhi! – ela diz. – Você não podia correr para o banheiro se sabia que ia vomitar? Não precisava fazer essa sujeira na frente de todo mundo. Venha. – Enquanto arrasta Aasha, ela chama por cima do ombro: – Chellam! Chellam. Venha por favor! Aasha fez uma sujeira aqui!

De algum lugar naquele labirinto de corredores vem um grunhido em resposta. *Não é 100% dedicada à mamãe*, Tio Salão de Baile pensa, se suas tarefas incluem limpar vômito. Talvez 98 ou 99%.

Mas aquela noite, na cama, enquanto os galhos do jasmineiro batem em sua vidraça na extremidade de um dos corredores mais longos, mais escuros, mais afastados da Casa Grande, é o rosto de Uma, não o de Aasha ou o pobre rosto manchado da empregada, que surge atrás das pálpebras fechadas do Tio Salão de Baile.

O problema não é meu, Tio Salão de Baile diz para si mesmo. *Não há nada que eu possa fazer*. No entanto, ele ouve Vasanthi dizendo, com certa inveja, *escapar a qualquer custo*, e vê Uma Antes e Uma Agora, Antes e Agora, Agora e Antes... Ele estende a mão para a lata de Tiger Balm na mesinha de cabeceira quando sua cabeça começa a latejar de tristeza e impotência e pena.

Lá embaixo, deitado no divã do escritório – onde ele dorme quando passa a noite na Casa Grande –, Appa também pensa no sorriso imutável de Mona Lisa de Uma e sente um aperto no estômago.

— Aquela maldita Lourdesmaria — ele murmura consigo mesmo antes de adormecer — sempre põe uma tonelada de pimenta em tudo. Não há estômago que resista. É por isso que as crianças não conseguem comer a comida dela.

A NATUREZA DOS NEGÓCIOS do Tio Salão de Baile na cidade não ficou muito clara, mas nos dias de semana ele sai de casa depois do café e volta bem depois da hora do jantar. Nos fins de semana, ele fica lá em cima no quarto, vendo os jasmins caindo no telhado de zinco debaixo da árvore. Em resposta às perguntas de Appa, ele só falou vagamente sobre um negócio de importação e exportação e sobre um cara que ele conheceu em Shoreditch. Ele permanece fiel à sua decisão, assobiando canções alegres todas as manhãs ao descer Kingfisher Lane depois de um animado até logo a todos, e cantarolando velhas canções pela rua no escuro, ao voltar. Mas o esforço é um grande estresse para seus nervos; ele tem a impressão, quando se senta para tomar café com a família, de que eles estão todos à deriva num iceberg. Sobre ele, a mesa de fórmica vermelha, os pratos, copos e colheres sobre o jogo americano de vinil. O iceberg geme e suspira e carrega todos eles como um escravo cego carregando um palanquim. Os pratos e colheres tilintam o tempo todo. A água nos copos ameaça derramar a cada movimento.

Ele faz o que pode para fechar os ouvidos à tempestade que ruge em volta dele, tudo menos enfiar os dedos neles e cantar o mais alto que pode, mas sua própria presença alimentou aquela tempestade ao obrigar seu irmão a bancar o homem importante, o Advogado-Saar, o Grande Gastador (por hábito, por arrogância, por uma vaga sensação de que, se ele mantiver o Tio Salão de Baile contente com camarões-tigre para seus nasi lemak e ensopado de peixe senangin para seus roti canai, eles vão chegar a um acordo tácito para evitar certos tópicos desagradáveis de conversa. Não importa que seja Lourdesmaria quem tenha de carregar um fardo que ela não entende. *Camarões-tigre?* Ela pensa enquanto mói temperos com um batu giling grosso como a cintura dela às seis e meia da manhã. *Senangin para roti canai? Dinheiro demais pode enlouquecer as pessoas, ouve o que estou dizendo).*

Tio Salão de Baile está perfeitamente consciente de duas coisas: a performance incansável de Raju fornece a Vasanthi a melhor pedra para afiar seu machado; Vasanthi tem uma fonte secreta de veneno, um paan bem dobrado que ela guarda dentro da boca e mastiga de vez em quando, sentindo seu gosto o dia inteiro, cuspindo gotas de seu suco vermelho na cara de Appa sempre que tem oportunidade.

– Azul? – ela diz para Appa uma manhã, a propósito de nada.
– Mas os chineses não gostam de tudo vermelho? Sorte e prosperidade e tudo mais?

Appa sorri beatificamente e diz:
– Balu, se você puder estar aqui um dia desses na hora do jantar, vou pedir a Lourdesmaria para preparar para nós um ensopado de carneiro à moda antiga. Ela consegue carneiro da melhor qualidade no açougue quando diz que é para nós. Basta dizer meu nome e o cara corre para pegar o que está escondendo dos outros, entende?

– E quanto a um motorista, então? – Amma diz. – Devo dizer a Mat Din que ele vai dividir o tempo dele a partir do mês que vem?

– Hã, vamos ver o que posso fazer – Tio Salão de Baile diz, como se Amma não tivesse falado. Como ele já esperava, Appa não insiste com ele para marcar uma data para esse jantar de carneiro que, ambos sabem, jamais acontecerá.

No segundo domingo de Tio Salão de Baile na Casa Grande, Appa vem para casa do mercado com (numa das mãos) meia dúzia de caranguejos vivos numa cesta e (na outra) uma tilápia gorda agonizando, embrulhada num jornal. Assim que ele tira os sapatos na porta da frente, ele grita:

– Eh Balu! Olha o que eu achei para você! Você ainda é fã de caranguejos ou não?

Mas antes que Tio Salão de Baile consiga atravessar o corredor escuro e descer a escada para prostrar-se diante da generosidade do irmão e assim mascarar qualquer resquício de mal-estar, Amma recebe Appa na porta.

– Você não está ficando cansado de peixe? – ela lhe pergunta.
– O quê?

– Você não comeu peixe ontem à noite? Feito no vapor com gengibre, do jeito que você gosta? Acho que posso pedir a Lourdesmaria para fritar este aqui.

Appa passa por ela, passa por Aasha, que está parada na porta da sala de jantar, passa por Suresh, que está parado bem atrás dela, e entra na cozinha, onde tira a tilápia do jornal e a coloca sobre a tábua de escorrer. Aasha a vê pular dentro da pia com um golpe do rabo. Escamas brilhando, rabo abanando, olhos esbugalhados prestes a morrer. Aquele olho entra e sai, entra e sai, como um botão vermelho que alguém devia apertar para parar o show.

Tio Salão de Baile aparece na sala de jantar bem a tempo de ver Appa lavar as mãos e escancarar um sorriso para Amma.

– Vá em frente – ele diz –, mande sua empregadinha miserável atrás de mim com um gravador e uma câmera, se ela não tiver nada melhor para fazer. Ou por que vocês todos não alugam um ônibus e passam o dia me seguindo? É bem gratificante, fique sabendo, que minha rotina diária desperte tanto interesse. Eu me sinto uma celebridade. Um astro de cinema, exatamente como nossa querida filha vai ser um dia.

Desperte tanto interesse sacode seu rabo enfeitado na cara de Amma até ela desviar os olhos.

Mais tarde naquele dia, pela janela que dá para o quintal, Tio Salão de Baile vê Suresh encurralar Chellam na cozinha do quintal, onde ela está lavando as combinações de Paati manchadas de urina.

– Chellam – Suresh diz, rangendo os dentes de tal forma que Tio Salão de Baile só consegue entender as palavras debruçando-se perigosamente para fora da janela –, por que você não pode cuidar da sua vida? – Ele belisca o cotovelo dela, torcendo a pele com o polegar e o indicador.

– Ai! Ai! Garoto maluco – Chellam grita, recuando e rindo, fazendo uma careta para o que pensa ser uma brincadeira inocente mas boba.

Mais uma vez aquela onda fraca de compaixão se choca contra o espírito empedernido de Tio Salão de Baile; mais uma vez ele a afasta.

Mas, no fim, a performance mensal do pai de Chellam vence a timidez de Tio Salão de Baile.

Tio Salão de Baile estava na Casa Grande havia duas semanas quando chegou o dia de pagamento de empregados e um lamento no portão interrompeu sua ingestão concentrada de ovos quentes com torrada.

– Saar! Madame! – a voz chama. – Digam à minha filha que seus irmãos e irmãs não comem há três dias! E um deles está com febre, mas como podemos levá-lo ao médico sem dinheiro? Digam isso à minha filha, e vejam se ela consegue viver com isso em sua consciência! Digam a ela e vejam o que ela diz!

Com a colher a poucos centímetros da boca, Tio Salão de Baile olha em volta. Appa, absorvido no *New Straits Times*, não parece ter ouvido nada. Suresh e Aasha estão sorrindo enigmaticamente um para o outro. Amma pode estar lendo ou não as costas do jornal de Appa (evidência a favor desta hipótese: seus olhos estão presos nele há quinze minutos; evidência contrária: é a página de esportes).

Tio Salão de Baile arrisca uma interrupção.

– Eu acho – ele diz – que pode ter alguém no...

– É o encantador pai de Chellam – Appa diz. – Muniandy. Está aqui para sua coleta mensal.

– Ele tem mais seis filhos em casa – Amma diz. – Não pode alimentá-los sem nossa ajuda.

Appa suspira. Ele sabe o quanto Amma é apegada à sua versão dos fatos; ela gosta de pensar em seus pagamentos mensais a Muniandy como caridade. É por isso mesmo que ele resolve dizer a verdade nua e crua, não por lealdade a algum elevado princípio de sua casa. Só para estragar o prazer que Amma tem em pairar acima de todo mundo nas asas brancas da noblesse oblige. Do lado de fora, Muniandy continua a miar.

– Na realidade – Appa diz – é Chellam quem está ajudando a família dela, e um tanto de má vontade. Ela se recusa a ir lá fora falar com o pai, então a única forma que temos de nos livrar dele é dar-lhe o salário dela todo mês.

– Ah – diz Tio Salão de Baile. E a surpresa dele borbulha na boca cheia de ovo. – Ah. Mas – mas então, se o salário dela vai para ele... ela... quer dizer, ela não...

– O menino está com febre há cinco dias! – geme Muniandy. – Quem sabe o que ele tem? Como se pode pagar um médico?

— Muito bem, Balu — Appa diz. — Estou contente em ver que você sabe pelo menos rudimentos de matemática apesar das notas vermelhas no seu boletim. Cinquenta ringgit para Chellam menos cinquenta ringgit para o pai dela é igual a zero ringgit para Chellam, sim. Mas não exatamente, sabe, porque você está se esquecendo de casa e comida. Três refeições diárias e uma cama num quarto só dela é bem melhor do que o que ela tinha no emprego anterior, que, aliás, era na casa de um amigo meu. E infinitamente melhor do que ela teria em casa.

— Hmm, hmm — Tio Salão de Baile diz. E para si mesmo: *É claro, é claro, Raju, a vida dela seria horrível, brutal, se não fosse por você.* Então ele engole o resto do ovo o mais rápido que pode sem engasgar, toma seu chá morno, e pede licença para sair da mesa. É um sábado; ele não tem para onde ir, mas os jasmins caindo do lado de fora da sua janela são muito menos desafiadores para sua consciência do que os lamentos de Muniandy.

Mas à tarde, quando atravessa o corredor pé ante pé para procurar um jornal, ele encontra Chellam chorando com a cara enfiada na manga. Ela dá um pulo quando o vê se aproximar; por um momento ele não faz nada, a não ser sorrir ligeiramente para aquele rosto banhado de lágrimas. E então alguma coisa no modo como ela se afasta, para dar passagem a ele sem incomodá-lo com seus problemas banais, como o patrão que ele é, o faz parar. *Meu Deus,* ele pensa, *será que sou tão covarde assim? O que está havendo comigo? Do que é que eu tenho tanto medo?* Ele já está enfiando a mão no bolso, que não está assim tão cheio de dinheiro. Claro, sim, ele deve depositar o que tem em sua conta comercial para ter alguma coisa boa para relatar quando seu futuro sócio (o cara misterioso de Shoreditch) perguntar como anda seu fluxo de caixa. Mas se ele não pode fazer muita coisa por ninguém, ele não pode ao menos ajudar esta garota infeliz? Um pequeno ato de bondade com alguém que precisa tanto — que mal isso pode fazer?

— Desculpe, desculpe — ele diz ao entregar a ela uma nota de cinco ringgits. Nervoso, contrito. Ele tem tanto do que se desculpar: não só dos pecados do irmão e da cunhada, mas do que ele mesmo estava querendo se tornar em troca da hospitalidade exuberante do irmão. — Eu sei que não é muito, mas...

Ela olha do dinheiro na mão dele para o rosto dele. Seus olhos vermelhos estão um tanto fora de foco.

– Toma – ele diz. – Pelo menos compre uns biscoitos ou uma revista para você.

Ele tem certeza de que ela vai sair correndo daquele jeito apavorado dos pobres quando habitam o mundo dos ricos: com medo de serem apanhados girando a maçaneta errada, ou encerando a mesa errada, ou dando a impressão de que estão pensando em roubar. Mas no último minuto, quando ele já está quase desistindo e guardando o dinheiro de volta no bolso, ela o aceita.

– MuitoobrigadaPatrãoobrigada – ela diz, e ele responde para as suas costas estreitas.

– Nem fale nisso. – Ocorre-lhe que é a primeira vez que ele usa essa figura de linguagem de forma tão literal: ele realmente não quer que ela fale nisso, nem com as outras empregadas, nem com as crianças, nem com os pais delas, e ele não sabe por quê, tirando sua determinação de ser visto se intrometendo em algo que possa de alguma maneira ser visto como a vida dos outros. É verdade, ele não deve repetir erros passados, mas com certeza ninguém se importaria se ele ficasse sem um tostão por ter ajudado os outros. Será que a paranoia servil de Chellam o contaminou? Será que a escuridão do corredor deu à transação um sabor proibido?

Seja o que for, Tio Salão de Baile passa a se esconder em vãos de portas e cantos para exercer sua bondade para com Chellam, e ele nota que os olhos dela fazem movimentos rápidos para todos os lados quando ela recebe, assim como os dele quando dá. Ele mantém seus presentes modestos: cinco ringgit e um saco de kacang puteh comprado na estação de ônibus uma tarde, dois ringgit e um vadai que ficou mole no ar úmido, em outra. À medida que ele ganha sua confiança, ela fica mais tagarela:

– Obrigada, Patrão Salão de Baile – ela murmura depois que ele lhe dá dinheiro pela terceira ou quarta vez. – Estou guardando para comprar óculos.

– Óculos? – ele repete. – Quer dizer que você não enxerga bem?

– O quê, patrão?

Ele imita alguém que não enxerga direito, espiando em volta dele, chegando a palma da mão cada vez mais perto dos olhos como se fosse um livro.

– Você não consegue ver? Sem óculos você não vê? Kannu...

O rosto dela se abre.

– Sim Patrão! Não consigo ver. Quero comprar óculos, mas meu Appa vem e leva meu dinheiro.

– Ah, sim, entendo. Bem, então guarde o dinheiro. – Ele aponta para a nota de dez ringgit apertada na mão dela. – Guarde esse dinheiro para comprar óculos.

Depois que Tio Salão de Baile fica sabendo da infeliz Conta de Óculos, ele encontra outras formas de aumentar seu saldo. Chellam, ele calcula, é apenas 96% dedicada à mãe dele, afinal de contas. Ele reviu sua estimativa original de 98%: também subtraindo da porcentagem de Paati estão as carências de Aasha e seu irmão de expressão corajosa, que aprenderam (rapidamente, e apenas por razões práticas) a se apoiar mais em Chellam do que na irmã mais velha para sua educação e diversão; que seguem Chellam a uma distância segura, tímida; que abrem caminho timidamente, quando a mãe não está olhando, na direção das rotinas e da afeição de Chellam. Então, calculando que mais 2 ou 3% não têm importância, ele leva para ela, um domingo à tarde, uma camisa cujo colarinho está sujo com a mancha de suor mais preta que ela já viu.

– Por favor – diz ele –, esfregue bem. Tire a mancha. Dez ringgit. E depois que a camisa é esfregada, tem outra faltando um botão; e quando o botão é pregado, ele estraga o zíper da sua calça cinzenta favorita. Ela não conta a ninguém sobre essas encomendas, é claro, não diz nada (ele nunca achou que ela fosse dizer), e, no entanto, um novo sentido toma conta de sua pele como um cheiro. Ela cantarola ao preparar o café para Paati de manhã. Ela anda rapidamente pelos corredores agora, sem aquele arrastar de pés que as crianças se acostumaram a esperar.

– EmpregadaChellam – diz Suresh um dia –, por que você está tão animada agora? O tempo todo assobiando e cantando como uma estrela de cinema? Arranjou um namorado?

Ela empurra o canto da boca com a língua, tímida como uma menina de oito anos.

– Não, lah – ela diz. – Onde eu ia arrumar um namorado?

– Essa Chellam está toda animada – Suresh diz a Aasha por trás das costas de Chellam. – Olhe só para ela, andando com o nariz empinado. Ela não passa de uma matuta, mas acha que é o presidente da América ou algo parecido.

Ao ver Suresh imitando seu passo confiante, Chellam ri toda contente, e quando Aasha pede para ela lhe ensinar a letra da canção, ela concorda:

Querida querida querida
Eu te amo te amo te amo.
Yennai vittu pogaadhe. (Não me abandone.)

– Querida, querida, querida – Suresh repete. – E você tentando dizer que não tem namorado.

Encorajado pela influência desproporcional de um pouco de dinheiro no ânimo de Chellam, Tio Salão de Baile estabelece objetivos mais elevados para si mesmo. A caminho do ponto de ônibus no dia primeiro de março, ele vê o pai de Chellam vindo do outro lado. Ele agora já é uma figura familiar para Tio Salão de Baile, embora nunca tenham se encontrado. Hoje, pela primeira vez desde sua chegada, Tio Salão de Baile tem um compromisso na cidade: uma reunião com um tubarão das finanças que opera numa fábrica de condimentos em Belfield Street. Ele sai de casa animado, esperançoso em relação ao encontro, orgulhoso da diferença que fez na vida de Chellam. De uns trinta metros de distância, ele vê Muniandy, sem camisa, apenas com um pano sujo sobre um ombro. O passo cambaleante do velho sugere que ele veio direto do botequim. Em frente à casa malaia, ele levanta o dhoti até os quadris e urina na beira do gramado. Tio Salão de Baile sente portas se fechando e cortinas se mexendo em volta dele, como se um sistema compartilhado de radar tivesse detectado a aproximação do miserável, como se cada dona de casa de Kingfisher Lane estivesse com medo que um dia desses, ignorado por Appa, este espantalho preto, com suas sandálias japonesas em frangalhos e seu dhoti rasgado, fosse cantar seu lamento bêbado no portão da casa dela. E percebendo isto, Tio Salão de Baile se sente erguido acima do chão por sua decisão de ser melhor do que todos aqueles hipócritas, aqueles sahibs e memsahibs santarrões atrás de suas cortinas de renda. Ele não vê motivo para não fazer mais do que dar um trocado de vez em quando para Chellam, para não dobrar ou triplicar sua caridade atacando o problema na fonte, o que talvez não seja muito difícil. *É bem provável*, ele diz para si mesmo, *que ninguém tenha tentado falar com este Muniandy de homem para homem. Eu não vou mudá-lo numa única manhã, mas talvez consiga pôr algum juízo na cabeça dele.* Assim, fortalecido com um zelo missionário, ele acelera o passo.

Às nove da manhã, a visão de Muniandy já está nublada por ele ter passado duas horas bebendo samsu ordinário. O que ele vê mais adiante em Kingfisher Lane: uma mancha branca, uma mancha branca maior, uma mancha branca e cinzenta – não, branca e cáqui, branca e cáqui e um pedacinho vermelho – branca, cáqui, vermelha, sapatos pretos, e então, finalmente, um homem rico usando uma camisa branca imaculadamente limpa e calças pregueadas do tipo que ele não via desde sua infância numa fazenda de borracha de um inglês.

– Saar – ele diz, decidindo tentar sua sorte com este estranho elegantemente vestido. – Saar, dois dólares? Eu não como há três dias – ele fala em tamil, pois consegue enxergar o suficiente para ver que não se trata de um inglês, mas de um indiano da pior espécie: mais inglês do que os ingleses, e que provavelmente ia fingir não saber tamil.

Ele está enganado:

– Muniandy – o homem diz em tamil (um tamil esquisito, mas mesmo assim reconhecível) –, você sabe o duro que sua filha dá naquela casa e nunca recebe um centavo no final do mês? Você acha que ela não tem melhor uso a fazer do dinheiro do que lhe pagar bebida? Se você deixasse que ela economizasse o dinheiro para você, Muniandy, ela faria isso bem melhor do que você, e quando você precisar mesmo de alguma coisa para contas de médico, leite de bebês, livros escolares, sapatos de criança, ou o que quer que seja, Muniandy, o que quer que seus seis filhos famintos realmente precisem, Muniandy, mas não samsu seu canalha badava. – Ele para nesse ponto porque Muniandy simplesmente lhe deu as costas, pigarreou e cuspiu na beira do gramado, e ele começa a suspeitar que só um suborno irá abrir os ouvidos do homem para o que ele tem a dizer. Ele enfia a mão no bolso e tira uma nota de cinco ringgit. – Aqui, você quer um dinheiro, fique com este. Agora deixe sua filha em paz e vá para casa como um bom homem. Só desta vez.

Mas Muniandy, longe de pegar o dinheiro como Tio Salão de Baile espera que ele faça, dá um passo para trás.

– Oho! – ele grita. – Oho! Que grande homem o senhor é, saar! – Ele torna a juntar saliva na boca e mira, desta vez, aqueles sapatos pretos bem engraxados. Ele erra; seu cuspe cai no chão, a dez centímetros dos pés de Tio Salão de Baile. – Que grande homem, dizendo para mim o que eu posso ou não posso mandar minha filha fazer! Vocês, ricos, acham que sabem tudo. Até como criar nossos filhos vocês querem decidir por nós!

Rostos aparecem atrás das cortinas; murmúrios flutuam no calor da manhã. Passos de criança se afastam da porta da casa malaia.

– Ee, keling mabuk – a garotinha diz para a mãe que descasca cenouras na cozinha. Um indiano bêbado na rua, urinando e cuspindo e gritando como eles costumam fazer.

– Feche a porta – a mãe diz. – Feche e tranque e fique quieta. É preciso muito cuidado com essa gente.

– Deixe-me dizer-lhe uma coisa – Muniandy continua, porque nada irá diminuir sua ira agora, nem a mão do Tio Salão de Baile em seu cotovelo nem seus pacíficos *okayokays*. – Deixe-me dizer-lhe o que pode fazer com esse dinheiro que consegue com tanta facilidade. Você pode pegá-lo e usá-lo para comprar outro homem, okay, porque não pode comprar minha filha por cinco dólares. Entendeu?

Tio Salão de Baile solta o cotovelo de Muniandy e fica ali parado por uns cinco segundos, durante os quais Muniandy pigarreia e enche a boca como se estivesse se preparando para cuspir mais uma vez. O que esse homem está pensando? *Não, não, ele tem vontade de dizer, você entendeu mal, não é por isso que eu estou lhe dando este dinheiro. Eu não estou tentando comprá-lo; não existe nada entre mim e sua filha. Às vezes a caridade não tem segundas intenções.* Mas o choque o paralisa: maior do que o choque da acusação em si mesma, que o Tio Salão de Baile ignora (quem em seu juízo perfeito iria acreditar numa calúnia tão estapafúrdia?), é o choque da lucidez e eloquência de Muniandy, de como o homem consegue ficar ereto, da facilidade com que consegue formar as palavras, e do quanto ele, Balu, se enganou ao acreditar que Muniandy iria se sensibilizar – não, iria sentir-se honrado – com esta franqueza de homem para homem. E, junto com o choque, uma tristeza nas suposições que pessoas como Muniandy tinham que fazer se quisessem sobreviver. *Ou talvez, no seu mundo, tudo tenha segundas intenções. Não é, Muniandy?*

Por fim, Tio Salão de Baile não fala nada disso. Ele sacode a cabeça como que para tirar água dos ouvidos.

– Tudo bem, então, faça como quiser – ele diz, mas numa voz que não tem mais um tom arrogante. – Vá até a Casa Grande e faça o que quiser. – Quando se separam, o pai de Chellam cospe no bueiro da Sra. Malhotra.

No ponto de ônibus, Tio Salão de Baile toma o número 22, no qual, às dez horas em ponto, um garoto de catorze anos rouba a carteira de identidade azul de Shamsuddin bin Yusof. Se Tio Salão de Baile tivesse visto este roubo, ele teria se levantado e sacudido freneticamente os braços e gritado *ladrão, ladrão* em inglês, depois de ter tentado inutilmente arrancar do fundo da memória a palavra malaia para ladrão. Mas, tendo entrado no ônibus no começo do trajeto, ele conseguiu ficar com o último banco, de onde ele vê apenas os traseiros e quadris e barrigas dos que se empilham no ônibus depois que todos os assentos são ocupados. Quanto àqueles que veem o trabalho habilidoso do batedor de carteiras, eles não dizem nada, porque foram treinados, durante o longo exílio de Tio Salão de Baile, a fechar um olho ou os dois às caretas de Fato e às artimanhas de Boato; eles aprenderam a ficar sentados em cima das mãos para evitar a ação; eles cultivaram as habilidades patrióticas de cegueira, surdez e mudez seletivas.

Quanto mais tempo fica na Casa Grande, mais Tio Salão de Baile toma cuidado para evitar o irmão: Raju está borbulhando, ameaçando ferver toda vez que a esposa abana o fogo, e Tio Salão de

Baile não quer ter nada a ver com a encrenca que com certeza vai acontecer. Vasanthi já está tentando envolvê-lo na confusão.

– É porque seu irmão está aqui, não é, que você tem vindo para casa toda noite como um bom menino? Quer mostrar a ele que bom chefe de família você é? – ela diz ao marido todas as manhãs. Então ela se vira para tio Salão de Baile: – Por que você não pergunta a ele, Balu, como é a agenda dele quando você não está aqui? Para onde ele vai e o que faz quando não tem que voltar para casa para representar uma grande farsa para você?

Em resposta a estas provocações, Tio Salão de Baile simplesmente sorri timidamente e se retira na primeira oportunidade.

Sem fazer alarde, ele também tenta proteger Chellam dos maus ventos que sopram contra ela, porque não só a camaradagem das crianças continua tão intermitente e interesseira como sempre foi (exuberante nas tardes solitárias, rala como mingau de orfanato depois de cada inquisição de Amma sobre o paradeiro e as ações de Appa), como Appa vem olhando para ela de má vontade.

– Bom trabalho, Vasanthi – ele diz sempre que Amma toca no assunto, mas é para Chellam que ele olha quando fala, não para a esposa. – Foi um raro lampejo de inteligência que você teve, mandando a garota me seguir. Por que você não organiza um plantão para todos os empregados e reúne o círculo todo para um encontro secreto toda segunda-feira de manhã?

Tio Salão de Baile devia saber que todos os que são traídos naturalmente desejam trair os outros. Esta lei não se aplica só a crianças apanhadas fazendo travessuras, mas a homens adultos quando são humilhados. Appa podia ser um rico Advogado-Saar com um vocabulário letrado, mas humilhado na frente dos filhos espertos demais e do irmão que já nasceu um perdedor, ele rosna e se impacienta. Ele ronda e range os dentes. Espera para atacar. Quem vai ser a vítima? Lourdesmaria, preparando o peixe de forma errada? Mat Din, tentando disfarçar um pequeno arranhão causado por sua maneira descuidada de lavar o Volvo? Não, Lourdesmaria esfrega pimenta em pó no peixe exatamente como Appa gosta; a pintura perfeita do Volvo brilha ao sol que se põe enquanto Mat Din rega as buganvílias. Appa sobe a escada, sua pele coçando de suor e rancor, louco por um banho frio – e lá, no corredor que vai dar no banheiro de cima, ele vê uma cena que ao mesmo tempo o satisfaz e o enoja: Tio Salão de Baile, com a camisa desabotoada, enfiando uma nota na mão direita de Chellam, os dois gaguejando extravagantes obrigados: "Obrigado, minha cara menina, sinto muito me aproveitar assim de você." "ObrigadaPatrãoSalãodeBaileobrigada."

Tio Salão de Baile avista Appa, e Chellam, ao ver Tio Salão de Baile olhar por cima dela, se vira e vê Appa. Appa não diz nada por ora; para ele, é suficiente tê-los apanhado no pós-ato. (E que pós-ato apimentado! Ele nunca suspeitou – mas então, ele diz a si mesmo, tem tanta coisa que a pessoa ignora quando não para em casa.) *Chellam!* ele pensa. *Isso é perfeito! Talvez agora você vá pensar duas vezes antes de dar com a língua nos dentes, eh? Porque eu também tenho histórias para contar.*

Chellam não imagina que aquela rápida troca vá parecer mais do que é na realidade: um homem pagando uma criada por ter passado a ferro sua camisa. Ela esconde o dinheiro atrás das costas, com medo de ter problemas por fazer serviços para outra pessoa sem Amma saber, por roubar tempo dos 100% de Paati.

Tio Salão de Baile, porém, leva um choque. Ele pensa em fazer as malas e partir naquela mesma noite, porque quem sabe o que o irmão está planejando, ou como ele irá envolver o infeliz Balu Salão de Baile e a apavorada EmpregadaChellam nas brigas destrutivas da família?

Então Tio Salão de Baile começa a sair de casa mais cedo ainda, antes de Lourdesmaria chegarem na sua bicicleta para pôr a chaleira no fogo e cozinhar os ovos; ele volta toda noite muito depois de todos terem ido para a cama. E são essas chegadas e saídas sorrateiras que, no fim, paradoxalmente, o colocam na encrenca que ele conhece tão bem de sua visita anterior.

Subindo a escada às duas da manhã no dia vinte e cinco de março (tendo passado horas num banco na estação de ônibus, conversando com vagabundos para passar o tempo até poder voltar para casa em segurança), Tio Salão de Baile encontra Appa. Eles ficam parados no alto da escada, olhando no escuro um para o outro por um longo tempo antes que Appa diga:

– O que você estava fazendo lá embaixo esse tempo todo?

– Eu... Na verdade, eu acabei de chegar. Eu estava...
– Hah! Caçando ratos no escuro? Conversando com os mortos?
– Eu estava fora este tempo todo. – De repente, os lábios e a língua de Tio Salão de Baile ficam estranhamente grossos, como se ele tivesse passado a noite bebendo ou chupando gelo. Sua fala é arrastada, as palavras parecem algodão em sua boca.
– Bem, se me dá licença – Appa diz, já passando pelo irmão. – Eu gostaria de descer e pegar meu copo d'água.

Tio Salão de Baile se afasta para ele passar.

No pé da escada, Appa se vira e vê Tio Salão de Baile ainda parado ali, como esperava.

– Se quer saber – Appa diz – eu estou dormindo lá em cima na sala de música esta noite porque o ar refrigerado do escritório está com defeito.

Sem uma palavra, Tio Salão de Baile entra no banheiro de cima. Ele fica esperando ali, passando os dedos pela beirada da pia, esfregando as manchas da torneira. Após um minuto ou dois, ele ouve Appa subir a escada, atravessar rapidamente o corredor e entrar na sala de música. Uma porta é aberta e fechada. *Ele está mesmo dormindo lá*, Tio Salão de Baile pensa. *Mas agora ele acha que eu estou aqui para...* Ele respira com força no espelho, fazendo um perfeito círculo de vapor do tamanho do seu rosto. Então ele escova os dentes e vai para seu quarto.

Quando ele não aparece lá embaixo na manhã seguinte, uma hesitante Chellam abre a porta do quarto de hóspedes só um pouquinho e vê a cama impecavelmente arrumada, a porta do almirah aberta e as janelas escancaradas. Uma brisa fresca entra no quarto e deixa seus braços nus arrepiados; as cortinas azuis balançam de leve. O ar cheira a grama molhada e algodão engomado. Será que Tio Salão de Baile pulou da janela para o toldo e depois se atirou no jasmineiro ou desceu pelo cano? Será que ele desceu com uma corda de lençóis da rouparia? Chellam não consegue imaginar como ele saiu sem acordar ninguém, mas:

– Madame, o Patrão Salão de Baile foi embora – ela anuncia lá embaixo.

Eles sobem a escada atrás dela. Appa abre as gavetas da cômoda no quarto vazio, espia para dentro do almirah, olha pela janela.

– Nenhum bilhete – ele diz. – Nada. – Ele se vira para Amma com um sorriso apertado. – Quer saber o que eu acho? Eu acho que o Grande Balu Salão de Baile não foi grande o bastante para aguentar as consequências dos seus atos. Eu vi umas coisas que guardei para mim, mas agora é melhor que eu conte para você. Ele estava dando dinheiro escondido como se esta casa fosse um bordel, um cara que não pode pagar nem o táxi quando vem para cá. Quer dizer, o que você acha que ele estava pagando? – Como Amma não diz nada, ele responde a própria pergunta: – O privilégio de trepar com ela bem debaixo do nosso teto, é isso. Na frente dos nossos filhos.

Amma quer dizer alguma coisa inteligente sobre todas as coisas que acontecem na frente, atrás e em volta dos filhos, e que eles já devem estar acostumados com isso agora, mas suas orelhas e seu rosto estão ardendo por causa da palavra *trepar* – sua crueza, a precisão com que ela evoca os piores aspectos desta união hipotética, coxas contra coxas, peito contra peito, esfregando, batendo – quando Appa faz outra pergunta a ela.

– Eu estou certo de que ele tentou comprar o silêncio de Chellam, e então ficou com medo que ela contasse assim mesmo. Mas o que você planeja fazer, querida esposa, se a garota estiver grávida? Vai mandá-la para o barracão do quintal e depois contratar a criança para engraxar sapatos quando ela tiver três anos? Quer dizer, o que você vai fazer se ela der à luz nesta casa?

– Não seja tolo – Amma diz. – Não vai chegar a isso. – Mas Appa vê a preocupação nos olhos dela. *Bem*, ele diz para si mesmo, *Chellam pode ou não estar grávida. Se estiver, bem, vamos tratar do assunto quando ele se apresentar. O problema vai se resolver de uma forma ou de outra. Pelo menos agora eu tenho uma intrometida a menos atrás de mim.*

A quilômetros de distância, numa pensão miserável sobre um salão de massagem, Tio Salão de Baile observa as teias de aranha – uma, duas, três, quatro – girarem junto com as pás do ventilador de teto sobre sua cama. Seu único arrependimento é não ter tido a chance de dar uns trinta ou quarenta ringgit para Chellam antes de partir. *Mas não importa*, ele pensa, *pelo menos eu fiz o que pude por ela. Eu não falhei com ela como falhei com outras pessoas.*

Ele não sabe sobre Shamsuddin bin Yusof – cuja prisão mais tarde, naquela mesma semana, ele poderia ter evitado se tivesse ficado de olhos atentos no ônibus número 22 – nem sobre Angela Lim, cuja boca de botão de rosa uma mão forte, cabeluda, está tapando neste exato minuto numa obra na Cidade Velha de Ipoh. Amordaçada, amarrada e aterrorizada, Angela arqueia o corpo para trás para olhar para o rosto do seu agressor. Flechas de reconhecimento disparam de seus olhos e ouvidos e caem no chão, impotentes. *Você, você, você!*

Ele não se parece nada com Shamsuddin bin Yusof, este garoto: ele é alto e musculoso, ele é chinês, ele não tem medo. Ele é o irmão mais moço do pai dela, que vem extorquindo dinheiro do irmão para o chefe de sua gangue, pagamentos esses que o pai dela deixou de fazer vezes demais. Quando sai da obra, ele tira do bolso a carteira de identidade azul de Shamsuddin bin Yusof (que foi passada para ele pelo assaltante de ônibus do chefe da gangue numa barraca de lou shi fun esta manhã) e a deixa cair no chão de terra.

Quando o tio musculoso de Angela Lim está queimando suas roupas ensanguentadas numa fogueira em Buntong, só resta a Angela uma vida de peixe, segundo a expressão malaia – na verdade, como o inocente Shamsuddin, que está comprando um kati de rambutans numa barraca de rua em Kampung Manjoi, poderia dizer – nem morte nem vida, mas os estertores entre uma e outra.

Em Kingfisher Lane, a Casa Grande começou a sussurrar, depois a assobiar, depois a resmungar o nome de Chellam em cada canto. *Suja Chellam, desavergonhada Chellam.* Do outro lado da rua, a Sra. Balakrishnan já está cozinhando hipóteses em seu fogão, junto com pacchapairu kanji para o chá.

Nos dias que se seguem à partida do Tio Salão de Baile, Chellam fica quieta dentro de si mesma. Ela cochila no tapete ao lado da cadeira de vime de Paati enquanto ela dorme à tarde; ela compra ameixas chinesas e gengibre vermelho na loja da esquina e os come disfarçadamente enquanto faz seu trabalho. Ela pode muito bem desfrutar destes pequenos prazeres: Tio Salão de Baile não se demorou o bastante para contribuir muito para a Conta dos Óculos, e, pelo que Chellam avalia da tendência da família desde que ele partiu (agora os outros empregados e as crianças também estão assobiando e murmurando o nome dela, e ela nota os silêncios rápidos quando entra numa sala, além dos olhares maldosos dos vizinhos), ninguém irá ajudá-la a conservar o pouco de dinheiro que ele lhe deixou. Ninguém está do lado dela, e no mês que vem seu pai vai aparecer, como sempre, como um cão farejando carne de carneiro. Ela imagina que tem um mês para gastar seu parco dinheiro em ameixas e gengibre.

Cada vez que Chellam vai à loja da esquina comprá-los, a Sra. Balakrishnan nota seus movimentos, e Amma torna a confirmar a teoria prevalecente com um olhar rápido para suas compras.

Um desejo súbito por ameixas azedas e gengibre vermelho só pode significar uma coisa.

– Ela não tem vergonha – a Sra. Balakrishnan diz. E, com um suspiro, acrescenta: – Não se pode mais confiar nessas garotas hoje em dia. Elas aprendem tudo isso na TV e nos filmes modernos, e acham que podem fazer a mesma coisa.

– Nesse caso – Amma diz uma tarde –, não é melhor levá-la ao médico?

– Não se incomode – a Sra. Balakrishnan diz. – Esse tipo de gente cuida dessas coisas à sua maneira. Ela vai achar seu próprio remédio. Ela está sempre catando folhas e ervas no jardim, não é? Agora ela pode catar o que precisar.

Esta possibilidade acalma Amma temporariamente. Entretanto, contrariando a hipótese da Sra. B., Chellam parece ter perdido o hábito de catar ervas que tinha quando chegou na Casa Grande. Embora Amma espere encontrar suas folhas, sementes e pauzinhos numa panela um dia desses, ela quase nunca vai até o jardim atualmente.

– Ela tem medo de ir lá fora – Suresh disse a Aasha. – Lembra que ela disse que havia um espírito pontinianak no barracão, esperando para beber o sangue de mulheres grávidas? Agora é melhor ela ficar longe do barracão.

Mas a barriga de Chellam está crescendo ou não? É difícil dizer; os bebês dessas matutas das fazendas de borracha geralmente são pequenos. Mesmo grávidas de seis meses, a barriga quase não aparece sob seus sáris. Se e quando ela começar a inchar, será mandada de volta para sua aldeia, antes que a vergonha se instale nos telhados da Casa Grande, e lá ela terá seu filho bastardo: um pequeno dançarino de salão com rugas atrás do pescoço, ganhando a vida dançando o tango e o foxtrot com uma caneca de lata estendida para os transeuntes.

12

A TRISTE REVELAÇÃO DE CHELLAM EMPREGADANOVA

8 de dezembro de 1979

Chellam já está na Casa Grande há quase três meses. Ela enfiou seus pés estreitos nos sapatos vagos de Uma, e, embora esses sapatos sejam três vezes o número dela, Suresh e Aasha se conformaram com isso. Afinal de contas, Chellam é melhor do que nada. Nos últimos três meses, em troca do privilégio de usar os sapatos de Uma, ela lhes ensinou diversas novidades fantásticas. A saber:

– O uso de sementes de tamarindo para jogos no quintal, recolhidas em suas vagens debaixo da árvore, descascadas, lavadas e secadas no parapeito da janela.

– As bolinhas pretas que podiam ser feitas com a pasta de suor e sujeira que saía da pele deles quando brincavam no sol.

– Os fios de gordura que saíam em espiral dos seus poros como manteiga de centenas de sacos de confeiteiro quando ela espremia a pele do nariz.

– A habilidade singular dos pênis de gatos de se retraírem e se esconderem como cabeças de tartaruga quando espetados com pauzinhos.

– Todo o panteão enfeitado de joias e bigodes no universo cinematográfico tamil. Deuses do cinema olham lascivamente das paredes de Chellam no quarto debaixo da escada: Kamal Haasan e Jaysasudha, Sridevi e Rajnikanth, com cachos exuberantes e lascivos como motoristas de caminhão.

– Puxa vida – Appa disse quando avistou pela primeira vez este santuário (cortesia de *Movieland* e de *Tamil Film News*) –, acho que nossa formosa garota do campo está esperando por Rajnilam para levá-la embora no seu cavalo branco. Ah, Chellam, Chellam, penteando seus longos cabelos no quintal, olhando o pôr do sol, como você anseia por isto. "O meio-dia é noite para aquela que espera", eh?

– Chellam, você acha que Rajnikanth é seu *amante*, é? – Suresh pergunta. – Seu namoradinho? Ele vem salvá-la no seu cavalo branco? Hã? Levá-la embora da nossa casa?

Chellam não entendeu a pergunta, mas chupou os dentes para ele, chamou-o de garoto inútil, e fez uma careta risonha enquanto ele e Appa se entreolhavam e riam.

Como um aborígene mostrando aos novos colonos os truques de sua terra, ela dividia com Suresh e Aasha fragmentos de sabedoria adquiridos numa infância de aldeia cercada de perigos invisíveis:

Se você deitar de bruços com as pernas para o ar, sua mãe morrerá.

Se você apoiar a cabeça nas mãos sobre a mesa de jantar, não vai ter o que comer da próxima vez.

Que vez é a próxima vez?

Nada de jantar hoje.

Nada de almoço amanhã.

A próxima vez pode ser daqui a meses, mas você não terá o que comer.

Um espírito pontianak mora no barracão do jardim, esperando para beber o sangue de mulheres grávidas.

– Mas, Chellam – Suresh diz ao ouvir isto –, é melhor ele ir para outro lugar! Ele vai morrer de sede. Nós não conhecemos nenhuma mulher grávida.

– Mas é melhor tomar cuidado – Chellam insiste com ar satisfeito. – Se alguma mulher grávida vier aqui, é melhor dizer logo a ela para não chegar perto do barracão. Foi como eles encontraram uma dama malaia em Kuala Kangsar, você não sabia, ah? Quando ela foi ao banheiro, você sabia que o banheiro kampung era tão longe do lado de fora? O pontianak pulou em cima dela e chupou todo o sangue e deixou o corpo dela como chappai, sem nada dentro. Como o murunggakai depois que você mastiga e cospe, *puh puh*, ela ficou assim.

Eles não devem mais comer no escuro, senão fantasmas famintos virão comer de seus pratos.

Mas Aasha gosta dessa ideia. Um círculo de fantasmas comendo do seu prato, como peixes ao redor de um pão afundado, seus lábios e bochechas e estômagos de fantasma trabalhando velozmente. Ela vai guardar os melhores pedaços para a filha do Sr. McDougall: as ovas de peixe, a pele da galinha frita, o coração de galinha. É assim que Aasha irá atraí-la de volta, porque a filha do Sr. McDougall não aparece desde que ela e Aasha tiveram um desentendimento (que se pode interpretar como tendo sido, pelo menos indiretamente, por culpa de Chellam) no banheiro de baixo. Aasha sente mais falta de suas conversas do que gosta de admitir para si mesma.

— E se você gostar de tê-los por perto, Chellam? — ela pergunta. — E se você gostar de ter fantasmas por perto?

— Chhi! — Chellam ralha com ela. — Você é maluca! Sabe o que aconteceu com uma menina na minha aldeia? Quer saber?

— O quê? — eles perguntam, com partes iguais de audácia e curiosidade.

— Todo dia o fantasma comia a comida dela e ela foi ficando cada vez mais magra, e nenhum médico sabia o que fazer. Até ela não poder mais ficar em pé nem andar. Até hoje ela está assim, a mãe tem que dar banho nela, comida, tudo.

— Então por que quando ela começou a emagrecer a mãe não a obrigou a comer de luz acesa?

— Minha aldeia não tem luz.

— Então ela podia comer do lado de fora às seis horas, lah!

— Isso eu não sei. Não tente ser esperta. Escute o que estou dizendo e acenda a luz para comer o jantar.

EmpregadaChellam! Eles dizem quando ela anuncia superstições audaciosas ou fantasiosas demais. Querendo bancar a irmã mais velha quando ela era apenas uma empregada.

— Vou contar à sua Amma — ela ameaça, e eles respondem:

— Pode contar! — Mas ela nunca conta.

Embora Amma diga sempre que a Única Obrigação de Chellam é tomar conta de Paati, Chellam às vezes também cozinha.

— Todo dia todo dia eu não posso comer ensopado de carneiro ou galinha — ela diz. — Se eu ficar doente, o que vai acontecer?

– Porque mesmo depois de tantos anos trabalhando como empregada, sua digestão se rebela contra as dietas fartas dos patrões importantes, exigindo que ela cate em seus jardins os ingredientes do seu caldo: folhas, bananas verdes, flores de banana. Ela escorre a água do arroz no fogão e a bebe com uma pitada de sal. Ela ferve sementes de cempedak e as mastiga como se fossem maçãs. Ela frita arroz com sementes de mostarda e pimentas secas e come puro, sem nenhum ensopado. Nos dias de folga de Lourdesmaria, ela oferece seu almoço de pobre para as crianças quando Amma não está vendo.

– Nada má, esta nova empregada – Appa diz quando sabe disso. – Duas pelo preço de uma. Guarda de zoológico e assistente de cozinha. Nada como uma pechincha. Sua mãe ficaria bem contente se soubesse.

Por seu conhecimento íntimo de secreções humanas e genitália animal, por seus olhos brilhantes quando descreve os estranhos desejos dos fantasmas, por seu estoque ilimitado de informações misteriosas, as crianças gostam dela. É um amor culpado, hesitante, que jamais será admitido em voz alta, mas amor mesmo assim, misturado de respeito por sua aura de bruxa (catando ervas no jardim, mexendo o caldeirão, lançando advertências: isso tudo não merece o respeito deles?).

Entretanto, às vezes elas a odeiam, com o ódio primitivo das crianças por criaturas mais fracas do que elas. Elas odeiam seu cabelo untado com óleo de coco e seus sovacos cabeludos e sua paixonite por atores tamil com verrugas na cara; elas odeiam seu inglês truncado, do qual às vezes debocham; elas odeiam suas camisetas que vêm de graça com Horlicks e chocolates Kandos. Elas odeiam os gostos que vêm de sua origem camponesa: a blusa de poliéster que usa para fazer compras na cidade, as flores berrantes que ela põe no cabelo antes de sair, o esmalte vermelho lascado em suas unhas. E elas odeiam seus hábitos sujos: a mancha amarela nas calcinhas penduradas na corda, os pelos pretos, duros e cacheados no sabonete.

– Eee – Suresh diz quando mostra essas coisas para Aasha –, sabe de onde isso vem ou não? – Aasha, embora não soubesse antes, agora sabe, com uma certeza súbita, sem precisar de três chances para adivinhar. Então, uma tarde, eles pegam Chellam tirando meleca do nariz com suas unhas vermelhas. – Não com a boca na botija, mas com meleca no dedo – Suresh cochicha para Aasha, mas Chellam não sabe que foi apanhada. Ela limpa os dedos no sofá da sala e debaixo da mesa lateral antes de tirar um grampo do cabelo e passá-lo sob as unhas para tirar a terra que cai sobre o chão de mármore. – Ee-yer – Suresh cochicha –, veja só, ela vai preparar o arroz e o ensopado de paruppu de Paati com essas mãos. Ela é mesmo uma matuta. – E mais tarde, uma improvisação acerca das origens duvidosas de Chellam nasce entre as orelhas de Suresh: *camponesa-campônia-rameira! Campônia rameira com unhas de bordel!*

Mais do que tudo isso, eles odeiam o pai dela, que é um bêbado filho da puta porukki; que senta no cano da casa deles e grita e faz os vizinhos espiarem pela janela; que é uma prova da origem duvidosa de Chellam e dos traços lamentáveis que estão em Seu Sangue.

No dia de Chellam receber seu terceiro salário, o pai dela chega na Casa Grande como tinha feito em outubro e novembro. Chellam está penteando o cabelo de Paati com seu pente de madrepérola. O caroço no canto do seu rosto já está lá, tremendo como a garganta de um lagarto verde, mas ele ainda é pequeno, ainda não está inchado pelas humilhações públicas e profecias trágicas.

Do lado de fora, o pai dela enfia bolas imaginárias de arroz e sambhar na boca e entoa o lamento dos seis outros filhos que tem em casa. Seus peitos são pendurados como os de um cão vira-lata; seus calcanhares cinzentos são rachados e cobertos de calosidade.

Prenda-o num buraco e tape a entrada com uma pedra, Suresh pensa.

Esmague-o como um inseto, *crique crique craque*.

– Você acha que ele cheira a quê? – Aasha pergunta. – Quer dizer, se você estiver perto dele?

– A bosta de gato – Suresh diz. – A esgoto entupido. A banheiro de estação de ônibus.

– Ele fica ali gritando como um... como um...

– Como um macaco – diz Suresh.

Então, da sua cadeira na mesa de fórmica, Amma grita para a casa toda ouvir:

– Ah, Deus, é ele de novo! Nosso herói, o grande Sr. Muniandy. Suresh, diga a Lourdesmaria para levar o café da manhã mensal para ele. Durante trinta dias por mês ele tem um café da manhã líquido, um dia ele come pão com geleia. Não surpreende que ele tenha o corpo da Twiggy.

Muniandy recebe seu café da manhã sólido do mês graças a dois fatores: a certeza de Amma de que os observadores nas janelas iriam balançar as cabeças e estalar as línguas caso houvesse algum lapso por parte da Casa Grande em relação à bondade com que trata mendigos e indigentes (*Tanto dinheiro e tanta mesquinharia! Cinco centavos é como se fosse uma carroça de dinheiro para eles!*), e a convicção de Lourdesmaria de que dar a um mendigo pão com geleia é a forma mais rápida e mais simples de agradar o Senhor. Porque em setembro, quando Chellam chegou na Casa Grande, as cavernas que podiam ser vistas do portão da frente tinham desabado enquanto Lourdesmaria estava a caminho do trabalho, de bicicleta. Lourdesmaria tinha vivido numa dessas cavernas, e, quando desabaram, elas enterraram seu marido desempregado, seus oito filhos e uma centena de outras famílias miseráveis. Ouviram-se gritos debaixo dos escombros por vários dias, mas ninguém foi resgatado com vida. Quando o repórter do *New Straits Times* veio entrevistá-la sobre o acidente, Lourdesmaria declarou os nomes dos oito filhos, um por um, contando nos dedos, como se eles fossem itens de uma lista de compras.

– Pobres infelizes – Appa disse. – O governo só ajuda a quem ajuda a si mesmo. O próprio Deus está lá em cima recebendo suborno.

Lourdesmaria faltou um dia de trabalho para ir ao funeral da sua família; depois disso ela voltou a ir de bicicleta para a Casa Grande todos os dias, às seis e meia da manhã, como sempre. Uma vez por mês, ela levava o pão com geleia para Muniandy para ajudar a si mesma subornando Deus. O prato no qual este café da manhã é servido, junto com o copo com o Nescafé de Muniandy, são da prateleira que fica do lado de fora, reservada aos pratos e copos dos empregados em 1963, quando Litchumi e Vellamma foram contratadas. O pão e a geleia são, respectivamente, duas fatias de um pão de forma da Padaria Paris e um pouco de geleia de abacaxi Yeo Hiap Seng, ambos comprados unicamente para consumo dos empregados e de Muniandy. Mas Lourdesmaria acredita que esta oferenda seja suficiente para evitar acidentes de bicicleta, câncer de estômago, cegueira e outras doenças, e Amma duvida que a Sra. Balakrishnan consiga ver, de trás de sua cortina do outro lado da rua, que eles não dão a Muniandy pão Sunshine.

O café da manhã do pai de Chellam o fortalece para uma performance ainda mais apaixonada. Ele geme tão forte que Suresh e Aasha podem ver as migalhas de pão presas em sua língua; ele puxa o próprio cabelo e bate no peito.

No canto de Paati, as mãos fortes de Chellam se mantêm ocupadas com o pente de Paati.

– Chari, enna? – Appa diz quando o lamento de Muniandy já dura uns bons dez minutos (sem incluir o café). Ele fica parado do outro lado do corredor, esperando para ver se Chellam tem algum plano de ação. – Você vai lá fora falar com ele ou eu o mando embora como sempre?

– Não – Chellam diz. – Eu não vou, Patrão. – Desde a primeira visita do pai à Casa Grande ela não tinha coragem de se encontrar cara a cara com ele. Sabia que ele iria aparecer no dia do seu primeiro pagamento; é claro que o Sr. Covarde Dwivedi lhe daria o endereço do seu novo emprego sem um momento de hesitação. Appa, pelo menos, fez uma tentativa simbólica de enxotá-lo naquele primeiro dia. "Dá o fora!", ele tinha gritado de dentro de casa. "Vá embora! Não queremos ouvir essas maluquices aqui." Mas o pai dela tinha gemido sem parar, submetendo-os às suas queixas e lamentações, e finalmente seu novo patrão a tinha mandado lidar com o pai. "Pathinelu vaisu", o pai repetira várias vezes, batendo em sua boca cada vez que anunciava sua idade: dezessete anos. E já descarada a ponto de tentar não entregar o salário ao seu velho pai. Quando ele finalmente soltou o ombro dela, ela correra para pegar o dinheiro com Appa. E quando o pai foi embora, cinquenta ringgit mais rico, ela correra para o quarto e riscara a primeira quantia na sua Conta de Óculos com uma caneta de ponta seca e dura. Patrão deu zero ringgit, nada, nada; total de Coisas que Comprei, também zero. Nem kacang puteh, nem amendoins torrados, nem gengibre vermelho da loja da esquina. Uma vez, duas vezes, três vezes ela riscara a lista, e então, decidida a apagar qualquer evidência desse mês improdutivo, ela fizera espirais, traços e zigue-zagues, com a ponta seca da caneta arranhando o papel e finalmente rasgando-o, de modo que a página de baixo ficou um pouco arranhada.

Durante os trinta dias seguintes, Chellam se consolou com um novo plano: ela se recusaria a falar com o pai quando ele voltasse. Diria que nada feito. Ela não achava que Amma fosse capaz dos extremos a que a Sra. Dwivedi, com suas roupas de seda cor-de-rosa e suas pulseiras que iam até o cotovelo, tinha chegado: agarrando Chellam pelos cabelos, arrastando-a até a porta, gritando que ela não voltasse para dentro de casa enquanto não se livrasse do pai. Esta nova madame era mole e vazia e cansada demais para ter uma crise dessas, e, quanto ao Patrão, Chellam até então só o tinha visto de bom humor.

Chellam adivinhara corretamente que Amma não tinha tendência para puxar cabelo e gritar impropérios, e que Appa preferia quase tudo a uma cena, mas ela não considerara métodos alternativos de evitar uma cena, então quando – no primeiro sábado de novembro – Appa deu um tapinha no bolso da camisa e disse, calmamente, "Bem, se você não vai dar o dinheiro a ele, pode deixar que eu mesmo dou", a decepção que ela sentiu foi como um ossinho de galinha espetado em sua garganta. Durante um mês, ela tentou ignorá-lo toda vez que engolia. *O Patrão não vai fazer a mesma coisa todo mês,* ela dizia a si mesma. *Ele não vai aguentar.*

Agora suas mãos puxam o pente de Paati por seus cabelos ralos como se eles estivessem cheios de nós. As sobrancelhas de Paati se erguem até a linha dos cabelos e sua cabeça balança com força para frente e para trás, como se a qualquer momento fosse cair e rolar para baixo do armário de louças, onde irá secar e se transformar numa poeira marrom cheirando a lavanda (tudo exceto os olhos, que vão ficar como duas bolas de gude perdidas debaixo do armário, lançando uma luz fantasmagórica depois que todos forem para a cama de noite).

– Bem, se você não quer ir falar com seu pai... – Appa diz. Ele tira um maço de dinheiro do bolso da camisa. – O salário deste mês. Você quer entregar a ele ou quer que eu mesmo entregue?

– Eu não vou, Patrão – Chellam diz de novo, e os dentes do pente de Paati arranham seu couro cabeludo, deixando marcas brancas.

Três fios de cabelo voam e ficam presos nas tiras soltas de vime nas costas da cadeira, onde irão ficar até a própria Paati subir em chamas e voltar para esperar gulosamente, oca e transparente, pelas iguarias do lanche. Até que o fogo aceso por Uma no quintal os queime, eles irão reter sua substância, peso e sombra.

– Ayio, Enna? – Paati reclama. – Por que você está puxando o meu cabelo?

No portão, a voz de Appa é como um par de tesouras num pano macio, *snip-snip-snip-snip*, uma voz que ele reserva para todos os indesejáveis deste mundo, os mendigos dramáticos, os exércitos de coxos que se oferecem para ajudar a estacionar carros na frente do seu escritório, os moleques de rua que correm para seu para-brisas já limpo com trapos molhados. Mas o pai de Chellam não se incomoda com a forma de entrega. Ele pega o maço de notas com as duas mãos e sente o peso atravessar seu corpo como um sopro de bhang. *Cinquenta dólares. Mais de cinquenta garrafas de samsu.* Ele não é tão lento quanto finge ser, e a euforia da bebida matinal já está passando, deixando-o seco e esfomeado, pronto para matar uma cabra com as próprias mãos, produzir mais cinco filhos, nadar todo o comprimento do rio Kinta. Ele ergue as mãos até a testa e inclina a cabeça em oração como um homem diante da chama do templo. Ele se joga aos pés de Appa.

– Chhi! Sujeito imprestável! – Appa vira as costas e volta para dentro de casa, seu sarongue xadrez balançando. Mas a verdadeira fonte do seu aborrecimento não é saber que a esposa e os seis filhos que Muniandy invoca todo mês não verão a cor deste dinheiro (nem o cheiro, nem a sombra do perfil do rei), ou mesmo uma frustração passageira pela situação de Chellam (tempo de serviço até agora: três meses; pagamento recebido: zero). Não, o que lhe causa repulsa é o servilismo do homem: esse é o maior insulto para esses párias, ele pensa, não permitir que eles beijem seus pés. Alimentando-se de piedade e se rebaixando como se isto fosse alguma forma de compensação. *Por cinquenta dólares um homem como aquele é capaz de beijar seus pés, lamber seus culhões, nadar na merda, o que quer que ele ache que você quer ver. Por que essa gente não tem um pouco de dignidade? São eles mesmos que perpetuam todos esses malditos problemas: classe, casta, seja o que for, são eles que se agarram a toda essa bobagem porque só o que sabem fazer é mendigar. Quanto mais tempo você passa com eles, mais você começa a vê-los como animais porque é isso que eles querem. No fim, é melhor fechar os olhos e fingir que não existem.* Appa estremece e entra no chuveiro para se purificar do contato que teve com a sujeira do mundo, e, invisíveis, Suresh e Aasha estremecem e esfregam os braços para limpar a recente visita de Muniandy.

Do lado de fora do portão, Muniandy está se preparando para ir embora, contando as notas, firmando-se sobre os pés, preparando-se para a curta caminhada até o ponto de ônibus. Mas hoje, para decepção de Suresh, Amma irá retardar sua visita e obrigar Suresh a ir até o portão para olhar para a cara dele e falar com ele.

Com um movimento brusco que empurra a cadeira para trás, Amma se levanta da mesa de fórmica.

– Eh, eh, eh – ela diz –, eu me esqueci, rapaz, eu queria dar para o homem aquele embrulho que está no barracão. Chellam já tem muitas camisas, e Mat Din diz que as calças estão grandes demais para ele agora. O que vamos fazer com todas aquelas roupas? Suresh, vá – ela continua, falando alto pela urgência do momento –, vá buscar aquele embrulho no barracão e entregue a ele pelo portão.

Suresh fica sentado teimosamente na cadeira.

– Mas, Amma – ele diz.

– *Tsk*, nem mas, nem meio mas – ela diz zangada. – Que história é essa de me responder? Qual é o problema de fazer uma coisa tão simples?

– Eu não quero falar com Muniandy.

– Ohoho! Você acha que é algum inglês muito fino e elegante, é? Que vai pegar alguma doença só de falar com ele pelo portão? Hã? Só porque o homem não está bem vestido como o seu pai não quer dizer que não é um ser humano, certo? Só porque ele é pobre, não quer dizer que é um cachorro. Um menino de dez anos chamando um homem de cinquenta pelo nome! Onde já se viu uma coisa dessas? *Eu não quero falar com Muniandy.* Quem você pensa...

– Mas Amma, eu não acho que o pai de Chellam vá querer...

– Quem é você para sentar aí e decidir o que as pessoas querem ou deixam de querer? Hã? Oo wah, Senhor Prefeito de Londres aí sentado e decidindo quem precisa do quê. Deixe-me dizer uma coisa que você não sabe porque sempre teve pai rico: pessoas como aquele homem não podem escolher. Pessoas como ele vestem sacos de aniagem se os ganharem de graça. Vá buscar o embrulho; eu não quero que ele fique no barracão pelo resto da vida.

Vagarosamente, Suresh se levanta. Ele suspira e empurra a cadeira de volta, bem devagar e fazendo bastante barulho.

– *Tsk!* Por favor, yaar – Amma diz –, não precisa fazer drama. Será que você vai ficar esperando pelos violinos para começar a chorar? Dá um tempo. Por favor.

Meio sentado, meio em pé, com a mão nas costas da cadeira, Suresh para e olha para Amma. Ele levanta bem os ombros.

Suresh tem razão, de fato, ao dizer que o pai de Chellam não vai querer um embrulho grande de roupas velhas; ele vai ter que andar um bocado do ponto de ônibus até sua aldeia carregando o embrulho, mas Amma, em sua ânsia de fazer caridade, não pensou na viagem.

A cada três ou quatro meses, Amma tira os itens mais seletos da pilha de roupa velha da família, enfia-os em sacos plásticos pequenos e grandes e os distribui com sua piedade culpada. Ela adquiriu esta tendência à caridade e sua voz-para-criados ao mesmo tempo: juntas, elas representavam um degrau na escada da Sociedade Matrimonial. A cada mês suas doações a deixavam corada de satisfação, e este sentimento não era justo? Que outras empregadas podiam vestir os filhos com roupas limpas da Buster Brown e Ladybird? A fantasia de Amma não está tão longe da realidade: no dia de distribuição de roupas, os filhos de Vellamma e os de Letchumi (mas não os de Lourdesmaria, que estão se tornando pó sob os escombros da caverna onde moravam) esperam ao lado da porta da frente de seus respectivos casebres, batendo palmas quando veem as mães se aproximar, sentindo-se mais felizes do que príncipes.

E camisas de usar no tribunal foram dadas a Chellam (que agora tem camisas suficientes para uma vida inteira de trabalho doméstico vestida de homem) e calças a Mat Din. Este arranjo foi perfeito até pouco tempo, mas Mat Din, infelizmente, tem ficado cada vez mais magro à medida que a prosperidade aumenta a cintura de Appa. Amma não vai desistir do seu prazer só porque as calças de Appa não cabem mais em Mat Din.

– Vá entregar o embrulho ao pai de Chellam – ela diz furiosa, com a voz desafinada e implacável como uma pia vazando. Suresh e Aasha fazem qualquer coisa para desligar aquela voz; só Uma, cantarolando baixinho canções de Simon e Garfunkel para não ouvir, é capaz de resistir a ela. – Se você não quiser falar com ele, tudo bem, não fale com ele. Apenas entregue o embrulho e volte.

No portão, Suresh cumpre as ordens da mãe. O embrulho é maior do que qualquer outro que os empregados tenham recebido, porque pares e pares de calças de usar no tribunal da melhor qualidade vêm se acumulando há meses, desde que o cinto de Mat Din não conseguiu mais segurá-las. Além das calças, o embrulho contém seis camisas de algodão de manga comprida, tudo isso embrulhado num lençol velho. O embrulho cheira a mofo, e no lençol há uma mancha onde pingou água do teto do barracão e se espalhou como tinta num papel absorvente. Suresh morde o lábio inferior e fica parado com os joelhos juntos e os pés descalços virados para dentro. No painel de vidro da porta da frente, ele parece o retrato da criança-africana-com-raquitismo apertada inconsolavelmente entre a criança-com-kwashiorkor e a criança-com-bócio no seu livro de ciências. Ele está se rebelando secretamente ao não usar suas sandálias japonesas. Ele não precisa que Amma repare; ele nem quer que ela repare. *Ele* sabe que não está seguindo as regras. Ele pode pegar bicho de pé.

– De fato, o lençol também pode ser útil – Amma diz em voz alta para si mesma, olhando o reflexo dele no painel de vidro, que termina a poucos centímetros do chão e, portanto, não mostra seus pés descalços. – Ele ainda está bom.

Mas nem Muniandy nem sua mulher nem seus filhos jamais usarão o lençol, porque eles não têm colchão. Dormem sobre esteiras num chão de lama numa aldeia cujo nome Amma não se lembra. Eles jamais usarão as camisas de manga comprida, nem as calças da melhor qualidade. O pai de Chellam nunca usou uma camisa de manga comprida na vida; ele não trabalha num escritório com ar-condicionado como Appa, e as camisas são quentes demais para o botequim imundo. Até o fim dos seus dias ele irá preferir, portanto, seu sarongue e seu trapo para enxugar o peito nu. Por ora, no entanto, ele não sabe o conteúdo do embrulho. Ele o recebe de Suresh e diz, "Romba obrigado, aiyya", como se Suresh fosse um adulto, um ministro, o dono do botequim com o qual comprometeu todos os seus pagamentos pelos próximos cinco anos.

– Está vendo? – Amma diz de dentro de casa. – Eu disse a ele, não disse? Tãããão tímido ele estava para entregar o embrulho a Muniandy, e veja como o homem está contente. Eu *disse* a ele, com este tipo de gente, você não precisa sentir timidez.

O pai de Chellam levanta o embrulho, calculando seu peso: mais uma coisa pesada para arrastar até a estação de ônibus, para manobrar no meio de filas e gente. Ele vai ter que carregá-lo nos ombros, e já está trôpego das cinco garrafas de samsu desta manhã. No ônibus, os outros passageiros vão chupar os dentes e olhar zangados para ele pelo espaço extra que vai ocupar com seu embrulho. "Romba obrigado", ele repete. Se Suresh levantasse a cabeça para olhar para ele, ia ver que seus olhos são tão insondáveis quanto janelas pintadas durante o dia. Mas ele não levanta a cabeça. Ele observa uma formiga preta entrar numa fenda do cimento; depois se vira e caminha de volta para casa, os ombros ardendo de vergonha dos olhos do pai de Chellam.

– Muito bem – diz Amma. – Eu não disse – ela repete como se Suresh pudesse ouvi-la –, ele aceitou o que tínhamos para dar. Onde é que mendigos podem escolher? – Satisfeita com o resultado da transação, ela recompensa a si mesma com um gole de chá.

No canto, Chellam torce o cabelo fino de Paati num coque do tamanho de uma noz.

– Aiyo! Enna? – Paati torna a gritar, mais alto desta vez, embora sua voz ainda esteja encatarrada. Ela levanta a mão para a cabeça como se pudesse encontrar a fonte da dor no couro cabeludo: um pedaço de casca de durião, um resto de esqueleto de peixe, um rolo de cabelo? A mão cobre sua cabeça como uma aranha. Chellam enfia um kovalai de café em sua outra mão, a recompensa de Paati por aguentar a toalete da manhã. A xícara bate nos nós dos seus dedos com um barulho seco; Paati leva um susto. A colher cai no chão; e o café quente respinga no seu sári. Chellam dá meia-volta e se afasta, o caroço no queixo pulsando através da pele.

— Aiyo! Que pecados eu devo ter cometido para ser deixada à mercê de uma empregada tão imprestável quanto essa garota! — Paati grita. — Quantas vezes eu já disse a ela para não deixar a colher no kovalai! Basta mexer, tirar a colher e me dar o kovalai, será que é tão difícil? A família inteira lavou as mãos e me confiou a essa idiota! — Paati se inclina na cadeira e tenta apanhar a colher, mas seu braço é curto demais: ela abre e fecha a mão uns trinta centímetros acima do chão, uma boca de cabra num pasto sem capim.

No seu quarto de teto inclinado debaixo da escada, Chellam tira toda a sua roupa de dentro do armário, inclusive as quatro camisas de manga comprida que herdou de Appa. Ela as atira — uma única braçada — sobre a cama desfeita e as dobra cuidadosamente, sem nenhum motivo especial, como se estivesse fazendo a mala para ir para algum lugar. Depois ela torna a guardá-las no armário e se senta na beira da cama, sua respiração quase inaudível por causa do zumbido de uma mosca presa entre a janela e a tela de mosquito. Após vinte minutos, ela ouve Paati gritando e se levanta para levá-la ao banheiro.

Aquela noite, Aasha conta três marcas novas em Paati: duas marcas escuras de beliscões em seu braço direito e uma marca vermelha na têmpora esquerda. Ela as arquiva na pasta Provas de que Chellam Está Descontando Suas Frustrações em Paati. Uma coisa é Amma dar tapas na boca, beliscões nas coxas e cascudos na cabeça de Paati; outra coisa é Chellam fazer a mesma coisa ou pior. Ela nem faz parte da família. Aasha não pode, no entanto, contar a ninguém o que viu. Não a Amma, é claro, porque Amma iria dizer Oho, quem você pensa que é? E assim por diante, e – e se Amma soubesse que Aasha nota essas coisas, que ela se esconde atrás de divãs e poltronas e vigia quem estiver por perto, então as palavras que ela usa para acusar Chellam – tapa, beliscão, cascudo – irão pairar entre elas como mariposas presas numa teia de aranha. Não, Amma não. Nem Suresh: ele só riria e diria que ela é estúpida. Cuide da sua vida, ele diria. Não enfie o nariz em toda parte, espionando as pessoas como um russo. Nem Appa, porque ele nunca está em casa, e quando está não quer conversar. O que deixa apenas Uma, mas Uma não é uma pessoa para quem você possa contar coisas. Uma apenas se levantaria e iria embora quando visse Aasha chegando. Ela fecharia a porta do seu quarto e ficaria cantarolando lá dentro.

Ou não? E se Aasha pudesse fazer Uma entender que Chellam é uma pessoa má, que não serve de substituta para uma irmã mais velha? E se as descobertas de Aasha forem suficientemente importantes para fazer Uma ficar atenta e dizer Hmm, e franzir as sobrancelhas e prestar atenção? Porque são descobertas realmente importantes: se não fossem, por que Chellam só maltrata Paati quando acha que ninguém está vendo nem ouvindo?

O que Aasha não sabe é que a marca vermelha existe porque Paati cochilou e bateu com a cabeça na parede ao lado da cadeira de vime, e que Chellam pôs unguento na têmpora de Paati e esfregou com força para diminuir a inchação.

Acreditando, portanto, ter informação valiosa que iria beneficiar a todos os envolvidos (exceto Chellam), Asha passa o dia tomando coragem. Toda vez que acha que já tomou coragem suficiente, a coragem desaparece quando ela olha para Uma. Mas finalmente, uma tarde, Uma desce sem um livro nem um catálogo de faculdade, sem nada nas mãos, e ela não está cantarolando. Vai até o portão e se debruça, olhando para a rua como se esperasse alguém, só que não está esperando ninguém. Se ela tem amigos na escola, eles nunca vêm visitá-la em casa. *Agora*, Aasha diz para si mesma: *Agora é a hora de contar a ela*. A princípio parece cedo demais, uma verdade grande demais para contar a Uma desse jeito, de repente, quando já faz tanto tempo que Uma não fala com ela, nem ela com Uma: semanas, meses, talvez cinquenta ou sessenta meses, pelo menos desde que Suresh recebeu os resultados do seu exame do Nível Cinco ou que a garota malaia do final da rua entrou na escola. Talvez fosse melhor ela se aproximar de Uma primeiro, talvez – mas não há tempo para isso, porque daqui a pouco Uma vai suspirar e voltar para seu quarto, tão repentinamente quanto desceu. Então Aasha vai para o jardim e fica parada ao lado de Uma, e, como já esperava, Uma não olha para ela. Mas tem que fazer isso antes que perca a coragem. Rapidamente, prendendo a respiração, como se fosse tomar um remédio amargo.

– Uma, você acha que Chellam é boa?

Uma se vira para olhar para ela, franzindo a testa. O coração de Aasha dispara, seus ouvidos apitam, sua respiração fica quente, e então ela se dá conta de que não só elas não se falam há muito tempo, como também não olham uma para a outra há muito tempo, assim de frente, olho no olho. Ela sente o coração explodir de medo e alegria ao mesmo tempo. Seria capaz de começar a chorar e não conseguir parar.

– O quê? – Uma diz. – O que é que você está dizendo?

– Eu só... Só estou perguntando se você acha que Chellam é uma boa pessoa.

– Eu sou uma boa pessoa? – Uma diz. – Você é uma boa pessoa?

Aasha não sabe o que dizer. Ela fica com os lábios apertados e rola a língua pela boca como Carequinha Wong, como uma surda-muda imbecil, como uma vaca de boca cheia. *É claro que você é uma boa pessoa,* ela pensa, com uma lealdade flamejante que só transparece no movimento de passar a perna direita ao redor da esquerda. *É claro que eu também sou uma boa pessoa.* Mas Uma não quer uma resposta e, sabendo disso, Aasha só consegue sacudir a cabeça, *Não, não fique zangada, desculpe por incomodá-la,* e sai correndo para se deitar no divã verde. Passados alguns minutos, ela ouve Uma entrar, fechar a grade da porta da frente e subir para o quarto. Quando ela fecha os olhos, consegue escutar o *chuff-chuff-chuff* dos pés de Uma andando pelo quarto, o rangido do seu ventilador de teto, seu cantarolar sem palavras, que Aasha completa:

Quem irá amar um pardalzinho?
Que voou para bem longe e precisa descansar?

NA MANHÃ SEGUINTE, Paati sente um súbito desejo por appams que não a deixa em paz.

– Pão e manteiga, pão e manteiga todo dia – ela resmunga –, é muito fácil ser dona de casa hoje em dia, fiquem sabendo! Sabem o que eu costumava fazer todo dia para o café da manhã da família no meu tempo? Dosais! Idlis! Appams! Com uma quantidade extra de leite de coco e de ovos para os meninos! Agora basta eu mencionar appams que a esposa do meu filho, toda elegante e maquiada, diz que a cozinheira está de folga. Hã, Raju? O que você acha disso? Deus me livre, sua esposa devia...

– Okay, chega – Amma diz. – Seu maravilhoso filho, caso não tenha notado, não está em casa para ouvir suas queixas. Vou mandar Chellam ao mercado para comprar appams para você. Agora cale a boca e espere.

Paati espera até que a quentura do hálito de Amma em seu braço tenha desaparecido, antes de murmurar para si mesma – Olhe para eles, Raju, olhe para eles. Está vendo como falam comigo quando você não está aqui? É isso que acontece quando você casa com... – Mas ela calculou mal a acuidade dos ouvidos da nora, porque, com um movimento rápido, Amma se vira e dá um tapa na boca de Paati que ecoa na casa toda. Suresh ouve no quintal, onde está promovendo uma corrida de lesmas no muro; Aasha ouve na sala de jantar. E a filha do Sr. McDougall, que estava sentada na cadeira de Suresh, mergulha para baixo da mesa para tremer de medo, escondida. Aasha respeita sua privacidade, mas deixa cair duas cascas de pão com margarina para a pobre menina não continuar tão faminta.

Quando Amma aparece à procura de Chellam, seu rosto está sereno e suas mãos estão calmas.

Encarregada de comprar appams, Chellam sai com uma cesta no braço. Ela vai ter que tomar um ônibus porque Mat Din não está aqui para levá-la; domingo é o dia de folga dele também.

– Oi, Chellam! – Suresh grita para ela. – Chellam vai encontrar o namorado no mercado, yah? Penteou o cabelo, pôs batom, blush e sombra nos olhos! E está andando como uma modelo!

Chellam dá um tapa no braço dele e chupa os dentes, mas está sorrindo.

– Ish! – ela diz. – Onde eu ia conseguir maquiagem? E nunca penteio o cabelo!

Quando ela volta, o sorriso sumiu do seu rosto, para nunca mais retornar com a mesma alegre intensidade, porque ela traz notícias que não são para sorrir. Notícias cuja recepção e disseminação irão mudar para sempre o lugar dela na Casa Grande.

– Madame – ela diz, parada na porta dos fundos com a cesta de appams (bem quentes, embrulhados em jornal) –, eu vi o Patrão no mercado com... mulher chinesa! – Entre triunfante e horrorizada, apoiada no batente da porta como se não pudesse atravessar o portal com esta notícia; como se, como alguém voltando de um funeral, ela precisasse se purificar no quintal antes de entrar na casa.

– Como assim? – Amma pergunta. – Do que é que você está falando? – Mas a voz de Amma parece vinagre. Seu coração faz subir um bocado de bile para o estômago. Na mesma hora, ela odeia Chellam por sua satisfação com a desgraça alheia, por contar isto como se fosse uma fofoca sobre Kooky Rooky, ou o último episódio de uma série de TV. Amma está furiosa e enojada. Ela está se desmanchando em pé, enfraquecendo, desaparecendo. E, principalmente, está assustada com o que Chellam tem a dizer. Ela não quer ouvir nada disso, não, não, ela podia dar dois tapas na garota para fazê-la calar a boca, mas Chellam já está falando:

– Yah, uma chinesa, Madame. Eu acho que ela é como outra esposa do Patrão. Porque os dois estão juntos comprando sayur sawi, repolho chinês, gengibre, cebolas, grande bawal branco, deste tamanho. – Ela faz um gesto para mostrar o tamanho do peixe, como se isso bastasse para demonstrar as intenções lascivas de Appa. – Mas o Patrão está carregando tudo.

E, de certa forma, o peixe muda mesmo tudo. Pois Amma sempre soube que havia outras mulheres: Lily Rozells, Claudine Koh, Nalini Dorai, todas aquelas mulheres de minissaia, fumando cigarros, que olharam com ar de deboche para ela em seu casamento. É claro que naquelas longas noites que Appa não vem para casa, ele está no clube com elas, jogando, tomando uísque, fazendo outras coisas para provarem uns para os outros como eles são modernos e livres e europeus. Mas isto, esta cena doméstica, idílica, que Chellam acabou de descrever para eles (porque agora Amma sabe, sem se virar para olhar, que as crianças estão paradas atrás dela, ouvindo de olhos arregalados este relato das atividades extracurriculares do seu Appa) – o gengibre e as cebolas, obviamente para cozinhar o peixe, prova de que eles já tinham planejado a refeição da noite –, isto Amma jamais imaginou. Nem mesmo nas profundezas da sua tristeza na hora do chá, quando suspeitava de que outros soubessem mais do que ela (senão, por que a piedade nos olhos delas quando olhavam para ela? Por que a necessidade de mimar seu ego?), ela imaginou esses detalhes. Repolho. Cebolas. Será que as damas e os vizinhos também tomavam notas semanais das compras secretas de Appa?

Por mais que Amma deseje cair no chão da cozinha e chorar, ela não pode chorar na frente de uma empregada.

Mesmo que Chellam parasse agora, seria tarde demais. A afeição rancorosa de Suresh e Aasha por ela mudou imperceptivelmente, pois, embora empregadas possam ser apanhadas com a boca na botija (e embora eles mesmos, pouco tempo atrás, tivessem apanhado Chellam tirando meleca do nariz, e depois – e depois – ah, Chellam nojenta, com seus hábitos nojentos), elas nunca devem apanhar ninguém com a boca na botija. Entretanto, Chellam não se contém; sua pele coça com o que viu, e seus olhos estão secos de excitação nervosa.

– Têm filhos também! – ela grita com uma voz esganiçada. – Uma menina do mesmo tamanho que Aasha, e mais dois garotinhos! Todos eles o chamando de pai!

Aasha pensa na menina que é do mesmo tamanho que ela. De que outras formas ela se parece com Aasha? Será que gosta de inhame frito e pudim de sagu? Será que leu *The Water Babies*? Será que tem uma saia de sarja azul abotoada do lado e uma caixa de lápis Staedtler com vinte e quatro cores?

Uma, que está pegando um copo de água gelada na cozinha, registra *pai* em vez de *Appa*: uma pequena, mas crucial variação. Para Amma, Suresh e Aasha isto é apenas um detalhe sem importância, uma forma de Chellam esfregar sua descoberta na cara deles. *Como você ousa?*, Suresh pensa. *Como um estúpido gato trazendo um rato morto na boca e esperando que todos se orgulhem de você!* "EmpregadaChellam", ele vai dizer para ela mais tarde, "que importância tem o modo como eles o chamam? Você se acha formidável, não é?"

Mas Uma vê as duas palavras – Pai, Appa – girarem em sua cabeça como bolas atiradas em câmera lenta para o céu azul. Elas voltarão à sua mente diversas vezes nos próximos meses, a cada momento em que estiver sozinha, e em muitos momentos em que não estará, saboreando o segredo de seus pensamentos enquanto outras pessoas conversam sobre outras coisas em volta dela. Pai ou Appa? Moral, a-moral. Típico, a-típico. Pai, A-pa. Pai ou não-pai, o que ele é?

– O que é isso, Chellam? – Amma diz –, você ficou duas horas olhando para eles?

Nem esta pergunta feita de dentes trincados detém Chellam. A tempestade em sua cabeça não permite que veja ou ouça os pequenos sinais de perigo em volta dela.

– Não, Madame – Chellam diz –, eu não fiquei parada ali. Eu ia para lá, o Patrão vinha para cá – ela imita os passos deles com os pés, como uma professora de dança –, então, de repente, ele está parado na minha frente. O Patrão diz com licença com licença e se afasta bem depressa. Eu não tenho tempo de dizer Olá Patrão. Eles entram num carro azul, Madame, bem bonito, acho que era novo.

Em seguida, ela começa a descrever a roupa da amante. Samfoo marrom. Tamancos de madeira com tiras de plástico vermelhas.

– A senhora conhece o tipo, Madame, todas as mulheres chinesas estão usando. – Uma única pulseira de jade num dos punhos. Sem brincos. E ela passa a língua nos lábios para prepará-los para a informação mais importante até agora: – Ela não é bonita, Madame! Gorda gorda assim. – Chellam faz um círculo com os braços, como se estivesse carregando um dos enormes vasos de planta ao lado da porta de entrada. – Não é branca como algumas damas chinesas. É quase preta como... como... – Aqui ela hesita, porque é claro que a própria Amma é o maior exemplo de pele escura. *Como a senhora* já está pronto para sair de sua boca, mas, por menos que compreenda as implicações de sua revelação, Chellam tem juízo suficiente para não comparar a verdadeira esposa do Patrão com sua esposa de mentira; ela sabe que uma empregada não deve nem notar a cor da Madame; e finalmente, ela não quer dizer uma mentira: a amante é realmente escura para uma chinesa, mas não é nem de longe tão escura quanto Amma. – Quase preta como *eu*, Madame! – ela exclama. Esses detalhes, Suresh e Aasha digerem excitadamente, eles se inclinam para Chellam, desejando que ela pinte um retrato ainda menos favorável da amante, mas, infelizmente, por não ter prática em contar histórias, Chellam não sabe interpretar sua plateia e não para no ponto culminante. – Se pelo menos ela fosse jovem e bonita, Madame – ela comenta, diminuindo sua vantagem –, dava para entender, não é?

Não, Chellam. Eles não seriam capazes de entender, nem que a amante fosse tão linda quanto uma imperatriz Mughal num jardim cheio de fontes, nem se ela fosse tão bonita quanto a luz do sol. Olhe, olhe para os olhos furiosos de Aasha; reconheça a coisa com que você está brincando, porque você irá conhecê-la muito breve. Fogo. Uma bomba-relógio. Um fogo de artifício aceso, lançando suas fagulhas cada vez mais perto de suas mãos. Estas não são alianças superficiais que você está incendiando; esta não é uma plateia imparcial. Você é tão míope que nenhum óculos será capaz de ajudá-la; você está esquecendo a força dos laços de sangue. Por sugerir que uma amante de pele clara seria um espinho tolerável no coração desta família, você jamais será perdoada.

Essa friagem repentina não é só porque Uma abriu a geladeira para pegar mais água, mas Chellam, sem perceber, continua:

– E sabe de uma coisa, Madame, ela tem um grande buraco na boca! Perdeu um dente ou algo assim, eu não sei. É tão *feia* essa mulher e, mesmo assim, o Patrão a está seguindo! Talvez ela tenha posto feitiço no Patrão, Madame. Talvez ela tenha bomoh chinês fazendo magia negra.

Mais defeitos se seguem à descrição do buraco do dente: cabelo oleoso, pele manchada, mãos ásperas com unhas quebradas e sujas (gastas, embora Chellam não saiba, de noites passadas lavando pratos numa enorme bacia de plástico, tardes areando panelas, manhãs limpando camarões).

– Não é alta classe – Chellam diz. – Também não sabe falar inglês. O Patrão falava com eles em malaio, Madame.

Suresh é assaltado por uma súbita visão de Appa despenteando o cabelo de um dos seus filhos chineses de olhos puxados. (Mais tarde ele vai dizer a Aasha: "Eles provavelmente falam de boca cheia e têm feridas nas pernas. Devem ter narizes escorrendo e péssimos modos.") Ele olha para o OED [Oxford English Dictionary] no alto da estante e pensa: *Mas Appa não fala malaio!* Appa tem *orgulho* da sua péssima compreensão da língua. "Eu não preciso daquela droga de língua Bumiputera", ele diz com escárnio sempre que pode. "Ela só serve para abanar o orgulho ferido deles. Eu fui iludido a ter grandes expectativas na minha juventude inexperiente, mas agora vou dizer uma coisa para você: nós, indianos, devemos lamentar o dia em que os britânicos deixaram este país. Não vou adotar de jeito nenhum esse jargão horroroso só porque eles estão mandando."

No entanto, fora dali, enquanto seus filhos verdadeiros leem os clássicos, vestidos com suas roupas Buster Brown, Appa vai comprar peixe e cebolas com uma mulher que não sabe falar inglês. Depois, provavelmente se deita nos braços dela e deixa que ela o alimente com mariscos tirados das conchas. A língua malaia tem, obviamente, outras utilidades além de abanar o orgulho ferido deles, e Amma deve estar pensando nisso junto com Suresh, porque ela dá uma gargalhada como uma pequena rachadura num vaso de porcelana e diz:

– Quem precisa de inglês quando fala a linguagem do amor?

Como o coração de Suresh salta de alegria – *Amma entendeu a piada sem eu ter que falar!* – e de alívio – *Agora ela vai rir e dizer a Chellam para calar a boca e tudo vai ficar bem* – e até de uma certa solidariedade própria de clã – *É uma piada nossa, Chellam, é claro que você não entende, então não precisa ficar aí parada olhando para nós como um doonggu* – ele franze o nariz e ri de volta para Amma. Mas Amma não olha para ele e torna a rir, como ele gostaria: ela faz uma pirueta, como uma dançarina, para olhar para ele, e em seguida apaga o sorriso em seu rosto com a mão coberta de veias verdes.

– Está achando graça de quê? – ela diz. – Não pense que você vai crescer para ser igual ao seu formidável pai.

Ele fica ali parado, sem rir, sem chorar, com os ossos dos ombros esperando para se transformarem em asas e o levarem embora de toda essa maluquice. Ele vai olhar de cima para as camadas de poeira no topo dos armários da cozinha e as formas de bolo inúteis em cima da geladeira, para o alto da cabeça de todo mundo e para seus sapatos vazios no chão. Ele vai gritar para eles como uma coruja: – Quem, quem, quem vocês pensam que são?

E, com um último aceno, ele vai subir em direção ao céu azul, livre para sempre de sua imprestável família.

No silêncio pesado que se segue, Chellam insiste, numa tentativa equivocada de aplacá-los com bajulação:

– Aquelas crianças não são como Suresh e Aasha, que falam inglês como se fossem ingleses. Eu acho que aquelas crianças não sabem uma palavra de inglês.

Estúpida Chellam Empregadanova, pensa Suresh esfregando a boca machucada. *Matuta faladeira. Acha que vai ganhar uma medalha de ouro por sua atenção a detalhes?*

Aquela noite Amma espera na mesa de jantar até bem depois da sua hora de dormir, deixando a porta da frente aberta embora os mosquitos entrem em nuvens que ela vê de onde está sentada. No painel de vidro, tudo o que consegue enxergar são lâmpadas de rua e lâmpadas de varandas. Às duas horas ela fecha a porta e vai sozinha para a cama.

Durante três noites depois de Chellam tê-lo visto no mercado, Appa não volta para casa.

Quando ele finalmente aparece, Amma está preparada para o encontro.

Sua ninhada chinindiana, ela se refere assim aos filhos da amante, usando a expressão com satisfação imaculada. Ela está sentada com as costas bem retas, os dentes muito brancos, o cabelo brilhando sob a luz, como se tivesse sido escovado por dentro com todo o seu ódio purificador.

– Diga-me – ela diz –, o que mais a mulher do mercado cozinha para você? Toda a comida de chinês que você finge depreciar na nossa frente e na frente dos seus amigos mais ingleses do que os ingleses? Mingau de intestino de porco? Bak kut teh? Pés de porco? Hã?

– Essa é boa – Appa diz. – Por quanto tempo a sua empregada teve que me seguir até descobrir algo que valesse a pena contar? Bem, bom para você. Zeladora de zoológico, assistente de cozinha *e* detetive particular numa só. Eu sabia que você ficaria contente com essa pechincha.

– Como se eu precisasse pagar alguém para descobrir essas coisas. Tenho certeza de que o resto do mundo sabe mais do que Chellam. Se eu quiser mais detalhes, basta perguntar à Sra. Balakrishnan e à Sra. Dwivedi. – Ao lançar no ar esta afirmação, que não passava de especulação, Amma examina o rosto de Appa em busca de alguma pista de que tem razão. Se realmente todo mundo sabe, será que ele sabe que as pessoas sabem? Appa sustenta o olhar dela e não demonstra nada, não, nem um lampejo de culpa; ele não vai lhe dar sequer um centímetro para ampliar sua superioridade.

É claro que ela tem razão: o marido de Dhanwati Dwivedi também é um advogado importante do escritório do promotor público. Ele acompanhou o romance de Appa como um botânico catalogando uma nova espécie. Com um grau de culpa cada vez menor, ele açucarou os frutos do seu estudo e os presenteou à esposa: *Uma chinesa vendedora ambulante de char kuay teow! Três filhos, parece que iguais a ele. Uma casa em Greentown. Mente para a esposa dizendo que vai viajar a trabalho, mas leva essa mulher para passear por toda parte! Cingapura, Austrália, talvez até Europa.* E a Sra. Dwivedi, engolindo tudo com prazer, inchou de satisfação. Em três anos, ela ganhou oito quilos tentando guardar estes segredos. Uma tarde, um ano atrás, ela contou tudo à Sra. Jasbir Bhardwaj, de um fôlego só. No espaço de duas semanas, Dhanwati perdeu todo o excesso de peso, Jasbir contou por alto a história para a idosa Sra. Juiz Rosie Thomas durante um intervalo de cinco minutos na aula de bonsai, e Rosie contou para o resto das pessoas. Por meio das reuniões extras regulares, esta facção do círculo do chá formou uma opinião firme sobre a amante chinesa: interesseira, ardilosa, amante de tudo o que se vê e não se vê, desdentada, obesa, casca grossa, gentinha.

Agora é a vez da família (verdadeira) de Appa ampliar a reportagem com sua imaginação. Ou com pesquisas particulares: Aasha recorre à filha do Sr. McDougall, que fez parte de uma família de mentira.

– Como você chamava seu pai de mentira? – Aasha pergunta, de cara feia, com uma expressão beligerante. Desde a revelação de Chellam, o afeto de Aasha pela filha do Sr. McDougall foi toldado por uma vontade de beliscá-la. O que seria impossível, já que fantasmas não podem ser tocados, muito menos beliscados, mas, só de pensar nisso, Aasha sente grande prazer. Um beliscão bem forte, um bom naco daquela carne fofa entre o polegar e o indicador. Ela tenta transmitir o beliscão com a voz.

Como era de prever, a filha do Sr. McDougall se torna defensiva.

– Ele não era meu pai de mentira – ela retruca. – Ele era o meu papai, e era assim que eu o chamava.

– Mas você não morava aqui. Você não morava na casa do seu suposto papai.

– Não, mas ele me comprou estas roupas. – A filha do Sr. McDougall dá um giro para exibir seu vestido azul e depois estica seus pés calçados de verniz, um de cada vez.

– Mas ele não deixava você entrar nesta casa, não é? Não minta para mim. Eu já conheço a sua história.

Aasha decorou cada detalhe daquela história: o cheongsam de seda verde-esmeralda que a mãe da menina usou na última corrida de táxi até a Casa Grande (porque ela era muito mais elegante, parece, do que a amante chinesa de Appa); os chamados no portão; a mãe tirando os sapatos e atirando-os por cima do portão (que era mais alto e mais preto do que o portão que Tata iria colocar em substituição ao antigo, dois anos depois); a amah (também chinesa) da família verdadeira do Sr. McDougall saindo para enxotá-las. O táxi voltando pelo mesmo caminho, com a amante do Sr. McDougall soluçando no banco de trás, os pés descalços, feridos, em cima do assento. Só que o táxi não chega ao seu destino; de repente, a amante manda o motorista parar e diz, Por aqui, por aqui. Vire à esquerda e à direita e depois à esquerda de novo. Pare aqui.

O motorista de táxi dizendo, Tem certeza, tem certeza? E depois que a amante chinesa do Sr. McDougall pega todo o seu dinheiro e entrega a ele, o homem dá marcha a ré no carro e sai acelerando como um louco, Hoo! Pneus cantando, motor rugindo, como uma perseguição de carros na TV.

Então aquele poço, brilhando como um espelho na luz do meio-dia, parecia que você podia andar sobre ele.

– Puxa, como estava quente! – diz a filha do Sr. McDougall ao se lembrar. É assim que ela fala às vezes, como um livro de histórias, temperando sua fala com puxas e pontos de exclamação, para provar que é meio escocesa.

Geralmente Aasha aprecia seus modos exóticos, mas hoje ela diz:

– Quanto teatro, você pensa que é a rainha da Inglaterra ou o quê?

O rosto da filha do Sr. McDougall desaba, desaba, até que Aasha mal consegue reconhecê-lo: ele não é mais o rosto de uma velha amiga, e sim um clarão aguado, quase apagado, um rosto para lampiões, luz de vela, quadros a óleo em molduras enfeitadas. Um sonho. Uma assombração. Uma estranha não desejada e hostil. A filha do Sr. McDougall escorre pela parede do banheiro e desaparece.

– Estúpida Chellam – Suresh diz cerca de uma semana depois da descoberta de Chellam. – Pensa que é tão importante. – São três da tarde. Na sala de jantar, Amma está sentada olhando fixamente para uma xícara de chá tão frio que pode muito bem ter sido preparado na manhã em que Chellam voltou do mercado com suas novidades. Suresh e Aasha estão no quintal, derretendo pequenos objetos (tampas de pasta de dente, maçanetas de gaveta, frascos de remédios chineses) com fósforos, para tapar buracos no muro do jardim que Appa construiu em 1956. Há buracos demais para tapar numa única tarde, mas eles se prepararam para semanas de trabalho; eles vão fazer o que puderem hoje. – Fadas feias moram nesses buracos – Suresh diz a Aasha. – Elas se parecem com o imbecil do pai de Chellam. Elas se agacham lá dentro e lambem os braços até os cotovelos depois de comer seu arroz com sambhar. E mesmo enquanto comem, elas cagam.

Sssrp! Sssrp! Os sons dos lentos goles de chá de Amma esgueiram-se pela janela aberta da sala de jantar e entram nos ouvidos das crianças.

– Yuck – Aasha diz gentilmente. – Chellam e toda a família dela são *nojentos*. – Ela enche um buraco com fios cor-de-rosa de plástico derretido, soprando os dedos que estão queimando e sugando a respiração tão barulhentamente como se estivesse comendo um ensopado apimentado.

Em seus buracos sujos do muro do jardim, as Fadas Feias gemem e batem nos seios como donzelas rejeitadas em filmes tamil. Suas contorções prendem seus cabelos no plástico que endurece; seus pulmões se fecham com a fumaça.

– Bem feito para elas – diz Aasha.

– É, falando sério – diz Suresh.

O quintal se enche de fumaça como uma fábrica de remédio: limpa, sem germes, mas um tanto perigosa.

– Yabbah! Que fedor! – Paati grita de sua cadeira de vime. – Aquela garota idiota, onde ela está, ela foi embora e deixou o acendedor do fogão ligado. O gás está escapando, o gás está escapando! – Ela sopra o fedor pelo nariz ornado de diamante e pústula.

Chellam acorda assustada do seu cochilo.

– Hã? O que foi? – ela diz. – Que gás?

– Chhi! – Paati diz, sufocada com o cheiro, enxugando as lágrimas dos olhos com as mãos. – Quando Raju não está, eu posso morrer que ninguém vai notar, fiquem sabendo. – A voz dela treme, encatarrada.

Chellam se levanta, vai até a janela da cozinha e vê Suresh derretendo uma tampa de pasta de dente com gestos exagerados, como um vendedor de roti canai exibindo-se diante de um ônibus cheio de turistas.

– Enna paithium! – Chellam grita, e sai pela porta dos fundos como um gato escaldado.

Suresh joga o fósforo aceso no cimento para sofrer uma morte lenta.

Amma ergue a cabeça subitamente, interrompendo o curso de uma lágrima prateada que desce pelo seu rosto e fazendo-a voar para dentro de sua caneca, onde ela atinge a superfície do seu chá com um *plink*! Ela vê Chellam correr descalça pelo quintal e agarrar seus depravados rebentos pelos cotovelos. *Deixe as crianças se queimarem*, ela pensa. *Vai ser bem feito.* E por que ela se importaria com a frivolidade deles diante da sua dor, com sua recusa em fazer reverências e abrir portas para as figuras grisalhas que passam com suas vestes de gola alta?

Quando Suresh e Aasha sentem o aperto das mãos de Chellam em seu cotovelos, eles estão mesmo é observando Amma, que olha para eles com indiferença antes de tornar a baixar os olhos para seu chá. A rajada de vento dos pensamentos dela esfria seus rostos, que estavam quentes do fogo dos fósforos acesos; num instante, ela extingue sumariamente o último fósforo de Suresh.

13

O QUE TIO SALÃO DE BAILE VIU

Dois anos antes da última visita de Tio Salão de Baile, ele apareceu para uma visita que começou com pompa, promessa e benevolência fraternal, com abraços na rua, bebidas gasosas para as crianças, briyani para o jantar e ceias à meia-noite. Mas depois de dois meses de divertimento ricamente orquestrado, a visita terminou com uma única nota num piano desafinado. Metálica, desconhecida, estranhamente triste. Talvez até perturbadora. Cada membro da família iria se lembrar daquele final de forma diferente, embora todos se lembrassem com a mesma clareza.

Na tarde em que a carta do Tio Salão de Baile chegou, Aasha estava esperando no divã verde que Uma terminasse seu banho de balde no banheiro de baixo. Seus ouvidos acompanhavam todos os movimentos de Uma pela porta fechada do banheiro: o gotejar do copo grande de plástico dentro da banheira, os respingos de água fria sobre a cabeça quente e ladrilhos duros, cabelos sendo esfregados com dedos firmes, o sabonete molhado caindo no chão. O sabonete, agora, devia estar com um canto amassado, com marcas de ladrilho, mas não houve nenhuma exclamação de impaciência ou de raiva, como acontece quando Appa ou Amma o deixam cair, só uma breve interrupção no cantarolar de Uma, e em seguida ela recomeçou de onde tinha parado. Ela não estava cantando a letra da música, mas Aasha a conhecia inteira e a cantava do divã:

Cecília, você está partindo meu coração
Você está abalando a minha confiança diariamente...

Cecília era uma garota branca como leite com cabelos castanhos e sardas em toda parte. Ela era linda, mais linda do que Aasha jamais iria ser, mas ah, tão cruel: ela chamava outro rapaz para sua cama enquanto o namorado estava lavando o rosto e depois fugia. Aasha suspeitava que quando o namorado infeliz lhe implorasse para voltar, ela iria rir dele, iria rir tanto que ele enxergaria o rosado de sua garganta.

– Você não acha, Uma? – Aasha perguntou quando Uma apareceu, enrolada em duas toalhas. – Se ela não é cruel, por que não volta para casa?

– Ah, eu não sei – disse Uma. Ela tirou a toalha que estava enrolada na cabeça e, ainda parada no tapete do lado de fora do banheiro, começou a enxugar o cabelo. – Talvez o outro rapaz da canção seja melhor. Ou talvez ela não ame este rapaz. Só porque alguém ama você, não quer dizer que você ame a pessoa.

Isto não foi, como teria sido para muitas crianças pequenas, uma revelação para Aasha.

– Isso é verdade – ela disse. – Como o Sr. Manickam da casa número 67 que amava a Sra. Manickam, mas ela não o amava.

– Isso mesmo. – Elas agora estavam subindo a escada, Aasha na trilha perfumada de Uma: sabonete de pera, xampu Clairol, sabão em pó Fab da toalha de banho.

– Foi por isso – raciocinou Aasha – que a Sra. Manickam foi embora com o funcionário do governo num táxi e nunca mais voltou.

– Exatamente.

– E como Kooky Rooky ama seu meio-marido, mas ele é meio-marido de outra pessoa, então não pode amá-la na mesma quantidade.

– Isso mesmo.

– Mas eles merecem, não é? – Aasha se esticou na cama de Uma como um garoto de fazenda, com os braços dobrados sob a cabeça, o tornozelo direito pousado no joelho esquerdo.

– Quem merece o quê? – Uma estava penteando seu longo cabelo, desembaraçando as pontas. Gotículas de água voavam pelo ar sobre os raios de sol e caíam no rosto e nas pernas de Aasha, frias, causando arrepios, mas Aasha as ignorou para prosseguir em sua argumentação:

– O Sr. Manickam e Kooky Rooky. Porque o Sr. Manickam só fazia trabalhar o tempo todo, e Kooky Rooky é mentirosa. Quem quer amar gente assim?

– Tem toda razão – disse Uma. – Vamos fazer nosso dever de casa?

Aasha não tinha dever de casa de verdade: sentada entre Uma e Suresh, ela normalmente tinha que inventar um dever, mas hoje, quando elas desceram, Suresh tinha novidades para elas.

– Chegou uma carta – ele disse. – Do Tio Salão de Baile. De Nova York.

– Nova York! – Uma e Aasha gritaram ao mesmo tempo, pois no ano anterior Tio Salão de Baile tinha vindo de Buenos Aires.

– Ele diz que vem.

– É claro que ele vem – Uma disse, pois todos eles sabiam que Tio Salão de Baile só escrevia quando os ventos desfavoráveis tinham esvaziado seus bolsos e o estavam soprando de volta para o pedaço esquecido de terra no sul do Mar da China de onde ele escapara aos dezoito anos apenas com o nome, um par de sapatos de dança e um terno sob medida. Mas as palavras de Uma caíram depressa demais e altas demais para a nota cínica e azeda que ela pretendera dar a elas, e, além desta dissonância entre conteúdo e tom, o irmão e a irmã notaram um brilho em seu olhar, uma súbita inclinação para frente, um meio sorriso (o revirar do canto da boca, só um leve movimento, um clarão, um sonho). Porque uma visita do Tio Salão de Baile significava diversão e jogos o tempo todo: jogar cartas até tarde na biblioteca, goles de conhaque, assados aos domingos, Appa voltando para casa para jantar e ficando em casa nos fins de semana, aulas de rumba no salão de música. E desta vez eles poderiam ser desinibidos em sua orgia, porque Amma, que não fazia nada a não ser se roer nos bastidores e resmungar que Tio Salão de Baile era uma influência má, reclamar sobre Começar Cedo e sobre o que as crianças aprendiam com os mais velhos, estava viajando. Ela estava em Kuala Lumpur, na casa da irmã Valli, onde não ia haver greves nem bebês desta vez, na realidade, bebês nunca mais, porque Valli estava no hospital para fazer uma histerectomia. Valli não conhecia mais ninguém que pudesse se ausentar um mês dos seus afazeres para ir para Kuala Lumpur, então Amma, que tinha uma frota de empregados para atender a família em sua ausência (como faziam em sua presença), fora ajudar Valli.

As crianças sentiram na pele e nos pulmões a partida de Amma. Agora elas tomavam sorvete no almoço e comiam coisas compradas do homem do churrasco no jantar, sob o olhar indulgente e opaco de Paati. Elas assistiam a filmes indonésios na TV até meia-noite e ajudavam Mat Din a regar as plantas. E Suresh contava suas piadas, bem alto e com toda animação, para quem quisesse ouvir:

Uma hora, duas horas, três horas ROCK,
Dorairaj amarrou uma FITA no seu COCK! (Pênis)

– Se a sua Amma estivesse aqui! – Paati dizia, morrendo de rir. E os olhos dela diziam: *Que bom que ela não está!*

– O que é comprido, duro e cheio de sementes? Ho-ho! O que é que vocês estão pensando? Como vocês têm a mente suja! É só um pepino!

Isto fazia os presentes sacudirem a cabeça e resmungarem, exceto Appa, que andava preocupado ultimamente, respondendo com *hmms, ehs* e *claros* quando eles sabiam que ele não estava nem ouvindo.

– Heh-heh – ele riu. – Nada mau. – A pele ao redor de seus olhos estava fina e escura, como jornal molhado, como uma coisa que se rasgaria, caso ele a esfregasse. Entretanto, ele sorriu e despenteou o cabelo de Suresh e deu o costumeiro soco em seu ombro, e Suresh sorriu e vasculhou o cérebro atrás de alguma piada ainda mais suja.

Agora que Tio Salão de Baile ia chegar, a vida seria melhor ainda. Apesar de todas as queixas e farpas de Appa, ele nunca pode esconder seu afeto por este irmão inofensivo e azarado: assim que lesse a carta, as crianças sabiam, ele começaria a planejar cardápios, mandando Lourdesmaria reservar cabritos inteiros no mercado e trazer para casa frangos vivos para serem alimentados por cinco dias.

Desta vez, entretanto, Appa não fez nada disso.

– Ótimo, ótimo – ele disse quando Suresh levou a carta para ele, mas mal olhou para ela e a pôs logo na mesinha. Depois dobrou o jornal, empurrou os óculos para o alto da cabeça, se recostou na poltrona e fechou os olhos. Ele estava assoberbado de problemas ultimamente. De um lado, a tristeza estressante de outro julgamento horrível: o Crime do Ensopado. A acusada era uma dona de casa indiana, do tipo que usava sári, se enfeitava com pottu e parecia ser uma ótima esposa, que tinha não só eviscerado o marido com uma faca de peixe, mas depois o tinha cortado em pedaços, colocado para cozinhar na maior panela de ferro que possuía, panela essa que ela trouxera como parte do seu enxoval, e jogado este ensopado dentro de sacos plásticos em diversas latas de lixo, num raio de vinte milhas, sem que os vizinhos tivessem percebido qualquer anormalidade. O caso contra ela era fraco, era a palavra dela (*Não sei para onde foi o meu marido. Ele desapareceu de repente. Deve ter arranjado outra mulher*) contra a dos vizinhos. (*Um barulho estranho veio daquela casa uma noite. Depois saiu um cheiro de comida que durou quatro horas, até uma da manhã.*)

Era outro problema, no entanto, que estava realmente minando as forças de Appa. Com assassinato ele podia lidar; estava acostumado com a imaginação grotesca dos depravados, conseguia até, ocasionalmente, saboreá-la. A irritação da sua doce amante era outra coisa.

Como Appa tinha tomado como amante uma mulher que vendia char kuay teow é uma história tão delicada e complicada que para entendê-la a pessoa tem que analisar o primeiro encontro deles como se este fosse uma bela miniatura Mughal: a pessoa tinha que olhar com muita atenção para distinguir todas as expressões faciais, para ver quanto de pele estava exposta e para determinar se os dedos estavam mesmo se tocando ou se havia um espaço ínfimo entre eles.

O que nós sabemos com certeza: ele a conheceu num dia de trabalho em 1973, dez dias depois de uma noite de tempestade em que Aasha tinha sido concebida de forma desinteressante e insatisfatória e Uma tinha tido uma febre inexplicável.

Os negócios estavam fracos naquela manhã para a vendedora de char kuay teow. As chamas dançavam sob sua panela, lançando um brilho azul nos óculos de Appa, e uma vez só, por breves três segundos, subiram até a altura do peito dela, fazendo com que o Sr. Dwivedi, que estava almoçando com Appa nesta primeira ocasião, prendesse a respiração e que Appa exclamasse: "Minha nossa! Essas cozinheiras chinesas às vezes são valentes!" Nós também sabemos que enquanto Appa e o Sr. Dwivedi comiam, a vendedora de char kuay teow sentou-se numa mesa próxima para descascar camarões para a clientela da noite, e o Sr. Dwivedi, sua natureza alegre aumentada pelo consumo de três copos de cerveja, começou a gritar elogios e perguntas em malaio: "Oi, Ah Moi! Por que está tão séria num dia tão bonito? Ah, senhorita! Os negócios vão bem, não é? Senão por que limpar dez quilos de camarão?" Então, quando se aproximou para tirar os pratos e copos da mesa, ela achou que seria rude não trocar algumas palavras com eles, e as poucas palavras se transformaram num desabafo de seus problemas matrimoniais e na denúncia pública do marido sem-vergonha que voltara para a China para cuidar dos pais idosos e já fazia mais de um mês que não mandava nem dinheiro nem notícias para ela.

A fim de retribuir esta tocante confiança em dois estranhos de camisa social, Appa contou a ela (desta vez ela estava sentada no banco em frente a eles) sobre sua esposa maluca – que recentemente queimara um sári no quintal só porque ele tinha ficado no clube até tarde – e sobre os pais dela, mais malucos ainda, que moravam ao lado, uma história tão cômica que o riso brotou, como um arroto depois de uma boa refeição, do fundo da vendedora de char kuay teow, e Appa notou que ela não tinha vergonha alguma dos dentes tortos, e que ele de repente conseguia sentir cheiro, meu Deus, sim, suas narinas estavam revivendo, suspirando, gemendo, cantando, os pelos dançando alegremente dentro delas, como se estivessem despertando de um feitiço, sinapses que tinham ficado adormecidas desde que algum acidente de infância, misterioso, esquecido as nocauteou, agora despertavam, espocando como fogos de Ano-Novo. E o cheiro que ele sentiu foi o hálito da vendedora de char kuay teow, pungente e salgado, como algumas pessoas descreviam o mar. Ele respirou fundo e ficou olhando para ela, bebendo do espírito fogoso da panela que cobria seus ombros rechonchudos, dos seus vapores, do seu calor.

Quando os modos, a risada e o cheiro dela atraíram Appa de volta à barraca no dia seguinte, e por muitos dias consecutivos depois disso, o Sr. Dwivedi começou a suspeitar que houvesse alguma coisa: um simples apetite por toucinho e mariscos não poderia explicar a devoção de Appa àquela barraca. Depois de passar meses preocupado com seu segredo, o Sr. Dwivedi dividiu-o com a esposa, Dhanwati – hipóteses, observações, conclusões, conjeturas, tudo. Agora a Amante Chinesa era um segredo do tipo sancionado nacionalmente, isto é, exposto mas não às claras. Appa sabia que todos os seus colegas, as esposas deles, e todas as amigas das esposas deles sabiam qual era o carro que sua amante dirigia, onde ela fazia permanente no cabelo, aproximadamente quanto pesava e o quanto seus dentes eram tortos. Os colegas, suas esposas e as amigas das esposas sabiam que Appa sabia que eles sabiam. Mas nenhum deles jamais falou sobre a amante com Appa, nem mencionou a existência dela na frente dele, e ele retribuía a cortesia.

Só Amma ignorava a existência da Amante Chinesa. Sua inocência exigia esforços sobre-humanos de discrição, logística e cooperação da parte de todos, mas Appa, que devia sentir-se grato por estes esforços e por sua pura sorte, estava apaixonado demais para se considerar sortudo.

Appa nunca tinha acreditado em amor antes de conhecer sua vendedora de char kuay teow; ele acreditava piamente em desejo, pois tinha sentido suas dores e conhecido seus efeitos. O afeto protetor que um dia tinha sentido por Vasanthi, sim, disso ele se lembrava, embora duvidasse que este tipo de coisa passasse incólume por qualquer casamento. Mas paixão, isso era fantasia, era coisa de adolescente.

Só que depois desse primeiro encontro, Appa não conseguiu mais tirar a vendedora de char kuay teow nem da cabeça nem das narinas, e não apenas porque ele estava louco de desejo por seus quadris generosos. Naquela primeira noite, Suresh subiu no colo dele em casa para ver chamas azuis ardendo em seus óculos, as chamas mais violentas e famintas que ele já tinha visto. Ele estendeu a mão para tocar nos óculos de Appa, queimou os dedos neles, e, espantado, encostou as palmas das mãos no rosto de Appa. Mais tarde, deitado na cama ao lado de Amma, Appa viu o fogo azul saltando em seus óculos sobre a mesinha de cabeceira. Ele ficou olhando para eles até que, exausto de tanta energia, adormeceu.

Nove meses depois do primeiro fatídico encontro de Appa com a vendedora de char kuay teow, Aasha se preparou para entrar no mundo, dez dias atrasada. Ela esticou os cotovelos; Amma gemeu. Ela deu três chutes violentos nas paredes da sua morada; Amma berrou.

Appa não estava no escritório quando Paati telefonou, uma coisa estranha que escapou ao seu olhar indulgente. O rapaz era um advogado, afinal de contas, e não um advogado qualquer, mas um Grande Nome. Ele podia estar no tribunal. Ele podia estar pesquisando um caso. Quem poderia saber? Ele andava muito ocupado ultimamente (ultimamente? Quatro ou cinco meses? Cinco ou seis meses? Paati não conseguia acompanhar o tempo tão bem quanto antes, e no momento, Amma, com o caftã de seda encharcado com a água do seu útero, não estava tão atenta a essas minúcias quanto estaria um dia). Poucos meses antes, Appa precisara viajar até Johore para investigar um caso. Esses eram os fardos por ser tão brilhante. Paati suspirou ao desligar o telefone. Ela sacudiu a cabeça e resolveu providenciar para que Lourdesmaria alimentasse Appa muito bem quando ele voltasse para casa.

Mais uma vez, um vizinho simpático veio em socorro de Amma em sua hora de necessidade: não um motorista de táxi desta vez, mas o Sr. Balakrishnan, apenas moderadamente bêbado às quatro da tarde. Paati sentou-se no banco da frente; Amma deitou-se no banco de trás. Uma fora instruída a tomar conta do irmão e manter as portas fechadas. Nenhum deles poderia ter imaginado onde Appa realmente estava naquele dia: num banco de uma barraca em Greentown, onde a vendedora de char kuay teow acabara de contar a ele, enquanto descascava camarões, que estava esperando um filho dele. Em resposta, Appa estufou o peito, riu, e sugeriu uma lista de nomes híbridos: "Que tal Ah Meng Arumungam filho-de-Rajasekharan? Balasubramaniam

Bing Ee? Kok Meng Kanagappa?" A amante chupou os dentes, bem-humorada, e deu um tapa no braço dele. Os fregueses das outras barracas se espantaram com esta informalidade, mas os donos dessas barracas, que já estavam acostumados às visitas diárias de Appa, não.

Durante quatro anos, Appa e sua vendedora de char kuay teow tiveram um romance de conto de fadas. Quando Paati e o resto da família acreditavam que ele estivesse em Johore, ele estava num chalé de praia na Ilha de Pangkor com a amante. Quando Aasha tinha um ano, eles foram para a Austrália, Appa inventando outra viagem de trabalho para a família verdadeira. Ele pagou para a amante fazer compras em Cingapura e passear em Hong Kong. O estado de paixão que Appa um dia considerara ser uma invenção de Hollywood sobreviveu a dois bebês, ao trabalho cansativo da amante e aos comentários insidiosos dos outros (o que Appa sabia que as pessoas diziam sobre sua amada não tinha diminuído sua adoração). Depois do seu cheiro de mar e do seu fogo interior, além do inigualável gosto do seu molho de pimenta e da maciez inexplicável dos seus camarões, Appa tinha descoberto seu senso de humor, diferente do dele apenas no vocabulário (e talvez não tão diferente neste aspecto na língua dela: Appa e sua amante eram obrigados a falar malaio um com o outro, uma língua que não revelava todo o humor cáustico de um e outro). E depois disso, ele tinha descoberto o que ainda pensava, com ardor e infantilidade, como sendo a doçura dela, uma doçura profunda, de cana-de-açúcar, a bondade e o espírito nobre que um dia ele pensara que Amma possuísse. Isto lhe trouxe um alívio que ele não sabia que desejava tanto; ele fechava os olhos e se instalava nele, como seu pai tinha se instalado na Casa Grande. Sentia-se docemente abraçado, sua sede aplacada, suas feridas curadas. Os casos amorosos das outras pessoas se deterioravam e morriam em dois ou três anos, mas a língua malaia, na qual nem Appa nem sua amante se encaixavam completamente, tinha desacelerado o tempo para eles, de forma que naquela casa apertada, de paredes cor-de-rosa, com lâmpadas fluorescentes, cheirando a camarão, em Greentown, Appa sentia como se estivesse decifrando um mistério à luz de velas, e nunca tinha duvidado que ela sentisse o mesmo.

Mas agora alguma coisa estava mudando, e Appa não sabia por que nem como impedir. Será que ele tinha estado cego a pequenos sinais e mudanças lentas, pelo fato do seu olho estar despreparado devido a um casamento que já tinha começado mal? Não, a perfeição de que se lembrava não era imaginária. Será que ele era culpado pela mudança? Será que ela queria uma casa maior, um carro novo, será que não era tão franca quanto ele tinha pensado e, portanto, tímida demais ou orgulhosa demais para pedir essas coisas diretamente? Será que ele contava ser capaz de ler a mente dela e tinha fracassado?

Ele a surpreendia com joias e flores em dias comuns. Uma vez, num gesto ousado que a cidade inteira comentou durante semanas – Advogado Rajasekharan enlouqueceu! O que ele estava pensando? – ele a levou ao clube para tomar drinques e jantar.

– Eu estou cansada – era só o que ela dizia quando ele perguntava qual era o problema. – São estas crianças. Elas consomem toda a minha energia. E o trabalho. Todo dia, sem parar. Eu não imaginei que a minha vida fosse ser assim quando eu era criança.

– Você não precisa trabalhar, sabe disso – ele dizia sempre a ela. – Você pode ficar em casa e descansar. Eu posso tomar conta de você.

– É claro – ela disse. – É claro que você pode. Mas meu pai costumava dizer que uma pessoa só devia confiar em suas próprias mãos. E isto é o que eu sei fazer. Macarrão frito. Hã!

Diante desta insinuação de que ela não confiava em suas promessas, Appa não teve o que responder.

Ele imaginou se ela própria saberia por quê, se seria capaz de listar os motivos pelos quais, antes de ele sair na noite em que Suresh levou para ele a carta que o Tio Salão de Baile tinha mandado de Nova York, ela teve um acesso de raiva do tipo que colocava processos em sua mesa de trabalho. Uma fúria que o fez pensar em esconder as facas e esvaziar os produtos de limpeza na pia, levar os filhos para um hotel, passar a noite do outro lado da rua para vigiar a casa dela.

– Todo mundo sabe que você nunca se casará comigo – ela dissera de repente, interrompendo a brincadeira de contar os dedos dos pés que Appa estava fazendo com a filha mais velha, uma menina de quase quatro anos, meses apenas mais moça do que Aasha (que, em casa, na Casa Grande, estava fazendo a mesma brincadeira com Uma, que contava seus dedos dos pés). Ela estava fazendo uma fritada de alho-poró no fogão, de costas para ele. Ela nunca tinha falado em casamento antes, nunca tinha dado a entender que isso era um sonho ou uma possibilidade, de todo modo, ele não era casado legalmente com outra pessoa? Diante do silêncio que se fez depois desta afirmação, ela continuara: – Essas crianças com as quais você brinca todos os dias serão sempre ilegítimas.

– Não diga isso – Appa tinha dito incomodado, e então, já envergonhado do que tinha a oferecer, ele acrescentou: – Por que não vamos a um cinema amanhã? Podemos tirar a tarde de folga e levar as crianças conosco. Você tem trabalhado demais.

Aliviada – o mau humor da mãe dissipado pelo pai! Com uma solução prática que ela conseguia entender! –, a menina tinha começado a gritar, toda animada.

– Não, não, vamos esta noite! Esta noite! Eu quero ir esta noite!

– Aiyo yo – Appa disse, sorrindo e sacudindo a cabeça para ela. – Eu não posso dizer nada na sua frente, hã? Nós não podemos ir esta noite, Ling, nós...

Mas a sirene da menina – Prometa, Pai! Prometa, amanhã! – tinha abafado sua desculpa. Ele ia pegá-la e colocá-la sobre os joelhos para ela ficar quieta quando a mãe atravessou a cozinha como um cometa, o rosto molhado de lágrimas, os dentes tortos arreganhados, e, antes que o cérebro de Appa pudesse registrar sua presença em sua frente, ela já tinha começado a bater na criança. Deu oito tapas na menina enquanto a fritada de alho-poró queimava no fogão, fazendo subir uma fumaça que antes mal teria incomodado Appa, mas que agora machucou suas narinas.

– O que é que você está querendo? – ela perguntara a cada tapa do lado direito do rosto, e, a cada tapa do lado esquerdo, ela respondera a própria pergunta: – Você espera ser tratada como uma princesa quando não passa da filha de uma prostituta. Você quer ser mais importante do que a família verdadeira do seu pai. Você espera que façam promessas a uma filha ilegítima.

Appa assistira sem fala, desejando entender menos cantonês, que era a língua que ela falava na sua raiva. Depois que ela mandou a menina aos prantos para a cama e se trancou no banheiro, ele ficara parado, olhando para a porta do banheiro durante cinco minutos antes de guardar os ovos que estavam sendo usados na fritada de volta na geladeira, desligar o fogão e sair.

Agora, recostado na poltrona com os olhos fechados, ouvindo a carta do Tio Salão de Baile balançando na brisa do ventilador, Appa estava exausto, abatido, assustado.

– Appa, Suresh contou para você? Que o Tio Salão de Baile está vindo para cá? – Uma foi perguntar porque, passados vinte minutos, Appa não tinha dito nada sobre a refeição de boas-vindas para o Tio Salão de Baile. Ela ficou parada na porta da sala, sorrindo e franzindo a testa ao mesmo tempo para Appa, pobre Appa, sem energia nem para afrouxar a gravata.

– Ah, sim, sim. Aquele imprestável desperdiça todo o seu dinheiro até não ter nem como pagar uma passagem de avião, e então corre de volta para casa com o rabo entre as pernas.

– Quando Lourdesmaria chegar amanhã, eu devo dizer a ela para falar com o açougueiro? Para reservar uma peça de carneiro para um briyani?

– Sim, por que não?

– Tudo bem, então. – Ela saiu e tornou a voltar em poucos instantes com uma garrafa gelada de suco de laranja e um copo cheio de cubos de gelo. – Appa. Abra os olhos e beba alguma coisa antes de cair dormindo nessa cadeira.

Ele abriu os olhos e piscou o olho para Uma.

– Não se preocupe comigo. Mas diga a Lourdesmaria para não deixar de ver o carneiro inteiro antes de o açougueiro cortá-lo. Com essa criatividade toda de hoje em dia, é preciso ter certeza de não estar alimentando tios em visita com os inimigos do açougueiro.

– *Tsk*, Appa! – Mas Appa viu pelo seu sorriso que ela estava aliviada, até orgulhosa, de ter conseguido arrancar uma piada dele. *Eu sou a única que consegue fazer isso sempre,* ela estava pensando, *e sem me esforçar.* Silenciosamente, ele confirmou o pensamento dela: *Sim, Uma, você é a única.*

Porque Uma era a sua favorita, uma coisa que ninguém podia mudar, que magoava Suresh, mas encantava a Aasha; a bela Uma, cujo coração era tão bonito quanto o rosto! Ela merecia ser a favorita de todo mundo, como a heroína de qualquer conto de fadas: a filha mais moça e melhor do lenhador, a terceira e última princesa, a rainha boa. *Minha Uma vale por dez filhos homens*, Appa costumava dizer aos amigos, e ele era sincero, embora tivesse desejado um menino antes do nascimento dela. Não que ele não amasse Suresh; o menino que finalmente chegara, depois de sete anos, era um ótimo filho, esperto como um macaco, fácil de agradar, difícil de aborrecer. E Aasha, Aasha prometia, embora fosse uma criança esquisita, sempre vendo fantasmas e tirando conclusões estranhas. Mas havia algo de especial em Uma, uma incandescência oculta que nenhum dos outros tinha, uma energia positiva que fazia você dizer: *Sim, é claro que podemos jogar mais uma rodada de cartas, por que não ligar a música, vamos fritar uns camarões para fazer uma ceia?* Mas também – porque havia mais em Uma do que os estranhos viam em seu sorriso adolescente com os dentes da frente trepados – uma grande força. Ele se lembrava detalhadamente da peça que Uma escrevera para os irmãos representarem no ano passado, como tinha partido o coração dele com sua coragem. E depois, quando não aconteceu nenhum milagroso felizes-para-sempre na vida real, ela fizera questão de ir até seu escritório para desejar-lhe boa-noite (aquela voz baixa, aquele breve clarão de covinhas conciliatórias) nas suas visitas cada vez menos frequentes à Casa Grande. Como que para que ele soubesse que ela o perdoava, como que para consolá-lo pela imperfeição de suas vidas.

Suresh e Aasha também reconheciam a força de Uma: era para ela que eles corriam quando precisavam, não para a mãe. O sorriso calmo de Uma, a respiração tranquila de Uma, aquele olhar quase generoso – embora levemente inquisidor – com que ela contemplava a grande incompetência da mãe. Se havia algo neste mundo capaz de perturbar Uma, nenhum deles ainda tinha descoberto.

Ninguém – nenhum dos homens poderosos que Appa conhecia, nenhum advogado, juiz, professor, ministro, empresário – tinha aquele tipo de força. Appa amava, admirava, e às vezes quase temia aquela força.

Por conta dos atrasos do correio, Tio Salão de Baile chegou na Casa Grande menos de uma semana depois de sua carta. Uma, que saiu para pagar o táxi, recebeu um abraço apertado e um giro, embora fosse mais alta do que Tio Salão de Baile agora, e tivesse que dobrar as pernas para ele poder levantá-la do chão.

Tio Salão de Baile não tinha mudado muito desde sua visita anterior, entretanto não era o mesmo sujeito que Appa gostava de apontar para as crianças nos velhos álbuns de família. Naquela figura esbelta tinha crescido uma barriga, gordura nos quadris, mamas penduradas que apareciam sob o algodão branco da camisa que ele estava usando. Suas bochechas eram moles como bananas maduras demais, seu queixo gordo como o de um dugong, seus lábios grossos brilhavam sempre, como se tivesse acabado de comer um bhajia, mas ele ainda usava os mesmos trajes elegantes dos velhos retratos. As calças preguedas apertadas demais e puxadas para cima até o peito, a gravata vermelha, os sapatos bem engraxados, como se ele os tivesse calçado um dia na década de 1950 e continuado corajosamente a usá-los enquanto engordava. Em parte por causa destes trajes, em parte por causa do seu sotaque esnobe ("Como se ele fosse da *realeza*", Aasha dizia quando ele não estava por perto, "como gente que tem *cavalos*"), do modo que comia seu arroz com um garfo, e por causa do cheiro de clima frio de suas roupas, ele continuava tão glamouroso para as crianças quanto um dignitário estrangeiro numa visita à escola: todas elas queriam ser notadas, chamadas pelo nome, *escolhidas*. Assim que ele entrou, Aasha começou a puxar as pernas de suas calças e Suresh começou a bombardeá-lo de charadas:

Que Singh é dono da empresa de piscinas?
Kuldip Singh! Ha-ha, *Cool Dip,* mergulho gelado, entendeu?
Que Singh nunca toma chá?
Jasbir Singh! Entendeu, entendeu? *Just Beer,* só cerveja. Singh!
Até Appa, vendo-se repentinamente diante dessa competição feroz pela afeição dos filhos, se refez e disse:

– O que acha do nosso Suresh? Não sei onde ele aprende essas coisas.

A mala do Tio Salão de Baile estava cheia, como sempre, de presentes esquisitos, improvisados, uma mistura de coisas grátis, cheirando a lã molhada, cada item indo para a criança que o tirasse primeiro da mala.

– Ah, isso – ele dizia para tudo o que eles achavam. – Sim, eu não sabia o que fazer com isso. – Mas havia um objeto que ele trouxera especialmente para Uma, e ele o entregou a ela, dizendo: – Cuidado que quebra. Ha-ha! Você vai ficar mimada agora. – Era um troféu comemorativo do pouso na lua, com *1969* em dourado de um lado e do outro a bandeira americana sob uma imagem da *Apolo 11*.

– Isso não foi há dez anos? – quis saber Suresh.

– Oito anos e meio – Tio Salão de Baile respondeu –, mas eu achei que Uma ia gostar assim mesmo, porque um dia, num futuro não muito distante, ela provavelmente vai ser uma astronauta. Eh? Com essa inteligência dela? – Ele deu um tapinha na cabeça e piscou o olho exageradamente para Uma.

– Ohoho! – Appa exclamou. – Com a inteligência *dela*, provavelmente vai projetar a nave espacial, Balu.

– Appa, *por favor*! Eu não sou nenhum Albert Einstein – disse Uma, franzindo a testa e tapando os olhos fingindo que estava envergonhada.

– Ah, não – Tio Salão de Baile disse. – É claro que não. Você é muito mais bonita. – E mais multitalentosa – Paati acrescentou. – Diga-me, Albert Einstein sabia representar como Uma? Ela podia ir para Hollywood e se tornar uma grande atriz!

E assim, com este tom alegre, começou o que ninguém sabia que seria a penúltima visita de Tio Salão de Baile.

Toda noite antes do jantar eles comiam asas de frango e pakoras na frente da TV. No jantar, sempre havia cerveja para Appa e Tio Salão de Baile, refrigerante para as crianças e uma mistura de limonada e cerveja para Paati, e uma vez, no primeiro sábado depois da chegada de Tio Salão de Baile, Uma também teve permissão para tomar um copo de limonada com cerveja. Depois que Uma punha Aasha na cama, havia jogos na biblioteca: Monopólio, vinte e um e buraco, que Paati ganhava sempre depois de uma disputa ferrenha com Uma, porque Paati, apesar de sua artrite e de seu princípio de catarata, era afiada como o cutelo de um vendedor de carne de porco, e tão firme quanto ele em suas vitórias.

Às vezes ela gostava de fingir que a limonada com cerveja do jantar tinha enfraquecido suas faculdades:

– Puxa vida – ela dizia –, desta vez eu estou frita. Uma vai ganhar de mim. – Outras vezes ela se comprazia em desanimar seus oponentes. – Vocês homens podem desistir agora mesmo e deixar o jogo para mim e para Uma – ela acrescentava, condenando Appa e Tio Salão de Baile ao esquecimento com um gesto de mão. Depois ela ria, tomava um gole do xerez que Appa servia para ela enquanto ele e Tio Salão de Baile acabavam com sua reserva de puro malte, e olhava para cada um dos seus oponentes, sagaz, predatória mesmo com a visão comprometida, como um abutre velho e quase careca.

Depois que ela já os tinha vencido uma dúzia de vezes, depois que cada um já tinha tomado meia garrafa de uísque e xerez, fritado e comido uma montanha de camarões num lanchinho de emergência, Paati anunciava que estava na hora de dormir e Appa bocejava e se espreguiçava.

– Está ficando velho, Irmão? Está indo dormir cada vez mais cedo, eh? Da próxima vez que eu vier, você vai estar usando pijamas listrados e tomando leite quente antes de ir para a cama às sete horas – Tio Salão de Baile disse uma noite.

– Ah, não, eu estou só cansado – Appa disse. Ele tirou os óculos e esfregou os olhos, repuxando aquela pele frágil, de ameixa madura, e Uma soube que ele estava dizendo a verdade. Uma melancolia invadiu seus ossos, uma angústia, como se eles tivessem desperdiçado a noite frivolamente, e não só a noite, mas muito mais, sua infância, todo aquele tempo, Appa envelhecendo, como ele podia ficar velho? Ela engoliu em seco e pensou na imagem de Tio Salão de Baile, pijama listrado, leite quente na cama, não o tipo de infância que ela tivera, mas agora ela sentia uma saudade enorme, como se um dia tivesse sido a sua, aquela infância sólida, inerte, porque se ao menos ela pudesse ser sempre aquela menina que se sentava no colo de Appa e estremecia e gritava de brincadeira ao passar a mão pelo rosto barbado dele, ele não seria velho. Eles todos conservariam para sempre seus estados mais felizes, mais seguros: Uma no seu avental de Buster Brown, Appa aos trinta anos, Paati ativa e esperta, forte o suficiente para fazer Uma girar, segurando-a pelos braços. Amma plácida como uma vaca, anos antes do estado de fervura lenta que era seu estado permanente agora.

– Tudo bem, Paati – Uma disse, com a voz tão baixa e abafada que Suresh levantou a cabeça, espantado. – Quer que eu ajude você a se deitar? – Ela se levantou e estendeu o braço, e, com dificuldade, os ossos estalando, Paati se levantou e tomou seu braço.

– Sabe, Balu – disse Paati –, o que Uma faz por mim? Como eu sobreviveria sem esta menina? Ela me leva aonde quer que eu precise ir. Ela é minhas pernas e meus olhos, fique sabendo, nós todos dizemos yen kannu, yen kannu, mas minha Uma é literalmente meus olhos.

– Estou vendo – disse Tio Salão de Baile. – Você é uma velha sortuda, Amma.

– Ah, Paati, Paati – disse Uma. – Quando eu era pequena, você fazia tudo por mim, agora eu faço tudo por você. Não precisa dar tanta importância a isso.

E, juntas, Paati e Uma iniciaram sua trabalhosa subida diária das escadas, Paati oscilando de um lado para o outro para poupar o joelho, o ombro esquerdo de Uma ardendo sob o peso de Paati.

– Eu estou sempre dizendo à velha – Appa disse assim que elas se afastaram – para se mudar cá para baixo. Tem um monte de cômodos vazios aqui embaixo, ela podia ficar com um. Aí não precisaria se matar subindo a escada toda noite. "Não não não", ela diz sempre. "Eu estou bem. Não vou dormir embaixo como uma empregada." Ela é teimosa, sabe? Não quer admitir que está velha. Na cabeça dela, ainda é o mesmo dínamo que era no auge de sua forma.

– Sim – Tio Salão de Baile diz distraidamente. Seus olhos estavam voltados para a porta, como se ele ainda visse a mãe e a sobrinha emolduradas ali; suas mãos estavam retirando as garrafas e os copos sujos, guardando as cartas.

– Ah, deixe tudo aí, pelo amor de Deus – Appa disse. – Letchumi vai cuidar disso amanhã de manhã.

Mas as mãos de Tio Salão de Baile continuam a guardar as cartas e a varrer migalhas de camarão frito da mesa.

– Sim – ele murmurou –, estou certo de que ela sente saudade daqueles tempos em Butterworth. A vida dela é tão, tão diferente agora. Não que você não cuide muito bem dela, mas...

Ele parou, mas Appa não estava mesmo ouvindo; ele estava despenteando o cabelo de Suresh e o mandando para a cama. Isso não é hora para um garoto de oito anos estar acordado, ele estava dizendo, como se esta fosse a primeira noite que Suresh ficava acordado com eles, como se ele tivesse acabado de perceber que horas eram.

Tio Salão de Baile tinha muito a dizer sobre o apogeu de Paati, mas ele jamais ia dizer, nem para Appa nem para ninguém, pois ele carregava isso com ele havia trinta anos, este conhecimento que tinha tomado cada vez menos espaço à medida que ele crescia, mas que tinha continuado tão pesado como sempre fora. Quando era menino, ele andava curvado sob seu peso; agora ele era uma coisa pequena, densa, ameaçando fazer um furo no bolso da sua camisa.

Lá estava ele, aos dez anos de idade, depois de ser mandado para casa na hora do recreio por causa de uma febre, pedalando sua bicicleta na direção da porta dos fundos de sua casa, tonto, com as mãos suadas. E lá, encostada na porta, estava outra bicicleta, mas isso fazia parte da confusão do dia; sua cabeça estava tonta demais para ele avaliar isso.

Ele tirou os sapatos e entrou pela porta dos fundos.

Atravessou a cozinha escura e fresca.

E lá, ao lado da janela da frente, num espaço iluminado pela luz do sol, estavam sua mãe e o Sr. Boscombe, um dos patrões de Tata na companhia de navegação. O Sr. e a Sra. Boscombe tinham ido tomar chá na casa deles diversas vezes. Com sua voz trovejante, como um ator no palco, o Sr. Boscombe tinha elogiado a comida exótica de sua mãe – seus vadai e pakoras e murukku, seu pudim de sagu e sua bala de coco – e a Sra. Boscombe ficava sentada com os joelhos apertados, os olhos azuis sempre examinando, procurando grãos de poeira ou manchas de gordura na cozinha da mãe de Balu.

Eles agora eram como um cartaz de cinema, o Sr. Boscombe e sua mãe, parados no sol, abraçados, rindo como duas crianças que tinham acabado de dividir um cigarro no barracão do quintal. Eles estavam naquele momento em que a música crescia e a heroína se atirava no peito do herói. Em seguida a tela ficaria preta.

Balu voltou devagarzinho pela cozinha. Do lado de fora, na luz ofuscante do sol, ele pegou sua bicicleta e pedalou tão depressa que teve a impressão de que estava se transformando em vapor. Eu estou me sentindo melhor, ele disse à professora na escola. Minha mãe disse que era melhor eu voltar para não perder a matéria da prova.

Todos aqueles anos crescendo naquela casa com o pai, a mãe e o irmão, Tio Salão de Baile nunca tinha tido vontade de contar. Nem mesmo para impressionar o irmão metido a saber tudo, tão ignorante do pouco que realmente sabia. Não tinha sido uma escolha; ele nunca tinha pensado *eu não devo, porque...* Nunca tinha existido a hipótese de contar. Era impossível: o que ele iria dizer? Ele não podia descrever o que tinha visto: o perigo, o segredo vergonhoso estava por trás do que ele viu, e ele não sabia as palavras certas para isso. Qualquer coisa que ele dissesse, soaria como uma fantasia suja.

Após alguns anos, confessar tinha se tornado algo aparentemente desnecessário. Ele tinha pensado, quando a imagem do casal ao sol continuou a visitá-lo depois de quinze ou vinte anos, *Ora, Balu, podia ter sido bem pior. Você poderia tê-los visto nus. Poderia tê-los apanhado no ato.* Porque aquela tarde tornara seus ouvidos muito afinados e seus olhos felinos, e depois ele tinha juntado todas as pequenas pistas, todos os botões caídos dos dias descartados de sua mãe, que tinham mostrado a ele a cena que se desenrolava depois que a tela ficava preta. Ele poderia tê-los apanhado então, eles poderiam tê-lo visto, e então o que aconteceria? Ele teria sido obrigado a dividir seu segredo com ela. Naquele espaço escuro e abafado, eles teriam tido que passar o resto da vida dela como dois estranhos presos num elevador durante sessenta anos. Então ele se considerou sortudo, manteve a boca fechada e tentou esquecer.

Entretanto, esta noite, na luz suave do escritório de paredes forradas de madeira do seu irmão, o segredo pareceu intolerável, uma pedra no seu peito, um calor em sua cabeça. E um torno apertando o fundo dos seus olhos: o mesmo clarão ofuscante que quase o tinha derrubado em sua volta para a escola naquele dia, pedalando como num sonho.

A pedra não era remorso, e o calor não era raiva; era tristeza o que ele sentia, uma tristeza debilitante que ele sabia que só ia aumentar depois desta noite. De todos os motivos para se sentir triste, de todas as maneiras que o segredo podia ser relido em sua cabeça, este era um que ele nunca tinha imaginado: o que ele lamentava era o declínio cruel de sua mãe, a ideia de que aquela criatura de olhos pintados, de boca vermelha perto da janela fora reduzida a esta velha que não conseguia mais subir a escada sozinha. Toda aquela beleza tinha ido quem sabe para onde. *Sim, Balu, você também está indo pelo mesmo caminho. Você é mais velho agora do que ela era quando... E qual foi o sentido disso tudo? De que adiantou você não ter contado nada?* Se ele tivesse contado, talvez tivesse exorcizado a beleza perigosa, arrepiante, daquela cena na janela. Talvez sua vergonha e sua culpa não o tivessem deixado sozinho a vida toda, com medo de confiar, mesmo agora, no limiar da velhice, ainda com medo. Do que o segredo o havia privado? Será que ele ao menos sabia?

– Está tudo bem? – Tio Salão de Baile levou um susto ao ouvir a voz de Appa; Raju não tinha ido para a cama com o menino? Mas lá estava ele, encostado no portal, olhando para ele, de braços cruzados, subitamente tão velho e cansado quanto a mãe deles. – Só um pouco cansado? – ele continuou sem esperar pela resposta de Tio Salão de Baile. – A diferença de fuso horário, talvez?

– Hmm, sim, um pouco cansado – Tio Salão de Baile disse. – Eu estava pensando, você sabe, mamãe... estranho vê-la tão velha...

– Sim, suponho que deva ser um choque cada vez que você chega, já que você não mora aqui. Eu convivo com ela diariamente, então quase não noto.

– Sim, sim. A questão é que quando ela era moça, ela era tão... as coisas eram tão diferentes. Ela tinha, quer dizer, ela era tão bonita e tudo o mais, era a sensação da cidade, entende o que estou dizendo?

– Hmm. Acontece com as melhores pessoas, sabe, Balu, isso de envelhecer.

– Bem, sim. Mas, mamãe... Eu costumava olhar para ela quando era pequeno, para mim ela era como uma estrela de cinema, alguém que jamais poderia envelhecer. Sabe como é. Você sempre pensa nelas como elas apareciam em seus filmes favoritos, Ava Gardner, Rita Hayworth, quem consegue imaginá-las velhas? Mamãe estava em seu próprio filme na minha cabeça. Tão glamourosa quanto elas. Heh-heh.
– Sim – disse Appa. – Eu entendo o que você está dizendo.
Ele não podia saber. Se ele tivesse descoberto o mesmo segredo, jamais o teria guardado para si mesmo por todos estes anos. Será que teria? De todo modo, Tio Salão de Baile viu que não podia continuar.
– Hmm – ele disse. E então, com um suspiro comprido, acrescentou: – Bem, não quero segurá-lo aqui. É você que tem que estar no escritório cedo amanhã de manhã. É melhor ir para a cama, não?
– É verdade, é verdade. – Appa olhou as horas no relógio. – Fique à vontade para beber alguma coisa. E apague a luz quando subir.
E ele se foi, deixando Tio Salão de Baile num escritório que cheirava a fritura. Seus passos no assoalho lá em cima ecoaram pela casa, muito altos no silêncio da madrugada.
Tio Salão de Baile se levantou, pôs a cadeira no lugar e já ia apagar a luz quando Uma apareceu na porta.
– Ora – ela disse –, todo mundo já foi deitar.
– É verdade – ele disse. – Já é tarde. – Ele sorriu para ela.
– Todo mundo está sempre tão cansado hoje em dia – ela disse. – Eu queria que todos nós pudéssemos ficar jovens para sempre, ou com a idade que escolhêssemos. Que idade você teria se pudesse escolher, Tio?
– Eu? – ele disse, mas ele não estava pensando na pergunta; não podia ignorar o modo como ela tinha lido sua mente. Ou parecia ter lido. Era apenas uma coincidência, mas...
– Ah, não importa – ela disse, e então, com aquele sorriso radiante, contagiante, acrescentou: – Vamos fazer alguma coisa divertida. Eu estou com vontade... eu estou com vontade de correr até as colinas e voltar só para respirar um pouco de ar puro.
– Havia uma energia elétrica nos olhos dela, mas ele sabia que

ela só tinha tomado um golinho do xerez da avó e que não havia nada de perigoso em seu jeito.

– Heh-heh-heh, acho que você ia ter que fazer isso sozinha – ele disse. – Dez anos atrás eu poderia acompanhá-la, mas olhe para mim agora, pelo amor de Deus! Eu cairia morto se tentasse correr até o portão. Ah, não, menina, eu não sou mais o homem que costumava ser.

– Ora, Tio, você era um *dançarino*.
– Eu *era*, era, menina. Este é o problema.
– Você não dança mais?
– Ah, bem...
– Às vezes? Só para se divertir?
– Quando surge a ocasião, acho que sim.
– Ah! Por que nunca nos mostrou?
– Mostrar, heh-heh, como assim, mostrar? Sair valsando de repente no meio do jantar? Dançar o tango com sua Paati na cozinha?

– Eu quis dizer, por que nós nunca o vimos dançar, e nós somos a sua família, e você ganhou tantos prêmios e troféus e nós só vimos as notícias de jornal! Isso não é justo, é? Eu acho que quando você tem um dançarino na família devia assistir a suas apresentações de graça!

– Ora, quem diria...
– E devia ter aulas grátis também. Quer dizer, você pode me ensinar?

– Acho que sim, e acho que você seria uma ótima dançarina, alta e graciosa como é, mas olha...

– Então me ensine! Você podia me ensinar um pouquinho agora, só um pouquinho. Vamos, você não está com sono, não finja, não comece a bocejar para se livrar de mim! Eu também não estou com sono. Só dez minutos, vamos para a sala de música, Appa guarda seus velhos discos lá.

– Mas está todo mundo *dormindo*, Uma querida.
– Vamos pôr a música baixinho e fechar a porta. Ninguém consegue ouvir nada quando a porta está fechada. Paati e eu sempre vamos para lá ensaiar minhas falas quando não queremos que Amma escute, porque Amma está sempre procurando provas de que eu só entrei para o clube de teatro para conhecer rapazes.

Vamos lá, só dez minutos, e depois vamos dormir e continuamos outra hora.

Então eles subiram, e encontraram alguns tangos no meio dos discos velhos de Appa, apesar do aparente desprezo de Appa por dançar tango (e foxtrot).

E enquanto dançavam, Tio Salão de Baile ria e sacudia a cabeça daquela comédia, um leão marinho que já não dançava havia dez anos, tentando ensinar uma garota de quase dezesseis anos, uma cabeça mais alta do que ele. Bom Deus, sim ela era mesmo muito alta, esta Uma, e como isto era difícil, mas a alegria dela era tão contagiante! Então, rindo e sacudindo a cabeça, ele ensinou a ela – de fato, com muito cuidado, com muita precisão, porque Tio Salão de Baile era um dançarino perfeccionista (como seus troféus evidenciavam): *lento-lento-rápido-lento, lento-lento-rápido-lento, sim, isso mesmo, deixe-me conduzir, lento-lento-rápido-lento, agora você está pegando o jeito...*

Mas, embora Uma tivesse assegurado ao tio que a sala de música era à prova de som, até as notas calmas da música mais melodiosa da coleção de Appa alcançaram os ouvidos de Aasha, do outro lado da casa.

Quando ela abriu os olhos, pensou que a filha do Sr. McDougall a tivesse acordado de novo.

– Vá dormir – ela disse, com delicadeza. – Está na hora de dormir, okay?

Mas então ela ouviu uma música ao longe, e vozes – duas vozes – a voz da sua irmã – e sentou na cama. Ela deslizou as pernas para fora da cama e esperou. Lá estava de novo, a voz da irmã. Ela se levantou e atravessou o quarto como num sonho, passando a mão pela parede, depois pelo seu pequeno armário, depois pela porta, para não derrubar coisas no escuro.

No final do corredor, havia uma luz acesa, como sempre, para quando Paati se levantasse para ir ao banheiro, o que ela fazia quatro ou cinco vezes por noite, xingando sua bexiga todas as manhãs. Mas a música e as vozes vinham da sala de música, e depois desta única luz, todos os corredores estavam escuros.

Agora Aasha estava determinada, e não, nenhum corredor escuro, nenhum espírito esperando para puxar seu cabelo ou soprar em seu ouvido iria impedi-la. Ela atravessou toda a casa, passando as mãos ao longo das paredes, e qualquer um que a visse pensaria que estava perambulando sem destino; talvez sua intenção tivesse sido ir ao banheiro e sua mente sonolenta a tivesse enganado, ou talvez ela fosse sonâmbula. Mas não, esta caminhada, vaga e sem sapatos, era de fato proposital, mesmo que a aparência amarrotada de Aasha camuflasse seu valente coração.

Na sala de música, Tio Salão de Baile estava contando mais depressa, um dois três quatro, lento-lento-rápido-lento, e Uma estava rindo e ofegante, embora Tio Salão de Baile é que lamentasse a falta de forma.

– Ah, isto é divertido – Uma disse. – Eu queria poder dançar assim toda noite.

– Sim, é divertido, não é? – Tio Salão de Baile disse. – Eu tinha esquecido o quanto era divertido.

– Conte-me sobre Nova York – ela disse ofegante. – Lá é, opa, desculpe, como nos filmes?

– Ah, sim, igualzinho.

– Mas de verdade?

– Nova York, minha doce criança – e aqui ele parou e soltou-a, e tirou um lenço do bolso para enxugar a testa, porque estava sem fôlego agora, e, além disso, essa terrível umidade era cada vez mais insuportável cada vez que ele voltava – ah, que lugar é aquele! Que lugar!

E então, como Tio Salão de Baile adorava contar uma boa história – e também porque ele estava embriagado com as lembranças despertadas em seus pés e sua cabeça, com a beleza desta dança que um dia fora a sua favorita, e com a admiração nos olhos brilhantes da sobrinha – ele enxugou a testa mais uma vez, puxou o colarinho para deixar entrar algum ar, respirou fundo e contou à sobrinha o tipo de história que ela queria ouvir, tendo ao fundo a música inspiradora da orquestra de Juan Arienzo. Ele contou a ela sobre os invernos que deixavam a pessoa seca, sim, como na música de Simon e Garfunkel, Uma, e os cafés da manhã nos restaurantes, e as barracas de cachorro-quente, e as folhas de outono, com cores que ninguém na Malásia podia imaginar. Ele contou a ela sobre as grandes universidades com centenas de anos de idade onde, por trás de muros de tijolos cobertos de hera, as pessoas mais inteligentes do mundo olhavam através de microscópios e pesquisavam para ganhar o Prêmio Nobel. Contou sobre o Central Park, os arranha-céus de vidro e as mansões e as escadas de incêndio, sobre a Park Avenue e a Quinta Avenida, onde os saltos de mulheres usando peles e diamantes batiam o dia todo nas calçadas.

Na porta da sala de música, Aasha parou e escutou. Não porque ela fosse bisbilhoteira ou faladeira, pois sua transformação na Aasha que espera, observa e ouve ainda estava por vir. Ela ficou ouvindo com a mão na maçaneta só porque a voz do Tio Salão de Baile era como a de um professor, uma voz que você não queria interromper, e se ela abrisse a porta, talvez ele não terminasse a história, ou mudasse o final só porque ela estava ali. Uma não ia querer isso; nem Aasha.

— É verdade — Tio Salão de Baile estava dizendo —, tudo pode acontecer na América. Você pode sentir isso no ar frio. Você pode ver no modo como as pessoas andam. Estão todas esperando que aconteça com elas este grande tudo, porque na América você pode ser um porteiro hoje e amanhã ser rico e famoso.

Ele mostrou os sotaques engraçados para ela: Brooklyn, Texas, Boston.

Uma se dobrou de rir.

— Ah, eu posso imaginar tudo isso — ela disse. — Mas um dia eu vou lá para ver por mim mesma.

— É claro que sim. Você podia ir para uma das melhores universidades, sem problema. Você tem que vir. Venha para Nova York! Eu posso mostrar a cidade para você. Vamos andar juntos de metrô e naqueles táxis amarelos.

— É mesmo? Você quer mesmo que eu vá?

E Tio Salão de Baile não hesitou nem admitiu para Uma que ela teria que pagar o táxi; como um padre abençoando a hóstia sagrada, ele ergueu as mãos para o céu e disse:

— Mas é claro, minha filha, é claro!

— Em breve eu poderei mesmo ir, sabe? Daqui a dois ou três anos. Tenho que terminar a escola primeiro, depois vou me inscrever.

— Dois ou três anos? Estude bastante e o tempo vai passar voando, Uma! Isso é logo ali. Antes que você possa dizer Arcebispo de Canterbury, estaremos patinando juntos no Rockefeller Center.

Do lado de fora da sala, Aasha soltou a maçaneta e ficou quieta, mal respirando, com a testa franzida, fazendo bico com a boca. *Num piscar de olhos.* Num piscar de olhos, Uma iria embora para Nova York, e Aasha não fora convidada. Esta aventura a excluía, isso estava claro. Aasha tinha visto fotos de pessoas patinando no inverno, em pares, com capuzes debruados de pele e luvas. Era uma coisa especial para duas pessoas, uma dama e um cavalheiro, como valsar em casamentos e dar beijos na boca.

E, como que para enfatizar suas deduções, alguém pôs a agulha da vitrola no início de uma canção, e a música voltou a tocar.

– Okay, okay – Uma disse. – Só mais uma dança, bem rápida, e depois vamos dormir. Só mais uma lição para eu me lembrar, para não me esquecer antes de amanhã à noite. – Ela já tinha agarrado o tio pela mão e pelo ombro; eles já estavam prontos para começar.

Durante o caminho de volta no escuro, Aasha foi arrastando os pés, correndo a mão pela parede. Dentro de sua cabeça, os pensamentos faiscavam, ameaçando incendiar-se em mil pequenas fogueiras.

DE MANHÃ, Aasha ficou sentada de testa franzida olhando para sua torrada, balançando as pernas e cantarolando baixinho, sorrindo de vez em quando com um ar vago.

– Para quem você está sorrindo? – Tio Salão de Baile perguntou depois de assistir isso por dez minutos.

– *Tsk*, não pergunte – Suresh disse. – Ela só está querendo chamar atenção.

– Bem, e por que não? – Tio Salão de Baile respondeu. – Atenção é uma coisa perfeitamente válida de se buscar, especialmente aos quatro anos de idade. Você tem alguma coisa engraçada para dividir conosco, Aasha?

– Não – respondeu Aasha.

– Deixe-me ver – Tio Salão de Baile insistiu, dando um tapinha na cabeça e no rosto. – Será que eu esqueci de tirar meu chapéu engraçado? Será que estou com creme de barbear no bigode?

Aasha franziu ainda mais a testa e desviou os olhos.

– Ou talvez eu tenha...

– Você não precisa prestar atenção em mim – Aasha disse. – Eu estou brincando com a filha do Sr. McDougall.

– Está vendo? – Suresh disse. – Eu *falei* para você.

– Hah! – disse Appa. – A filha do Sr. McDougall tem que ser muito animada para estar brincando com você depois de ter sido afogada no lago.

– Nós não estamos brincando – disse Aasha. – Estamos fazendo planos.

– Oho! Sempre rápida na...

Antes, porém, que Appa pudesse terminar, Aasha continuou:

– Vocês pensam que só vocês podem ter planos, não é?

– Mmm-hmm – Suresh disse, baixando as pálpebras, fingindo reprimir um bocejo. – Conte mais um pouco. Fale dos seus planos.

– Por que eu contaria os meus planos para vocês? Você não conta os seus, e Appa não me conta os dele, e Amma não conta os dela para ninguém e Uma, vocês não sabem que Uma vai para Nova York e vai se *casar* com Tio Salão de Baile sem contar para ninguém.

Isso fez Suresh ficar alerta e parar de bocejar, mas não pelo motivo que Aasha pretendia. Ninguém estava reagindo do modo que Aasha pensou que reagiriam. Nada tinha funcionado do modo que ela queria, e agora ela era motivo de riso de toda a família, depois de dizer uma tolice que não conseguia sequer identificar. O que ela tinha dito de errado?

– O quê? O quê? – Uma estava dizendo, mas ela estava rindo tanto que seu rosto estava quase tocando a mesa, e Appa também estava rindo, e dando tapas nos dois joelhos e no joelho de Uma, e Tio Salão de Baile estava dando uma gargalhada típica de Papai Noel, *hohohohoho!*, e Suresh estava chorando de rir.

– É verdade – Aasha disse veementemente. – Ela estava *dançando* com ele na sala de música depois que todo mundo foi dormir.

– Está decidido então, Balu – disse Appa. – Você conhece as regras sobre dançar com parentes do sexo feminino. Você não pode ensinar o foxtrot à minha filha se não tiver planos de colocar um anel em seu dedo.

– Na realidade, era o tango – Tio Salão de Baile disse, e então eles todos tornaram a cair na gargalhada.

– Aasha – Suresh disse quando conseguiu parar de rir –, você é imbecil? As pessoas não podem se casar com seus *tios*, estúpida.

E durante vários dias, enquanto Aasha se escondia nos cantos de cara feia, todos eles repetiram seu anúncio dramático uns para os outros, divertindo-se com isto.

Mas depois do início cômico, a semana de Appa se deteriorou rapidamente. Ele não tinha mais tempo para jogar Monopólio e cartas depois do jantar; ele pedia licença, corria para o escritório enquanto mastigava o último pedaço de comida, e às vezes saía de casa durante a noite. Eles ouviam o carro dele sair pelo portão e lamentavam a vida dura de um advogado, suspirando e chupando os dentes; de manhã eles faziam Lourdesmaria levar um chá bem forte para ele.

Na semana seguinte, ele não apareceu mais para jantar. As crianças conheciam bem este esquema, é claro, mas nunca antes Appa tinha estado tão ausente durante uma das visitas de Tio Salão de Baile.

– Pobre Appa – Uma disse. – Tenho certeza de que ele preferiria estar aqui sentado comendo caranguejo conosco. O que se pode fazer?

– Aye – disse Tio Salão de Baile –, mas este é o tipo de vida a que você é condenado, minha filha, quando é um cientista famoso ou um cirurgião cardíaco, correndo de um lado para o outro, comendo cachorro-quente na hora das refeições.

– Ah – Uma disse despreocupadamente. – Eu não acho que vou ser uma cientista. É muito interessante, mas meu verdadeiro sonho é representar.

– Você pode fazer as duas coisas! – Paati disse. – Você pode ser a primeira! Você pode ser o que quiser!

Quando Tio Salão de Baile já estava lá havia um mês, o julgamento do Crime do Ensopado ganhou uma importância inesperada que aborreceu Appa. O advogado de defesa da Assassina do Ensopado produziu um álibi fantasioso, cortesia de um menino de dez anos que jurou que a acusada estava no quarto do pai dele na noite do crime, enquanto ele assistia a *Havaí Cinco Zero* na sala. Por mais que esta jovem testemunha e seu depoimento parecessem suspeitos para Appa, nem ele nem sua fiel equipe de assistentes, nem a polícia, conseguiram encontrar algo mais desabonador do que a idade do menino, seu confuso ceceio e seu interesse no resultado do julgamento. ("Ela é minha Amma", ele tinha dito a respeito da Assassina do Ensopado, em contradição direta com todos os documentos existentes, inclusive, mas não unicamente, com a certidão de nascimento do menino e uma certidão de casamento que provava que a acusada era casada com o homem que tinha sido cozinhado. "Meu Appa e eu queremos que ela venha para casa e fique conosco", ele implorou. "Nós sempre quisemos que ela viesse, mas ela não podia porque um homem mau a mantinha prisioneira. Agora ele está morto, então meu Appa pode se casar com ela e ela pode vir morar conosco.")

Aquela noite, o marido errante da amante de Appa saltou de um táxi em Greentown à meia-noite, tendo vindo da China de surpresa. A mala dele estava cheia de presentes extraordinários: ninhos de pássaros secos, barbatanas de tubarão e abalone para sopa, um cheongsam de seda vermelha que ele não sabia que era dois números menor do que a esposa, agora que ela já tinha tido dois bebês; um colar de jade. Ele notou um Volvo prateado estacionado a poucos metros e se espantou com a sorte dos vizinhos. Assobiando, ele entrou em casa e abriu a porta do quarto para ver sua esposa soluçando, abraçada com um indiano de estatura baixa. Na sala, duas crianças apavoradas estavam assistindo televisão: nenhuma delas se lembraria se tinha sido *Havaí Cinco Zero*. O marido da amante deu um berro, estourando um vaso sanguíneo no olho e acordando todo mundo naquela fileira de casas e na outra. Ele correu para a cozinha, agarrou o cutelo que a esposa usava para cortar fígado de porco para o seu char kuay teow, e perseguiu Appa com ele até a rua. Ele pegou os tamancos de madeira da esposa e os atirou na direção do Volvo prateado de Appa. Luzes se acenderam por toda a rua nas janelas de cima, e os rostos dos vizinhos que tinham assistido ao desenrolar do caso com interesse (pois isto foi antes das novelas americanas que iriam satisfazer seu desejo de sensacionalismo) e ressentimento (pois muitas dessas mulheres eram mais bonitas do que a amante e, portanto, achavam que tinham mais direito a um benfeitor rico) e repulsa (pois aquelas que não eram bonitas achavam vergonhoso que uma mulher casada pudesse se comportar assim na ausência do marido) e inveja (pois, bonitas ou não, todas elas queriam ser levadas a passeio para Hong Kong e ganhar viagens para fazer compras em Cingapura) surgiram por trás de telas de mosquito e cortinas.

Acelerando no meio do barulho das barracas de comida na hora da ceia e depois sobre as águas escuras e brilhantes do rio Kinta, Appa segura com força o volante, mas à sua frente ele só via aquela lâmina ameaçadora, larga como um pão de forma, erguida acima da cabeça do homem enganado, e depois passando tão perto do seu pescoço que ele sentiu a brisa da sua trajetória em sua pele e ouviu seu *hwoop* em seu ouvido. Agarrando a direção com mais força ainda, Appa começou a chorar. Suas mãos tremiam; seus óculos ficaram embaçados no ar frio da noite.

Às duas e meia da manhã, Appa passou pelo portão da Casa Grande, tirou os sapatos na porta da frente e atravessou a sala de visitas andando como um gato.

No patamar da escada, bem em frente do retrato de casamento de Paati, Appa parou para recuperar o fôlego. *Hmm, hmm*, seus ancestrais amarelados murmuraram ao mesmo tempo, a meninazinha de cabelos cacheados da fila da frente de repente tão sábia quanto as matronas da fila de trás com os pottus do tamanho de moedas de vinte sem, *hmm, hmm* (quando Appa notou que a porta de Uma estava entreaberta e sua luz ainda estava acesa), *hmm hmm hmm, achamos que esta não é uma boa ideia.*

Mas havia muitos outros barulhos soando nos ouvidos de Appa para ele ouvir seus solícitos antepassados. Ele ficou ali parado, com a palma da mão direita na porta de Uma, sentindo-se horrivelmente fraco e solitário. Tinha sido humilhado publicamente; ele tinha sentido a brisa e ouvido o *hwoop* da mortalidade diante de seu rosto; talvez nunca mais pudesse ver a mulher que amava, que um dia o tinha amado também, ou os filhos deles, que ainda o amavam. Tudo estava desmoronando à sua volta. E se a visão do marido a fizesse se lembrar do quanto o tinha amado um dia? E se ela voltasse para ele por tudo o que Appa não podia dar a ela: o respeito dos vizinhos, e para seus filhos um pai que não tinha que se esconder para não ser visto em público com eles, mas que iria apenas ser deles sete dias por semana, onde quer que estivessem?

Uma estava acordada. Ele não podia contar a ela o que tinha acontecido, é claro; não adiantava sobrecarregá-la com vinte anos de erros. Ele ia falar com ela sobre a escola, sobre sua última peça, sobre o que eles tinham comido no jantar esta noite e como tinha sido o jogo de cartas, e o esforço de fingir que estava tudo bem para Uma já o faria se recompor.

Ele tirou os óculos, enxugou as lágrimas com a manga e abriu a porta.

Uma deu um pulo quando ele entrou no quarto; ela estava debruçada na janela, fumando um cigarro que tinha conseguido com Tio Salão de Baile. (*Ah, vamos, Tio, assim eu posso experimentar na segurança da minha casa e não ser apanhada, e aí não terei mais curiosidade, e não vou cair em todas as tentações de Nova York.*) Ela o apagou no parapeito da janela e olhou para Appa enquanto ele fechava a porta atrás dele, de olhos arregalados, ofegante. A pele dela brilhava de suor da última lição de dança (desta vez o cha-cha-cha); seu cabelo tinha escapado da trança e os cachos caíam em todas as direções.

– Appa!– ela disse. E então, prendendo a respiração, tapando a boca com a mão como se esta fosse uma cena de uma de suas peças, falou: – O que foi que aconteceu?

Ele achou que não tinha conseguido esconder sua agonia; achou que ela a tinha percebido na mesma hora, ela com sua sensibilidade fora do comum e sua capacidade de ler no rosto da mãe e dos irmãos. As mãos dele estavam tremendo, afinal de contas, e ele estava engolindo em seco para reprimir as lágrimas.

Não foi nada, ele ia dizer. Eu só vim dizer boa-noite. Vi sua luz acesa, sabe.

Mas ela não tinha interpretado seu tremor corretamente, porque começou a gaguejar e se defender:

– Eu, foi só esta vez, Appa, eu nunca fumei um único cigarro antes. Eu só achei, eu não sei o que dá em mim tarde da noite.

Então ele se aproximou dela e tomou suas mãos. Não, não, ele estava dizendo – ou isso foi só o que ele achou que tinha dito? Não, não, está tudo bem, quem se importa com uma droga de cigarro, não foi isso que...

Isto ele sabia que tinha dito:

– Ah, Uma, Uma, eu fui um idiota, eu estraguei tudo. – Ele a estava abraçando agora, mais delicadamente do que Tio Salão de Baile a enlaçava durante suas lições de dança, e com a cabeça encostada de leve em seu ombro, as lágrimas pingando no chão, e o que ela, que ainda não tinha dezesseis anos, podia dizer diante desse desespero que nunca tinha visto? Aquilo a assustou e partiu seu coração, e ele, percebendo o medo dela, guardou o remorso na boca como um pedaço quente de comida que ele não podia, não devia, cuspir, mesmo que queimasse sua língua e o deixasse louco de dor.

– Appa, Appa – ela disse, como consolaria Aasha depois de um pesadelo ou uma queda, mas a inadequação daquelas palavras a deixou desamparada; os infortúnios que conduziram Appa aos seus braços, soluçando, não podiam ser pequenos nem imaginários, seu sereno Appa que sempre transformava tudo numa brincadeira, que respondia as mais retóricas perguntas de Amma com definições de dicionário e fugas inteligentes, que simplesmente se recusava a jogar seu jogo amargo saindo pela porta sempre que ela rolava os dados. Tremendo, Uma pôs os braços em volta dos ombros de Appa e deu um tapinha atrás de sua cabeça.

Como eles viajaram, no espaço de três segundos, do sofrimento purificador daquele momento para a cena que iria se desenrolar para sempre em suas cabeças resistentes – o abraço de Appa se tornando mais apertado, o rosto dele em seu pescoço, suas lágrimas molhando o algodão branco da camisola dela, suas mãos descendo pelas costas dela, para se recolher em seguida, como se tivessem sido queimadas, indo para o rosto dela, mas tornando a descer pelo pescoço, pelos ombros, e depois para o conforto de um coração batendo atrás de um seio morno – nenhum deles jamais seria capaz de dizer. E ninguém iria perguntar; eles apenas tentariam refazer o caminho para si mesmos, e jamais conseguiriam.

Uma devia ter gritado? Ela devia ter falado baixo, mas com firmeza? Por que ela o fez, quando a porta do quarto de Paati ficava logo em frente no corredor?

Estas perguntas, também, ela não poderia ter respondido. O que ela fez foi engolir a saliva e fechar os olhos, certa de que nada jamais seria igual. Ela não podia condenar o pai à ira de um mundo implacável, ao seu estigma e cochichos, mas também não podia suportar isto, esta ruína de homem acariciando seus seios e passando as mãos pela curva da sua cintura, como se estivesse descrevendo a forma feminina num jogo de mímica. Então ela fez o que a mãe tinha feito em circunstâncias bem menos alarmantes, mais defensíveis publicamente, dezessete anos antes: ela fechou os olhos e flutuou para o teto, e se deixou levar, indo mais longe do que a mãe tinha ido, saindo pela janela, passando pelas nuvens de insetos até a luz azul do poste e mais além, sua camisola branca refletindo o azul da luz. E Appa, em cujo peito a atitude passiva de Uma despertou uma lembrança esquecida, sentiu uma gratidão obscura, culpada, por essa abdicação, porque qualquer outra coisa seria muito mais feia.

Minutos depois, sua mente em choque iria esquecer quase todos os detalhes. O que ela estava usando? O que tinha dito? E sempre ele iria fechar os olhos, sem conseguir acreditar. Aquele podia mesmo ter sido ele? Mas ele jamais conseguiu escapar da lembrança olfatória daquela noite, porque em momentos importantes seu jovem olfato reagia a qualquer estímulo: o leve e doce cheiro de suor de Uma, e no seu cabelo um traço de cheiro de cigarro misturado com xampu. E havia mais alguma coisa que ele não conseguia identificar, um cheiro infantil que – embora os cheiros da infância de Uma jamais tivessem penetrado seu universo olfativo hermeticamente fechado – o fizeram se lembrar de quando dava banho em Uma e a punha na cama. O que era? Um sabonete? Uma loção? Ele não sabia, mas este cheiro foi seu castigo mais devastador, o que o lembrava do que ele tinha feito, do que tinha feito à criança que Uma fora um dia, à criança que ela ainda era. Mas por que ele tinha feito isso, e como, e *como*?

Aquela noite, um leve ruído em algum lugar na casa – água nos canos? Formigas brancas nas fundações? Vigas inchando com a umidade da madrugada? – o trouxeram de volta a si mesmo. Ele retirou as mãos; olhou para o relógio.

– Meu Deus – ele disse, a voz ainda rouca de lágrimas. – É melhor eu ir para a cama. É melhor você ir dormir também. Nós dois precisamos dormir um pouco. Amanhã é dia de escola. – Como se ele talvez tivesse ficado se não fosse; como se a ideia de ter que acordar às sete da manhã fosse a única coisa que o impedisse de outras transgressões.

Ele se virou, caminhou rapidamente até a porta, abriu-a e deu de cara com o irmão, que tinha acabado de subir a escada. Aquela noite, depois do jantar, a família, com exceção de Appa, tinha jogado pôquer, e Tio Salão de Baile tinha perdido um bocado; ao esvaziar os bolsos, ele deixara cair um pedacinho de papel muito importante no chão do escritório (escrito neste papel: a data de pagamento dos juros mensais ao seu agiota; o nome de um cavalo em que alguém tinha dito que ele devia apostar na próxima corrida; os telefones de dois outros agiotas). Ele se viu cara a cara com Appa, o pedaço de papel guardado no bolso de trás da calça.

— Ora, alô — ele disse, sorrindo amavelmente, preparando-se para fazer um relato completo dos progressos de Uma como dançarina e para recomendar que ele a fizesse ter aulas de verdade, quando algo no jeito de Appa fez sumir o sorriso que tinha no rosto. Ele piscou os olhos e de repente viu tudo o que a princípio lhe tinha escapado. Os olhos vermelhos de Appa, seu cabelo despenteado, suas roupas, seu rosto, a porta aberta atrás dele, Uma parada atrás do pai na luz. Mesmo antes dos seus olhos encontrarem os dela, ele pensou, *Não, não, não, Uma,* como se ela tivesse culpa de fazê-lo ver o que ele estava prestes a ver, por não protegê-lo de alguma forma, fechando a porta, escondendo-se atrás dela, qualquer coisa, mas não, lá estava ela, com os braços em volta do próprio corpo, os olhos vermelhos também, a camisola branca caindo de um dos ombros, seu rosto não exatamente inchado, mas de certa forma machucado.

— O que você está fazendo acordado a esta hora? — disse Appa.

E embora Tio Salão de Baile quisesse ser deixado em paz, para ir com calma para a cama e não ver nada disso, nem mesmo para se queixar — para dizer, *eu estou cansado, estou cansado de ser sempre aquele que vê demais* —, ele se obrigou a ficar e explicar.

— Eu deixei cair um papel no escritório esta noite — ele disse. Ele tirou o pedaço de papel do bolso e o sacudiu dramaticamente, como se aquela prova fosse consertar tudo. — Um papel muito

importante, todas as minha informações estavam aqui, sabe, números de telefone e dicas de cavalos e outras coisas...
– Dicas de cavalos! – disse Appa. – Seu imbecil imprestável, vivendo às nossas custas há meses enquanto gasta seu dinheiro em jogo! – A voz dele subiu e cambaleou e falseou como se ele estivesse bêbado; com toda aquela gritaria em frente à sua porta, Paati se mexeu na cama. Olhou para o relógio na mesinha de cabeceira. Suspirou profundamente. *Não me diga*, ela pensou, *Balu bebeu demais e agora está fazendo uma cena.*
– Desculpe, Irmão, desculpe, desculpe – Tio Salão de Baile balbuciou, e perguntou a si mesmo: *Por que estou me desculpando? Por que estou sempre me desculpando de alguma coisa?*
– É fácil pedir desculpas – disse Appa – e depois dar as costas e fazer a mesma coisa, não é? Quantas vezes...?
Diante dos olhos de Appa, a porta do quarto de Paati se abriu e ela ficou ali olhando para eles, seus dois filhos, brigando como cães às três da manhã. Ao virar a cabeça para ver o que tinha feito Appa calar a boca, Tio Salão de Baile viu a mãe, uma coisa pequenina e decadente, com peitos pendurados e rosto enrugado. E ela viu o horror no rosto dele – e não era o rosto de um bêbado, não – e em seguida o pânico no rosto de Appa, aquela raiva de lábio revirado de um animal encurralado, e bem atrás dele, exatamente como Tio Salão de Baile tinha visto, Uma na luz. Calada, tremendo levemente.
Todas as vezes que Paati tinha convidado Uma, confusa, assustada, para dormir com ela, todas as vezes que prometera à neta que estaria ali para protegê-la, toda aquela palidez no rosto dela, e então ela também estremeceu onde estava. Quando falou, sua voz era apenas um sussurro rouco.
– Vocês todos, vão para a cama – ela disse. – Isto não é hora para toda esta tamasha. – Então, antes que um deles pudesse dizer alguma coisa, perguntar alguma coisa, ou obrigá-la a ver mais do que já tinha visto, ela entrou e fechou a porta do quarto. Ela se deitou devagar. Virou de lado, seu quadril fino espetado como o de uma vaca de aldeia, e apertou os olhos com os cinco dedos, embora sua catarata já bloqueasse a luz que havia no quarto. Do lado de fora, ela ouviu os filhos se afastarem pelo corredor, Raju na frente, com passos rápidos, Balu arrastando os pés cansada-

mente. Ela não sabia ao certo o que tinha acontecido, mas Raju é que tinha sido apanhado, não Balu, e Uma é que tinha sido, o quê? Salva? Apanhada numa cumplicidade voluntária? *Eu não sei, eu não sei*, Paati pensou. *Estou velha demais para tudo isso.*

Na manhã seguinte, Uma se levantou antes de todo mundo, tomou café em pé na cozinha, e mandou Lourdesmaria dizer ao resto da família que ela tinha ido mais cedo para a escola para uma reunião.

Às vinte para as dez, Appa sentou-se na mesa de fórmica, engoliu os ovos mexidos duros que Lourdesmaria preparara no horário habitual de café dele, às sete e meia, e saiu apressado para o trabalho.

Tio Salão de Baile ficou na cama até meio-dia, depois se vestiu e saiu de casa sem comer.

Paati saiu do quarto depois que ele saiu, tomou um banho de balde, lento e difícil, e desceu a escada mancando.

Aasha tinha se rendido ao trabalho distraído de babá de Lourdesmaria e Vellamma e Letchumi, ajudando Lourdesmaria a preparar chapattis e Vellamma a pendurar roupa no varal.

Naquela noite, só Suresh contou piadas no jantar. Aasha ficou dura na cadeira, examinando o rosto de Uma em busca do mais leve traço de bom humor, forçando tanto a comida dentro da boca que engasgou duas vezes, e Uma teve que ralhar com ela. Essa, de fato, foi a única vez que Uma falou. Depois não houve jogos.

– Estou ficando velha – Paati disse quando Suresh protestou, e Tio Salão de Baile alegou um início de resfriado.

Lá em cima em seu quarto, Tio Salão de Baile esperou o barulho do carro de Appa chegando, e, quando o escutou, às duas e meia da manhã, ele correu para esperar Appa na porta da frente. Desta vez, Appa tinha realmente bebido. Seu hálito cheirava fortemente a uísque: seu sorriso estava torto.

– Hah! – ele disse ao ver Tio Salão de Baile parado na porta, de meias. – Esperando por mim? Quer me acompanhar até o meu quarto?

– Não – disse Tio Salão de Baile –, é claro que não...

– O que então? Vai sair para um passeio só de meias?

– Eu, não, Irmão, eu só, olhe, eu não estou aqui parado por minha causa. Eu só, se foi a primeira vez que isso aconteceu, se não foi, eu sei que você ama seus filhos, Irmão, eu sei que não é tão simples, mas há coisas que se pode fazer, e não há necessidade de...

Excepcionalmente, Appa ficou esperando e ouvindo, porque não tinha uma tirada inteligente para dar, porque estava cansado, infeliz e bêbado, mas principalmente porque, naquele momento, ele odiou o irmão e se recusou a tornar a acusação dele mais fácil de ser feita. O silêncio de Appa era hostil e arrogante, e diante dele Tio Salão de Baile gaguejou e misturou as palavras – como se, mais uma vez, a posição dele fosse a mais constrangedora – até que Appa finalmente o interrompeu.

– Como você ousa? – ele disse. – Como ousa vir para minha casa e me acusar de todas essas coisas doentias que sua mente doentia inventa? – Mas já, mal iniciada sua defesa, ele ficou tentando se sentar numa poltrona e dizer, Sim, sim, meu Deus, sim, por favor faça alguma coisa. Conserte o que eu fiz. Apague isto. Apague tudo isso e me leve de volta ao começo, Balu, você pode fazer isso? Você pode cuidar de mim e traçar o meu destino? Em vez disso, ele se ouviu dizendo: – Eu estava ajudando a menina com uma dissertação, só isso. Mas agora eu sei. Agora eu sei o tipo de pessoa que você é, o que está na sua mente. É você que olha para ela desse jeito, com aulas de dança, tango, chá-chá-chá, ah, claro, e esse tempo todo eu fechei os olhos e deixei você continuar porque achei que você fosse inofensivo, que só estivesse bancando o tio glamouroso. Agora eu entendo que Aasha foi a única que percebeu corretamente. As verdades vêm da boca das crianças. Bem, chega, Balu. Chega. De manhã, você pode começar a arrumar suas malas, e se tiver algum respeito por si mesmo, você nunca mais voltará aqui.

Tio Salão de Baile ficou olhando sério o irmão. Será que Raju acreditava nesse discurso? Em alguma parte dele? Tio Salão de Baile não soube dizer, e não pode decidir o que seria pior: Appa acreditar ou não acreditar no que estava dizendo.

De qualquer maneira, de manhã, Appa tinha curado a bebedeira, mas não sua indignação fingida.

– Suresh, Aasha – ele disse –, podem se despedir do seu Tio Salão de Baile. A visita dele foi interrompida.

Suresh e Aasha ficaram sentados, mudos, conscientes de que alguma coisa que eles não entendiam tinha acabado de mudar suas vidas.

– Hah! – Appa disse. – Não têm nada a dizer para ele? Depois de todo este tempo?

E Tio Salão de Baile poderia ter dito a ele para deixar as crianças fora disso, mas não se sentiu à vontade em dizê-lo depois de sua intervenção anterior.

– Seu Tio Salão de Baile – Appa continuou – ultrapassou um limite, só isso. Depois disto, a ladeira fica escorregadia. Depois dos cigarros, ele vai dar a ela ganja? Depois de tango e chá-chá-chá, o que vocês acham que ele vai ensinar a ela, hã?

Ao ouvir isto, Paati levantou a cabeça com uma expressão séria no rosto, e Suresh e Aasha, vendo-a apertar os lábios, concluíram que tinha havido alguma verdade nos temores de Aasha (*uma sementinha bem pequena de verdade,* concedeu Suresh; *eu tinha razão,* pensou Aasha). Eles não podiam saber o que Paati estava realmente pensando: *Calem a boca, por favor calem a boca, eu não quero ouvir nada disso, eu não quero saber o que houve entre vocês dois, por favor vão embora e resolvam isso entre si e nos deixem fora disso.*

Tio Salão de Baile, apesar de empobrecido, tinha dignidade suficiente para não querer ficar na Casa Grande. E não só dignidade: ele estava cansado e desanimado, seu cinto de couro perceptivelmente mais largo do que na manhã anterior, seu peito chiando como uma bola de praia furada. *Eu sou fraco,* ele pensou. *Eu sou um covarde. Mas eu tentei, não tentei?* E a auto-preservação venceu: *O que mais eu posso fazer? Pelo menos eu tive princípios para partir.* Isso era verdade: ele não se prostrou diante de Appa, não se desculpou mais do que já tinha se desculpado, não prometeu ficar de boca calada em troca de refeições gratuitas e de um teto sobre sua cabeça. Suas malas já estavam prontas; na porta da frente, ele se despediu desajeitadamente de cada membro da família.

Com exceção de Uma, que não tinha descido. Mas ela não estava onde todo mundo achava que estivesse, atrás da porta fechada do seu quarto; ela estava parada diante do retrato de casamento de Paati no patamar da escada, de onde ela guardara na memória cada palavra da expulsão do Tio Salão de Baile. Assim que ele atravessou o jardim, ela apareceu na porta com seu avental da escola, o cabelo molhado e solto até as costas, os pés descalços.

– Tio Salão de Baile está indo embora – ele ouviu Aasha dizer para ela. Ele olhou por cima do ombro e acenou para ela com a mão livre.

– Estude bastante, Uma – ele disse.

Só quando ele desapareceu da vista foi que Aasha se virou para Uma e perguntou com a voz trêmula:

– Por quê, Uma, por quê? Por que você tem que estudar bastante?

– É claro que eu tenho que estudar bastante – Uma disse. – Todo mundo tem.

– É porque você vai para Nova York morar com o Tio Salão de Baile, não é? Não é por isso?

– Não – Uma disse e virou as costas.

– É sim – Aasha disse –, é sim, e foi por isso que Appa mandou Tio Salão de Baile embora, porque é verdade que ele queria se casar com você, e Appa não vai deixar.

Vagarosamente, Uma se virou e olhou para ela.

– Aasha – ela disse, e a voz dela era tão suave quanto a de Amma nos momentos mais perigosos –, cale a boca. Você não é mais um bebê.

E naquele momento, no instante em que o ponteiro do relógio tocou no seis, Aasha deixou de ser um bebê. As covinhas nos seus joelhos desapareceram. As dobras em suas coxas se desmancharam. Suas juntas ficaram ossudas. Sua testa se achatou.

Uma também cresceu nos meses seguintes. Privada de suas lições de dança, ela ensinou a si mesma outras lições:

1 – Paati não era mais sua protetora; ela era apenas uma velha egoísta que jamais faria nada para pôr em risco a vida confortável que levava na casa do filho rico, o chá da manhã, o café da tarde, os doces no lanche, as empregadas e a cama macia. Dois dias depois da partida de Tio Salão de Baile, ela pedira a Appa para levar a cama dela para um quarto vazio no andar de baixo, depois de tantos anos se recusando a isso toda vez que ele sugeria.

— Acho que você tinha razão — ela disse. — Meus ossos estão velhos. É muito trabalho para Uma praticamente me carregar pelas escadas todo dia.

Uma sabia o que Paati realmente temia; Appa também sabia, mas cada um suportou o peso deste conhecimento separadamente quando, juntos, carregaram a cama de Paati para baixo.

2 – A adoração de Aasha tinha um preço que Uma não queria mais pagar. Era a adoração de um recém-nascido por sua mãe, não amor – certamente não o que Uma chamaria de amor – e sim um buraco negro de carência. A ideia de dividir aterrorizava Aasha; ela tinha falado demais (na cabeça dela) e mentido (na cabeça de Uma) para guardar Uma só para ela. Se uma necessidade igual surgisse novamente, ela tornaria a fazer qualquer coisa, a contar qualquer mentira, a morder e arranhar e aplicar qualquer golpe baixo para conseguir o que queria.

Mas veja, Uma se viu implorando, *todas as crianças inventam histórias.*

Olhe para você, ela ralhou consigo mesma, *você não consegue deixar de ficar do lado dela, mesmo que seja contra você mesma. É isso que é tão insidioso nelas. As crianças inventam histórias sim, por conveniência própria ou sem motivo algum. Elas são egoístas e caprichosas. O mundo para elas é preto e branco.* Appa baniu Tio Salão de Baile porque Tio Salão de Baile queria casar com você, *parece. Simples assim, hã? Como um mais um são dois.*

Egoísmo, capricho, reducionismo: uma combinação realmente perigosa. Uma não queria nada com aquilo.

3 – Só uma única parte da lição que aprendeu com Appa foi que Uma conseguiu expressar com palavras: ele tinha mentido. Da forma mais vil, mais inescrupulosa, para se proteger. Ela sempre tinha rido com ele, para ele, quando ele usava palavras inteligentes contra aqueles que ela também tinha desprezado: Amma, suas damas, o governo. Mas hoje, por medo, ele tinha usado aquele humor cruel para atingir Tio Salão de Baile, e ao ver isso – não ao ouvir isso de onde estava no patamar da escada – ela não tinha conseguido mais respirar.

O que tinha vindo antes dessas mentiras ela não conseguia verbalizar nem para si mesma; só existia em imagens, no arrepio que a acordava toda noite e a fazia ficar deitada no escuro, olhando para o poste do outro lado da rua. Durante anos, no palco, ela fora elogiada por se deixar levar por suas emoções, e agora elas corriam mesmo, primeiro num trote constante, no final da semana num trote acelerado, passando para um galope em um mês, embora Appa nunca mais tenha entrado em seu quarto ou parado diante de sua porta. E embora nem as roupas de Appa nem as dela tenham sido tiradas naquela noite – embora, de fato, as mãos de Appa não tenha se aventurado por baixo da camisola branca de Uma –, Uma tinha olhado a palavra *incesto* no Dicionário de Inglês, aquele amigo confiável, aquele forte aliado de Appa, e depois tinha feito uma investigação detalhada a respeito do assunto na literatura e na história, investigação essa que ela permitiu que colorisse seus pensamentos e roubasse seus sonhos.

No chuveiro, ela se esfregava sem parar; à noite, ela trancava a porta; o que tinha a vantagem extra de ensinar Aasha a se virar sozinha depois dos seus pesadelos.

Mas se era verdade que tudo isso não passava de melodrama típico da adolescência, será que Uma podia ser julgada por isso? Qualquer pessoa não teria permitido a ela esses pequenos exageros para compensá-la parcialmente pelos crimes muito mais graves – de violação, de cegueira voluntária – que haviam sido cometidos contra ela?

Qualquer pessoa teria, se compreendesse a equação, mas a equação não era nem óbvia nem simples. A descida de Uma a um inferno inventado não serviu de compensação para nada, é claro; apenas intensificou o remorso que Appa já tinha sentido naquela noite, impedindo para sempre qualquer volta ou reparação.

Porque Appa teria apagado de bom grado aquela noite da lembrança deles dois, se a simples tentativa de apagá-la não o obrigasse a encará-la, a forçar sua língua a pronunciar a palavra tão grande, tão pequena, *desculpe*. Durante meses ele teve esperança de que Uma, de repente, fosse fazer uma tentativa – uma brincadeira, uma piada sobre os vizinhos, qualquer coisa – e ele pudesse prosseguir a partir daí, achar um meio de mostrar seu arrependimento, ou até expressá-lo. Mas, como o silêncio dela aumentou em vez de diminuir, e ele compreendeu que ela não se dignava nem a admitir suas fracas tentativas, ele escolheu a negação. Ele comprimiu a lembrança daquela noite num nó duro e enrugado como um rim; ele fez o que pôde para ignorar o aperto que isso causou em suas entranhas. Por fim, magicamente, aquele nó virou do avesso: ele começou a acreditar que ele é que tinha sido ofendido por uma adolescente hiperbólica, com reações exageradas, que não era capaz de perdoar; ele começou a se ressentir e depois a desprezar sua teimosia infantil.

Em outros aspectos, a vida dele foi retomada no ponto em que tinha parado naquela noite: no fim de dois meses, o marido da amante, depois de queimar as cortinas e a roupa de cama da casa dela, de ter dado seu peixe preferido para um gato, de ter posto toda a mobília da casa para fora, para o lixeiro levar, e, em suma, ter feito tudo que podia para destruir qualquer prova da vida ilícita dela, exceto envenenar seus dois filhos de pele escura, percebeu que não podia retomar a posse de uma esposa como se retoma a posse de um carro.

Toda a raiva inexplicável que ela havia dirigido a Appa tinha desaparecido durante a separação, deixando um vazio que ela não conseguia entender. Ela ficou semanas sem abrir sua barraca de char kuay teow; passava o dia inteiro deitada no chão, chorando, recusando-se a dividir a cama nova que o marido tinha comprado para eles, mesmo depois que ele jurou que não tocaria nela.

– Este homem – o marido finalmente perguntou um dia de manhã, depois que eles tinham comido mee Maggi em silêncio em todas as refeições durante três semanas –, você o ama?

– O que você entende de amor? – ela perguntou. – Se eu dissesse que sim, você me deixaria voltar para ele?

Aquela noite, ele fez a mala (bem mais leve agora, sem todas aquelas guloseimas em caixas e latas) e partiu rapidamente.

Na manhã seguinte, a amante foi procurar Appa em seu escritório.

– Ah, sim – Appa disse, para não colocar sua testemunha numa posição embaraçosa –, uma das minhas clientes. – Mas ele saiu com ela, e eles foram para a casa dela, onde se sentaram na sala vazia, no pedaço de assoalho onde antes estava o divã. Ele pôs os dois filhos no colo e contou a eles uma história sobre uma panela mágica que produzia tanto ensopado de frango quantos fossem os convidados (*só que, na verdade, não era frango*, pensou Appa). Na semana seguinte, ele já tinha substituído todos os móveis que os lixeiros levaram.

E na semana depois dessa, Appa recebeu um telefonema de um desconhecido que afirmava ter informações relevantes a respeito do caso do Assassinato do Ensopado. Aquele menino, o homem disse, o menino que afirma que estava assistindo à TV enquanto a mulher estava na cama com o pai dele? Sem chance. Ele estava aqui, no nosso apartamento, aterrorizando nossos filhos.

Appa já tinha lidado antes com esse tipo de coisa e sabia como proceder: uma oferta de dinheiro (não tão generosa quanto um leigo poderia pensar, porque eles não tinham um tostão, esses caras que moravam em condomínios populares, e o que eles queriam mesmo com esses telefonemas anônimos que davam depois de assistir à TV demais era se sentirem importantes), uma promessa de proteção do brutamontes do pai do garoto mentiroso, e o homem acabava aparecendo. Ele era contraparente do pai do menino, e ele e a esposa tinham servido, nos últimos três anos, de babysitters não remunerados para o menino sempre que a Assassina do Ensopado – pois ela era uma assassina, e ele tinha certeza disto – vinha trepar com o pai dele no tapete da sala, na bancada da cozinha, ou onde quer que eles fizessem isso. Na noite do crime, todos os vizinhos deste homem tinham notado a presença do menino no prédio, porque ele tinha surrado o filho mais moço do homem e tinha apanhado de cinto e depois de vara de marmelo. Ele tinha chorado e berrado e tinha ameaçado se atirar da varanda do babysitter; três pessoas tinham vindo correndo para tirá-lo do gradil. Por um pouco menos de dinheiro do que a principal testemunha, cada uma dessas pessoas se apresentou, e Appa logo esqueceu que isto significava que sua firma iria ter que assegurar proteção ao prédio inteiro contra o amante inconsolável da assassina e os amigos que ele sem dúvida iria chamar. Appa nunca se lembrou: quando, meses depois, três dos vizinhos morreram de mortes violentas (um homem atropelado por uma van no estacionamento do prédio; uma mulher esfaqueada, estrangulada e atirada num chiqueiro próximo; um segundo homem decapitado, esfolado como um cabrito, e pendurado num gancho no barracão de bicicletas), só o público ávido por fofocas falou neles – nos intervalos do chá, nas barracas de mamak, em pontos de ônibus – como sendo os Crimes de Lahoe Road Flats. Oficialmente, eles permaneceram sendo três casos separados, cada um deles tão bizarro que nunca foram a julgamento.

Em comemoração à sentença de morte da assassina, Suresh compôs uma rima:

> *Havia uma cozinheira de ensopado*
> *Que tinha uma panela de ensopado.*
> *Ela achou um tempero de ensopado*
> *Com gosto bom e apimentado.*
> *Ela comprou umas sacolas de ensopado*
> *E picou seu marido ensopado,*
> *E então viveu sozinha*
> *Na sua pequena casa de ensopado.*

E desta vez Appa o recompensou com o tipo de reação que ele achava que seus esforços mereciam – não a gargalhada e o tapa nas costas, mas um elogio específico: "Bom e apimentado! Eu gosto disso. É uma referência à vida amorosa dela, meu filho?"

Suresh concluiu que esta recepção satisfatória devia-se ao fato de que toda a atenção e o apoio de Appa estavam sendo canalizados em sua direção, tendo sido misteriosamente desviados de Uma desde o final da visita de Tio Salão de Baile. Ele não imaginava quais eram as razões desta mudança, e nem queria saber; ele só queria se aproveitar dela enquanto durasse.

Amma, ao encontrar tantas mudanças na volta de Kuala Lumpur, tinha suas próprias perguntas, mas ninguém a quem perguntar: não ao marido, certamente, com quem ela não tinha tido uma conversa de verdade desde o nascimento de Aasha; não à sogra, que ainda a considerava uma intrometida de classe inferior; não aos filhos, de cujo mundo ela fora excluída durante anos porque não era tão inteligente quanto o pai deles nem tão melosa quanto a avó. Mas como sua sogra tinha mudado tanto num único mês, de um foguete manco com início de catarata para uma velha imprestável confinada a uma cadeira de vime, quase cega, exigindo tratamento de asilo de velhos das empregadas a todas as horas do dia? E o que tinha transformado a sua indomável, volátil filha mais velha numa adolescente mal-humorada no mesmo período de tempo? Por que ela abandonara a avó e a irmã mais moça aos cuidados das empregadas? Por que não era mais a garotinha de Appa, e por que Appa não estava mais chateado com esta transformação? Eles pareciam quase ter feito um acordo secreto de evitar um ao outro, para se revezar para subir ou descer a escada, para sentar um em frente ao outro na mesa de jantar só muito raramente, e, quando isso não podia ser evitado, mergulhar num jornal ou num livro.

Isso faz realmente diferença?, Amma disse para si mesma depois de ter refletido sobre estas questões por alguns dias. *Como isto muda a minha vida? A velha vai continuar a ser a maldição da minha vida esteja andando por aí fazendo seus comentários maldosos ou sentada na cadeira gritando por chá. E quanto aos meus filhos, eles sempre me ignoraram mesmo, então o que importa que estejam ignorando também uns aos outros?* Por trás desta indiferença, pairava uma certa presunção: *O que aconteceu, Uma? Você sempre achou que seu pai era um grande herói, e como é que agora você mal olha para ele?*

Apenas Aasha não conseguia se conformar com a nova ordem das coisas nem extrair nenhuma satisfação disso. Uma a tinha afastado com um peteleco como se ela fosse um besouro que tivesse pousado em seu vestido, e a culpa era dela. Ao se intrometer nos planos de Uma com Tio Salão de Baile, ao gritar aquele segredo como um estúpido arauto para todo mundo ouvir, Aasha tinha deixado Uma zangada e a tinha perdido. Assim começaram, apesar dos esforços de Uma para afastá-la, os longos anos passados por Aasha andando silenciosamente atrás de uma silenciosa Uma, desejando, implorando por clemência, se não por um perdão, até que Chellam chegou para fornecer uma distração ocasional.

14

A BRILHANTE QUEDA DE CHELLAM, A SERVIDORA DE SUCCOR

8 de setembro de 1979

No final de agosto, Amma exige que Appa contrate outra empregada para tomar conta de Paati. Nos últimos meses, o estado de saúde de Paati se deteriorou tão rapidamente que algumas pessoas ficaram atônitas demais para sentir pena dela, e outras suspeitaram que ela estivesse fingindo a própria senilidade.

Mas com que objetivo?

– Ela quer que eu fique à disposição dela, só isso – diz Amma. – Ela percebeu que se ficar sentada numa cadeira parecendo incapaz, ela pode me controlar como sempre quis fazer. Ela sempre achou que eu só servia para ser empregada dela, não é? A filha de um joão-ninguém, afinal de contas. Bem, agora ela finalmente conseguiu. Vocês todos lavaram as mãos e me deixaram com o abacaxi. O que aconteceu com todo o amor de Uma por sua maravilhosa avó? As duas eram as melhores amigas, Uma cuidava da avó com tanta dedicação, mas agora que isso se transformou num trabalho de vinte e quatro horas, o que foi que aconteceu?

– O *v* de *vinte e quatro* tem um som metálico na boca de Amma, como o pio de uma ave cruel, de olhos vermelhos, com uma língua preta: *v-v-v-v*.

É verdade: há meses que Uma não ajuda Paati a se deitar, nem penteia o cabelo dela de manhã, e Paati, longe de brigar pela atenção de Uma, mudou-se calmamente para um quarto vazio no andar de baixo. Daquele quarto, ela berra na escuridão sempre que tem vontade: pedindo água, um cobertor extra, a retirada do cobertor extra, por nenhuma razão aparente. Ninguém mais parece se incomodar com este tumulto exceto Amma, que se sente abalada pela feroz determinação de Paati até ficar com dor na nuca. Quando não consegue mais suportar o barulho semelhante a pedras quentes chacoalhando dentro do seu crânio, ela desce para jogar um cobertor em cima de Paati ou despejar água pela sua garganta. E de manhã ela tem pouca chance de se recuperar, porque, enroscada e dura como uma centopeia cozinhada pelo sol na sua cadeira de vime, Paati grita pedindo seu café da manhã, sua merenda das onze horas, uma bebida quente para esperar a refeição seguinte, sua tigela de guloseimas na hora do lanche. As empregadas resmungam com esta carga dobrada de trabalho, e Amma vê seu arsenal de beliscões na coxa, beliscões no braço e tapas na boca se tornar uma defesa cada vez mais deficiente contra as exigências do dia a dia com sua sogra.

Eles estão jantando quando Amma registra sua queixa formal com Appa, numa de suas raras noites em casa.

– Você está mesmo acusando a velha de ter desenvolvido uma artrite crônica só para implicar com você? – Appa pergunta. – Isso não lhe parece uma certa mania de perseguição? – Então ele enfia uma moela inteira de galinha na boca para não expor suas próprias teorias a respeito do declínio abrupto de Paati, pois, de fato, ele secretamente concorda com a premissa básica de que ela está blefando. Pelo menos que começou blefando e que ultimamente convenceu a si mesma de que não passa de uma velha patética, presa numa cadeira, que nunca prejudicou (seriamente) a ninguém.

– Eu tenho que ficar aqui sentada o dia inteiro nesta prisão de luxo – Amma diz. – Não sei dizer coisas inteligentes como você, não sei usar suas palavras eloquentes, não posso largar sua mãe e seus filhos nos ombros de outra pessoa e ir jogar golfe e jantar no clube.

Aí segue-se um silêncio de trinta segundos, interrompido apenas pelo som de Aasha esfregando o indicador no fundo do prato molhado de rasam. SQUEAK-*squeak*, SQUEAK-*squeak*.

– Aasha – diz Amma. Aasha para de esfregar o dedo.

– Mas eu estava gostando dessa musiquinha – diz Appa. – Um bom acompanhamento musical para esta refeição em família.

Achei que ela capturou bem o espírito do momento. – Ao ver que Suresh estava abafando um risinho, ele diz: – Acho que tenho alguns aliados aqui.
– Nós todos devíamos participar – Suresh diz, com um largo sorriso. – Usando os copos também.
– É claro – diz Amma, ignorando Suresh. – É claro que você tem aliados. É claro que todos os seus filhos concordam com tudo o que você diz, porque você só aparece quando quer, como um rei numa visita real, mas eu...
– Eu não quero isto – diz Aasha, empurrando o prato. – Eu não quero nada. Estou cheia. – Ela olha para a janela da sala de jantar. Encostado no vidro da janela, pálido como a barriga de um sapo, está o rosto de uma criança, olhando com olhos compridos para eles. – Vejam, lá está ela. Minha amiga fantasma. Ela é tão bonita.
– Aasha – diz Suresh, revirando os olhos –, pare com isso. Agora não.
Ninguém sabe que Amma também tem tido suas próprias fantasias ultimamente. No tribunal, está sendo considerada uma Siti Mariam, uma bela dona de casa malaia de vinte e oito anos de idade, da aldeia de Terengganu, que usa um sinal no queixo à maneira das atrizes malaias dos anos 1960. Ela era fria e calculista (como Appa está disposto a provar) ou simplesmente louca, desvairada, com um parafuso de menos (como a defesa pretendia)? Um belo dia, Siti Mariam tinha cortado fora os pés da sogra e a tinha deixado sangrar até morrer no solo argiloso sob seu casebre de pau a pique. Amma imaginava a cena com detalhes muito mais ricos do que Appa a tinha imaginado: o idílico kampung malaio, galinhas patos gansos cabras por toda parte, um quintal cheio de petai e pandan, crianças brincando de amarelinha na terra, adultos cochilando nas varandas. Não tão idílico dentro do casebre de Siti Mariam, entretanto. Sem nenhuma dificuldade, os ouvidos de Amma ouvem as pragas e as lamentações, ó sim, é claro que num idioma diferente, no qual apenas alguns dos substantivos e adjetivos equivalentes (hora, cobertor, café, frio, quente, água, fome, sede, imprestável) são conhecidos por Amma, mas os sons – os gritos, gemidos, resmungos –, os sons daquelas tardes ela conhece muito bem. E foi provavelmente por isso que os vizinhos

não acudiram ao ouvir os gritos sem dúvida terríveis da velha naquela última tarde. Foi por isso que nenhuma criança nem homem cansado do trabalho no campo nem mulher catando arroz veio correndo. Não porque estivessem acostumados a carnificinas vespertinas. Ah, você sabe o que acontece nos supostamente serenos kumpungs deles, as pessoas diziam: estupro incesto adultério assassinato, todas essas coisas horríveis que eles conseguem encaixar entre as orações cinco vezes por dia. Entretanto, Amma disse a si mesma, não foi por isso que Siti Mariam foi capaz de cortar-serrar-arrastar sem ser interrompida: foi porque os vizinhos já tinham ouvido aquilo tudo antes. Os gritos, os berros, os gemidos, os uivos de lobo, a negligência, a tortura, a sufocação. Eles tinham aprendido a dormir e a trabalhar com aquele barulho. É nisso que dá, Amma disse para si mesma, mas uma ação gloriosa dessas não era para ela; ela não tinha coragem suficiente. Para ela, restava o pensamento impotente.

Então é para calar a boca da esposa – pelo menos temporariamente, pelo menos em relação a este assunto – e para facilitar a própria vida, não para evitar mutilação ou assassinato, que Appa concorda com a contratação de uma quinta empregada. Esta nova empregada não vai resmungar que tem que lavar as verduras quando Paati quiser saber as horas, não vai reclamar que tem que polir os metais quando Paati pedir uma xícara de chá quente. Ela não vai ter escolha: Paati vai ser sua prioridade número um. Sua principal, senão única, obrigação.

– Talvez ela tenha entendido mal – Appa irá dizer durante aquelas duas semanas depois de Chellam ter tido ordens de fazer as malas. – Ela achou que fazer da velha sua principal obrigação significava enterrá-la. – Nessa altura, porém, nem Suresh estará rindo das piadas de Appa.

Outro detalhe irá diferenciar a nova empregada de Lourdesmaria, Vellamma, Letchumi e Mat Din: ela vai dormir no emprego, porque, naturalmente, para trabalhar vinte e quatro horas por dia, a pessoa tem que estar no local vinte e quatro horas por dia. Então esta vai ser a casa dela, a velha mansão torta e esquisita de Tata em Kingfisher Lane, com sua cozinha inglesa sem serventia, suas portas de tela batendo, seu quarto de empregada sem uso, enfiado debaixo da escada como um jornal não lido debaixo do braço de um executivo, esperando por ela.

Após algumas semanas de propaganda boca a boca, descobre-se que a nova empregada vai ser passada adiante: o Sr. e a Sra. Dwivedi, um colega de Appa e sua esposa, têm uma empregada da qual não precisam mais.

– Não há nada errado com a moça – o Sr. Dwivedi diz a Appa no clube na noite em que fazem negócio. – A Esposa quer parar de trabalhar e ficar em casa, só isso. – O Sr. Dwivedi chamava a esposa de A Esposa, e o filho de O Filho, mesmo na presença deles, como se eles fossem representações de seus respectivos papéis. – Vou lhe dar um conselho, se você não se importar, Raju. Não deixe a moça de rédea solta. Esses malditos boias-frias pensam que podem fazer todo tipo de exigência. TV lah, dia de folga lah, ar-condicionado lah. Assim que você começa a ceder, eles tomam conta de você. – Seu coração encharcado de cerveja se empolgou com o assunto: sem dúvida alguém tinha que falar por eles e impedir o motim dos impuros. Veja o que está acontecendo em outros países, benefícios especiais para certas castas na Índia, comunismo no Vietnã. – Escuta o que eu vou dizer – ele fala, dando um tapa nas costas de Appa –, dê à moça trinta quarenta por mês e um capacho no chão da cozinha e diga a ela para calar a boca. – Refletindo melhor, ele acrescenta: – E ensopado de lentilhas duas vezes por dia, ela não precisa se empanturrar de galinha carneiro caranguejo.

Então não há nenhuma dúvida nas mentes de Appa e Amma de que a nova empregada deve dar graças a Deus por ter se livrado de uma existência miserável na cada dos Dwivedi. Amma ouviu dizer que a Sra. Dwivedi usa seu corpo robusto contra as empregadas, batendo nelas com catálogos de telefone, luminárias de metal ou estátuas Nataraja quando elas a desagradam. Na Casa Grande, a nova empregada vai ter seu próprio quarto, uma cama com um colchão de verdade (mesmo que mofado, do tempo de Tatá), vai comer os restos das refeições deles e usar roupas herdadas. Ela será praticamente da família.

UMA SEMANA DEPOIS da chegada de Chellam, as cavernas de pedra calcária desmoronam, enterrando a família de Lourdesmaria.

Enterrando dezenas de avós encarquilhadas de fome. Mães enrugadas e amargas antes do tempo. Avôs letárgicos de fumar beedi. E todos os seus filhos e netos de barrigas inchadas. Primeiro, as pessoas queimam vivas, quando o fogo aceso para cozinhar se espalhou sob os destroços. Lá longe, na rua principal, passageiros de ônibus e vendedores ambulantes escutam seus gritos terríveis, sufocados. Depois, durante dias, ouvem-se gemidos que vêm de baixo das pedras, embora ninguém, a não ser a desanimada equipe de resgate, os ouça. Os jornais e o noticiário das sete horas zumbem e lamentam, estalam e suspiram. Os vizinhos murmuram: uma coisa horrível. Uma tragédia sem precedentes. Tanta gente, desse jeito. Mas era ilegal, vocês sabem, nós sabemos, eles deviam saber. Eles não deviam estar morando naquelas cavernas. Sob o rosto preto de Lourdesmaria no *New Straits Times*, diz a manchete: "Sobrevivente da tragédia das cavernas declara: o governo não pode devolver os meus filhos."

– Pobre mulher – Appa diz quando Lourdesmaria aparece para trabalhar no dia seguinte ao funeral coletivo. – Precisa do dinheiro, o que se pode fazer?

Na tarde que Chellam arrasta sua mala quebrada pelo portão, Suresh e Aasha estão do lado de fora, no canal, olhando para as cavernas desmoronadas lá longe.

– Consigo sim – diz Aasha. – Consigo mesmo. Não estou mentindo, eu ainda consigo ouvi-los.

– Ah, cala a boca lah – Suresh diz pela quarta vez. – Nessa altura já estão todos mortos. O que você acha, sem comida nem água, com as mãos, as pernas, os rostos esmagados, eles têm força para continuar gritando por uma semana?

– Gritando, não – Aasha diz. – Só chorando um pouco. Como gatos à noite. Como filhotes de gato.

– É. Claro. Mas me diga uma coisa: como é que ninguém mais ouve esses, hã, filhotes de gato a não ser você?

– Ninguém mais está prestando atenção, só isso.

– Oho. E o que mais você consegue ouvir? Você consegue ouvi-los cantando em volta da fogueira? Brigando com os fantasmas mais velhos por casas para assombrar? Fazendo planos para o Deepavali?

– Não. Eles não têm palavras. Eles só choram como gatos, eu já disse, não disse?

Mas mesmo enquanto Aasha e Suresh brigam a respeito da tragédia das cavernas, eles ficam de olho numa tragédia mais silenciosa que ocorre no seu próprio mundo: no balanço, Uma folheia quatro catálogos de universidades. Quando esses catálogos chegaram, Aasha não ousou lembrar que tinha avisado, que meses antes já tinha avisado a todos que Uma estava planejando deixá-los. Agora ela sabe que esta tragédia é pelo menos tão grave quanto a da semana anterior, porque todo mundo só pode ficar assistindo, enquanto Uma os abandona; porque não só eles todos deveriam saber, mas poderiam saber se tivessem prestado atenção no que Aasha estava dizendo; porque a própria Aasha não deveria ter deixado as coisas chegarem a esse ponto, a esse conhecimento imutável, *Uma vai embora, Uma vai embora*, esta cena que agora a desespera nada mais é que um olho: Uma virando páginas coloridas da América no balanço. Entre eles, Suresh e Aasha têm um olho inteiro para avaliar não só a velocidade e o modo de cada virada de página e o interesse demonstrado por cada catálogo (conforme é sugerido pela frequência das piscadelas de Uma), mas também a distância, a profundidade e a perspectiva: quão distante Uma realmente está e quão mais perto de um mundo composto basicamente dos seguintes elementos:

Tijolo vermelho.
Hera verde.
Árvores pretas.
Gente branca.

Do outro lado da cerca, Carequinha Wong está empoleirado no alto da mangueira, balançando as pernas e gritando cada vez que ele esmaga uma formiga com os dedos. Entre uma formiga e outra, ele atira pauzinhos, folhas e mangas verdes em Suresh e Aasha.

– Simplesmente o ignore – diz Suresh. – Ele está querendo chamar atenção.

Aasha reflete que esta foi uma das coisas que disseram a respeito dela, quando tentou avisá-los sobre os planos de Uma, tantos meses atrás.

Às três e dez, Amma enfia a cabeça pela porta dos fundos.

– O que, nenhum sinal da empregada ainda? – ela diz. – Eu achei que a Sra. Dwevedi tinha dito que ela estaria aqui dentro de uma hora, quando ligou às duas da tarde.

Mas a Sra. Dwivedi, nunca tendo andado de ônibus na vida, não fazia ideia do tempo que a viagem levaria. Passara de carro pelo ponto de ônibus mil vezes; portanto, conhecia sua existência e sua localização.

– Vá direto até o final da rua e vire à direita – ela disse a Chellam, abrindo o portão para ela. – Diga ao condutor do ônibus que você quer saltar em Taman Pekaka, eu acho que ele vai saber. Toda essa gente de ônibus deve saber. – Então ela e seu motorista tinham assistido Chellam arrastar sua mala pela rua, ela com as mãos nos quadris, o motorista com um pano na mão, porque tinha acabado de polir o Mercedes e estava prestes a começar a polir o Alfa Romeo. Quando a Sra. Dwivedi não quis mais ficar ali parada no calor observando Chellam, ela entrou e mandou a cozinheira preparar-lhe um copo grande de sharbat gelado e ligou para Amma. – A garota está a caminho. Provavelmente vai levar uma hora para chegar aí, você não acha?

Suresh rola na língua as respostas que seus colegas de colégio dariam para a pergunta de Amma: *Yah, a empregada já chegou, mas eu a estou guardando no bolso. Yah. Ela veio, mas eu a mandei na mesma hora até a loja da esquina para me comprar uma cerveja e dois maços de Marlboro. Yah, deixe-me checar dentro do meu ouvido esquerdo, okay?* Então, satisfeito apenas em sentir o sabor das palavras, ele respondeu:

– Não, nenhum sinal da empregada.

– Hmm – resmunga Amma. – Deve ter se perdido na cidade. – Ela torna a voltar para a cozinha e um silêncio toma conta da casa. Até Carequinha parece ter ficado um tanto abalado com a breve aparição de Amma, porque fica segurando a manga verde que acabou de tirar da árvore, olha para ela por alguns segundos, e resolve não atirá-la em cima deles. Ele dá uma mordida na manga, faz uma careta e cospe o pedaço. Aí dá mais uma mordida, e outra, e outra, cuspindo cada pedaço, mas sempre achando que o próximo vai ser melhor.

– Estúpido, imbecil – Suresh diz. – Olha o que ele está fazendo, olha olha. Doonggu nojento. – Secretamente, entretanto, ele pensa como seria ter uma memória tão curta, que cada segundo é cheio de nova expectativa.

Às quatro e quinze, depois que Suresh e Aasha puseram dois grandes barcos feitos de galhos para flutuar no canal, enfiaram uma das varas de Mat Din na terra ao lado da elevação do terreno para ver até onde ela ia, e compraram dois pacotes de Chickadees e um de Mamee do churrasqueiro, eles ouvem um clique no portão e veem uma moça magra manobrando uma grande mala marrom na entrada. Uma das rodinhas da mala raspa o cimento com um ruído alto; sua pele, manchada, furada, descascada, combina com a da moça. Depois que fecha o portão, ela enxuga o suor do rosto com as duas mãos e refaz o nó do cabelo. Debaixo dos braços, duas manchas escuras marcam o poliéster vermelho vivo de sua blusa.

Durante o ano e meio que lhe resta de vida, Chellam irá conservar uma impressão clara de todos os estímulos conflitantes que atingem seus sentidos neste momento que precede sua apresentação: a borboleta amarela que passa por seu campo de visão, indo da goiabeira para o pé de tamarindo, onde ela é golpeada por um garoto sem camisa, de olhos esbugalhados, empoleirado numa gaiola escura de galhos; o jingle do Milo tocando no rádio ou na televisão de algum vizinho; a sensação de estar sendo vigiada (e, realmente, em seus postos secretos de vigia atrás das cortinas de renda, os vizinhos estão achando difícil de engolir a ideia de que Chellam tem idade suficiente para ser uma empregada que dorme em casa: Dezessete! Essa garota pode mesmo ter dezessete?); o calor subindo do chão; os cheiros de estrume e de bananas fritas e de jasmim banhado de sol; a poeira que cola na sua pele suada e faz cócegas em sua garganta. Ela está cansada e com sede; sua cabeça lateja no ritmo dos mugidos distantes de uma vaca. Ela só quer deitar num chão frio de cimento e dormir. Nem precisa de capacho; se oferecerem um, ela vai dizer muito obrigada e se deitar no cimento frio quando eles não estiverem olhando. Ela espera nunca mais ter que tomar aquele ônibus.

De fato, Chellam não se perdeu nem tomou o ônibus errado; a viagem simplesmente levava mais tempo do que a Sra. Dwivedi poderia imaginar. Chellam teve que trocar de ônibus duas vezes, e o condutor, depois de perguntar três vezes, com frustração crescente, em qual dos três pontos em Taman Pekaka ela queria saltar, largou-a no que ficava mais distante da Casa Grande. De lá, ela pediu informações a vendedores ambulantes e transeuntes e, finalmente, ao homem da loja da esquina, arrastando sua mala sobre pedras, ignorando os assobios e galanteios de motoristas de caminhão que estavam loucos por uma mulher.

Com o cabelo alisado e preso, ela olha em volta, com uma das mãos protegendo os olhos do sol. O que ela vê (e ouve): duas manchinhas perto de um muro (cochichando uma com a outra); uma mancha maior num balanço (rangendo, cantarolando). Ela torna a pegar a mala (a alça presa apenas por um fiapo de couro) e começa a subir a ladeira da entrada, ainda olhando para a figura no balanço. O canto fica mais alto quando ela se aproxima, e aos poucos seus olhos percebem mais detalhes: uma crespa cabeleira preta sobre fotos coloridas numa revista. Pele seca de joelhos expostos. Cotovelos pontudos. Dedos longos virando as páginas. E então, quando ela passa pelo balanço, o rosto comprido da moça é erguido e seus olhos encontram os de Chellam sem nenhuma hesitação, como se ela tivesse acompanhado o tempo todo o progresso de Chellam na direção da casa, e soubesse – com suas orelhas, nariz, pele, pois até agora não tinha olhado – que Chellam a está observando. Debaixo do olhar franco dos seus olhos pretos, suas pálpebras são duas meias-luas de um preto azulado. Um meio sorriso passa como um raio de sol sobre águas escuras ao redor de sua boca larga, tão breve que Chellam não sabe se o imaginou, embora seus últimos vestígios ainda brilhem na periferia de sua visão. O sol da tarde esquentou tanto o cascalho que ele parece vibrar sob os pés de Chellam, e seu calor atravessa a sola de suas sandálias japonesas para queimar suas solas calejadas. Em algum lugar, uma bica de jardim guincha e escorre. Agora a moça no balanço, que não desviou os olhos esse tempo todo, pisca os olhos na direção de Chellam e depois torna a olhar para as páginas coloridas em seu colo.

Durante todo o comprimento do seu túnel, da escuridão em seu fim à promessa de luz em seu começo, Chellam arrastou sua mala para nosso prazer de espectadores. Pense em nosso relato telescópico como sendo o oposto do final de um velho desenho animado: em vez da escuridão se fechando ao redor de Bugs

Bunny, a luz se expande, e lá, diante de Chellam, estende-se toda a vida: visão, compaixão (pois se aquela moça sorriu para ela – e Chellam tem quase certeza que sim – então talvez ela encontre compaixão, quem sabe até amizade, aqui nesta casa), economias para pôr em sua latinha (pois talvez este novo patrão tenha, ao contrário do Sr. Dwivedi, coragem para enfrentar o pai dela). Ah, Chellam não é tão ingênua depois de dezessete anos de duros golpes – de fome, sarna, vermes, prostituição, surras, cuspes na cara – a ponto de acreditar em finais de contos de fada ou em recomeços, no entanto, o dia está tão claro, e a Casa Grande tem uma cor de pavão tão absurdamente alegre que ela não pode deixar de sentir algo em sua garganta seca, mais doce do que o simples alívio de ter chegado, maior do que o nervosismo de um emprego novo.

Do outro lado do muro de poeira que separa Chellam do balanço, Uma sorri – sim, ela sorri mesmo – e pensa: *Então você é o mais recente suposto antídoto para os males desta casa. Pobre criança, que idade você tem? Não tem idade suficiente para nós, com certeza.* Então ela baixa o olhar para a fotografia panorâmica do campus de Princeton em seu colo, mas olha (e vira a página) sem ver, porque seus pensamentos continuam com a nova empregada, imaginando se aqueles ombros tão estreitos serão capazes de suportar tudo o que está reservado para eles.

E Amma, assistindo ao progresso de Chellam pelo painel de vidro da porta da frente, diz para si mesma: *Hmm. Que coisinha pequena. Quase sinto pena dela, na verdade. Talvez vá ser bom tê-la na casa. Talvez faça companhia a Suresh e Aasha, além de tirar a velha chata das minhas costas. Talvez ela possa ser a nova Irmã Mais Velha deles, haha. Talvez as coisas melhorem para todo mundo agora.*

Chellam está no meio da ladeira. Quando ela foca seus olhos de toupeira em Suresh e Aasha, eles lambem a poeira de Chickadee dos seus dedos e limpam as mãos nas roupas, prontos para encarar esta estranha e o resto da tarde.

– AM-mAA! – Suresh grita. – A empregada nova chegou!

Do alto da árvore, a boca cheia de manga azeda, Carequinha Wong grita "Empregada empregada empregada!" Depois ele desce para examinar a recém-chegada do seu lado da cerca. Ele enfia o nariz e a boca pela abertura e estica a língua como uma girafa, como se quisesse tocar Chellam com ela. Ela vai ficando cada vez mais comprida, e no momento que ocorre a Aasha agarrá-la com força entre o polegar e o indicador e lhe dar um puxão, ela sente a respiração de Amma em seu pescoço. A língua de Carequinha hipnotizou a todos, e ninguém ouviu Amma sair pela porta dos fundos e atravessar a cozinha do quintal sem fazer barulho. As mangas do seu caftã balançam suavemente numa brisa novinha; ela está respirando com dificuldade, como se tivesse corrido.

– Suresh, o que foi que você disse? – pergunta Amma, alto e claro como uma professora lendo alto a Lição Um. – *Empregada?*

– Uh-oh, uh-oh – diz Carequinha, agarrado na cerca. – Uh-oh. Sei lor. Você vai morrer. – Ele começa a dar pulos. Esta é a parte excitante. Não mude de canal agora. Mas eles provavelmente irão fazer um intervalo para os anúncios, e ele vai ter que esperar até a semana que vem para ver o que irá acontecer.

Para alegria de Carequinha, o show continua: Suresh leva um tapa na boca ali mesmo. Um tapa forte, rápido e certeiro, os cinco dedos de Amma juntos, formando uma raquete. – Aiyo! – Carequinha exclama. – Bateu nele com tanta força! Dor, dor, dor! – Ele põe a mão no rosto e cambaleia.

Aasha recebe um *tsk* por ter rido, mas quando ela olha em volta para ver de onde ele tinha vindo (de Amma, porque ela gosta de dizer que não se deve rir de Carequinha nem quando ele merece? De Suresh, que interpretou o riso como querendo dizer que Aasha não está do lado dele? Da própria empregada, porque ela está com calor e irritada e cansada deles? De Carequinha, que considerou seu melodrama uma séria performance teatral?), não sabe dizer, e portanto não consegue classificá-lo como um aviso de castigos por vir ou como um *tsk* para ser ignorado e esquecido.

Do seu lugar no balanço, Uma observa todos eles.

– Zangadaaaa, oi! – grita Carequinha.

– Carequinha – Amma diz –, comporte-se, por favor. Vá para dentro procurar sua mãe. Isto aqui não é da sua conta, fique sabendo. – Depois ela fala para Aasha e Suresh: – Nós não dizemos *empregada*. – A palavra é emoldurada por um silêncio quente e branco. – Empregada, advogado ou médico, nós somos todos seres humanos.

– Mas... – Suresh diz.

– Mas... – Aasha diz, quase ao mesmo tempo, de modo que seus dois *mas*, juntos, são uma única palavra gaguejada, *m-m-mas*.

Mal-humorado, Baldy enfia o dedo no nariz e torce por mais tapas.

– Nem mas nem meio mas – diz Amma. – *Empregada!* Oho, e vocês são pessoas brilhantes, não é? Cientistas nucleares? Cirurgiões cardíacos? Importantes diplomatas? Quem vocês pensam que são?

A pergunta sobe e ecoa no calor da tarde. Partes dela incham e outras partes murcham à medida que sobem cada vez mais e se instalam, tremulando, no galho mais alto do pé de tamarindo.

QUEM vocês pensam que são?
Quem vocês PENSAM que são?
Quem VOCÊS pensam que são?

Quem você pensa que é, empregada, Suresh pergunta silenciosamente, *para ficar aí parada como uma rainha vendo nossa mãe nos humilhar?*

– Suresh – Amma diz –, leve a mala de Chellam Akka para o quarto dela. – Então ela vira de costas para ele e diz a Chellam – Por favor, entre e beba alguma coisa. *Tsk, tsk, tsk,* você deve estar tão cansada com este calor que está fazendo hoje! Chá café refrigerante? O que você quer?

No primeiro dia de trabalho de Chellam, a Sra. Balakrishnan atravessa a rua para comentar sobre seus quadris estreitos, seu peito chato e suas mãos pequenas. No segundo dia, Kooky Rooky vem visitar com o mesmo objetivo.

– Sinto tanta pena dela, Tia – ela diz para Amma. – Eu mesma fui obrigada a trabalhar na casa dos outros nessa idade, sabe? Eu tinha doze, treze anos e lavava lençóis e baldes e baldes de roupa com minhas mãos.

– Isso deve ser em outra vida que não aquela em que o pai a mandou para um colégio interno na Inglaterra – Suresh diz depois que ela sai.

Como o Advogado Rajasekharan e sua família simplesmente não podem ser apanhados empregando uma criança, Amma faz Chellam sentar na mesa de fórmica para um interrogatório completo.

– Não tenho certidão de nascimento, Madame – Chellam repete sem parar. – Na minha casa nós não temos dia de aniversário nem nada. – E por mais que Amma tente fazê-la confessar com olhares e insinuações, Chellam só consegue dizer que tem dezessete anos, uns meses a mais ou a menos.

– O crescimento dela deve ter sido atrasado pela desnutrição – Amma conclui. Quando ela dá a Chellam as camisas dos tribunais quase novas, ela aconselha que Chellam prenda as mangas com alfinete. – Ou você pode cortá-las e costurá-las – Amma diz. – Então elas não vão ficar molhadas e sujas quando você fizer seu trabalho, e assim vão durar mais.

Talvez seja a juventude de Chellam que desperte algum impulso didático em Amma, ou talvez seja a qualidade sutil, infantil, dos seus modos e movimentos: o modo como ela franze o nariz para rir das brincadeiras mais grosseiras de Suresh; o modo como vira os pés para dentro e não consegue ficar parada sempre que está diante de Amma, mudando o peso do corpo de um pé para outro, coçando as batatas da perna com as unhas do pé como se moscas invisíveis a estivessem incomodando; o modo como ela põe a língua para fora no canto da boca sempre que está executando uma tarefa complicada. Seja por que motivo for, Amma se esmera com esses ensinamentos nos primeiros dias de Chellam na casa. Quando pega a moça apertando os olhos para enxergar o relógio da sala de jantar de uma distância de trinta centímetros, ela diz:

– Sua visão é uma coisa que você tem que tratar. Se for cuidadosa com o dinheiro e economizar direito, você pode fazer um exame e comprar óculos. – Amma dá a Chellam uma lata vazia de Quality Street para usar como cofrinho. – Tome – ela diz. – Todo mês guarde seu dinheiro aí. Não o gaste com revistas e kacang puteh.

Segurando firmemente a lata com as duas mãos, Chellam corre para o quarto e a coloca debaixo da cama. Ela tem cinquenta sen que sobraram do dinheiro que a Sra. Dwivedi deu a ela para o ônibus; em vez de abrir sua Conta de Óculos com ele, ela resolve gastá-lo num investimento a longo prazo para uma contabilidade mais eficiente. Compra um caderninho na loja da esquina, e na primeira página ela faz duas colunas, escrevendo sobre uma delas, "Patrão Deu" e na outra "Coisas que eu Comprei" em caracteres tamil. Depois ela lista os meses numa terceira coluna, perto da primeira, de um a doze, decidindo que um ano é bom para começar. E juntas (mas separadamente), ela e Amma se dão um tapinha nas costas; Amma por sua valiosa contribuição à educação moral de Chellam, e Chellam pelo aparente bom-senso da preparação do caderninho. Ela vai fazer um bom trabalho; nunca vai resmungar de volta quando a velha resmungar para ela; ela vai ser tão boa que eles irão aumentar seu salário em poucos meses.

– Que bom para você – as damas do círculo do chá dizem para Amma quando têm chance de examinar Chellam a distância. – Que bela coincidência, ela é da mesma idade da sua filha mais velha, não é? Vai ser uma boa companhia para ela, então, e uma irmã mais velha para os dois menores.

Mas Uma não quer companhia. Aquele sorriso evanescente, ensolarado, parece agora a Chellam ter sido um produto de sua imaginação: como esta moça silenciosa pode ter olhado para ela, esta moça que se curva sobre os livros e fecha a cara – loja fechada, luzes apagadas, grade descendo como no jornaleiro – toda vez que ouve os passos de Chellam por perto?

O aparecimento de Chellam e o desaparecimento de Uma sincronizam-se diante dos olhos de Aasha: a cor, o som e o cheiro de Chellam invadem o ar enquanto os contornos de Uma ficam mais embaçados até desaparecer. Duas semanas depois da chegada de Chellam, Uma começa a preencher os formulários da universidade. Eles são para daqui a três meses; mesmo contando com os problemas de postagem internacional, Uma não tem motivos para começar a preenchê-los agora. Exceto sua imensa excitação com a perspectiva de fugir dali.

Ela abre os formulários na mesa de fórmica e vira as páginas de um deles distraidamente, como se fosse uma revista feminina e ela estivesse procurando pôsteres ou amostras grátis entre as páginas. Ela boceja e esfrega a parte de trás do pescoço; ela morde a ponta da caneta. Bem baixinho, Paul Simon canta com uma calma enganadora:

Agora o sol está no oeste
Crianças vão para casa descansar...

A poucos metros de distância, aproximando-se cada vez que Uma preenche uma lacuna, Aasha observa. Nome. Idade. Data de nascimento. Endereço p-e-r, per, m-a, ma, n-e-n-t-e, nente, endereço permanente. Quando Uma termina de preencher isto, com sua caneta arranhando o papel, Aasha está parada bem junto dela. Quase na ponta dos pés. Graduação p-r-e, pre, t-e-n-d-i-d-a, pretendida, Aasha soletra alto. Graduação pretendida. Seja qual for a solução deste enigma, Uma levanta a caneta com segurança e, como um pedreiro gravando letras num pedestal, escreve BIOLOGIA. O B um estômago pomposo de médico, os Os dando cambalhotas um depois do outro, inchando e encolhendo como partes daquela pergunta que ainda vibra nos ouvidos de Aasha:
Quem vOcês pensam que são?
Quem vocês pensam que sãO?
Então, bem devagar, de modo que o arrastar da caneta se estende por rangidos de trinta segundos, Uma acrescenta E TEATRO.
Aasha se inclina tanto que seus lábios quase tocam o cotovelo de Uma. Na cozinha, o crepitar de pakoras jogadas em óleo quente sobe como se fossem aplausos. Mas Aasha não tem vontade de aplaudir, embora ela saiba que deveria sentir orgulho de Uma por mostrar a Appa e a Amma e a todo mundo que implicou com ela por causa dos seus sonhos de ser atriz que ela não se deixa desanimar com facilidade. E ela está mostrando a eles, mesmo que eles não estejam vendo: lá está, aquela palavra TEATRO em tinta preta, clara como os números no mostrador de um relógio e praticamente brilhando. Uma venceu. Uma vai fazer o que quer e não há nada que se possa fazer a respeito.
Aasha quer se orgulhar de Uma. Ela quer dizer alguma coisa pequena e brilhante como uma bola de gude, como *Yay! ou Muito bem! Ou Nosso segredo!*. E ela sente mesmo um certo orgulho, uma sensação leve, mas que não se compara à enorme tristeza que rouba suas palavras e trava sua língua. Ela se afasta e se deita de bruços no divã verde, e Chellam fica de olho nela antes de arriscar um conselho não solicitado:

– Você está pondo a boca e o nariz onde as pessoas colocam o traseiro – ela diz, dando um tapinha no ombro de Aasha. – Assim você vai ficar doente.

– Ish – Aasha diz, virando a cabeça o suficiente para olhar para Chellam com um olho só –, não precisa me dizer o que fazer. Vai fazer o seu trabalho, senão vou contar a Amma.

Mas há um leve brilho naquele olho, e o beicinho que ela faz depois desta resposta é quase suplicante, e agora Aasha está se revirando no divã, como um filhote de tigre querendo brigar. Chellam entende esses sinais e sabe o que se espera dela:

– Se você contar, vai ver só! – ela diz, rindo e fazendo cócegas em Aasha com cinco dedos ossudos. – Conte para a sua Amma e vai ver o que eu faço com você!

E Aasha permite que ela extraia dela um sorriso triste e infeliz, um sorriso cheio de lágrimas, mas, inquestionavelmente, um sorriso, porque talvez, apesar de todas as deficiências aparentes de Chellam, ela irá dar a Aasha a atenção que Uma costumava dar, e passar xampu em seu cabelo todo dia, e ensinar canções a ela, mesmo que sejam canções inferiores em outra língua. Quando Uma for para a América, Chellam vai ficar. Neste momento, Aasha vê com uma claridade sobrenatural, com uma visão não toldada pelas lágrimas atrás dos seus olhos, que Chellam estará aqui muito depois de Uma ter esquecido quem ela é. Chellam sempre saberá quem ela é, Chellam (empregada) da Casa Grande, mesmo quando Uma for outra pessoa, muitas pessoas diferentes, de acordo com a estação e o tempo. No verão: uma garota americana comprando cachorros-quentes numa barraquinha. No outono: a garota dando um passeio no meio de folhas douradas com seu cão dourado. Naqueles invernos de Nova York que irão tirar seu sangue, como na canção: uma patinadora de casaco forrado de pele e luvas, tomando chocolate quente com um rapaz que quer se casar com ela. E daqui a muitos anos: uma dama rica andando apressada com as mãos nos bolsos do casacão, a cabeça erguida porque, livre de velhos rostos, ela está mais leve do que qualquer outra pessoa.

15

A GLORIOSA ASCENSÃO
DE UMA A MAIS VELHA

29 de agosto de 1980

A noite anterior à partida de Uma para a América é tão quente que as pessoas acordam encharcadas na cama. Ao amanhecer, os pardais não são vistos nem ouvidos; o Sr. Balakrishnan, que atirou um punhado de arroz para eles no quintal, como sempre, olha para o céu branco e pensa onde estarão escondidos. Às nove horas, folhas, flores, cabelos, espíritos, decisão e biscoitos deixados nos pratos do café da manhã estão ficando moles. A manteiga derrete. O leite de coco azeda antes de poder ser usado no ensopado do almoço. Homens se sentam debaixo de ventiladores de teto com as pernas abertas, enxugando as costas e as barrigas com as camisetas de algodão que tiraram. Mulheres se abanam com panos de prato e jornais, enquanto fazem suas tarefas.

Na mesa de fórmica vermelha da Casa Grande, o *New Straits Times* esvoaça, intocado, sob um vaso. O cheiro de tinta das manchetes da primeira página (tão maiúsculas! tão pretas! tão seguras!) se espalha pela casa para lembrar àqueles que talvez tenham esquecido que este é um dia memorável não só para eles, mas para toda a nação, pois esta foi a vitória que eles tiveram hoje: "Morte para Tarado Assassino." E em letras um pouco menores abaixo: "Finalmente, encerramento para a família Lim." Em todas as primeiras páginas de todos os jornais (enrolados, largados sob pesos de papel, abertos diante de maridos encalorados demais para ler) Appa se afasta do tribunal com seu terno de melhor qualidade, preto como as próprias manchetes; sua brilhante gravata de seda vermelha; seus óculos que refletem o mar de rostos vorazes através dos quais ele caminha. T. K. Rajasekharan, Advogado de Acusação. Gênio do tribunal, grande contador de histórias, inteligência lendária. Atrás dele, dois policiais conduzem um homenzinho barbado usando um songkok e um largo baju Melayu para uma cela em algum lugar nos bastidores.

Às dez e meia, Mat Din coloca a mala de Uma no cavernoso porta-malas do Volvo, sem entender os quinze adesivos de um garoto sem dente, de orelhas de abano, que a enfeitam. Ele não sabe que Alfred E. Neuman está concorrendo (embora não oficialmente) para presidente; ele não sabe que Aasha pretende que os adesivos ajudem Uma a reconhecer sua mala no aeroporto de Nova York que pulula de pessoas pálidas usando casacões. E ele não sabe, é claro, que Uma só aceitou os adesivos por pena, remorso e uma súbita nostalgia, e não porque estivesse com medo de ter problemas para achar a mala.

Os serviços de motorista de Mat Din não serão necessários hoje; Appa explicou a ele que todos irão ao aeroporto *como uma família*. Quase como uma família. Numa configuração que se aproxima à de uma família normal. Mat Din não é presunçoso a ponto de avaliar os diferentes significados das palavras de Appa, mas Uma, ao ouvi-las através da janela do quarto, faz isso.

Ao se encaminhar para o carro, Uma passa pela porta do quarto de Chellam, atrás da qual ela ouve sua respiração ofegante, como um cão num dia abafado como este.

Sinto muito, Chellam, Uma pensa. É o primeiro pedido de desculpas que ela faz em dois anos. E ela sente muito mesmo: ela sente que Chellam tivesse que ser quem fez – e foi apanhada fazendo – o que todos eles queriam fazer e qualquer um poderia ter feito, se suas estrelas estivessem alinhadas de forma tão pouco auspiciosa quanto as de Chellam naquela tarde. Amma não tinha distribuído sua (in)justa cota de tapas e beliscões e cascudos em Paati? A própria Uma não tinha parado atrás de Paati e tido pensamentos horríveis, e mesmo – sim – tinha agido com base em alguns naquela mesma tarde? Então Chellam tinha sido a pessoa a dar o golpe de misericórdia. Mesmo assim, Uma não pode deixar de pensar – ela surpreende a si mesma com este pensamento irracional – que o ato de Chellam foi eficaz por causa dos desejos culpados (e tentativas invisíveis) de todos eles. Como rezar pela paz do mundo, Uma pensa, só que exatamente o oposto. A força coletiva de suas frustrações tinha animado Chellam aquele dia, tinha acelerado seus pés, tinha erguido seu braço. Ela fora apenas uma marionete.

Uma sente muito, também, pelas milhares de bocas insetíferas que agora saboreiam o destino de Chellam, em Kingfisher Lane e outras ruas, em Kuala Lumpur e Sydney e Londres. *Com a graça de Deus...* Não importa, ela pensa. Talvez Chellam esteja destinada a coisas melhores. Um emprego numa fábrica. Quem sabe? Uma, que jamais pensou em trabalhar numa fábrica, não sabe quais são as exigências, mas pode ter esperança.

Às onze horas, ela se senta no banco traseiro do Volvo, espremida entre o coração partido da irmã e o assobio enlouquecedor do irmão. Aasha perdeu; ela tentou tudo que pode para recuperar Uma, para conseguir um sorriso de verdade ou uma frase de verdade – não uma pergunta fingindo ser uma frase – dirigida especialmente a ela, ou uma pequena promessa, só de escrever, só de lembrar, qualquer coisa. Um único sinal de que Uma ficaria um pouco triste de partir. Mas esse sinal nunca veio. *Prometa-me que você nunca mais vai pedir uma promessa,* Uma disse na noite em que queimou a cadeira de Paati. Mas mesmo que Aasha tivesse prometido, isto não teria sido suficiente para trazer de volta a velha Uma.

Suresh não sabe da promessa que Aasha não conseguiu fazer; ele só sabe que Aasha vai vagar pelos corredores da casa como um cabritinho perdido pelo resto da vida, adormecendo no chão, sentando-se nas escadas para conversar com fantasmas, e esta visão do seu futuro lhe dá vontade de beliscá-la com força, de dar um tapa nos ouvidos dela ou tapar sua boca e seu nariz até ela estar quase morta de falta de ar, para ela respirar um pouco de juízo junto com o ar quando ele tirar a mão.

Majestoso e quase silencioso, o Volvo prateado desliza pela ladeira da entrada da casa. O sol brilha no para-choque, e na rua toda os mesmos olhos que irão assistir à partida de Chellam daqui a uma semana, de trás das mesmas cortinas, piscam e ficam úmidos. Aasha fica de joelhos para olhar pelo vidro de trás e vê o fantasma de Paati, parado ao lado do portão, sem acenar, sem chorar, sem sorrir. Dentre os objetos que aparecem através do seu corpo transparente, inescrutável: as colinas distantes; o Datsun Sunny do Sr. Malhotra, estacionado metade na rua e metade na grama; os hibiscos maltratados da Sra. Manickam. Aasha não acena para Paati nem tenta alertar todo mundo para seu adeus morno.

Quando o Volvo passa pelo portão dos Wong, Carequinha Wong berra sua alegria para o céu sem nuvens: – A garota da Casa Grande vai para a América! A garota da Casa Grande vai para a América!"

– Olheolheolhe – diz a Sra. Balakrishnan, cutucando o ombro do marido –, eles estão indo, homem, eles estão indo. No maior estilo. Agindo como se tivessem tantos problemas, chorando para lá e para cá. Mas no fim tudo deu certo para eles, não foi? Quando se tem dinheiro, qual é o grande problema? Hoje você chora, amanhã você veste um sári de quinhentos dólares e sua filha vai para a América.

Mas se a Sra. Balakrishnan os acompanhasse até o aeroporto de Ipoh, as únicas evidências de alegria que ela colheria da viagem, da chegada ou do ambiente seriam as seguintes:

1 – As damas de papelão em tamanho real anunciando Visite a Malásia Ano 1980. Elas são malaiochinesasindianas, IbanKadazanDayak, damas esbeltas e alegres de todas as raças, namasteando e salam-eando o mundo todo num testemunho risonho da lendária Harmonia Racial do país. De frente, essas damas parecem perfeitas. Perfeitamente felizes. Perfeitamente torneadas. Perfeitamente aprumadas. De lado, entretanto, Aasha vê que elas são apenas perfeitamente chatas, e mais, que elas não têm costas.

2 – O traje impressionante de Amma, do sári de crepe de seda creme com pequenas flores azuis descendo em cascata pelo pallu (só trezentos ringgit, não quinhentos, Sra. B.) até os brincos de safiras nas orelhas e o broche de penas de pavão no ombro. Mas o pingente de safira está faltando, e, se bisbilhotasse um pouco, a Sra. Balakrishnan descobriria que sua ausência permanece uma fonte de suspeita e conflito.

3 – Uma numerosa família malaia fazendo piquenique no tapete áspero, nem marrom nem cinzento, indiferente ao sacrifício público de um dos seus aos deuses do desfecho. Suas porções de nasi lemak são generosas; seu macarrão é bem quente. Mas

Suresh é apenas uma das pessoas que olham para eles de uma distância segura, e ele disfarça seu nojo melhor do que a maioria.

– Depois de comer todos esses ovos cozidos – ele cochicha para Aasha –, eles vão voar até seu destino soltando peidos. Nem vão precisar entrar no avião.

Para se livrar do dever de rir, Aasha se agacha no chão e começa a contar as manchas daquele pedaço de tapete.

– Aasha – Amma diz – sente-se direito. O que é isso? Comportando-se como uma selvagem. Não é de espantar que Uma esteja agradecendo à sua boa estrela por se livrar de você. Ela já está fingindo que não conhece você.

Agora Aasha deu a Uma mais um motivo para nunca mais voltar. Aasha olha fixamente para o tapete, e as manchas ficam embaçadas e se confundem umas com as outras.

– Ó Sr. Malaio – Suresh murmura baixinho –, com seus ovos fedorentos. Sentado no aeroporto, esticando as pernas.

Aasha desliza uma perna de baixo do vestido e encosta a ponta da sandália na ponta do sapato de Suresh de ir ao aeroporto. Um toque silencioso de agradecimento, porque Suresh é o único que está tentando ajudar. Ele olha para o pé de Aasha, pequeno e ossudo dentro da meia branca, e sabe muito bem o que ela quer que ele pense, embora ela não tenha se animado com a rima. Ele não compõe outra. Por alguns momentos, Suresh e Aasha ficam sentados ali olhando para seus pés quase se tocando, para os sapatos bem engraxados de Suresh com bico em forma de asa, com os buraquinhos ondulados como vapor em desenho animado, para a sandália branca de Aasha com sua rosa de plástico amarelo. E entre os sapatos, onde seus dedões se encontram, uma confusão de centelhas azuis: agradecimentos e desculpas, confissões e explicações e consolos, dos quais o agradecimento de Aasha pelo poema do ovo de Suresh é o menos importante.

Falta alegria à ocasião, apesar dos esforços das damas de papelão e da família malaia, mas a inveja da Sra. Balakrishnan é compreensível: hoje a família Rajasekharan poderia ter, teoricamente, muito o que comemorar. Sua estrela está subindo cada vez mais; quantas famílias na Malásia despacharam ganhadores de bolsas de estudos para universidades famosas? Neste exato momento, dois adolescentes indianos com camisas abertas no peito estão brigando como goondas do outro lado do saguão, empurrando um ao outro contra a parede, dando tapas um no ouvido do outro.

– *Tsk tsk* – Amma diz –, vejam só nossos meninos indianos. Não prestam para nada.

– Vadiando e fazendo papel de bobos – Appa concorda.

E esta troca de palavras é equivalente a uma fanfarra de trompetes em honra à sua chegada, ao seu status de família importante, às alturas que eles vêm alcançando desde os dias de Tata como trabalhador braçal. Saindo do pântano de funileiros alfaiates soldados marinheiros bêbados fedorentos fracassados abjetos, seus filhos irão viver novas rimas para novos tempos: médico advogado engenheiro, qual será a profissão do seu filho?

Falta uma hora para o embarque de Uma.

– Que tal algumas fotos? – Appa diz no meio do burburinho do saguão, virando a cabeça para Amma, embora a máquina fotográfica esteja na bolsa a tiracolo de Uma. – Eh? Que tal pôr em uso essa máquina ultramoderna?

E então, como eles têm que fazer alguma coisa, Uma tira a máquina da bolsa, olhando o tempo todo para o relógio acima do balcão da Malaysian Airlines System. Eles começam a tirar fotografias.

Fotos de Uma e Amma paradas a exatamente trinta centímetros uma da outra.

Fotos de Uma e Appa de braços cruzados.

Fotos de Uma, Suresh e Aasha com os braços caídos ao longo do corpo.

Estranhos sorriem e esperam a fotografia terminar antes de passar por eles. Uma família simpática se despedindo. A filha mais velha vai para outro continente com seu elegante conjunto marrom e sapatos combinando. Parabéns. Wah, sua filha é tão inteligente! Eles cochicham uns para os outros: – Eh, aquele não é o Advogado Rajasekharan? Acabou de encerrar o caso de Angela Lim, cara, ontem mesmo. Se não fosse por ele aquele filho da mãe teria se safado.

– Puxa vida – diz Appa quando o flash da máquina torna a disparar –, nós vamos usar cinco rolos de filme! – Mas ele não impede Amma de colocar Suresh e Aasha de cada lado das damas de papelão do anúncio visite a Malásia para outro retrato.

– Fiquem em pé direitos, Aasha, Suresh – Amma diz. Os olhos dela faíscam em todas as direções, cegando os observadores. – O que é isso, curvados nessa idade?

E Suresh e Aasha endireitam o corpo, porque toda esta atenção incomum os deixou obedientes. Quem diria que Amma notava pecados leves como curvar os ombros e sentar sem modos? No saguão decadente do aeroporto, ela parece um galo num pequeno quintal, se exibindo e fingindo como nunca fez em casa. Se ao menos as damas pudessem vê-la assim – mas não, assim que esta possibilidade ocorre a Suresh, ele recua assustado. Ele tem que ter cuidado com o que pede; a Casa Grande não é grande o suficiente para esta Amma. Ele não conseguiria se esconder dela, e então toda aquela atenção iria causar-lhe aftas e dor de estômago.

Assim que a dama atrás do balcão liga o microfone, Amma junta as mãos rapidamente.

– Minha nossa! – ela diz. – Já está na hora de embarcar! Guarde a máquina, Uma, não se esqueça de colocá-la no fundo da bolsa, senão alguém irá roubá-la assim que você virar a cabeça.

A chamada para o embarque ressoa nos ouvidos deles, amplificada por todos os desnecessários alto-falantes.

– Okay então – Amma diz. – Cuide-se, estude bastante, chega dessa bobagem de teatro. Nada de andar por aí com rapazes. Só porque um sujeito imprestável leva flores para você.

– Não há tempo para discursos agora – diz Appa. – É melhor entrar no avião.

– Até logo, Uma – Suresh diz, esfregando a nuca.

Só Aasha não diz nada. Ela coça suas brotoejas e fica olhando para o avião, acocorado na pista. Pobre avião, desejando loucamente um pouco de privacidade para urinar. Sem ligar para os banheiros públicos.

No último momento, Amma agarra aquele espantalho duro que era Uma pelos ombros e lhe dá um abraço com um braço desajeitado, o que faz todo mundo desviar os olhos discretamente: Appa finge consultar o relógio; Suresh encara as damas de Visite Malásia, uma depois da outra, dizendo a cada uma delas que ninguém vai se deixar enganar por seu sorriso falso; Aasha volta às manchas do tapete.

Uma caminha para o avião sob o sol inclemente. Seus joelhos roçam um no outro como dois gatos esfomeados. Aasha pousa as mãos na janela larga, sem esperar nada, desejando muito pouco. Talvez Uma tenha percebido secretamente que não disse adeus para Aasha; talvez ela esteja arrependida.

E então, subitamente, tão depressa que Aasha não teria visto se tivesse piscado no momento errado, Uma se vira, acena e sorri diretamente para Aasha, não para seus sapatos nem para um lugar acima da sua cabeça ou para um estranho atrás deles todos. Aquele belo sorriso da antiga Uma que eles não veem há anos. Embora Aasha perdoe a confusão dos outros – nesta distância, geralmente é difícil saber exatamente para onde uma pessoa está olhando, então quem pode culpar Amma e Suresh por acenarem de volta, ou Appa por erguer um braço numa saudação artificial? –, ela sabe que o sorriso é para ela. Uma onda de compreensão a invade: naquele momento, ela sabe para onde Uma vai e por quê, e o que significa escapar, mas assim que sair da janela ela se verá de novo buscando essas respostas.

Quando Uma torna a se virar, Aasha arranca aquele sorriso do vidro e o guarda no bolso.

Pois o que aconteceria se ela não fizesse isso? Ele iria secar e cair no chão, para ser varrido por alguma faxineira uniformizada do aeroporto. Um desperdício. Um fingimento.

Quando chegar em casa, ela vai se agachar num canto do quarto vazio de Uma para contemplar o sorriso em particular, mas seu suor terá gasto partes dele. Nunca mais ela irá vê-lo claramente, pois deste sorriso não há retratos.

A uma e meia, eles estão no carro de novo, Appa e Amma na frente, Suresh, Não Uma e Aasha atrás. Inocentes e culpados, sábios e ignorantes, vazios e a ponto de explodir.

Como um inseto enorme, entorpecido pelo calor, numa expedição sem sentido, o Volvo prateado segue devagar, cheirando a couro quente. Suresh e Aasha olham por suas respectivas janelas. Sol nos olhos. Com fome com sede com dor de cabeça com dor de estômago carro fedorento sem irmã mais velha. As palmas das mãos de Suresh estão úmidas e uma afta está nascendo em sua língua, exatamente como ele havia previsto, por causa de toda a atenção indesejada de Amma.

– Que calor horrível – Amma diz de vez em quando. – Assim que chegarmos em casa vamos tomar uma bebida gelada. – Olhando no espelho da viseira, ela tira seu pottu adesivo e depois o cola de volta no mesmo lugar entre as sobrancelhas.

Em Kingfisher Lane, o sol está bem à frente, líquido como uma gema de ovo no vale entre duas colinas distantes, tremendo, a postos, transformando a folhagem em ouro. Eles chegam cada vez mais perto de sua luz ofuscante, e então, sem aviso – no centésimo de segundo em que Appa tira o pé do acelerador sem motivo aparente – o sol se solta, desliza pelas colinas e explode na rua. Ele faz ferver a água nos canos e queima os bigodes dos gatos. Ele frita as formigas no asfalto e queima a grama na beira da estrada. Ele rola até a rua e finalmente descansa no para-brisa do Volvo.

Eles fecham os olhos e se inclinam para trás.

– Ufa!– Appa suspira. – Estou exausto. – Exausto demais até para uma bebida gelada quando eles entram. Cada um num lugar, eles se deitam, Appa no escritório, Amma em sua cama lá em cima, Suresh sentado com a cabeça na mesa de jantar, Aasha no divã verde. Onde quer que cada um esteja, todos ouvem Chellam fungando e se revirando, procurando um lugar mais fresco na cama.

Mas aquele dia abafado dá numa noite fresca, ventosa, cheia de mariposas e estrelas e o doce lamento dos postes de luz.

Às sete horas, Aasha se senta no patamar em frente ao quarto de Uma com *The Wind in the Willows*. Uma nunca se ofereceu para devolvê-lo. Agora Aasha vai ter que guardá-lo pelo resto da vida. Talvez ela devesse enterrá-lo no jardim; talvez devesse enfiá-lo numa gaveta e fingir que ele sumiu. Fingir que nunca o leu, que nunca o teve, que não foi à biblioteca aquele dia com Uma. Se ela se esforçar bastante, sabe que pode tirar o peso dele da mente, todo ele, Sapo do Salão dos Sapos, Toupeira, Rato d'Água, Barqueira Irlandesa, todos desaparecidos. Se não conseguisse, ela poderia, com a ajuda de Suresh, despachá-lo para um asilo cujo nome e endereço eles encontrariam no catálogo. Devia haver asilos querendo livros. Ela vai tirar a etiqueta com a data de devolução; ela vai cobrir o carimbo da biblioteca com uma caneta Pilot.

Por ora, entretanto, ela está triste demais para tomar uma decisão. Está no patamar da escada por hábito, porque não tem outro lugar para ir, e porque os convidados no retrato de casamento de Paati assumiram a incumbência de consolá-la nesta noite triste.

Não fique triste, diz uma dama gorda num sári com uma barra bordada a ouro. *Provavelmente – talvez – Uma esteja pensando em você neste exato momento. Você não acha?*

Quando Aasha está prestes a concordar, um berro terrível atravessa o telhado dos Balakrishnan na direção do céu cor de violeta.

Os vizinhos saem para a rua. Um marido relutante é despachado para a casa dos Balakrishnan para investigar.

Tem fumaça no quintal, saindo da porta dos fundos. Mas aquele grito – ainda vibrando nos ouvidos de todos – não poderia ter sido causado por um molho de jelebis queimado, nem por uma panela de dhal esquecida no fogão.

Amma, com a maquiagem do aeroporto manchada, corre para o portão em seu caftã. Chellam sai para a varanda com suas sandálias japonesas, lenta e calada, apertando o peito com as mãos. Com um pouco de frio. Com um pouco de medo de que mais uma vez a Culpa vá abrir caminho na multidão e colocar o braço ao redor de sua cintura com aquele sorriso medonho, desdentado, como uma velha bruxa que a reconhece sem ser reconhecida.

Da janela da escada, Aasha observa.

Há lágrimas e desmaios, correria na rua, mulheres correndo de cabelos soltos. O cabelo grisalho da Sra. Malhotra está úmido do banho noturno, e sua barriga treme sob o roupão fino. A Sra. Antohony da casa número 27 desaba no bueiro dos Balakrishnan, seu sarongue formando uma rede entre seus joelhos gordos. Até a família malaia do final da rua sai cautelosamente. A mãe com uma echarpe na cabeça, seu cabelo uma saliência macia sob a echarpe de lã, seus lábios tremendo enquanto ela pede baixinho a misericórdia de Alá. O pai com uma camiseta de algodão. A menina pálida e parecendo uma coruja.

Chega uma ambulância, a sirene berrando, e a Sra. Balakrishnan aparece soluçando e batendo com a cabeça nas paredes diante da plateia atônita.

Carequinha Wong começa a cantar.

Na Casa Grande, a filha do Sr. McDougall sai do banheiro de cima com seus sapatos de verniz e caminha pelo corredor em linha reta, majestosa como uma noiva, com as mãos na cintura, e fica atrás de Aasha na janela. À medida que o céu escurece, seu reflexo aparece com mais clareza no vidro: sua pele cor de caramelo, sua covinha solitária, sua fita cor-de-rosa.

– *Agora* Kooky Rooky está morta – ela diz com naturalidade, embora bondosamente. Suas mãos tremem um pouco; Aasha percebe que ela está tentando ser corajosa. – Desta vez com certeza.

Elas descem a escada até a porta da frente.

Há um cheiro estranho, de alguma coisa queimada, sim, mas não de algo no fogão. Um cheiro forte, azedo, como de insetos queimados por uma lâmpada, mas pior.

Atrás da ambulância, a Sra. Balakrishnan balança para frente e para trás como se estivesse se preparando para sair correndo pela rua. A mãe de Carequinha Wong apareceu para cochichar preocupada no ouvido dele, numa voz que, contra sua vontade, ecoa por toda a rua: – Aiya menino-menino, pare com isso lah, por favor lah, as pessoas não estão brincando aqui, sabe, você vai apanhar se não tomar cuidado. Todo mundo já está tão triste e zangado e você com essa bobagem! Vá depressa para casa. Por favor. Menino bom da mamãe.

Mas Carequinha se recusa a arredar pé. Vesgo e babando, ele canta uma canção folclórica malaia:

> *Rasa sayang, eh, rasa sayang sayang eh*
> *Eh lihat nona jauh*
> *Rasa saying sayang eh.*

(Eu sinto uma paixão
Vejo aquela mulher ao longe
E sinto uma paixão.)

Amma abre o portão e atravessa a rua correndo. Da porta da frente, Aasha a observa, com a boca seca, os olhos vazios. Só a respiração da filha do Sr. McDougall, no pescoço de Aasha, é úmida, porque Aasha não tem espaço nela para sofrer. A tristeza dos outros bate nela como uma colher buscando um copo d'água, querendo provocar o som da compaixão de uma criança inocente, mas encontrando, ao contrário, um sólido bloco de madeira. Bum. E depois nada. Cantarolando uma música inventada por ela, Aasha vai até o portão.

Dois homens saem empurrando uma maca com um corpo enrolado num cobertor, mas quando tentam colocá-lo na ambulância, a Sra. Balakrishnan bloqueia o caminho. Ela soca as janelas da ambulância; ela cai de joelhos. Ela se agarra nas pernas do motorista e soluça, e ele fica lá, espantado, penalizado, exausto. Coçando a cabeça, soprando através dos lábios crispados. Ele só está fazendo seu trabalho, e tem uma xícara de chá de masala e uma esposa nova, ambos esfriando em casa.

A Sra. Balakrishnan vê Amma e corre para ela, agarrando seus ombros, soltando seus demônios nesta vítima fresca.

– Aiyo, aiyo, aiyo eu nunca soube que isto podia acontecer! Aiyo, aiyo! Quem sabe quantos anos de azar ela trouxe para a nossa casa! Por que se vingar em nós pelo que o marido fez a ela? Até morrer eu jamais esquecerei a visão dela ali deitada daquele jeito! Aiyo, paavam! – Ela sacode Amma e cai de novo de joelhos, pedindo a proteção da mãe morta e de seus deuses surdos. – Aiyo, Amma! Aiyo, saami!

– Chega, Parvatha – o Sr. Balakrishnan grita. De repente, ele não é mais o bêbado imbecil que dizem que de vez em quando bate na esposa ranzinza. – Controle-se – ele diz. – Para que todo esse drama?

A Sra. Anthony se levanta e agarra o cotovelo de Amma. Aasha vê sua saliva grossa formando bolhas nos cantos da boca, seus óculos manchados de óleo de cozinha, mas não consegue entender o que ela diz. O rosto de Amma estremece, suas bochechas, sobrancelhas e queixo prestes a se separar uns dos outros como pequenos continentes.

– Kooky Rooky pôs fogo em si mesma – Amma diz quando volta para casa. Quase com a mesma naturalidade da filha do Sr. McDougall (que desapareceu na noite, sem ninguém notar).

– Despejou querosene na cabeça e pôs fogo em si mesma na cozinha da Sra. Balakrishnan.

Os vizinhos voltaram todos para casa. Ouvem-se na rua os ruídos dos banhos de balde que as pessoas nervosas estão tomando para lavar os vestígios nocivos do dia, o espírito inquieto de Kooky Kooky, o azar do que ela fez. Não na casa *deles*, graças a Deus. Um banho completo e a sorte deles estará salva. Azar da Sra. B.

Aasha imagina Kooky Rooky com uma lata de querosene igual a que Uma usou na cadeira de Paati. Inclinando-a para despejar um pouco de querosene na mão em concha e borrifando querosene no cabelo como se fosse água benta. Depois, erguendo a lata com as duas mãos, fechando os olhos, esvaziando o conteúdo sobre os ombros. O querosene deve ter gorgulhado ao cair. Será que ela riscou um fósforo ou usou o acendedor do fogão da Sra. Balakrishnan? Será que ela mudou de ideia quando já era tarde demais? Será que ela gritou muito, ou só uma vez, bem alto?

Tenho certeza que ela compreendeu que era mercadoria estragada, Amma irá dizer a Uma na primeira de muitas cartas que irá escrever, porque agora, finalmente, ela encontrou uma obrigação de mãe que pode fazer sem ter que fitar os olhos arrogantes da filha. *Depois do que aconteceu com seu dito marido. Que isto sirva de alerta para você quando lidar com homens.*

Agora o próprio Deus está lá em cima ouvindo as mentiras dela, Suresh irá dizer na nota que Amma o obriga a escrever no final daquela carta. *Na nossa opinião, tanto ela quanto Deus merecem o que receberam.* Falando por Aasha sem a permissão dela, pois de fato, se a consultassem, ela diria que Kooky Rooky não mereceu morrer contorcendo-se de dor num chão de cozinha só porque contou algumas mentiras.

Uma não vai responder esta carta, nem nenhuma das seguintes. Vai caber a cada um deles – Appa, Amma, Suresh, Aasha e Chellam no inferno de terra vermelha que ela irá habitar no último ano de sua vida – imaginar suas aventuras na América. Com esperança e remorso, com saudade, com inveja, com o que quer que atenda aos interesses particulares de cada um.

Appa, nunca tímido quando se tratava de contar uma boa história, começa esta noite. Na casa da amante em Greentown, ele põe seus filhos chindianos no colo e conta a eles uma história que prende a atenção deles e os deixa sem ar. Ele fala de um avião mais comprido do que toda a fileira de casas da rua; de comissárias com uniformes de batik; de uma terra estrangeira que passa regularmente por ondas de frio tão violentas que as pessoas comem bacon todos os dias e se agasalham com lã e penas. Ele fala de um grande universo com centenas de anos, onde Uma, a meia-irmã que eles nunca conheceram, vai estudar e ganhar um Prêmio Nobel. Aqui no chão engordurado da cozinha da amante, ele finalmente ousa sentir orgulho de Uma. Ele se permite sonhar por ela. Ele vê Nova York através dos olhos inteligentes e famintos da filha. As folhas de outono, ele diz a eles. As cores. Vocês não podem imaginar.

Se esta história é muito parecida com a que Tio Salão de Baile contou a Uma dois anos e meio atrás, é porque eles são irmãos, afinal de contas, e sonharam os mesmos sonhos.

Ele fala aos filhos do Central Park, onde Uma irá passear aos domingos; da linda casa que ela um dia irá possuir; de como os saltos dos sapatos dela irão soar nas calçadas movimentadas quando ela for rica e famosa.

E enquanto ele conta sua história, esta ganha peso e importância. Ela respira. Ela se torna verdadeira. Em algum lugar em Nova York, o fantasma da Uma do Futuro caminha pelas calçadas num elegante mantô, seus saltos batendo no cimento. Para ela, pelo menos, haverá – já há – um Feliz Para Sempre no qual os filhos chindianos de Appa, e sua maravilhosa amante, e o próprio Appa, podem acreditar.

Na América, ele diz, com a voz cheia de admiração (pois esta é a moral da sua história, sua grande conclusão), tudo pode acontecer.

Você pode ir para lá um ninguém, um órfão sem nome, e amanhã ser um senador dos Estados Unidos.

Você pode ir para lá faminto e aleijado, sem um tostão e sozinho, e amanhã ser um milionário.

Você pode ir para lá quebrado, e amanhã se descobrir inteiro.

AGRADECIMENTOS

Para o capítulo a respeito dos conflitos de 1969, eu me reportei ao artigo de Anthony Reid, "Os conflitos de Kuala Lumpur e o sistema político da Malásia", *Australian Outlook* 23:3, 258-78 (1969).
   Gostaria de agradecer também:
   Ao MFA Program in Creative Writing e ao programa Hopwood Awards da Universidade de Michigan pela validação tanto material quanto abstrata.
   A meus professores em Michigan e, antes disso, por sua inspiração e apoio: Peter Ho Davies, Nicholas Delbanco, Laura Kasischke, Eileen Pollack, Nancy Reisman e Anne Carson; Jennifer Wenzel, John Dalton, Joanna Scott, Sarah Dunant e Gillian Slovo, Janet Berlo, Hannah Tyson e Cynthia Thomasz.
   A meus amigos e colegas escritores da Universidade de Michigan, especialmente Uwen Akpan, Jasper Caarls, Ariel Djanikian, Jenni Ferrari-Adler, Joe Kilduff, Taemi Lim, Peter Mayshle, Marissa Perry, Celeste Ng, Phoebe Nobles e Anne Stameshkin.
   A Ayesha Pande por amar este livro mais do que eu e defendê-lo incansavelmente.
   A Anjali Singh por ser a mais paciente, perceptiva, engajada editora que qualquer autor poderia desejar.
   Ao Sr. Kayes e aos membros do fórum Ipoh Talk por me manterem ligada à minha cidade natal e por suas generosas respostas às minhas perguntas variadas.
   Às minhas famílias de sangue e de casamento por seu amor e seu apoio.
   E, principalmente, a Robert Whelan, por conseguir ser ao mesmo tempo meu primeiro leitor e meu melhor amigo.

Este livro foi impresso na Editora JPA Ltda.
Av. Brasil, 10.600 – Rio de Janeiro – RJ,
para a Editora Rocco Ltda.